培文书系

大学创新课程教材

# 文学理论基本问题

（修订版）

陶东风◇主编

王南◇副主编

北京大学出版社
PEKING UNIVERSITY PRESS

**图书在版编目（CIP）数据**

文学理论基本问题 / 陶东风主编. —4版（修订版）. —北京：北京大学出版社，2012.3

（培文书系·大学创新课程教材）

ISBN 978-7-301-20131-2

Ⅰ.①文…　Ⅱ.①陶…　Ⅲ.①文学理论－高等学校－教材　Ⅳ.①I0

中国版本图书馆 CIP 数据核字（2012）第 016187 号

**书　　名**　文学理论基本问题（修订版）
WENXUE LILUN JIBEN WENTI

**著作责任者**　陶东风 主编　王　南 副主编

**责任编辑**　于海冰

**装帧设计**　后声文化

**内文制作**　赵　茗

**标准书号**　ISBN 978-7-301-20131-2

**出版发行**　北京大学出版社

**地　　址**　北京市海淀区成府路 205 号　100871

**网　　址**　http://www.pup.cn　新浪微博：@北京大学出版社 @阅读培文

**电子邮箱**　编辑部 pkupw@pup.cn　总编室 zpup@pup.cn

**电　　话**　邮购部 010-62752015　发行部 010-62750672　编辑部 010-62750883

**印 刷 者**　天津联城印刷有限公司

**经 销 者**　新华书店

730 毫米 980 毫米　16 开本　20.75 印张　400 千字

2004 年 3 月第 1 版　2005 年 5 月第 2 版　2007 年 1 月第 3 版

2012 年 3 月第 4 版　2025 年 6 月第 8 次印刷

**定　　价**　59.00 元

---

# 《文学理论基本问题》执笔情况


主　编：陶东风

副主编：王　南


导　论：陶东风

第一章：王　南

第二章：陈定家

第三章：包晓光　刘悦笛

第四章：魏家川

第五章：魏家川

第六章：贾奋然

第七章：汪正龙

第八章：刘登阁

附录一：刘悦笛

附录二：魏家川

附录三：刘悦笛

# 目　录

# 导　论
# 文学理论的反思与重建

研究文学活动的知识体系被称为"文学学"[1]，作为一个独立的学科，它是现代的建制。无论是在古代西方还是古代中国，虽然都存在关于"文学"的各种观点和见解，但它们都不是现代学科意义上的文学理论，都不是独立的（与科学、哲学、历史学、社会学等学科相对的）学科。

**关键词：**

文学理论

文学理论是随着现代社会的学科分化而出现的学科建制。一般认为，文学理论是文学学科（文学学）的一个分支，文学学包括文学理论、文学批评和文学史，它们之间的关系是：文学理论是对于文学的原理、范畴和判断标准等问题的研究，而文学批评和文学史则是对于具体的文学作品、文学现象的认识和研究（文学批评研究个别的文学作品和现象，而文学史研究时间过程中的文学作品系列）。虽然文学批评的理论问题和文学史的理论问题常常也被归入文学理论的范畴，但是文学理论却不是对于具体的文学作品的批评，也不是对于具体的文学史现象的研究。文学学的这三个分支之间存在既相联系又有区别的关系：文学批评和文学史研究为文学理论提供了大量具体的研究成果，而文学理论则是对于这些成果的进一步概括和深化，并为之提供基本的范畴和方法。

——参见韦勒克、沃伦著《文学理论》，三联书店，1984 年

[1]　在中国，研究文学活动的知识体制通常被称为"文艺学"，这是1949年以后从前苏联翻译过来的，虽然沿用多年，其实并不准确。因为我国所谓的"文艺学"实际上并不研究艺术，而只研究文学，所以，"文学学"这个称谓更为准确。

## 一　文学理论的危机

中国现代文学理论的学科建制与中国社会的现代转型几乎同时浮出历史地表，已有大约一百年的历史。[1] 中国大学中从事文学理论教学与研究的队伍之庞大，更为世界之首。但是，就是这门历史悠久且人员拥挤的学科，目前却已显危机迹象，并已引起业内人士的反思。作为在大学从事文学理论教学与研究的教师，我们深切感到，文学理论教学与研究存在的最主要问题是：各种关于“文学”的本质主义思维方式严重束缚了文学理论研究的自我反思能力与知识创新能力，使之无法随着文艺活动具体形态及时空环境的变化保持不断创新的姿态。这直接导致了另一个严重的后果，即文学理论研究与公共领域、社会现实以及大众的实际文化活动、文艺实践、审美活动之间曾经拥有的积极而活跃的联系正在丧失。大学的文学理论（在很大程度上也是一般的文学理论）已经不能积极有效地介入当下的社会文化与审美、艺术活动，不能令人满意地解释改革开放、尤其是1990年代以来文学艺术的生产方式、传播方式以及大众的文化消费方式的巨大变化；而对于新近出现的文艺活动深刻变化的一味回避或拒斥，又反过来强化了文学理论中原有的本质主义倾向。

肇始于20世纪80年代初期、从90年代开始加速发展的当代中国社会文化转型，已经极大地改变了文艺活动的生产、传播与消费方式。这些变化包括：1、文艺活动日益深刻的市场化、商业化与产业化；2、由于商业化以及大众传播方式的普及、文化工业、影像工业、身体产业等的兴起而导致的大众日常生活的审美化以及审美活动的日常生活化。日常生活与文艺、审美活动之间的界限正在逐渐缩小乃至消弭，审美与艺术活动正在走进日常生活；3、文学艺术的接受方式、接受目的的实用化与功利化，文艺接受的休闲化与日常生活化；[2] 4、新的知识分子及文人类型、新的文化与艺术的从业人员的出现，这些人被法国著名社会学家布尔迪厄称为“新文化媒介人”，包括艺术经纪人，图书商人，文化艺术策展人，等等，他们游走于官方、大众与市场之间，在文学艺术与市场、大众需求、官方政策之间进行沟通。他们不是传统意义上的作家艺术家，但是却对文学艺术生产起着支配性的作用，其重要性绝不亚于作家、艺术家；5、文化生产机构与传播机构（如出版社、画廊、音乐厅、博物馆等）的种类与性质的变化，各种

[1]　关于文艺学的学科建制史，请参见杜书瀛、钱竞主编：《中国20世纪文艺学学术史》，第二部下卷，上海文艺出版社，2001年，第61—78页。孟繁华《激进时代的大学文艺学教育》（1949—1978），《文学前沿》第二辑。

[2]　“文学接受”、“文学欣赏”与“文学消费”这三个概念既有联系又有微妙差别。文学欣赏概念有比较浓厚的精神色彩，一般指对于文学作品审美意蕴的长时间的、非功利的品味。文学消费这个概念则把文学作品视作物质商品的一种，强调文学消费与其他物质消费的相似性。而文学接受是一个中性概念，可以包含文学欣赏和文学消费。或者说，偏重精神的文学欣赏与偏重物质的文学消费都属于文学接受。

具有中国特色的文化艺术机构（如图书出版工作室、唱片公司、影视剧制作中心）的出现。这种介于官方与民间之间的文化生产与传播机构正在日益显示出其强大的生命力，其对文学生产与传播方式的改变影响深远。[1] 这一切都深刻地导致了文学艺术场域的整体转型，甚至改变了有关“文学”、“艺术”、“审美”的经典定义。

毋庸讳言，我们的文学理论从总体上说没有能够对这些新的文化与文艺状态作出及时而有力的回应。中外文学理论的历史告诉我们，与其他学术活动一样，文学理论的学术创新能力虽然有诸多来源，但最根本的动力还是来自对于现实中提出的问题的积极参与和回应。

自从大学成为现代知识生产的主要机构化场所以后，文学理论就被纳入了这个体制。大学的文学理论教学成为文学理论知识生产、传播及人才培养的最主要渠道，而教科书则是这个渠道的中心环节。因此，大学文学理论教科书也就最集中地反映了本质主义的弊端。更有甚者，大学中机械教条的考试方式与评估方式（统一命题、试题库、流水批卷等）在貌似客观、公正、科学的外表下严重地束缚了学生、同时也包括教师的学术自由与学术个性，强化了文学理论学科的规训——排他力量与封闭性。因此，在大学的文学理论研究与教学中，或者说，在教科书形态的文学理论知识的生产与传播中，文学理论的危机表现得尤其突出。学生明显地感觉到文学理论教学存在严重的知识僵化、脱离实际的弊端，它很难回答现实生活中提出的各种问题，也不能解释学生自己在日常生活中获得的实际的文艺知识与审美经验，从而产生对于文学理论课程的厌倦和不满。有鉴于此，我们的反思将主要指向大学的文学理论教科书。

## 二　文学理论中的本质主义思维方式

什么是本质主义？什么是文学理论中的本质主义？本世纪许多有影响的哲学家与哲学流派都曾经对本质主义进行清理与批判，比如海德格尔、维特根斯坦、罗蒂、福柯、德里达、利奥塔甚至更早的尼采。

在文学理论的研究和教学中，本质主义常常表现为一种僵化的教条，它把一些固定的特性或“本质”作为永恒普遍的元素归于特定的文学艺术现象，导致对于文学认识的僵化。在文学理论中，我们反思本质主义，至少基于以下两个基本理由：

首先，本质主义常常把某些特定群体在特定时期出于特定的目的、为了特定的利益而生产的对于文学的理解，特别是把特定时期处于支配性地位的关于文学的认

[1] 新媒介人阶层以及各种文化艺术的生产与传播机构是影响乃至支配今天文化艺术生产的重要因素，但是文艺学界对它们的研究远远不够。

识，普遍化为文学的“一般本质”或“永恒本质”，如果它得到各种权力的支持，就会成为霸权性的知识并强加于其他的社会群体。比如在“文化大革命”时期处于支配地位的“工具论”文学理论（认为文学是“阶级斗争工具”），就是特定时期权力集团把自己对文学的理解强加给其他社会成员的典型例子。

其次，正因为本质主义常常把特定时空环境中建构的文学和文学特征普遍化为“一般的”或“典型的”，所以它必然存在过分概括（over-generalization）的倾向，忽略了不同时空环境中的文学之间乃至同一时空环境下不同类型的文学的内部差异。比如，当产生于法国古典主义时期的“三一律”成为戏剧的所谓“普遍特征”进而上升为“普遍规范”时，它就成了阻碍和束缚戏剧创作和戏剧研究进一步发展的教条。[1]

**关键词：**

本质主义

本质主义是一种僵化、封闭、独断的思维方式与知识生产模式。在本体论上，本质主义不是假定事物具有一定的本质而是假定事物具有超历史的、普遍的永恒本质（绝对实在、普遍人性、本真自我等），这个本质不因时空条件的变化而变化；在知识论上，本质主义设置了以现象/本质为核心的一系列二元对立，坚信绝对的真理，热衷于建构“大写的哲学”（罗蒂语）、“元叙事”或“宏伟叙事”（利奥塔语）以及“普遍的主体”（福柯语），认为这个“主体”只要掌握了普遍有效的认识方法，就可以获得超历史的、无条件的、绝对正确的对“本质”的认识，创造出普遍有效的知识。

在新兴的文化研究领域，许多学者认为，取代本质主义的最好方法是社会建构主义的观点。比如，关于女性性别特征的建构主义观点，可以用西蒙娜·德·波伏娃的名言表述如下：“女人不是天生为女人的，女人是逐渐变成女人的。”也就是说，使女人成为女人的不是什么神秘的东西，而是文化规范与社会制度。[2]把这种建构主义的视点运用于文学，我们可以认为：文学也是逐渐变成为“文学”的而不是生而为“文学”的（参见本书第一章）。

受本质主义思维方式影响，学科体制化的文学理论知识生产与传授体系，特别是文学理论教科书，总是把文学视作一种具有“普遍规律”、“固定本质”的实体，它不

[1] 三一律：见本书第五章第一节。

[2] 参见阿雷恩·鲍而德温等：《文化研究导论》，高等教育出版社，第2004年，第142—144页。

是在特定的语境中提出并讨论文学理论的具体问题，而是先验地假定了“问题”及其“答案”，并相信只要掌握了正确、科学的方法——这种正确科学的方法被认为只有一种，就可以一劳永逸地把握这种“普遍规律”、“固有本质”，从而生产出普遍有效的文艺学“绝对真理”。这个意义上的“文学”与“文学理论”实际上只是一个虚构的神话，这个意义上的所谓“规律”实际上也只是人为地虚构的“规律”。

让我们对新时期几本主要文艺学教科书中的关于文学性质的论述略加分析。[1]以群主编的《文学的基本原理》(1983年修订版)在“绪论”中一方面承认文学的历史性，承认文学的性质是变化的，因而文学理论也应该具有开放性，指出：“万古不变的文学原理是不存在的”，对于文学理论的研究要“同具体的历史经验联系起来加以考察”[2]。但同时把中外历史上各种各样的文学观点统统归入“唯心”与“唯物”两种，实际上是也就是“真理”与“谬误”两种(因为所有“唯心”的文学理论都是谬误)，从而实际上否定了文学理论与文学本质的多元性。也就是说，在对于文学规律的各种各样的认识中，只有一种是正确的、科学的，合乎文学“本质”的。“绪论”的另一个矛盾表现在：一方面依据马克思主义的社会结构理论，认为文学是意识形态，文学理论也是意识形态，承认“对于文学性质的认识的分歧与斗争，往往是与现实的阶级斗争密切联系在一起的，这也是为中外文学发展史所证明的一条客观规律”[3]。资产阶级的文学与文学理论是资产阶级利益的反映，因而是一种“虚假意识”；但它同时又坚信无产阶级的文学理论并不因为它是特定阶级利益的表现而失去其不容置疑的客观性、科学性与真理性。无产阶级的利益与立场是超越自己利益的，是与全人类的利益一致的，因而是普遍的、科学的与客观的。[4]

比较而言，1990年代出版的文学理论教科书更多地吸收了西方现当代的学术成果，在观念与方法方面都显得更加前沿、多元、开放。其中童庆炳主编的《文学理论教程》前所未有地推进了对于文学性质与文学观念的多元理解，代表了新时期文学理论教材所达到的新水平。它强调文学理论的实践性与历史可变性，认为“由于文学理论的实践性品格，所以它总是随着文学运动、文学创作、文学接受的发展而发

[1] 篇幅所限，本导言的举例基本上限于新时期以来最流行的三本教科书，它们分别是以群主编的《文学基本原理》，1963年初版，1979年再版，1983年三版；十四院校编写的《文学理论基础》，上海文艺出版社，1981年第一版，1985年第二版；童庆炳主编的《文学理论教程》，1992年一版，1998年二版，2001年列入“教育部面向21世纪教材”。这三本教材均发行40万册以上，对文艺学的知识生产与人才培养均产生了巨大的影响。

[2] 以群主编：《文学基本原理》，上海文艺出版社，1983年，第2页。

[3] 以群主编：《文学基本原理》，上海文艺出版社，1983年，第19页。

[4] 关于马克思主义意识形态理论的“内在矛盾”，参见曼海姆：《意识形态与乌托邦》，商务印书馆，2000年。

展，它永远是生动的、变化的，而不是僵化的、静止的”[1]。同时对于“文学”的定义也充分考虑到了历史的维度。它在把“文学”理解为一种“活动”的基础上，分别从“文化”、“审美”、“惯例”三个角度界定“文学”及其性质，表现出比较开放的文学观念。特别是该书特辟“文学界定的困难及解决办法”专节，强调了文学界定中绝对主义（认为文学的本质是“审美”）与相对主义（认为文学的本质是“惯例”）的紧张，主张“以狭义文学和审美的文学观念为中心去综合广义文学和文化的文学观念，及折中义文学和惯例的文学观念”[2]。而且，该书虽然最后仍然把文学的本质界定为“审美的意识形态”，但其对于“审美”的理解也力图达到辩证。

**关键词：**

文学的自主性

在西方，文学的自主性是十八世纪以来逐步确立的文学理论观念，主张“为艺术而艺术”，康德美学则是其经典的理论建构。这种观点认为：文学的本质是超功利的审美，政治功利主义、经济功利主义和科学功利主义都是与文学的本质相违背的。文学的审美本质与认识和道德无关，美感是一种远离了物质需要和生理快感的愉悦。从社会建制的角度看，认知—工具理性（科学技术）、道德—实践理性（法律道德）和审美—表现理性（审美艺术）三大领域的分离自治，确立了文学现代性的前提。在中国近现代，文学的自主性观念出现于二十世纪初（集中表现在王国维的文学思想中），确立于二十世纪八十年代。

但是我们不能不指出：20世纪80年代思想解放以后出版的大多数文学理论教材，虽然在否定庸俗社会学本质主义文学理论方面做出了很大的贡献，但随着时间的推移，自身又走入了另外一种本质主义：审美本质主义，把审美的非功利性、文艺的自主自律性视做文艺的特殊本质或“内在本质”，而把文学的意识形态性、政治性、认识性和商品性等视做与“审美”对立的“外在性质”，在“审美”与“意识形态”之间进行了一种二元拆分，而没有看到“审美”（其实质是艺术活动的自主性）本身即是一种意识形态，是一种历史的、社会的和地方性的知识——文化建构（参见本导言的第二部分）。依据罗蒂的《后哲学文化》，本质主义的基本特征就是内在与外在、实体与现象、中心与边缘的二元论。[3] 所以，肇始于康德美学、定型于20世纪形式主

[1] 童庆炳主编：《文学理论教程》，高等教育出版社，1998年，第9页。

[2] 童庆炳主编：《文学理论教程》，高等教育出版社，1998年，第79页。

[3] 罗蒂：《后哲学文化》，中译本，上海译文出版社，1992年，第140—141页。

义与新批评、结构主义的关于文学的“内在性质”/“外在性质”的二元对立模式显然没有能够告别本质主义，其合理性也正在遭到当代西方前沿思想家的质疑。[1]

文艺学教材中的本质主义思维，除了在“本质论”中有最集中的体现外，还体现在教材的其他方面。比如：

1、文学创作阶段说。大多数文学理论教科书都设有“创作过程”一章，把创作过程机械地划分为下列固定的“阶段”或“过程”：“素材积累”、“动机触发”、“作品构思”、“艺术表现”、“修改完善”等（好像一次从始发站途径固定各站到达终点站的列车）。如果我们实际考察一下文学创作的时代差别、民族差别、文类差别以及作家个性差别，就可以发现，文学创作的**具体的、实际的**过程是千差万别的，不存在什么固定不变的“阶段”和单线的“过程”，否则文学创作就成了流水线式的机械化物质生产。这里的差别可能是由题材不同、文类不同、作家个性不同、媒介不同造成的，当然也可能是由一些偶然的情景因素造成的。文学创作既可能像茅盾写《子夜》那样经过了理性、系统的构想然后一步步地实现这个构想，也可能像郭沫若写《地球，我的母亲》那样在完全没有事先准备的情况下突然被灵感“击中”，在似乎是不能控制的无意识状态中一挥而就。事实是，僵化固定的创作阶段论严重脱离实际，早在超现实主义的“自动写作”中就已被突破。在今天的网络文学创作中，构思、写作等过程是无法分离的，修改的过程几乎不存在，而且创作的过程与阅读—批评的过程也是同步进行的，文学创作的阶段论显得尤其教条、僵化。

2、文学类型特征说。文学理论教科书在划分文学种类及其特征时也存在严重的教条化现象，即赋予文学的各种类型以僵化、固定、超历史的“特征/本质”，而不顾文学史的实际情况早已突破了这种所谓“特征/本质”。尤其不可思议的是，这种文类特征论经历了数十年而几无变化。以群的《文学的基本原理》把诗歌的特征概括为“饱含着丰富的想象和感情”、“集中地反映社会生活”、“语言精练而形象、有鲜明的节奏和韵律。”[2] 十四院校的《文学理论基础》把诗歌的特征概括为“最集中地反映现实生活”、“具有强烈的感情和丰富的想象”、“语言精练准确”、“有强烈的音乐性。”[3] 在1990年代出版的其他文学理论教材中，关于诗歌的“特征”的概括可以说是如出一辙。这是否意味着诗歌经历了漫长的历史发展的确还是保持着这些特征呢？回答是否定的。稍稍熟悉一点诗歌史的人都知道，诗歌的特点在历史上已经并仍在发

[1] 对于文学自主性的批评性检讨，可参见布尔迪厄的《艺术的法则》（中央编译出版社，2001年），伊格尔顿的《文学理论概论》（中国社会科学出版社，1988年）等著作。

[2] 以群主编：《文学的基本原理》，第388—390页。

[3] 十四院校编：《文学理论基础》，上海文艺出版社，1985年，第164—166页。

生极大的变化。以中国为例，像于坚、伊沙等当代诗人的诗歌作品，就故意要打破诗歌的清规戒律，诗歌语言非常散文化、日常生活化，节奏也散漫拖沓（于坚的诗歌《0档案》可以说是这方面的典型）。

再看关于戏剧文学特点的概括。以群的《文学的基本原理》："语言要求高度的个性化和充分的表现力"、"含义深邃地表达人物的思想感情，有潜台词"、"通过戏剧冲突集中反映社会生活。"[1] 十四院校的《文学理论基础》："要有强烈的戏剧冲突"、"人物、时间、场景都要高度集中"、"人物语言高度个性化，能充分表现人物的性格特征。"[2] 出版于1990年代的许多文艺学教科书同样几乎依样画葫芦地重复这几句话。其实今天中国与西方的实验戏剧早已经打破了这些戏剧的清规戒律，只要随便翻阅一些《西方现代派戏剧选》，即可以发现，在现代派的戏剧——如《等待戈多》（贝克特）、《秃头歌女》（尤内斯库）、《大小手术》（阿达莫夫）——中，几乎完全找不到这些所谓"特征"：既没有强烈的戏剧冲突、人物、时间、场景也不集中，有些甚至根本没有完整的情节和台词。

文学史的事实清楚地表明：关于文学体裁的"特征"是一定时期的作家、理论家依据一定时期、一定地域的作品概括出来的，它只能是一种历史性、地方性的知识，并不具有普遍、永恒的有效性。许多作家，尤其是现代作家，为了创新竭尽全力打破历史上形成的体裁规范/惯例，进行一系列反惯例的实验，形成了文学发展的内在动力。当然，有些学者也看到了文学体裁特征的变化，但是他们往往认为，这些体现这些变化的诗歌（或小说、戏剧）不是正宗的诗歌（或小说、戏剧），将其视作"例外"甚至干脆不予承认。我们认为与其这样，还不如直面文学体裁的变化不定的特点，承认它的历史性，即使不彻底放弃概括体裁特征的努力，也要及时地修正这些概括。

最后是关于文学欣赏的距离说与无功利说。主要是受到康德美学的影响以及20世纪80年代中国本土改革开放的政治与文化要求的支持，1980年代以来的文学理论逐渐确立了文学艺术的自主性理论，其在欣赏论中的表现就是文艺欣赏的无功利理论与审美心理距离理论，它在1990年代的教科书中已经取得牢固的正统地位。但是这种欣赏理论无法解释大众文化中实际发生的接受现象（比如大众文化的粉丝常常对自己的偶像表现出无距离的狂热激情），也无法解释日常生活的审美化现象。在这些现象中，接受者/欣赏者与接受/欣赏对象之间不存在严格的距离，也很无法找到无功利的"纯"审美态度。高度的参与性以及功利性正是其最突出的特征。面对这种现

[1] 以群主编：《文学的基本原理》，上海文艺出版社，1983年，第399—400页。

[2] 十四院校编：《文学理论基础》，上海文艺出版社，1981年，第175—177页。

象，我们可以采取两种不同的理论态度：一是依据审美距离与无功利理论认定它不是审美活动以维持理论的一贯性与纯洁性；也可以修正、扩大审美态度与艺术欣赏理论，看到审美态度的内在复杂性、多元性，或者去发现功利性与无功利性互渗杂糅的现象，或者对于不同接受/欣赏群体、不同艺术类型（比如流行歌曲与经典音乐、大众文学读物与经典文学名著）、不同的艺术接受/欣赏场所（比如街头广场与正规的音乐厅、剧院、大学课堂等）进行分类分析，找出其中的差异。我们认为前者是一种为了维护已有文艺理论的一贯性、纯洁性而牺牲文艺现象的复杂性、时代性的取向，而后者则是随着文艺现象的变化而不断调整、修正已有理论的取向。本书的取向无疑是第二种。

事实上，由于反本质主义的后现代主义与兴起于20世纪后半期、至今仍然盛行不衰的**文化研究**的影响，当代西方的一些文学理论家早已开始对“文学”以及文学的“本质”采取一种历史的、非本质主义的开放态度，而且强调关于“文学本质”的各种界定的具体社会文化语境，而不是寻找一种普遍有效的“文学”定义。他们不把“文学”视作一种可以一劳永逸地解决的概念，而是转向把“文学”视作一种话语建构。

**关键词：**

文化研究

作为专门术语的文化研究（Cultural Studies）并不是一般意义上的对于文化的研究，而是一种特定的研究文化（包括文学艺术）的视角与方法，一般认为，创立于1964年英国伯明翰的当代文化研究中心（CCCS），是文化研究正式确立的标志。文化研究打破了各个学科之间的界限，在一种跨学科的自由穿行中体现了灵活运用各种思想和知识资源进行创造性研究的特色。文化研究的特点还体现在它的实践性、策略性、政治性、高度的参与性与激进的批判立场等方面。把文化研究的方法引入文学理论，可以使我们从所谓“纯文学”的封闭圈子中走出来，把文学置于更广阔的文化语境中，从各个侧面、特别是文化和权力的复杂关系中理解文学，从而更好地促进文学研究的繁荣和发展。

英国理论家、西方马克思主义学者特里·伊格尔顿的《文学理论概论》（Literary Theory: An Introduction，又译为《20世纪西方文学理论》、《文学理论引论》）在其导论“什么是文学”中指出，一个文本是否可以成为“文学”依赖于各种不同的而非单一的条件：比如它开始可以作为历史或哲学著作而存在，但是后来逐渐被列入文学（这种情况也可以证诸中国文学史，先秦的哲学文本、历史文本现在已堂而皇之地被选入中国文学经典）；或者开始时作为文学，后来慢慢因其考古学的意义而受到重视。后天的因素比“先天”重要得多。也就是说，对于文学研究者而言，只得探究的问题是：到底是何种特定的社会文化语境决定了某种特定的文本被称为“文学”，而不是徒劳地去追问是否存在永恒不变的文学本质。伊格尔顿甚至断言，根本不存在什么文学的普遍“本质”。他引述约翰·M. 艾利斯的观点说，“文学”这个术语的作用颇有点像“杂草”这个词：“杂草”不是具有固定本质的植物，而只是园丁因某种原因想要加以铲除的某种植物。也许“文学”意思似乎恰好与此相反：它是因这种或那种原因而被某些人高度评价的任何一种写作。正如一些哲学家所说，“文学”和“杂草”都是功能性的而不是本体性的概念：它们告诉我们要做些什么，而不是关于事物的固定存在。（参见本书第一章）。我们根本无法找到文学的固有、内在的特征，正如我们无法找到“杂草”的固有、内在的特征一样。但是伊格尔顿并不因此把文学看做是完全无法研究或纯粹主观的东西。他指出：如果“把文学看作一种‘客观的’、描述的类型行不通的话，那么说文学仅仅是人们凭臆想而选定称作文学的写作同样行不通。”这是因为，关于“文学”种种的价值判断绝对不是任何想入非非的东西：“它们扎根于更深的信念结构，而这些信念结构显然像帝国大厦一样不可动摇。因此，我们迄今所揭示的，不仅是在众说纷纭的意义上说文学并不存在，也不仅是它赖以构成的价值判断可以历史地发生变化，而且是这种价值判断本身与社会思想意识有一种密切的关系。它们最终所指的不仅是个人的趣味，而且是某些社会集团借以对其他人运用和保持权力的假设。”[1]伊格尔顿同时吸收了马克思主义与后现代主义以及文化研究的成果。在他看来，文学的所谓“本质”不是客观上存在于那里、有待研究者去发现的“真理”“实体”，而是研究者以及他所代表的社会集团出于客观的利益需要加以建构的东西。在这个意义上，它是一种意识形态，具有不可避免的政治性。伊格尔顿以“政治批评”概括文学批评，他指出，文学性并非如传统的文学理论所认为的那样是一种客观存在的“本质”，或如形式主义、“新批评”学派所说的是文学固有的形式特征。“文学”意义的实现并不全然取决于文本自身的特点，而是取决于读者的阅读、评价和特定历史时期的社会需求。伊格尔顿的启示在于：虽然我们不能用实证的科学方法找到文学的客观本质（如同找到一块石头），但作为社会价值信念结构的文学，总是联系于特定的社会意识形态，它们是历史地变化的，而且这种变化受制于客观的社会历史条件，而不是主观臆想的。文学理论要研究的，就是这种信念结构的变化，以及它与社会意识形态的关系。

美国著名批评家乔纳森·卡勒在《当代学术入门：文学理论》一书中辟专章讨论“文学是什么”的问题。然而似乎反讽的是，他又认为“文学是什么”这个被许多

---

[1] 伊格尔顿：《文学理论概论》，中国社会科学出版社，1988年，第34页。

人视做文学理论核心的问题，在卡勒看来并没有多大意义。为什么呢？卡勒解释道：文学文本与非文学文本之间的区别并不显得十分重要的原因是，许多理论著作已经在非文学现象中找到了“文学性”。人们通常总是希望知道是什么使文学作品区别于非文学作品，是什么使文学区别于人类其他活动，知道如何判断哪些书写是文学作品，哪些不是。然而，卡勒指出：各种被称为“文学”的文本，其形式和篇幅各有不同，而且其中很多作品似乎与通常被认为不属于“文学”作品的东西有更多的相同之处，而与那些被公认为是文学作品的相同之点反倒不多。卡勒历史地概述了literature（英文“文学”）这个词的不同含义。如今我们称之为literature的东西，原来泛指著述，包括25个世纪以来人们撰写的所有著作，而literature的现代含义——文学，才不过二百年的历史。1800年之前，literature这个词和它在其他欧洲语言中相似的词，指的都是“著作”，或者“书本知识”。卡勒接着写道：“……于是我们不想再去推敲这个问题了，干脆下结论说：文学就是一个特定的社会认为是文学的任何作品，也就是由文化来裁决，认为可以算作文学作品的任何文本。”是什么使得我们把一个对象界定为“文学”这个问题十分复杂而歧异，面对种种关于文学性质的概括之论，卡勒的结论是：“目前，我们应该把文学所有的错综性和多样性看成是一种由来已久的机制和社会实践。说到底，我们在这里讨论的是一种机制。这种机制的基础是你能说出你想象得到的任何事情。这一点对于什么是文学很重要：因为不论什么正统思想、什么信仰、什么价值观，文学都可以编排出各种不同的、怪异荒诞的故事来嘲笑它，以摹仿的方式戏弄它。文学一直具有通过虚构而超越前人所想所写的东西的可能性”，“文学既是文化的声音，又是文化的信息。它既是一种强大的促进力量，又是一种文化资本。它是一种既要求读者理解，又可以把读者引入关于意义的问题中去的作品”，“文学是一种自相矛盾、似是而非的机制，因为要创作文学就是要依照现有的格式去写作——要写出或者看起来像十四行诗，或者遵循小说传统的东西；但同时文学创作又要藐视那些常规，超越那些常规。文学是一种为揭露和批评自己的局限性而存在的艺术机制。它不断地试验如果用不同的方式写作会发生什么。因此，文学既是彻头彻尾的传统程序的代名词，……而同时文学又是十足的制造混乱的代名词……”[1]

当然，这并不意味着我们认为文学根本没有“本质”，因而也就根本不存在什么关于文学的“理论”。一方面，我们坚信文学与其他的人类社会文化现象一样随着时代的变化而变化，不存在万古不变的文学特征（本质），因而也不存在万古不变的大文学理论（Literary Theory）；同时我们也不否认，在一定的时代与社会中，文学活动

[1] 卡勒：《当代学术入门：文学理论》，辽宁人民出版社，1998年，第29—44页。

可能呈现出相对稳定的特征，关于文学的各种言说也可能出现大体上的一致性，从而一种关于文学特征或本质的界说可能在知识界获得相当程度的支配性，得到广泛的认同。但是我们仍然不认为这种“一致性”或“共识”体现了文学的永恒特征或对于文学本质的一劳永逸的揭示。相反，这种“一致性”与“共识”的出现是有具体的社会历史条件的，是与各种非文学因素相互缠连的，是一种历史性与地方性的话语建构。综观历史，我们已经有相当多这样的支配性文学观念与文学理论（从“文学是语言的艺术”到“文学是阶级斗争的工具”再到“文学是审美的意识形态”等等），更何况在一种文学观念/理论占据支配性的同时，不难发现被它压抑的各种边缘化的文学观念/理论。

由此我们认为，对于文学研究者而言，有意义的问题不是“什么样的文学理论是正确的，是对于文学固有的、真正的本质的揭示？”这种提问方式本身就是与文学和文学理论的开放性相违背的本质主义方式；有意义的问题是：“在什么时候、什么情况下、什么样的文学理论**被认为**是对于文学本质的正确揭示？”“各种文学理论的话语是如何被建构出来的，它们被什么人出于何种需要建构出来？”“为什么在这个时候这种关于文学的界说取得了支配地位？”等等。换言之，我们要用知识社会学的方法揭示文学理论知识生产的社会历史条件，而不是在“符合论真理观”[1]的幻觉下面去寻找一个绝对正确的文学定义。

## 三　历史地理解文学艺术的自主性

中国文学理论界目前占据支配地位的文学观念与文学理论无疑是文学的自主性、自律性观念。这种观念在20世纪中国文艺理论界一直与文学的他律论、工具论处于分立、对峙状态，其消长起伏构成了中国文学理论史的主线。如果不作更加远久的追溯，当代中国文艺学界的自律性诉求出现于1970年代末、1980年代初期，到1980年代中期达到高峰并逐渐占据主导地位，此后在1990年代的文学理论教科书中得以合法化并延续下来。可以说，对于文艺的自主性、自律性的强调，是以童庆炳主编的《文学理论教程》为代表的新一代文学理论教材与此前教材的一个标志

[1]　符合论真理观是西方哲学史上出现的三种真理观之一，它认为一个观念或陈述的真假在于它是否与事实相符合，只有当它们与事实相符合时才能被称为是真理。其他两种主要的真理观分别是实用论的真理观和融贯论的真理观。实用主义者认为，有用即是真理，真的观念就是那些可以被证实和检验的、具有引导性的、有用的观念；融通论则认为，一个主张或陈述是否为真，取决于它是否与我们已有的信念系统相融合、相贯通，如果一个陈述与我们信奉的信念体系一致，那它就是真的，反之就是假的。

性区别。[1]

我们必须充分肯定1980年代中国文学理论界自主性诉求的历史进步性，而且即使在今天它也仍然具有现实的合理性。但这并不妨碍我们同时提请大家注意：历史地看，1980年代的文艺自主性诉求的提出与相当程度上的实现，实际上恰恰依赖于它与当时的公共领域之间的紧密联系，更准确地说，它借助了与当时政治文化（即改革开放与“思想解放”运动）之间存在的相互支持关系，而且得到了政治精英的直接支持。自主性诉求的批判矛头直接指向了“文革”时期的“工具论”文艺学——“文革”意识形态的重要组成部分，因而强调文学的自主性以及对于“艺术规律”的尊重，就成为新一代领导人所确立的文化—文艺政策的重要组成部分，而这个新文化与文艺政策本身又是当时的改革开放新意识形态的重要组成部分。在这个意义上，文艺的自主性诉求具有远远超出文艺本身的社会文化含义与政治含义，它并不是那么自主的。可以说，正是自主性赋予了知识分子的政治介入以特殊的合法性与权威性。一方面它借助与意识形态的关系而进入主流话语，另一方面它恰恰又通过淡化文艺的功利性、政治性与意识形态性、突出其自主性自律性的方式，来达到政治目的和意识形态目的。

也就是说，这种新的意识形态话语被转换成了“真理”，仿佛文艺的自主性是客观存在的永恒实体，以前的文学理论只不过“遮蔽了”这个实体，而新时期的文学理论则重新“发现”它。这个话语转换策略掩盖了文学和文学理论的自主性其实同样是一种借助非文学力量建构的文学理论**话语**（而不是实体），它导致的一个后遗症，是使许多文学研究者丧失了对于自主性本身的反思能力，不能把它同样作为对象进行知识社会学的考察，似乎文学的自主性、知识分子的独立性真的是一种本质化的、无条件的“真理”。[2]

1990年代以后，文艺自主性诉求的批判对象发生了微妙却重要的变化。自主性诉求本来就有两个否定的对象，一是政治权力，二是市场/商业压力。如果说1980年代文艺学自主性诉求要求摆脱其政治奴仆的地位；那么，由于语境的变化，1990年代文艺自主性诉求的批判对象已转化为市场/商业。值得注意却往往被忽略的是，政治对于文艺的压制与经济对于文艺的牵制毕竟是有区别的。在特定的情况下，文艺与市场的联合还有助于使文艺摆脱对于政治权力的依附。

---

[1] 到目前为止，文学自主性理论的影响最大的表述是：“文学是一种审美的意识形态”。这个表述与过去的“文学是社会生活的反映”“文学是一种特殊的社会意识形态”的差异在于突出了“审美”。它虽然保留了意识形态的提法，但却坚持“审美”为文学的“内在本质”（而意识形态则是“外在”本质），是文学区别于其他意识形态、文学之所以成其为文学的保证。

[2] 参见陶东风《80年代文艺学主流话语的反思》，《学习与探索》，1999年第2期。

就西方的情况看，作家艺术家的创作活动与其资助方式及经济来源是紧密结合的，而文艺活动的资助方式又是历史地变化的。在资本主义与市场经济出现之前，作家主要依靠贵族、宫廷或教会的资助（庇护）。进入资本主义时代以后，市场机制（具体表现为稿酬制度、版税制度等）取代了传统的资助方式，成为作家艺术家的主要经济来源，成为文艺与金钱、文艺与市场之间的主要纽带。与此同时，出现了专门以写作为生的所谓“职业作家”。就中国的情况说，改革开放以前中国的作家、艺术家是国家干部编制，文化与文学艺术的机构均属于国家事业单位，文艺活动与市场几乎不存在任何联系，作家艺术家的经济生活完全依附于国家政府，而且这种经济依附是其他一切依附的基础和前提。在这个意义上，这种文艺体制实际上是“工具论”文艺学赖以生存的重要制度环境（令人遗憾的是，坚持自主性、反对工具论的人很少把根子挖到这里）。依附性的经济和政治制度之下不可能产生自主的文艺活动。1990年代文艺活动的市场化使得原先的文艺体制发生了一定程度的松动，随着中国特色文化市场的出现，作家的经济来源也更加多元化，出现了以稿费维生的体制外自由撰稿人，这至少在客观上有助于文艺活动自主性的加强，尽管市场化的写作也隐藏着新的对于自主性的威胁。

当然，从理想的角度说，作家应当既不为权势写作，也不唯市场是从。但是在一定的历史时期，市场为艺术家提供了摆脱政治权力干预的可能性。欧洲的情况如此，中国的情况也有类似之处。我们不能否认改革开放以后，文化艺术活动的相对多元化与文化艺术市场的出现与发展之间的联系，不能否定文化艺术的市场化为作家、艺术家提供了比以前更多的选择可能性。各种非官方或半官方半民间的艺术机构和自由撰稿人的出现，离开了市场是不可思议的。我们在必要地警惕市场对于艺术家自由的隐形制约的同时，也应该历史地、辨证地看待市场的作用（比如使作家、艺术家有了比以前更多的选择）。遗憾的是，现在一些持自律论诉求的学者常常简单化地认定市场剥夺了艺术家自由、销蚀了艺术自主性。他们拒绝对市场化所导致的当前文化—文艺活动方式的变化进行认真的理论阐释，甚至不承认与市场关系密切的大众文化为“真正的”艺术，把文学理论研究的范围局限于经典的作家作品，并且坚持把那些从经典作品中总结出来的“文学特征”当作文学的不变本质与普遍标准，建立了僵化机械的评估—筛选—排除机制，这就日益丧失了文学理论与现实生活中的文化—艺术活动进行积极对话的能力。[1]

[1] 西方的文化研究或文化批评与此形成了巨大反差，它自1960年代以后非常重视大众文化与日常生活文化的研究，并因此获得了巨大的学术活力。据英国伯明翰当代文化研究中心主任霍加特介绍，1960年代伯明翰大学的文学研究者就开始关注流行歌曲与广告。参见霍加特：《当代文化研究：文学与社会研究的一种途径》，见周宪等编：《当代西方艺术文化学》，北京大学出版社，1988年。

我们必须对于文艺的自主性进行历史的、社会学的分析。从社会学的角度看，文学艺术的自主性实际上就是自主的文艺场域及其自身游戏规则的确立。坚持自主性的人通常把自主性当作毋庸置疑的、自明的、先验的本质加以设定；而事实上，无论是在西方还是中国，文学艺术家的自主性诉求是与文艺场域的独立紧密相关的，而后者是一个历史与社会的建构。依据西方学者的研究，在西方，这个过程是与独立的文学艺术家阶层、纯粹的审美观赏态度与持这种态度的接受者阶层（大量的中产阶级读者群体）等等因素同时出现的。更重要的是，文学艺术场域的独立是一个结构性现象，它是制度性的社会分化——政治、经济、宗教、教育、法律等等场域的分化自主与独立自治——的衍生结果。自主艺术场域的确立还涉及现代学术制度、新的艺术赞助方式等。[1]

关于审美的无功利性问题，从社会理论的角度看，无功利性——艺术自主性的观念形态——本身就是特定时期、特定环境中，由特定的人出于特定的利益动机提出的审美态度“理论”，它并不具有超历史的普遍性。原始艺术就有突出的功利性，当代消费社会日常生活中的艺术与审美现象也是如此。但是，我们的文学理论教科书却常常忽视无功利理论的历史起源与社会条件，把它陈述为一种普遍化的理论，因此不能够解释历史上与现实中复杂多样的审美现象。可以说，无功利性理论已经在很大程度上妨碍我们的文学理论研究者深入认识当前复杂多样的审美与艺术现象，尤其是大众文化现象。因为在大众文化的接受中，我们经常会发现：各种各样的“歌迷”、“影迷”根本无法保持也不想保持与其“偶像”及其表演之间的距离。如果我们坚持无功利性是真正的艺术欣赏的本质，那么，我们的“艺术欣赏”概念就只能变得越来越狭隘，越来越无法与大众文化及其广大参与者对话。

我们倡导对于自主性、纯粹的审美态度等进行一种历史的、社会学的批评，目的不是否定它们的价值与意义。恰恰相反，只有对自主性的社会条件进行了历史的分析，才能够搞清楚到底是什么构成了自主性的条件与前提，从而为获得真正的自主性提供知识论上的前提。艺术创作与阅读的不自由不是来自对于这种条件与前提的清醒认识，而恰恰来自对之的无知或一厢情愿的否定。但是，由于中国学术界的“个人主义”思维定式，使得研究者常常从知识分子（包括作家与学者）的个人方面寻找自主性丧失的原因（比如缺乏自律的勇气），而不能从社会制度方面寻求答案。中国文艺的自主性的缺乏说到底是因为中国社会还没有发生、更没有确立类似西方18世纪发生的制度性分化，文学艺术场域从来没有彻底摆脱政治权力场域的支配（这种摆脱不是个人的力量可以胜任，而是要依赖制度的保证）。所以，真正致力于中国文艺

[1] 参见布尔迪厄：《艺术的法则》，中央编译出版社，2001年。

自主性的学者，应该认真分析的恰恰是中国文艺自主性所需要的制度性背景，并致力于文艺场域在制度的保证下真正摆脱政治与经济的干涉。

## 四　跨时空拼凑：文学理论知识的历史性与民族性的丧失

我国文学理论教科书的另一个突出弊端，是在寻找、建构普遍性文学理论知识的名义下，搜罗各种被认为代表文学理论“至理名言”的知识片段并罗列于教材中，导致教科书知识的拼凑性。古今中外的“大综合”几乎是所有文学理论教材的共同“特色”，它们一致认定文学理论是对古今中外一切文学活动实践及其“共同规律”的总结，教科书的使命则是建构适合于古今中外所有文学的“普遍真理”。

“综合性”追求在打破文学理论知识的一元化封闭格局方面固然功不可没，却也带来了文学理论知识的历史性与地方性/民族性丧失这个严重的问题。这是因为这种综合不是在深入研究文论发展史之后对中外文论内在发展逻辑的呈现，而是先有了关于“文学”的本质的“认识”，然后到古今中外的论文中寻找只言片语加以“证明”。

许多文学理论教科书在体例上大同小异，都把文学理论机械地分为“本质论”、“创作论”、“作品论”以及“欣赏/批评论”四大块（或者以此为基本框架做一些微调）。问题主要不在于这个“四大块”的切割是否合理，而在于教材的编写者在定下这个框框以后，把中外古今文论中的所谓“相关”言论在忽略其上下文、不交代其社会历史语境的前提下拼凑起来。这种拼凑式的编写方式决定了几乎所有文学理论教科书都没有、也无法组成一个具有内在学理联系的系统知识体系。之所以不能形成体系，是因为文学理论教科书虽然依据人为的“逻辑”把“四大块”安排得似乎非常整齐好玩，但完全切断了中外古今文学理论的整体性与它得以产生的社会文化条件。具体说来，这样做的弊端有：

1、遮蔽了文学理论知识的历史具体性与文化差异性，把不同时代的文学理论肢解为碎片以后随意拼接在“四大块”中，以共同“证明”所谓文学的“基本原理”（比如大量关于小说、诗歌、戏剧的文类“特征”就是这样“论证”出来的，而关于艺术思维的“特征”、艺术想象的“特征”也是这样“总结”出来的），我们无法在现有的教科书中了解文学观念的历史演变，也无法了解各种文学类型、创作方法的出现以及规范的形成与变迁。

2、遮蔽了文学理论知识的地方性。人们关于文学的观念和知识不仅是在具体的历史脉络、而且也是在具体的空间/地域中生产出来的，因此，文学理论知识除了时间性以外还必然具有地方性（文学理论知识的民族文化差异）。中、西方的文学理论与文学观念由于社会文化传统的差异，具有极为不同的问题意识、基本范畴、理论框架、价值取向以及表述形态。而我国的文学理论教科书却常常把中、西方的文学理论肢解为只言片语，然后塞到“四大块”中，以至于根本无法了解中、西方文学理论的差异与特色，同时也使得许多实质不同的中、西方文论话语在表面的“相似”背后变得无法区分。比如几乎所有的文学理论教科书都要在关于文学思维、文学创作的部分引述西方的“移情”与中国“物我两忘”、西方的“想象”与中国的“神思”等范畴之间进行机械类比，而没有看到移情与想象理论背后的近现代西方主体性文化哲学传统，与“物我两忘”、“神思”背后的中国古代天人合一文化哲学传统之间存在的深刻差异。这些范畴在进入文学理论教科书的时候实际上已经把它们各自的民族文化底蕴“蒸馏”化了，变成了仿佛是高度“一致”的关于艺术想象的看法。

人类的知识必然具有“地方性”，即知识生产的社会文化环境，因为生产这种知识的主体不可能不处于特定的文化环境中。当然，我们不否认不同文化传统中生产的知识存在交叉重叠之处。但是这种交叉重叠部分必须在深入地、整体地分析各种“地方性”知识之后，在充分的交往对话之后，才能呈现出来，而且在言说这个重叠部分时，必须时时念及它们的差别。我们的文学理论教科书恰恰相反，它是先有了一个关于文学（以及文学这个元概念下面的诸多次级概念，如诗歌、小说、戏剧、文学想象、文学语言等等）的“普遍规律”的先验之见，然后到各种“文学理论资料汇编”、“中外作家理论家论文学”之类所谓“工具书”中断章取义地寻找合乎自己需要的言论，把这些“语录”为我所用地剪接到一起。这类所谓“工具书”在逻辑地划分的标题（比如“文学本质”、“文学语言”、“文学题材”“艺术真实”等）下汇集了从柏拉图到福柯、从孔子、鲁迅，到莫言、刘震云的只言片语。于是，在依据这样的工具书拼贴出来的教科书的某一页上，我们竟然可以同时找到马克思、柏拉图、福柯、孔子、鲁迅、莫言关于某个问题的“相同”说法。文学理论的“真理”就这样发现了！

大学文学理论教学僵化的考试—评估制度与方式更加强化了文学理论的学科规训力量，这是对于教师与学生的双重规训。这种以题库统一出题、流水交叉改卷[1]为特点的“现代化”“科学”考试办法把教师学生都牢牢地束缚在教科书以及教科书宣讲的“真理”上，不能发挥个性，也不能讲授教材外的内容，当然也不能讲与教材中的“真理”不相符的观点，因为题库是严格依据教材出的，“标准答案”也是严格依教材为准。更加荒谬的是，在笔者见到的多种文学理论考卷中，充斥着许多根本不能

[1] 所谓流水交叉改卷即任课教师不能批改自己所教班级学生的卷子（此谓“交叉”），也不能一个人从头至尾批改同一张卷子，只能改其中的一道或几道题（此谓“流水”）。这种限制教师的举措实际上反映了一个更严重的教育乃至社会问题：诚信的缺乏。

成立的伪试题。比如：几乎所有的文学理论试卷都把一些根本没有、也不可能有“标准答案”的问题设置为只能有一个“标准答案”的选择题或填空题。你可以发现这样的填空题：“文学是对于社会生活的________”。下面是几个选择，“A，能动反映”，“B，反映”，“C，审美反映”，“D，间接反映”；或者“文学的社会功能是________，________，________，________”。作为大学文学理论教师，我们自己如果不依据教材也无法知道这些题目中的哪个选项是“正确”的。实际上，对于“文学与社会生活的关系”、“文学的社会功能”的理解和解说，根本就是一种具有社会历史性与意识形态性的价值判断，没有什么绝对客观、普遍适用的“标准答案”（它不同于一些客观事实，如“鲁迅出生于浙江绍兴”）。一旦设置为知识性的选择题或填空题，就只能照搬教科书上的结论。这是非常典型的以科学化、标准化名义行使的话语霸权，它封杀了教师和学生的创新性思维能力。

## 五 历史化与地方化：文学理论知识的重建思路

如果说我们的文学理论教科书在理解文学的性质时存在严重的普遍主义与本质主义的倾向，那么纠正这种倾向就必须重建文学理论的知识论基础。我们把这个新的知识论基础称之为“建构主义”。当代西方的知识社会学与后现代主义学说中的某些合理因素为我们提供了重要的启示。

知识社会学的视角要求我们摆脱非历史的（de-historized）、非语境化（de-contextualized）的知识生产模式，强调文化生产与知识生产的历史性、地方性、实践性与语境性。必须强调的是，我们所说的建构主义并不是激进后现代的反本质主义，并不根本否定本质的存在，而是否定对于本质的形而上学的、非历史的理解。我们认为，在社会世界不存在无条件的、纯客观的“本质”，社会世界的“本质”本身就是有条件的，它必然受到社会历史等因素的制约，而我们对于这个“本质”的把握也受到作为各种社会因素的中介和影响，其中包括我们从属的群体归属、民族认同、文化教育、意识形态，以及作为社会实践的语言符号的中介和影响，因为作为研究主体的文学理论工作者本身，同时也就是作为研究对象的社会世界的成员（这是人文社会科学和自然科学的根本差异）。我们应该对于所谓“本质”或“原理”采取一种历史的与反思的态度，首先把所谓的“本质”“原理”当作是一种话语的建构，其次，把这种话语建构事件化、历史化与地方化。放弃了本质主义的文学理论尽管具有后现代文学理论的某些特征，但从它不设定某种关于文学的言说为“绝对之真”并以此统帅文学理论研究，从它倡导各种文学观念的平等地位与交往理性且并不放弃寻求交叉共识的努力而言，可以称之为自由、多元、民主的文学理论。在这一点上它又有具有鲜明的现代特征。

这里，福柯所说的事件化方法与布尔迪厄所说的反思性方法值得我们吸收。福柯在《方法问题》（*The Question of Method*）中提出了历史学研究的“事件化”方法。他指出：“事件化”（eventualization，这个词从名词event转化过来，意为“使……成为事件”）这个概念首先是指对于“自明性”（理所当然、不可质疑）的决裂。自明性往往借助于“历史永恒性”与“普遍的人类学特征”之类神话，掩盖了事物的独特性与相对性。福柯说，“由于历史学家失去了对于事件的兴趣，从而使其历史理解的原则非事件化（de-eventualization）。他们的研究方式是把分析对象归于最整齐的、必然的、不可避免的、最终外在于历史的机械论或现成结构。”[1] 在福柯看来，任何所谓普遍、绝对的知识或真理最初都必然是作为一个“事件”（event）出现的，而“事件”总是历史地具体的。

**关键词：**

事件化

事件化意味着把所谓的普遍“理论”、“真理”还原为一个特殊的“事件”，它坚持任何理论或真理都是特定的人在特定时期、出于特定的需要与目的从事的一个“事件”，因此它必然与许多具体的条件存在内的关系。事件化要表明的是：任何理论都不是像想象的那样是必然的、无条件的、自明的与普遍的。福柯说：“对于自明性的突破，对于我们的知识、我们的默许以及我们的实践建立其上的这些自明性的突破，是‘事件化’的首要的理论—政治功能。”[2]

福柯的事件化方法对我们的启示是：各种曾经或仍然被我们视作自明的“普遍”文学观念（比如“文学是社会生活的反映”或“文学是审美的意识形态”，“文学是虚构的”等等），实际上最初都是作为一个具体“事件”出现的。但是由于有意识的文化清洗或无意识的历史遗忘，我们常常不明了这一点。如果说对那些已经成为历史、不再受到普遍信奉的理论进行事件化还原相对容易一些，因为支持并把它们普遍化的那个权力已经不再起作用，比如我们现在已经知道：“文革”时期被奉为“圣经”的“三突出”、“高大全”等曾经的“普遍真理”原来是作为具有特定政治目的的“事件”出现的；那么，对于一些我们今天正在信奉、仍在信奉的“真理”，事件化却依然困难重重。这需要我们具有把反思的矛头指向自己的理论勇气。

---

[1] The Foucault Effect: Studies in Governmental Rationality, Harvester Wheatsesf, 1991, p.78.

[2] Ibid., p.76。

布尔迪厄所倡导的社会科学的反思性，与福柯的事件化方法存在很多相似之处，它们都旨在通过历史化来破除本质主义的思维方式。

在文化与艺术的领域，布尔迪厄特别把自己的反思矛头指向艺术的自主性理论，指出这种自主性理论与非历史化存在紧密的联系。布尔迪厄认为，将自主性非历史化的做法"把艺术品的主观经验看做客体，却不考虑这种经验和它运用其上的客体的历史性……这就是说，这些分析不知不觉地将个别情况加以普遍化，并由此将艺术品定时定位的个别经验转换为超一切艺术认识的超历史标准"[1]。这就是说，自主性实际上是一种体验文学艺术的方式，也就是把艺术仅仅当成艺术（为艺术而艺术）来经验。这种方式本身并不是经验的对象——艺术品——内在具有的，而且它本身也是历史地建构出来的，因而具有个别性、特殊性和具体性；但是非历史化的自主性理论却把这种经验方式加以普遍化，成为"超历史的标准"。这种做法"为了把艺术品的经验变成普遍的本质，不惜付出双重的非历史化的代价，即作品和作品评价的非历史化"[2]。这就是布尔迪厄所谓"生成的遗忘"：对于文化、知识或知识分子的历史发生的遗忘，这种遗忘是所有超验幻象的基础，也是特定的理论变成意识形态霸权的根本原因。解决的办法就是历史化："反对这生成的遗忘，没有比重建被遗忘的或被压抑的历史更有效的解毒剂了，被遗忘的或被压抑的历史在表面上非历史的思想形式中永存，而这些思想形式构成了我们对世界自身的认识。"[3]

我们以为，布尔迪厄指出的"生成的遗忘"在中国的文学理论界（尤其是大学的文学理论教材中）普遍存在，他倡导的社会科学的反思精神又是许多文学理论工作者常常忽视乃至有意回避的。其主要原因除了前文分析过的那些以外，还包括：文学理论工作者常常有一种回避对自己进行社会学反思的倾向，特别是当这种反思涉及自己的研究与自己的利益之间的关系的时候，就更是着意回避思考自己的理论和批评立场与自己的学术地位、社会地位之间的关系。布尔迪厄认为这就是艺术批评中的"本质思维"的表现。[4]

## 六　关于本教材的简要说明

基于以上的这些认识，我们以为，我们的文学理论研究、特别是大学的文学理论教材必须进行深刻、全面的改造，其核心是反思文学理论学科中的本质主义倾向，强

---

[1] 布尔迪厄：《艺术的法则》，中央编译出版社，2001年，第344页。

[2] 同上书，第397页。

[3] 同上书，第355页。

[4] 同上书，第355页。

调文学理论知识的历史性与地方性。这本教材是我们这些思考的一个初步成果。

首先，我们打破了文学理论教材传统的"四大块"（或者在此基础上扩充而成的"五大块""六大块"）的通行体例，改为以中外文学理论史上反复涉及的、或者在今天的文学研究中被集中关注的基本问题结构全书的原则，在认真梳理、研究中西方文学理论史的基础上，提出不同国家与民族的文学理论共同涉及的若干"基本问题"与重要概念。其次，为了保证与原来的文艺学教材的区别，要求每位编写者必须做到在介绍这些概念、讲述这些问题时贯穿历史化与地方化的方法，对一些重要的概念与问题（比如"文学"概念以及"什么是文学"的问题）做历史的解释（这样的解释旨在揭示概念的含义的非固定性）；同时，这种历史的解说必须结合民族的维度，即分别介绍不同民族（由于篇幅限制只能以中国与西方为主）对于这些概念是怎么得到解释的。这样既可以消除历史的遗忘症，又可以凸显不同民族对于"文学"这个概念的不同理解。最后，介绍完毕以后，我们并不要求作者给出"什么是文学"的最终结论，而是把问题敞开，让学生自己去思考。但是，在研究的过程中，我们发现在许多问题上，古今中外的文学观念与理论依然存在大致的"交叉共识"，从而在力求避免"过度阐释"的前提下，我们也尝试发现各种不同的文学理论之间的这种"交叉共识"。

我们认为：教材承担的是向学生传输本学科最主要的知识和研究成果的任务，也就是说，教材的任务不是或主要不是表达作者自己或某人的所谓"一家之言"，而是把本学科发展史上主要的、有代表性的学术成果以学生能够接收的方式传达给学生，以便学生在学习完毕之后能够对本学科的研究状况和知识积累有基本的了解。这是教材和个人学术专著根本差异。换言之，教材本质上是学术史的一种，但由于它面向学生而不是研究者（特别是当它面向大学一年级学生的时候），它和一般的学术史的差异主要体现在：表述方式的通俗性，选择内容的精练性以及较强的理论概括性。就文学理论而言，文学理论不可能像面向专业学者的文学理论史那样细致地介绍中国或西方的文学理论的发展脉络，仔细钩沉它的史料和演变轨迹，也不应该完全按照时间的线索进行结构。它应该把有代表性和时代意义的"问题"提炼出来，然后把关于这个问题的最有水平的观点和言论选择出来，并以学生能够接收的语言表述出来。如果说教材也有独创性的话，那么它的独创性就是这方面的独创性。

我们的希望是本教材可以使学生了解中外文学理论涉及过的一些最主要问题以及就这些问题曾经发表过的最主要的观点，从而培养他们开放的文学观念。

## 参考文献

1. 杜书瀛、钱竞主编：《中国20世纪文艺学学术史》，上海文艺出版社，2001年。
2. 皮埃尔·布尔迪厄：《艺术的法则》，中央编译出版社，2001年。
3. 阿雷恩·鲍尔德温等：《文化研究导论》，高等教育出版社，第2004年。
4. 以群主编：《文学基本原理》，1963年第一版，1979年第二版，1983年第三版。
5. 十四院校编：《文学理论基础》，上海文艺出版社，1981年第一版，1985年第二版。
6. 童庆炳主编：《文学理论教程》，1992年第一版，1998年第二版。
7. The Foucault Effect: Studies in Governmental Rationality, Harvester Wheatsesf, 1991.
8. 乔纳森·卡勒：《当代学术入门·文学理论》，辽宁教育出版社，1998年。
9. 特里·伊格尔顿：《文学理论概论》，中国社会科学出版社，1988年。

## 思考与练习

一、解释下列概念

1. 文学理论
2. 本质主义
3. 文学的自主性
4. 文化研究

二、思考并回答下列问题

1. 什么是文学理论？它和文学批评、文学史的关系如何？
2. 如何理解文学理论中的本质主义思维方法？
3. 应该如何理解文学与文学理论的自主性问题？
4. 请举例说明市场与文学自主性的关系。
5. 什么是文学理论知识的历史性？
6. 什么是文学理论知识的地方性？
7. 福柯的事件化理论和布尔迪厄的反思社会学理论对于我们理解文学理论有什么启示意义？

# 第一章
# 什么是文学

“什么是文学”是文学理论的起点性问题，也是文学理论作为一门独立学科必须回答的最基本问题。文学理论的基本性质和体系构成，都取决于对这一问题的思考和回答。

文学的存在和对文学的认识一直处于变动不居的状态中，这并没有减少文学和文学研究的价值，相反使它更显得魅力无穷。今天，我们进入了一个书写和解读都空前自由的时代，我们期待进一步开放对“什么是文学”的认识。

## 第一节　“文学”界定的困难

“文学”作为一个概念，是否可以下一个大家都能接受的定义？如果不能，那么它是否有一个相对明确而固定的含义？如果有，这一含义又是如何表达的？我们可以依据这一含义划出一个叫做“文学”的领域吗？

或许进入这个问题的最好办法，就是梳理“文学”概念的历史变迁，这可以有助于我们了解人们对文学的认识经历了哪些变化。下面的梳理将表明：文学的创作和观念从来都是开放的，对于文学的认识一直处于持续不断的发展和变化中，“纯文学”的概念只是一种历史的建构。

从中国两千多年前《尚书·尧典》的“诗言志”，到当代文学理论著述中常说的“文学是语言的艺术”；从“修文学，习言谈”（《韩非子·五蠹》）之类关于“文学”之表述的原始样式，到今天的教科书中“文学是显现在话语蕴藉中的审美意识形态”[1]的复杂定义；从“经国之大业，不朽之盛事”（曹丕《典论·论文》）的功用论文学观到“情性之风标，神明之律吕”（《南齐书·文学传论》）的审美文学观；中国数千年的历史中关于文学的言说可谓五花八门。西方的情况也是这样。韦勒克和沃伦的《文学理论》一书列举了“关于诗或者说文学作品是什么”的多种传统答案，而西方现代、后现代理论中关于“文学”概念的表述更是无奇不有。这些定义和解说，哪一种结论不具有合理的因素？而哪一种结论又能够完全涵盖文学的所有特征？

**历史上关于“文学”的言说举隅**

诗歌是为了达到一种审美目的，而用有效的审美形式，来表示内心或外界现象的语言的表现。

——（德国）格罗塞：《艺术的起源·诗歌》

文学就是一个特定的社会认为是文学的任何作品，也就是由文化来裁决，认为可以算作文学作品的任何文本。

——（美国）卡勒：《当代学术入门：文学理论》

文章者，盖情性之风标，神明之律吕也。蕴思含毫，游心内运；放言落纸，气韵天成。莫不禀以生灵，迁乎爱嗜，机见殊门，赏悟纷杂。……属文之道，事出沉思，感召无象，变化不穷。俱五声之音响，而出言异句；等万物之情状，而下笔殊形。

——（南朝）萧子显：《南齐书·文学传论》

文学者，游戏的事业也。（《文学小言》）

惟美术之特质，贵具体而不贵抽象。（《红楼梦评论》）

诗歌者，感情的产物也。虽其中之想象的原质，亦须有肫挚之感情，为之素地，而后此原质乃显。（《屈子文学之精神》）

——（近代）王国维

艺术的基本样式之一，亦称语言艺术。它以语言文字为媒介和手段塑造艺术形象，反映现实生活，表现人们的精神世界，通过审美的方式发挥其多方面的社会作用。

——见《中国大百科全书·中国文学》“文学”条，

中国大百科全书出版社，1986年版

文学是显现在话语蕴藉中的审美意识形态。

——童庆炳主编：《文学理论教程》

[1] 童庆炳主编：《文学理论教程》，高等教育出版社，1998年修订版，第75页。

一个直观的发现是：这些被当作关于“文学”的各种定义，相当部分其实是关于“诗歌”、“文章”、“美术”等等的解说，它最多只是近似于我们今天所使用的“文学”概念。这种情况其实非常普遍，很多被当作是“文学”观念之表达的前人观点，其实都是针对诗、文、文章等等具体文类的，并不就是我们今天使用的总体概念“文学”。

在文学作为一门独立的学科建立于现代之前，作家、理论家往往从一些具体的文类的写作出发谈论诗、文、小说、戏剧等，只有少数理论家对“文学”进行过定义式的概括，而定义往往又会引发对定义自身的疑问和解释，关于“文学”的理论表述一直人言言殊。即使对于具体的某个文类也是这样。格罗塞在《艺术的起源·诗歌》中谈到难以为叙事诗做出“简单的定义”[1]，但他还是为诗下了定义（见上面的文框）。但是验证于创作，这一“定义”仍然是未定的：“一种审美目的”是哪一种？“有效的审美形式”是否仅指“语言的表现”？它又如何区别于其他语言艺术形式？黑格尔有言：“凡是写过论诗著作的人几乎全都避免替诗下定义或说明诗之所以为诗。”[2]诗尚且如此，何况“文学”？当代法国文学理论家艾斯加尔比甚至说：“没有比文学更模糊的词了，这词用在各种场合，其语意内容极丰富又极不一致。要给出一个单一的、简短的文学的定义实际上是不可能的。”[3]

“文学”一词的丰富而充满差异的内涵，导致了各种不同的言说“文学”的尝试。比如中国文学理论中有与文学相关的“情志”、“比兴”、“意象”、“象外”、“境界”之说，其中的阐释空间几乎是无限的（“比兴”就引起了自汉代至今的无数阐发）。西方当代文学理论中出现过强调文本中心的新批评学说、结构主义学说，而重视阅读功能的阐释学文论、接受美学文论也同样受到理论家的青睐。不少理论家把审美情感活动当作文学的源头和本质界定，但“美”、“审美”本身就与“文学”一样难以定义。或许文学创作对于陈述、定义方式的超越，也导致了文学原理独特的观念生成方式和存在样态。

文学观念形成的过程漫长而复杂，前人留下的理论文字中有三类情况需要引起特别的注意：

1. 在人类的早期文献中，并没有现代意义上的“文学”这个概念。“文学”在上古文献中指所有人类书写的文章、典籍。这样，关于“文学”活动的认识往往包含在对于人类文化活动（政治、宗教、民俗、教育等）、文献整理、各种艺术行为和写作活

[1] 格罗塞：《艺术的起源》，商务印书馆，1984年，第190页。

[2] 黑格尔：《美学》第三卷下册，朱光潜译，商务印书馆，1979年，第17页。

[3] 转引自赵毅衡：《新批评——一种独特的形式主义文论》，中国社会科学出版社，1986年，第29页。

动的表述之中。例如古希腊的文学观念就常常表现在对于讲演、修辞和戏剧艺术的论说中，古代印度的文学理论大量地见于戏剧表演程式的论说中。说它们是“文学”理论，实际上是后人的追认。《吕氏春秋·古乐》中记载上古的音乐：“昔葛天氏之乐，三人操牛尾，投足以歌八阕。”其中有舞蹈、音乐，而“八阕”唱词就是“诗”，即我们今天所说的“文学”之一种。《易传·系辞》讲“言”、“意”、“象”、“神”的问题，对文学理论的意象论、思维论等方面发生了重要的启示。从这些文献中，可以分析出处于萌芽状态的文学观念。

2. 有些古代文献字面上是忽视甚至否定文学艺术的，但其中的思想观念却对文学理论产生了重要的影响。例如，庄子认为通行的《诗》、《书》、《礼》、《乐》及艺术是破坏自然天性的“毁道德”之物，甚至主张消灭文学艺术；柏拉图认为文学艺术是“真谎”、“毒素”，要把诗人和诗都逐出“理想国”。然而，他们的学说都对中、西方文学理论起到了奠基性的作用。在“教化论”的文学理论中，文学始终是服务于政治道德宗旨的，但其中也曲折地显露了关于文学特征的认识，例如中国先秦、两汉的儒家文论和欧洲中古时期的基督教文论等。所以，在研究文学理论的基本问题时，就不能不涉及这些学说中的文学性意义。

3. 古往今来的文学理论著述对“文学”的直接界说并不多见，多数重要的文学本质观念是间接地呈现出来的，有时甚至是以文学创作的形态而显示的。例如，席勒提出文学艺术起源于人类的游戏冲动，就触及到了后人建构的文学的超功利理论。署名“司空图”的《诗品》就是用诗来表现诗观念的经典之作，从“采采流水，蓬蓬远春。窈窕幽谷，时见美人”一类的诗句中，我们可以形象而深切地体会到作者所倡导的诗歌本质认识。回答“什么是文学”的问题，这些文学观念的“呈现”式表达也是不可忽略的。

## 第二节 “文学”概念的形成与演变

从夹杂于文学创作或其他文字表述中的朴素观念，到系统阐述的自觉理论范畴，“文学”概念经历了漫长历史。迄今为止，这个历史并没有告诉我们一种绝对的文学“公理”。然而我们又必须承认：对文学基本特征的认识在特定的历史阶段也可能出现较强的趋同性或相似性。

整体而言，中国的先秦两汉和欧洲16世纪文艺复兴以前是中外“文”、“文学”、“诗”、“戏剧”等观念的发生时期，一些相关的基本命题已出现了最初的言辞形态。

## 一、“文”与“文学”

必须首先指出的是，在中国古代的历史长河中，并未发展出独立的、现代意义上的“文学”或“文学理论”范畴，也没有形成与其他艺术乃至文化类型相对的独立的“文学”概念。与今天“文学”概念相关的表述是“文”“文章”和“诗”或“诗赋”，古代所谓“文学”也不是今天我们说的文学，而是杂文学（包括所有文章），被今人冠以“文学理论”的那些文字，也是各种诗赋理论、小说理论、戏曲理论，等等。

中国的先秦两汉时期，有关“文”“文学”的论说，散见于各种著作（这些著作尚未分化为现代意义上的学科，比如文学、哲学、历史学等）之中。孔子在谈论弟子的特长时曾说：“文学，子游、子夏。”（《论语·先进》）这里的“文学”指包括典章制度在内的各种文献知识，不是我们今天说的“文学”。《荀子·大略》说“人之于文学也，犹玉之于琢磨也。《诗》曰：‘如切如磋，如琢如磨。’谓学问也”，王粲《荆州文学记官志》说“夫文学也者，人伦之首，大教之本也”[1]，这些句子中的“文学”都是指文献典籍或从事文献研究的学者，它们一般都与道德教化（所谓“人伦”“大教”）而不是审美有关。这种泛指的“文学”概念长期延用在传统国学研究中，近人章太炎《国故论衡·文学总略》还称：“文学者，以有文字著于竹帛，故谓之文；论其法式，谓之文学。”

不妨从“文”的含义及其扩展追溯“文学”概念的变化。甲骨文的“文”字象纹理纵横交错之形，本义是交错的线条、花纹。“文，错画也。象交文。今字作纹”（《说文解字》），“织文鸟章,白旆央央”（《诗·小雅·六月》），所说的“文”字都是纹路交错的意思。《国语·郑语》说：“物一无文。”就是说，单一的事物没有“文”，因此自然界有日月经天、江河行地的天地之“文”，人类社会也有与“天文”相对应的、包括文学艺术在内的“人文”，所以《周易·贲卦·彖辞》曰：“刚柔交错，天文也。文明以止，人文也。”“文章”的含义从纹理色彩交织引申为文辞修饰。《韩非子·解老》说：“文为质饰者也。”在中国先秦时期，具有修饰性的文字是最初的“文”的标志。

中国古代文论的经典著作《文心雕龙》的首篇《原道》在论述“文”的起源时，就清晰地表达了关于“文”的这种认识：

> 文之为德也大矣，与天地并生者何哉？夫玄黄色杂，方圆体分；日月叠璧，以垂丽天之象；山川焕绮，以铺理地之形：此盖道之文也。仰观吐曜，俯察含章，高卑定位，故

[1] 见（清）严可均辑《全后汉文》，中华书局，1958年影印版，第965页。

两仪既生矣；惟人参之，性灵所钟，是谓三才。为五行之秀，实天地之心。心生而言立，言立而文明，自然之道也。旁及万品，动植皆文。龙凤以藻绘呈瑞，虎豹以炳蔚凝姿。云霞雕色，有逾画工之妙；草木贲华，无待锦匠之奇。夫岂外饰，盖自然耳。

“文”是自然之道的体现，因此“文”的属性是天地万物的自然形象色彩，也是人类心灵活动自然的语言表露，后者是对前者的感应和书写。这一认识，奠定了“感物起兴”的创作起源论。换言之，人类的书写活动（“文”）是源于自然万物的情感活动的表达。

在中国文化奠基时期，先秦儒家的教化说是关于“文”的正统观念。这类学说将“文”局限于王道政治和道德修养的功用范围之内，在一定程度上妨碍了作为独立书写类型的现代意义上的“文学”——不妨称之为狭义的“文”——的形成和发展。但它们也在一定程度上关注和提示了“文”的抒情意义，并且强调了有节制的抒情方式，这对后世形成狭义的“文”的观念有所启发。汉代陆贾《新语・慎微》中言“故隐之则为道，布之则为文诗。在心为志，出口为辞”。“文诗”意为讲究修辞文采的诗，这种观点对后世也有启发。与儒家学派提倡“诗”、“乐”不同，道家学派在表述中否定包括文（文章）、乐在内的一切人为创作，甚至有“绝圣弃智”（《老子》十九章）、“灭文章，散五采”（《庄子・胠箧》）之论。而细读老、庄之论可知：自然之“道”的观念决定了这种否定论的哲理意义和现实意义。在道家的观念中，天道自然是一切存在和行为的最高尺度，“自然美”也是审美的最高准则。“淡然无极而众美从之”（《庄子・刻意》），自然美决定了表现形式；“真者，精诚之至也。不精不诚，不能动人”（《庄子・渔父》），也决定了人的情感活动。这两方面恰恰被后人认为揭示了“文学”的基本特征。《庄子》中又提倡由“虚静”进入“乘物以游心”（《人间世》）的精神境界，启发了后人关于文学与现实的关系、文学思维特征等方面的认识（参见本书第二章）。庄子继承了老子的观点，认为“言”不能“尽意”，主张“得意而忘言”（《外物》），成为古代“言外”、“意在言外”审美理想的起源。正因为如此，后世一般认为道家学说是中国美学和文学理论中注重“内部规律”一派的源头。

中国古代固然没有现代意义上的“文学”概念，但是却有大量的诗论、赋论（因为中国古代诗赋极度发达），这里面的很多思想与今天狭义的“文学”观念非常相似。汉代出现的诗歌与辞赋始终是中国历史上最合乎今天的“文学”理想的文类（或者说是所谓“纯文学”）。两汉以后，诗、赋逐渐成为文人创作的重要文体，因此刘歆的《七略》始将“诗赋”单列为一类，班固《后汉书・艺文志》继承刘歆的分类方式，于“六艺略”、“诸子略”之外另立“诗赋略”。这样的文体分类以及对诗赋的论说，已经体现了对于后世所谓“文学”文体特征的重要认识，是“文学”观念自觉的最初标志。

例如诗论，《说苑·贵德》曰："善之，故言之，言之不足，故嗟叹之，嗟叹之不足，故咏歌之。夫诗，思然后积，积然后满，满然后发。""诗"的情志、文采特征得到了认识和说明。在《毛诗序》中，"诗"从文献名称的《诗》(即《诗三百》)变成了文体名称，"诗"就此有了文学概念的含义："诗者，志之所之也，在心为志，发言为诗。情动于中而形于言，言之不足故嗟叹之，嗟叹之不足故永歌之，永歌之不足，不知手之舞之，足之蹈之也。"除去政治教化的意义外，《毛诗序》体现了这样的观念："情性"是诗歌的成因和主要的内容因素，并以"吟咏"的方式得到表现。《毛诗序》对后来成为中国诗学基本范畴的"赋比兴"做出了诗例的举证，文学的比喻象征意义有了最初的概念定位。又如赋论，枚乘《七发》以"比物属事，离辞连类"概括了辞赋的艺术手法，涉及了这个"文学"类型独特的言辞性质。司马相如《答盛擥问作赋》谈大赋："合綦组以成文，列锦绣而为质，一经一纬，一宫一商，此作赋之迹也。赋家之心，苞括宇宙，总览人物，斯乃得之于内，不可得其传也。"论及赋的文体特征，更涉及了文学源于自然和社会的想象内涵。王符《潜夫论·务本》并论诗、赋说："诗赋者，所以颂善丑之德，泄哀乐之情也，故温雅以广文，兴喻以尽意。"诗赋的婉转抒情、形象譬喻的性质已有了相当明确的共识。

## 二、摹仿·修辞·虚构

与中国一样，西方古代的理论表述中，也没有现代意义上的"文学"概念。今天被我们称之为西方古代"文学"理论的，实际上散见于各种关于诗、戏剧等的评论中。这是我们必须首先指出的。

在西方古典诗歌理论中，诗歌创作曾被解释为神的启示，古希腊的柏拉图就说诗人的灵感是"神力凭附"[1]，其中有些言论涉及对摹仿、修辞、虚构等的认识，有较高的理论价值。

### 1. 摹仿说

在古希腊，人们普遍把音乐、诗歌等艺术门类的起源和本质表述为"摹仿"[2]。大约公元前6世纪的毕达哥拉斯学派就已提出了音乐来自对体现着数的和谐的"天体

[1] 《柏拉图文艺对话集·伊安篇》，朱光潜译，人民文学出版社，1963年，第8、9页。

[2] 与西文mimic(古希腊语mimesis)相对应的中文有"模仿"和"摹仿"两种写法。基于"摹仿说"所含有的"摹写"、(与原本相对的)"摹本"等语义，本教材统一用为"摹仿"。

音乐”的摹仿。赫拉克利特说艺术“摹仿自然”[1]，德谟克利特说“摹仿禽兽”[2]，这些可以看作是“摹仿说”的始作俑者。柏拉图则认为现实世界是理式世界（真理）的影像，而诗、绘画等对现实世界的摹仿只是理式世界影像的影像。他在《理想国》中宣称：“从荷马起，一切诗人都只是摹仿者，无论是摹仿德行，或是摹仿他们所写的一切题材，都只得到影像，并不曾抓住真理。”[3] 亚里士多德也认为悲剧、喜剧等是摹仿，《诗学》中说“史诗和悲剧、喜剧和酒神颂以及大部分双管箫乐和竖琴乐——这一切实际上是摹仿”，“摹仿出于我们的天性，而音调和节奏感（至于韵文则显然是节奏的段落）也是出于我们的天性，起初那些天生最富于这种资质的人，使它一步步发展，后来就由临时口占而作出了诗歌”。但他强调“悲剧所摹仿的不是人，而是人的行动、生活、幸福”[4]（详见本书第三章第二节），这一观点为后来的欧洲现实主义理论奠定了基础。

中古基督教文论的代表人物托马斯·阿奎那在《哲学著作》中说：“亚里士多德教导我们，艺术所以摹仿自然，其根据在于万物的起源都是互相关联的，从而它们的活动和结果也是如此的。但是艺术作品起源于人的心灵，后者又为上帝的形象和创造物，而上帝的心灵则是自然万物的源泉。”[5]从宗教观念出发改造了柏拉图和亚里士多德的模仿说，认为上帝既创造了自然万物也创造了人类的心灵，艺术起源于人类的心灵，但由于人类心灵和自然万物全部起源于上帝，而且所有事物的起源都是相互关联的，因此，也可以说艺术模仿自然。直到17世纪的古典主义文论，“摹仿”说依然得到了直接的承传，德莱顿《论诗剧》即说：“戏剧的定义既是对自然的生动的摹仿，那么，谁把这一原则履行得最好，谁才算最高明。”[6] “摹仿”说从古希腊到18世纪在关于诗歌理论、喜剧理论、音乐理论和绘画理论等等领域一直占据着主导地位，它们奠定了后世“文学本质是模仿”这个理论的基础。

**2. 修辞说**

在欧洲早期关于诗歌、戏剧、散文的言论中，修辞说也非常流行。修辞学（rhetoric）在古希腊语中指与政治雄辩术有关的口头言辞技巧。亚里士多德《修辞学》指出：“恰当的演说方法”“在悲剧和史诗朗诵的艺术中，早已就用上了”。除了讲究声音、节奏，还包括“避免粗俗”，使用“具有积极的修饰意义”的词汇。词汇的

---

[1] 《古希腊罗马哲学》，三联书店，1957年，第19页。

[2] 《著作残编》，见伍蠡甫主编《西方文论选》上卷，上海译文出版社，1979年，第4页。

[3] 《柏拉图文艺对话集·理想国》，第76页。

[4] 亚里士多德：《诗学》，罗念生译，人民文学出版社，1962年，第3、12、21页。

[5] 《西方文论选》上卷，第153页。

[6] 见章安祺编：《西方文艺理论史精读文献》，中国人民大学出版社，1996年，第208页。

变化“可以使语言显得格外堂皇美丽”，“给平常的语言赋予一种不平常的气氛”。《修辞学》所举的例子常常是诗歌、戏剧的内容，或是其他作品中极富文学性的语句，特别是比喻性修辞，如“诗人用‘枯萎的树干’来比喻老年”，“他的精力旺盛，有如盛开的花朵”，以及反面例子“皇后一般的无花果树”等[1]。亚里士多德的《诗学》说：“有关‘思想’的一切理论见《修辞学》；这个题目更应属于修辞学研究范围。‘思想’包括一切须通过语言而产生效力，包括证明和反驳的提出、怜悯、恐惧、愤怒等情感的激发”[2]，书中用了很大篇幅讨论音、字、词的变化。当然，亚里士多德重视修辞，并不是出于美学的原因，而是因为古希腊的城邦公共生活极为发达，而公共生活的基本内容之一就是公共辩论，修辞是让演说具有影响力感染力的重要保证，只有讲究修辞，思想才能打动人，因此它并不只是诗歌、诗剧的重要特征。

古罗马时期，修辞学依然兴盛，并影响了诗歌、散文等理论。朗吉努斯《论崇高》即说：“所谓崇高……总是体现于一种措辞的高妙之中，而最伟大的诗人和散文家之得以高出侪辈并获享不朽的盛誉”，“恰当的惊人的措辞会对于听者有巨大的威力，迷人的魅力；这是一切演说家、作家所追求的主要目的；就是这一点，而且仅仅这一点，就足以使文学作品陈列出与最精美的雕像相同的种种光彩照人的美妙，陈列出它们那种雄伟、美丽、圆润、庄严、遒劲、威武和种种其他的妙处；这一点就赋予事实以一个歌手的灵魂；……我们确实可以完全正确地说，美妙的措辞就是思想的特有的光辉。”[3] 可见修辞不仅是伟大文学的标志，因为它所具有的感染力，它也是所有成功的演说所必备的。

**3. 虚构与想象说**

早期西方理论家也很重视虚构与想象之于诗歌等的重要性。亚里士多德深刻地指出：“诗人的职责不在于描述已发生的事，而在于描述可能发生的事，即按照可然律或必然律可能发生的事。”这个对于历史和诗歌的著名区分后来扩展为整个文学和历史（以及其他纪实性文类）的区别，诞生于现代的严格意义上的文学理论更是把虚构与想象视作文学的本质特征。亚里士多德又说：“为了获得诗的效果，一桩不可能发生而可能成为可信的事，比一桩可能发生而不可能成为可信的事更为可取。”[4]这个论述实际上包含了对艺术真实和生活真实的差别的深刻认识：生活世界里不可能发生的事（比如夏天下雪）作为艺术虚构和想象在艺术世界（比如《窦娥冤》）中完

[1] 《西方文论选》上卷，第88—95页。
[2] 亚里士多德：《诗学》，第65—66页。
[3] 《西方文论选》上卷，第122、129页。
[4] 亚里士多德：《诗学》，第28、101页。

全是可信的。在“可然律或必然律”的前提下进行创造性的虚构是艺术的重要特点。古罗马文论家贺拉斯也提倡在真实的基础上进行虚构，其《诗艺》中说：“虚构的目的在引人欢喜，因此必须切近真实。”[1] 朗吉努斯《论崇高》中说：“所谓想象作用，一般是指不论如何构想出来而形之于言的一切观念，但是这个名词现在用以指这样的场合：即当你在灵感和热情感发之下仿佛目睹你所描绘的事物，而且使它呈现在听众的眼前。你别忘记，想象在雄辩中是一回事，在诗歌中又是另一回事。诗的意象旨在使人惊心动魄，演讲的意象却是为了使观念明晰，虽则两者都力求做到后一点，力求激发感情。”朗吉努斯非常精辟地看到了演说中的想象和诗歌中的想象的差别，前者是为了增加逻辑力量，而后者则是为了激发情感，这是一个重要的认识飞跃。朗吉努斯还引用欧里庇得斯“您别调唆 / 那些血足蛇状的女妖迫害我”等诗句为例证，并解释说：“这里，诗人自己如同目击那些复仇女神，他几乎要强迫听众来看见他所想象的事物。”[2] 他认识到了诗歌中的想象能够使作者的观念形象化，使听众（读者）产生强烈的情感共鸣，这正是文学（诗）区别于“雄辩”、“演讲”的基本因素。

**关键词：**

### 文　学

在中国传统文献中，“文学”一词主要指文献或文章之学。“文学”是关于“文”的学识。“文”字为象形，本义是交错的线条、花纹，引申为文辞修饰。这一含义在后世进入文学理论后，使得文学之“文”有了源于自然又具有文采特征的含义。“文”的另一个基本含义是“文字”，这一含义在后世进入文学理论之后，使得文学之“文”有了语言文字的含义。

在中国的“文学”概念发生时期，与“文学”概念最接近的概念是“文章”和“诗”或“诗赋”。“文章”是整体的概念，“诗”或“诗赋”是更加具体的文章类型概念，比较接近后世“文学”概念。到了南朝后，开始出现审美性诗文及其作者意义上的“文学”，比较接近现代狭义的“文学”，但这并没有取消文学一词的广义用法，而且直到王国维以前，关于“文学”的理论依然绝大多数都体现为诗赋、散文、小说、戏剧等具体文类的理论。

在西方古典文学理论中，“文学”（英文literature，拉丁文litteratura）的原初含义来自“字母”或“学识”（英文letter，拉丁文littera）。在模仿说、修辞说、虚构说等方面的论说中，关于文学特征的认识逐渐成熟。

[1] 贺拉斯：《诗艺》，杨周翰译，人民文学出版社1962年版，第155页。

[2] 《西方文艺理论史精读文献》，第100页。

早期论著中有关诗歌、戏剧等具体类型的表述，虽然不是严格意义上的“文学”理论，但为后世狭义的“文学”概念的形成积累了知识（比如在思维方式、语言形态诸方面）。

## 第三节　文学概念的成熟

### 一、狭义的文学概念

就迄今为止世界文学观念的整体发展趋势而言，大致经历了从“杂”到“纯”再到“泛”的过程。所谓“纯文学”，是相对而言的。中国古代并没有产生“纯文学”概念（中国古代诗论中的“真诗”概念也不同于当代法国文学理论家瓦雷里的“纯诗”），但一直存在着对“纯”的探讨和追求。正是在这种“纯化”的思维趋势的持续作用之下，文学在特定的历史阶段产生了特定的、具有突出代表性的概念表述，形成了文学理论的经典样态。

“诗”的概念在中国出现得很早。《尚书·尧典》曰：“诗言志。”将文学定位于政治性、道德性的志向、抱负的表达。《诗三百》中多处涉及“诗”的概念，“吉甫作颂，其诗孔硕”（《大雅·嵩高》）或“寺人孟子，作为此诗”（《小雅·巷伯》）都是在指认诗的政治道德功用（“美刺”），也可以从中体会到文学的情感性、音乐性特点。孔子主张通过“诗”进行道德教化：“兴于诗，立于礼，成于乐”（《论语·泰伯》），“诗可以兴，可以观，可以群，可以怨。迩之事父，远之事君，多识于鸟兽草木之名”（《论语·阳货》），以获取符合封建礼教的君子人格。汉代《毛诗序》讲《诗经》的意义就在于“经夫妇，成孝敬，厚人伦，美教化，移风俗”。郑玄《六艺论》这样为诗定义：“诗者，弦歌讽谕之声也。”尽管如此，先秦阶段对诗的审美特性已有初步认识。比如孔子讲诗之“兴”，就是在利用诗的情感效应和语言引申义达到教化修身的目的。

魏晋南朝抒情性文类空前繁荣，使得文的观念呈现出鲜明的“纯化”倾向，也就是越来越认识到现代意义上的狭义“文学”的一些特征。曹丕《典论·论文》曰：“盖奏议宜雅，书论宜理，铭诔尚实，诗赋欲丽。”明确揭示了“诗赋”的文采这个区别性特征。文中又提出了“文以气为主”的风格论（当然，这里的“文”指包括“诗赋”在内的各类文本，并不是狭义的文学），使作家个性气质对于风格的决定作用得到了空前的强调。

值得注意的是，此时文论已不限于谈论混杂的“文章”，而是更为深入具体地讨论各种文类的特征和差异，探讨不同的文章类型各自的形式特征。如挚虞《文章流别论》论“赋”的“假象尽辞，敷陈其志”[1]，范晔《狱中与诸甥侄书》论文章“情志所托，故当以意为主，以文传意。以意为主，则其旨必见；以文传意，旨其词不流。然后抽其芬芳，振其金石尔。此中情性旨趣，千条百品，屈曲有成理”[2]，所用词语几乎囊括了今天的“文学”概念的基本因素。萧统在《文选》的序文中提倡“入耳之娱”、“悦目之玩”、“赞论之综辑辞采，序述之错比文华，事出于沉思，义归乎翰藻”的标准。一些经、史部的序文、赞论构思精致又富于美丽文辞，也和诗赋一样得以入选《文选》。萧子显《南齐书·文学传论》中论及“文章”的性质：“文章者，盖情性之风标，神明之律吕也。”“属文之道，事出沉思，感召无象，变化不穷。俱五声之音响，而出言异句；等万物之情状，而下笔殊形。”[3]这里已经包括了著名的“缘情”说、“文笔”说（详见下文），个性情感与佳言美辞相结合以及独特的思维方式已是此时普遍的“文学”观念。由此可见，“文学”独有的审美性质得到了普遍的关注和提示。

在这样的趋势中，“文学”的含义与狭义的“文学”逐渐接近。前引《南齐书·文学传论》的“文学”显然已不再是文献之学，“文章”也不仅指具有文采的文字，而是代指魏晋以来既有文采又见个性情感的诗文作品。

西晋陆机的《文赋》也从创作论的角度披露了关于“文”（包括狭义的文学）的性质的看法。《文赋》继承了重“情”的文学观，其“诗缘情而绮靡”的新说更是对诗歌审美性质的重要发现（见下文“缘情”说）。更为可贵的是，《文赋》通过对创作过程的研究在道家“虚静”、“游心”论的基础上首次从艺术思维的角度论述了文学“精骛八极，心游万仞”、“观古今于须臾，抚四海于一瞬”的特点（详见本书第二章）。从陆机的论述中已经体现了这样的观念：文学的情感机制决定了文学精细华美的言辞特征，而超越功利性的审美想象是情、辞升华为文学的思维途径。

刘勰《文心雕龙》分别论述了三十四种文类，既有诗、乐府、赋等两汉以来就成为典范的、属于我们今天狭义文学的文类，也有颂、赞、诔等抒情性较强的文类，更有论、说、诏、策、章、表等实用性文类，可见其“文”的概念仍然是文章的意思，是杂文学概念。刘勰极为重视创作中的“神思”，亦即艺术思维的特殊性（详见本书第二章）。刘勰深刻认识到了诗歌、辞赋创作中诗人和自然、主观和客观之间的互动关系：

---

[1] 郁沅、张明高编选：《魏晋南北朝文论选》，人民文学出版社，1996年，第179页。

[2] 同上书，第256页。

[3] 同上书，第340页。

“是以诗人感物，联类不穷。流连万象之际，沉吟视听之区；写气图貌，既随物以宛转；属采附声，亦与心而徘徊。”（《物色》）“情以物兴，故义必明雅；物以情观，故词必巧丽。”（《诠赋》）“神用象通，情变所孕。物以貌求，心以理应。”（《神思》）“心”动于“物”又应合“物”的自然本性，“物”在“心”的作用下成象、成文。文学正是心物交融、运心成象的统一体。在《神思》篇中，刘勰首次将“意象”概念引入创作理论：“独照之匠，窥意象而运斤。”意象是形象与情意的结合，是客观物象在审美思维作用下向主观意象的转化，以意成象，象中见意，此后“意象”即成为中国诗歌理论表现诗歌特质的基本概念。刘勰论意象的突出特征是“有隐有秀”：“隐也者，文外之重旨者也；秀也者，篇中之独拔者也”（《隐秀》）。主观情志寄寓于客观物象的描写，形成意象；而意象既要表现客体的鲜明不凡之“秀”，更要有主体的含蓄蕴藉之“隐”。这样的见解，是审美意象特征的经典说明。

钟嵘《诗品》对诗歌的抒情本质进行了集中的表述，并将传统的“诗有六义”说简化为赋、比、兴“三义”，并做出了审美维度的全新阐发：“文已尽而意有余，兴也。因物喻志，比也。直书其事，寓言写物，赋也。”其中对于“兴”的特征的描述已经触及文学思维的根本特征：形象的隐喻、象征性。而“文已尽而意有余”则是对诗歌的美感特征的精彩概括。

“缘情”集中体现了中国古人对文学情感性的深刻认识。

先秦两汉时期，抒情性特征大体处于两种认识之中：一是“诗言志”说在儒家政治功利目的制约下，未能突出“志”中之“情”；二是视情感意义为实现教化功用的中介，“情”受制于“礼”。比如《礼记・经解》云：“温柔敦厚，《诗》教也。”为诗教设定了道德规范。《易传・系辞下》谈到了情感与言辞的关系问题：“圣人之情见乎辞。”即是说，“圣人”在对爻象的解释时表现了自己的所感所思，这个“情”就是情志的意思，以辞见情是“言”的重要功能，可以看作是“缘情”说的一个重要的文化观念基础。战国时期的楚墓竹简中有大量尚“情”之言，“诗亡（毋）离志，乐亡（毋）离情，文亡（毋）离言”[1]，诗歌抒情的认识已经相当明确了。屈原是“诗缘情”观念的先驱，他笔下的“发愤以抒情”（《九章・惜诵》）一类的诗句提示了“情”与诗的发生学关系，使诗的抒情本质得到了确认。“志”是理性而明确的，而“情”则难以名状，只能有赖于诗文。“发愤以抒情”就此成为重要的文学观念。

[1] 见马承源主编：上海博物馆藏《战国楚竹书（一）・孔子论诗》，上海古籍出版社，2001年。

**关键词:**

“缘情”说

汉末魏晋，形成了注重个性情感和思想自由的社会思潮。西晋陆机《文赋》明确提出:“诗缘情而绮靡。”脱离了政治教化文学观，突出了文学中“情”的主导意义，并且把文学的语言特征也解释为审美情感的体现。南朝刘勰《文心雕龙·明诗》把汉人“诗者，持也”(《诗纬·含神雾》)讲为“持人情性”，并特别指出自然感情在文学起源中的意义:“人禀七情，应物斯感，感物吟志，莫非自然。”他也强调感情决定语言的形态，其《情采》篇云:“文采所以饰言，而辩丽本于情性。”提倡“为情而造文”。钟嵘《诗品》也把自然感情解释为文学的本源和主旨:“气之动物，物之感人，故摇荡性情，形诸舞咏。”并且强调自然环境与社会生活对诗情的感发。中国文学理论中的“情本论”成为文学本质论的主流观念，与这一时期的理论表述关系密切。

“文笔”说是从文体特征出发界定文学特征的重要学说。

汉代已出现“文笔”一词，泛指文章。两汉以后，文章种类日益繁多，像《汉书·艺文志》那样单立“诗赋略”来包举“六艺”、“诸子”之外各种文章的分类方法已不能适应文类发展需要，在有些文献著录中就将无法进行归类的文字以篇名为目。例如《后汉书·蔡邕传》即云:“所著诗、赋、碑、诔、铭、赞、连珠、箴、吊、论议、《独断》、《劝学》、《释诲》、《叙乐》、《女训》、《篆势》、祝文、章表、书记，凡百四篇。”

“文笔”(参见关键词“文笔”)说在抒情性文学繁荣的南朝应运而生。

**关键词:**

“文笔”说

南朝以来，形成了抒情文类的创作高潮，对文类区别的认识进一步加强。“文笔”开始代指两种不同的文类。《文心雕龙·总术》这样说明“文”和“笔”的区别:“以为无韵者笔也，有韵者文也。”“有韵”之“文”即指当时流行的诗、赋一类押韵之文。萧绎《金楼子·立言》做出了清晰的表述:“屈原、宋玉、枚乘、长卿之徒，止于辞赋，则谓之文。”“至如不便为诗如阎纂，善为章奏如伯松，若此之流，泛谓之笔。吟咏风谣，流连哀思者，谓之文。”“至如文者，惟须绮縠纷披，宫徵靡曼，唇吻遒会，情灵摇荡。”“笔”是与诗不同的应用、论说文字;而“文”则不仅有音律美的特征，也应具有文采美的特征，由此抒发审美感情。

在“文笔”说的基础上又形成了“诗笔”的概念，如萧纲《与湘东王书》就有“诗既若此，笔又如之”的表述。

在今天看来，“文”就是体现了文学性的文章类型，是用以表达感情的富于声律辞采美的语言形态，诗是“文”的代表性文类。

唐代是中国诗歌理论建立基本体系的时代，此时对于诗歌特征有了更多的辨说。抒情诗创作的全面繁荣，带来了对诗歌文类更加自觉、精深的认识。例如李益《诗有六义赋》曰：“至于诗之为称，言以全兴；诗之为志，赋以明类。亦有感于鬼神，岂止明夫礼义？”[1] 显然是在自觉地摆脱传统的礼义教化诗歌观，诗歌这个文类的形象抒情性质得到了明确。白居易《与元九书》曰：“诗者，根情，苗言，华声，实义。”[2] 把诗歌的构成分为以“情”为本的四个要素。

在文学观念进化的过程中，诗歌理论中的意境（境，诗境，意境，境界）说是中国文论发展的重要阶段。如殷璠《河岳英灵集·诗评》的“兴象”，皎然《诗式》的“取境”、“但见情性，不睹文字，盖诗道之极也”，刘禹锡《董氏武陵集纪》的“境生于象外”，司空图《与极浦书》的“象外之象，景外之景”、《与李生论诗书》的“韵外之致”之说（参见本书第四章），都描述了诗境独有的象外、言外的特点。想象性的言外之意——也就是通过在情感活动作用下的审美思维达到对词语塑造的具体形象的超越——已经受到了空前明确的重视。两宋以后，唐代作品的示范，道学、理学的思考和言说方式，都启发了诗歌观念的理论化进程，以辨“诗”为代表的诗歌特质之辨析不断出现。例如北宋赵湘说：“诗者文之精气，……造意发辞，夐在象外。”[3] 南宋朱熹说：“诗者，人心之感物而形于言之余也。”[4]将唐代诗论的理论要点表达得更加具体而微。

从这些关于诗歌性质的论说中，可以归纳出不同层次的诗歌概念：第一个层次是对于两汉以后就形成传统的自然性情论的继承，这在六朝时期已成为最基本的文学概念；第二个层次是唐代以后新的诗学因素对于原有概念的丰富和深化。

中国文论著作多以诗歌为研究对象，其对于诗歌的审美特征的逐渐加深的把握，可以视为古人对现代意义上的“文学”的认识越来越明晰。南宋严羽针对宋诗“以文字为诗，以议论为诗，以才学为诗”的弊病，在《沧浪诗话·诗辨》中提出：“夫诗有别材，非关书也；诗有别趣，非关理也。”要“不涉理路，不落言筌”，“吟咏情性”，“言有尽而意无穷”。受到佛教禅宗的启发，严羽提倡以“妙悟”的方式学诗，也就是不局限于逻辑推理和文字解释的、直觉的感受领会诗有别于书本知识和道理议

[1] 周祖譔编选：《隋唐五代文论选》，人民文学出版社，1990年，第176页。

[2] 同上书，第235页。

[3] 《王象支使甬上诗集序》，见陶秋英编选：《宋金元文论选》，人民文学出版社，1984年，第30页。

[4] 《诗集传序》，同上书，第304页。

论，就在于其“材”（才能）其“趣”（趣味）是抒情性、想象性的审美感受。《沧浪诗话·诗评》说：“诗有词理意兴。”除了语言、思想之外，审美意象中的情感趣味才是诗之为诗的关键因素。

这个时期也出现了“文学”一词的含义变化。南朝至隋唐的官修史书中出现了“文学传”，“文学”一语出现了与早期泛指的文献或具有文采的“文章”之义不同的含义。上文所引的《南齐书·文学传论》就表达了“文学”所指这类文章具有抒发“情性”、“蕴思含毫，游心内运”、“俱五声之音响”、“等万物之情状”之特征，从中可以分析出现代意义上的“文学”所应具备的各种主要元素。姚察《书梁书文学传后》的“文学”已经有了这样的含义：“夫文者妙发性灵，独拔怀抱，易邈等夷，必兴矜露。”《南史·文学传序》中的“文学”一词区别于应用性、理论性的文字，主要指审美性诗文及其作者，已经具有狭义的艺术门类中的语言艺术之“文学”的含义。

这样的词语内涵的变化，为我们使用“文学”一词来说明文学现象、使用“文学”一词来对译西方的literature提供了基本的条件。

## 二　文学概念的经典化

与人文主义思潮兴起相联系，在欧洲16世纪文艺复兴以后到19世纪浪漫主义、现实主义文论中，“文学”概念表述比此前远为集中、明确了，人们逐步意识到“文学”是不同于其他文化类型和艺术类型的语言艺术。

文艺复兴时期，西方还没有现在意义上的成熟的“文学”概念，其“文学”观念常常表现在诗歌、戏剧或其他文类理论上。达·芬奇在研究诗与绘画的区别时指出：“如果诗包容伦理哲学，绘画则研究自然哲学。假使诗歌描写精神活动，绘画则研究反映在人体动态上的精神活动。”“画是哑巴诗，诗是盲人画。”[1] 16世纪意大利批评家卡斯特尔韦特罗继承并发展了亚里士多德区分诗与历史的观点，《亚里士多德〈诗学〉诠释》中说：“因为惟独诗人懂得如何处理自己所想象的故事，创造出从未发生过的事情，同时又能使这故事像历史那样可喜和真实，而历史是依照世界大事的经历，或者由于上帝的显明或隐晦的意志而发生的。”“科学技术不能作诗的题材，也不能用在一篇诗里。……如果诗人取材于别人所发现所写过的、也可以说已成为历史事实的科学技术，而只使之披上诗的辞藻，诗人既没有什么贡献，他也就没有理由可以自夸为诗人了。”[2] 这些关于诗与绘画、诗与历史、诗与科学技术之区别的论述，可

---

[1] 《西方文艺理论史精读文献》，第139—141页。

[2] 同上书，第155、156页。

以看作是通过探索诗歌特征而逐渐接近了现代意义上的文学概念。锡德尼在说明了各种职业对大自然的倚赖后指出："只有诗人，不屑为这种服从所束缚，为自己的创新气魄所鼓舞，在其造出比自然所产生的更好的事物中，或者完全崭新的、自然中所从来没有的形象中，如那些英雄、半神、独眼巨人、怪兽、复仇神等等，实际上，升入了另一种自然……"诗"是一种再现，一种仿造，或者一种用形象的表现；用比喻来说，就是一种说着话的画图，目的在于教育和怡情悦性。"[1]这里所揭示的描写内在精神、形象的间接塑造，以及想象虚构的性质，在现代的文学理论中都被认为是文学的重要特征。17世纪古典主义文论家布瓦洛在《诗的艺术》中说："不管写什么题目，或庄严或是诙谑，/ 都要情理和音韵永远地互相配合……""凭虚构充实内容，凭神话引人入胜。"[2] 其《书简诗》第九章说："只有真的才是美，只有真的才可爱。/ 真应该统治一切，虚构也不是例外；/ 一切虚构中的像是真实的虚假，都只为使真理显得像耀眼晚霞。"[3] 他虽然极为强调理性原则，但并未以此排斥情感、想象的意义，对于诗歌特性的认识具有深刻的启发性。

18世纪启蒙主义文论的代表人物狄德罗在《论戏剧诗》中虽然多次谈到"摹仿自然的艺术"，但同时对诗的真实性问题提出了自己深刻的见解。他首先指出了历史的真实和诗歌的真实的区别："……把历史和诗相比可能更有益、更富有真实性。人们可以由此得出'真实'，'逼真'，'可能'的正确的含义，同时确定'奇异'一词的明确意义，这是各种诗体的共同用语，开始只有少数诗人能给予恰当的定义"，"比起历史学家来，他的真实性虽少些，而逼真性却多些。"科学意义上的真实标准适用于历史，但不适合诗。只有"逼真"的标准才合乎诗歌，这是因为诗歌的真实中加入了想象、情感、幻想等因素："……然而诗人却有为一切人同样地制造幻象的任务！""诗人善于想象，哲学家长于推理……""诗人在较高程度上从自然取得了把天才和普通人，把普通人和愚昧的人区别开来的那个品质，这个品质就是想象力。" 狄德罗所说的"逼真性"是艺术真实，源于想象的虚构，类似于卡斯特尔韦特罗所说的"创造近似真实的故事"（见前引《亚里士多德〈诗学〉诠释》）。这样的理论，已经表现出与19世纪现实主义理论的直接联系。

其次，狄德罗还注意到了诗歌的真实性要符合人物性格："诗里的真实是一回事，哲学里的真实又是一回事。为了真实，哲学家说的话应该符合事物的本质，诗人

---

[1] 锡德尼：《为诗辩护》，钱学熙译，人民文学出版社，1964年，第9、11页。

[2] 布瓦洛：《诗的艺术》第一章，任典译，人民文学出版社，1959年，第27、28行。

[3] 转引自缪朗山：《西方文艺理论史纲》，中国人民大学出版社，1985年，第401页。

说的话则要求和他所塑造的人物性格一致。”[1] 这个观点非常符合后来西方小说和戏剧理论对于人物语言的认识。

18世纪德国古典主义理论继承了传统的“摹仿”说，但在观念上也有了新的进展。莱辛《汉堡剧评》指出戏剧不仅摹仿自然现象，更要“摹仿我们的感情和精神力量的自然”[2]。他在《拉奥孔》中多方面论说诗的特征：“对于艺术家来说，神和精灵都是些人格化的抽象品，必须经常保持这样性格特点，才能使人认得出他们。对于诗人来说，神和精灵却是些实在的发出行动的东西，在具有他们的一般性格之外，还各有一些其他特性和情感，可以按照具体情境而显得比一般性格还更突出。”“所以诗也能描绘物体，但是只能通过动作，用暗示的方式去描绘物体。”[3] 基调仍然是“摹仿”说，但摹仿的对象和方式有了新的理论发掘：文学形象的属性是动态的、感性的、本色而内在的，诗（文学）与造型艺术相比所特有的语言超越性和时间艺术的性质也得到了明确的解说。

歌德主张诗所特有的抒情本质，“有什么必要下那么多的定义？对情境的生动情感加上把它表现出来的本领，这就形成诗人了。”歌德关于一般和特殊的关系的观点也经常为人所称道：“诗人应该抓住特殊，如果其中有些健康的因素，你就会从这特殊中表现一般。”“作为诗人，我的方式并不是企图要体现某种抽象的东西。我把一些印象接受到内心里，而这些印象是感性的、生动的、可喜爱的、丰富多彩的，正如我的活跃的想象力所提供给我的那样。……”[4]与狄德罗一样，歌德区别了文学的感性抒情与哲学的抽象思辨、文学的真实与自然的真实：

> 艺术家一旦把握住一个自然对象，那个对象就不再属于自然了；而且还可以说，艺术家在把握住对象那一顷刻中就是在创造出那个对象，因为他从那对象中取得了具有意蕴，显出特征，引人入胜的东西，使那对象具有更高的价值。[5]

审美意蕴、典型特征和审美情感就是在艺术家主观作用下所形成的超越自然的特质，“更高的价值”就是不同于“现实生活”、“哲学思辨”价值的审美价值。席勒的著名论文《论素朴诗与感伤诗》的意义不仅在于较早区别了现实主义和浪漫主义

[1] 狄德罗：《论戏剧诗》，引文见《西方文艺理论史精读文献》，第224—232页。

[2] 莱辛：《汉堡剧评》，张黎译，上海译文出版社，1981年，第358页。

[3] 莱辛：《拉奥孔》，朱光潜译，人民文学出版社，1979年，第22—23页，第53—54页。

[4] 歌德：《歌德谈话录》，朱光潜译，人民文学出版社，1978年，第90、6、39、90、147页。

[5] 歌德：《〈希腊神庙的门楼〉的发刊词》，转引自朱光潜《西方美学史》下卷，人民文学出版社，1979年，第427页。

两种创作方法，而且其中对诗歌特质的认识也颇有启发性："任何所谓机智的作品，都不当称为诗作"，"大凡诗人太片面地从思想世界汲取题材，而且更多因观念充实而不是因感情压力的推动而进行诗的创作，他们总或多或少有误入这歧途的危险。"席勒把情感，而不是观念、思想或机智，视作诗所以为诗的本性。而且，席勒没有满足于对情感性与观念性差异的简单辨别，他进一步写道："我们已经看到，诗所应该提供的休息，这个概念一般是被理解得太窄了，因为人们惯常太片面地把它只同感性的需要联系起来。反之，诗人所应当企图达到的崇高，这个概念却一般是范围太广，因为人们太片面地把它只规定在观念方面。"[1]文学所表现的既不是初级原始的感性，也不是宽泛的观念，既不完全是休息，也不完全是崇高，它应该是融合了两者的高级感性。

黑格尔在"艺术是理念的感性显现"[2]这一总观念的基础上讨论艺术（包含诗歌）。黑格尔也把"诗"视为文学的最高代表。他在《美学·全书序论》中说："诗的特征在于它能使音乐和绘画已经开始使艺术从其中解放出来的感性因素隶属于心灵和它的观念。因为诗所保留的最后的外在物质是声音，而声音在诗里不再是声音本身所引起的感情，而是一种本身无意义的符号，而且这符号所代表的观念是本身已变成具体的，而不仅是不明确的情感以及它的各种深浅程度和等级。"[3]"诗纵然也诉诸感性观照，也进行生动鲜明的描绘，但是就连在这方面，诗也还是一种精神活动，它只为提供内心观照而工作。"[4]"观念"（理念）是凌驾于情感、声音和形象这些诗歌基本要素之上的。在他看来，"观念"和"精神活动"的作用是决定性的，"诗"论的核心仍在于以"诗"作为理性观念的感性方式的代表，但强调"精神旨趣"、"内心观照"使文学和音乐共通的抽象的审美境界意义得以明确化，强调艺术想象对"观念"的"掌握"，就此超越了造型艺术的客观条件限制；这样的"理念"，也使文学对客观生活现象的提炼、深化的性质得以明确化，就此超越了客观存在的偶然性和自然主义文论对诗意的销蚀。

18世纪的浪漫主义文学思潮是欧洲文学概念成熟的一个经典标志。针对古典主义程式化的规则和典范，这一派的文论家鼓吹情感抒发的自然和心灵的主导作用，提倡文学浪漫抒情、自由想象的本性，又强调思想理性对于性情、思维的把握。浪漫主义的文学观同样主要体现在他们的诗论中。比如柯尔律治谈论诗歌理论的著作起名

[1] 见《西方文艺理论史精读文献》，第363、374、379页。

[2] 黑格尔：《美学》，第一卷，第142页。

[3] 同上书，第一卷，第112页。

[4] 同上书，第三卷下册，第19页。

为“文学生涯”就很典型地说明了这一点。

华兹华斯《〈抒情歌谣集〉序言》说：“一切好诗都是强烈情感的自然流露。”“诗是人和自然的表象。”“诗人作诗只有一个限制，即是，他必须直接给一个人以愉快，这个人只须具有一个人的知识就够了，用不着具有律师、医生、航海家、天文学家或自然哲学家的知识。除了这一个限制以外，诗人与事物表象之间就没有什么障碍；而在事物表象与传记家和历史学家之间却有成千上万的障碍。”[1] 华兹华斯这里强调的是情感的自然性和表象呈现的直接性（不要经过自然科学和医学知识的中介）。文学不能以科学知识、纪实文字为标准，它只能遵循情感表象的规律。

柯尔律治《文学生涯》谈到诗的两个基本点：“通过忠实地坚守着自然的真实而激起读者同情的力量”，“通过想象力的变更事物的色彩而赋予事物新奇趣味的力量”。“……诗就是人的全部思想、热情、情绪、语言的花朵和芳香。”其《莎士比亚喜剧特点的扼要重述与摘要》说：“诗的根本的、不可缺少的条件是：它必须是朴素的和诉诸我们天性的要素和基本规律的；它必须是诉诸感官的，并且凭意象在一瞬间引出真理的；它必须是热情奔放的，能够打动我们的情感、唤醒我们的爱慕的。”[2] 强调朴素自然的情感和抒情力度，是浪漫主义文论家的共同看法。

柯尔律治在《文学生涯》中为诗（文学及艺术）的定义是：

> 一首诗是那样一种作品，由于它为本身所提出的直接目的是乐趣而不是真理，因而它与科学相反；又由于它为本身所提出的这种乐趣是从全体得来的，而且与每个组成部分所获得的特殊的乐趣并不矛盾，这样，它又与所有（与它共同具有这个目的的）其他作品有所不同。

《诗的定义》中说：

> 诗不是散文的正当的对立面，而是科学的正当的对立面。诗与科学对立，散文与格律对立。科学的正当而直接的目的在于获得真理、传播真理；诗的正当而直接的目的在于传播直接的愉快。
>
> ……密尔顿用了三个信手拈来的词就把我为了更加清楚地阐明的定义所要说的全部包括进去。……在论到诗时，他说（仿佛用一句插话似的）：“它是朴素的、诉诸感

[1] 见刘若端编《十九世纪英国诗人论诗》，人民文学出版社，1984年，第6、15页。

[2] 柯尔律治：《文学生涯》，引文见《十九世纪英国诗人论诗》，人民文学出版社，第62、75、110页。

官的、热情奔放的。……”[1]

审美愉悦的目的、快感的直接性等决定了诗与非文学（科学、真理）的不同，整体审美感知的特性又决定了诗与其他文学文本的不同。诗是理性思想和感性形象的结合，是高于自然的“思想的形象化了的语言”。[2] 诗歌具有形象和快感的直接性，具体性，但是它又超越了偶然性。柯尔律治《诗的定义》中说：“诗之所以为诗，在于它本质上是理想的，它避免并摈除一切偶然事件，诗中那种具有等级、性格或职业的表面上的个人必须代表一个阶级；诗中人物必须披戴着类的属性和那个阶级的共有的属性，而不是一个有天才的个人可能具有的特点，而是由于他的具体处境他必然先备的特点。”[3] 诗歌中的具体不同于生活中的具体在于它具有非概念形态的类的普遍性，这种对于一般和具体的辩证把握已经体现出对于文学典型化特征的初步认识。

雪莱在《为诗辩护》中标明“诗可以解作‘想象的表现’”，并对诗做出了总论性的说明：“诗是生活惟妙惟肖的表象，表现了它的永恒真实。”“诗是最快乐最善良的心灵中最快乐最善良的瞬间之记录。”雪莱特别对诗歌的语言特性进行了反复辨析。比如，他认识到了“诗人的语言主要是隐喻的”。他还对语言艺术与其他艺术的区别有深切领悟：“狭义的诗却表示语言的、尤其是具有韵律的语言的特殊配合……而这种力量是从语言的特性本身产生的，因为语言更能直接表现我们内心生活的获得和激情，比颜色、形象、动作更能作多样而细致的配合，更宜于塑造形象，更能服从于创造的威力的支配”，“诗人的语言总是含有某种划一而和谐的声音之重现，没有这重现，就不成其为诗，而且，姑不论它的特殊格调如何，这重现对于传达诗的感染力，正如诗中的文字一样，是绝不可缺少的。”[4] 如果说文学是一种语言形态，那么这种语言就必须具备以想象和激情为出发点、韵律和谐并通过隐喻表达意义的特征。

18世纪后期法国浪漫主义文学的先驱斯达尔夫人在《德国的文学与艺术·论诗》中指出：“诗是一切偶像崇拜的自然语言。”“未开化的民族总是先会做诗；只要有一种激情在内心激荡，连最平庸的人也会不知不觉地用形象比喻说话。他们借助外界的自然景象来表达内心发生的无以名状的东西。”“如果这种思想深度不是借形象

[1] 《十九世纪英国诗人论诗》第106、107页。

[2] 《论诗或艺术》，同上书，第97页。

[3] 同上书，第81页。

[4] 雪莱：《为诗辩护》，同上书，第119页，第125页，第154页，第157、121、123、124页。

来表现，那么也还不是诗……”[1]与英国浪漫主义的观点如出一辙，法国浪漫主义文学运动的领军人物雨果在《论莎士比亚》中说：“事实上诗人不仅是在叙述，而且是在表现。任何诗人身上都有一个反映镜，这就是观察，还有一个储存器，这便是热情；由此便从他们的脑海里产生那些巨大的发光的身影，这些身影永恒地照彻黑暗的人类长城。”[2] 艺术的真实是典型化的结果，而不是简单“映照”自然的“镜子”。在热情和想象的作用下，文学从现实走向了理想，从叙述提升到表现，从而超越自然的真实抵达了艺术的真实。就文学概念的意义而言，雨果的表述不仅代表了浪漫主义的一般观点，也堪称文学本质论的深刻之言。

19世纪中期以后兴起的现实主义、批判现实主义文学观念，是西方文学概念成熟的又一重要标志。与浪漫主义不同，现实主义的文学观念主要是通过小说理论（评论）表达的。现实主义文论的最核心观点在于强调文学反映、再现现实生活的性质、作用和功能。巴尔扎克在《〈人间喜剧〉前言》中宣称自己要当法国社会历史的“书记”：“只限于严格摹写现实，一个作家总可以在某种程度上称为忠实的、成功的、耐心的或勇敢的描绘人类典型的画家、讲述私生活戏剧的人、社会动产的考古学家、职业名册的编纂者、善与恶的登记员；可是，为了博得凡是艺术家都渴望得到的赞扬，不应该进一步研究产生这些社会现象的多种原因或一种原因，寻出隐藏在无数人物、情欲和事件总汇底下的意义么？”[3]小说在这里似乎被极端地定位在等同于历史资料。当然，巴尔扎克还提到了要进一步研究社会现象的原因，并探寻事件背后的意义。不过比之于浪漫主义，两者对于文学的理解可谓大相径庭。重视再现的倾向如果被推到极端就会得出彻底排除作家的主体性的荒谬结论，这一点在接踵而至的自然主义文论中体现得非常明显。自然主义的代表性作家左拉说：“自然主义不过是对自然、种种存在和事物的一种调查研究。因此它不再把兴趣放在按某些规则来精巧地构思并展开的一个寓言方面。想象不再有用武之地，情节对小说来说也无关紧要了。”[4] “我认为个人情感仅仅是最初的推动因素。在作品中必须反映自然，至少是科学已为我们揭开秘密的那部分自然。我们没有权力对这部分自然进行杜撰。”[5] 文学等同于自然现实，创作排斥了抒情、想象和构思的作用而等同于科学实验报告或社会调查记录，文学在很大程度上已失去了独立存在的意义。

但现实主义的再现理论总体而言并没有走向左拉式的自然主义。在别林斯基

[1] 见《西方文艺理论史精读文献》第475—476页，477页。

[2] 雨果：《雨果论文学》，柳鸣九译，上海译文出版社，1980年，第147页。

[3] 见《西方文艺理论史精读文献》第514页。

[4] 左拉：《戏剧中的自然主义》，见柳鸣九主编：《自然主义》，中国社会科学出版社，1988年，第500页。

[5] 《实验小说论》，见《西方文艺理论史精读文献》，第634页。

等俄国现实主义文论家那里，再现理论得到了很大发展。别林斯基《论俄国中篇小说和果戈理君的中篇小说》一方面反复述说“忠实于生活的现实性的一切细节、颜色和浓淡色度，在全部赤裸和真实中来再现生活”，强调“在有真实的地方，也就有诗”[1]。但同时，别林斯基又提出了“诗情地真实”之说：“……无论是哪一种体裁的作品——理想的、现实的——它总是真实的，诗情地真实的……”，“诗情地真实”是对自然主义意义上的庸俗真实观的超越，表现美好理想、憧憬的作品在诗情的意义上也是真实的。别林斯基还提出了“典型性”概念：“创作独创性的，或者更确切点说，创作本身的显著标志之一，就是这典型性——如果可以这样说的话，——这就是作者的纹章印记。在一位具有真正才能的人写来，每一个人物都是典型，每一个典型对于读者都是似曾相识的不相识者。”[2]如果说“诗情地真实的”主要指以诗歌为代表的抒情文类的特征，那么，“典型性”则是以小说为代表的叙事文类的理想，典型性来自作家对生活真实的提炼，“不相识”说明艺术典型不等于生活中的真实人物（现实中没有和阿Q完全一样的人），但是“似曾相识”又表明了这个人物的性格具有很大的代表性、普遍性（每个人都可以在阿Q身上发现自己）。别林斯基在《一八四七年俄国文学一瞥》中更指出：“不能忠实地摹写自然，固然不能成为诗人，但仅仅具有这本领，也还是不能成为诗人，至少是不能成为一个杰出的诗人。”“在艺术中，起着最积极和主导的作用的是幻想，而在科学中，则是理智和判断。”[3] 他也十分强调文学的抒情特性：“感情是诗情天性的最主要的动力之一；没有感情，就没有诗人，也没有诗。”[4] 可见，以别林斯基为代表的现实主义文论家强调了现实主义要揭示生活的“内在本质”，要体现文学的独立价值，不能停留于对生活细节的模仿，推进了文学真实性的理解。

19世纪后期欧洲现代主义文学理论的出现，标志着文学理论的重大转型，文学观念在象征主义、唯美主义、存在主义、精神分析等文学流派或理论学说中得到了进一步深化。总括来说，现代主义强调文学创作的非理性和神秘主义的一面，强调文学作品的哲学意蕴，强调象征、暗示等手法的运用。法国象征主义诗人马拉美在《关于文学的发展》中把区别于摹仿、写实、典型化的“暗示”认定为文学的基本特征：“与直接表现对象相反，我认为必须去暗示。对于对象的观照，以及由对象引起梦幻而产生的形象，这种观照和形象——就是诗歌”，“诗写出来原就是叫人一点一点地去

---

[1] 见《西方文艺理论史精读文献》第525、526页。

[2] 《论俄国中篇小说和果戈理君的中篇小说》，同上书，第529、532页。

[3] 《一八四七年俄国文学一瞥》，同上书，第539—540页。

[4] 《爱都华·古别尔诗集》，见《外国理论家作家论形象思维》，中国社会科学出版社，1979年，第74页。

猜想，这就是暗示，即梦幻。这就是这种神秘性的完美的应用，象征就是由这种神秘性构成的：一点一点地把对象暗示出来，用以表现一种心灵状态。”[1] “暗示”、“梦幻”、“神秘性”的表现等皆指用具体事物形象表现抽象的精神意义的象征手法。在这一派理论家看来，具有象征意义的形象是文学的基本特征。象征主义诗歌理论在19、20世纪之交法国象征主义诗人保尔·瓦雷里那里得到了延续。瓦雷里说：“艺术的威力、美、形式的力量和诗的效能从未曾如此密切地在这些心灵中成为神秘的内在生活的实体”[2]，“文学是一门摆弄他人灵魂的艺术”[3]。文学所展示的，是人的内在精神和心灵的流动性。瓦雷里又提出“把我们的思想、形象与我们的语言手段两方面联系的完整体系表现出来”、“完全排除非诗情成分”的“纯诗”[4]，使文学的精神性、超功利性得到了空前的揭示。

就文学概念的“纯化”而言，欧洲唯美主义是一次内涵深刻的转化。王尔德《英国的文艺复兴》一文集中表达了唯美主义的文学主张。首先是反对道德对文学的统治，崇尚想象力和神秘性。王尔德说：“在上一个世纪，当理智和教谕的因素以如此一种规模渗进了诗歌王国时，正是针对理解的主张，像歌德一类艺术家不得不提出异议。他曾经说，‘一首诗越是意蕴莫测，难以理解就越好。’他把想象力在诗歌中的地位看得至高无上，就跟理性在散文中的地位一样。”由想象力决定的“意蕴莫测，难以理解”与“理智和教谕的因素”相对立，是“诗”（文学）与非诗的界线。[5]他甚至说：“实际上诗歌无所谓道德不道德——诗歌只有写得好和不好的，仅此而已。艺术表现任何道德因素，或是隐隐提到善恶标准，常常是某种程度的想象力不完美的特征，标志着艺术创作中和谐之错乱。”崇尚美的形式至上，形式高于内容，艺术高于现实。“艺术就是生命本身，它对死亡一无所知，它是绝对真理，对事实漠不关心”，“对于诗人，……只有一个时间，即艺术的时刻；只有一条法则，就是形式的法则；只有一块土地，就是美的土地——一块远离现实世界的土地，因为更为不朽而给人以更大的美感”，“诗的真正特质，诗歌的快感，决不是来自主题，而是来自对韵文的独创性运用，来自济慈所说的‘诗句的感性生命’”。文学的“绝对真理”性质和“不朽”的意义就在于依照审美的法则超越一切世俗的价值尺度。[6]唯美主义所

---

[1] 《关于文学的发展》，见《西方文论选》下卷，第262页。

[2] 《象征主义的存在》，见胡经之、张首映主编：《西方二十世纪文论选》，中国社会科学出版社，1989年，第1卷第75页。

[3] 转引自《象征主义·意象派》，中国人民大学出版社，1989年，第76页。

[4] 瓦雷里：《纯诗》，转引自《法国作家论文学》，三联书店，1984年，第115页。

[5] 王尔德本人也是一个特立独行蔑视道德的艺术家，是一个同性恋者。

[6] 均见王尔德《英国的文艺复兴》，见《西方文艺理论史精读文献》第652、654、655页，第661、664页。

“唯”之“美”不是具体的现实世界之美或系于功利价值的道德之美，而是充盈于独特的语言形态中的情感满足之美。在这种屏弃理性甚至杜绝“隐隐提到”的道德寓意的观念中，文学的本性不在于理性认识或道德意义，而在于感性想象创造的艺术形式中所显示的审美感受。

## 第四节　文学观念的多元发展及泛化

### 一、西方文论的影响与现代文学观念的确立

20世纪的中国社会发生了巨变，境外的思想观念逐渐引进并与中国传统发生多方面的碰撞、交融，包括文学观念在内的各种文化观念都发生了转化。启蒙与救亡、民主主义革命与社会主义革命、改革与开放的时代主题依次呈现于理论界，追求民主与科学的文化价值观，民主主义、马克思主义、西方资本主义以及各种外来思想的影响，使文学概念具有了不同于古代的思想和审美特征。

**1. 现代文学概念的确立**

王国维将中国文学理论与西方美学思想进行了汇通，成为中国近现代文学理论中“纯文学”观念的代表。王国维使用的“文学”一词已经全然是一个现代的概念，不再是杂文学的概念，并且他还使用了“纯文学”的概念。首先值得特别强调的是，王国维受到西方叔本华、康德的影响，明确提出文学是无功利的游戏，这在中国历史上还是首次。王国维说：“诗人视一切外物，皆游戏之材料也。”（《人间词话》）“文学者，游戏的事业也。”（《文学小言》）其次，王国维接过中国古代的心物关系理论并加以发展：“而艺术之美所以优于自然之美者，全存于使人易忘物我之关系也。”总之，他的学说接受了叔本华和康德天才论、表象论、超利害论的美学思想的影响，又沿袭并发展了古代诗学的心物交融说、意境说和情本论。

**2. 浪漫主义文论的影响**

在欧洲浪漫主义思潮的影响下，梁实秋提出：“文艺的本质是主观的，表现的，而不是没我的，摹仿的。”[1] 青年鲁迅盛赞欧洲浪漫主义诗作，并借以张扬“纯文学”的精神情感本质，“由纯文学上言之，则以一切美术（按，指艺术）之本质，皆在使观听之人，为之兴感怡悦。文章为美术之一，质当亦然，与个人暨邦国之存，无所系

[1] 梁实秋：《浪漫的与古典的 文学的纪律》，人民文学出版社，1988年，第13—14页。

属，实利离尽，究理弗存。故其为效，益智不如史乘，诫人不如格言，致富不如工商，弋功名不如卒业之券。”（《摩罗诗力说》）鲁迅的《摩罗诗力说》受尼采和浪漫主义诗论影响至深，推崇特立独行的超人、英雄，蔑视大众。

在当今的文学理论研究中，传统的和境外的文学理论资源得到了越来越切实、充分的借鉴，中国文学理论的文学概念正在逐渐走向独立的意识和新的成熟。

## 二　全面的开放和全新的体系

在20世纪的欧美文学理论中，对文学的认识全面超越了创作、阅读的经验总结层面，真正进入了系统理论化的阶段，各种哲学、政治学、精神分析学、马克思主义学说、语言学、自然科学、社会学、人类学的观念广泛介入文学领域，经典的、传统的文学观念受到了强劲的挑战和全面的超越。“文学”概念进入了空前丰富、多元而不确定的状态。

在表现主义文学理论中，文学艺术被视为直觉的表现。意大利美学家克罗齐认为“直觉——表现”（intuition-expression）是文学的本质特征：“我愿意立即用最简单的方式来说，艺术是幻象或直觉。”艺术直觉则来自丰富的情感与思考和判断无缘，“是情感给了直觉以连贯性和完整性：直觉之所以真是连贯的和完整的，就因为它表达了情感，而且直觉只能来自情感，基于情感”，“抒情的直觉”、“幻象或直觉”被克罗齐反复提及。“意象性是艺术固有的优点：意象性中刚一产生出思考与判断，艺术就消散，就死去：它死在变成批评家的艺术家身上，死在那些冥想者身上，他们由着迷艺术的欣赏者变成了冷静观察生活的人。”[1] 法国批评家狄尔泰更强调直觉与生命活动的关系，他在《德国文学中一个新世界观的诞生》中说：“诗歌的本质就是活动；这个活动总是代表着内心的完善，真正富于诗意，只有在伟大的激情活动中才显示出完美的人类和真实的特质；它是在悲喜交集中，在激情的强力以及自然活动所产生的内心移情中得到确认的。”[2]在这一派理论中，文学的非理性意义被反复申明。

在20世纪初期兴起的精神分析学派中，文学被视为人的本能的外化，是人的潜意识欲望在幻想中的实现。奥地利精神病学家弗洛伊德早年把本能分为求生本能和性本能，晚年又把本能分为性（爱）本能和死的本能，其中性本能是文学艺术产生的

[1]　克罗齐：《美学原理·美学纲要》，朱光潜等译，外国文学出版社，1983年，第209、227、229、209、217页。

[2]　狄尔泰：《德国文学中一个新世界观的诞生》，转引自刘小枫主编：《人类困境中的审美精神》，上海知识出版社，1994年，第132页。

核心材料。他认为，文学是这种本能的一种补偿和升华。他在《心理学导论》中说："凡是艺术家，都是被过分性欲所驱使的人。"[1] 这样的观点启发了文学中的潜意识研究。荣格修正、发展了弗洛伊德的学说，提出了原型批评的文学理论。他认为，文学艺术是从神话和传说中发展出来的，而神话和传说在原始时代就作为人类的"集体无意识"而存在，"集体无意识"的内容被称为"原型"，文学创作就是这种"原型"的表现。在象征主义的理论中，文学被视为内心精神的象征。

20世纪西方文学理论的另一个重要发展趋势是其学科化、学院化与专业化、体系化。此前，文学理论基本上表现为作家、艺术家的创作谈，或散见于哲学、美学家的著作中，专业文学理论家（主要是供职于大学的教授群体）的著作很少。二十世纪的情况大为改观，由于大学的急剧扩展，由于文学教学的需要，出现了大批专业文学理论和文学批评教学人员，他们是职业化的文学理论知识生产者，这使得二十世纪的西方文学理论生产呈现学科化、专业化的突出特征，文学理论的教学成为文学理论知识生产的最重要制度化动力机制。

从俄国形式主义文学理论开始，从语言学、符号学的角度探讨文学的形式特征和"内部规律"成为20世纪前半期的文论主潮。俄国批评家提出了直指文学本质特征的"文学性"问题。雅各布逊《现代俄罗斯诗歌》一文指出："文学研究的主题不是笼统的文学，而是'文学性'（literariness），就是使一部作品成为文学作品的东西。"[2] 形式主义的代表人物什克洛夫斯基尤为强调文学形式、技巧的独立意义，他宣称："艺术从来都是独立于生活之外的，在它的颜色中，从来未反映过城堡上空旗帜的颜色。"[3] 他提出"陌生化"理论以论证技巧对文学性的决定意义。什克洛夫斯基给文学下了如此的定义：

> 从狭义上说，"文学作品"就是指用特殊的旨在使作品尽可能艺术化的技巧创造出来的东西。
>
> 一部文学作品的内容是它文体技巧的总和。[4]

文学根据其语言、结构、技巧的形式特征区分于政治、经济、新闻以及其他艺术。

---

[1] 弗洛伊德：《心理学导论》，伦敦1933年版，第314页。转引自张首映：《西方二十世纪文论史》，北京大学出版社，1999年，第98页。

[2] 转引自《西方二十世纪文论史》，第131页。

[3] 什克洛夫斯基：《马步·乌利亚、乌利亚、玛尔西安娜》，转引自《苏联文学》1989年第2期，第57页。

[4] 什克洛夫斯基：《艺术即手法》，转引自《外国文学评论》1989年第1期。

英美新批评的代表人物瑞恰兹在《文学批评的原理》中指出科学与诗的区别在于二者的语言具有“指称性”（referential）与“感情性”（emotive）的不同：“一个陈述的目的可以是它所引起的指称，不管是正确的指称还是错误的指称。这是语言的科学用途。但一个陈述的目的也可以是用它所指称的东西产生一种感情或态度。”诗的语言“其真理性主要是一种态度的可接受性。发表真实的陈述不是诗人的事。”文学作品的文本便包含了文学概念的所有意义，“重要的不是诗所云，而是诗本身”[1]。因此，“新批评”学派主张对单个作品进行形式的“细读”，从中得出文学的“构架——肌质”的内在构成特点[2]，将文学与传记、心理学、社会学相分别。此后的结构主义文学理论中的文学概念与此十分相近。

如果说二十世纪前期西方文论的总体特色是“向内转”：关注文学的内部规律，追求文学自律自主，文学和社会生活的隔绝，那么二十世纪后期的西方文论则出现否定之否定的趋势。在“后现代主义”的文化思潮中，文学概念的固有边界被全面地突破了。利奥塔德在《后现代状态：关于知识的报告》中宣告：“后现代应当是这样一种情形：在现代的范围内以表象自身的形式使不可表现之物实现出来；它本身也排斥优美形式的愉悦，排斥趣味的同一。”[3] 在消解一切成论的意旨之下，后现代的文化、美学理论对文学做出了诸如此类的表述：“从后现代观点或后结构主义观点看，瞬间过程——这我不是指用精密计时表测定的时间——在本体论上是先于形式的”，“目前我更感兴趣的，除开我想写的东西外，是那些被赋予我去写的东西”，“后现代文本将其形式的偏见改变为自由的游戏”。文学创作论的边界消失了。“对后现代主义的文学意识来说……真实基本上是偶然性的短暂的不以人为中心的领地。”后现代主义的文学“与那种以逻各斯为中心的和再表现的传统的文学（包括现代主义的想象的文学）不同”，“这一崭新的、高度自我意识的文学存在是为了把读者指定给他自己和他的世界”。“后现代艺术是为了事物作为它们本能的面目的真而存在的；它是一种宣泄的不能忘却的机敏行为，一种复原性的再现艺术。”[4]文学真实论的原有边界也不复存在。西奥多·齐奥科斯基说：“文学类型之间的界限已经暧昧不清”，“罗萨里德·克劳斯已将这种著作称为‘超文学’，并将它看作既是对‘艺术品’概念的

---

[1] 转引自《新批评——一种独特的形式主义文论》，第6页，第8页，第14页。

[2] 参见兰色姆：《纯属思考推理的文学批评》，《现代美英资产阶级文艺理论论文选》上编，作家出版社，1962年。

[3] 转引自王岳川、尚水编：《后现代主义文化与美学》，北京大学出版社，1992年，第52页。

[4] W. V. 斯潘诺斯：《复制：文学和文化中的后现代机遇》，转引自王岳川、尚水编《后现代主义文化与美学》，第229—246页。

挑战，也是对来自学术批评建设中的概念分离的挑战。”[1]不要整体、本质和深度，只要偶然的真实、不确定的内在性、自由的任意性。在不确定、零乱、非原则化、无我、无深度、卑琐、不可表现、反讽、种类混杂、内在性等后现代主义特征的映衬下[2]，文学的独立意义空前地淡化，文学文本被描述为多元主义价值观的载体。“副文学”、“超文学”甚至“超批评”[3]，实际上，作为概念的“文学”已经失去了包括古典的和现代主义的界定尺度，“文学”观念只有从语言性以及经由语言的内心体验方面可以见出。

20世纪西方文学理论中对于“文学”进行概念界定的直接论说并不多见，但也出现了一些重新正视文学本质的综述之论。全新的文学现象、杂语共生的文化语境，迫使新的综述论者采取了更加审慎周详的态度和方式。

到了20世纪的下半期，由于文化研究和后现代主义的深刻影响，反本质主义的文学理论开始流行，反本质主义的文学理论所持的实际上是文学本质的消解论。也就是说，文学并不现在内在的普遍的本质特征，也不存在一个文本之所以成为“文学”的内在标准。“文学”是复杂的社会文化的建构，是特定的社会文化力量决定了什么样的文本可以被称为“文学”。在这方面，属于西方马克思主义的文化理论家伊格尔顿和具有鲜明后结构主义倾向的卡勒的观点具有代表性。

特里·伊格尔顿《文学理论概论》“中译本前言”中问道：

> “文学”的意思是什么？它是否可以有效地与其他形式的著作区分开来？文学批评的最终目的是什么？它提供什么样的（常常是含蓄和看不见的）思想意识价值？“无意识”在文学和个人形成过程中有什么作用？在文学作品中如何找出这种无意识的决定因素？它们与产生那些作品的历史因素又有什么复杂的关系？在研究文化产品中“价值”指的是什么意思？读者在积极“构成”文学原文、使它的意思具有生命时有什么作用？[4]

在他看来，真正有意义的问题是一个文本是否可以成为“文学”的不同条件：“一部作品开始可以作为历史或哲学而存在，后来逐渐被列入文学；或者开始时作为文学，后来慢慢因其考古学的意义而受到重视。有些原文生来就是文学的，有些

[1] 见林达·哈奇：《一种后现代主义的诗学》，转引自王岳川、尚水编《后现代主义文化与美学》，第263—272页。

[2] 参见伊哈布·哈桑《后现代转折》第八章，译文见王岳川、尚水编《后现代主义文化与美学》，第125—132页。

[3] 伊哈布·哈桑语，见王岳川、尚水编《后现代主义文化与美学》，第112页注[3]。

[4] 伊格尔顿：《文学理论概论》，王逢振译，中国社会科学出版社，1988年，第10页。

是赢得文学性的，还有些是把文学性加上去的。”“重要的不是你来自何处，而是人们怎样对待你。”“在这种意义上，人们可以认为文学不是从《贝奥武甫》直到弗吉尼亚·伍尔夫以来多种作品所表现的某些固有的性质或整套的特征，而是人们把自己与作品相联系的许许多多的方式。……根本不存在什么文学的‘本质’。……约翰·M. 艾利斯曾论证说‘文学’这个术语的作用颇有点像‘杂草’这个词：‘杂草’不是特定品种的植物，而只是园工因这种或那种原因不想要的某种植物。也许‘文学’意思似乎恰好与此相反：它是因这种或那种原因而被某些人高度评价的任何一种写作。……在这个意义上说，‘文学’是一种纯形式的空泛的定义。”[1] 伊格尔顿以政治批评、历史意义概括文学批评，他指出，文学性并非如传统的文学理论所认为的那样是一种客观存在的“本质”，或是像形式主义学派、“新批评”学派所说的文学固有的形式特征，“文学”意义的实现在很大程度上取决于读者的阅读、评价和特定历史时期的社会需求。这实际上已经属于文学本质的消解理论。

美国批评家乔纳森·卡勒《当代学术入门：文学理论》专辟章节讨论“文学是什么”，但是他的“定义”却很有意思：“文学就是一个特定的社会认为是文学的任何作品，也就是由文化来裁决，认为可以算作文学作品的任何文本”，这个不是定义的“定义”实际上体现了作者的意图：“也就是不去问‘什么是文学’，而用‘是什么让我们（或者其他社会）把一些东西界定为文学的？’这个问题取而代之。”[2] “文学是什么”的问题变得如此复杂或含混，呈现了大量审度的空间，正是源于对文学现实多元化及文学观念泛化的思考。

卡勒详细介绍了“五点理论家们关于文学本质所做的论述”，包括“文学是语言的‘突出’”，“文学是语言的综合”，“文学是虚构”，“文学是美学对象”，“文学是文本交织的或者叫自我折射的建构”。卡勒总结道：“我们面对的是有可能被描述成文学作品特点的东西，是那些使作品成为文学的特点。不过，我们也可以把这些特点看作是特殊关照的结果，是我们把语言作为文学看待时赋予它的一种功能。看来，不论哪种视角都不能包容另一种而成为一个综合全面的观点。既不能把文学的特点仅仅说成是客观的属性，也不能把它说成是不同的语言组合方式的结果。”卡勒似乎并不想把什么是文学这个问题定死，而是让它继续开放着。

总体看来，文学概念处于整体文化研究关照之下，已经不可避免地进入了与各种社会文化概念相互比较、交叉、汇通的状态之中。而诚如卡勒所言，“对文学性进行的思考”就成了问题的关键。

---

[1] 伊格尔顿：《文学理论概论》，第24—25页。

[2] 卡勒：《当代学术入门：文学理论》，李平译，辽宁教育出版社，牛津大学出版社，1998年，第19—23页。

## 第五节 述评

关于“文学”的言说莫衷一是，原因是人们无法在“文学性”，也就是文学的独特性质这个问题上达成一致意见。文学理论发展的历程似乎在显示：关于文学，人们还没有找到大家公认的一成不变的定义，关于文学的“本质特征”是什么，不同文化境域、历史阶段，不同的群体和个体，都有不同认识。但另一方面，在不同社会文化环境中，或者不同历史时期，我们仍然可以发现在关于文学的言说中存在某些基本的延续性因素。通过这些延续性因素，我们或许可以试着寻找关于文学的“普遍”理论的可能性。例如前文所引《文心雕龙·神思》的一段文字：“文之思也，其神远矣。故寂然凝虑，思接千载；悄焉动容，视通万里。吟咏之间，吐纳珠玉之声；眉睫之前，卷舒风云之色；其思理之致乎！故思理为妙，神与物游。”这是对诗文的思维特征，特别是想象的描述。一千多年以后，在远离中国的欧洲，20世纪英国美学家科林伍德清晰地表达了这样的观点：“真正的艺术作品不是看见的，也不是听到的，而是想象中的某种东西。”[1]，就本章论及的中外文论看，类似的说法在关于文学的言说中有一定的代表性和普遍性。这或许可以看作是人们在“文学性”观念方面的一些相对接近的共识。

至今为止，中国古今论文的共识主要集中在两大方面：创作上，“诗”（韵文）和“文”（散文）两大类文体样式的流行至今；在理论上，关于“文学性”的共识主要集中在语言（符号）性、情感（心灵）性、意象（形象）性、想象（虚构）性等四方面。

我们再通过一些典型的例证来对理论上这四个方面分别加以印证。

《尚书·尧典》中的名言“诗言志”是最早的诗歌观念表述，此中“诗”的功用和特征都是通过“言”得以体现的，而“诗”字（表现了诗的原初观念）本身就是一种“言”（寺人之言）。柏拉图《斐德若篇》即说：文学艺术家“第一是天生来就有语文的天才”，亚里士多德《诗学》也说：诗是在模拟方式上“只使用语言的艺术”。大量见于中国和外国文学理论的修辞论、声律论、文采论等无一不是由语言这个特殊载体衍生出来的特性。文学首先体现为特殊的言说方式。

如同中文里文学之“文”的本义是“文字”一样，英文literature也源于“文字”（letter），即最小的语言单位。柏拉图《伊安篇》说：“诗人也只知道摹仿，借文字的帮助，绘出各种技艺的颜色；而他的听众也只凭文字来判断”，亚里士多德《诗学》说

[1] 科林伍德：《艺术原理》，王至元等译，中国社会科学出版社，1985年，第146页。

诗是“只使用语言的艺术”。瓦雷里说诗“是一种语言的艺术”“语言中的语言”[1]。什克洛夫斯基的说法颇有见地：“诗就是受阻的、变形的语言。”[2]结构主义理论家罗兰·巴尔特将文学戏称为“用语言来弄虚作假和对语言的弄虚作假”[3]。可见，文学是语言的艺术，必须借助语言这个载体。这点在古今中外的文学理论中达到了空前一致的认识。

关于这一问题的详论请参阅本书的第四章。

文学与人的情感有关，特别是文学的重要类型诗歌，常常是抒情的。这也是中外大多数文论的一个相对普遍的认识。中国的第一部文学作品选集《诗经》中已经有了这样的诗句：“心之忧矣，我歌且谣。”（《魏风·园有桃》）“君子作歌，维以告哀。”（《小雅·四月》）体现了对于诗歌抒情性的清晰定位。以孔子、孟子之言为代表的儒家教化文论中，政治道德目的之下的“用《诗》”也是以承认文学的感情意义为基础的。《汉书·艺文志》以“情”定“诗”：“故哀乐之心感，而歌咏之外发。”在“情动于中而形于言”（《毛诗序》）的认识中，诗歌的抒情本质不断得以确认，并逐渐形成概念。

诗歌与情感（心灵）相关的观念也贯穿于西方文学理论史。朗吉努斯《论崇高》说：“诗的意象以使人惊心动魄为目的，演讲的意象却是为了使观念明晰，虽则两者都力求做到后一点，力求激发感情。”[4]丹纳《〈英国文学史〉序言》说“一部书越是表达感情，它越是一部文学作品；因为文学的真正的使命就是使感情成为可见的东西”[5]，他们一致肯定了文学和情感之间的关系。浪漫主义文论更加强调情感、心灵在文学中的本质意义，雪莱《为诗辩护》中说：“诗人在表现社会或自然对自己心灵的影响时，其表现方法所产生的快感，能感染别人，并且从别人心中引起一种复现的快感。”[6]这些理论一致认为情感性是构成诗歌审美意义的重要因素。

文学的形象特征也得到了古今文学理论家的广泛认同。《易传·系辞上》首创“立象以尽意”的学说（参见本章第二节），三国魏思想家王弼在《周易略例·明象》中对此进行了阐发：“夫象者，出意也。言者，明象者也。尽意莫若象，尽象莫若言。言生于象，故可寻言以观象；象生于意，故可寻象以观意。意以象尽，象以言著。”揭示了“象”在“言”与“意”之间的作用，启发了文学理论对意象性的认识。

---

[1] 见瓦雷里：《纯诗》，转引自《法国作家论文学》，三联书店，1984年。

[2] 见《西方二十世纪文论选》第2卷，中国社会科学出版社，1989年，第9页。

[3] 罗兰·巴尔特：《符号学原理》，李幼蒸译，三联书店，1988年，第6页。

[4] 见《西方文艺理论史精读文献》，第100页。

[5] 同上书，第594页。

[6] 见《十九世纪英国诗人论诗》第121页。

此后刘勰的《文心雕龙·神思》、王昌龄《诗格》、皎然《诗式》等对于文学特别是诗歌中的意象做出了非常接近的论述。

西方从亚里士多德《诗学》始就讲文学的“临摹其状”、“制造形象”。在现实主义的“典型形象”论中，在象征主义和20世纪欧美“意象派”（Imagism）诗论中，文学的意象性始终被视为文学的本质因素。克罗齐《美学纲要》指出：“意象性这个特征把直觉和概念区别开来，把艺术和哲学、历史区别开来，也把艺术同对一般的肯定及对所发生的事情的知觉或叙述区别开来。意象性是艺术固有的特点。”[1] 意象（形象）性是文学艺术的共性。意象（形象）性使文学区别于其他语言形式的意义就在于审美意蕴通过形象化方式间接地传达给读者。

关于文学形象性的更多论述请参见本书第四章。

文学的想象与虚构性关系到文学的思维特质，是由情感（心灵）性决定的。在中国传统诗学中，“兴”是审美意义最为鲜明的概念，而“兴”的重要含义就在于言外之意的审美想象。王夫之《船山古近体诗评选三种·唐诗评选》中言：“非志即为诗、言即为歌也。或可以兴，或不可以兴，其枢机在此。”有“兴”才可以称得上“诗”。虽然不能说所有的文论家都认为想象是文学赖以存身的基本因素，但是这种观念却有相当的代表性。

雪莱说：“一般说来，诗可以解作‘想象的表现’。”[2] 科林伍德指出：“一件真正的艺术的作品，是欣赏它的人运用他的想象力所领会、意识到的总体活动。”[3] 韦勒克和沃伦的《文学理论》说：“如果我们承认‘虚构性’（fictionality）、‘创造性’（invention）或‘想象性’（imagination）是文学的突出特征，那么我们就是以荷马、但丁（Dante）、莎士比亚、巴尔扎克（B. Balzac）、济慈（J. Keats）等人的作品为文学，而不是以西塞罗（Cicero）、蒙田（M. dc. Montaigne）、波苏埃（J-B. Bossuet）、或爱默生（R. W. Emerson）等人的作品为文学。不可否认，也有界于文学与非文学之间的例子，像柏拉图（Plato）的《理想国》那样的作品就很难否认它是文学，另外那些伟大的神话主要是由‘创造’和‘虚构’的片段组成的，但同时它们主要又是哲学著作。上述的文学概念是用来说明文学的本质，而不是用来评价文学的优劣。”[4]

与想象（虚构）性相关的更多例证和详细的论述，请参见本书第二章和第四章。

---

[1] 克罗齐：《美学原理·美学纲要》，第216—217页。

[2] 《十九世纪英国诗人论诗》，第119页。

[3] 科林伍德：《艺术原理》，第155页。

[4] 韦勒克、沃伦：《文学理论》，第14—15页。

**关键词：**

文学性

作为一个专门术语的"文学性"是俄国形式主义者提出的，他们认为：文学研究的主题不是笼统的文学，而是"文学性"（literariness），就是使一部作品成为文学作品的东西，主要指写作技巧。

一般意义上的文学性是指文学的特性，如果综合中外文学理论史上关于文学特性的论述，可以发现多数理论家在"文学性"问题上达成了一些相对的共识，主要有以下四方面：

1. 语言（符号）性。文学是语言的艺术，语言是文学的媒介。文学语言的特殊性就是文学的特异之处；

2. 情感（心灵）性。审美情感既是文学的本源，也是文学创作的重要内容；

3. 意象（形象）性。不论是中国的"感物"说还是西方的"模仿"说，都包含了文学摹写自然景物或社会人事之"象"的认识；

4. 想象（虚构）性。认为文学思维是一种创造性思维，主要就表现在其想象性以及对现实的虚构关系上。

上述的"文学性"只具有相对的普遍性，四者（更多或更少）永远处于相互作用的活动状态，而非各自孤立的固定存在。并且，在对于每一方面的具体认识上，人们的观点依然存在非常大的分歧（比如文学语言的特点是什么，有没有与日常语言不同的"文学语言"），每一方面的阐释角度和方法也迥然不同（比如对文学的语言性，有语言学、心理学或社会学的阐释；对文学的情感性，也有心理学、社会学、文化学等方面的阐释）。关于文学的"本质"一直存在着纷繁复杂的界定和解释，以上四点概括主要是出于示例的需要。

## 参考文献

1.《中国历代文论选》（四卷本），郭绍虞、王文生主编，上海古籍出版社1979年。
2.《本原·教化编》，《中国古代文艺理论专题资料丛刊》，徐中玉主编，中国社会科学出版社，1997年。
3.《中国文学理论批评发展史》，张少康、刘三富著，北京大学出版社，1995年。
4.《诗言志辨》，朱自清著，北京古籍出版社，1956年。
5.《历代诗话》，（清）何文焕辑，中华书局，1981年。
6.《西方文论选》，伍蠡甫主编，上海译文出版社，1979年。
7.《文学理论》，（美）韦勒克、沃伦，三联书店，1984年。
8.《文学理论的未来》，（美）拉尔夫·科恩主编，程锡麟等译，中国社会科学出版社，1993年。
9.（美）乔纳森·卡勒《当代学术入门：文学理论》，李平译，辽宁教育出版社，牛津大学出版社，1998年。
10.《二十世纪西方文论述评》，张隆溪著，三联书店，1986年版。

## 思考与练习

一. 解释下列概念：
1. 文学
2.“缘情”说
3.“文笔”说
4. 文学性

二、思考并回答下列问题：
1. 文学概念的特殊性表现在哪里？
2. 在中国的早期文献中，“文学”一词主要指什么？
3. 为什么说“纯文学”的概念只是一种历史的建构？
4. 卡勒说：“文学就是一个特定的社会认为是文学的任何作品。”你如何理解？
5. 在中外文论关于文学特性论述中，有哪些相对的共识？

# 第二章
# 文学的思维方式

文学的思维方式是文学理论研究中的一个复杂而有趣的重要问题。文论史上关于文学思维方式的论述十分丰富，例如中国古代文艺理论中的“虚静”说、“感兴”说、“神思”说、“物化”说、“妙悟”说，西方传统文论中与文学思维相关的迷狂说、灵感论与天才论、酒神精神说、激情理论等，这些学说对当代的文学理论仍然具有深刻的影响。当然，由于现代意义上的文学和文学理论出现很晚，因此，我们所能见到的大多是与诗歌、小说、戏剧或统称之“文”相关的言论，它同样是被我们今人依据其和现代文学理论对文学认识的近似程度而追封其为“文学思维方式理论”的。我们所说的文学思维方式，首先与思维分类有关，因此，我们这里姑且先从文学思维的类型说起。

## 第一节　文学思维的类型

### 一　什么是文学思维?

文学思维是一个创造性的开放系统，在不同语境中具有不同的意义。当我们把文学思维当作形象思维对待时，它所对应的往往是哲学与科学领域惯用的抽象思维；当我们把文学思维理解为一种创造思维的时候，它所对应的则是日常生活中的经验思维或具体思维。而如果将文学思维说成是一种灵感思维的时候，它所对应的则是按部就班的惯性思维；最后，如果把文学思维理解为一种跳跃性的发散思维时，它所对应的可能是一种言必有据的学理性聚合思维……。人们对思维分类的目的、视角、标准、方法各不相同，其分类结果也必然不一样。研究成果表明，规定思维的因素多种多样，如思维主体、思维规律、思维对象、思维根据、思维目的、思维工具、思维方向、思维状态、思维环境、思维品质、思维成果。分别以这些因素为标准进行分类，就会得到相应的思维类型，如主体型思维、逻辑规律型思维、对象型思维等。

人们给思维如此众多的名称，与理论表述的主体差异性有关。因此，在以人类思维为对象的研究中，出现了许多极为复杂的思维分类方式和相当繁琐的分类结果。例如，有研究者以思维技巧为标准将其分为26类：归纳思维，演绎思维，批判思维，集中思维，侧向思维，求异思维，求证思维，逆向思维，横向思维，递进思维，想象思维，分解思维，推理思维，对比思维，交叉思维，转化思维，跳跃思维，直觉思维，渗透思维，统摄思维，幻想思维，灵感思维，平行思维，组合思维，辩证思维，综合思维。但令人遗憾的是，在各种思维学著述中，"文学思维"似乎无处不在却又难以归类。

为什么在现有的思维分类系统中很难清晰地确定文学思维的位置呢？这是由文学思维自身的特殊性以及社会历史、作家个性对思维认识的制约等因素造成的。传统的思维分类方式也存在分类标准不统一、视野不宽广等缺失。有鉴于此，传统文论常常将文学思维删繁就简地归入"形象思维"范畴。但是，文学思维毕竟与形象思维有所不同，为此，应该将文学思维作为一种特定考察对象进行综合化思考与动态性研究。

在思维分类的众多因素中，历史发展的多样化和不确定性至为重要。因此，不同时代的研究者对思维会有不同的分类，即便是同一研究者，在不同时期对思维的认识也会发生改变。例如，钱学森曾将思维分为抽象或逻辑思维、形象或直觉思维、特异思维（包括灵感）三大块，后来他改变了自己的意见，认为"思维学就只有三个部分：逻辑思维，微观法；形象思维，宏观法；创造思维，微观与宏观结合。创造思维才是智慧的源泉，逻辑思维和形象思维都是手段"[1]。

文学思维作为人类审美活动中的一个多种心理结构相互渗透、协同作业的复杂系统，它是一个创造性的开放系统。在文学发展的不同时期，文学思维也有不同的特点，浪漫主义时期作家的文学思维显然不同于古典主义时期，同样，现实主义时期作家的文学思维也不同于浪漫主义时期作家的文学思维。文学思维不仅具有历史制约性，同时还有强烈的个性特征，即使处于同一时代，运用同一创作方法的不同作家的文学思维也仍然有不同的特点。[2]文学思维本身以及诸多相关因素所造成的这种多

[1] 赵光武主编：《思维科学研究》，中国人民大学出版社，1999年，第Ⅴ—Ⅵ页。

[2] 参见程正民：《创作心理与文化诗学》，辽宁人民出版社，2001年，第28页。

元并存的形态，共同构成了灵活多变、无限开放的创造性思维系统。

## 二 文学思维类型与创作心理结构

在文学创作过程中，五光十色的生活图景在作家脑海里反复出现，通过想象奇妙地联结起来，并最终形成了文学作品。作家的艺术形象塑造是一种动态的综合化结构，在这一过程中，文学形象本身有多少丰富性、变化性，都会体现在整个创作过程中，并使得创作过程无法像逻辑思维那样通过明确的推理判断得出一个非此即彼的结论，而只是近似的、模糊的、综合的结果。例如，在陀思妥耶夫斯基的创作思维中，“理性逻辑的和具体感性的、理性的和直觉的，思想的和形象的各种因素的对比关系是不断变化的。……作家在创作中力求把理性逻辑的因素和具体感性的因素综合在一起，把不仅由理性法则，而且由心灵追求而产生的各种思想综合在一起，把细腻的抒情、心理分析同政论性逻辑性很强的对白和独白结合在一起。”[1]力求把各种思维因素充分地结合在一起，是文学思维综合性的最重要特征之一。

无论一个作家的创作个性和艺术风格多么与众不同，在其具体创作过程中，都将不同程度地体现出综合思维的倾向性。文学思维的这种综合性特征在艺术“通感”现象中的表象尤为突出。所谓通感是指作者充分调动人的各种感官功能，将各种感觉统合起来，从而体现作者丰富复杂感情的一种表现手法。李贺的《天上谣》写道：“银浦流云学水声”，在迢遥银河的缕缕白云的流动中，让读者听到了潺潺流水的叮咚声，既轻曼清脆，又赏心悦目，视觉和听觉的功能在此都被充分调动起来了，单纯的视觉形象跨越了逻辑思维的界限糅合了听觉形象，然后把二者一齐呈现给读者。在通感手法的运用中，我们也可见出创作思维活动与单一的逻辑思维的差异，发现创作思维的杂糅多值、兼差越职的综合化特点。[2]事实上，综合集成是所有思维方式共同遵循的一条最基本的规律。作家所选择的文学思维类型，是由其创作心理结构中诸多因素综合作用的结果，即综合性创新思维。

## 三 文学思维类型与作家创作个性

作家创作的思维心理结构与作家的创作个性和艺术风格有着十分密切的关系。《诗经》作者的美刺比兴明显不同于《楚辞》作者的发愤抒情；莎士比亚的浮想联翩

[1] 程正民：《创作心理与文化诗学》，辽宁人民出版社，2001年，第77页。

[2] 参见洪申我：《艺术发生与诗性智慧》，福建教育出版社，2002年，第22页。

更是迥然有别于汤显祖的冥思苦想。不同作家之间在思维方式方面往往存在着巨大差异，这是一个具有普遍意义的文学现象。同是盛唐的伟大诗人，李白的清新飘逸与豪迈奔放不同于杜甫的沉郁顿挫与慷慨悲凉；同为中国长篇小说的奠基之作，《西游记》的玄幻空灵明显有别于《三国演义》的大气磅礴；同是中国新文学的领军人物，鲁迅的作品如同寒光闪闪的匕首，而郭沫若的文字则如同熊熊燃烧的火炬；同为俄罗斯文学的开山巨匠，普希金的率性而为明显不同于果戈理的客观冷峻……这种巨大差异显然是多种因素造成的，但各自创作个性的差异无疑是最重要的因素之一，而创作个性的差异又常常与文学思维的差异关系密切。中国文论中将构思的功效与文学家的个性气质相联系，以“缓思”和“捷才”为创作思维定类。《文心雕龙·神思》篇称“人之禀才，迟速异分”，个性气质的差异决定了苦思型、灵感型的思维方式。“相如含笔而腐毫，扬雄辍翰而惊梦，桓谭疾感于苦思，王充气竭于思虑”等都属于“思之缓”者；而“淮南崇朝而赋骚，枚皋应诏而成赋，子建援牍而口诵，仲宣举笔似宿构”等则属于“思之速”者。俗语“思如子建成诗易”就是将“七步成诗”的曹植当作性情浪漫的灵感型诗人的表率。

文学思维类型与作家创作个性的关系，在文学心理描写过程中表现得最为突出。同是探索人物内心世界的文学大师，托尔斯泰的洞烛幽微的心理刻画很难混同于陀思妥耶夫斯基的近乎疯狂的夸张与变形，“托尔斯泰更关注人物的常态心理，而陀思妥耶夫斯基则更关注人物的变态心理。在托尔斯泰笔下，人物心理活动的轮廓分明，人物心理过程的脉络清晰，前后变化十分合乎逻辑。而在陀思妥耶夫斯基笔下，人物心理活动往往是混乱的，前后矛盾的，令人难以理喻的。作家正是通过这种变态心理来解释人物隐秘的深层的心理活动。”[1]

必须指出，文学思维类型与作家创作个性是一个涉及面相当广泛的问题。文学思维类型是一个如同创作个性一样的动态概念。一方面，气象万千的社会生活投射到作家心灵中，必然是多姿多彩的艺术世界。因此，任何优秀的艺术作品所传递的思想感情或审美意识，都将是形神杂糅、光影斑驳的混合物。另一方面，审美对象的无限丰富性和文学创作思维的不确定性，使作家对生命体验的阐释不可避免地出现“言意矛盾”和“表征缺失”，这也就使得文学思维的外化过程千差万别。

对文学思维类型与作家创作个性的考察让我们注意到这样有趣的现象：每种文学风格，几乎都对应着一种文学思维。这种对应关系，极大地拓展了理解文学思维类型的视野。譬如说，作家的“豪放风格”和“缜密风格”分别对应着文学的“发散思维”和“收敛思维”。“发散”和“收敛”是两种性质与表现都截然相反的思维方式，

[1] 程正民：《创作心理与文化诗学》，辽宁人民出版社，2001年，第62页。

但它们始终保持着密切的联系，具有在一定条件下互相转换的必然性。文学创作作为一种创造性活动，其创作思维和科学研究思维在方式方法上的原理是相通的，也存在着发散与收敛，以及二者之间的必要的张力。需要发散时尽可能天马行空，独往独来；然而这种状态不能无限度地持续下去，否则思维就无法形成结果。于是，该收拢的时候，作家还得将思路集中于某一方面，使关于某一事物的思路详细缜密。这两种思维方式轮流当家，创作活动就能活泼而且有节制地进行下去。[1]

总之，文学思维类型是一个针对创造性开放系统而提出的动态概念，任何分类都只具有相对性意义，随着分类的目的、视角、标准、方法的改变，文学思维的分类必然呈现出不同的样态。

## 第二节　中国古代文论体系中的文学思维论

在中国古代文论中，仅直接与“思”相关的概念就有数十种。例如“神思”、“凝思”、“潜思”、“苦思”、“覃思”、“精思”、“妙思”、“诗思”等等，此外“兴会”、“妙悟”、“冥搜”、“想象”、“虚静”、“酝酿”、“现量”等都与文学思维密切相关。当然，必须再次指出的是，中国古代没有现代意义上的“文学”概念，中国古代的“文学”理论实际上表现为中国诗论、文论、小说论、戏剧论等等。说它是中国古代文学理论，实际上是一种追认。同样，中国古代也不存在严格意义上的独立而自觉的文学思维理论，所谓中国古代文学思维理论也是散见于各种诗论、赋论、文论、小说论和戏剧论等等文类理论之中。

### 一　“虚静”与“神思”

作为文论概念的“虚静”首次出现于刘勰《文心雕龙·神思》：“陶钧文思，贵在虚静。”也就是说，作家应该在虚静的状态中陶冶锤炼自己的文思。但是作为哲学范畴的“虚静”早在先秦就已经出现，并且为后来作为文论概念的“虚静”奠定了哲学基础。

“虚静”一词原是道家哲学中的重要范畴，老庄以“虚静”解释支配万物的“道”，并将其奉为处世、治国、养身的法宝。儒家也讲“虚静”，《论语》中“默而识

[1] 参见洪申我：《艺术发生与诗性智慧》，福建教育出版社，2002年，第62—63页。

之”和“吾日三省吾身”等说法就能让人联想到“虚静”;《荀子·解蔽》将“虚”、“静”、“壹”视为认识事物时精神状态的三个方面,这些思想对后世产生了比较普遍的影响。

仅仅把“虚静”作为一种心理的注意状态未免失之笼统,如果联系它的具体内容看,“虚静”实际上有明显不同的价值取向:有道家的逍遥避世、自然无为、作为观物方式的“虚静”;也有儒家和法家积极入世、内省观照、偏于认知方式的“虚静”。逍遥避世的人生态度产生了在审美上有积极意义的非实用的观照态度。[1]

由于对于中国文学思想产生主要影响的是道家的虚静论,所以,下面我们的介绍也以道家的虚静论为主。

**关键词:**

虚　静

从文学思维的视角看,“虚静”的基本含义是一种有利于冷静思考的心理状态,指作家构思时,宁静专一,除去杂念和主观偏见。庄子倡导“虚静”时所强调的主要是体悟“道”的途径和方法,但它同时也隐含着如何创造合乎天然之艺术精品的奥秘。它一方面要求创作主体忘记自我,抛弃知识,与所关注的对象合而为一,放弃具体认识和实践,以达到心境空明、身与道同的境界;另一方面,它也可以使人进入一个从内心深入把握宇宙万物及其变化规律的“大明”境界。

道家“虚静说”的含义及其影响主要有以下几个方面:

第一,道家“虚静论”强烈突出的是摆脱功利欲望,排除知性干扰,专注于对象的形式,对对象进行孤立的观照,要求主体心境的空明莹澈,以达于“凝神”的境界。例如,《庄子·达生》中的“梓庆削木”就是一个生动例子:梓庆制造的鐻(一种乐器),巧夺天工,成功诀窍在于:做鐻之前,一连斋戒七日,逐渐达到了一种高度“忘我”的虚静状态,此时,世事的烦扰消失殆尽,也就能专心于技巧。以人之“天性自然”合树之“自然天性”,从而由“虚静”状态进入创作状态,这就是“梓庆削木为鐻……见者惊犹鬼神”的奥秘所在。这里的关键词“静心”,是创作前所酝酿的一种有利于冷静观察和思考的创作心理状态,即“凝神”的状态。

“凝神”是“虚静”的突出特征之一,凝神之时,创作主体如同禅家入定,守一念而驭万念,以无欲而却众欲,进入了一种高度专注的非功利状态。庄子“虚静说”所

[1] 参见陶东风的《中国古代心理美学六论》(百花文艺出版社,1990年)、《从超迈到随俗——庄子与中国美学》(首都师范大学出版社,1995年)等著作。

包含的“凝神”观念对后代所有关注审美心态理论的文学家或文论家都有很大的影响。

第二，强调“虚”（“无”）与“实”（“有”）、“静”与“动”之间的辩证转化关系。道家哲学的一个基本思想是扬虚抑实、以静制动，认为世间万物皆生于“无”。这个思想在审美观念中的表现就是所谓“大美不言”、“大音希声”、“大象无形”，它对于中国古代素朴、空灵、淡远的审美理想产生了决定性影响。比如，苏轼《送参寥师》以诗论诗：“欲令诗语妙，无厌空且静，静故了群动，空故纳万境。”“空且静”即是佛家的“澄空”和道家的“虚静”，“无厌空且静”是创作美妙“诗语”的前提条件。“静故了群动，空故纳万境”非常精彩地点明了静与动、空与实之间的辩证转化关系。中国古代的写意艺术讲究的就是通过大量的空白来表现生命的“有”。[1]

第三，古人还把“虚静”的心态与创作灵感的降临相联系，认为心灵的虚静孤寂是产生灵感的最佳状态。庖丁解牛“以神遇而不以目视，官知止而神欲行”，“依乎天理”，因其“虚静”而达于“神行”；佝偻承蜩因“用志不分，乃凝于神”而能“承蜩犹掇之”；工倕因忘是非而达于“指与物化”等等，都是“虚静”与灵感关系的生动例证。

在《庄子》中，与“虚静”关系极为密切的另外两个概念是“心斋”与“坐忘”。“心斋”是一种摒弃外界搅扰的“虚而待物”的“空虚”状态。“坐忘”则是要忘掉形体躯壳和世俗自我，忘掉外在于人之本体的形骸、智巧、嗜欲的小我，而获得与宇宙万物相通的大我，以达到一种通达万物、“独与天地精神相往来”的境界。当一个作家达到了这种境界，即使信手拈来，依然常是佳句，纵使咳唾随风，落地也能成珠。

第四，与集中注意力、清除杂念欲念、忘知忘我以对对象进行孤立观照相适应的，是强调虚静与把握对象结构的关系。庄子曾反复表达过这一思想，而后代文论对此亦多有发挥。《庄子·养生主》中的“庖丁解牛”实已包含形式把握、灵感、下意识性等思想在内。庖丁为文惠君解牛，“奏刀騞然，莫不中音，合于桑林之舞，乃中经首之会。”居然宛如起舞奏乐。

庖丁杀牛数千，技术炉火纯青，对象的内部结构也烂熟于心，所以他所追求的是比“技”高出一等的“道”。对于庖丁来说，道的表现就是“依乎天理”，“因其固然”，具体到“解牛”就是顺其自然地“批大隙，导大窾”。由于“技进乎道”，所以“以神遇而不以目视，官知止而神欲行”，仿佛无心挥刀，却能尽中肯綮。这种游刃有余的境界得益于与虚静相关的“神遇”和从实践中来的结构把握，是合目的性与规律性的高度统一。

---

[1] 参见宗白华：《美学散步·论文艺的空灵与充实》，上海人民出版社，1981年。

从“虚静说”的影响可以看出，中国古代文论涉及艺术思维的大多数概念都与“虚静”有直接或间接的联系，例如“神思”、“凝思”、“冥搜”、“苦吟”、“兴会”、“妙悟”等，在文学创作或文学鉴赏过程中，或以“虚静”为前提，或以“虚静”为助力，或以“虚静”为补充，或以“虚静”为契机。没有“虚壹而静”的精神境界就不能进入“凝神静思”的创作状态。

在中国文论史上，较早有意识地将文学思维放置在文论系统中进行理论阐释的是刘勰。《文心雕龙》中许多章节都涉及了文学思维问题，其中还专设《神思》一章，深入细致地探讨了文学思维的规律。

**关键词：**

神　思

“神思”是古代文论描述文艺创作过程中作家思维特征的一个重要概念。刘勰认为“神思”具有凌越时空、超然形骸的特点：“寂然凝虑，思接千载；悄焉动容，视通万里；吟咏之间，吐纳珠玉之声；眉睫之前，卷舒风云之色；其思理之致乎！故思理为妙，神与物游。”刘勰所谓的“神思”，始终会有“珠玉之声”和“风云之色”相随相伴，“神思”这种“绘声绘色”的品性正是艺术思维活动的重要特征，即始终不脱离具体的感性形象。

刘勰敏锐地把握住了文学思维一系列特点：无往不至的自由与随意，超越时空、奇异变幻、神妙莫测、始终与生动鲜明的形象相伴。“神”思之“神”，源于《易传·系辞上》：“阴阳不测之谓神”，“惟神也，故不疾而速，不行而至”。又《易·说卦》：“神也者，妙万物而为言者也”。可见，“神” 不是名词，不是实体性的对象，也不是人格神，而是一个描述某种奇异变幻、神妙莫测状态的状词。大千世界变化无穷，艺术王国更是无理而妙，人们常常仅知其然而不知其所以然，这就是所谓“神”。

刘勰所说的“思接千载”和“视通万里”，前者表示神思的穿越时间的特点，后者则指向神思的跨越空间的特点。它们直接秉承了西晋陆机《文赋》的“观古今于须臾，抚四海于一瞬”的思想。《文赋》虽未拈出“神思”二字，但其对艺术想象的自由性及其超时空特点的描述却是极为深刻的。所谓“伫中区以玄览”，“收视反听，耽思傍讯，精骛八极，心游万仞”，“观古今于须臾，抚四海于一瞬”，“笼天地于形内，挫万物于笔端”，“恢万里而无阂，通亿载而为津”，这些言论非常形象而精辟地描述了艺术想象的自由性及其超时空的特点。刘勰在此基础上提炼出了“神思”的范畴，并更进一步论述了艺术想象的各种外在特征和内在品质，并将它的重要性提高到“驭文之首术，谋篇之大端”的地位，体现了理论上的自觉。

## 二　“凝思”与“苦吟”

“凝思”即“凝神静思”，在中国古代文论与批评中主要是指在艺术构思时潜心于虚构、想象的一种心理状态。陆机《文赋》中有“罄澄心以凝思，眇众虑而为言”的描述，他认为，创作进入谋篇阶段后，作者应力求把握住有声有色的外物景象，并给予艺术表现。尽管此时思绪纷繁，变幻莫测，但只要尽心专意地思索琢磨，因宜适变，就可以“笼天地于形内，挫万物于笔端”。

古人往往把“凝思”与“冥搜”相提并论。明谢榛《四溟诗话》：“陆士衡《文赋》：‘其始也收视反听，耽思傍讯，精骛八极，心游万仞。’此但写冥搜之状耳。”清薛雪《一瓢诗话》也说：“‘罄澄心以凝思，眇众虑而为言’，‘课虚无以责有，叩寂寞而求音’。陆士衡之言也。欲求工到，必藉冥搜。”从二人的阐释中可以清楚地看出，“凝思”与“冥搜”在本质上是相近相通且能互释互补的“姊妹概念”。“冥搜”概念中的这一个“冥”字本身就隐含着“虚静”的玄机，一个“搜”字，生动活泼地表现出了文学思维中想象活动的具体性、主动性、自由性和创造性。必须注意“搜”不能理解为人为的、不自由的、受劳役一般的冥思苦想。

从文学思维理论发展的历程看，“冥搜”促成了“虚静”概念从“无为”向“有为”的转向。“冥搜”和“虚静”虽同属于描述艺术想象活动的概念，其侧重点却有所不同。“虚静”比较接近于写作准备阶段的心理状态，“冥搜”则更接近于进入写作状态后的紧张思维活动。在这个意义上，“冥搜”的意义近似于“苦吟”。唐代诗人卢延让的《苦吟》诗：“吟安一个字，拈断数茎须，险觅天应闷，狂搜海亦枯。”以“险觅”、“狂搜”释“苦吟”，也说明这些概念具有大体相同的含义。资料表明，“苦吟”原指体现在孟郊、贾岛、李贺等中、晚唐诗人的创作和创作态度表述中的创作观念，即以冥思苦虑、字锻句炼的方法表现来自困顿失意生活的感情内容。由盛及衰的社会形态造成弥漫于中、晚唐士林的忧患意识和幻灭感，促成了审美态度和诗观念的变化。诗人们放弃盛唐“俱怀逸兴壮思飞”（李白）的“摅写挥洒乐事”（叶燮《原诗》）式的创作方式，满足于“苦吟”、“酸呻”、“悴吟”、“冥搜苦”式的成篇之途，更加追求文本的意义以合乎自省的心态。[1]于是，“苦吟”不仅以风格流派的形式名噪一时，而且作为一种文学思维方式也得到了众多作家和理论家的认可。

我们之所以把“苦吟”列入文学思维的范畴，是因为“苦吟”在整个思维过程中发挥着不可替代的作用。在王国维所谓的文学思维的“三境界”中，“苦吟”与“冥

[1]　参见王南：《“苦吟”诗论》，《首都师范大学学报》社会科学版，1995年第2期。

搜”相当于所谓“衣带渐宽终不悔，为伊消得人憔悴”的那种境界。凝思已久，仍不分神，冥搜无果，绝不罢休，这就与“苦吟”含义基本相同。“苦”意味着思维过程艰难复杂，“吟”意味着对“冥搜”结果的精心琢磨与推敲。因此，从文学创作是一种不容取巧的精神劳动这层意义上说，“苦吟”实际上就是希望有所作为的诗人、作家不得不认同的宿命。

“苦吟”对于文学思维的意义至少有以下几个方面的表现：

“苦吟”是成就作家的最有效的技术训练和艺术探索途径之一。杨载在《诗法家数》中说：“诗要苦思。诗之不工，只是不精思耳。不思而作，虽多亦奚以为？古人苦心终身，日炼月锻，不曰‘语不惊人死不休’，则曰“一生精力尽于诗。’今人未尝学诗，往往便称能诗，诗岂不学而能哉？”“苦吟”既是一个经验积累的过程，同时也是一个开拓创新的过程。

“苦吟”是文学创作中促使老庄的“虚静”从“无为”转向“有为”的重要因素之一。这一“转向”，为实现“虚静”所清扫的心灵空地的潜在意义提供了审美表现的舞台。当文论家把“虚静”与“苦吟”等概念纳入同一个理论体系时，老庄的“虚静”所指向的那个弃圣绝智、无知无欲的混沌世界突然变得敞亮起来。例如，在《文心雕龙·养气》中，“虚静”具有一种“明鉴”的积极意义，所谓“水停以鉴，火静而朗”，这已与前人赞许的“明镜不疲于屡照”如出一辙。[1]

“苦吟”有助于催生灵感。诗人之所以“苦吟”不倦，是因为他们坚信，一旦灵感出现，潜心的苦吟必将获得加倍的报偿。实践证明，“苦吟”往往是通往“兴会”的可靠阶梯。我们这里所说的“苦吟”，不仅仅是写作过程中的文字推敲，而是泛指文学创作紧张而持久的运思过程。陆游《夜吟》诗即为生动的例证：“六十年来妄学诗，工夫深处独心知，夜来一笑寒灯下，始是金丹换骨时。”从“苦吟”到“兴会”，如禅家所谓的由“渐参”到“顿悟”。这种说法在古代文论中相当普遍，如陈师道所说的“学诗如学仙，时至骨自换”。苏轼、吴可、韩驹、戴复古等许多人都有相似的说法。

“苦吟”作为一种文学思维方式，在一定的历史阶段可以表现为一种写作态度或文学风格。“苦吟”具有悠久的历史，到中晚唐成为一代诗风，如皎然《诗式》就明确强调苦思的重要性，钱起亦云：“诗思应须苦。”（《送李秀才落第游楚》）北宋的江西诗派几乎将“苦思”推向极至，陈师道“闭门苦吟”的传说成为多种诗话中的著名掌故，黄庭坚“诗非苦思不可为”的名言被后世苦吟诗人奉为圭臬。江西派标

[1] 参见王元化：《清园论学集》，上海古籍出版社，1994 年，第97页。

举“一祖三宗”而首尊杜甫，与杜甫倡导“苦吟”不无关系。杜甫经常以“苦”来形容诗歌思维：“知君苦思缘诗瘦，太向交游万事慵。”（《暮登四安寺楼寄裴十迪》）“陶冶性情存底物，新诗改罢自长吟。孰知二谢将能事，颇学阴何苦用心。”（《解闷》之七）

“苦吟”讲究选用最准确的辞句，所谓“履却万方无准，安排一字有神”[1]。不过，我们应该看到的是，“苦吟”绝不只局限于锻词炼句，否则，就会像江西诗派中的某些诗人那样在“雕章凿句”上误入歧途。事实上，即使被江西诗派奉为祖师爷的杜甫，也并非将所有的精力都放在雕章琢句上。杜甫的苦思、锤炼、冥搜，是在整体上追求表现的完美。

苦吟虽能足以使诗歌语工句奇，但要创作出“韵格高妙”的作品需要诗人先具有不凡的情志。刘勰、钟嵘、司空图、严羽和王夫之等人看到了“苦吟”这方面的局限和不足，因此反对过分强调苦吟，为文学创作论开辟了一条与“苦吟”完全不同的理路。

作为一种思维方式，“苦吟”常常以锤炼语言和开掘诗意的面貌出现，但更高的目标是在整体上追求最妥帖的表现，以达到更完美的艺术韵致。如果诗人本无高远兴致，只一味在字句上苦吟，往往会脱离生活中鲜活的诗性而堕入“吟成五字句，用破一生心”（方干《贻钱塘县路明府》）的偏执心理，反而丧失了诗意，堕入苦吟诗人自己也意识到的“诗病”、“诗癖”的缺陷。孟郊《劝善吟》曰：“天疾难自医，诗癖将何攻？”《夜感自遣》曰：“夜吟晓不休，苦吟鬼神愁。如何不自闲，心与身为仇？”失去了诗性的自然美感，竟至“自仇”之态，就会减损文学思维的价值。

对“苦吟”到底应该怎么看？它的积极意义上文已经说得很充分，但是其消极意义也不应该忽视。这种执著于某些细节的精雕细琢在中国的美学传统中似乎是被否定的，是形而下的“器”，是“小巧”，评价似乎不能太高。

## 三　“兴会”与“妙悟”

“兴会”，作为我国古代文艺创作——主要是诗歌创作——论中锤炼出来的审美范畴，通常是指审美感兴或艺术直觉中的灵感。大约自沈约《宋书·谢灵运传论》开始，“兴会”就被用于文学批评（主要是诗歌批评）：“灵运之兴会标举”；王士祯《池北偶谈》有“大抵古人诗画，只取兴会神到，若刻舟缘木求之，失其指矣”。虽然“兴会”与西方文论所说的“灵感”概念还有许多不同的地方，但在中国古代文论中，关

[1] 黄庭坚：《荆南签判向和卿用予六言见惠次韵奉酬》。

于创作灵感现象的许多精彩论述却常常与“兴会”相关。就文艺理论而言，陆机《文赋》中的一段描述颇具代表性：

> 若夫应感之会，通塞之纪，来不可遏、去不可止。藏若景灭，行犹响起。

“应”与“感”的意思都是心物相触而有所应接、感发，“之会”即之际。陆机认为，灵感有或通畅或阻塞的时候，来时不可阻挡，去时不可挽留，这一观点对后世很有影响。邓绎在《日月篇》中说：“陆机《文赋》云：‘来不可遏，去不可止’；东坡所云‘行乎其所不得不行，止乎其所不得不止’也。又云：‘思风发于胸臆，言泉流于唇齿’；东坡所云：‘如万斛泉源随地涌出’者也。”王士祯说：“兴会发于性情。”（《突星阁诗集序》）都是陆机灵感论的继承和发挥。

作为描述文学思维的“兴会”概念，历代学人对其有各种各样的理解与阐释。例如，归庄在《吴门唱和诗序》的“诗当有待于兴会”的论述给我们理解“兴会”的多重意义提供了一个较好的例证：“余尝论作诗与古文不同：古文必静气凝神，深思精择而出之，是故宜深室独坐，宜静夜，宜焚香啜茗。诗则不然，本以娱性情，将有待于兴会。夫兴会则深室不如登山临水，静夜不如良辰吉日，独坐焚香啜茗不如与高朋胜友飞觥痛饮之为欢畅也。于是分韵刻烛，争奇斗捷，豪气狂才，高怀深致，错出并见，其诗必有可观。南皮之游，兰亭之集，诸名胜之作，一时欣赏，千古美谈。虽邺下，江左之才，非后世之可及，亦由兴会之难再也。”归庄是在比较的意义上把握兴会的特征的，他认为作诗（狭义的文学中最有代表性的文类）与作文（广义的文章）不同，作文主要是依靠逻辑推理，所谓“深思精择而出之”，而作诗有待突发的灵感（“兴会”），这种“兴会”来自“登山临水”、“良辰吉日”和“与高朋胜友飞觥痛饮”之时，这说明“兴会”有时需要特定的环境和非功利的心态。古人所谓“挥毫当得江山助”[1]也证明“登山临水”有益于创作。灵感之来，往往得益于外物的刺激。

当艺术家“内外相符，心手相应”时，往往“逆来顺往，旁见特出，横平竖直，戈相乘除，得自然之数不差毫米……游刃余地，运斤成风”[2]。灵感是一位苦求不应又不请自来的任性女神。因此，若胸中本无“高远兴致”，纵然“苦吟”也无济于事。但是，“高远兴致”从何而来呢？对此，前人总结了很多经验。例如，刘勰提出了“积

---

[1] 刘勰《文心雕龙·物色》说屈原能够得诗情之妙，就在于“江山之助”。陆游诗曰：“挥毫当得江山助，不到潇湘岂有诗？”（《予使江西时以诗投政府丐湖湘一麾会招还不果偶读旧稿有感》）

[2] 吴道子：《书吴道子画居》，转引自刘奎林：《灵感》，黑龙江人民出版社，2003年，第46页。

学”、“酌理”、“研阅”、“驯致”等加强内在修养的具体办法。这些办法有一点是相通的，那就是重视熟读与精思，强调勤学和苦练，舍此，“心手相应”的境界如同痴人说梦，“高远兴致”也可望而不可及。

文学创造具有强烈的直感性。在文学创造里，心灵的方面和感性的方面必须统一起来，灵感必须与技艺融为一体，才能必须与实干结合起来。姚鼐说：“凡诗文事与禅家相似，须由悟入，非语言所能传……欲悟亦无他法，熟读精思而已。”[1] 由此可见，对于诗人来说，理想的状况是，既有李白的悟性，又要有庖丁的技法。只有勤学苦练，熟读精思，诸法融会于心，才能心手相应，内外合一。当心灵的方面和感性的方面骤然“兴会”之时，就是灵感女神降临的时刻。苏轼能理解文同阐述的作画技巧，但不能像文同那样驾驭笔墨，之所以“心识其所以然而不能然”，是因为理论毕竟替代不了实践。专业性的技艺，需要投入大量的时间、精力和耐心才能获得。元人杨载感慨叹：“古人苦心终身，日锻月炼，不曰‘语不惊人死不休’，便曰‘一生精力尽于诗’，今人未尝学诗，往往便称能诗，诗岂不学而能哉？”[2]

艺术家的技巧得益于日积月累的研习苦练，技艺不精，纵有灵感也只如同虚幻的泡影。对于作家艺术家而言，所谓“灵感”，就是长期积累的经验与技巧偶然获得了超常发挥的机会。可见“兴会之来”，貌似无由，实则有据。

与“兴会”类似的另一个重要概念是“妙悟”。

**关键词：**

妙 悟

“妙悟”二字出自佛教典籍《涅槃无名论》，是指超越寻常的、特别颖慧的悟觉、悟性。南宋严羽的《沧浪诗话》将这一禅学概念引入诗论，认为“禅道惟在妙悟，诗道亦在妙悟”，只有“悟”才是“当行”、“本色”，不过悟的程度“有浅深，有分限，有透彻之悟，有但得一知半解之悟”而已。所谓“妙悟”，照字面讲，是心领神会、彻头彻尾的理解的意思。就严羽的《沧浪诗话》的全部理论看来，“悟”包括认识和实践两方面，也就是诗歌的阅读和创作两方面。“妙悟说”的可贵之处在于它把艺术思维与知识积累、理性思维的差别说得非常透彻。从文学思维的角度看，“妙悟”其实就是一种艺术直觉或灵感。

严羽的“妙悟说”强调阅读，且主张取法乎上，“以汉魏晋盛唐为师，不作开元天宝以下人物。”而入手的具体步骤是：先须熟读《楚辞》，朝夕讽咏，以次及于汉魏

[1] 姚鼐：《与石甫侄孙莹》。

[2] 杨载：《诗法家数》。

古诗、乐府，再沉潜李杜二集，“然后博取盛唐名家，酝酿胸中，久之自然悟入。”这就是平日学习的“悟入”法。至于诗的艺术实践问题，严羽认为：

> 夫诗有别材，非关书也；诗有别趣，非关理也。然古人未尝不读书，不穷理。所谓不涉理路、不落言筌者，上也。诗者，吟咏情性也。盛唐诸人惟在兴趣，羚羊挂角，无迹可求。故其妙处透彻玲珑，不可凑泊，如空中之音，相中之色，水中之月，镜中之象，言有尽而意无穷。

这就是严羽著名的“别趣”“别材”说。他认为诗艺必须达到这种境界，才能算“透彻之悟”，才是“妙语”。这段引文有几点值得注意。一是涉及在文学中“理”（知识）和“趣”（趣味）的关系问题。诗歌中固然有“理”，诗人也要读书积累知识，但是这种“理”却不能以知性的、逻辑的形式存在（“不涉理路、不落言筌”），它必须内化为诗歌的审美情趣，这是因为诗是“吟咏情性”的，诗歌中充满了如镜花水月一般难以确指的审美情趣。这从另外一个角度涉及到了妙悟说的核心特征。

严羽的“妙悟”还有一层比较具体的意义，那就是通过熟参汉魏晋盛唐诗歌，从而达到最佳的审美境界。

在严羽看来，诗属于性灵之幽思，如电花石火，似灵光初照，重在独创，所谓“讵出经史”、“皆由直寻”，说明妙悟之妙就在于对超乎文字意象的内在神韵的把握。值得注意的是，不少人只津津乐道于“妙悟”、“顿见”的一面，而往往忽视严羽提出“别材”“别趣”说之后所特意强调的另一面，即古人“非多读书，多穷理，则不能极其至。”对此，钱锺书曾一针见血地指出：“夫‘悟’而曰‘妙’，未必一蹴即至也；乃博采而有所通，力索而有所入也。”[1]

当然，“妙悟”说的局限性也是显而易见的。首先，严羽只强调人们对诗歌艺术的直接感受和领悟，不重视理性思考的指导作用，显然不够全面；其次，严羽在“不落言筌”的口号下，片面追求超乎文字意象之上的“透彻玲珑，不可凑泊”的境界和韵味，而相对忽略了这种境界和韵味所必须附丽的文字意象本身；此外，严羽超越现实生活谈感悟，使“妙悟”说多少具有些凌虚蹈空的特点。

---

[1] 钱锺书：《谈艺录》（修订本），中华书局，1984年，第98页。

## 第三节　西方诗学体系中的文学思维论

西方文艺理论体系中关于文学思维的论述极为纷纭繁杂，就其对西方文论和中国文论的影响而言，最有代表性的理论主要有以柏拉图为代表的“迷狂说”、以康德为代表的“天才论”、尼采的“酒神精神”说、浪漫主义的“激情理论”、精神分析学派的“无意识”“白日梦”理论，等等。下面逐一介绍。

### 一　“迷狂说”与“天才论”

古希腊的柏拉图关于文学思维的观点整体上看是一种“非逻辑”的或“反思维”的理论。他认为诗人不是凭借知识或智慧写作，而完全是凭“神助”或天赋写作。而这种天赋在柏拉图那里并不是我们今天所理解的一个具有赞美意义的褒义词，大多数情况下它与“着魔”没有什么分别。在《苏格拉底的自辩》中，柏拉图说，诗人就像占卜或卜课人似的，说了许多好听的话，但他自己并不明白这些话的含义。

在《伊安篇》中，柏拉图对“迷狂说”的论述最为集中。柏拉图认为，伊安长于解说荷马的本领并不是一种技艺，而是一种灵感，“诗人是一种轻飘的长着羽翼的神明的东西，不得到灵感不失去平常理智而陷入迷狂，就没有能力创造，就不能够作诗或代神说话。”[1]

**关键词：**

迷　狂

“迷狂”主要是指创作过程中出现的一种感情高涨、全神贯注、物我两忘、如有神助的心理状态。柏拉图认为，诗人艺术家见到尘世的美，就回忆起上界里真正的美，于是，灵魂脱离肉体，飞往天国，达到“迷狂”境界。这里的“迷狂”不是由疾病引起的，而是神灵凭附的结果，因此也可称为神圣的迷狂（Divine madness）即“神灵的禀赋”。“迷狂”可分为四种：预言的迷狂、宗教的迷狂、诗兴的迷狂和爱美的迷狂。“诗兴迷狂”是诗神把诗人引向一个“兴高采烈”、“神飞色舞”的境界。柏拉图认为：单凭诗的艺术不可能成为一个诗人，如果没有这种“诗神的迷狂”，无论谁去敲诗歌的门，他和他的作品都将永远站在真正的诗歌的大门外。

[1]　参见柏拉图：《文艺对话录》，朱光潜译，人民文学出版社，1980年。

在《会饮篇》里，柏拉图还把灵感中的迷狂状态与他从埃及得来的灵魂轮回说融合了起来，认为灵感来自不朽的灵魂前生在天国所见到的美满境界的回忆。他还认为获得灵感的诗人如同坠入情网的恋人一样沉浸在一种迷狂状态中，因此文艺创作和爱情之间具有一致性。这些观点至今还在发生影响，例如在弗洛伊德的精神分析学派的文艺心理学中，我们能清晰地看到“迷狂说”的影子。

与“迷狂说”紧密相联系的是“天才说”。那些“诗神凭附”的人，处于“诗兴迷狂”状态时，他就是一个“天才”。文学理论史上不少人认为天才与灵感是不可分割的，大多数情况下两者甚至就是一回事。柏拉图把天才看成是天赋或神助的结果，这种天才观对后世影响十分深远。亚里士多德的《诗学》虽然十分重视技巧，但他也不反对天才说：“诗歌要求作诗的人具有特别的才能，或者要多少有点疯癫……”[1]到了古罗马诗人那里，柏拉图的“迷狂说”似乎走上了“诗狂而后工”的歧途。部分诗人行为狂放，不拘礼法，纵情声色，嗜酒成性，以便在神智迷狂的时候写出天才的诗句。

古罗马文论家贺拉斯在《诗艺》中描述了这种可笑的时尚：

> 德谟克利特相信天才胜似技巧，
> 不许清醒的诗人在赫里岗上逍遥；
> 不少诗人居然不剪指甲不修容貌，
> 流连于幽僻之地回避浴场的喧嚣，
> 仿佛只要他永远不请理发匠代劳，
> 给他剃光三剂妙药治不好的头脑，
> 他就必定赢得诗人的光荣和雅号。[2]

尽管贺拉斯对崇尚天才的诗人极尽挖苦之能事，但是，他也不得不承认；“诗神把天才，把完美的表达能力，赐给了希腊人；他们别无所求，只求获得荣誉。而我们罗马人从幼就学习算术，学会这样把一斤分成一百份（以便将来管理产业）……当这种铜锈和贪得的欲望腐蚀了人的心灵，我们怎么能希望创作出来的诗歌还值得涂上杉脂，保存在光洁的柏木匣里呢？”[3]

贺拉斯甚至明确指出，世界上什么人都可以平庸，唯独诗人不能。对于诗人平

[1] H. M. 艾布拉姆斯：《镜与灯》，北京大学出版社，1989年，第296页。
[2] 贺拉斯：《诗艺》，第295—301行，参见缪朗山《西方文艺理论史纲》，第116页。
[3] 贺拉斯：《诗艺》，第154—155页。

庸，无论天、人或“柱石”都不能容忍。那时，罗马人的诗作常常要张贴在石柱上，贺拉斯所说的“柱石”相当于今天的书商或出版商。可见，贺拉斯并不一味反对天才论，而是矫正了柏拉图天才论的神秘主义倾向。柏拉图认为优秀的诗篇是天才的创造，与后天习得的技艺无关。贺拉斯则认为：“苦学而没有丰富的天才，有天才而没有训练，都归于无用；两者应该相互为用，相互结合。”[1]因此，他希望罗马诗人“日日夜夜揣摩希腊的典范”。这些观点比柏拉图的天才说更有现实针对性，更辩证，直到今天也仍然有一定的借鉴意义。

贺拉斯之后，天才论似乎又有向柏拉图“迷狂说”回归的倾向。《论崇高》的作者朗吉努斯宣称：“崇高的风格是一颗伟大心灵的回声”！从一定的意义上说，这正是在为一个没落的时代深情呼唤伟大的“天才”。他认为，“恰到好处的真情”就像“呼出迷狂的气息和神圣的灵感”，只要真情流露得当就必能导致崇高，“这种真情如醉如狂，涌现出来，听来犹如神的声音。……对于那些想向古人学习的人来说，从古人伟大的气质中，就有一种涓涓细流，好像从神圣的岩洞中流出，灌注到他们的心田中去，因此，连那些看来不容易着迷的人也受到了启示，在古人伟大的魅力下，不觉五体投地了。”[2]这些话听上去很像是出自柏拉图之口。但是，朗吉努斯毕竟与柏拉图不同，他似乎受到了贺拉斯学习古人的影响。他认为，柏拉图这样的古代作家为后人指出了一条走向崇高的道路，因此，当代诗人应该“向古人学习，并同他们竞赛”。

显然，朗吉努斯几乎全盘接受了柏拉图的天才论与迷狂说，如果把文中的“古人”换成“荷马”，这一点就更清楚了。虽然他也强调要向古人学习，但与他前面的贺拉斯和后面的布瓦洛相比，朗吉努斯显然把天才看得比学习重要得多。朗吉努斯还从文学接受的角度强调了天才之作的崇高意义。他说：“崇高的语言对听众的效果不是说服，而是狂喜。一切使人惊叹的东西无往而不使仅仅讲得有理、说得悦耳的东西黯然失色。相信或不相信，惯常可以自己作主；而崇高却起着横扫千军、不可抗拒的作用。”[3]尽管朗吉努斯的许多言论都是极力颂扬崇高的，但大多数描述都适用于灵感和天才。

在西方文论中，天才常常是灵感的同义词。叔本华说：“人们自来就把天才所起的作用看作灵感。”[4]丹纳也认为，“艺术家需要一种必不可少的天赋，你用许多好听的名字称呼它，称之为灵感，称之为天才，都可以，都很对”[5]。与天才或灵感等相

[1] 贺拉斯：《诗艺》，第158页。

[2] 伍蠡甫主编：《西方文论选》上卷，第125—127页。

[3] 伍蠡甫主编：《西方文论选》上卷，第122页。

[4] 叔本华：《作为意志与表象的世界》，商务印书馆，1982年版，第263—264页。

[5] 丹纳：《艺术哲学》，人民文学出版社，1963年版，第27—28页。

对应的概念是艺术或技法，天才/灵感是天赋的才能，艺术/技艺是后天训练的结果。在西方文论史上，自柏拉图以来，天才与灵感的论述就一直笼罩着神秘主义的迷雾，关于“天才”与“灵感”的种种说法大多具有强烈的非理性色彩，因此天才与理性或规律几乎总是处在对立的位置上。第一次真正深入和全面地论述天才问题，并且提出了一套完整而独特看法的，是德国哲学家康德。只有到了康德，理性与灵感，自由与规律才在“天才”的概念里达到了高度的统一。

康德认为，“美的艺术必然要作为天才的艺术来考察。”于是，他将艺术创作问题引向对天才的研究。他的名言是“天才就是那天赋的才能，它给艺术制定法规”。既然天赋的才能是艺术家天生的创造机能，因此也符合自然规律的，自然通过它而给艺术制定法规。

康德认为，天才具有独创性、典范性、自然性以及运用限于艺术这样四个特点。天才是“想象力对于悟性的关系”，“所以在它们的结合里构成天才的心意能力，就是想象力和悟性”，是“想象力对于悟性规律性的自由协和”，它具有一种“没意图的、非做作的主观合目的性”，因为它不是服从机械摹仿的规则，而是由主体的天然禀赋产生出来的。因此天才就是：“一个主体在他的认识诸机能的自由运用里表现着他的天赋才能的典范式的独创性。”[1]

值得注意的是，康德的天才观突出了天才的非理性倾向，但他的理论有一个“自然法则”作为底线，那就是天才是无意于规律却又无悖于规律的天生的自然禀赋。因此，康德所说的天才，只是与人类的其他才能相平行的一种才能，它虽然具有独一无二的特殊性，但并不凌驾于其他才能之上。可见，康德并没有像叔本华那样，把天才理论推向了反理性和非理性的极端。

## 二　“激情理论”与“酒神精神”

长期以来，西方文艺理论中的理性派将文艺理论安置在哲学和伦理学的名目下，而感性派则将其混同在生理学的概念之中。在《判断力批判》中，康德第一次明确地指出了包括文学在内的文艺的独特领域是介于认识与意志之间的独立的情感领域。在康德看来，文学艺术是一种无须凭借概念的主体的情感愉悦。他在自己的哲学体系中将文艺同哲学、科学和伦理道德划清了界限。他认为，文艺引发的虽然是一种令人愉悦的情感，但它包含着理性内容，并具有判断先于快感的高级形式，因此，文艺的美感与生理的快感具有本质区别。通过这样的界定，康德把理性主义与感性主义关

[1] 参见康德：《判断力批判》上卷，商务印书馆，1965年，第153—164页。

于文艺的对立观念融合到这个所谓的“情感领域”之中（事实上，康德引入“情感领域”的概念，其目的就是要在“知”与“意”之间建立一个相互沟通的桥梁）。于是，康德最终从哲学、伦理、美学三方面完成了他对理性主义和感性主义的调和，使自己的哲学体系实现了真善美的统一。

康德的“情感领域”概念，对后世文学理论的发展产生了极大的影响。马克思在《“政治经济学批判”导言》中的“艺术的掌握世界的方式”的重要思想，就是受康德启发而提出的。所谓艺术的掌握方式，其实就是从情感的角度掌握世界的方式。

情感与文学创作和文学思维的关系是一个古老的命题。在讨论“迷狂说”与“天才论”的过程中，我们已经注意到，情感，特别是激烈的情感，常常是与灵感相生相伴的姐妹。事实上，“灵感”这个词在希腊文中的原意就是“激情”的意思。而激情或灵感正是关于文学创作的最古老、最广泛、最持久的解释。[1]早在柏拉图之前，德谟克利特就阐释过激情与诗人的关系，并认为没有人“可以不充满热情而成为伟大的诗人”。还说：“一位诗人以热情并在神圣的灵感之下所作的一切诗句，当然是美的。”[2]柏拉图和朗吉努斯对激情的论述在前文中已经有较多的论述，他们也把灵感与激情看作相近的概念。

据说希伯来的歌吟者常常是在激情状态下传达上帝的话语的：“我默默无语，甚至美好的言词也不说……正当我这样沉思的时候，激情迸发了，我终于用舌头讲话了。”[3]激情迸发的时刻，就是灵感到来的时刻。不过，从艾布拉姆斯引用罗伯特·赫里克的《不是天天都宜作诗》看，“默默无语”似乎也有等待灵感来临的意思，如果没有激情与冲动，最好是不要“为赋新诗强说愁”。赫里克的《不是天天都宜作诗》[4]是这样说的：

> 并非每一天我 / 都适于预言：/ 不，但是当灵魂充满了 /
> 奇异的狂热；/ 充满了激情，然后我就写作 / 就像上帝一样写诗作文。

雪莱《为诗辩护》（《诗辩》）中也说：“人不能说：‘我要作诗。’即使是最伟大的诗人也不能说这类话。”[5]因为创作需要灵感，没有灵感就不可能有优秀的诗歌。诗人应当留心观察并耐心等待灵感袭来的瞬间。

---

[1] H.M.艾布拉姆斯：《镜与灯》，第298页。
[2] 伍蠡甫主编：《西方文论选》上卷，第4—6页。
[3] 利·乔纳斯：《神圣的科学》，第166—171页，转引自《镜与灯》第299页。
[4] H.M.艾布拉姆斯：《镜与灯》，第299页。
[5] 参见《十九世纪英国诗人论诗》，人民文学出版社1984年版，153页。

优秀的诗人的确常常只在“灵魂充满了奇异的狂热、充满了激情”的时候才写作。例如，“格雷就说自己非得‘处于兴高采烈的时候’才能写作，理查逊说弥尔顿写诗的能够是倚仗‘一种激烈或狂热的心情’”[1]。契诃夫曾经应允别人写一部戏剧，后来无法履行诺言，当人家向他“逼债”时，这位大文豪无奈地说，“没有办法呀……那种必要的心境没有嘛！”[2] 这个所谓的“心境”，其实就是灵感，就是创作激情。托尔斯泰谈到《安娜·卡列尼娜》的创作时说他等了整整一年，“揪心地等待着从事写作的心境”，当它终于来临时，“不由自主，出人意外，我搞不清所为何来，意欲何往，竟陡然间想出了许多人物和情节，于是乎进行读下去。接着自然而然，我改变了计划，一下子文思急转直下，欣欣然万象更新，一部小说就脱颖而出了。这小说我今日草草拟就，生动、热烈、完整，我怡然自得。”[3] 在阅读普希金的作品时突然获得的灵感，使他兴奋不已，激动异常，他竟然不知“所为何来，意欲何往”，仿佛一道闪电照亮了夜空，让他陡然间看清楚了许多人物和细节。久久苦思不得，一朝不期而至，创作的灵感开启了激情的闸门，各种意象纷至沓来。长期郁积的激情有如地底奔突的岩浆，终于找到了“喷火口”，滔滔不绝，一派滚出。于是，“生动、热烈、完整”的文学作品就这样脱颖而出了。

其实，在托尔斯泰看来，艺术的本质就在于情感。在《艺术论》中，他曾明确地指出：“作者所体验过的感情感染了观众或听众，这就是艺术。”艺术是人类生活中把人们的理性意识转化为感情的一种工具。当真挚而强烈的情感还没有找到恰当的表达方式时，一个优秀的作家是绝对不肯轻易下笔的。情感，特别是激情，作为文学创作的主体动因和作品审美感染力的重要条件，在文学运思过程中，既是一种灵感的激发因素，同时也参与形象思维的整个过程。所以，在西方文艺理论史上，情感或激情历来都备受作家和理论家们的关注。

自康德提出审美判断力的范畴、强调情感在文学创作和文学思维中的作用以后，激情和情感的重要性得到越来越多的认可。特别是在十九世纪浪漫主义诗人那里，强烈的情感几乎成了诗性思维唯一的动力。这里最有代表性的观点是华兹华斯的名言：“一切好诗都是强烈情感的自然流露。”“是情感给予动作和情节以重要性，而不是动作和情节给予情感以重要性。”[4]华兹华斯曾把情感的重要性强调到了无以复加的程度，连“思想”也居然被看作是“以往一切情感的代表”！

---

[1] 约翰逊：《亚里士多德文论反思》，第6页，转引自《镜与灯》第301页。

[2] 契诃夫：《契诃夫论创作》，人民文学出版社1958年版，第422页。

[3] 托尔斯泰：《托尔斯泰论创作》，漓江出版社1988年版，第164页。

[4] 《十九世纪英国诗人论诗》，人民文学出版社1984年版，第6—7页。

诗是强烈情感的自然流露，那么诗人呢？华兹华斯认为诗人“比一般人具有更锐敏的感受性，具有更多的热忱和温情，他更了解人的本性，而且有着更开阔的灵魂；他喜欢自己的热情和意志，内在的活力使他比别人快乐得多；他高兴观察宇宙现象中的相似的热情和意志，并且习惯于在没有找到它们的地方自己去创造”。柯勒律治认为“激情必定是诗的灵魂，或者换种说法，想象是灵魂，它在天才诗人的作品中到处可见”。雨果也认为：“真正的诗人……是这样一种人，具有强烈的感情，并运用比一般更有表现力的语言，在传达这种感情。”威廉·哈兹里特说：“对于艺术，对于趣味，对于生命，对于言语，你都根据情感做决定，而不是依照理性。”[1] 这种把情感看作艺术灵魂的观点，对后世文论和美学思想的发展具有深刻的影响。

从这些论述中不难看出，情感不仅参与了文学思维，而且变成了文学与艺术思维的最为重要的组成部分。这些观点，并不是被激情燃烧的诗人有意夸大激情作用的偏激说法，不少头脑冷静的哲人也认同这些激情燃烧的观点。例如，法国哲学家李博认为：“创造性想象的一切形式，都包含情感因素……一切情感的气质，不论它们怎样，都能影响创造性的想象。”[2]

西方文论家在谈论创作时，常常把伟大的“天才”、强烈的“激情”和神圣的“灵感”交织在一起论述。例如，在狄德罗的《天才》中，激情、灵感与天才几乎就是同一个母亲的儿女。他认为，所有的文学天才毫无例外地都是一些特别富于激情的人。没有充沛、持久、真切的激情，就不可能有文学艺术的天才。天才的特点也许有千条万条，但最重要的却正是狄德罗所说的“热情的兴奋”、“激情的刺激”。“这种热情的力量使人说出恰当的字，恰当来自有表现力；它常常借重大胆的比喻；它使人想出拟真的和谐、各种各样的意象、最鲜明的标记、拟真的声音以及有特色的字句。”[3] 他相信，“只有伟大的感情，才能使灵魂达到伟大的成就。”[4]值得注意的是，狄德罗这样的启蒙运动的领袖人物，在一个理性君临一切而激情几乎被看作是理性之敌的时代，公然把激情、灵感与天才联系在一起，仅从这一点看，激情在西方文论史上的重要地位及其影响也是非同寻常的。

歌德在谈到《少年维特之烦恼》时说：“我像鹈鹕一样，是用自己的心血把那部作品哺育出来的。其中有大量的出自我心胸中的东西、大量的情感和思想……我当小心以后不要再读它，它简直就是一堆火箭弹！一看到它，我心里就感到不自在，深怕

[1] 参见《镜与灯》，第206—207页。

[2] 《外国理论家作家论形象思维》，中国社科出版社，1979年，第186—187页。

[3] 狄德罗：《天才》，《古典文艺理论译丛》第6册，第129—130页。

[4] 《狄德罗画评选》，人民美术出版社，1987年，第105页。

重新感到当初产生这部作品时那种病态心情。”歌德是在一种“迷狂欲死”的境况下创作这部小说的，一种几近“病态”的激情，使作品如同“一堆火箭弹”。从所谓“情感思维”的角度看，歌德这样的“迷狂”，实际上就是“天才”遇到“灵感”时“激情”达到一种极致的表现。

有关研究表明，在一定意义上代表着激情理论之极致的“迷狂说”，大约可追溯到古希腊悲剧的起源。希腊悲剧起源于酒神祭礼，典祭者在祭祀之前常常喝得酩酊大醉，他们载歌载舞，唱着即兴的歌谣，在狂欢的氛围中，这些即兴之作常常显得无比奇妙。古人由此推想这些美妙的诗句只有在迷狂的状态中才能脱口而出。这种想法，大约就是“迷狂说”的萌芽。可见，看似匪夷所思的“迷狂说”不断有柏拉图的哲学理论作为思想基础，而且还有一定的历史根源和现实依据。

伟大的“诗人哲学家”柏拉图受“酒神祭”的启示提出了著名的“迷狂说”，两千多年以后，另一位“诗人哲学家”尼采则认为“酒神祭”是“一种满溢的生命感和力感，在其中连痛苦也起着兴奋剂的作用”。

**关键词：**

酒神精神

“酒神精神”是尼采在《悲剧的诞生》中提出的关于希腊悲剧思维方式和艺术特征的重要概念，与之对应的是“日神精神”。尼采认为，希腊悲剧是“日神精神”（以雕塑和史诗为代表）和“酒神精神”（以音乐和舞蹈为代表）高度融合的产物。这里的“日神”和“酒神”是宇宙、自然、人类的两种基本的生命本能和原始力量的象征。“日神”象征着美的外观的无数幻觉力量；“酒神”则表现为惊骇狂烈的情绪放纵力量。如果说日神展示为“梦”的幻境与美的形象，那么，酒神则主要是在醉意朦胧中狂放不羁地挥洒激情，主体逍遥于一种完全放逐了自我的“忘我”境界中。这两个概念为我们重新审视文学思维提供了一个与传统理论全然不同的视角。

日神最鲜明的特点除了沉湎“幻想”，就是倚重“外观”。在尼采看来，我们最内在的本质，我们所有人共同的深层基础，带着深刻的喜悦和愉快的必要性，就在于每个人无不“亲身经历着梦”。而梦则呈现为幻想和梦象，并通过“外观”显现出来。

尼采称荷马为“做梦的希腊人”。他引用希腊诗人亨斯·萨克斯的诗说：

我的朋友，那正是诗人的使命；/ 留心并且解释他的梦。/
相信我，人的最真实的幻想/ 是在梦中向他显相：/ 一切诗学和诗艺/ 全在于替梦释义。[1]

当人们在现实中感到惶惑和“惊骇”，在惊骇之外，加上从个性原则崩溃时体验到意志的永恒时，便会从心灵深处，从“性灵”里，升起一种狂喜的陶醉；尼采认为，在这种景况下人们便可以洞见酒神狄奥尼索斯的本性，把它比拟为醉境也许最为贴切。或是在醇酒的影响下原始人和原始民族高唱颂歌时，或是在春光渐近万物欣然向荣的季候，酒神的激情便苏醒了；当激情高涨时，主观的一切都化入“混然忘我之境”。对于文学创作和文学接受而言，“混然忘我之境”不也正是我们在灵感与共鸣现象中常见的情形吗？

当看到希腊第一个抒情诗人阿奇洛科斯的热情在诗歌中如醉如狂地悸动时，尼采说，他仿佛还看到酒神和他的侍女们，见到酩酊大醉的诗人陶然的睡态，然后，梦神走近诗人，用月桂枝触他一下，熟睡诗人的酒神音乐的魔力便发出如画的火花。这就是抒情诗，它的最高发展的形式谓之悲剧与酒神祭曲。虽然尼采所说的日神与酒神具有形而上的意义，酒神精神甚至可以切入世界的本体，但我们能够看到的却仍是然柏拉图以来文论家们所讨论的天才、激情与灵感！

在尼采看来，作为世界本质的生命意志是永恒的，而个体则注定是要毁灭的。但是，个体有毁灭就有新生，生命的意志在这种毁灭与新生的过程中，获得了生生不息的永恒性。酒神精神正是以个体的“自弃”与现象世界消解而得以与意志本体交融的。“此时，在世界大同的福音中，人不但感到自己与邻人团结了，和解了，融洽了，而且是万众一心；仿佛‘幻’的帐幔霎时间被撕破，不过在神秘的‘太一’面前还是残叶似的飘零。人在载歌载舞中，感到自己是更高社团的一员；他陶然忘步，混然忘言；他行将翩跹起舞，凌空飞去！他的姿态就传出一种魅力。” 这种“忘我”的醉态，与柏拉图的迷狂似乎没有太多的区别，人与人、神、自然都融为一体，人就是神，人就是自然；个体的自弃换来与“太一”（世界本体）的拥抱，强大的酒神冲动正是这样“吞噬这整个现象界，以便在它背后，通过它的毁灭，得以领略太一怀抱中的最高的原始艺术快乐。”[2]

对于天才的艺术家而言，他“既是主体又是客体，既是诗人兼演员又是观众”。“人不只是艺术家，而且也是艺术品”。换句话说，天才的诗人，既是作者又是读者，同时，他本人也是优美诗句的化身。“对于真正的诗人，一个隐喻不是一个修辞格，而是代替概念宛然在他面前晃动的一个心象；对于诗人，一个性格不是由许多特点组成

[1] 尼采：《悲剧的诞生》，三联书店，1986年，第3页。

[2] 同上书，第8页。

的一个整体，而是在他眼前昭然夺目的一个活人。”[1]在尼采的《悲剧的诞生》中，这样的生动描述俯拾即是，他用“诗人哲学家”的特殊语言给形象思维的一些基本特征做出了令人耳目一新的解释。自柏拉图以来的非理性倾向，经康德的阐发后，在尼采关于“酒神精神”的论述中已经形成了一种重要的思想潮流，它的影响也远远超出了文论和美学的研究领域。

### 三 “无意识”与“白日梦”

在西方文艺理论中，从无意识角度探讨文学思维与创作活动是文学研究的重要方面。其中最有代表性的理论当推弗洛伊德的“精神分析”学说。在弗洛伊德学说的体系中，艺术创作是其倾心关注的重要论题之一。他的学说，为文学心理学研究提供了一个全新的理论视角。例如，关于创作过程的形象认识问题，他完全颠覆传统理性主义的思维方式，不仅将形象认识与理性“区隔”开来，而且还将其从“清醒状态”中排除出去，并完全纳入梦的境界。照他的说法，正是人们的想象把“内心生活”塑造为“外界形象”，艺术家的创作过程也正是如此。于是，形象认识和“白日梦”之间已不再有明确的界限。

**关键词：**

无意识

在弗洛伊德看来，任何心理现象的底层都潜伏着一个更为深刻的本能欲望。他依据自己的人格理论把人分为“本我”、“自我”和“超我”三大部分。“本我”又称作“伊德”，是一种最原始的本能冲动；它在心理结构中所对应的层次即是所谓的“无意识”系统。这种无意识的本我，是人的生物本能和欲望的储存库，这些本能和欲望具有强烈的心理能量的负荷，服从于快乐原则，并力图渗透到意识系统中得到满足。“自我”即受现实生活的各种伦理原则约束的伪装的本能；“超我”则是一种受伦理道德支配的“自我”。意识就像一个马车夫，总是在费力地设法控制随时可能挣脱缰绳的本能，于是，就产生了所谓的抑制。弗洛伊德把这种被压抑的性本能叫做“里比多”（libido），并认为，里比多是生命和艺术的最后的驱动力。人的梦就是这种被抑制的本能，在无意识的情况下所得到的那种似是而非的满足。

[1] 尼采：《悲剧的诞生》，第66页。

弗洛伊德在《创作家与白日梦》一书中论证了“创作即白日梦”的思想。除“白日梦”外，弗洛伊德还提出了“无意识”等许多具有划时代意义的范畴与概念，他的精神分析理论，对整个西方文艺界的强大冲击和深刻影响完全是一场不折不扣的思想革命。

一般认为，弗洛伊德的理论结构有五大支柱：无意识、婴儿性欲、恋母情结、抑制和转移。其中“无意识”概念对文学理论的影响最为深远。

在弗洛伊德看来，艺术就是欲望满足的代替品，它们和梦有着同源对等的关系。正是从这个意义上讲，包括文学创作在内的一切艺术活动其实都是“白日梦”。

**关键词：**

白日梦

弗洛伊德认为，文学活动就如同梦一样，都是来自紧张状态下大脑的松弛，是对被压抑欲望的变相的满足，因此，“创作即白日梦”。文学与梦的相似之处至少有以下四点：第一，文学作品和梦都假定了对现实的飘离，它们都超越了日常生活的纠缠，进入了一个非现实的世界。两者都是以满足性本能为中心却又不想惹是非的幻想。第二，文学与梦都要借助于感性象征。第三，文学和梦都源于被压抑的性欲，创作和做梦都经历了一个“压抑”、“转移”和“感官意识的加工”过程。第四，文学和梦都是被压抑欲望的一种替换形式的满足。

为了证明潜意识和性本能是文艺创作的原动力，弗洛伊德援引了索福克勒斯的《俄狄浦斯王》和莎士比亚的《哈姆莱特》为例。他认为人在儿童时代，第一个性冲动的对象是自己的母亲，由于爱恋自己的母亲，便妒忌和仇恨自己的父亲。在《俄狄浦斯王》中，俄狄浦斯“杀父娶母”就是一种愿望的达成，是人们童年时期愿望的达成。这种愿望本来早已被压抑到潜意识中。一旦文学家“由于人性的探究”而发掘出俄狄浦斯王的罪恶时，他便使观众看到内在的自我，而发觉尽管受到压抑，这些愿望仍旧存在于心底。弗洛伊德认为，《俄狄浦斯王》这一悲剧中的命运的震撼力必定是由于人们内心深处也有类似的呼声，因此才引起强烈的共鸣。弗洛伊德认为所有的男孩都有“恋母情结”，他把这种被压抑在潜意识中的感情称为“俄狄浦斯情结”。在分析哈姆莱特这个形象时，弗洛伊德认为，哈姆莱特王子完全有能力和机会杀死奸王克劳迪斯，为父王报仇。但是，当一剑除奸的机会来临时，他犹豫了，因为，这位邪恶叔叔的所作所为，不过是实现了自己潜抑良久的“杀父娶母”的童年欲望而已。于是对敌人的刻骨仇恨被良心的自我谴责所取代。可见正是这种“俄狄浦斯情结”使哈姆莱特失去了报仇的最好时机。

的确，在不少文学活动的个案中，创作也确实可以说是作者不能满足之愿望的表达，是作家以艺术形式使被压抑的本能欲望得以宣泄的过程。所以，弗洛伊德认为，艺术无异于白日做梦。又由于梦总是与幻想密切相关，所以，人们在夜间所做的梦，其实也就是一种幻想。人们的潜意识中有许多强烈的愿望受到种种压抑，它们只能在梦中以幻想的形式得到满足。

“艺术就是白日梦”这个看似荒唐的论题，实际上包含着深刻的真理因子。毋庸讳言，古今中外许多伟大的作品常常正是作家内心被压抑的性的火焰或爱的本能升华的结果。在《梦的解析》中，弗洛伊德以歌德陷入绝望的爱情而创作《少年维特之烦恼》为例，阐发了他的这一观点。歌德是由于愿望得不到满足才进行创作的。他从现实转开，并把他的全部兴趣、全部本能冲动转移到他所希望的幻想生活的创作中去。中国古人之所谓有必不可解之情，方有必不可朽之诗，说的大约是同一个道理。

在弗洛伊德看来，艺术家与精神病人有相似之处。精神病人对现实不满，便离开现实走向幻想的世界。艺术家也从他所不满的现实中转过脸去，逍遥于想象与虚构所营造的艺术王国之中。和精神病人不同的是，艺术家仍然有清醒的意识，他知道如何去寻找那条回到现实生活的道路，他一挥手就足以把作品中那些心造的幻影抛到九霄云外，有时甚至如同游子抖落征尘一般轻松快意。例如，当某读者为歌德创造的“维特”五迷三倒、不能自拔以致以命相殉时，作者本人也许正沉浸在把酒临风、吟花弄月的雅意之中。

艺术家通过创作，使自己的潜意识中的愿望得到假想的满足，并且还能引发并满足读者自身的潜意识愿望。在《创作家与白日梦》中，弗洛伊德一开篇就说，一般读者一直怀着强烈的好奇心，就像那位对阿里奥斯托提出了相同问题的主教一样，想知道作家的素材是从哪里来的。他又是怎样利用这些材料来使我们产生如此深刻的印象，而且激发起我们的情感。有时我们可能会为自己竟能够产生这种情感而吃惊。假如我们以此请问作家，作家自己不会向我们作解释，或者不会给我们满意的解释，正是这一事实更引起了我们的兴趣。而且即使我们很清楚地了解他选择素材的决定因素，明了这种创作虚构形象的艺术的性质是什么，也还是不能帮助我们成为创作家。弗洛伊德在以自己的方式解释柏拉图曾经阐发过的诗人、灵感和迷狂等问题。

弗洛伊德将自己的研究领域切入到无意识领域，把我们晚上所做的梦与文学想象和艺术幻想联系起来，为研究文学思维的本质及其发展规律提供了有益的途径。他把富于想象力的作家比作“光天化日之下的梦幻者”，把作家的作品比作白日梦。一篇作品就像一场白日梦一样，是幼年时曾做过的游戏的继续，也是它的替代物，哪怕是神话，也很可能是所有民族寄托愿望的幻想和人类年轻时代的长期梦想被歪曲之后所遗留的迹象。

弗洛伊德在进行其了不起的精神分析的同时，过分地夸大了无意识在文学创作中的作用，其荒谬之处是显而易见的。由于“白日梦”的说法，完全忽略了作家理性思维的主导作用，忽略了对主题的选择、题材的提炼、作品总体的构思等创作中最为关键的心理活动，一味强调无意识和性意识的支配作用，无视文学作品所包含的社会历史内容与理性维度，其必然结果是抹杀了人与动物的分别。我们知道，人与动物的最大分别就在于越来越自觉地创造自己的历史。从这个意义上说，“白日梦”理论似乎走向了人类思维的反面，因为，它不但是对文学思维存在的否定，而且也是对人类主观能动性和创造性的否定。

## 第四节　述评

### 一　从形象思维到灵感思维

从上述有关思维规律的各种学说中，我们认为灵感思维对思维过程的各种描述最为切近文学思维的基本特征。实际上，从柏拉图到现在的西方文学思维的论述中，就始终贯穿着一条“灵感思维”的主线。但是，在大多数西方文论家眼中，灵感实际上常常披着一层神秘的面纱。无论是柏拉图的“迷狂说”、康德的“天才说”，还是弗洛伊德的“无意识理论”，虽然都在不同层面揭示了灵感现象的某些形态特征，但却未能科学地揭示这种心理活动的内在本质。

“灵感”一词的希腊原文的意思是神赐的“灵气”。英语中的“灵感”（inspiration）一词，其基本含义与希腊语大体相同，它被用来说明艺术家或诗人进行创作时，似乎是由于吸入了神的灵气，从而使作品具有一种超凡的魅力。大约在20世纪20年代，灵感才根据英语音译为“烟士披里纯”，译成“灵感”则是更加晚的事情。

尽管“灵感”一词出自西方，但这并不说明西方人就一定比中国人更关注灵感。事实上，即便是西方文论家或美学家也都不得不承认中国古代文论是极为重视灵感问题的。冈布里奇在《艺术与幻觉》一书中甚至说：“没有一个艺术传统要比中国古代的艺术传统更加竭尽全力于灵感的追求。”[1]从上文对中国文论关于文学思维的论述中不难看出，有关灵感问题在中国古代文献中的确蕴藏着十分丰富的理论资源，从先秦的“感兴”到魏晋的“神思”，从唐宋的“妙悟”到明清的“兴会”，历代都有关

[1] E.H.Gombrich, *Art and illusion*, Phaidon Press Ltd, London, 2000, p.148.

于灵感问题的精彩描述和独到阐释。

即便是柏拉图的“迷狂说”，在中国古典文献中也能找到类似的说法。例如，《管子·心术下》有一段话可以说与柏拉图的“神灵附体”说不谋而合：“专于意，一于心，耳目端，知远之证，能专乎？能一乎？能毋卜筮而知凶吉乎？能止乎？能已乎？能毋问于人，而自得之于己乎？故曰，思之，思之不得，鬼神教之。非鬼神之力也，其精气之极也。”“思之不得，鬼神教之。”这显然是一种具有迷信色彩的说法，和柏拉图的“神灵凭附”一样，在“人与神”的交往与对话这一点上，中西方有许多相似之处。

## 二 灵感的界定和灵感思维的特征

到底什么是灵感，中外文论家许多不同的解释。根据《中国大百科全书》的定义：

**关键词：**

灵　感

灵感是人类思维活动中一种特殊的思维状态，是一种饱含着情感和想象、感悟和智慧、形象思维和逻辑思维水乳交融地突然产生，又转瞬即逝的思维状态。当人们处在灵感状态时，精神主体产生强烈的情感振荡，大脑涌现出鲜明生动的意象、清晰准确的概念和顺畅如流的判断推理，这时，人们对客观存在作能动反映的思维活动意外地升华到异常活跃、有效的境地，于是使得长期紧张探索的某种关键环节得到了豁然开朗的解决。灵感在人类创造性思维活动的一切领域都能够出现，但在艺术创作中，灵感显得更为普遍，更为突出，更为重要，因而也更为引人注目。

随着现代科学技术的高度发展，灵感现象的奥秘已渐渐被人类揭开。思维科学领域新近的研究成果表明，灵感实际上是人可以控制的一种大脑活动，它虽然有别于形象思维和抽象思维等思维形式，但也不是没有规律可循的。把灵感思维作为一种基本思维形式为我们认识灵感现象提供了新的理论依据。思维科学的研究者认为，把灵感思维看作一种基本思维形式的理由是相当充分的。

首先，思维形式作为人的思维及思维规律的外在表现，同人类的思维起源、本质及其思维演变一样，都是自然界长期发展的结果，同时又受时代的经济、政治、科学、技术、文化和艺术等制约，但在本质上与客观世界遵从一些同样的规律。灵感思维正是这样一种长期被实践反复印证下来的人类的一种基本思维形式。

其次，灵感思维概念的提出，还隐含着理性思维与非理性思维相统一的思想。灵感思维形式，是在综合运用抽象思维和形象思维的过程中经常发生的带有一定“思维跃迁”、“豁然顿悟”作用的思维形式。由于灵感具有较明显的非线性和非理性特征，所以学界常有人将灵感神秘化和非理性化，并将其置于理论思维之外。其实，灵感思维形式的实质在于它是以交融、同构、同态变换等非线性形式，系统处理显意识信息和潜意识信息，从而产生新信息的一种思维形式。

第三，灵感思维形式，虽然在柏拉图和老庄那里都能找到精彩的论述，但至今仍然还是一个常说常新的学术难题；尽管人们早已认识到灵感的客观存在及其在思维中的创新功能，但是直到现代思维科学创立之后，人们才开始在现代科学技术发展的基础上来重新探索灵感，才真正自觉地从灵感现象的描述深入到了灵感本质的研究，把灵感从思维的外在表现提升到思维方式的高度来重新解读。这些成果对我们认识灵感现象，理解灵感思维具有重要的启发意义。

研究资料表明，当一个系统中既有线性相互作用，又有非线性相互作用时，起决定性作用的往往是非线性因素。人脑反映这种非线性而产生的思维规律就是被称为“灵感”的思维形式。客观世界之所以说在本质上是复杂的，在很大程度上就是由于非线性相互作用的普遍存在。非线性以其在时空中所具有的非均匀化、非对称性和相干扰特征，在深层次上表达了非平衡系统内外诸要素的相互作用方式及其运动规律。灵感正是一种非线性思维，或者说它属于非线性思维范畴。

有研究者认为，非线性科学产生之后，整个世界将会得到重新描绘，非线性、非平衡、非均匀、非周期、非对称、不连续等成了重新描绘世界的中心用语。与此相对应的非线性思维，如直觉思维、灵感思维、模糊思维等，大都以非逻辑性、突发性、随机性、独创性为特征。可以说，将灵感升华为人类的一种基本思维规律，也是人类思维及思维规律不断演化和进展的必然结果。

灵感思维形式的形成，是由思维着的头脑对客观世界规律认识的深化而确定的。灵感思维形式的确立，不仅使理论思维冲破了纯粹理性的规范和纯粹逻辑的束缚，而且还将带来人类智能的又一次解放。因为，在揭示灵感思维本质的同时，还启迪着世人对人的原创造力的关注，对理性与非理性关系的重新理解，对复杂性和非线性规律的认识和把握。

这里从灵感思维的角度描述文学思维主要出于这样几个方面的考虑：

首先，灵感思维淡化了形象思维和抽象思维在创作中的尖锐对立。灵感，是不应该有形象与抽象之分的。康德等人关于只有诗人才有灵感、灵感与科学家无缘的说法，只适用于康德哲学对灵感的严格限定，文学领域的灵感，应该说是没有康德的那些刻板的限制的。所以，我们说的灵感，既是形象思维的灵感，也是抽象思维的灵感。事实上，我们所说的文学思维，不仅仅是形象思维，同时也包括抽象思维。

其次，灵感思维突出了创作过程中的关键因素。这一点在前文讨论“兴会”、

“妙悟”、“迷狂”、“天才”、“激情”等概念时都有比较详细的论述。从思维学和心理学的角度看，灵感的主要特征表现在其不期而遇的突发性、按捺不住的亢奋性和超乎寻常的创造性，灵感的这些特点在文学创作的最紧要时刻表现得最为集中，最为突出。

第三，灵感思维在文学思维中的地位和作用有待重新认识。过去我们习惯于把灵感作为一种思维中的偶尔出现的特殊现象，有时甚至将灵感思维神秘化，因此，通常只是把灵感作为思维中的特殊问题作特殊处理，大多数情况下是将神秘的灵感问题“悬置”起来。更有甚者是把对灵感问题的研究看作是非理性、反科学的典型大加挞伐。我们认为，灵感，是一种极为普遍的心理现象和行为状态。

第四，在灵感思维的统摄下，能够比较容易地找到中西两种不同特质的文论在文学思维上的共同特点。只要我们对“兴会”、“妙悟”、“迷狂”、“天才”与“激情”等概念稍加考察就不难发现，对于灵感现象的认识和探讨以及对灵感思维特征和功用的描述，在中西文论不同的发展阶段，都有惊人相似的论述。

大量文学艺术创作、科学发现和技术发明的实践表明，灵感思维穿插在抽象思维和形象思维之中，始终起着突破、创造、升华作用。有研究者认为灵感思维主要发生在潜意识中，但又离不开显意识制导，是知觉经验信息、新鲜的课题信息、脑高级神经系统的“建构”活动的系统整合。灵感思维是非逻辑的，也是非线性的。灵感思维在人的系统思维过程中，不时地同抽象思维和形象思维相契合，起到一种突破、跃迁和升华作用。

文学创作的实践表明，大多数灵感的产生都是由作家受外界事物的触发所引起的。现代心理学已从人的大脑机制的活动规律方面，开始揭示出灵感迸发的某些内在原因和条件。人脑是个巨大的信息储存器，它每天都接受着外界事物的信息。这些信息一部分为人所自觉，并加以取舍、整理；另一部分则潜沉而成为主体所不自觉的潜意识。然而后者事实上仍在活动，并不断进行新的排列、组合。在一定条件下，一旦受到外界特定事物的触发，这些信息便突现于人的自觉意识中。由于它原是潜在地进行活动的，因此当它的结果忽然呈现时，便给人一种思路豁然开朗的感觉，使创造者自己也惊异不已。

## 参考书目

1. 柏拉图:《文艺对话录》,人民文学出版社，1980年。
2. 亚里士多德、贺拉斯:《诗学、诗艺》,人民文学出版社,1962年。
3. 康德:《判断力批判》上卷,商务印书馆,1965年。
4. 黑格尔《美学》,第1卷,朱光潜译,商务印书馆，1979年。
5. 丹纳:《艺术哲学》,人民文学出版社,1963年。
6.《十九世纪英国诗人论诗》,人民文学出版社，1984年。
7. 托尔斯泰:《托尔斯泰论创作》,漓江出版社，1988年版
8. 尼采:《悲剧的诞生》,三联书店，1986年。
9. 拉曼·塞尔登:《文学批评理论》,北京大学出版社，2000年。
10. 艾布拉姆斯:《镜与灯》,北京大学出版社，1989年。
11. 钱学森主编:《关于思维科学》,上海人民出版社，1986年。
12. 钱锺书:《谈艺录》,中华书局，1994年。
13. 刘奎林:《灵感》,黑龙江人民出版社，2003年。
14. 中国社会科学院外文所主编《外国理论家作家论形象思维》,中国社科出版社，1979年。

## 思考与练习

一、解释下列概念

1. 形象思维
2. 虚静
3. 神思
4. 妙悟
5. 迷狂说
6. 灵感
7. 酒神精神
8. 想象
9. 无意识
10. 白日梦

二、思考并回答下列问题

1. 什么是文学思维? 文学思维有哪些基本特征?
2. 什么是形象思维?它与科学思维及哲学思维有何联系与区别?
3. 什么是“虚静”?什么是“神思”?二者的关系如何?
4. 如何理解“苦吟”和“妙悟”?二者的关系如何?
5. 怎样理解“迷狂说”与“灵感论”的合理性与局限性?
6. 什么是酒神精神?它与文学思维有何关联?
7. 什么是“灵感思维”?如何理解“灵感”在创作中的意义?
8. 弗洛伊德的无意识理论对我们理解文学思维有哪些启示和局限?

# 第三章
# 文学与世界

文学与世界的关系，或者说，文学如何在世界中存在的问题，在整个文学理论体系中占有奠基性的重要地位。古今中外众多文学理论派别竞相就此抒发己见，甚至常常因对这一问题的不同理解与阐释而与其他理论区别开来，而成为一种理论的区别性标志。

## 第一节　文学“再现”世界

种种文学理论形态，凡以某种方式承认或包含“文学与世界”这一理论预设的，都会涉及“再现”这一基本表述。换言之，“再现”表达或描述了文学与世界的基本关系。但是必须首先指出，此处“再现”并非与“表现”相对的一种创作方法或手段，而是指文学与世界的一种基本关系。

### 一　何为“再现”

在始源意义上，文学的“再现”，本是就文学与世界的基本关系而言的，这是一种广义的界定。这就是说，广义的文学“再现”，并不与来源于“摹仿”意义的“再现”相等，也不是与后起的“表现”相对意义上的狭义“再现”。

这种广义与狭义的区分，在对古希腊语的翻译和阐释中就已存在，“柏拉图所使用的μιμεσισ（摹拟）这个希腊词语，有时也被人们翻译为‘再现’（representation），而不是翻译成‘摹仿’。在英语中，‘摹仿’这个词语意味着摹本并不是被摹仿的真实事物；它也可能意味着摹本的价值比较低。……另一方面，‘再现’这个词语对再现物所具有的价值却表现得模棱两可，而且有可能暗示艺术的语境。”[1] 由此可见，晚生的“再现”这一概念较之“摹仿”具有更广阔的阐释空间和回旋余地，它往往被赋予一种广义的理解。

实际上，文学与世界之关系并不能以“摹仿”这种单一关系来概括和穷尽，尽管文学与世界的确具有某种程度上的同构性。举个反例，西方新写实小说强调摹本与原本的近乎“等同”，这在学理上就抹煞了摹本模拟原本的摹仿性关系，它显然需要另外一种新的话语来解释。所以，无论对μιμεσισ的最恰当的译文是什么，“人们在现代英语中对艺术作品及其所似乎相似的世界之间的关系的讨论，都倾向于用‘再现’这个词语来评价这种关系；这样就逐渐摆脱了‘摹仿’这个英语词所具有的各种评价性含义，使这种美学语境变得更清晰了”，[2] 从而也拓展了“再现”的内涵。

**关键词：**

再　现

文学的“再现”（Representation）包含双重意义：其一，作为一种创作法，它是指来自“摹仿”意义上的狭义“再现”；其二，人们借“再现”这个术语以言说文学与世界的基本关系，这种广义的“再现”既涵摄了一般意义上的“再现”（即德语的“Repräsentation”），也包含了通常意义上的“表现”（即德语的“Ausdruck”），它所表述的是文艺与世界的基本关系。

## 二　文学如何“再现”世界

“再现”作为文学的基本问题，它的“基本”性应从其“源始性”来看。

在历史的视野之内，文学是否以及能否“再现”世界的问题——如果可能，则接下来的问题就是如何再现的问题——一直是中西文论中亘古不去的根本性问题。对“文学再现世界”，否定论者从文学“能否”再现世界的角度加以质疑，进而追问文学“是否”再现世界；肯定论者则继续追问文学到底应该“再现”什么样的世界。现实主义与浪漫主义的主张于是形成了鲜明的对照。到了结构主义文论那里，语言问题得到了凸显，人们通过语言之途又开始探询文学与世界究竟是如何建立联系的。

[1] 安妮·谢波德：《美学》，艾彦译，辽宁教育出版社，1998年，第13页。

[2] 同上书，第13—14页。

如此看来，“文学与世界”的关系问题就包括这样几个方面：

其一，文学**是否**以及**能否**“再现”世界（包括外在的与内在的世界，客观的与主观的世界）？

其二，文学应该“再现”**哪个**世界：客观的物质世界、社会现实，还是主观经验？两者的关系又是如何的？

其三，文学通过什么与世界建立联系？

“文学再现世界”之所以成为根本性的问题，也是由该问题在世界中的结构位置决定的。

众所周知，艾布拉姆斯提出了“世界—作家—作品—读者”的文学活动的“四要素”论[1]，并将“作品”作为连结世界、作家和读者的枢纽；刘若愚则进一步将这四者的关系改造为相互勾连的环形结构[2]。但无论这种文学活动的整体结构是怎样的，作者、文本、读者这三者实际上都可以归并为“文学”（它们属于文学的三个最基本元素），因此它们与世界的关系也可以简化为文学与世界的关系。

我们认为：文学与世界的关系其实是一种双向的建构、交互的对话、深层的交往关系。从来源上看，世界构成了文学的本源；但反过来，文学亦以一种特殊的方式来呈现和反作用于世界，这两方面交互运作而共铸为人们的文学活动。

文学之所以能“再现”世界，在于这二者之间存在着“异质同构”性。尽管文学其实并不是独立于世界之外的存在，然文学却始终是一种特殊的存在。按照俄国形式主义者的说法，文学作品所建构出的是“陌生化”的世界，是与日常生活保持审美距离的“另一个世界”。这种陌生化使得文学所“再现”的世界如此不同于人们的日常生活，以至于“艺术使我们对现实的感觉彻底加以‘陌生化’，从而摧毁了司空见惯的感觉方式，使我们以新眼光来观察这个世界”。[3]文学所再现的世界显然是一种不同于客观世界的第二世界。例如李白诗曰：“狂风吹我心，西挂咸阳树”（《金乡送韦八之西京》），“我且为君捶碎黄鹤楼，君亦为我倒却鹦鹉洲”（《江夏赠韦南陵冰》），就无法直接对应于客观世界的现实存在。可见，文学的最终目的还并不在于再现所指的对象而已，而是通过所再现的生活世界这座桥梁来达到无限的、象征的世界。换言之，文学不仅能建构一个生活世界，而且通过这个生活世界来达到无限。所谓“超以象外，得其环中”[4]，正契此意。

---

[1] 艾布拉姆斯：《镜与灯》，第5—6页。

[2] 参见刘若愚：《中国文学理论》，杜国清译，台湾联经事业公司，1985年。

[3] Jonathan Culler, *Structuralist Poetics*, Cornell University Press, 1975, p.134.

[4] 署名司空图：《诗品·雄浑》。

## 第二节　从摹仿说到现实主义理论

文学与世界的关系，在欧洲文论史上，最初的表述就是所谓的“摹仿说”。作为最为古老的文学艺术观念，“文学再现观”在古希腊人那里就是“艺术乃是自然之摹仿”的理论，这一竟然雄霸西方文论史两千年之久。

### 一　摹仿说

在西方，率先提出“艺术摹仿自然”的是古希腊学者德谟克利特，他在论艺术起源时说：“在许多重要的事情上，我们是摹仿禽兽，作禽兽的小学生的……从天鹅和黄莺等歌唱的鸟学会了唱歌。”[1] 这里的摹仿主要是人对动物行为的摹仿，不仅没有涉及语言的艺术，而且就连摹仿对象也还没有转到人类生活的领域。智者派实现了这种转向，亦即从对自然的关注转向对人自己的生活的关注。苏格拉底曾指明，绘画不应当只摹仿外形，“通过形式表现心理活动”，还应当摹仿心灵或“描绘人的心境”。[2] 遗憾的是，柏拉图只继承了苏格拉底外形摹仿的一面，心灵摹仿则被历史暂时性地遮蔽了。

**关键词：**

摹仿说

摹仿说，是最古老的艺术学说，认为艺术的本质在于摹仿或者展现现实世界的事物，在浪漫主义兴起之前一直占主导地位。“摹仿”一词源自古希腊语mimesis，自亚里士多德始成为了美学和文学理论的核心术语。一个文学作品被理解为对——外在现实或者任何被描述为mimesis的方面——的再现。然而，亚里士多德关于“模仿”的定义却融合了如下两重含意：其一，文学作品是现存现实的呈现；其二，作品本身就是一实体，并非仅仅是对事物的反映。前一种意义的摹仿说一直是西方文论的主流学说。

以“理念说”为基础，柏拉图重点阐发和扩充了“摹仿说”中所包涵的思想深义。摹仿者，被他称为“外形制造者”，好似拿了一面镜子四面八方地旋转，这样就能在短时间内映照出太阳、星星、大地、动物、植物和摹仿者自己。但是柏拉图又认为，

[1]　奥夫相尼科夫：《美学思想史》，张凡琪等译，陕西人民出版社，1986年，第14页。

[2]　《西方学者论美和美感》，商务印书馆，1980年，第21页。

这些“外形制造者”所制造的，其实只是一种虚幻的外形，是要通过这种影像来哄骗人的。这种简单的镜子般的摹仿，还是直接服务于柏拉图的“理念说”的。按照他的哲学观念，惟有理念世界是真实的存在，而自然只是理念的“影子”，而摹仿自然的艺术则是“影子的影子”。柏拉图以神造的床指称理念，以木匠造的床指称理念的“影子”，以画家画的床指称理念的“摹仿的摹仿”或“影子的影子”，“他们的产品与真实体隔着三层”[1]。但毕竟，摹仿的对象不仅囊括了天上地下的各种事物，而且还包括了摹仿者自己及其生活领域。

既然要摹仿，就必定有摹仿与被摹仿的关系存在。实际上，柏拉图提出的是“原本—摹本”二元关系的问题。从高高居上的永恒不动的理念界，到流动不已的感性界，具有一种自上而下的等级结构。理念是真实的，因为它是“原本”，它与自然、自然与艺术都形成了“原本—摹本”的双重关系。由此而来，图画即为两度的摹仿或“摹本的摹本”，不仅与理念相隔遥远，较之自然更等而下之。所以，柏拉图主张的其实是“艺术摹仿理念”，而非摹仿任何意义上的自然，甚至艺术还是低于自然的，它只是镜子般地照射出自然的外形。然而，这种“原本—摹本”的结构却被确定了下来，几千年来的“摹仿说”始终都是围绕着这一基本结构来言说的，只不过，人们看待原本和摹本及其关系的方法是随着历史而不断变化着的。

必须注意，虽然柏拉图用“摹仿”来界定图像艺术，但诗歌并不在其列，他更倾向于以“迷狂说”来阐发诗艺。而真正把“摹仿说”引入语言艺术（在亚里士多德那里主要指史诗和戏剧）的，则是亚里士多德的《诗学》，从而奠定了这一学说在文论史上的宗祖地位。换句话说，“文学摹仿说”的奠基者就是亚里士多德，他用“摹仿说”来阐明“诗的艺术本身”这个“属”问题。

亚氏开宗明义地说：“史诗和悲剧、喜剧和酒神颂以及大部分双管箫乐和竖琴乐——这一切实际上是摹仿，只是有三点差别，即摹仿所用的媒介不同，所取的对象不同，所采的方式不同。”[2] 这里，给人们的感觉是所有“艺术”的共同点都在于摹仿，其实不然。古希腊的艺术（τε'φυη）一词是一个包含技艺制作的宽泛概念，其中可以区分出“实用的艺术”与“摹仿的艺术”的差异，亚氏诗学主要是就后者而言的。在“摹仿的艺术”的种类里，一方面以史诗和悲剧、喜剧这种涉及语言的艺术为主，另一方面则以无歌词的（酒神颂采用的）双管箫乐和（日神颂采用的）竖琴乐的涉及音乐的艺术为主，在当时已半戏剧化的酒神颂可以归为任何一类。具体而言，史诗用语言来摹仿，竖琴乐以音乐来摹仿，这是媒介的不同；喜剧摹仿坏人，悲剧摹仿

[1] 柏拉图：《文艺对话集》，朱光潜译，人民文学出版社，1963年，第73页。

[2] 亚里士多德：《诗学》，罗念生译，人民文学出版社，1962年，第3页。

好人，这是摹仿对象的不同；史诗用叙述手法摹仿，悲剧和戏剧用演员的动作来摹仿，这是摹仿的方式不同。但总归为一，这些艺术都是摹仿的。由此可见，以亚里士多德为代表的文论观，在对文学与世界关系的理解上，采取了一种“摹仿说”的立场。

应当指出，亚里士多德的“摹仿说”主要是就创作过程而言的。换言之，《诗学》的主旨在于：史诗、悲剧和喜剧的创作活动即是摹仿的过程，而非柏拉图意义上的“原本与摹本”的关系，前者是动态的过程论，后者是静态的结果论。亚里士多德从这种艺术创造过程论出发，认定“摹仿者所要摹仿的对象”正是“在行动中的人”。正如他著名的悲剧定义所言：“悲剧是对于一个严肃、完整、有一定长度的行动的摹仿……摹仿方式是借人物的动作来表达……”[1] 这充分说明亚里士多德的所谓“摹仿”有一定的活动过程意识。毕竟，那种艺术与现实的简单对应或反映关系，与亚里士多德所关注的摹仿“过程”是不同的。

亚里士多德的诗学理论自身也是有矛盾的。一方面，他的确提出了“文学摹仿说”的理论范型，也给予了西方文论以前所未有的定型化影响；但另一方面，亚里士多德又在极力强调文学“可能性”的一面，由此而生的“诗比历史更真实”论即为明证。亚氏指出：“诗人的职责不在于描述已发生的事，而在于描述可能发生的事，即按照可然律或必然律可能发生的事情。”[2] 这样，诗与（古希腊编年纪事史意义上的）历史的区别，就在于如下的二分：描述“可能发生的事”/ 叙述“已发生的事”；按“可然律或必然律”来描述 / 按客观事实来叙述；描述“有普遍性的事”/ 叙述“个别的事”。在此，正由于诗所描述的事带有“普遍性”，所以，写诗这种活动比写历史在亚氏的眼中“更富于哲学意味”和“更被严肃地对待”。如此一来，一面是在西方文论界愈演愈烈、被不断误读的“文学摹仿说”；一面是对诗的真实推崇所导致的诸如“诗是唯一的知识”这样的论调，其思想分歧的渊源都在亚氏。

## 二 镜子说

如果说，“摹仿说”标志着西方“再现”论的萌芽形态；那么，“镜子说”则是“再现”的更为机械简单的重述，它在一定意义上是“摹仿说”的蜕化形态，也是近代文论中最早出现的文学“再现”观。

“镜子说”是文艺复兴时代的产物，它的明确提出者是达・芬奇。这一来自画论

[1] 亚里士多德：《诗学》，第19页。

[2] 同上书，第28页。

的著名说法，从文艺复兴时代开始非常风行并渐占主流，后来普泛化为所有艺术理论（包括文论）的基本原理。究其缘由，这与文艺复兴时期的科学理性精神的滋生和发展密不可分。达·芬奇写道："画家应该就像一面镜子，经常把反映的事物的色彩摄进来，前面摆着多少事物，就摄取多少形象。"[1] 很自然，将绘画艺术比喻为"摹绘"自然的镜子，这本是最为贴近的；然而，将这个比喻运用于文学，将文学这种运用语言的艺术也视为自然的映射，则是达·芬奇之后的事。在塞万提斯和莎士比亚那里，"镜子说"由造型艺术领域向语言艺术领域的转换实现了。这种转换的意义显而易见，他们的观念影响到大多数文学家，"镜子说"于是成了近代开始以来的文论主潮之一，集中体现了那一历史时期人们对文学与世界关系的基本理解。

文学有如镜子，可以映射出外部自然，这是"镜子说"的基本主张。塞万提斯在《堂吉诃德·序言》中认为，作家"所有的事都是摹仿自然，自然便是它唯一的范本；摹仿得愈加妙肖，你这部书也愈见完美"[2]。可见，塞万提斯坚持的是这样一种原则：摹仿的准确程度与文学的完美程度成正比。换句话说，摹仿得越像，艺术成就便越高。这与他的文学创作实践也是一致的，《堂吉诃德》就是一部"许多风格层次的游戏，特别是写实主义的游戏"[3]。不过，我们还是不应该机械地理解塞万提斯的话，因为《堂吉诃德》其实并不合乎自然主义意义上的那种忠实，相反，这部作品中充满了各种变形和夸张的手法。

同样持"镜子说"的莎士比亚的理论主张与艺术实践也并不很一致。的确，莎士比亚的剧作也并非完全是写实主义的，根据奥尔巴赫的分析，莎士比亚并未将日常生活看作严肃的或悲剧性的，而仅仅对国王、王子、贵族、政客进行悲剧式的处理，这种高度的艺术处理其实是将"写实"与"变形"结合为一体。与之形成鲜明对照，在《哈姆雷特》里面，莎士比亚却借主人公来教导演员要"拿一面镜子去照自然"，他认为"自有戏剧以来，它的目的始终是反映自然，显示善恶的本来面目，给它的时代看一看它自己演变发展的模型"[4]。

应当指出，"镜子说"的内涵并非如后世理解的那样简单。达·芬奇一方面强调画家应当是"自然的儿子"；但另一方面，他在肯定客观自然是艺术本源的基础上，又强调画家除"师法自然"外还应当"胜过自然"[5]。这便是著名的"第二自然"学说：自然是第一位的摹本，而艺术则是摹仿自然的"第二自然"，它是通过"斟酌"自

[1] 达·芬奇：《笔记》，见《世界文学》1961年，第8期，第209页。

[2] 塞万提斯：《堂吉诃德·序言》。

[3] 埃里希·奥尔巴赫：《摹仿论》，吴麟绶等译，百花文艺出版社，2002年，第14页。

[4] 《莎士比亚全集》，第9卷，第68页。

[5] 达·芬奇：《芬奇论绘画》，戴勉编译，人民美术出版社，1979年，第42页。

然并从中“提取精华”而塑造出来的。然而，人们通常所理解的“镜子说”，却只有摹仿自然的一面，而忽视了改变自然的一面。可见，这一时期文论中的“镜子说”主要是在“文学——自然”的关系之间展开的。

尽管有这些细微的差异，我们还是可以这样概括通常意义上的“镜子说”的核心思想：文艺有如映射现实（自然）的一面镜子，作者要拿着这面镜子去照射世界，如实地将这个世界的真实面目摄入“镜子”。当然这种映射或摄入，在忠实于对象的同时，并不排斥作某种集中和概括。镜子说的实质是一种“真理符合论”，一种追求摹本与原本相符合的真理观念。原本与摹本愈加符合，那么，文学就愈加真实。总之，它强调并坚信文学能够如实地反映世界，达到真理。

## 三　现实主义及自然主义

文艺复兴之后，随着西方文学实践和理论的发展，文学“再现”观得以极大地拓展与深化，尤其在19世纪。兴起于18世纪、完善于19世纪的现实主义思想，就是继承了“摹仿说”精神的一种主流文论。与那种简单化的“镜子说”相比较，现实主义强调了对社会现实的能动反映和再现，从而形成了一种独特的文学“反映论”。关于现实主义传统的特点可以归纳为：“1. 现实主义是青睐现在、变化和运动的文学……2. 文学的表现范围是广阔的，该范围的界限是模糊的。现实主义者们希望最严肃地反映真实…… 3. 以研究当代为特征的现实主义，还以突出个性价值和理解人类的社会机制为特征…… 4. 现实主义以严肃自称；5. 如果说现实主义作品应该反映一定历史时期的社会化状态，人们一直拒绝把作家变成单纯的录音机或照相机。”[1]

这类文学“再现”观的最大贡献在于，发现了文学再现的“现象—本质”“表象—深度”结构，亦即要求作家透过经过艺术处理的社会现实，来透视和展示出隐匿在其背后的深度本质。在现实主义者看来，文学与现实之间并不只是一种表层联系或者细节联系。文学的社会责任就是在于揭示这种具有深度的社会意义和现实价值。巴尔扎克虽然自比为法国社会的书记员，但同时指出，“每一部小说都在描写一个时代”，因而，必须“研究产生这些社会现象的多种原因或一种原因，寻找隐藏在广大的人物、热情和事故里面的意义”[2]。对于原因和意义的追求正是为了超越表面的细节真实，达到事物的本质。这种“现象—本质”的两分观念，可以说是古希腊时代柏拉图的“原本—摹本”说在18、19世纪的演化与变体。最为典型的现实主义观

[1] 贝西埃、库什纳、莫尔捷、韦斯格尔伯主编：《诗学史》，吴忠义译，百花文艺出版社，2002年，第586—589页。

[2] 巴尔扎克：《人间喜剧·前言》

念认为，作为“原本”的社会现象还只是一种表象，经过艺术提炼洗礼的“摹本”，才能深刻地揭示出现象背后的社会意义或发展趋势。虽然在“原本”先于“摹本”这个意义上“原本”似乎仍然具有优先性，但“摹本”比“原本”，或者说文学比现实本身，更能揭示本质。这样，现实主义确立了一种观察范式：亦即通过社会现象看到本质的方式。

**关键词：**

现实主义

现实主义，原指一种提供记录的印象或者忠实“反映”真实生活方式的写作模式，往往与理想主义相对，后来形成了一种广义的文学理论思潮。背靠“摹仿说”的历史传统，现实主义强调文学对社会现实的依赖，进而，要求文学对社会现实进行忠实的再现。当然，这种再现并不是直接或简单的复制，而是通过选材、描写和典型化等不同的方式来进行的。现实主义文学强调在真实境遇中将普通人的现实问题呈现出来，近距离地观察文学的社会性背景和生活的复杂性细节。

最终将这种“再现现实”的文学观推向极致的，是俄国民主主义者们。一方面，他们共同认为艺术是社会生活的反映、呈现，都强调了文艺对现实生活的依赖关系，“艺术的第一个作用……就是自然和生活的再现”[1]；但另一方面，他们也相当重视作家借“思想之力”来洞察生活的“内在本质”，也就是不拘泥于“外部的相似”，而“把握住原物的整个灵魂”（别林斯基），“抓住了问题的本质，抓住了它的根”（杜勃罗留波夫）。特别重要的是，车尔尼雪夫斯基非常主张在“说明生活”而成为其“教科书”的同时，要“对生活现象下判断”，这样“艺术就成了人的一种道德的活动”[2]。这就高度提升了作家和文学活动的地位，尤其是要以某种“先在”的观念来“介入”生活和艺术，从而使得文学活动本身不离于道德判断。

现实主义的“艺术真实”认为，再现现实的艺术才能显现真理，“艺术是对真理的直接观照，或者是形象中的思维”[3]。由此，赫尔岑特别区分了“真实性”与“真理”：如果作家对生活中的新生事物缺乏深刻理解，那么就会使他的作品“可能有其真实性，但却不可能有真理”[4]。可见，“真实性”是就再现的表面真实而言的，而

[1] 车尔尼雪夫斯基：《艺术与现实的审美关系》，周扬译，人民文学出版社，1979年，第91页。

[2] 同上书，第102页。

[3] 《别林斯基论文学》，梁真译，新文艺出版社，1958年，第7页。

[4] 《赫尔岑论文学》，辛未艾译，上海译文出版社，1989年，第139页。

“真理”则要反映出再现事物的内在本质，前者只是达到后者的必要条件而非充分条件。显然，这是一种以作者为阐释中心的思想，而且它强调的作者是“理性作者”，要求作者们将思想深度注入作品之中。这种“艺术真实”观，并非认定摹仿得越像就越真实，而是以思想内蕴的深度为准绳，这显然与“镜子说”差异甚大。

19世纪后期的自然主义文学却极力追求小说的所谓“真实感”。在自然主义的代表左拉看来，所谓“真实感就是如实地感受自然，如实地表现自然”。[1] 其实，自然主义者自我标榜一种“客观的真实”或“科学的真实”，他们要求小说家不仅是“观察家”，同样是一位“试验家”或“单纯的事实记录者”。这种文学创作就好似一种技术操作，它具有特殊的操作流程：首先，在自然中采取事实，接着是研究这些“事实的机制”；然后，通过情况和环境的加工修改来对这些事实起作用，但不背离自然规律；最后，你就获得了关于人的知识，关于人的科学的知识，不论是在个人方面或社会关系方面。这就是自然主义主张“回到自然和人”的根本意义。比较而言，自然主义不仅拘泥于生活中的个别事物，注重对周遭环境和生活琐事的细节描写；而且主张抛弃艺术概括、想象或理想之类，以求得更为客观的、更为科学的真实。可见，“自然主义”要极端地走向生活本身，讲求文学对自然的无条件的复制和记录。

## 第三节　作者中心的文论范式

从文学的“作者—文本—读者”的链条来看，西方现代文论的发展，也经历了以作者创作为依据的“作者中心”范式、以文本的语言结构为依据的“文本中心”范式、以读者接受为依据的“读者中心”范式的前后衔接、否定前行的转换。[2] 根据这一对现代西方文论发展史的基本理解，我们聚焦在“作者中心”与“文本中心”这两个阶段来考察西方文论中文学与世界的关系观。其实，作者中心的文论不仅局限在现代文论内部，还可以继续上溯到浪漫主义和唯美主义。

### 一　浪漫主义及唯美主义

在时序上，18世纪后半叶就已经形成的欧洲浪漫主义文学运动，也持一种“艺

[1] 左拉：《论小说》，见《西方古今文论选》，第241页。

[2] 参见金元浦：《文学解释学》，东北师范大学出版社，1998年，第274—306页。

术真实”观，而且在时间上早于现实主义。浪漫主义所持的是“表现的或想象的真实”的观念。号称“浪漫主义之王”的德国诗人诺瓦利斯就大声疾呼：“愈有诗情，就愈加真实。”[1] 这样，浪漫主义与“镜子说”形成了明显对峙，后者认为文学越与现实符合就越真实，前者则诉诸“诗情”“激情”“想象”的真实，越能表达出“诗情”就越加真实，越能驱动想象力就越加真实。这种文学真实的观念，折射出了文学“再现”观的“向内转”的趋势，按照传统的文论话语，就是从对外在世界的“再现”，转向对内心世界的“表现”。

**关键词：**

浪漫主义

浪漫主义，这个现代术语暗示出西方对待艺术和人类创造力态度的深度转换，在19世纪上半叶的欧洲文化里开始占据主导，随后在文学中获得了最大的发展。其最早相关的形式，出现在18世纪90年代的德国和英国，还有19世纪20年代的法国和其他地方，因“浪漫主义运动”或“浪漫主义复兴”而闻名。浪漫主义文论主要突出的是激情、想象力和个体表现的自由——真挚性、自发性和独创性成为了文学的新标准。浪漫派转向了直接的个人经验，转向了无限的想象力和灵感，遂成为重要的文学理论思潮。

但是，在文学与世界的基本关系中，这种与狭义的“再现”相对的“表现”观念，不也是一种广义的“再现”观吗？浪漫主义的“表现”，其实也是文学“再现”观的一种特殊类型，当然，这里的广义“再现”是就文学与世界的基本关系而言的，而且这个“世界”主要指诗人的内心世界，亦即一种“内心表现”的真实。这就可以解释，为什么浪漫主义者称诗人为“直觉的医生”、推重“内在人类”的情感和无知觉、高扬艺术“天才”理论，最终呼吁人们躲到“艺术世界”中去了。

追本溯源，早在柏拉图那里，“表现”也只是摹仿说的一种手段而已，18世纪以后的人们更多地从狭义角度理解“再现”，将其作为与“表现”相对等的范畴，从而将“再现”的对象仅囿于外在客观事实，并将“表现”的对象局限在内在主观世界。这种主客二分的断裂式理解，只能走向“再现—表现”的两极论，而没有将它们置于更广阔的背景来考察。当代学者艾布拉姆斯曾用“镜”与“灯”来比喻摹仿论诗学与浪漫主义诗学，“镜”只能反映出外在世界的真实影像，而“灯”则将富于发现与组织能力的光投射到黑暗太空中去。[2]

---

[1] 诺瓦利斯：《断片》，见刘小枫主编《现代性中的审美精神》，学林出版社，1997年，第135页。

[2] 参见艾布拉姆斯：《镜与灯》。

其后，盛行于19世纪后半叶的唯美主义，以沃尔特·裴特专著《文艺复兴》中的“为艺术而艺术”为口号。究其实质，“为艺术而艺术”就是要求艺术“再现”它自己。唯美主义的文学“再现”，已经穿越了浪漫主义“再现”内心的阶段，而步入了艺术“再现”艺术自身的阶段。“唯美主义”的信条，就是希望将“艺术的生活，或生活的艺术”二者等同起来，从而以追求一种理想的“纯真的美”为最好的人生职业，这样才能“脱离刻板的尘世的粗俗、种种哲学体系的正统说教和僵化的观点”。[1] 正因如此，王尔德才将艺术视为“谎言”，预示并且期待着这种“谎言的衰朽”，从而为唯美主义的终极追求开辟坦途。于是，真与美统一的可能性也就被根本否定了，也即否定了“文学真实”的存在，如王尔德就把尊重现实和道德的艺术说成是颓废的艺术。

在艺术与生活之间，唯美主义者们义无反顾地推崇艺术而贬抑生活。他们根本颠倒了传统文论“艺术—生活”是“摹本—原本”关系的看法，认定艺术才是生活的“原本”，从而将二者的关系彻底翻转过来。这样，生活非但不能成为艺术的先生，反而，“生活对艺术的摹仿远远多过艺术对生活的摹仿。……生活是艺术的最好的学生，艺术的唯一的学生”。[2] 照此而论，先有伟大的艺术家塑造了艺术典型，然后生活对之加以摹仿，因此世界就成为了艺术的产物。因而，“唯美主义”就将艺术自律性的一面高举了出来，他们推崇的是源于艺术家个人心灵、具有象征意义的形式美，并认为这种以装饰、韵味、主观显现为特征的形式美高于一切。这样，“艺术除了表现它自己之外，不表现任何别的东西”，[3] 相形之下，“艺术他律”的层面则受到了抑制。[4]

总之，作为西方近代文论的两种对立状态，一方面，在自然主义者看来，只要原原本本地复制出生活现象来，那么文学就能把握住生活的实质，现象即是本质；而在唯美主义者看来，文学艺术无需与现实生活发生任何联系，艺术本身才是世界本质的展现，只有逃避到形式主义之中才能获得生命的价值。可以说，自然主义试图通过摹本对原本的趋同来“再现”世界，而唯美主义则力求通过原本与摹本关系的倒置来“再现”世界。

---

[1] *A Dictionary of modern critical terms*, edited by Roger Fowler, London: Routledge & K. Paul, 1987.

[2] 王尔德：《谎言的衰落》，见《西方古今文论选》，复旦大学出版社，1984年，第153—154页。

[3] 同上书，第156页。

[4] 把唯美主义归入作者中心论并不是非常妥当，严格说唯美主义属于艺术自身中心论的文论，但是考虑到唯美主义推崇的艺术源于艺术家的生活方式，因此，唯美主义也可以视作一种特殊的作家中心论文论，即艺术家生活方式中心论。

## 二　作者中心的现代文论

如果说浪漫主义是比较早的“作者中心”范式的文论，那么，此后继起的作者中心的文论则大致包括象征主义、表现主义、直觉主义、精神分析文论等若干类型。

作为象征主义的重要代表，瓦莱里强调诗必须描写所谓内心真实，赋予抽象概念以感性的外衣。“象征主义”总要通过语词与心灵之间达到的契合，最终为抽象理念赋予一种感性形式。但更主要的是，使这种抽象物得以显现的那种“独立的诗情”，“它倾向于使我们感觉到一个世界的幻象”。表现主义文论的鼻祖还要追溯到克罗齐，他的观点可以简约为两句话：“艺术即直觉”和“直觉即表现”。[1] 但无论是“艺术—直觉—表现”这种通过直觉来中介，还是直接认定艺术即表现（如埃德施米特），都认为艺术所能“再现”的无非是人的直觉，艺术家就是要以这种激情来表现事物的“幻象”。[2]

“精神分析”文论是最具代表性的作者中心的现代文论，其主要思想资源来自心理学家弗洛伊德的潜意识理论。弗洛伊德认为，自我必须接受超我的监督，人的心理能量大部分消耗在对“本我”的控制与压抑上。“人格结构”要维持某种动态的平衡，就必须要有升华和补偿的途径。艺术活动，正是通过“里比多”（Libido）或性本能的转移达到本能升华的主要途径，艺术家在自己创造的幻想境界中得到快慰。这种理论把人的原欲（性本能）作为艺术的根本动源，认为艺术正是这种人的本能冲动的产物。在《作家与白日梦》里，弗洛伊德就有这样的假设：“一篇创造性作品，象一场白日梦一样，是童年时代曾做过的游戏的继续和代替物。” [3] 在《精神分析学导论》里，他继续总结说：“艺术家的动力，与促使某些人成为精神病患者和促使社会建立它的制度的动力是同一种冲突。因此，艺术家获得他的创造能力不是一个心理学的问题。艺术家的第一个目标是使自己自由，并且靠着把他的作品传达给其他一些有着同样被抑制的愿望的人们，他使这些人得到同样的发泄。他那最个性化的、充满愿望的幻想在他的表达中得到实现，但它们经过了转化——这个转化缓和了幻想中显得唐突的东西，掩盖了幻想的个性化的起因，并遵循美的规律，用快乐这种补偿方式来取悦于人——这时它们才变成了艺术作品。精神分析学根据艺术享受这一明显作用，毫不困难地指出了隐藏着的本能释放这个源泉，它虽潜伏着却显得有力。” [4]

总之，“作者中心”范式文论的共同特质在于：从“作者中心”的角度出发来考

---

[1] 克罗齐：《美学原理·美学纲要》，朱光潜等译，外国文学出版社，1983年，第18、209页。

[2] 参见本书第一章。

[3] 弗洛伊德：《弗洛伊德论美文选》，知识出版社，1987年，第29页。

[4] 同上书，第139页。

察“文学与世界”的问题，主要的倾向是将文学视为一种幻象、直觉或白日梦境，把主体的直觉、表现、乃至原欲（性本能）作为文学的根本动源，认为文学正是这种人的本能冲动的产物，文学所能“再现”的东西也不过如此。[1]

## 第四节　文本中心的文论范式及其变形

语言学转向，是西方现代哲学的一次重要整体变革，与之相应，文学与世界的关系观也因此发生了质变。在文学是否能够“再现”世界这个问题上，结构主义者是否定论者，他们不承认文学（语言）再现和表现世界（包括自然神界、社会世界和心里世界）的可能性和必要性，而是认为语言构成、建构了世界与经验。所以，即使他们保留了“世界”这个概念，也必然不同于以前的理解。这是由于，语言与世界（包括主观世界与客观世界）之间的对应论，在结构主义以及后结构主义那里被摒弃了。

### 一　结构主义

与作者中心范式不同，文本中心范式的文论认定“对于作品的审美，根本就不建立在直觉观念的基础上，它是从另一基础概念即意指作用概念产生的。……从直接的方面来讲，它更依靠符号，符号完全地……存在于符号所构成的作品中。于是，意指作用的美学，自然就以作品作为符号系统的概念，代替了唯心主义所热衷的论题：主体概念”[2]。自在的符号系统独立于世界也独立于主体（不管是作者还是读者）。其实，这也就是以“语言”研究取代了“主体”研究，从而形成了迄今为止现代西方文论最重要的一次转折。

文本中心范式的源头可以追溯到本世纪初的俄国形式主义，在某种程度上，新批评也带有文本中心主义的倾向。但结构主义文论是其中最有代表性的形态。

在从索绪尔语言学到罗兰·巴尔特符号学的背景下，结构主义文论大致包括结构主义神话学（普罗普、列维—斯特劳斯）、隐喻与转喻理论（雅克布逊）、结构主义叙事学（格雷马斯、热奈特）、结构主义诗学（卡勒）等诸多类态。

---

[1]　关于精神分析部分可与第一章、第二章的相关部分参照阅读。

[2]　梅吉奥：《列维—斯特劳斯的美学观》，怀宇译，中国社会科学出版社，1990年，第24页。

结构主义的思路，最初来自于索绪尔的《普通语言学教程》的启示。索绪尔一直在寻找语言—言语、共时性—历时性、能指—所指的一系列的“二项式”，确定了人类的言语具有共同的内在结构（语言）。索绪尔也反对词与物之间形成对应的“象征”关系，即以象征来指对应着的所指物。这是基于他的“符号任意性原则”而来的。象征的文学观认为在能指（象征符号）和所指（象征的对象）之间有一点自然联系的根基；而索绪尔恰恰反对的是：SYMBOL（象征）⟷THING（对应的物），而他的语言学模式为：

$$\text{SIGN（符号）} = \frac{\text{signifier（能指）}}{\text{signified（所指）}}$$

这样，语言符号就由两部分组成，一面是书写或言说的物质载体，它表征为一定概念的语音形式与书写记号，这叫做“能指”；一面则是能指所指向的某个概念，亦即当这些标识被写或被说时人所“想”的事物，这就称之为“所指”。比如大多数国家都有红绿灯，在指示交通这一特定的语境之下，“红”色就指代“停”，所谓“红灯停，绿灯行”正是此意。这里面的“红”就是“能指”，而“停”则是“所指”。这种“能指”与“所指”的组合是“任意的”，因为“红”与“停”之间的联系不是自然的而是约定的；但一旦两者结合在一起并成为文化惯例与社会规则之后，就构成了稳定的关系。

在这种能指与所指的区分之中，结构主义的创新在于“凸现能指”。结构主义首先将能指和其所指的东西分开，这是他们立论的基本前提。这意味着，结构主义者试图用这种“新的对立”来取代“传统区分的心—身对立”，“因此，心—身对立这时就转变为以意义为一方和以决定这一意义的无意义的物质基础为另一方的一种结构上的或者说概念上的区别”。[1]

索绪尔的能指与所指“任意”结合之观点，也为结构主义文论所继承，它不再预设符号、形式甚至结构与被指称之物的对应关系，从根本上消解了结构与世界之间的对应性。正如能指与所指的任意组合，符号与所指称之物也是任意组合的。既然结构主义的“结构”概念以符号为基础，那么，符号与世界之间便失去了自然联系意义上的稳定关系，取代之的是文化或惯例意义上的稳定关系。换言之，结构主义者虽然试图以语言来呈现世界，但是它的能指—所指任意关系论却否定了这种呈现的可能性。这是一个悖论。

---

[1] 弗雷德里克·詹姆逊（又译杰姆逊）：《语言的牢笼》，钱佼汝译，百花洲文艺出版社，1995年，第86—87页。

**关键词：**

结构主义

结构主义是一种20世纪的知识—思想运动，依据来自语言学的原则来分析文化和文学现象，其重点在于强调人类活动诸要素之间系统性的相互关联。在文学作品研究中，结构主义强调文本的整体结构关系远比各个要素及要素之和更加重要。结构主义通过拒绝传统的观念即文学"表现"作者的意义或者"反映"现实而得以使自己显得与众不同。它认为文本是一种客观结构，它通过各种各样的符码和惯例而得以运作，从而独立于作者、读者和外在现实。结构主义批评对解释文学作品的意义很少有兴趣，而代之以去解释这些作品"如何"获得它们所意味的意义，也就是去展现被给定作品当中所运作的暗含着的规则与惯例。

正因为有了语言结构的嵌入，才使得西方文论的整体形态大为改观。"因为它建构了文学自身作为单独作品的内部关联的系统模式。通过语言学向文学研究的移心，不仅通过单个的作品而且通过作品在整个文学领域中的关系来寻求结构的原则。"[1] 沿着这种科学主义的思路，结构主义就致力于发现文学研究中（由语言建构起来的）"关于自然和人类创造的构造法则"。这一套语言符号的构成法则，反对社会文化现象具有任何本质的观点，而认为"结构即本质"。因而，是内在的结构及其在社会文化体系中的位置决定了"本质"。而且，这些社会文化现象本身还具一定的意义，所以才能被当作符号来加以研究，会被加以构成性的拆散和建构性的重组。

结构（Structure）一词，来源于拉丁词"Structura"，它是由动词"Struêre"演变而来的，指部分构成整体的方法。因此，结构主义者关注的首先就是不同成分的相互构成关系，换言之，他们注重的是一种具有自我调节性的、完整自治的语言系统，从单独的句子到语词的排列的每一个文学单位，都可以纳入系统的视角来加以考察。早在俄国形式主义者那里，就"通过接受'结构'这一概念，引进了结构（有组织的）对材料（未经组织的）这一新的二分法。他们以这种二分法取代形式和内容那种旧的二分法"。[2] 而结构主义所做出的尝试，正是要在历时的现象之中找到"共时性"的东西，而后者就是存在于表层之下的深层结构，这种结构，在其支持者看来具有某种普遍性和必然性，尽管它只是心灵无意识的构造能力在文化现象中投射的结果。如此看来，"人们可以把文学当作一种符号体系来研究。句子本身就是一些语言符号；句子将按照包含它的约定传统构成的文学语言环境的不同而获得不同的意义，这样，在

[1] Robert Scholes, *Structuralism in Literature*, New Haven and London: Yale University Press,1974, p.10.

[2] 佛克马、易布思：《二十世纪文学理论》，林书武等译，三联书店，1988年，第31页。

文学体系内句子就成了一些能指或形式。这些能指或形式的意指就是它们在文学语言中所表示的特殊意义”。[1]

法国人类学家列维·斯特劳斯较早把结构主义观念应用于人类原始社会研究的方法之中，这对于西方文论的研究具有非凡的创建意义。不仅如罗兰·巴尔特这样的文学理论学者受到了这种影响，而且，福柯的历史学研究、拉康的精神分析学研究、阿尔都塞的西方马克思主义研究，都不同程度地受其浸渍而曾被冠之以“结构主义”的前缀头衔。

先看列维·斯特劳斯的著名的神话结构分析。在纷繁的神话表层现象中，列维·斯特劳斯发现了内在的逻辑结构，这证明了人类的原始思维都具有一种“拼合”（bricolage）能力。效法西方音位学的研究方法，列维·斯特劳斯认为神话的深层结构就是由一系列的“神话素”（mythemes）及其相互关系组成的，在将神话简化为一个个片断或小情节之后，他把希腊人的有关俄狄浦斯的三个神话解剖为11个片断，并分属于四个纵列之中：[2]

| I | II | III | Ⅳ |
|---|---|---|---|
| 1. 卡斯摩斯寻找被骗走的妹妹欧罗巴 | | 2. 卡斯摩斯杀死毒龙 | |
| | 3. 斯巴达人互相残杀 | | 9. 拉布达利斯（拉伊俄斯之父）＝瘸脚（？） |
| | 4. 俄狄浦斯杀死父亲拉伊俄斯 | | 10. 拉伊俄斯＝左拐子（？） |
| | | 5. 俄狄浦斯杀死斯芬克斯 | |
| 6. 俄狄浦斯娶母伊俄卡斯忒 | | | 11. 俄狄浦斯＝肿脚（？） |
| | 7. 厄忒俄克勒斯杀死兄弟波吕尼刻斯 | | |
| 8. 安提戈涅不顾禁令埋葬哥哥波吕尼刻斯 | | | |

[1] 卡勒：《文学中的结构主义》，见《美学文艺学方法论》（下），文化艺术出版社，1985年，第505页。

[2] Lévi-Strauss, the Structural Study of Myth, in *The Structualists*, New York, 1980, p.179.

这一图式就成为破译神话表象的深层结构。列维—斯特劳斯所谓的“神话素读法”就是要人们从左至右的通栏逐读，寻求不同结构系列中的共性：Ⅰ列的神话素都具有乱伦行为（重视亲属关系）；Ⅱ列中都有杀父母兄弟的行为（看轻亲属关系），Ⅲ列中都是消灭了大地所生的妖怪（否定人起源于大地的传说），Ⅳ列中人都不会好好走路（人诞生于大地）。因此，这种希腊神话的共同的深层结构就是两种观念的想象性调和：人类生于大地与人类生于男女血缘关系的冲突。这种结构主义分析方法，在后来的文学研究中得到了广泛的应用，但其基本原理和根本方法大致不离于此。

总而言之，结构主义开始置疑和反诘西方文学“再现观”的悠久传统。“文学可以再现世界”，这一观念在结构主义者那里动摇了，这种动摇经过了语言学转向的洗礼。结构主义虽然试图通过一种“语言结构”的方式来呈现世界，但是，肇源于能指与所指的任意性，符号与指称之物的任意关系却否定了再现世界的可能性。与写实派再现“外在世界”和表现派表现“内在世界”不同，在文学和世界的关系问题上，结构主义者始终认为这种关系不在于内容上或形式上的相似或同构，而在于语言结构对世界的构成与组合，也就是以文学（语言）来构成、建构世界与经验。这不能不说是“文学再现观”的一次“哥白尼式革命”的开始。

## 二　后结构主义

在结构主义之前，西方学界对文学“再现”观基本上是持肯定态度的。但是，在结构主义之后，情况则大为改观，这一点特别体现在对传统的文学“再现”观念的怀疑与挑战上面。当然，更宏观地看，结构主义的这种挑战还具有过渡的性质。结构主义，特别是在其思想源头索绪尔的语言学理论中，实际上已隐藏了解构的因素——能指与所指的任意关系。如此看来，结构主义与后结构主义在否定客观世界与主观经验的本真性与原初性方面并没有区别。它们的区别在于：结构主义还坚持有普遍的深层结构，而后结构主义则干脆将之也否定掉了。可见，结构主义大致可以作为一个历史性的标志，它表明了一种对文学与世界关系的新的理解，是对传统“再现”观念的超越。

**关键词：**

解构主义

解构主义，是一种针对语言中相互关联的意义可能性的哲学怀疑论方法，是由法国哲学家德里达1967年出版的一系列著作如《论文字学》、《书写与差异》所发起的，20世纪70

续

> 年代起被美国主导的文学批评家们所吸纳。德里达的核心观念是“延异”，它暗示出在语言中无休止地退后或延迟任何确定意义的意义差异本质：语言是一种无终结的链条或者“延异的游戏”。解构的阅读，要捕捉到一个文本里面决定其相关意义要求的难点或内在矛盾；或者它们揭示了文本如何去解构自身。

如果说，大多数后结构主义者都开始对文学“再现”观反戈一击的话，那么，解构主义的代表人物德里达的反击则更为激进，同时对结构主义也进行了大胆的超越。德里达提出的“延异”说在这方面具有代表性。要理解所谓“延异”，必须先理解后结构主义对能指—所指关系的理解。如果说，索绪尔虽提出“符号任意性原则”，但却还认为能指与所指一旦结合就被文化和习俗固定下来、具备了一种稳定性，那么，后结构主义所抨击的恰恰是能指与所指之间这种假定的不可分割的整体性和稳定性。它认为结构主义的深度思维模式还具有自上而下、由表及里的主客两分特质，这显然是后结构主义要质疑的。在后结构主义者看来，语言符号实际上完全是自我指涉的，它不可能指涉它之外的东西，这就是所谓“能指的游戏”的真正内涵。在它看来，不但符号与外在世界之间不存在对应关系，不但文本之外别无所有，而且文本的符号世界本身也是不完整的、破碎的，到处充满自我拆解的矛盾和裂隙。这是和结构主义、形式主义等不同的。“延异”正是指：在所谓能指与所指的关系中，“所指”（意义）实际上永远不可能被固定，所指总是表现为、也只能表现为另外的能指（比如“树”这个能指的所指只能是另外一系列的能指，如“一种植物”之类，以此类推以至无穷），最后的、不能代之以另外一套能指的“终极所指”或“终极能指”永远都不可能出现。这就如在字典中查字义一样，我们为了一个能指的所指意义而去查字典，但是实际上所查到的所谓“意义”实际上还是一系列能指；这更像互联网上的相关词的点击链接，从一个能指游向另一个，再游向下一个……没有穷尽，没有终结点，也没有不动的固定点。正如拉康所说，“只有一个能指与另一个能指之间的关系才能产生能指与所指之间的关系。”[1]这样，符号中意义生成的过程总是不断地滑动和不停地脱离，结构主义那种符号意义在一次性差异中的生成不见了，存在的只有一种差异向另一种差异流动，意义的来临也总是推迟、推迟、再推迟……如此一来，语言符号指义的过程就是在能指的丰富循环中进行的，它根本不可能也不需要涉及语言之外的世界。因此，在一种互文性的意义流动中，就根本消解掉了文学“再现”的

[1] 转引自A.G.威尔登：《自我的语言》，巴尔的摩，马里兰州，1968年，第239页，参见弗雷德里克·詹姆逊：《语言的牢笼》，第92页。

可能性，阻断了文学与世界的本然关联。不仅“再现观”，还有“真理论”等大厦都成为沙上建塔而难以为继。

## 三 新历史主义

“新历史主义”（New Historicism）者则采取另一种策略来质疑文学“再现”观及其真理论。所谓“新历史主义”，是20世纪80年代美国兴起的一股文学批评浪潮，这个术语是斯蒂芬·格林布拉特在1982年首创的。这个思潮主要关注“文本的历史性和历史的文本性”，它试图深探文学文本与产生该文本的文化机制之间的关系，从而将“文史互通”的历史与文学都看作权力与政治关系的叙事。这是因为，无论写作的语境、接受的语境还是批评的语境，都必然受到了各种权力机制及其话语的影响和控制。

新历史主义理论的基本假设之一，在于认定“没有任何一种话语可以引导我们走向固定不变的真理，亦没有任何一种话语可以表达不可更改的人的本质”。[1] 为什么做出这种推断呢？关键是他们如何看待“历史”及其与文学的关系。在传统历史观受到后结构主义的冲击后，福柯首度宣称历史不过是一种真实性的幻想，它也是一种文本，因而也是可以阐释的。这为新历史主义的产生清除了理论迷障。正如新历史主义的代表海登·怀特所言，历史作为一种叙述话语形式，同样具有虚构成分，文学与历史应当被置于一种崭新的视角来考察。“对于新历史主义而言，这种历史语境是一种‘文化系统’，而社会制度和实践，其中包括政治在内，都被解释为这个系统的功能”，更为重要的是，历史与文学的“这种联系在本质上被看作是一种‘互文’（intertextual），或者，也可以说是两种‘本文’之间的关系：‘文学’本文只是其中一个方面，而‘文化’本文则是另一个方面”[2]。这样，在以文艺复兴为主要对象的一系列研究中，本文、话语、权力及主体性构成之间的关系被凸现出来，所谓“颠覆与遏制”的结构就是其中的一个理论成果。进而言之，文学与文化语境被综合起来加以考察的思路，在新历史主义那里已经成为一种交叉共识，难怪新历史主义的另一位代表格林布拉特后来就以“文化诗学”（the poetics of culture）来替代“新历史主义”这一称呼，因为任何一种的文本性都只是“文本间性”或“互文性”的片断与局部。

---

[1] H. Aram Veeser, ed. *The New Historicism*, New York and London: Routledge, 1989, p.10.

[2] 海登·怀特：《评新历史主义》，见张京媛主编：《新历史主义与文学批评》，北京大学出版社，1993年，第97页。

如果从“作者—文本—读者—世界”的四维结构来看，新历史主义开始聚焦于“世界”这一维度。

在新历史主义那里，好似存在着对“文学再现世界”这一命题的某种回归；但是，问题的视域却已得到了根本转换。首先，新历史主义的“世界”是由诸多文本构成的世界，它并不相信在文化和文本之外还有一个自在的世界（不管是自然界还是人类社会）。其次，新历史主义者要求“批判和分析文化时所使用的方法和语言分享和参与该文化机制的运转”[1]，可见，即使是对于文化的世界，新历史主义关注的核心也不是“再现”这个文化世界，而在于“改变”、参与“文化”世界。因为，新历史主义者并不迷信历史的真实性，而是更加重视文本与历史、文学与权力、文学与身份、文学与意识形态的纠缠关系，从而走向对文学“再现”观的更深度的悬疑。

## 第五节　从言志说到意境论

与西方古典文论比照，中国古代文论自成一套体系。在文学与世界的关系问题上，中西方文论观念也有相当大的差异，但也存在可以相互对照的层面。

### 一　言志说　缘情说　意境说

在中国古典文论关于文学与世界关系的观点中，最具代表性的是“言志说”和“缘情说”[2]。在这两种对诗的本质的探求中，包孕着对文学与世界关系的基本理解。这两种学说看似都注重诗人内在心理的表现，“志”与“情”皆为心中所“藏”之物，因此“言志”说首先关注的是内心世界的抒发，这可能和中国古代最早的文学类型是抒情诗有关。但必须指出，在华夏古典的“天人合一”、“心物感应”的语境之中，并不存在“再现”（客观）与“表现”（主观）的决然对立，相反，物与我、物与心均处于一种浑然和谐的关系之中。正如刘勰所见，文学首先要“触物圆览”（或“目既往还”）并“拟容取心”（或“心亦吐纳”），进而“情以物迁，辞以情发”，从而将物我交融会通起来达到“思理为妙，神与物游”[3]的自由状态。这样，言志说与缘情

[1] H. Aram Veeser, ed., *The New Historicism*, New York and London: Routledge, 1989, p.10.

[2] 中国古代“缘情说”的详细阐述请参看第一章的有关内容。

[3] 《文心雕龙·神思》。

说和西方的主观表现论还是存在相当的差别。

《左传·襄公二十七年》可能是最早记载“言志说”的文献[1]，其中记赵文子对叔向说：“诗以言志，志诬其上”，这正是当时流行的“赋诗言志”的看法，并不是文论意义上的“诗言志”说。《尚书·尧典》的“诗言志，歌永言，声依永，律和声”，则是说“诗是表达诗人之志”，这才成为中国古代文论“言志说”的缘起。同样是在春秋战国时代，“情”的问题也被凸现出来，《荀子·乐论》已提出“夫乐者，乐也，人情之所必不免也”，汉代综合先秦“乐”论的《礼记·乐记》中也有“情动于中，故形于声”之言。当时，诗、乐是分不开的。这“志”与“情”的两面到了汉代才终于得到了内在的统一。汉代《毛诗序》继承了从《尚书》到《乐记》的思想余脉，提出：“诗者，志之所之也，在心为志，发言为诗，情动于中而形于言。”这样，与中国历史上“罢黜百家，独尊儒术”几乎同时，也就是道统与政统相互统一的时代，中国古代最具权威性的文论也被确立了下来。《汉书·艺文志》便说：“《书》曰：‘诗言志，歌永言’，故哀乐之心感，而歌咏之声发。”这一“言志说”，确立了诗歌抒发人的思想、抱负、志向的基本内涵，更确立了诗感发之中的“理”的核心作用。在《毛诗序》中，其实并没有否定“情”，“志”与“情”是不可分的，但也不是对等的。“情—志—言”形成了诗性触发的前后相续环节，“情”要经由“志”的中介才能形于“言”从而成为诗，因为诗的本质规定就是“志之所之也”。如此看来，“情”动于中固然是诗之缘发；但更主要的是，“情”要为“志”所调节与节制，“以理节情”才是《毛诗序》的真正立足点。可见，“发乎情，止乎礼义”是中国古代儒家文论的主导倾向，“志”乃是“理”（即符合礼义的理性思虑）的一种表现，无“志”便无以“言”（亦即“雅言”，“不学诗，无以言”的“言”），无“言”则更无“诗”。

总之，在文学与世界这个问题上，中国古代文论最主流的思想，就是认定诗所能“再现”的是诗人之“志”。但是古人所谓“志”，不能机械地理解为和“情”对立的心理经验，孔颖达在《毛诗正义》中志、情并举，得出了“情志一也”的结论，其实他还是主张以“志”统“情”的。然而，“‘诗言志’一句虽经引申到士大夫的穷通之处，还不能包括所有的诗。……可是‘缘情’的五言诗发展了，‘言志’以外迫切地需要一个新标目。”[2]

这就产生了“缘情”说。“缘情”说是中国古代文论关于诗歌本质界说的另一大支脉，它与“言志说”交相辉映。在“缘情说”看来，诗歌是“吟咏情性”的产物，它所能“再现”的正是内在的“情”、“情性”或“性灵”，但这种“情”并不是西方浪漫

---

[1] “言志说”最早见诸文字的文献是《尚书·尧典》，但该篇却被疑为战国中期人拟作。

[2] 朱自清：《诗言志辨》。

主义那种（试图与外物决裂的）“诗情”，而是一种“物我合一”语境之中的情感性能和状态。在陆机《文赋》看来，“情”被“物”感化之后而逐渐滋生出来，“物”亦被“情”所慢慢浸染，从而成为作者所要描写的事物，所谓“情瞳胧而弥鲜，物昭晰而互进”。正如朱自清的真知灼见：“从陆氏起，‘体物’和‘缘情’渐渐在诗里通力合作。”[1]

中国古典文论要求“随物以宛转”，“与心而徘徊”，[2] 也就是“以物我的对峙为起点，以物我交融为结束”，追寻“物我交融、和谐默契的最高境界”[3]。一方面，中国古代的文论家强调心不离于物，王夫之的“现量说”即说“身之所历，目之所见，是铁门限”[4]。另一方面，他们也强调用“心”去驾驭物，他们所追寻的最高境界是“即景会心”和“因情因景”，[5]“呈于象，感于目，会于心”[6]，最后达到的是物我交融之境，它在诗学里往往体现为“情”与“景”的交融，王夫之总结得好：“夫景以情合，情以景生，初不相离，唯意所适。”[7]这正是华夏古典文论的基本品质，也是与西方主客两待文论的根本分歧所在。

无论是“言志说”还是“缘情说”，都包孕着一种独特的中国古典文论的“再现”观念。尽管，“言志”所“言”的是“志”而“缘情”所“缘”的是“情”，但是它们再现的方式却完全是华夏古典式的。这种中国古代“再现”思维的滥觞，即来自于《周易》的“观物取象”说。这种古典“再现”观照方式，正是要“仰则观象于天，俯则观法于地……近取诸身，远取诸物……以类万物之情”，并且进而“拟诸其形容，象其物宜”[8]。这样，“意—文—物”就成为中国古代文学“再现”观的内在构架，这其中“意象”由内而外的作用甚为明显。由此得见，在中国古代文学“再现”思维中，内在的“意”要“宣内以象外”，自然形成一种文学意象，这样才能“称物”，从而内外交通、意物相契而结晶为“文”。

总之，华夏古典文论的传统里面，既不存在世界的明确两分（如心与物、情与景），也不存在文学与世界的截然对立，而是表现为观“象”生“文”理论。这表明西方对文学与世界的关系的看法，与中国传统文化是具有根本的“异质性”的。

---

[1] 朱自清:《诗言志辨》。

[2] 刘勰:《文心雕龙·物色》。

[3] 王元化:《文心雕龙创作论》，上海古籍出版社，1979年，第75页。

[4] 王夫之:《薑斋诗话》卷二。

[5] 王夫之:《薑斋诗话》卷二。

[6] 叶燮:《原诗》内篇。

[7] 王夫之:《薑斋诗话》卷二。

[8] 《易·系辞》。

## 二　有我之境与无我之境

熔中西思想于一炉的思想家王国维在《人间词话》、《宋元戏剧考》等著作中表现出的文学“再现”观，不仅登上了近代中国文论的巅峰，而且以中国传统文论为“体”、以西方近代文论为“用”，并将这两方面巧妙地融会贯通起来。但是，西方古典文论自古希腊始就秉承质料与形式、感性与超感性的两分；而这恰恰为中国古代文论所摒弃，王夫之就认为情与景“截分两橛，则情不足兴，而景非其景”。[1]王国维将二者结合得如此完美，以至于成为中国古代文论通向近现代文论的桥梁。

王国维将文学的境界区分为“有我之境”与“无我之境”，这也就是“写境”与“造境”的两分。所谓“有有我之境，有无我之境。‘泪眼问花花不语，乱红飞过秋千去’，‘可堪孤馆闭春寒，杜鹃声里斜阳暮’，有我之境也。‘采菊东篱下，悠然见南山’，‘寒波澹澹起，白鸟悠悠下’，无我之境也。有我之境，以我观物，故物皆著我之色彩。无我之境，以物观物，故不知何者为我，何物为物”。[2] 可见，王国维开始受到了西方近代美学思维的影响，“物”与“我”处于一种紧张的而非融通的关系之中，要么是以我为主，要么物我难分，这正是一种西化的“非此即彼”的思维方式。虽然“以我观物”与“以物观物”还是北宋的邵雍提出的道学观，“以物观物，性也；以我观物，情也。性公而明，情偏而暗”；[3] 但是，邵雍还是要摒弃“情”而空明其心，从而达到超于物而不牵于物的境界。这便与王国维明确区别物、我再来界定“境界”迥异，难怪王国维明确指出“有我之境”（“写境”）与“无我之境”（“造境”）乃“理想与写实之所由分”。这种创作方法上的继续界分，就是将“有我之境”归之于以“我”观物的理想派，将“无我之境”归之于以“物”观物的写实派。这种近似于写实主义与浪漫主义的二分，明显是西方文论思想舶来后，又与中国思想基础结合的结果。

但受到西方思想影响的王国维在文学与世界的关系问题上最终超越了西方的主客二分、物我二分的思维方式，他站在中西文论的交汇点上不仅注重“情与景、意与象、隐与秀的交融与统一”，还强调了“真景物、真感情，即强调再现的真实性”[4]，这也正是王国维从华夏古典文论中区分出“有我之境”或“写境”的内在意图。前者

---

[1] 王夫之：《薑斋诗话》卷二。

[2] 王国维：《人间词话》三。

[3] 邵雍：《皇极经世·观物外篇》。

[4] 叶朗：《中国美学史大纲》，上海人民出版社，1985年，第621页。

的情景交融，正是延续了中国古代文论的精华。甚至可以说最终王国维还是站在中国文论的立场上，将西方文论思想化为己有。他心目中的最高境界仍是中国古代文论的物我两忘的艺术至境。他虽承认理想与写实二派之分，但却又认为“二者颇难分别。因大诗人所造之境，必合乎自然，所写之境，亦必邻于理想”。[1] 或者说，“自然中之物互相关系，互相限制。然其写之于文学及美术中也，必遗其关系限制之处。故虽写实家亦理想家也。又虽如何虚构之境，其材料必求之于自然，而其构造亦必从自然之法则，故虽理想家亦写实家也”。[2] 这种弥合，尽管是在区分出物与我之后的再度融通，但还是与西方近代文论那种决然分立不同，西方的写实主义与浪漫主义近乎绝缘甚至对峙，并不能像王国维那样写实即理想、理想即写实。这正是中国人传统的“调和持中”思维方式在其中作用的表现，也是中国古代“天人合一”文论与西方“主客二分”文论相互碰撞和沟通的结果。

## 第六节　述评

### 一　中西“文学再现观”的差异

作为世界文论的两大系统，中西方文论具有不同的发生根基和生长机制，其“文学—世界关系观”亦呈现出不同的形态。这种形态的差异是不同的历史情境和文学语境造成的。将这两种“文学——世界关系观”传统还原到其历史现场之中，可以比较出二者之间的差异以及共识。

西方文论发源于使欧洲人产生家园之感的古希腊。在此历史时期之前，就是海德格尔所谓的“大艺术”（the Great Art）阶段，[3] 具有历史整体性的艺术包孕于其历史母体之中，真与美、技与艺、知与行浑然未分而同一。然而，随着历史发展，主客两待的思路最终把诗从“技艺”（technē）中抽离出来，人与自然、认知与践行的分化才使得美和艺术得以独立，也就是从历史整体中离异出来。正是在这样一种主客初步分离的实体性思想的支配下，当时的古希腊人创造了最早的艺术摹仿论，这一创造伴随艺术从“技艺”中逐渐脱胎的过程。从此，只要一说到“摹仿”，就必然预设“原

[1] 王国维：《人间词话》二。

[2] 王国维：《人间词话》五。

[3] Martin Heidegger, *NIETZSCHE, Volume I: The Will to Power as Art*, Routledge,1979,London, p. 69—76.

本——摹本”的二元关系，这在柏拉图的理念界与感性界的两分中就得到最初的设定。亚里士多德则将这种“摹仿说”引到诗学领域，开创了“文学摹仿说”的先河，随着古典主义将他的诗学定于一尊，亚氏的摹仿说也逐渐成为西方文论的理论范式，那种主客二分的思维范式也基本成型了。

文艺复兴以降，文学艺术逐渐摆脱了古希腊时代的那种尚未分化的杂糅性，开始走向了“自律性”（autonomy）的规定，这是近代欧洲社会现代性的产物。欧洲人所谓“文学”，其拉丁词源来自希腊文的grammatike，指的是博学或一切诉诸于文字的知识（参见本书第一章）。18世纪之后，“文学”现代涵义的获得伴随其“自律性”开始脱颖而出，并使得文学艺术最终摆脱了实用功利的桎梏。

随着欧洲近代“主体性”思想的上升，从18世纪到19世纪逐步孳生的现实主义、浪漫主义、自然主义和唯美主义的“文学——世界观”登上历史的舞台。如果说，西方美学和文论在古希腊相伴于形而上学而共同发生，从此被纳入了“主体——客体”的内在构架之中的话；那么，在近代欧洲形而上学史开端之际，在西方美学和文论中，不再是“实体性”的世界，而是主体的自我意识（ego）成为哲学认识的核心乃至唯一对象。[1] 这时，不仅艺术自律理论得到了成型的规定，而且独立的“艺术场域”也在欧洲逐步独立出来，关于文学的理论建构受到现代性学术制度的影响也独立出场。

浪漫主义正是西方主体性思想的结晶，它凸现为文学表现自我的情感论，天才万能论，直觉论等等，从而将“文学—世界观”的眼光内转。同一历史时段，西方的摹仿论传统往往仍纠缠于原本与摹本究竟孰高孰低的问题，诸多类型的文论思潮正是以此作为理论起点的。

勃兴于19世纪的“现实主义”将“原本—摹本”关系深入理解为“现象—本质”的关系，认为文学通过摹仿生活现象而达于本质，文学因而高于现实。“唯美主义”则干脆将这种关系颠倒过来，它否认“艺术—生活”就是“摹本—原本”的关系，而认定生活应当摹仿艺术，艺术才是生活的“原本”。在这一点上，“自然主义”者恰恰走向“唯美主义”的对立面，他们企图以“单纯的事实记录”来使文学趋同于生活，也就是将“摹本”与“原本”的关系视为同一。

比照之下，中国古代文论则是深深植根于华夏古典文化自然而生的一种文论类型。这种文论呈现出一种与西方文论的“耦合性”，以“物我合一”的姿态与西方文论的“主客两待”的特质形成某种对称性。在中国文论的视野中，作为文学的“世

---

[1] Martin Heidegger, *NIETZSCHE, Volume I: The Will to Power as Art*, Routledge, 1979, London, p.83.

界”并不是外在于人的纯粹自然或社会现实，也不是内在于人的纯粹情感或主观现实，而是隐匿在人与自然和谐之后的神秘底蕴。中国古代文论所言之“文”也是一种含义宽泛的“文”（参见第一章）。由此，在中国文论的视域里，文学与世界本来就是“不弃不离”的，对这种亲密难分的关系，古代中国人本来就存而不疑，因此没有必要将之作为对象化事物来加以考察。如果说，中国古代文论的“言志说”与“缘情说”在西方文论中还能找到近似的形态的话，那么，中国古代文论最精髓的部分，特别是作为文学审美至境的“意境说”却在西方文论中缺失了对应物。中国古代文论力图达到“象外之象，景外之景”的“境界”，从而最终超越于有限而达于无限之“意境”。这种对文学所“再现”之境的终极探求，的确呈现出中国古代文论的高妙和超升之处，中国古代文学力求对这种神秘宇宙意识的底蕴加以再现。

显然，中西方文学的现实形态与理论形态是迥然有别的。一方面，东方的文学艺术还是“带有伦理、宗教成分的综合的文化价值领域”[1]，中国文学艺术也具有一种“泛律性和综合性”的意味，这便与西方自律性文学和独立文学场域的特定形态形成对比；另一方面，中国古代学术注重实用理性和混沌的本质，也与西方追求明晰知性的文学理论的学问类型相牴牾。由此出发，中西“文学再现观”必然走上不同的路向，西方文学所“再现”的总要落到外在现实或内在现实的“实处”，而中国古代文学所“再现”的则最终蹈于神秘底蕴的“虚处”。但是，中国古代文论更是“虚实相生”的，它始终强调文学的妙处不在文字却不离文字，所谓“文以文而工，不以文而妙，然舍文无妙”[2]。这样看来，西方文论始终将文学与世界置于彼此分化的两端，中国古代文论则视文学与世界是具有天然的亲和力的，文学总要呈现出世界的活泼泼的本真状态。

近代以来，随着西方文论的横向移植，西方近代的主体性文学观也逐步舶来，中国文论亦渐渐受到了这种西式文学观的渗透。从王国维“中体西用”式的借鉴西方思想（将“有我之境”与“无我之境”归之于“理想与写实之所由分”），到文学研究会与创造社对现实主义与浪漫主义文论的直接援引（凸现为“为人生的艺术”与“为艺术的艺术”的主张分殊），再到文学反映论的逐步占据主导并进一步发展（从“机械反映论”到“能动反映论”的嬗变），可以说，这是个西方文论思想逐渐影响和作用于本土思想的过程。从中国古代文论，经由近现代的转型，直到当代文论形态的文学再现理论，可以发现这样的趋势：本土的古典文论思想成分在逐渐降低，相应的，西方文论思想的含量则逐步提升，主客二分意义上的西方的文学——世界观逐渐占据

[1] 山本正男：《东西方艺术精神的传统》，牛枝惠译，中国人民大学，1992年，第8页。

[2] 姜夔：《白石道人诗说》。

了现代中国文论的主导地位。

## 二　文学与世界：对话性的交往

如果从交往和对话的视角重新来看待文学与世界的关系的话，那么，我们会发现这种关系将被置于一种全新的视域之内。按照通常的观点，文学与世界的关系其实就是文学与对象之间的“对象化”关系，也就是文学文本与文学对象之间的关系。但是，这种理解不仅是单向的——仅仅看到从文学到世界的一方关系，而没有看到从世界到文学的双向关系；而且是静态的——忽视了文学与世界之间本然具有的动态的交互性。

先有“间性”，而后才有“交往”，因为“交往”就是至少两种不同事物“之间”的相互往来。“有来有往”才能谓之“交往”，这意味着，失去了反馈联系的交往系统并不存在，而交往所要达到的目标就是沟通。只有“文学间性”问题率先得到研究，才能进而研究在“间性”基础上的文学对话和交往。所谓“文学间性”，其实是个多维结构和动态系统，它既包括作者与读者、作者与作者、读者与读者之间的“主体间性”，又包括不同文本之间、文本与历史文化之间的交互运作的“文本间性”或“互文性”，同时“主体间性”与“文本间性”之间还能构成一种“复合间性”。所谓文学的“复合间性”，意指在“文本间性”与“主体间性”之间的“间性”，是这两种间性对话和交往的辩证统一、交互运动和“再度间性”。文学的“复合间性”是由“作者→本文”与“文本→作者”的互动、“读者→文本”与“文本→读者”的互动共构而成的，而无论是读者还是作者都具有“主体间性”，文本也是被置于“文本间性”的视野内的，它们共同形成的网络结构亦成为一种具有交互性的对话体系。

在现当代西方文论发展过程中，对“文学间性”的研究经历了某种转折和变化。

（1）“作者中心”范式的当代西方文论，无论是“诗情”（瓦莱里）、“直觉”（克罗齐）还是“本我”（弗洛伊德）理论，都聚焦于单数的“我”，而没有看到“我”其实是“我们”中的交往一维。他们都关注于“单一的自我”对世界的呈现，而忽略了世界对自我的反向交流。尽管后来的荣格看到了群体性的“集体无意识”，但他还是对人与人、文本与世界之间的交往和间性视而不见。

拉康给“作者中心”文论带来了新的变化。作为反拨，拉康之后的当代文论则开启了这样一种取向：“如果文本反射主体，如果主体就是文本的目标，作为写作主体，后者就变成了一种玩弄镜子的魔术师。文学话语使它自身的精神分析意义变得相对化，因为，它是对话性的、互文性的、美学性的和互认性的，就是说它与不同的知识有联系。”[1] 正是这种“间性原则”的引入使我们看到，“作者中心”范式的文论只囿于作者对文本的单方作用，而未看到文本对作者的反作用及其互动关系。这种互动关系正是在“复合间性”中实现的，不仅作者们是生活在一个“主体间性”的世界中的，而且文本也是在“互文性”中流动着的，只有如此，它们之间才能实现一种“间性”之间的真正对话。

（2）“文本中心”范式的当代西方文论，从俄国形式主义直到结构主义，逐渐走出了文学再现世界的藩篱。尤其是结构主义者们，逐渐形成了一套文学研究的“构造法则”，将（当作符号研究的）社会文化现象加以构成性的拆散和建构性的重组，试图透过“表层结构”来发现文学的“深层结构”。在结构主义者看来，文学所最终“再现”的正是这种“深层结构”。

德里达带给了“文本中心”范式的现代西方文论以新的启示。由于缺乏“文学间性”的视角，结构主义者似乎只关注于封闭的文本及其所“呈现”的世界，总是在寻求文本背后的深层共时性结构，而将文本的流动性置于理论盲区之中。正是在这一意义上，德里达提出文本的流动是“能指的漂浮”的观念，这自然涉及到文本与文本之间的交互关系的问题，结构主义恰恰忽视这一历时的“互文性”的方面。其实，文本的“他者”并不限于其他的文本，还有文化历史的这种“他者”。文本与文化历史还是可以“互文”的，文化本身亦具有“文化间性”，这便使得文本获得更广阔的阐释和运行空间。

（3）当代西方文论试图突破传统的限度，开始向文化历史领域拓展自身，新历史主义文论就其中的重要一维。新历史主义者将历史语境看作是包括社会制度和实践等功能的“文化系统”，将文学文本与历史之间的关系视为“文本间性”的关系。其核心主张之一便是认为“文学与非文学的‘文本’之间不存在界限，相互可以不断地交往沟通”[2]。如此一来，在对文学的研究中，本文、话语、权力及主体性构成之间的关系被凸现出来。

总之，从“作者中心”、“文本中心”到“读者中心”的现代西方文论，的确忽视了“文学间性”的研究，而当代西方文论却开始关注这一薄弱之处。这样，我们便能获得文学活动的“全息图景”，从中可见“间性”的无所不在：

---

[1] 乌·克利辛斯基：《主体的比较》，参见马克·昂热诺等主编：《问题与观点——20世纪文学理论综论》，吴忠义等译，百花文艺出版社，2000年，第317页。

[2] H. Aram Veeser, ed., *The New Historicism*, New York and London: Routledge, 1989, p. 10.

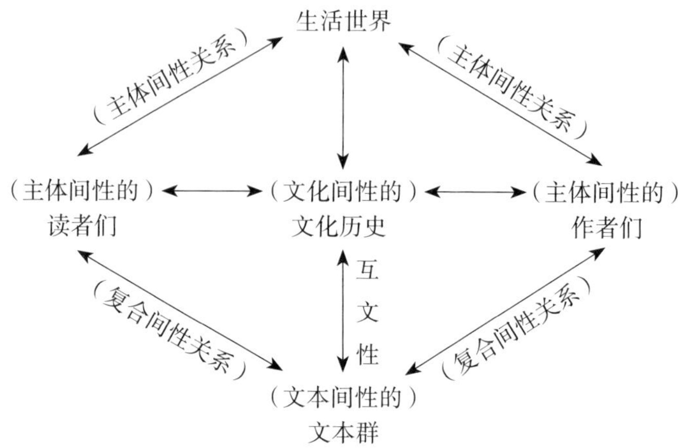


从图示中，我们可以看到文学与世界的双向关系。“作者们”、“文本群”、“读者们”、“生活世界”共同组成了文学活动的四维结构，这四方都要与“文化历史”发生双向的联系。这样，通过文化历史的中介形式，文学文本与生活世界之间发生了一种互动性的交往联系。一方面，文学要“再现”生活世界，文学本文与文学对象形成了“意向性”的关系，文学试图在直观中呈现世界的本质；另一方面，通过文本与文化历史的“互文性”或“文本间性”，生活世界也反过来与文学进行交往。这种交往是“对话性”的，在巴赫金看来，这种互文性就是一种“对话关系”，“这种对话关系就是交际中所有话语的语义关系”[1]。可见，文学的“再现”并不只是文学呈现世界的单向关系，生活世界同时成了文学的本源；生活世界也是对文学起着反向作用的，没有了生活世界就无法反过来理解文学。

作为人类的深层交往的方式，文学与世界的关系，实质上是一种双向的、动态的、交互的“对话性”关系，所谓的“文学再现观”只是在言说这种关系中从文学到世界这一个方面。

## 三　作为交往中介的文学话语

文学通过什么与世界建立联系？当然是语言。所以，文学与世界的关系，实际上就是语言与世界的关系。

在文学再现世界的过程中，语言与世界的关系是具有一种特殊性关联的，语言在

[1]　转引自托多罗夫：《巴赫金、对话理论及其他》，蒋子华等译，百花文艺出版社，2001年，第259页。

文学与世界的关系之中扮演了至关重要的角色。但是，“文学是语言的艺术”这一命题，却并不能成为文学的本质性规定，而仅是指出语言是构成文学的物质“媒介”。在文学“再现”世界的过程中，语言充当了至关重要的“媒介性”和“介质性”的双重角色，它同文学和世界双方都具有紧密的联系。

一方面，在语言与文学之间，语言是文学的“媒介”，这是毋庸置疑的。另一方面，在世界与语言之间，语言其实也充当了世界的“介质”。哈贝马斯就曾毫不含混地认定：生活世界就是“语言地建构起来的”，正是语言构成了协调行动的交往媒介，生活世界的各种要素都通过交际语言的共同中介而交叠在一起。这样，生活世界是语言建构而成的（生活世界—语言），语言是文学的物质媒材（语言—文学），人又是运用语言符号的动物（人—语言），如此一来，语言也就必然成为文学—世界关系中所必经的中介。语言直接介入了文学—世界关系中的所有环节，无论是“生活世界”还是“文学”；无论是“作者们”还是“读者们”，都与语言息息相关。

但这里的“语言”，是否就是现实生活的日常用语呢？人们的回答似乎总是似是而非。显然，文学语言具有自身的独特魅力，这任何人都不能否认。但是，如果强行将文学语言与生活世界中的语言区分开来，试图在语言之外来探索文学语言，无疑又是缘木求鱼。“文艺学工作的目的不是探求在文学中使用的语言形式。这些语言形式和其他语言表示中所使用的语言形式基本上没有什么两样。……文艺学的工作的目的首先是针对着一个文学作品的理解和说明。因此它不研究每一个语言形式的本身而是研究它对于文学作品的构造的贡献。”[1]这意味着，文学的语言并不是仅仅运用人们“约定俗成”的语言，而是在文学活动之中，赋予语言以诸如“陌生化”的效果等艺术魅力，从而凸现出一种与现实性用语不同的效果。尽管种种差异在语言中无孔不入，但这种“差别游戏”却是为文学活动所独具的。

文学语言与现实生活世界里面的用语并不完全相同，这是因为，文学语言还要寻求一种“超语言性”。可以说，文学不仅仅是“语言的”，而且还是“话语的”，文学就是一种“话语的艺术”。这样，“文学话语”在本质上也就超越了语言，否则它就不能成其为艺术本身。

在语言学意义上，所谓“话语”原指“大过句子的语言单位”，通常限于指单个说话者传递信息的连续话语，“话语分析”就是“在写与说的话语中，研究句子之间的结合及其他联系”[2]。后来这一观念进入到西方当代文论领域，“话语概念是（语言）‘应用’之功能概念的结构对应物”，“因为话语根据词汇和语法规则而产生句

[1] 沃尔夫冈·凯塞尔：《语言的艺术作品》，陈铨译，上海译文出版社，1984年，第121页。

[2] *Oxford Concise Dictionary of Literary Terms*, Oxford University Press, 1996, p.59.

子。但句子只是话语活动的起点：这些句子彼此配合，并在一定的社会—文化语境里被陈述；它们因此变成语言事实，而语言则变成话语”[1]。但还要由此作更为深入具体的分析。只要话语活动能够成立，就必须有“说话者”和“受话者”的存在，因为话语涉及的正是人与人之间的“沟通”活动。与此同时，这种沟通活动是在特定的“语境”之中实现的。说话者在通过“文本”在将一定的讲述内容传递给受话者的过程当中，文学话语活动必须要借助于“语言”的媒介，从而在成功的文学活动中形成“理想的话语情境”。这样，“话语”也就成为了更切近文学自身的语言层面，它无疑也体现出了文学活动所具有的“间性”特质。可见，从话语的意蕴来看，文学活动也就成为了（在特定的语境之中）说话者与受话者通过文本而展开的沟通过程。如果这一文学的沟通活动成功，那么，在说话者与受话者之间就形成了“理想的话语情境”，文学与世界之间的“对话交往”也就被充分展开。

然而，文学的这种“超语言性”却不仅局限于话语构成的外在层面，还在于审美超升的内在层面。在文学与世界的对话交往的过程中，“文学话语”只能使文学获得了物性的“超语言性”，但所要达到审美的自由境界才是“超语言性”的终极境界。中国古代文论推崇的始终是一种“得意忘言”的境界，“意境”的寻觅在中国古代文学中独树一帜并且蔚为大观，它的“超语言性”的关键在于“象”——由无叙述词语的意象组合从而达到“象外之象”。这也从中国古代文论的独特角度佐证了：文学通过语言最终还要超越于语言，从而进入物我两忘的审美境界，无论这一审美境界在中西是怎样的世界。比如，马致远的［天净沙］《秋思》就别有一番“意境”：

枯藤老树昏鸦，小桥流水人家，古道西风瘦马。夕阳西下，断肠人在天涯。

王国维在《人间词话》中对之的赞语为：“寥寥数语，深得唐人绝句妙境。”通过这枯藤、老树、昏鸦、小桥、流水、人家……这些蒙太奇式的景致的剪辑与联接，人们总要超越这“寥寥数语”，而达到一种超越了字面语言的所谓“妙境”。这也接近于现象学文论家英伽登所说的“形而上的质”[2]，它涵盖着生命感、历史感、宇宙感等多重本体内蕴，的确深得意境之妙。显然，这里的“语言”，只是“得意忘言”之“言”，关键是通过语言之“筌”而逮到审美境界之“鱼”。这是中国古代文论对我们的独特启示。尽管中西文论的偏重不同，“西方的语言是把组织者、气息的中心、它的附意放在人物的身上，一切都是由我来观物，通过我的某种安排来看物；而中国则

---

[1] 托多洛夫：《文学概念》，见《巴赫金、对话理论及其他》，百花文艺出版社，2001年，第17页。

[2] 英伽登：《对文学的艺术作品的认识》，陈燕谷等译，中国文联出版社，1988年，第62页，原译有改动。

是以物观物，尽量排除我的参与”[1]，但在文学话语的“超语言性”诉求方面却仍是相同的，在审美境界的““超语言性”诉求方面也是相通的。语言并不能成为文学的枷锁，“文学话语”要通过语言而达到“超语言性”，但这还不足以概括“超语言性”的内涵。按照福柯的观点，话语也是超越于索绪尔意义上的“语言”和“言语”两分的；进而可以说，“文学话语”所致力的终极境界也是超越于“能指”与“所指”两待的，审美的自由境界正是这样一种双向的超越。

综上所述，“文学话语”总是要经由语言而最终超越于语言，审美的自由境界才是文学“得意而忘言”的终极所在。

[1] 叶维廉：《文学理论架构问题的再思考》，见《比较文学讲演录》，陕西师范大学出版社，1987年，第91页。

## 参考文献


1. 亚里士多德：《诗学》，人民文学出版社，1962年。
2. 贝西埃、库什纳、莫尔捷、韦斯格尔伯主编：《诗学史》，百花文艺出版社，2002年。
3. Raman Selden, *Reader's Guide to Contemporary Literary Theory*, Lexington: The University Press of Kentucky, 1985.
4. Jonathan Culler, *Structuralist Poetics*, Cornell University Press, 1975.
5. Robert Scholes, *Structuralism in Literature*, Yale University Press, 1974.
6. H. Aram Veeser, ed. *The New Historicism,* New York and London: Routledge, 1989.
7. 刘勰：《文心雕龙》之《原道》、《物色》、《情采》和《明诗》。
8. 王国维：《人间词话》。
9. 朱自清：《诗言志辨》。
10. 周扬：《文学的真实性》。


## 思考与练习

一、解释下列概念

1. 摹仿说
2. 镜子说
3. 现实主义
4. 浪漫主义
5. 结构主义
6. 解构主义
7. 言志说

二、思考并回答下列问题：

1. "摹仿说"如何雄霸西方文论两千年？
2. 现实主义的思想要义是什么？
3. 浪漫主义如何看待表现问题的？
4. 自然主义与唯美主义文论的差异何在？
5. 结构主义是如何"否定"文学再现世界的？
6. 中国古代文论如何理解文学与世界的关系？
8. 如何从间性、交往、对话理论理解文学与世界的基本关系？

# 第四章
# 文学的语言、意义和解释

文学作为语言艺术既包含一般语言的属性，又包含体现了文学对语言的一种特殊关注。[1] 有关文学的语言、意义和解释等方面的问题，一直是贯穿中西文学理论发展历程的至关重要的问题。本章主要涉及文学话语、文学文本和文学接受等层面，通过梳理中外文论中重要的相关理论资源，探讨文学活动中作者赋意、文本传意和读者释义等理论问题。

## 第一节 言传与意会

言、意、象是中国古代文论探讨文学文本的语言与意义问题的基本范畴。“重意轻言”，立足于“意义”本体，“象”为出“意”而设，“言”为明“象”而立，是中国古代文论的基本特色。

中国古代文论的思想渊源结胎于儒、道、释三家互补的文化母体之中。从哲学上看，主要是反映论的语言工具论和重意轻言的意义本体观。从诗学思想的阐发上看，文学语言与意义问题则在各家学说中呈现出见仁见智的风采。文学语言的凝炼和文本意蕴的丰厚成为中国古代文学的主导特征和中国古代文论的总体美学追求。这一特征与追求可以通过两个重要命题得以印证：一、言不尽意；二、以意逆志。

[1] 参见卡勒：《文学理论》，第58页。

**关键词：**

言、象、意

三国魏玄学家王弼在《周易略例·明象》中将"言"、"象"、"意"并称并解释为相互关联的概念："夫象者，出意者也；言者，明象者也。尽意莫若象，尽象莫若言。言出于象，故可寻言以观象；象生于意，故可寻象以观意。""故言者，所以明象，得象而忘言；象者所以存意，得意而忘象。"这些范畴是在先秦诸子言、意观念基础上发展而来的，并对中国古代文学以及文学批评产生巨大深远的影响。言、象、意作为文学批评范畴，以现代观点看，较为接近于文学文本的文学语言、文学意象、文学意蕴层面。

## 一　言、意、象关系与"言不尽意"

这一层面将涉及文质、言意、声律、韵味、意境等中国古代文学批评的重要范畴。

言与意，就一般文章而言，是指形式与内容；就文学作品而言，是指形式与意蕴。言意关系是中国古代文学理论中至关重要的问题，历史上对这一问题进行了持久而深入的讨论，提出了颇具民族特色的观点，并形成了中国传统文化诗性言说、感悟式言说的总体路向。在众多的观念范畴中，言意论具有较高的理论含量，其中主要包含了如下几方面：

### （一）言、意、象关系

言、意、象的关系最早是作为哲学而非文学问题得到讨论的，但对文学理论产生了很大影响。《易传·系辞上》："子曰：'书不尽言，言不尽意。'然则圣人之意，其不可见乎？子曰：'圣人立象以尽意，设卦以尽情伪，系辞焉以尽其言，变而通之以尽利，鼓之舞之以尽神。'"　这段文字本来是就以《易经》为代表的古代占卜文化而发的议论，梳理的是《易传》几个基本要素之间的关系问题，阐发的是象天法地、神人以通的哲学思想，但孔子这里所提出的"书不尽言，言不尽意"的命题以及"立象"、"尽意"、"尽言"等问题，则不仅对理解古代术数文化助益非浅，而且对后世的文学创作与文学批评产生巨大而深远的影响。"书不尽言"、"言不尽意"，意思是写下来的书面文字不能完全表达口头言说，口头言说又不能完全表达心中之意，言语文辞的表达有限，而人类的思维想象之意无尽，但是"圣人"作《易》的心意还是可以被了解的，因为他通过"立象"的手段来充分表达自己的心意，设立八卦和六十四卦，来反映各种事物生生不息的变化，预见事物自然的凶吉与人事的祸福。这也就是刘勰后来在《文心雕龙·原道》中所说的"原道心以敷章，研神理而设教"、"观天文以极变，察人文以成化"、"道沿圣以垂文，圣因文而明道"。《周易》把握世界的方式主要是借助“立象”来实现的。在古代“言意之辨”的哲学讨论中,《易传》认为,“言”可达“意”,但“言”与“意”之间的沟通与表达,必须通过“象”这一特殊中介来完成。《庄子》则持“言”不尽“意”论。《庄子·外物》云:“筌者所以在鱼,得鱼而忘筌;蹄者所以在兔,得兔而忘蹄;言者所以在意,得意而忘言。”庄子认为说话的目的是表达意义,言只是工具,意才是本体,但是言、意之间存在矛盾,并不是自然吻合,所以才有“得意忘言”之说,如果言就是意,当然也就不必忘言。《庄子》与《易传》从不同角度、不同层次进行探讨,议论各有精到之处,共同丰富、深化和启发了后世文学理论。后来王弼在《周易略例·明象》中又沟通和统一了《易传》和《庄子》之说(见上页文框)。这里所说的“象”,和“象形字”里的“象”一样,都是对自然之象的人文建构,可以说它是入乎自然之象而又出乎自然之象的生动而不抽象(相对于无象之言与无象之意而言)的仿象。言—意—象的序列是一个等级化的序列,“意”最高,“象”次之,“言”又次之。但另一方面,象是可以表达意(出意)的,言是可以明象的,象存在于言中,故“寻言以观象”,意存在于象中,故“寻象以观意。”这样看来,言又是象、意得以存在的必要载体。即钱锺书《管锥篇·〈周易正义〉二〈乾〉》说的:“盖与诗歌之托物寓旨,理有相通。故陈骙《文则》卷上丙:‘《易》之有象,以尽其意;《诗》之有比,以达其情。文之作也,可无喻乎?’”上述各家论述,均在申明和强调,借“象”而思(想象),借“象”(形象塑造)而言,是文学创作与文学鉴赏与批评的关键所在。

言、象、意之辨,大大启发了后世的诗歌意象理论,从哲学理论转化为文学理论(主要表现为诗歌理论)。“意象”是指创作主体通过艺术思维所创造的融会了主体意趣的形象,它是意之象,但是必须借助“言”(语言)创造出来。将“意”与“象”缀合成一个词,始见于汉代王充《论衡·乱龙》篇。但作为文学批评术语,则较早见于刘勰《文心雕龙·神思》篇:“玄解之宰,寻声律而定墨;独照之匠,窥意象而运斤。”这句话的意思是:使具有透彻见解的心灵,能够像木工划定墨线一样,寻求写作规律来落笔行文;使具有独到看法的作家,能够像石匠自如挥斧一样,看准酝酿好的形象进行刻画。“意象”概念正式在审美领域得到广泛使用是在唐代,可是当时的皎然、王昌龄、司空图等人并未对“意象”的内涵作具体的描述和辨析。“意象”作为成熟而普及的诗歌理论范畴出现在明代。经过李东阳、何景明、王廷相、王世贞、胡应麟、陆时雍等人的阐述,意象说的美学意蕴才得到充分的揭示和开掘,其重要地位才得以真正确立。

意象说首先强调意象应是“意”与“象”的和谐统一。何景明《与李空同论诗书》指出:“意象应曰合,意象乖曰离。是故乾坤之卦,体天地之撰,意象足矣。”“应”:对应,“乖”:不对应。接下来何氏以《易经》“乾坤之卦”作为正面例证对“意”、“象”的和谐统一加以说明。其次，意象应该有丰富的内涵和有力的表现方式。“意”必须丰富充实，“象”应该鲜明生动。李东阳《麓堂诗话》曰：“意象俱足，是为难得。”言下之意是，只有“意”、“象”两者都很饱满，融为一个有机整体，才能更加相得益彰，锦上添花。王世贞《于大夫集序》曰：“外足于象，内足与意”。这里强调的都是“意”、“象”两者既丰盈充足，又浑然一体。再次，意象应该有独创性。陆时雍《诗镜总论》曰：“风格浑成，意象独出，最为难能可贵。”“独出”的意思是：只有意象新颖独到，才能充分实现其回味无穷的审美价值。最后，意象应该玲珑剔透，圆转自如，不能过于板滞和求实。王廷相《与郭价夫学士论诗书》曰：“诗贵意象透莹，不喜事实粘著。古人谓水中之月，镜中之影，难以实求也。”“透莹”之说，在这里显然是一种修辞表达，它想要说明的，是意象化实为虚的重要性。意象作为中国古代诗学的重要美学范畴，对西方现代意象诗派曾产生重要影响。美国意象派诗人庞德认为，意象不是一种图像式的重现，而是“一种在瞬间呈现的理智与感情的复杂经验”，是一种“各种根本不同的观念的联合”。[1]

**（二）言不尽意**

虽然《易·系辞上》早就借“子曰”表述了“书不尽言，言不尽意”之说，但作者实际是以此为导语而发为“圣人立象以尽意”之论。因此，哲学与文学上的“言不尽意”论，实际上出于《庄子》的《天道》篇及《秋水》篇。《天道》篇曰：“世之所贵道者，书也，书不过语，语有贵也。语之所贵者，意也，意有所随。意之所随者，不可以言传也同。而世因贵言传书。世虽贵之，我犹不足贵也，为其贵非其贵也。故视而可见者，形与色也；听而可闻者，名与声也。悲夫，世人以形色名声为足以得彼之情！夫形色名声，果不足以得彼之情，则知者不言，言者不知，而世岂识之哉！”《秋水》篇曰：“可以言论者，物之粗也；可以意致者，物之精也；言之所不能论，意之所不能察致者，不期精粗焉。”意思是说，书籍文辞之所以可贵，在于记录了语言（口头语言），语言之所以可贵，在于反映了人的情意，然而人的情意又是追随不可言传的“道”的，“道”不是具有物质外壳的语言所能充分表达的，因而其中究竟保存多少作者的真情实意，是很难说的。不妨用哲学家柏格森的“绵延”说做如下理解：世界万事万物既充满连续性，又体现出差异性。这种“无物常在”、“转瞬即非”的实际存在情形，只能勉强以“道可道，非常道。名可名，非常名”的无奈方式应对之。真实事物纷纷在语言文字背后“出逃”，致使语言文字成为它们蹩脚的“替身”。任何语言都是建立在人类自身条件基础上的，有局限的。一切事物都有扑朔迷离的外貌与相对稳定的内

---

[1] 参见韦勒克、沃伦：《文学理论》，三联书店，1984年，第202页。

质，人们的认识与表达如果只停留在其形状、声音、颜色、名称的表面，而没有透过现象去发现其更加深层的情状，其内在本质，发现世界事物的精深微妙，那实在太遗憾了。

在古代的“言意之辨”中，大体而言，儒家强调言可达意，如孔子标举“辞达”（《论语·卫灵公》），肯定“言以足志，文以足言”（《左传·襄公二十五年》），“文”是书面的语言，“言”是口头的语言，“志”是内心的情志，“足”在这里是充分表现与体现的意思。语言作为人类进行思维与交流思想的重要工具，理所当然地为抒情达意服务。然而言、文、意三者之间，既密切相关，又属不同的现象，其间也存在着矛盾。儒家在这矛盾的复杂关系方面，有所忽略，因而道家创“言不尽意”之论。儒、道二说，各抒己见，容有偏胜，但从不同角度、不同层次进行探讨，都有益于对“言意之辨”的深化。特别是庄子，揭示了“言”和“意”的矛盾，恰恰为弥补其间的差距、突破语言文辞的局限作出了积极的贡献。庄子肯定了“言贵意”的前提，但同时指出了“不可言传”的客观事实。正如现代语言学家所指出，语言表达思想的功能也有它的局限性，因为语言只表现一般的东西，而人们所想的，即语言所要表达的，却是特殊的、个别的东西，自然会产生一些矛盾。有的时候，特殊、个别之物的复杂性难以被言词一一穷尽，因而在所要表达的意思上留下一片空白。于此可见，道家的“言不尽意”之说，虽然带有某种不可知论色彩，但却也有其一定的科学依据。追求意义的无穷而非文辞的华美繁复，遂成为华夏美学的不懈追求。阮籍《清思赋》曰：“余以为形之可见，非色之美；音之可闻，非声之善”，可感知的形色之美，可闻见的声音之美，都不是最高的美的境界。陶渊明《饮酒》云：“采菊东篱下，悠然见南山。山气日夕佳，飞鸟相与还。此中有真意，欲辩已忘言。”心中体会到了无穷的意味，语言则可忘之。《文心雕龙·隐秀》曰：“隐也者，文外之重旨也。”钟嵘在《诗品序》中也用“文已尽而意有余”解释诗中的“兴”。唐诗僧皎然在《诗式》卷一中说：“但见情性，不睹文字，盖诗道之极也。”欧阳修《六一诗话》引梅尧臣语云：“含不尽之意，见于言外。”苏东坡认为此为天下之至言。以上各家名言，均以言简意赅之语，点透中国古代诗学精神羚羊挂角，无迹可求，淡而无极，众美从之的要义之所在，体现了中国古代文学家与文论家在有限的艺术媒介中追求无限的艺术意蕴的不懈努力。“长恨言语浅，不如人意深”（刘禹锡《视刀环歌》），可以说并非某一诗人的偶尔感叹，而是华夏诗人与诗论家的集体共识。正是他们炼字、炼句、反复推敲的语言搏斗，成就了中国古代诗学“此时无声胜有声”的蕴藉之美、无言大美。

### （三）韵味

“韵味”一般是指自然含蓄、天机活泼、超越言象之外、令人悠然神会且余味无穷的独特审美境界。钟嵘《诗品》把“有滋味”、“味之者无极，闻之者动心”作为诗美的最高境界。钟嵘之后，于韵味别有会心者，主要有三家：一是唐代的司空图，二是宋代的范温，三是明代的袁宏道。

**关键词：**

韵　味

中国古代诗学的重要范畴，可视作中国古代以乐和诗、以味喻诗传统的美学总结。“韵”本是与听觉相关的乐的美学特征，引申到诗语之“韵”，体现的是“诗”与“歌”的密切关系；“味”本是与味觉相关的概念，经过修辞转换后成为诗歌、绘画等艺术类型的品评、鉴赏的重要范畴。“韵”、“味”合而为一，主要是指审美对象绕梁三日、令人回味无穷的审美效果。

司空图在《与李生论诗书》中认为“文之难，而诗之尤难。古今之喻多矣，愚以为辨于味而后可以言诗也”，即是说，在所有关于诗歌的比喻中，最精妙的是以“味”喻诗，只有懂得分辨诗“味”才可以品诗、论诗。

“近而不浮，远而不尽，然后可以言韵外之致耳”，这句话体现的是“韵味”这一诗学观念中所蕴含的虚实相间的艺术辩证法。“近而不浮”是厚重醇美的保障，“远而不尽”则是意味深远的体现。

把味与韵结合起来，提出“韵外之致”和“味外之旨”的美学标准，认为这是诗歌鉴赏的“诣极”（最高境界），第一次不仅从创作，而且也从鉴赏的角度强调了“韵味”这一美学范畴的重要作用。由此看来，司空图的“韵味”主要表现在两个方面：一是须有生动、空灵的审美意象；一是具备含蓄无限回味无穷的“醇美”或“全美”。范温在《潜溪诗眼》中发展了前人的韵味说：“自三代秦汉，非声不言韵（引注：在古代，‘声’、‘音’、‘乐’诸观念之间是有明显界限的。现代人可以笼统地使用‘声音’、‘音乐’，古代则是各有所指。‘声’的外延最广，‘音’则次之，而‘乐’则仅限有组织的‘声’‘音’。‘韵’体现的是这种有组织的‘声’、‘音’之‘乐’的和谐之美）；舍声言韵，自晋人始，唐人言韵者，亦不多见，惟论书画者颇及之。至近代先达，始推尊之以为极致。凡事既尽其美，必有其韵，韵苟不胜，亦亡其美。……一不备焉，不足以为韵（引注：意为残缺不是‘韵’）；众善皆备，而露才用长（引注：过分张扬），亦不足以为韵（引注：以上从反面列举“不足以为韵”的情形）；必也备众善而自韬晦，行于简易闲谈之中，而有深远无穷之味。观于世俗，若出寻常；至于识者遇之，则暗然心服，油然神会，测之而益深，穷之而益来，其是之谓矣。其次，一长有余亦足以为韵。故巧丽者，发之于平淡；奇伟有余者，行之于简易；如此之类是也（引注：以上从正面列举“足以为韵”的情形）。”范温认为“韵”是作家作品的特殊审美品格，而“味”则是创作主体特定的审美体验，因“韵”而得的特殊美感就是韵味。范氏之说，多角度、多层次地揭示了“韵”的内涵，也兼及由“韵”所得之“味”的不同，可谓融贯兼赅，博综无遗。宋元以后，以韵味论诗文书画几乎成了人们竞相趋慕的审美风尚，苏轼、黄庭坚、张戒、姜夔等人都有这方面的丰富论述。韵味说的实质是要求在有限的语言形象和文字画面中表现无限丰富的宇宙和人生。韵味的厚薄取决于感情的浓度，感情是韵味的基础。近而不浮，远而不尽，韵味的厚薄长短，也与诗人运用的抒情方式密切相关。范温之后，袁宏道论“韵”独出新意。如果单从字面上看，袁宏道讲“韵致”与“韵味”相近，而又不尽相同，实际上是对中国古代文学批评传统的韵味说的内涵，作了富有新的历史意义的开拓，其《叙呙氏家绳集》云：“凡物酿之得甘，炙之得苦，唯淡不可造。……风值水而漪生，日薄山而岚出，虽有顾、吴，不能设色也，淡之至也。”袁宏道以“至淡”为“韵致”，与司空图讲“全美为工”、范温讲“有余为韵”都有相通之处；但袁氏更突出强调“韵致”主要是艺术作品中体现出来的创作主体的审美人格。诗韵即人韵，惟其如此，袁宏道的“韵致”表现了诗人对新的理想人格、审美理想以及人格自由、审美自由的强烈追求。

### （四）意境

**关键词：**

> 意　境
>
> “意境”是中国古代诗学的最高范畴，深得儒、道、释三家学说的滋养，是古代先贤以华夏民族传统思维的独特方式，对文学艺术审美特质的理论把握。“意境”由两个部分组成：审美主体的“意”与审美客体的“境”。但“意境”的形成需要主客体的完美统一。一般认为，“意境”的审美特征主要表现在意与境浑、情景交融、境生象外、虚实相间、动静相宜等方面，是艺术辩证法的充分体现。它的更为空灵与高妙的美学意蕴则是将有限的生命境遇与无限的宇宙图景相互交融。

与意象比较起来，意境是后起的概念。“意境”较早见于王昌龄所作的《诗格》：“诗有三境。一曰物境：欲为山水诗，则张泉石云峰之境，极丽绝秀者，神之于心，处身于境，视境于心，莹然掌中，然后用思，了然境象，故得形似。二曰情境：娱乐愁怨，皆张于意而处于身，然后驰思，深得其情。三曰意境：亦张之于意而思之于心，则得其真矣。”在这里，“意境”尚处于这一概念范畴形成的初期。“物境”讲的是描写景物要达到的那种境界，即形似；“情境”是表达情感所达到的境界，即“深得其情”；“意境”显然是在“情境”的基础上（“亦张之于意”）的更进一步（前者“处于身”、

“得其情”，后者“思之于心”、“得其真”），更具主体的情思性。

后来皎然《诗式》有“取境”之说，“取境之时，须至难、至险，始见奇句。成篇之后，观其气貌，有似等闲，不思而得，此高手也。”这种强调创作主体“苦思”、“精思”重要性的诗学主张，较之王昌龄“意境”的“张之于意而思之于心”，更加具体明确，具有指导创作实践的理论意义。刘禹锡《董氏武陵集纪》提出了“境生于象外”的命题，在有限的“象”外寻“境”，与无限的宇宙生命图景交融，在“意境”说的形成过程中，成了从王昌龄到司空图的过渡环节。晚唐司空图虽然没有直接运用“意境”概念，但他对诗歌审美特质的认识，却超越前人而作了理论升华。在《与王驾评诗书》中，他提出“思与境浑”；在《与极浦书》中，他又提出“象外之象，景外之景”等问题，标志着中国古代“意境”说的确立和理论的成熟。以后，宋严羽的“兴趣”，清王夫之的“情景”，王士祯的“神韵”，都围绕着“意境”的创造来展开。他们从不同角度不同层次丰富和深化了传统的“意境”论。但是诸家所论，兴之所至，各有卓见，却又都缺乏明确的理论界说和系统的理论综述，这一历史任务，直到近代才由接受了西方文艺哲学（叔本华审美静观等哲学思想）而又传统文化根基深厚的王国维加以总结和完成。至此，中国传统文论对“意境”问题的论述大致有这样三个层面：第一，认识到诗歌有超出语言、意象的“言外”“象外”之美，因此更加重视诗歌形象的“余味曲包”的问题。如《文心雕龙·隐秀》曰：“隐也者，文外之重旨者也。”所谓“隐”，就是隐含在文外的另一层旨意。这是对“意境”的朦胧认识。第二，以“象外之象”、“言外之意”为艺术表现的极致，诗歌中的情志必须通过“境”来表达，因此自觉地研究这一问题。如对情景交融，意与境浑，情意主导等层面的深入探讨，对语言的有限与意蕴的无限、人生的有限与宇宙的无限的深刻体悟。这是已经形成的“意境”理论。第三，文学文本中的一切表现皆与“意境”相关，“意境”的有无关系到文学创作的成败，即王国维《人间词话》中所说的“有境界则自成高格”。而“意境”也有高下、深浅、阔狭、厚薄等程度、内容的不同，如“深”、“浅”、“有我”、“无我”、“造境”、“写境”等等。所谓“有我之境”，是指审美境界中审美主体色彩较显豁，融注的主体感情较强烈，“以我观物”，“于由动之静时得之”，近于他所说的“意余于境”；所谓“无我之境”，是指审美境界中审美主体较隐蔽，融注的主体感情色彩较淡泊，“以物观物”，“于静中得之”，近于他所说的“境多于意”；所谓“造境”，是指侧重于艺术虚构、表现艺术家理想的境界；所谓“写境”，是指侧重于写实、再现客观现实的境界。这是“意境”理论的深化与集大成。

中国“意境”说的产生、形成和发展，并非偶然现象，而是有其思想来源和社会基础。它的理论内容主要有三大来源：一是与老庄、《周易》及魏晋玄学一脉相承，在以思辨哲学为基础的“意象”说的启发下萌芽。二是以传统儒家诗学中的“六诗”或

“六义”说为源头，中经《孟子·尽心下》的“言近而指远”，刘勰《文心雕龙》的比兴论，钟嵘《诗品》的“三义”说，直到唐代陈子昂、殷璠而逐渐成熟的“兴象”说。三是以佛家哲学为基础，汉魏以来，佛教东传，佛教学说把通过意念的修炼达到的某种境地描绘为“境”或“境界”，并在魏晋以后与本土《庄子》和《易经》中原有的思维观念融合，对文学“意境”理论产生了影响。[1]

意境是在文学创作和再创造过程中，通过主体和客体的交融渗透，以饱含着美学理想与审美感受的主体情志为内在维系，把无直接逻辑联系、相对独立的片段式艺术形象，建构成多层次、立体的、动态的、空灵的、情景交融的、浑然一体的、具有民族特色的艺术最高境界。

## 二　以意逆志与知人论世

“以意逆志”是中国古代重要的文学阐释理论命题，始见于《孟子·万章上》：“故说诗者，不以文害辞，不以辞害志。以意逆志，是为得之。”孟子弟子咸丘蒙问舜父瞽瞍之不臣舜，与《小雅·北山》第二章所说“普天之下，莫非王土；率土之滨，莫非王臣”之意不符。孟子认为最好的说诗方法是“不以文害辞，不以辞害志”，亦即“以意逆志”，并以《大雅·云汉》二句加以说明。故“以意逆志”是孟子提出的理想的阅读和理解诗歌作品的方法。一般认为，“文”是文采，“辞”是言辞，“志”是作者的志，“逆”，迎也。但历来对“意”的理解存在较大分歧，可大致归纳为四类：（一）以说诗者之“意”逆作诗者之“志”。此说以东汉为《孟子》释解的赵岐为代表。汉、宋之儒普遍认为，“以意逆志”的“意”是指说诗者自己的“意”，而非诗人及作品之“意”。赵岐《孟子注疏》：“意，学者之心意也。”“人情不远，以己之意逆诗人之志，是为得其实矣。”《朱子语类》卷五十八云：“‘以意逆志’，此句最好。‘逆’是前去追迎之意，盖是将自家意思去前面等候诗人之志来。”（二）“意”当为古人之“意”，“以意逆志”就是以古人之“意”逆古人之“志”。此说见清人焦循《孟子正义》。（三）“意”指作品之意旨，“志”指作者的思想。这一观点介于第一种说法和第二种说法之间，将“意”看作文本之意，见于王运熙、顾易生主编《中国文学批评通史》。（四）“以诗艺本体特点为意”解读“诗之志”。此说发端于钱锺书。他不反对“意”为读者之“意”，但他认为这里所说的“意”并非一般所谓的“情意”之“意”，而是指读者应该明白艺术本身的特点，换言之，就是读者应具艺术审美眼光

[1]　参见《中国诗学大辞典·意境》，浙江教育出版社，1999年，第52页。

去逆“志”(作品中所表现的作者思想感情)。

我们采取第一种解释,但需要补充指出:如果把“以意逆志”理解为脱离作品,郢书燕说,随心所欲,牵强附会,则又会产生游谈无根的弊病。评说诗歌,自应首先探索作家作品的志意,当然也不排斥说诗者本人的观点介入,因而往往是作家作品之意与说诗者之意的结合。统观《孟子》一书中的说诗方法及批评实践,便反映了这种结合的倾向。总之,孟子的“以意逆志”,意思是评说诗歌作品的时候不能望文生义,或是仅仅抓住其中的片言只语而信口雌黄,也不应对某些艺术性夸张修饰作机械理解,而是必须领会全篇的主旨,再加上读者自己各有会心的切身体会去解读作者的意图和作品的意蕴。孟子提出的“以意逆志”的方法,影响深远,是对中古代文论发展的一大贡献。[1] 孟子的“以意逆志”原则成为汉儒注经释经及后人解读文学作品的重要范式。

与“以意逆志”这一中国古代文学批评命题密切相关的,还有“知人论世”这个命题。一般认为,“知人论世”说始见于《孟子·万章下》:“孟子谓万章曰:‘一乡之善士,斯友一乡之善士;一国之善士,斯友一国之善士;天下之善士,斯友天下之善士。以友天下之善士为未足,又尚论古之人。颂其诗,读其书,不知其人,可乎?是以论其世也,是尚友也。’”朱自清《诗言志辨》认为孟子所说,“并不是说诗的方法,而是修身的方法。‘颂诗’‘读书’与‘知人论世’原来三件事平列,都是成人的道理,也就是‘尚友’的道理”。其实,综观《孟子》一书,“知人论世”既是一种修身方法,同时又是一种说诗方法,二者并不矛盾。尚友古人,即通过颂读古人的作品以获得帮助,吸取教益;而要从古人作品中获得教益以提高自己的思想修养,又必须正确理解诗歌作品的精神实质。这样,仅仅就诗论诗,单从作品本身来分析显然是不够的,还必须联系作者的生平身世、思想感情,及其所处的具体环境和时代背景加以考察。

“知人论世”与“以意逆志”两种方法是相辅相成的,联系作者的生平与其时代,可以更好地认识作品的价值和意义,这种方法渗透着一种历史的观点。这种“知人论世”的观点,对古代文论及文学史的发展,产生了积极的促进作用,逐渐成为我国古代文学批评中的一个优良传统,并为历代进步文学家所遵循。近人王国维在其《玉谿生诗年谱会笺序》中发挥说:“是故由其世以知其人,由其人以逆其志,则古诗虽有不能解者寡矣。”而反过来通过阅读和欣赏作品,也可以窥测作者的思想与其所处的历史时代背景。而鲁迅的理解阐释则更为精辟,他在《且介亭杂文二集·“题未

[1] 比如张伯伟在其论著《中国古代文学批评方法研究》中就将“以意逆志”作为中国古代文学批评三大批评范式之一。参见张伯伟:《中国古代文学批评方法研究·导言》,中华书局,2002年,第8页。

定”草（七）》中说：“世间有所谓‘就事论事’的办法，现在就诗论诗，或者也可以说是无碍的罢。不过我总以为倘要论文，最好是顾及全篇，并且顾及作者的全人，以及他处的社会状态，这才较为确凿。”这就对孟子的“知人论世”说作出了深刻而全面的论述，直到今天，对于文学创作和文学理论批评，仍然具有一定的指导意义和借鉴价值。

“诗无达诂”的释义观念也与“以意逆志”有着一定的理论渊源关系。

“诗无达诂”原作“《诗》无达诂”，始见于汉董仲舒《春秋繁露·精华》篇，是汉儒提出的有关《诗经》学的接受—阐释理论。“达”意为明白、晓畅；“诂”则是指以今言释古语。它原是汉儒根据春秋时代赋《诗》言志、断章取义的情况而提出的阅读与应用《诗经》的一个方法或原则。董仲舒认为古《诗》的时代已逝，时过境迁，因此可以不必忠于原义，而可根据自己的需要作解。作为经学附庸的“《诗》无达诂”之说，其理论局限显而易见。“《诗》无达诂”之说似乎已经预示了中国古代诗观念所面临的趋向：诗义的显露过程必然伴随诗意的言说难度及其多义性、不可量化、不可确解。后代的诗论家则主要是从文学欣赏的审美思维入手，把专指《诗经》的解读方法，用来泛指一般理解诗歌的原则。宋人王应麟《困学纪闻》卷三：“董子曰：‘诗无达诂’，孟子之‘不以文害辞，不以辞害志’也。”指出了“诗无达诂”与孟子“以意逆志”说诗方法的渊源联系。说明诗歌的审美艺术，应超越单纯的训诂文字、诠释词语的范围，主要应该用心灵去捕捉诗歌的意象与境界。“诗无达诂”根据诗歌的艺术特征，教人不要只看语言文字与事物之间有形的直接联系，更要看到它们之间耐人寻味的无形联系。语言文字所表达的有形的直接的联系可以“达诂”；但无形的联系则常是反映事物之间深层结构中的心灵振荡，往往以虚代实，以少总多，很难穷尽其意义，你的理解可能不同于别人的理解且各具合理性。因此，“诗无达诂”并不是说诗歌不可解释或无法明白，而是说解诗不能拘泥字面，死于句下，也不能认为只有一种解释是正确的，强调的是文本意义的多重性。这种解释对后代诗歌理论的发展产生了一定的积极作用，如明代谢榛《四溟诗话》卷一：“诗有可解，不可解，不必解，若水月镜花，勿泥其迹可也。”对于诗歌的语言艺术如果拘泥字面，常是“诂”而不达；相反，模糊空灵的审美体悟往往妙趣横生，妙不可言。一般论者把“诗无达诂”的首倡之功归于董仲舒，但董仲舒本人明说“所闻”，可见并非他的原创。“所闻”从何而来，史无记载，不得而知。除董仲舒之外，刘向《说苑·奉使》也说：“传曰：《诗》无通诂，《易》无通吉，《春秋》无通义。”从这“所闻”与“传曰”可以推断，“诗无达诂”观念在汉代已较为人们所熟知，它产生的时期当早于二人生活的年代。

## 第二节　意义与阐释

西方传统文论在文学语言和意义方面的关注和理论积累不如中国古代文论那么突出和丰厚，但进入现代之后，西方文论在文学语言、意义和解释等方面的研究却结出了无与伦比的丰硕果实。本节从两个层面加以理论梳理：一、赋义之维，即从作者与文本的关系来看意义问题；二、释义之维，即从接受者/阐释者与文本的关系来看意义问题。

### 一　赋义之维

这一部分涉及传统修辞学、英美新批评、结构主义语言学等重要理论流派与理论范畴。

#### （一）传统修辞学

从广义上讲，修辞是指说话艺术，从狭义上讲，它是一门研究语言修饰或雄辩的学问。修辞这个术语在古希腊指公开演说的技艺（尤其是政治和辩论的演说，参见本书第一章）。自亚里士多德以来，西方诗学就与修辞学有着难解难分的密切关系。在很长一段时期，西方诗学对于诗歌的研究基本上是对传统的修辞学术语的吸收和扩展，因为文学是一种用来在读者或听众身上产生效果的艺术化手段。

亚里士多德《诗学》认为，在他所着重讨论的悲剧艺术所包含的形象、性格、情节、言语、歌曲与思想等六个成分中，“语言的表达占第四位”[1]，并且认为其他成分也与作品的措辞相关，如思想“这个题目更应属于修辞学研究范围”[2]。在他的《修辞学》一书中，他把修辞文定义为一种艺术，一种能够发现在任何指定情况下所有可以获得的说服手段。后来的古典修辞学家赞同亚里士多德的解释：修辞是一种说服听众的艺术。他们遵遁他的理论，将一篇修辞文视为由创造、布局和风格等组合而成。他们还将雄辩术分成意导的、辩论的、夸示的三大类，每一类都有其特殊的策略以达到说服听众的目的。

贺拉斯在《诗艺》中指出：诗人作诗的意旨或是对读者的说教，或是让读者得到乐趣，最好是二者兼有。“诗人的愿望应该是给人益处和乐趣，他写的东西应该给人以快感，同时对生活有帮助。”[3]“寓教于乐，既劝谕读者，又使他喜爱，才能符合众

[1]　亚里士多德：《诗学》，罗念生译，人民文学出版社，1962年，第21—24页。

[2]　同上，第65页。

[3]　贺拉斯：《诗艺》，杨周翰译，人民文学出版社，1962年，第155页。

望。”[1] 贺拉斯重实用重经验的文学批评注重诗艺的修辞，但他破坏了亚里士多德对于诗歌和修辞的区分。从古典时期后期到18世纪，贺拉斯的《诗艺》一直是西方文学理论界的金科玉律。

### （二）英美新批评

19世纪的浪漫主义反对古典诗学，否定修辞学，这种态度一直持续到20世纪初。20世纪以来，一些有影响的学者、批评家开始大声疾呼要求创立“新”诗学和“新”修辞学。批评界开始表现出一种要把文学重新看作有关作者与读者之间的信息沟通的艺术的倾向。这导致了修辞学批评的再度复兴，其代表就是新批评。

20世纪四、五十年代在英美兴起的新批评，有三个源头：（一）20世纪20年代左右英国剑桥的一些学者的文学批评实践，从理查兹、燕卜荪到后来的利维斯；（二）作为诗人、戏剧家，同时也是批评家的T.S.艾略特的文学批评；（三）韦勒克、雅各布森等移居美国的俄国形式主义主将的文学观念的汇入。新批评的主体是美国的一批南方批评家：兰塞姆、塔特、布鲁克斯、肖勒尔、维姆萨特和比尔利兹等人。1941年，兰塞姆在论述艾略特、理查兹等人的《批评公司》时，首先提出了“新批评”这一概念。他认为，文学批评是专家教授的事业，它必须是科学的、精确的、系统的。文学批评不是伦理道德研究、历史研究或思想史研究，而只能是对文学“自身”的研究。这种研究必然要探讨文学的“内部规律”，包括语言、结构、技巧、形式（如韵律、隐喻、悖论、反讽、含混等诸种形式因素）。

在英美新批评的词汇表里有四个引人注目的术语，即“含混”（ambiguity）、“张力”（tension）、“悖论”（paradox）和“反讽”（irony）。有人曾恭维新批评创立了现代修辞学，其实对他们来说，这些术语的意义远远超出了传统修辞学一般意义上的修辞手段，它们代表了文学语言和结构的根本特性。

“含混”出自燕卜荪《含混七型》，又译为复义、朦胧、晦涩等，原指语言的多义所形成的复合意义。含混现象在日常语言中也存在，但对于诗歌的表现尤其具有重要意义。燕卜荪给“含混”下的定义是：“任何语义上的差别，不论如何细微，只要它使同一句话有可能引起不同的反应”，[2] 就形成了语言的含混现象。传统批评家习惯于认为诗的意义是单一的，纯粹的，一首诗的解读只有一种方式是正确的。燕卜荪通过大量的研究和分析表明，一首诗的意义是多种多样的，每种解释都有合理性，不能独断地加以排斥。含混本身“可以意味着你的意思不确定，意味着有意说好几种意思，

[1] 贺拉斯：《诗艺》，第155页。

[2] 燕卜荪：《含混七型》，见赵毅衡《“新批评”文集》，百花文艺出版社，2001年，第344页。

意味着能指二者之一或二者皆指，意味着一次陈述有多种意义。”[1]诗性语言具有多义性，模糊性和不确定性，诗意的复杂性和多义性正是诗的特殊魅力所在。多重意义不仅在文学阅读中客观存在，而且有时也是作家的主观追求。例如燕卜荪在解读中国古代著名诗人陶潜诗作《时运》中的诗句“迈迈时运，穆穆良朝”时分析道：“人的头脑在计算时间时有两种主要尺度。其中大的一个以整个人生为单位，这样，生命的长短就是无法变更的，它有一种动物的尊严和简单，而我们就必须以恬淡而宿命的观点去看待它。小的一种尺度以人意识到的时刻为单位，人们正是以它为准绳来考虑周围的空间、意志的活动、世情的复杂以及自己的人格的。”“这两种尺度以及它们的对比，都包含在‘迈’[swift]和‘穆’[still]中了，因为这两行诗表现了诗人对两种时间尺度的同时领悟。由于它们互相矛盾，我们有必要分别考虑它们。这样，我们就能怀着一种稳定的自我认识来放眼看待天地万物，正视人生的须臾，以一种幽默感来把人生当作早晨和春光，当作冬天前的夏天，黑夜前的白昼。”[2]燕卜荪认为，“当我们对作者使用某一词语的意图不能肯定时，就把它称做‘含混’，因为对该词语可以作不同解释而不至于导致错误。在日常用语中，‘含混’通常指用词故作巧妙，其真实意思令人捉摸不定。我建议在广义上采用这个词，用来指任何程度上的一词多义现象。”燕卜荪共区分了七种类型的含混：比喻以及音律暗示的额外意义；两种或两种以上的选择意义溶为一种意义；同时出现两种表面上完全无联系的意义；各种选择意义结合在一起，表明作者的一种复杂的思想状态；侥幸的混乱，即作者在写作过程中才发现自己要表达的思想，或者在写作过程中不怀有该种思想；所表达的东西是矛盾的，或互不相干的，读者必须自己解释这些东西；表现的是一种完全的矛盾，表明了作者思想中的分歧。有许多读者感到燕卜荪把含混分为七种类型是不必要的，甚至是不当的。然而，另一些人则对燕卜荪的观点持肯定的看法，认为他的观点至少指导了新一代的读者去发现诗歌中词语的复杂含义。

“张力”的提出者是艾伦·塔特。在《诗歌的张力》一文中，艾伦·塔特宣称好诗的意义是“它的‘张力’，是我们在诗里所能找到的，组织完整的所有外延和内涵”。塔特是把内涵（intension）与外延（extension）这两个词的前缀削去而得到“张力”（tension）的。外延是字词的明意，内涵是暗意，语言的意义是内涵与外延的总和。科学只使用外延，因此它对语言的使用是不充分的。在好的诗中，内涵与外延同时并存，它们不但不彼此妨碍，而且还互为补充。诗的意义正是靠它们的共存和相互作用才得到丰富的。如他在细读邓恩的诗节“两个灵魂打成了一片，/虽说我得走，却

[1] 燕卜荪：《含混七型》，第350页。

[2] 燕卜荪：《朦胧的七种类型》，周邦宪等译，中国美术学院出版社，1996年，第29—30页。

并未出现/破裂，而只是向外伸延，/像金子打到薄薄的一层”时所分析的那样：“在此邓恩用暗含的陈述把前二十行展开的意象总括起来：两个情人灵魂的结合是一个没有空间的存在，因此也就不能被分开。我相信这就是约翰·克娄·兰塞姆先生称之为诗章的逻辑的东西；它是诗的外延意思的抽象形式。有意思的是这里出现了逻辑上的矛盾，即统一的、没有空间的灵魂被表现在一个空间的意象之中：有延伸性的金子是一个平面，其面积在数学上能从二分之一一直扩大到无限。灵魂就是这种无限。外延的金子这个有限的意象与它表现的内涵的意思（无限性）在逻辑上是矛盾的；但它并未妨碍这种意思。”[1]

“悖论”原是古已有之的修辞法。英国玄学派诗人邓恩善于此道，如他在《死神，别那么得意》（Death, Be Not Proud）结尾部分就采用了悖论：One short sleep past, we wake eternally / And death shall be no more; Death, thou shalt die（短眠飞逝，我们永远醒着/不再有死亡；死神将亡）[2]。死神赐予生命体以死亡的神，而它自己是不死的；“死神将亡”，何“神”之有？因此这显然是个悖论。美国新批评家布鲁克斯在《精致古瓮》中赋悖论以新意，并将它从语言扩大到结构，且视它为诗中无所不在的特征：“诗歌的语言是悖论的语言”。他指出对诗人来说，暗意与明意同样重要。诗的明意可以在辞书中找到，而暗意却要诗人创造出来。因此，布鲁克斯说诗人必须创造自己的语言，方法是对语言进行违反常规的使用，用暴力扭曲字词的原意使之变形，把逻辑上不相干甚至对立的字词并置，以引发特殊的感受。诗意正是从这种不协调和不一致，亦即悖论中产生出来。布鲁斯认为，诗人采取这种吃力的话语方式是因为他别无选择。诗人必须与语言进行殊死的搏斗。

“反讽”也是一种相当古老的修辞方式。布鲁克斯在《讽刺—结构的原则》中、沃伦在《纯诗歌与非纯诗歌》中均对反讽有自己的解释。他们认为反讽的核心是不协调性，而这种不协调性产生于诗歌语言和结构的本质，离开它诗也将不复存在。明智的做法是主动邀请各种对立的因素进入作品，让它们得以淋漓尽致的表现，从而丰富诗的意蕴。

不难看出，新批评的这些术语之间存在着相同之处。它们都指向文学语言和结构的复杂性和特殊性。加拿大理论家诺斯罗普·弗莱则在《批评的剖析》一书中发展了柏拉图和亚里士多德的文学修辞理论。他致力于恢复戏剧、史诗、抒情诗等传统的诗歌类型，并将修辞学批评应用于这些文学类型的分析。弗莱认为，“修辞从一开始就意味着两种事物：修饰性的话语和劝说性的话语。这两种事物从心理角度来讲似乎

[1] 史亮编：《新批评》，四川文艺出版社，1989年，第120页。

[2] M. H. 艾布拉姆斯：《欧美文学术语词典》，朱金鹏等译，北京大学出版社，1990年，第231页。

是相对立的，因为修饰的意图从根本上说是没有利害关系的，而劝说的意图实质上则正好相反。事实上，修饰性修辞与文学本身是不可分的，或者与我们称之为假设性语辞结构的东西是不可分的，这种结构为自身而存在。劝说性修辞则是应用文学，或是运用文学艺术来加强论争的力量。修饰性修辞静态地作用于其听众，引导他们去欣赏它自身的美和智趣；而劝说性修辞则试图动态地把他们推向行动之路，一个是表达感情，另一种操纵感情。不管我们对雄辩的终极文学地位有何种定见，但似乎无疑修饰性修辞就是诗歌的词藻或语辞肌质。”[1]

修辞学批评并不摒弃把作品当作主要对象的观点，而是着眼于分析在一首诗或一篇叙事散文里，有哪些因素主要是为了读者的缘故才存在的。怀恩·布斯（Wayne Booth）在他的极有影响的论著《小说修辞学》（The Rhetoric of Fiction）（1961）序言中指出，他的主旨是分析“史诗作者、长篇小说家或短篇小说家在试图将自己虚构的世界强加给读者时，有意识或无意识地采用的修辞手段”[2]。

修辞学与诗学这两个源远流长的学科在西方自古希腊古罗马经文艺复兴一直发展至今，它们的结晶体文学修辞理论也在不断修正和创新。进入后现代主义阶段，解构主义代表人物德里达、福柯、海登·怀特和保罗·德·曼等认为，不存在本原的非修辞性语言：话语总是由人的“愿望”所构成，而愿望反过来又在比喻与修辞手法中得到表露（按照现代主义哲学先驱尼采的观点，语言在本质上具有比喻性，而不具有指涉性或表现性。没有绝对真理的存在。一种理论只要符合普遍的公共秩序与政治的期待，它就是“真实”的）。德·曼将这一有关修辞学的认识发展到极点。他认为“修辞手法”（比喻）在语言中无处不在，并发挥了一种动摇逻辑与语法的威力。比喻或修辞术允许作家说一回事，却表达另一层意义，用一种意义替换另一种意义（隐喻），或者将符号链中的某一符号所代表的意义替换成另一符号所代表的意义（换喻）。修辞性话语的分裂效果造成了交流中暂时的困难与断裂。

### （三）结构主义的意义理论[3]

新批评之后兴起的重要意义理论是结构主义和后结构主义。结构主义的源头要追溯到瑞士语言学家索绪尔的《普通语言学教程》（1915）。在这本书里，索绪尔建立了“共时”语言学，认为不仅可以按传统方法从历时方面去研究语言的发展变化，还应当从共时角度把语言作为一个符号系统来研究。（参见关键词“言语”和“语言”）

---

[1] 诺思洛普·弗莱：《批评的剖析》，陈慧等译，百花文艺出版社，1998年，第306页。

[2] M.H.艾布拉姆斯：《欧美文学术语词典》，朱金鹏等译，北京大学出版社，1990年，第295页。

[3] 参见本书第二章。

**关键词：**

言语和语言

索绪尔将人类语言活动区分为“言语”和“语言”两个层次。所谓“言语”，是指在具体日常情境中进行的个体语言活动，比如说出来的话和写下来的句子，它是一种个人行为。而语言，则是指一套词汇系统和语法体系，它是语言活动的社会性部分。在语言活动中，这两个层次相互关联，互为前提。一方面，要使言语能为人们所理解，首先必须有一个被参与言语活动的各方共同掌握的语言系统，否则言语活动就无法进行；另一方面，要建立起一种语言，又必须有言语实践，语言是言语的产物。

索绪尔指出，语言和言语虽然相互依存，但绝不能混为一谈。语言超越和支配着言语，而又在言语中获得自己的具体存在，这种关系，就如同象棋中下棋规则同一盘棋具体棋局的关系一样。

索绪尔对言语和语言的区分，突出了语言系统的结构性质。它告诉人们，任何具体言语都不具有独立的意义，它们之所以能够表情达意，都是由于那个超越其上的语言系统的作用。这一思想直接启发了法国结构主义文论家列维—斯特劳斯的神话模式研究。

**（1）能指与所指**

在确立语言系统在语言学研究中的重要性的同时，索绪尔进一步论述了语言符号的性质。本书第二章已经介绍到：索绪尔把符号分为两部分，即符号的物质形式“能指”，如声音或书写形式，亦即所指，即能指所指代的概念。索绪尔还认为，能指和所指之间的联系是任意的。当我们将语音的“浑然状态”划分为有意义的单位时，产生了语言。思想与语音相结合而统一于符号。研究语言不是研究词与事物之间的关联，而是语音与思想之间的关联。语音并不表现任何事物，它们只是意义体系的组成部分。也就是说，从符号的生成过程看，人们用某个声音或书写形式指称某个概念，除了文化上的约定俗成外，它们之间没有任何内在的联系，并不是某个概念本身决定着它一定具有某个物质形式。不过，当一个符号的能指与所指关系在一个语言系统中被确立以后，就会成为一种文化上的约定或惯例，人们不能随意改变。在汉语中，人们只能用“树”来表示木本植物整体的概念，否则，它就无法被人理解。

索绪尔的这一思想十分重要，它告诉人们，任何一个符号的意义，从本质上看，都是由它所归属的那个系统所决定的，用索绪尔的话说就是：“语言不可能有先于语言系统而存在的观念或声音，而只有由这系统发出的概念差别和声音差别”[1]。正是

---

[1] 索绪尔：《普通语言学教程》，商务印书馆，1980年，第167页。

由这系统发出的概念差别和声音差别，决定了语言符号的意义。

（2）组合与聚合

索绪尔认为，在语言状态中，一切都是以关系为基础的。这种关系表现为两个向度：语言的横组合关系和纵聚合关系。

横组合关系，即语言的句段关系。它是指构成句子每一个语句符号按照顺序先后展现所形成的相互间的联系。语言的存在和表达方式总是时间性的。人们不可能在同一个瞬间完成多个符号的传达。无论说话者还是听话者，对于一个句段的传达和理解，总是依水平方向逐字顺序运动完成的。譬如“春风又绿江南岸”，我们只有在逐字读完以后才最后明白它的涵义。这意味着，在一个段落中，一个词的意义，总是部分地由它在句子中的位置以及它同别的词构成的语法关系所决定的。一个词在一个句子和段落中“现在”的意义，一定程度上取决于该词与它前后的词的不同。

纵聚合关系，索绪尔也称之为“联想关系”，它是指特定句段中的词与“现在”没有出现的许多有某种共同点的词，在联想（“记忆里”）作用下构成的一种集合关系。这是一种垂直的共时的关系。这一关系虽然没有在现时话语中出现，但它存在着并决定着现实话语中出现的词的意义。例如“春风又绿江南岸”中的“绿”，便与诗人造句时曾考虑选用的“吹”、“来”、“经”、“到”、“过”、“满”等构成一种聚合关系。这种聚合的意义在于，这些词具有共同点，可以替换使用；但这些词又有差异，在对比中可以择优使用。

从语言的横组合与纵聚合关系，我们可以看出，在索绪尔看来，语言符号的意义并不是由它们本身规定的，而是在一个纵横交织的关系网中被结构地规定的。在语言中，任何一个要素的意义都取决于它与前后上下各要素的差异与对立，用索绪尔的话说：“在语言里，每项要素都由于它同其他要素对立才能有它的价值”[1]。索绪尔认为，语言是一个由互相依赖的各项组成的系统，其中任何一项的价值都完全取决于其他各项的同时存在。也就是说，语言中任何一个词或句都在和别的词或句形成二项对立时，表现出它的价值和意义。

对于文学作品，过去人们注意的只是写下来的文字的指涉意义或象征意义是什么，把文字、作品看成是客观世界或主观经验世界的“对应物”。这就是反映论的理论基础。但是，索绪尔的结构主义语言学告诉我们，语言是一个自成一体的系统，它构成文学作品的世界，它和所“反映”的世界之间没有自然的符合关系，文学作品的语言（又可分为语音、语素、语法、语体等等）结构、语义结构等等对于构成文本的意义具有决定性的意义（可以与本书第三章参照阅读）。

[1] 索绪尔：《普通语言学教程》，商务印书馆，1980年，第128页。

## 二　释义之维

随着西方文学批评与理论的语言学、阐释学转向，涌现出大量相关理论范畴。这些理论不仅涉及作者与意义的关系，即我们所谓“赋义之维”，而且也涉及接受者/阐释者与意义的关系，即所谓“释义之维”。下面就选择一些主要的释义理论进行简要介绍。

### （一）意图缪见和感受缪见

20世纪40年代，维姆萨特和比尔兹利合写的两篇论文《意图缪见》（1946年）和《感受缪见》（1948年）发表，分别对通过推测作者写作意图或读者阅读感受来把握文本意义的批评模式进行了批评。

“意图缪见”的矛头主要指向传统的传记批评和心理批评，这些批评方式都极为关注作者的生平经历、思想意识、心理状态、社会背景等方面的研究，他们坚信诗是高尚思想的流露，一首诗的词句是出自头脑而不是出自帽子。因此，一个批评家如果能充分地研究作者个人背景和写作背景，他就能充分地阐释作品。新批评认为这种研究作者意图的做法是一种误区，其迷误在于“将诗和诗产生的过程相混淆”，[1]即将作者意图中的世界等同于作品所表现出来的世界，把作者的愿望等同于作品的实践。在新批评看来，作者的创作意图与作品意义是两码事，批评家尤其不能依据作品是否符合作者的创作意图来判断其价值。费尽心机去把握作者意图，这既不可能也不必要，一个批评家无法去搞清楚诗人写作的真实意图到底是什么，因为如果诗人成功地表达了他的意图，那么他的意图就已经表现在他的诗作中，无需再从诗外去寻找什么“意图”；如果诗人没有从成功地表现他的意图，试图去寻找他的意图就更加荒谬。意图批评极易导致批评中的主观主义、相对主义而使文学批评丧失了客观标准。新批评认为，关于作家个人身世的研究同关于诗本身的研究有明显区别，诗是独立自足的语词存在，批评家应该将其注意力集中到文学本文中来，充分理解文本所用语词的历史意义，从而能充分和客观地阐释文本。

感受缪见将分析重点从作者转向了读者，它批评的对象是感受式批评和印象式批评。新批评理论家认为，这些批评方式的根本症结在于“将诗和诗的结果相混淆，也就是诗是什么和它所产生的效果相混淆”。[2]新批评认为，作品提供的是一个世界，而读者感受的是另一个世界，二者不能混为一谈，否则就会导致感受谬见。当某些读者述说一首诗或一个故事在他们心中激起的生动形象，浓厚情感和高度觉悟时，

[1]　维姆萨特、比尔兹利：《感受缪见》，见赵毅衡《“新批评”文集》，百花文艺出版社，2001年，第257页。

[2]　同上书，第257页。

这仅仅是读者个人对作品的一些印象和感受，但这些带有主观意义和生理体验的情绪感受不能作为客观的批评家进行文学批评的依据。读者的感受是文学活动中最不可靠和最易变动的因素，世间有各种各样的不同心理的读者，感受式的批评必然导致相对主义的无政府状态。诗是有其自身特点的独立客体，诗的意义是相对稳定的，读者的情绪感受是不断变化的，不要让情绪感受干扰了诗的客观意义的阐释。

新批评将文学与社会、心理、作者和读者的关系统统割断，只注视文学文本，似乎文本既与作者意图无关，也与读者感受无关，完全是一个有自身独立价值和意义的王国。这样，新批评就确立了文学文本在批评中的本体论地位。

### （二）隐含读者和期待视野

新批评的作品本体论引起了接受美学和读者反映批评的不满。

波兰现象学美学家英伽登（R. Ingarden）首先系统研究“阅读的现象学”，把读者的接受作为重要因素加以分析。他认为文本只能提供一个多层次的结构框架，需要读者对许多未确定点加以具体化以便文本的丰富意义得以呈现。此后，在英伽登的研究基础上，德国接受美学蓬勃发展，沃尔夫岗·伊瑟尔（Wolfgang Iser）和汉斯·罗伯特·尧斯（Hans Robert Jausss）是其最重要的两位代表人物。

隐含读者是伊瑟尔在文学结构中发现的一个阅读因素。他指出：隐含读者体现了文本潜在意义的预先构成作用，又体现了读者通过阅读过程对这种潜在性的实现。

**关键词：**

隐含读者

隐含读者是德国文论家伊瑟尔提出的概念，对于理解阅读行为是一个重要的贡献。伊瑟尔指出：隐含读者不是实际读者，而是作者在创作过程中预期设计和希望的读者，即隐含的接受者。它存在于作品之中，是艺术家凭借经验或者爱好，进行构想和预先设定的某种品格。

伊瑟尔还认为，这一隐含读者业已介入创作活动，被预先设计在文艺作品中，成为隐含在作品结构中的重要成分。显然，这个隐含读者排除了许多干扰因素，更符合作者的“理想”，甚至可以说，他/她是第二个作者，即作者自言自语时的聆听对象。隐含读者与本文结构的密切关系，无疑也对实际读者的阅读阐释提供了一种参照。

期待视野是接受美学的另一个重要代表姚斯在海德格尔“前结构”和伽达默尔“视野”概念的影响下提出的一个新概念。据姚斯描述，在阅读过程中，作品会对阅读期待产生有力的回应和反弹。阅读持续展开的时候，这种期待或者得到顽强的保持，或者发生变化和转移。阅读期待和阅读实际或者一致、和谐（即所谓“期待满足”）或者偏离、矛盾（即所谓“期待受挫”），巨大的张力将使得阅读过程生气勃勃，读者也不再是一个受动的角色。

**关键词：**

期待视野

接受美学重要代表姚斯提出的重要概念。姚斯认为：读者在阅读活动之前头脑中并不是空白，当他面对一部文学作品时，即刻生成的阅读经验和存留在脑海中的阅读记忆，会立刻参与到阅读活动中，使自身沉浸在一种特定的情感状态，并且产生阅读期待。阅读期待对于阅读活动的展开方向具有指导意义。在某种程度上，它决定了阅读活动所产生的意义。

### （三）未确定点与召唤结构

未确定点与召唤结构理论是由现象学美学和接受美学提出和发展起来的。英伽登认为，文学作品本身仅仅是一种“图式”，“纯粹的文学作品只是一个构架，是在各方面都是图式化的构架。它包含有空白、未确定点和图式化方面。”[1]英伽登将文本层次一分为五：声音的层面，意义单元的组合层面，要表现的事物（小说家的“世界”、人物、背景）层面，“观点”的层面及“形而上性质”（崇高的、悲剧性的、可怕的、神圣的）层面。“文学作品描绘的每一个对象、人物、事件等等，都包含着许多未确定点，特别是对人和事物的遭遇的描绘”，“诗歌越是‘纯粹’抒情的，对文本中明确陈述的东西的实际确定就越少（大致说来）；大部分东西都没有说出”[2]，文学作品中充满了“空白”与“未确定点”（places of indeterminancy），文学作品作为“图式”的“构架”，需要读者对它进行“填空”。作品的实现（又称“具体化”）（concretize）是由接受主体来完成的。读者连接断裂，填补空白，进行推测，验证预感。文学作品，就其本身而言，其实是一个充满“暗示”的开放性的结构，是对读者的“邀请”，邀请读者介入作品的再创造，使文本丰富的意蕴得以实现。英伽登指出，“因为文学作品的图式化方面是通过未尝彻底决定的对象或事件展示的不连续的复合体而存在着，所以它们是些因跳跃而互相分离的单位。……为了克服这种僵硬状态并使整体重新出现，首先需要读者的帮助和阅读的展现性的操作。”[3]文学作品作为意向性客体必然包含着许多作者在构思时所形成的未确定点和许多潜在的、没有完全被表达出来的空白，读者积极主动、富有创见性的解读就是要对文本的图式化

[1] 英伽登：《对文学的艺术作品的认识》，英文版，美国西北大学出版社，1973年，第331页。

[2] 英伽登：《对文学的艺术作品的认识》，陈燕谷等译，中国文联出版公司，1988年，第51页。

[3] 英伽登：《对文学的艺术作品的认识》，英文版，第269页。

方面进行填充，使之具体化。通过读者“积极的阅读”（active reading），读者与作者“共同创造”（co-create）了一个形象化的“审美客体”（aesthetic object）。具有价值意义的“审美客体”所描绘的不是作品内部独立存在的现实，而是“拟现实”（quasi reality），即一个虚构的世界。

德国接受美学家伊瑟尔发挥了英伽登“未确定点”、“空白”、“图式化”等思想，提出了接受美学的重要概念“召唤结构”。英伽登将自己局限于对阅读过程的一般性描述上，而伊瑟尔则将他的理论应用到许多文学作品的分析上，尤其是对散文体小说的分析上。

**关键词：**

召唤结构

德国美学家伊瑟尔提出的重要概念。伊瑟尔认为，文学文本和文学作品是两个不同的概念。文本具有未确定点，它是非自足、未完成的，它的存在本身并不能产生意义，意义的产生必须有赖于读者的具体化。而作品既不能等同于文本，也不能等同于读者的具体化，它处于两者之间的某个地方。这样，伊瑟尔就将意义当作文本和读者相互作用的结果，当作被经验的结果，而非被解释的客体。文学作品既非与阅读无关的自在文本，也非完全是读者的主观性，而是这两者的结合或交融。

伊瑟尔说：“空白作为文本角度与角度断片之间联系的悬置，它表明同类相求的必要，这样使各种角度的断片之间能互相投映，进而把读者游移不定的观点组成一个参照域”[1]。伊瑟尔总结了空白在意义解读中的三个作用：一、使相互作用中的读者投射有可能组成一个参照视域；二、在读者的意义建构中起控制作用；三、使读者先发的和后续的想象连结起来，构筑一个审美的意象世界。因此空白是一种召唤结构，它激发读者进行结构化的阅读行为。和英伽登一样，伊瑟尔的“召唤结构”也是一种图式化的构架，邀请读者加以现实化、具体化。

在美国，注重读者的理论叫做读者反应批评。这个名称比接受美学显然更多带有心理和主观的色彩。美国批评家斯坦利·费希认为，伊塞尔的理论太保守，在他看来，承认读者积极参与了创造意义的活动，就应该进一步对意义，甚至对文学本身重新做出定义。费希针对新批评对所谓“感受谬见”的攻击，提出“感受派文体学”，认为文学并不是白纸黑字的书本，而是读者在阅读过程中的体验，意义也并不是可以从

[1] 张廷琛编：《接受美学》，四川文艺出版社，1989年，第58页。

作品里单独抽取出来的一种实体，而是读者对作品文本的认识，并且因读者认识的差异而变化不定。因此，文本、意义、文学这些基本概念都不是外在的客体，它们只存在于读者的阅读中，是读者经验的产物。费希宣称，文本的客观性只是一个幻想。这样一来，作品文本和读者之间的界限越来越模糊，批评注意的中心由文学作品的意义和内容渐渐转向读者的主观反应。另一位批评家大卫·布莱奇从认识论的角度肯定这种主观批评，认为主观性是每一个人认识事物的条件。他认为人的认识不能脱离人的意图和目的，所以处于同一社会中的人互相商榷，共同决定什么是有意义的，什么是无意义的以及意义究竟是什么。布莱奇和费希都常常使用“解释群体”这个术语，指的是每个个人在认识和解释活动中都体现出他所处那个社会群体共同具有的某些观念和价值标准。“所有的读者反应理论学说的批评家，至少在某种程度上都承认：一部作品的意思是读者个人的‘产物’或‘创造物’。因此，不论是在语言方面，或在整体的艺术性方面，一部作品都不止有一种正确的意思。这些批评家的不同点是：（一）在他们对形成读者反应的主要因素的看法上；（二）在他们如何划分一部作品里被‘客观地’表现出来的事物和读者个人‘主观的’反应之间的界限上。由于这第二个不同点，所以导致了（三）他们在关于一部作品在多大的程度上‘限制’读者的反应（如果是这样的话）这个观点上存在着分歧。”[1]（四）阐释循环与合法误读。

阐释学、接受美学以及读者反应批评在文学研究领域中开拓了注重语言与阅读过程的关系这一广阔的天地，使人们意识到许多新的问题，或者从新的角度去看待某些老问题。

美国学者赫什（E.D.Hirsch）也对狄尔泰的阐释循环概念重新进行了系统的阐述。他认为，有阅读能力的读者就原文某个部分的含义或全文的含义作出一种假设，这种假设是可以修正的，即通过读者不断地参考原文而予以肯定或否定；如果这种假设被否定，那么就要由与原文更相吻合的假设所代替。由于读者对原文各部分的解释在某种程度上是通过他在释义过程中提出的假设而形成的，因此这种释义过程永远也不可能对原文的含义作出最后的断定，而只能获得对原文含义的相对准确的理解。然而赫什同时也认为，这种准确性较高的推理过程足以使读者客观地领会一部文学作品各组成部分及全文的特定含义，这种理解也会被其他善于阅读的读者所认同。现代阐释学给我们证明了阐释差距（即每一次阐释活动都不可能穷尽文本含义）的必然性，一旦我们意识到这一点，即意识到对同一事物可以有而且总是有不同的理解，我们就不再坚持文学鉴赏和批评只能有唯一绝对的解释。

---

[1] M.H.艾布拉姆斯：《欧美文学术语词典》，第275页。

**关键词：**

**阐释循环**

传统阐释学家狄尔泰和施莱尔马赫认为，文字的理解和诠释是最基本的阐释活动，然而我们一旦面对一段文字，立即就面临一个循环论证的困难：整体须通过局部来了解，局部又须在整体联系中才能了解，两者互相依赖，构成一切阐释都摆脱不了的阐释循环（hermeneutic circle）。狄尔泰强调，阐释循环并非“恶性”循环，我们在逐层深入地领会全文含义的同时，又不断地回到每一局部文字的含义，通过这两个步骤的往返交错、相互作用，我们就能够得出相对正确的释义。海德格尔则认为，阐释不只是一种技巧，他把阐释学由认识论转移到本体论领域，于是对阐释循环提出新的看法。在他看来，任何存在都是在一定时间空间条件下的存在，即定在，超越自己的历史环境而存在是不可能的。存在的历史性决定了理解的历史性：我们理解任何东西，都不是用空白的头脑去被动地接受，而是用活动的意识去积极参与，也就是说，阐释是以我们已经“先有”、“先见”、“先理解”的东西为基础。这种意识的“先结构”使理解和解释总带着解释者自己的历史环境所决定的成分，所以不可避免地形成阐释的循环。

德国的阐释学和接受美学把作品与读者的关系放在文学研究的首要地位来考察，充分承认读者对作品意义和审美价值的创造性作用，甚至将读者“创造性的误读”合法化。哪里有误读，哪里就有阐释学。反过来说也成立，哪里有阐释学，哪里就有误读。但是，这种理论并没有把读者看成意义和价值唯一的、绝对自由的创造者，却把文本结构视为最初的出发点。海德格尔的弟子伽达默尔认为，艺术的语言意味着在作品本身存在着意义的过量。他把读者对作品的阅读视为对话与融合的过程。对于原文作品，读者必然会带来一种由自己暂时的视野构成的先理解与期待视野。但是读者作为阅读主体不应该试图把作品当作独立自治的客体加以分析与解剖，而要像对话活动那样对作品发问，同时还要善于聆听作品凭借它们共同的语言传统做出的回答与反问。因此，对作品的理解必然是读者和作品各自视野交流融合的产物。

## 第三节　述评

### 一　中国文论语言、意义理论的累积与演进

从总体上看，中国古代文论和中国古代哲学一样，一开始就具有成熟而敏锐的语

言意识，通过对“言”、“意”、“象”等观念、范畴的体味与辨析，抓住了文学语言言不尽意、意在言外、言近旨远等重要审美特质，主张得意忘言，崇尚言外之意、象外之象，超越语言，感悟意蕴。这一言意观的形成，经历了先秦以文质论为代表的“求言内”的子学期、魏晋以言意论为主导的“求言外”、“感悟”立言的玄学期以及唐宋以来体现在意境说和韵味说发展过程中的“求意外”（意分内外）的禅学期等重要历史发展阶段。先秦诸子百家的百家争鸣，触发了中国历史上第一次言意思考的高潮，并为魏晋时期的言意之辨作好了准备。两汉诗学的“诗无达诂”，经学微言大义、言近旨远等阐释实践与思考，也在言意探讨方面做出了积极贡献。魏晋文论虽然在时间、广度、规模、流派上比不上先秦，但言意之辨中思辨哲学所达到的纯度和深度以及对文学的影响，却是空前的。特别是王弼的“得意忘言”，成为魏晋及南朝时代的新学风、新方法，时人用它解经典，证玄理，调和儒、道，既作为生活准则，也运用于文学艺术。不仅魏晋玄学的兴起首先是从“言意之辨”这一问题开始的，而且自王弼“得意忘言”、陆机“课虚无以责有，叩寂寞以求音”，至刘勰“文外曲致”、“情在词外”、钟嵘“文已尽而意有余”，言意问题已成为魏晋南北朝文学理论所讨论的核心问题。与两汉经学最大的不同是，魏晋玄学清通简约，主要就义理进行发挥，再也没有两汉章句训释的烦琐特点。玄学家们围绕“有无”这一哲学本体问题，对先秦以来特别是《老子》、《庄子》、《易传》的“言意”观念进行了充分深入的讨论，提出了富有启迪的创见，不仅对魏晋时期文学的自觉起到了良好的促进作用，而且也对六朝诗学的自觉产生了巨大的影响。此后，中国古代文论的言意观念浸染于道的不落言筌、诗的不著一字、禅的不可凑泊的多元整合之中，意义本体成为文学作品意蕴与审美价值的核心。

对文学作品特别是诗歌作品的品评，中国古代文论强调知人论世、以意逆志、诗无达诂、诗无达志、诗为活物、以情自得等，在长于推本溯源、考证诗文的同时，更为重视作品内涵飘逸灵动的高情远韵与无言大美，肯定文学作品意义的丰富性、朦胧性和不确定性以及读者和批评家再度创造——“作者之用心未必然，而读者之用心何必不然”的审美自由。

不难看出，汉语语言、意义从来就不是透明、单义的，特别是中国古代文学的语言、意义和解释等理论问题，更是中国古代文学批评中的重点和难点。

中国古代文论在对中国古代文学的语言、意义和解释等问题上的感悟和探索，从一开始就体现了与西方直线逻辑思维特征不同的曲线悟性思维特征。中国古代最具民族特色的文学批评，体现在选本、摘句、诗格、论诗诗、诗话和评点这诸种形式之中。有人指出古人在表述其思想的方式上，并非像现代西方学者那样有意识地以系统的文章结构来表达其思想结构，往往是直书结论而略去过程。中国古代文学作品大多短小精悍，文学批评也形制短小，在形式上，绝大多数的古代诗论、文论所采取的是随笔体或语录体,议论自由，特别注重对具体文学作品的品评，这自然也在某种程度上形成理论展开不易充分的局限。说一首诗好，多凭审美直觉，不作详尽的分析，也无思考过程，或是三言两语点到为止，读者也不习惯去看连篇累牍的评论，而是靠那三言两语的启发，自己领悟其中三昧。这种评论方式也和中国文学言不尽意的特色相吻合。古人在概念的运用上相当随便，并不遵守形式逻辑的同一律，在概念的语词形式上也较随意，一些组合词语，视为同一个概念，似嫌简单；分为几个概念，又觉支离。还有，美学范畴是从哲学范畴、伦理学范畴以及一般语词中分化出来的。但在中国古代，这种分化始终是未完成的，它们之间并没有明确的界限。中国古代文学批评是一种启示性的批评，研究它没有悟性不行，太死板也不行，把直观的感悟的印象式的语言转换成理论性很强的概念时需特别小心，否则很容易失去原意，无形中丧失原有的灵气。中国古代诗学有严肃的理论探讨，甚至是激烈的辩论，但趣味性的娓娓而谈是其主导特色，“姑妄言之，姑且听之”的豁达通脱，是其常见的气度。

概而言之，中国古代文论在文学的语言、意义和解释等方面有着丰厚的资源累积与清晰的历史演进，不乏启迪人思的精彩观念，虽然没有形成体系完整、流派纷呈的理论态势，但其丰厚的观念积淀对于我们更好地观照、理解和反思西方众多的现代理论，无疑提供了独特而巨大的参照系。中国古代文论对于文学语言形象性、审美性、多义性、朦胧性、不确定性等特殊性的体认以及对读者审美自主性的重视与强调等，都被后来的西方现代文论印证为先见之明。

我们在面对中国古代文论这些相关的概念范畴时不禁会问：中西方文论在理论形态以及时空上的巨大差异是否遮蔽了两者之间理论内涵上的相通相似之处？

## 二　西方文论语言、意义理论的繁荣与发展

直至现代以前，因为西方文化对词语与世界之对应性的指认，语言表征世界成为确然之事，所以西方传统诗学并不侧重讨论言与意的关系问题。西方传统文论中有关语言的重要论述，与现当代文论相比，实属微不足道。

20世纪语言学转向之后，西方文论关于语言与意义关系的理论得到了飞速发展。受反经验主义的语言论（如尼采的“语言在本质上具有比喻性，而不具有指涉性或表现性”的语言哲学、维特根斯坦的“游戏说”、奥斯丁的“言语行为论”、英美新批评的修辞理论以及索绪尔的结构主义语言论等）的巨大影响，现代西方文论普遍意识到文学与历史及外在实体关系的非对应性，转而通过语言学求诸文本内部的意义建构功能。

英美新批评和俄国形式主义为了强调文学的本体性认为文学语言是自足的，并不是指事称物的实用语言；索绪尔的结构主义语言学用能指和所指概念的关系代替了名与实的关系即语言与外部世界的关系，强调语言符号的任意性，文学文本是一种开放性的启示结构，诸多能指层与能指链构成巨大的能指结构。

接受美学与读者反应批评坚持认为作为批评对象的文学作品本身就是读者意识活动的产物，文学文本具有"召唤结构"，内含许多"空白点"，需要读者的"填空"，外部世界也是一种文本，因而外部世界也是意识的产物。

被称为"阐释学的康德"的施莱尔马赫将"作品意义"等同于"作者原意"，因此，阐释学的工作就是努力复制作者的"本来创作之时"。离开了"作者原意"，也就没有"作品意义"。伽达默尔批判了施莱尔马赫的理论，肯定了读者对"作品意义"的理解与"作者原意"间的歧义。由于这种歧义是无限的，因而"作品意义"也是无限的，再往前一步，也就否定了"作者原意"的存在。针对这种现象，赫什提出了区分"意义"（Meaning）与"意味"（Significance）的主张。前者指作者的本意，后者指解释者对作者本意的领会。[1]在西方，阐释学由传统阐释学的特殊形态（《圣经》阐释学）向现代阐释学的普通形态（作为理解一般文献的方法论）转化。传统阐释学以获得经典的客观科学知识为目的，以探求创作的客观历史背景、创作者的主观意图、政治倾向、生活态度以及生平事迹为宗旨，力图重建和复制经典创作的主客观条件，以恢复历史的真面目。传统阐释学注重的是：文本意义的内在性；文本意义的整体性；文本意义的可复原性；阐释者与作者的相互和谐性。反之，当代阐释学则认为经典的重要性并不在于它属于过去，而在于它作为持续有意义的存在对我们言说，我们解释经典就是应对经典的言说，重新回答经典向我们提出的问题。作品的意义不是作者的意图，解释作品也不是重新体验和重新构造作者的生命，相反，作品的意义在于过去与现在的沟通。理解的本质并不在于对过去事物的复制，而在于与现时生命的思维性的沟通。理解不是一种单纯重构过程，而始终是一种创造过程。因此，当传统阐释学强调原样理解或更好理解，即解释者可能比作者本人还要好地理解他的作品，当代阐释学则强调不同的理解，也就是说，如果我们一般地有所理解，那么我们总是以不同的方式在理解。过去我们总是认为作者写出作品就是文学过程的结束，现在我们看到阅读是比作者创作还要重要的环节，从而读者也从原先的被动静观的地位上升到主动参与的地位。意义产生于主体和客体之间的相互作用。意义不是个人意识的产物，也不是在研究对象中有待发现的什么。现象论和阐释学都认为意义的产生是因为社会行为者对世界抱有一定的意向，也因为这一意向要求对研究客体的意识，而该客体

[1] 赫什：《解释的有效性》，王才勇译，三联书店，1991年，第17页。

是有其本身的自主性和完整性的。一般说来，意义至少有三个不同的范畴，或者叫层面，即字的意义，一段语言的意义和一个文本的意义。西方阐释学各家对“意义”的界定主要是指：（1）文本的字面意义和作者的真实意图（施莱尔马赫）；（2）作者的生命“经验”，它不仅仅是文本或语言的含义（狄尔泰）；（3）文本的“意义”和读者领会的“意味”（赫什）；（4）文本意图、作者意图和读者意图（艾柯）；（5）文本、历史、读者等不同意义“视域”的融合（伽达默尔）。在有关文学的语言、意义和解释的理论研究中，有两种不同的基本倾向需要加以区别并引起足够重视：一是根据语言学的模式，认为意义就是需要解释的东西，并且努力证明为什么意义会成为可能。另一则与其相反，它从形式开始，力图解释这些形式，从而告诉人们这些形式究竟意味着什么。赫什特别关注阐释的有效性问题，声称有三种试图取消阐释有效性的主张，即极端历史主义、激进怀疑主义和文本自足主义。决定文学文本意义的要素很多，从而使文学文本的意义及其生成变得非常复杂，难以表述。意义是一种必然发生的感知。它不是简单的、或者可以轻易决定的东西。它既是一个主体的经验，同时又是一个文本的属性。它既是读者的感知，又是读者试图在文本中得到的东西。意图、文本、语境、读者，任何一个要素都不可能单独决定文学文本的意义及其生成。但是当文学研究者们将语境作广义的理解，使其既包括语言规则、作者和读者的背景，又包括任何其他能够想象得出的相关的东西，那么人们或许可以说，意义是由语境决定的。意义由语境决定，而语境则几乎是没有限定的。惟其如此，可以把理论话语引起的关于文学解释的主要变迁理解为语境的扩大，或者叫语境的再描述的结果。意义是文化的，凡有文化符码的地方，必有意义。意义及其解释在理论话语的压力下永远是变化不定的。人们应该摆脱这种观念：通过文学接受我们能够获得文学作品的确切意义。文本具有互文性，文学信息的构成具有模糊性。指意缩小，蕴意扩张，作品并没有一成不变的实义，相反地，它负载着一切可生成意义的虚义。文学接受所能做的也许只是文本在过去、现在或将来被如何理解，其可理解性将是它的“客观性”的源泉。事实上，文学接受不仅探索意义，而且产生意义。西方现代哲学由主体性哲学的论证理性向主体间性、他者主体性、交互主体性哲学的理解理性转向，使人们更加注重理解、交往与对话。对话包含了提问，包含了问答结构。西方现代文学理论也开始由自在的意义观向建构的意义观转变，完成了从注重自在意义到推崇个人理解再到提倡交往对话的共生意义这样三个意义范式的“三级跳”。当然西方现代文学理论在科学主义思想影响之下有时过于“技术化”，其较为明显的弊端就是远离文学现象。

## 三 中西文论语言、意义理论的对比与整合

通过中西文论中与语言、意义、阐释相关的观念、范畴及理论的厘析、综述、对比与整合，可以看到：

一、汉字作为典型的表意文字与西方的拼音文字在构意路径上形成了不同的取向，深深地制约和影响中西文学、文学批评及文学理论的实践活动。

汉字作为典型的表意文字，虽然其象形部分目前已不占重要地位，占主导地位的造字方式是形声字，但汉字形声字的形符仍然具有一定的表意功能。形符的作用除了和声符结合成字外，就是显示与字有关联的事物与现象（例如“江”自的三点水旁）。汉字的图画性和汉诗意象的流动美使中国文学极富意蕴与意境，也使中国古代文学批评富于感性，擅长用比拟、形容、举例之类的非思辨手段对作家、作品加以描绘，形象生动，空灵传神。从音节上看，古代汉语以单音节为主，但有向复音化发展的趋势。中国古代文学特别是诗词，长短音、单复音结合，四声平仄错落有致，外加韵脚与节奏，读来朗朗上口，非常富有语言的音韵美。从构词上看，古代汉语词性可以活用，一词可兼作名词、动词或形容词，甚至既可作实词，又可作虚词，转化灵活而自如。从词法语法上看，汉语是一种非形态化的语言，没有明显的时态和词类区分，也无严密繁琐的性、数、格和人称等变化。由于没有复杂的形态变化，在旧体诗里也就没有必要把人物、时间、地点一一点明，这样中国古代诗歌就容易表达超越时空的经验和情境，从而为文学创作提供了自由而丰富的创造空间。受这种诗性语言与诗性智慧的影响，中国古代文学批评立足于感性、体悟与直觉，始终未像西方文学理论那样，借重知性思维。

西方语言学有一套自觉的语法体系和语言哲学的理论引导，重视性、数、格、人称和时态的变化，是典型的形态化语言。有人认为西方语言的句子是以动词为中心的时空结构体，充满行动的逻辑因果关系。西方人思维严谨，逻辑缜密，他们的文学也深深打上理性与知性的烙印，文学批评与文学理论实践活动同样如此。西方美学虽然有“隐喻”、“转喻”、“象征”、“拟人”等多种名目，但多迫于思索安排的“比”，不是自然感发的“兴”。

二、在文学批评实践方面，中国古代文论偏重追源溯流式的历时视点与以意逆志式的个体体悟，在强调征圣、宗经的同时，也强调对文学作品的自由感发与生命体验，西方现代文论则侧重实事求是的实证法与条分缕析的归纳演绎法，强调对文学文本的精研细读与多元解读。

由于中国古代文化与文学源远流长，产生了像孔子和老庄这样影响巨大和深远的先哲以及大量为传统文化造像的元典，在文化与文学漫长的经学化、经典化过程

中，不少意象逐渐稳固化和符码化，变成在文化共同体与语言共同体中的通行代码，掌握和破译这些代码，有时确实能够增添文学意义表达与理解的维度。“文必秦汉，诗必盛唐”的拟古、复古以及文人士大夫乐此不疲的“诗曰子云”式的引经据典，使中国古代文学批评在“原道、征圣、宗经”的文化与文学价值取向上偏重追源溯流式的历时视点与以意逆志式的个体体悟，后者强调对文学作品的自由感发与生命体验。在儒家近切、重迹、尚形的意义生成方式之外，道家学说与后来的玄学思想、禅宗文化对中国古代文学及文学批评产生了更加不容忽视与低估的影响，从而开辟了一条与正统文学和儒家教化诗学不同的崇尚玄虚、淡远、重心、尚神的路径。

西方文学理论两千余年来基本上是在柏拉图、亚里士多德二人创立的传统文论大一统格局中发展和嬗变的。19世纪末20世纪初，西方文学逐渐进入反传统的现代主义发展阶段，西方文论也开始背离传统的现实主义文论轨道，进入现代主义文论时期。60年代后期，现代主义思潮开始嬗变，出现了对现代主义质疑的后现代主义。后现代主义文论以后结构主义为核心，在某种意义上反叛现代主义文论注重形式、结构、体系的传统，在某种意义上又把这种传统推向极端。从总体上说，后现代主义文论反对现代主义文论仅仅关注形式因素而排除其他因素的一元论，瓦解这种形式中心主义，同时又把对形式的瓦解推广到对整个文学的瓦解，从而使传统的文学研究几乎变为某种宽泛无边的文化研究。另一方面，它还倡导一种多元主义和跨学科研究，使文学研究呈现出一种宽泛和丰厚的形态。后现代主义虽然努力消解自亚里士多德以来奠定的“逻各斯中心主义”传统，消解各种主流与权威，但其文论仍一如既往地体现西方人重思辨、重逻辑、重实证、重分析、重归纳、重演绎等理性与知性特征。

三、中国古代文论与西方现代文论在文学的语言、意义等方面的理论探索，大体上形成了言、意、象与意、象、言的逆向演进走向。

中国古代文论“重意轻言”，立足于“意义”本体，在经历了先秦以文质论为代表的“求言内”的子学期、魏晋以言意论为主导的 “求言外”的玄学期以及唐宋以来体现在意境说和韵味说发展过程中的 “求意外”（意分内外）的禅学期等重要历史阶段的演进之后，中国古代文论的言意观念浸染于道的不落言筌、诗的不著一字、禅的不可凑泊的多元整合之中，凸显文学语言言不尽意、意在言外、言近旨远、得意忘言的审美特征。中国古代道家学派早在先秦时期就意识到语言表达意义的局限性。但思想毕竟又需要通过语言来显示，为了解决这个矛盾，庄子大量使用“寓言”、“卮言”的语言陈述方式以突破语言的局限性。此后，《易传》首次对言、象、意三者关系进行了探讨，它还借孔子之口，阐明易象的存在本身即是为了超越语言的有限性，去表达深邃的意义。三国时王弼的《周易略例·明象》是一篇谈论卦象的专论，由于它讨论的意、象、言关系等问题和文学现象相通，故常被视为讨论文学意义、形象与语言三者之间关系的专论。王弼将意确立为本体，先有意后有象，先有象后有言，象为出意而设，言为明象而立。魏晋以后的佛学与禅宗，把老庄以来对语言有限性的认识放大，进一步表现对语言作用的轻慢，崇尚直觉顿悟、神秘体验、当头棒喝、绕路说禅等认识方法。虽然中国古代诗学较早注意到言与意的关系，但基本上是在语言工具论的框架内讨论问题，并未深究语言的意义建构功能。同样，在主要以诗歌为文体背景和文学大宗的中国古代诗学中，象也仅仅被视为存意工具不受重视，其性质与存在方式没有得到进一步的研究。

西方诗学直至近代以前也是以意为主，但因为对词物对应性的指认，语言表征世界成为确然的事情，所以西方传统诗学并不过多讨论言与意的本体论关系。由于戏剧文学和叙事文学在西方发展较早，故“象”的问题在西方诗学中一直受到充分关注。20世纪语言学转向之后，西方文论普遍意识到文学与历史及外在实体关系的非对应性，转而求诸于文学语言的意义建构功能，“言”的因素取代“象”和“意”获得了空前的地位与空前的重视。在解构主义思潮兴起之后，“言”的地位被推向极端，语言进一步被本体化，而意义则被视为本体之外的东西与语言相游离，它使文学并不固执于表意或所指，仅作为言语活动的依存物与副现象。西方现代文论“重言轻意”，立足于“语言本体”，在经历了“语音中心主义”、“语言是存在的家园”、“语言是存在的牢笼”、“历时与共时”、“能指与所指”等重要观念的洗礼之后，阐发文学文本“互文”、文学意蕴“延异”、文学阐释“误读”等重要现象。

四、中国古代文论与西方现代文论穿越时空在文学的语言、意义和解释等方面奇妙地形成了某些交叠共识，如都认识到文学语言的多义性、朦胧性等特殊性，文学作品的本体性、文学性，文学作品意义的丰富性、复杂性、不确定性，读者在文学阅读、阐释活动中的重要性、审美自主性以及阅读活动本身的开放性、非封闭性等。

总之，中国古代文论与西方现代文论之间并没有整齐的对应性，它们以其各具形态与特色的批评话语，各取所需的语境取向和价值取向，为我们今天研究文学的语言、意义和解释提供了丰富的理论资源。

## 参考文献

1. 张伯伟:《中国古代文学批评方法研究》,中华书局,2002年。
2. 北京大学哲学系美学教研室编:《中国美学史资料选编》,中华书局,上卷,1980年;下卷,1981年。
3. 胡经之主编:《中国古典美学丛编》,中华书局,1988年。
4. 成复旺主编:《中国美学范畴辞典》,中国人民大学出版社,1995年。
5. 《中国诗学大辞典》,浙江教育出版社,1999年。
6. 赵毅衡编选:《"新批评"文集》,中国社会科学出版社,1988年。
7. 张隆溪:《二十世纪西方文论述评》,三联书店,1986年。
8. 威廉·燕卜荪:《朦胧的七种类型》,周邦宪等译,中国美术学院出版社,1996年。
9. M.H.艾布拉姆斯:《欧美文学术语词典》,朱金鹏　朱荔译,北京大学出版社,1990年。
10. 张隆溪:《二十世纪西方文论述评》,三联书店,1986年。
11. 拉曼·塞尔登:《文学批评理论——从柏拉图到现在》,刘象愚　陈永国等译,北京大学出版社,2000年。

## 思考与练习

一、解释下列概念

1. 言、象、意
2. 以意逆志
3. 阐释循环
4. 韵味
5. 意境
6. 能指与所指
7. 召唤结构
8. 隐含读者

二、回答下列问题

1. 先秦儒家学派对言意问题有哪些重要的论述?对中国古代文论产生怎样的重要影响?
2. 先秦道家是如何看待言意问题的?对中国古代文论产生哪些深远影响?
3. 佛教与禅宗是如何看待言意问题的?对中国古代文论产生哪些深远影响?
4. 如何理解西方现代文论的语言学转向?
5. 如何理解西方现代文论的阐释学转向?
6. 是否可以进行中西文论的比较研究?如何进行中西文论的比较研究?

# 第五章
# 文学体裁和文学风格

中国古代文论的“文体”范畴，既指文学的体裁、体制或样式，也兼指写作的风格等。中国古代文体学的内容丰富、复杂与模糊，我们很难在西方文论中找到与之对应的术语。美国学者宇文所安曾感叹中国文论“体”的内涵既指风格（style），也指文类（genres）及各种各样的形式（forms），它的指涉范围如此之广，令西方读者难以接受。在西方文论中，“文类”、“风格”与“形式”词义各异，理论上的分辨也相对明确。但在中国古代文论中，这些内涵却依附在“文体”“体”之上，“体”成为丰富而又复杂的综合范畴。一些学者认为，西方的文类学（genology）比较接近中国的文体学。但事实上，中国的文体学比西方的文类学更为细致庞杂。中国古代文体学的综合性极强，包括了文类学、风格学与相关审美形式等理论。有鉴于此，本章将文学体裁和文学风格这两个文学理论基本问题放在一起加以探讨。

## 第一节　文学体裁

**关键词：**

文学体裁

文学体裁又称文学样式、文学类型等，是文学文本存在的具体样式。中国和西方文论史上曾经有多种划分文学类型的方法和标准。比如“三分法”，就是亚里士多德在《诗学》中提出的，它将各种艺术形式、文学体裁依据其摹仿媒介、摹仿方式以及摹仿对象等的不同分为叙事类、抒情类、戏剧类三种，在西方文论中影响深远。现在比较流行的是“四分法”，即把文学基本样式分为诗歌、小说、戏剧文学、散文（或加上“影视文学”，成为“五分法”），也即我们常见的基本文学体裁。

文体理论是中国古代文学批评中较早成熟的理论之一，是中国古代文学批评的重要基础。中国古代文体学滥觞于先秦两汉，成熟于魏晋南北朝。唐宋以后又进一步发展，至明清而极盛。在西方，文类研究及其相关理论也有着悠久历史。它肇始于柏拉图，经亚里士多德而有重大发展，后由贺拉斯、卡斯特尔维特罗、布瓦洛等人发扬光大。18、19世纪以来，随着“世界文学”概念的出现以及比较文学的兴起，各民族文学类型的比较与研究使文体理论进入一个活跃时期。20世纪之后西方兴起的诸多文学理论流派对文类现象进行新的理论探讨，结出丰硕的理论成果。文体学包括文体分类学、文体功用论、文体体制论、文体发生学、文体源流论等。文体演变不仅是文学创作重要的文学现象，也是文学研究的重要理论问题。本节主要围绕文体意识的产生和文体演变的发生对中西相关文论加以理论梳理。

### 一　辨体：文体意识的产生

早在春秋时期，《左传》中已出现了“命”、“誓”、“盟”、“祷”、“谏”、“让”、“书”、“对”等八种文体，事实上远远不止这些。战国以后，诗和散文都有巨大发展，衍生出许多新文体。先秦两汉时期，《诗经》研究关于风、雅、颂、赋、比、兴的“六诗皆体说”（首见郑玄《郑志》）进一步表明文体意识的萌发与随之而来的理论探讨。文体的丰富实践进一步刺激了批评的理论关注。除了像诗歌、辞赋以及日常公私所常用的文体外，先秦两汉还有大批我们现在已经很少了解的文类，如汉代刘熙《释名》中《释书契》载有奏、简、簿、笏等二十多种；《释典艺》载有经、纬、图、传等十多种；《释名》所涉及许多文体之名，既反映出东汉时期的文类的观念，也反映出当时文章学的原生状态。

辨体的批评实践标示着中国古代文体意识的产生和发展。作为中国文学批评史上第一篇专门的文论，曹丕《典论·论文》对文章作了四科八类划分，“盖奏议宜雅，书论宜理，铭诔尚实，诗赋欲丽”（意为奏议类文章适宜雅致，书论类文章以理取胜，铭诔类文章要写得朴实，诗赋类文章则要尽显绮丽的特征），较早地论述了不同文体类型的特征，其中“诗赋欲丽”揭示了文学性文体的文采特征。陆机《文赋》的“诗缘情而绮靡，赋体物而浏亮，碑披文以相质，诔缠绵而凄怆，铭博约而温润，箴顿挫而清壮，颂优游以彬蔚，论精微而朗畅，奏平彻以闲雅，说炜晔而谲诳”，指出了诗因情而发故而绮丽妩媚，赋则因长于描绘事物而显清明响亮，碑文质彬彬，诔缠绵悱恻，铭言简意赅，箴抑扬顿挫，颂优游大度，论精微流畅，奏平实闲雅，说奇谲吊诡，在曹丕之说的基础上进一步发挥，将文体类型增至十种。西晋挚虞的《文章流别志论》是我国古代最早的文论专著，可惜全书早佚。从现存的片段看，它对各种文体的性质、源流等均作了比较具体的论述。萧统《文选》选录了先秦至梁的各体文学作品，分为38类。在这部选集及其序言中，萧统首先区分了文学作品与非文学著作的界线，同时体现了他“以能文为本”的进步文学观念。刘勰《文心雕龙》自《明诗》到《书记》20篇，也是以文体论形式著文，它们从“原始以表末、释名以章义、选文以定篇、敷理以举统”四个方面，分别介绍和分析了各体文章，立论更为完密而系统。《文心雕龙》仅篇名中就列出了33种文体类型，如果加上《辨骚》中的骚体文学，以及在各篇中又分出的细目（如《论说》篇里又举出传、注、评、序、引等），文体类型竟多达四、五十种。当然，《文心雕龙》所论的文体中只有诗、乐府、赋等属于先秦两汉以来典型的文学性文类，大多数为非文学性的实用文类，故刘勰的文章学、文体论长期以来被置入“杂文学”观念中加以审视。凡此种种，加上汉代至六朝的“文笔说”、“诗笔说”（详见本教材第一章）等，使这一时期的文体学蔚为大观。到了唐代，孔颖达关于《诗经》“六诗”的“三体三用说”（首见于《毛诗正义・毛诗序疏》）是对前人文体理论的总结与发展，《文镜秘府论・南卷》专有“论体”一节，皎然《诗式》备有“辨体一十九字”，唐代大量的诗格、诗话等诗学著作也对诗歌创作在诗体方面的经验作了深入细致的理论总结。宋代姚铉编《唐文粹》分古赋、古调等22大类，各类下又分出子目316种。南宋吕祖谦的《宋文鉴》一百五十卷，分出文体61大类。宋人关于杜甫“以文为诗”、韩愈“以文为诗”的论争，严羽《沧浪诗话・诗体》的理论阐发，使宋代文体批评的辨体实践进入了一个新的阶段。明代的文体学也达到了相当的高度，格调派、复古派与性灵派均高度重视“辨体”这一环节，对于诗、词、文乃至小说、戏曲之文体都有相当精到细致的研究。明人受严羽影响最大。严羽《沧浪诗话》标举“第一义”，论辨各家体制，自诩“辨家数如辨苍白”。而“辨体”也就成为明代诗文创作与批评的要义，对诗文体制规范及其源流正变的探讨成了明代文学批评的中心议题，正如公安派袁宗道所说：《诗》、《书》为各体之源，“乃骚、赋、乐府、古歌行、近体之类，则源于《诗》；诏、檄、笺、疏、状、志之类，则源于《书》。源于《诗》者，不得类《书》；源于《书》者，不得类《诗》。……其体相离亦相近，不可不辨也。”“辨体”是明人比较普遍的意识，不仅性灵一派，还有前后七子，不仅有许多诗话、词话、曲话以及笔记，还有大量的诗文总集，如吴讷的《文章辨体》、徐师曾的《文章明辨》、贺复徵的《文章辨体汇钞》都是兼选本和文体学著作于一身的总集。徐师曾的《文体明辨》八十四卷，分出各类文体达127种之多。这些文体虽然政、经、文、史、哲各类兼备，还有不少文体缺少生命力，随生随灭。从文体学史来看，明代是继六朝之后另一个文体学极盛的时代。由于汉学复兴，清代在文体学的辨体工作方面也有诸多实践者。清人姚鼐的《古文辞类纂》把文章分为论辨、词赋、序跋等十三类，以总题包括细目，虽然比萧统、刘勰的分法简单了，却又免不了遗漏的弊端，诚如林语堂在《新的文评序》一文中所指出的那样："姚鼐想要替文学分十三体类，而专在箴铭赞颂奏议序跋钻营，却忘记了最富于个性的书札，及一切想象的文学（小说戏曲等）。"曾国藩《经史百家杂钞》采取了更为简单的分类方法，将文类分为三门十一类，对文学的理解与萧统相辅相成，各有所见：萧统大胆地抛开经史；曾国藩则把经史中具有文学价值的文字选出交还文学。

文体分类学与文体类型学研究是文体学史研究的重点。文体分类集中反映出人们对于文体特征与本质的认识水平。中国古代一开始将文体分为"诗"、"文"两宗，有韵为诗，无韵为文。这种以文学作品语言运用的特点作为文体类型划分标准所形成的"二分法"，显然是一种较为原始、笼统的分类方法，不足以充分反映各类文学体裁以及文学与非文学之间的差异。随着魏晋南北朝时期文学自觉时代的到来以及后世文学创作的繁荣所引发的文学批评实践的发展，文体类型越分越细，其品评也成为各个时期文学批评的有机组成部分。以"二分法"为代表的文体简分法显然不能适应文学发展以及文学批评实践的需要。繁分法开始大量涌现。中国古代的文体分类非常复杂，其分类或以功能、或以功用、或以形态、或以题材，其区分缺乏一个明确而统一的标准。通过对中国历代重要文集的文类研究，可以从中总结出中国古代最基本的文类及其衍生文体、古体与变体、雅体与俗体等。中国古代文学批评许多论争都与文体分类有关系，如诗词之辨、诗文之分，以文为诗、以诗为词等，又如唐宋诗之争等。

相比之下，西方文类学没有中国文体学这么繁杂，但在理论上也有其特色。

西方的文类学发端于古希腊理论家。在西方文学理论的创始期，柏拉图在《理想国》中已经尝试对文学进行分类，柏拉图仅仅区分了两种文学类型："叙述"（指史诗中的叙事文字）和"摹仿"（指戏剧作品）。亚里士多德在柏拉图的基础上有了进一步发展。亚里士多德的《诗学》开宗明义，声称要对诗歌本身、诗歌种类及其本质进行研究，是一部系统而完整的文类学著作。欧洲文论对于文体划分在很长时期内尊奉亚里士多德的三分法。所谓三分法，就是亚里士多德在《诗学》中将各种艺术形式、文学体裁依据其摹仿媒介、摹仿方式以及摹仿对象等的不同分为叙事类、抒情类、戏剧类三种。《诗学》中指出："假如用同样的媒介摹仿同样对象，既可以像荷马那样，时而用叙述手法，时而叫人物出场，（或化身为人物），也可以始终不变，用自己的口吻来叙述，还可以使摹仿者用动作来摹仿。"[1] 这里所讲的摹仿的三种方式中，"像荷马那样用叙述手法"的就是叙事类作品；"用自己的口吻来叙述"的就是抒情类作品；"使摹仿者用动作来摹仿"的就是戏剧类作品。这是三分法最早的理论说明。

---

[1] 亚里士多德：《诗学》，罗念生译，人民文学出版社，1962年，第9页。

这种源于古希腊的文体“三分法”，在西方文学批评实践中广泛而长期流行，从而被欧洲各个时期的文艺批评家所采用和发展。古罗马学者贺拉斯的《诗艺》，上承亚里士多德，下开文艺复兴时期文艺理论和古典主义文艺理论之端，在文体划分上沿袭亚里士多德的三分法，强调文体规范与文体惯例的重要，对16至18世纪的文学创作，尤其是戏剧与诗歌，产生了深远影响。在这封诗体信简的第7自然段，贺拉斯集中论述了诗格的重要，号召作家以荷马为榜样，并指出“每种体裁都应该遵守规定的用处”[1]，体现了他在保守中求创新的总体倾向。贺拉斯的《诗艺》和亚里士多德的《诗学》在经历了中世纪近千年的沉寂之后，在崇尚古希腊、古罗马文化的文艺复兴时期重见天日。意大利文学批评家卡斯特尔维特罗译介并创造性地曲解亚里士多德《诗学》关于悲剧文体特征的文字，从而形成被新古典主义奉为金科玉律的“三一律”。

**关键词：**

三一律

古典主义时期处于主导地位的戏剧规范。所谓“三一律”（Three Unities），就是：“表演的时间和所表演的事件的时间，必须严格地相一致。”“事件的地点必须不变，不但只限于一个城市或者一所房屋，而且必须真正限于一个单一的地点，并以一个人就能看见的为范围。”“事件的时间应当不超过十二小时。”[2]

法国古典主义理论家布瓦洛在他的代表作《诗的艺术》中进一步强调剧作家必须遵奉“三一律”，同时还详细论述了各种诗体和诗剧。德国哲学家黑格尔在其美学著作中对叙事诗、抒情诗、戏剧这三类作品加以区分，认为叙事诗是客观性的文学，抒情诗是主观性的文学，而戏剧则是包含了主客观因素的综合艺术。法国文学家雨果在《克伦威尔》序言中指出，原始时代是用牧歌来歌颂理想的抒情诗时代，古代是赞美部落和民族之间的战争和英雄的叙事诗时代，近代则是人间与天堂、肉体与灵魂、丑恶与美好、凶残与善良相互对立的戏剧时代。一直到别林斯基《诗歌的分类与分型》，我们都可以看到亚里士多德“三分法”对于西方文类划分的巨大影响。今天看来，尽管亚里士多德的“三分法”具有一定的科学性和概括力，但它的局限性也是较为明显的。首先，它较为忽视各种体裁的文学作品在语言、结构等重要形式因素方面

[1] 贺拉斯：《诗艺》，杨周翰译，人民文学出版社，1962年，第142页。

[2] 卡斯特尔维特罗：《亚里士多德〈诗学〉的诠释》，见伍蠡甫《西方文论选》，上海译文出版社，1979年，上卷，第194—195页。

的特点，以至把有些基本相同而本应属于同类体裁的作品分成了两类，如把诗歌分为抒情诗和叙事诗，把散文分为抒情散文和叙事散文，就是明显的例证。其次，在叙事类和抒情类中，同一类中却又各包含着几种不同体裁特点的作品。如叙事类作品中既有小说，又有一部分诗歌和散文；抒情类作品中包括一部分诗歌和散文。再次，有的作品既有叙事性，又有抒情性，依照“三分法”就很难归类。但我们必须看到，亚里士多德《诗学》对抒情诗、戏剧、史诗等文学体裁的划分与研究，对后世诗学产生了巨大而深远的影响，从而使文体观念成为文艺学学科的一个基本范畴。

在维多利亚时期，还形成了关于文类的三种典型的意见：第一种持进化观点，认为文类从原始形态向人工形态过渡；第二种肯定混合形态的作品，认为纯粹的文类在创新者的笔下必然会发生变形，混杂新因素，甚至可能完全消亡；第三种则立足于相反的设想，认为所有的文学作品，无不自然而然地分作戏剧类、抒情类和叙事类三种。后来这三种意见，也程度不等地波及了二十世纪的文类学研究。然而，影响本世纪文类学理论迅速发展的根本原因，还是在于众多新兴文艺思潮的冲击。有的学者虽从旧说出发，但常常加以较多的引申；有的学者则力图另砌炉灶，独创新说。由于种种文艺流派几乎均有自己独特的文本观，新出现的文类学理论也就更加多种多样了。另一方面，二十世纪现代派的文学创作，常以打破传统文类界限为能事，以至于使人们怀疑传统的关于诗歌、小说和戏剧的窠巢，是否宜于栖息像艾略特的《荒原》、乔伊斯的《尤利西斯》或福克纳的《女尼的挽歌》这样的大鸟。这些光怪陆离的文学创作，无疑也为文类学新理论的形成提供了广阔的土壤。

到了现当代，西方的文类研究获得了新的生机。芝加哥学派继承并发展了亚里士多德的诗学理论（因此又被称作“新亚里士多德派”），重视文类研究，力图说明文学类型的规则如何支配文学作品的各个组成部分。他们认为，历史上形成的文类各有独特的形式和结构，如同生物门类的特点那样确切存在，可以辨认。他们提供了一套分析文学作品中情节、摹仿行为、人物和措词（即亚里士多德的戏剧“因素”）的研究方法。

诺思罗普·弗莱是原型批评派的代表人物。他的《批评的剖析》一书，被认为是文类研究的重要著作。在该书中，他试图描述整个文学而非具体作品的文类特征，别出心裁地设计了一些直接或间接划分文学类型的方案。譬如，他根据基本的叙事模式以及人与自然的同构关系，建立了与日出日落、四季变化以及生命节律互相平行的循环体系：喜剧（春天）、传奇（夏天）、悲剧（秋天）、讽刺作品（冬天）；根据作品表现形式中艺术家与读者（或听众、观众）交流的关系，在传统划分的三大类型（史诗、戏剧和抒情诗）之外，又增添了“散文”一类。从这些分类的尝试中，可以看出他旨在辨明文类间内在关联的趣向。弗莱努力用宏观的眼光来考察整个欧洲文学的发展流变，从而总结出文学的发展规律。在文体演变方面，他认为欧洲中世纪以前是神话的时代，中世纪则是传奇文学的时代，文艺复兴时代最具代表性的文学类型是悲剧和民族史诗，接下来是中产阶级文化带来的低等摹仿模式的小说，之后就是最近占主导地位的讽刺文学类型。托多罗夫认为，弗莱的文体分类策略既缺乏严密的逻辑性，又不应该在文本的表面层次去寻找借以形成文类的结构。他为某些文类（如怪诞作品等）所做界定的标准，正是属于抽象层次。他在《文类的起源》一文中探讨文类的来源，一方面肯定历时性研究的作用，一方面强调从共时角度观察文类变化的重要。[1]托氏的观点，实际上拓宽了文类发生学的思路。（参见本书第六章）

结构主义者重视文本，甚至宣称作品完成以后作者就已经“死亡”了。他们认为，文本中的“语法”即结构使之得以交流并产生意义，而文类常规是影响这种结构的至关重要的因素。文类不是分类的体系，而是交流的语码。乔纳森·卡勒在《结构主义诗学》中指出，文类是一种约定俗成的语言功能，一种维系世界的特殊纽带，它作为规范或期待，在读者接触文本时起引导作用。读者不同的期待，自然会产生不同的阅读方式。

巴赫金的文学体裁理论，也有不少独到之处。他认为，诗学和文论应当从体裁出发，体裁是文学的主导角色，是诗学和文学史的交汇点；指出体裁是有含义的形式，体裁具有社会性，艺术家必须学会用体裁的眼光来看现实；认为体裁的发展有规律可寻，传统与创新的辨证统一、稳定与变异的辨证统一、集体创造和个人创造的辨证统一等，是体裁发展的所在。

其他学者，如赫什、姚斯、阿利斯泰尔·福勒等，也在文类学理论和实践上有所建树。

## 二　破体：文体演变的发生

在中国古代文体学史上，辨体论与破体论的此消彼长贯穿始终：前者认为文各有体，每种文体都有自己独特的审美特性、表现手法与艺术规范。后者则主张应该打破各种文体之间的界限，使各种文体互相融合。中国古代文体是在这两种理论的互相碰撞和作用下发展的。

虽然中国古代文体理论在辨体过程中建构出种种理想的文体范式，但文学不可能时时刻刻中规中矩，一成不变。所以辨体的同时也无法不面对文体发展中变体、乱

[1]　托多罗夫《文类的起源》一文原载《新文学史》第8卷（1976年），后载于托氏文集《话语中的文类》（凯瑟琳·波特英译本；剑桥，1990）。

体、解体等破体的现象。这迫使明智的辨体实践务必辨证看待各文体差别，切不可顽固僵化。一方面，从大处、整体着眼，注重对文体特征的直观、整体的领悟；另一方面，辨体实践在划界的同时，能够考虑“越界”的可能性，包容和正确处理“越界”的现实性，即思考有关破体的理论问题。辨体意味着划界限、比高下，破体则使划界与越界的矛盾呈现出来。就分界限而言，古人常说的“文以载道”、“诗以言志”、“诗缘情而绮靡，赋体物而浏亮”，都预设了文、诗、词、曲和古诗、律诗之间的疆界与不同规范，但古人常说的“以文为诗”与“以诗为文”、“以古入律”与“以律入古”、“以诗为词”与“以词入诗”，则实际上又肯定了疆域之间的跨越，规范之间相互渗透的可能性。就“比高下”而言，在古人建构的文体大国里，文体与文体之间并不是一种平等的关系，各体之间有着正变、尊卑、雅俗的等级之分。如在文、诗、词、曲等等之间，在诏、策、奏、启等等之间，都存在着不同的价值序列。各体之间的等级界限也不是一成不变的，同样存在着“越界”的相对性和可能性。“诗庄词媚，曲俗谣谐”，词相对于诗是俗体，相对于曲又是雅体；词本身在发展初期是俗体，在文人介入后的成熟期又是雅体。今天位极众体的“小说”，在古代只能入于第“十流”，“小说”的名称本身已明确表明古人对此文体的价值评判；《文心雕龙》几乎不论“小说”，至今还为不少学者所非议，这正反映出古今文体尊卑观的变迁。同一文体也有得体与失体之别，正体与变体、殊体、别调之辨。如同样是诗，有“四言正体”、古体诗高于近体诗之论；破体为诗，“以古入律”与“以律入古”、“以诗为词”与“以词入诗”，评价并不一样。

文体演变贯穿古今中外文学史。文学史常常通过文体演变的形式表现出来。说到中国古代文学，学者每每用“先秦散文”、“汉赋”、“六朝骈文”、“唐诗”、“宋词”、“元曲”、“明清小说”等时代名称加文体名称的词组加以描述，这表明特定的文体类型的繁荣常常与特定的时代密切相关。当然这并不是说在中国古代一个时代只有一种文体类型，而是强调特定的文体类型常常在特定的时代达到鼎盛状态，从而成为这个时代文学最为显著的标志。从文体演变来研究文学发展，是传统文学史的主流方式。如沈约《宋书·谢灵运传论》说：“自汉至魏，四百余年，辞人才子，文体三变。”而钟嵘《诗品》也是从体制的角度研究作家的继承关系及其流派的。文体形态的不断新创、完善及其受到遵奉、挑战的过程，其实也就是整个文学史发展的一个侧面；对特定阶段的文体形态、甚至是个别文体形态的深入研究，也有利于推进文学史的新发现。

文体演变的情形非常复杂。一方面，文体类型的形成非一日之功；另一方面，文体类型形成之后也非一成不变。文体的僵化实际上也就预示着这种文体走向终结。文体类型的生命延续性依赖于其创造性转化的能力，而这种能力并不是所有文体类型都相同的。文学史上有些文体类型只是昙花一现，速生速灭，有些则是得天独厚，长盛不衰。大体而言，文体类型的生命力是与其包容力成正比的。像诗歌、戏剧、小说这三种基本文学文体类型，可以容纳各种不同的主题、题材、艺术表现形式，推陈出新，从而成为文学世界的“常青树”。古希腊的荷马史诗，使英雄史诗这一体裁进入其黄金时代，英雄史诗在西方文学史上存在很长时间直到最终销声匿迹于18世纪。中国古代文学批评史上的“诗文相乱”之说，从理论实质上看，是将文体特征、文体类型绝对化，否定不同文类之间的交叉、渗透。如陈师道说：“诗文各有体，韩以文为诗，杜以诗为文，故不工尔”（《后山诗话》）；胡应麟说：“诗与文体迥不类：文尚典实，诗贵清空；诗主风神，文先道理”（《诗薮》）。但一些有识之士则持“诗文相生”之说，如蔡梦弼认为：“韩以文为诗，杜以诗为文，世传以为戏。然文中要自有诗，诗中要自有文，亦相生法也”（《草堂诗话》卷一）。中国文学史表明，诗、词、戏、曲、话本、小说之类文体无不产生于两种或多种文体之间的相互撞击与渗透，交叉与吸收。中国小说对于真实性的追求，与中国这个历史超级大国的“六经皆史”的史传传统不无关系。中国小说的诗化倾向与抒情特征，也是在这个诗歌超级大国的“诗骚”传统中形成的。中国文学长期以诗为主流，以诗为正宗，这种异常强大的“诗骚”传统，使很多文学类型打上诗性的烙印，成为诗的后裔、近邻或远亲。中国小说家在舞文弄墨之际或是为了迎合读者，或是为了附庸风雅，或是为了显示博学多闻，或是保留了说书艺人“入话”的形式，每每引诗入文，在一个以诗取士、文人无不登高能赋的国度，小说家做起小说来也常常诗文相伴，“有诗为证”、“诗曰”等字眼目不暇接。

文体类型之间时而交叉，时而渗透，文体类型的演变也常常会呈现出渐变与突变的不同。无论采取什么方式，文体都在演变，有时是改良性的，有时是革命性的，有时是结构系统的内部调整，有时则是新形式因素对旧结构范式的刷新与取代。王国维在《人间词话》中指出：“四言敝而有楚辞，楚辞敝而有五言，五言敝而有七言，古诗敝而有律绝，律绝敝而有词。盖文体通行既久，染指遂多，自成习套。豪杰之士，亦难于其中自出新意，故遁而作他体，以自解脱。一切文体所以始盛终衰者，皆由于此。”在我国古代诗歌的发展历程中，从四言诗到五言诗是一个“一字千金”的突变，而从五言诗到七言诗则是一个渐变，因为后者不像前者那样对原有诗体的语言运用与诗歌节奏等有重大突破，只是诗体内部系统个别要素的“微调”。文学史上新兴的文体类型从其起源看往往发端于民间，由“俗”而“雅”，慢慢地取代或渗透到主流的文学样式中而成为富有活力的新的经典文体类型。一种新文体无不是对一种或数种旧有文类的改造、借助置换或组合。一种新的文体类型出现和确立的标志，主要看它是否从“质”上而不是“量”上改变了旧有文体类型的形式规范与结构关系，是否形成了一种新的具有一定稳定性、有效性、持续性、公认性并为一批作家遵奉的文学样式。

## 三　文体意识和文体期待

文体规范既是作家历时性的创造物，也是批评家、理论家共时性的建构体。某个作家的文体创造得到后世的充分肯定和模仿之后就会形成文体规范，批评家、理论家对于这个文体规范的阐述又会反过来强化作家的文体意识。一方面，文体规范是从一定时期的文学作品中产生、总结而来的，具有历史与社会的具体性；但另一方面，它一经产生又有了相对的稳定性、抽象性，它体现在众多作者的相似作品中，形成文体惯例。

建立在文体惯例基础上的文体特征，会强化人们的文体意识，形成读者的文体期待。

**关键词：**

文体期待

文体期待即读者在阅读文学作品的时候，由于文化的传授与文学的熏陶，已经形成了对于特定文类的形式特征的默认，由这种默认而导致的阅读心理期待或指向，就是文体期待。这种期待指向意味着读者希望体味到某种文体所可能具有的特定艺术韵味、艺术魅力乃至语言、结构、人物、情节等方面的特色。

比如什么是象征主义诗歌？什么是意识流小说？荒诞派戏剧到底有哪些特征？这些问题都与读者的文体期待有关。再比如韩少功的《马桥词典》是一部小说么？小说怎么会用工具书的方式来创作？由于小说的标题是“词典”，读者无疑会对这部小说的文体产生一定的期待（因为文化已经教会读者“辞典”是什么，有什么编写体例，等等）。一个未曾读过金庸《鹿鼎记》的人，拿起这部小说进行阅读之前会形成对这部武侠小说的期待视野，而这期待视野是由文体期待、形象期待、情节期待、意韵期待等诸多层面构成，而在阅读之后这部小说在体裁上也许可能与他的文体期待基本相符，也许截然不同。如果是读琼瑶的言情小说，则在文体期待等方面又会有所不同。

从逻辑的角度看，文体演变时所产生的亚群模式（比如诗歌这个文类之下有抒情诗、叙事诗，小说这个文类之下有长篇小说，短片小说，中篇小说等等）的文体特征，可以概括为“种＋属差”。如：小说（种）＋流浪汉题材（属差）=流浪汉小说；诗

（种）＋五言（属差）=五言诗。属差常常表现为历史的或民族、个体的具体性，因而属差的变化反映了一个基本文体的历史演变。

文学理论中概括的那些“文体特征”既得自历史观察，也离不开逻辑建构，因此在一定程度上总是要以失去个体差异性为代价。文体特征作为一个理论假设，只具有相对有效性，而且这种有效性必须接受文学活动的实践检验，不是绝对的。传统文学理论对于文学作品体裁的基本特征的概括明显表现出本质主义的局限性。如所谓的小说“三要素”，就是一个已经与现代和后现代小说创作情形严重不符的理论假设。20世纪的许多经典现代小说一开始都是以不同于传统小说文体特征的方式问世并引发文学界的革命、学界的关注与论争的。而且很多作家不是不知道小说“应该怎么写”，而是故意不这么写。对此，我们不应该削足适履，用原来的人物、环境、情节等所谓的小说“三要素”来硬套，用旧有的小说文体特征来否定或排斥新产生的小说样式，而是应该不断修正、完善原来的小说概念。这个从历时到共时又从共时到历时的双向互动过程始终伴随着文体特征的建构、解构与重构。西方现当代一些理论流派，表现出轻视甚至否定文类学概念的倾向。意大利美学家克罗齐因承浪漫主义的余绪，把文学类型斥之为“虚假的区分”。他坚持认为，每一个作品即是一种类型，即是一种审美对象，一般性概念与它毫不相干。新批评派强调文本是“语言学事实”，专门从意象、比喻、悖论、反讽等内在因素或结构中去寻找诗歌的含义，对他们而言，作品的文类特点似乎远离了基本的文学性。解构主义所关注的，一般是文本、写作（ecriture）和话语，宣扬作品意义游移不定的文本性（textuality ）理论，自然会摒弃公认的关于文类的权威解释，也没有给文类的区分留下什么余地。

文体演变的动因非常复杂，这一问题构成了文体学史的核心。为什么特定的文体类型在特定的时代得到长足的发展并拥有自己的黄金时代，而在另一个时代则备受冷落走向式微？对于这个问题，理论家们不外乎从两个方面进行研究与探索：一是侧重于从文学形式以外的社会、历史、经济、政治以及文化的各个方面来寻找答案；一是悬置上述“外在因素”，在文体类型自身的系统之内以及文体类型之间的关系之中寻求解释。前者采用的是“他律论”的“外部研究”，后者采用的则是“自律论”的“内部研究”。他律论者在将特定文体类型与特定时代的社会环境相联系时，充分突出和强调了文体类型与社会历史文化环境之间的联系，他们的不足之处在于往往把这种关系理解得过于简单、机械，因而蜕化成庸俗社会学。自律论者避开了庸俗社会学题材决定论、主题决定论等社会决定论的陷阱，可是常常又将文学提纯化约为形式，成为远离尘嚣的象牙塔和空中楼阁。

文体演变的主要原因是由于现实审美的丰富性要求艺术表现世界的形式也必须多样化。文体类型在文学发展的历史过程中不断演变，构成生动丰富的文学形态，产生不同的文学审美效果。在文学这个百花园中，文类与物种、文体类型演变与生物物种进化确实有着很多相似性，正是在这个意义上，傅斯年指出“文学史或者可和生物史有同样的大节目可观。‘把发生学引进文学史来！’是我们工作中的口号”[1]。

特定时代与特定文体类型之间的关系常常表现为特定的社会审美文化、社会审美心理结构与特定文体类型之间的关系。特定的时代审美文化以及其中所蕴含的精神结构、心理结构总是与特定的文体类型达到最高程度的契合，于是某些文体类型就成了这个时代审美文化的最佳载体。比如，以四言诗体为主的《诗经》的简单、反复、朗朗上口等诗歌美学特征就与周代民众天真烂漫、纯朴自然的精神气质与情感心理高度契合，而格律严整、气象宏伟的律诗与盛唐时期乐观进取、意气风发的士人心态也有着相当的一致性。至于长短错落、音韵优美的词体在宋代的繁荣也与当时尚文轻武、骚人墨客缠绵悱恻、多愁善感的精神气质、审美倾向密切相关。缪钺指出，诗词之别不只在外形更在内质：“抑词之所以别于诗者，不仅在外形之句调韵律，而更在内质之情味意境。外形、其粗者也；内质、其精者也。……先因内质之不同，而后有外形之殊异。”[2] 所谓“内质”，就是诗人的内在情感、精神气质、审美心理结构等；而“外形”，则是前者外化之后与体裁、风格等相关的外在形式。文体发展与人类思维能力和对世界的感受方式有关系。人类在与自然及社会长期交往的历史中，形成艺术地感受和体验世界的心理图式和精神结构，而这些又随着时代的变化而变化。所以，文体史从某种角度看，也是人类感受世界、把握世界的历史。文体指向一般说来与特定时代的文化精神是同一的，文体产生与演变也同样指向时代的审美选择与社会心态，所以文体学研究与文学史研究也有共通之处。时代和群体选择了一种文体，实际上就是选择了一种感受世界、阐释世界的工具。当特定的文体形式与群体、时代精神与感受方式相对应时，才受到群体和时代的接受，这正是文体产生与兴盛的基础。“诗之所言，固人生情思之精者矣，然精之中复有更细美幽约焉者，诗体又不足以达，或勉强达之，而不能曲尽其妙，于是不得不别创新体，词遂肇兴。”[3] 中国文学史上，五言诗兴盛于汉魏时期的社会文化大动荡中；戏剧文学兴盛于宋元之际城市经济的兴起；近现代之交的白话文学也是应新文化的发展而起；而“新时期”的文学热潮也与思想解放、改革开放的时代精神紧密相关。在西方，从古典主义到浪漫主义的文体革命也与时代精神息息相关。古典主义产生于法国君主专制逐步建立和巩固的历史时期，君临天下的路易十四崇尚古罗马帝国极盛时期的政体，要求宫廷文化艺术也

[1] 傅斯年：《诗经讲义稿》（含《中国古代文学史讲义》），中国人民大学出版社，2004年，第109页。

[2] 缪钺：《诗词散论》，上海古籍出版社，1982年，第54—56页。

[3] 同上。

对古罗马传统亦步亦趋，于是因循守旧的古典主义在法国和欧洲文坛获得了霸主地位。司汤达与雨果分别在《拉辛与莎士比亚》、《〈克伦威尔〉序言》中深刻批判了古典主义一味泥古、脱离现实的病症，赢得了浪漫主义文艺思潮的彻底胜利。传统小说的文体特征是以情节的发展或人物的外在活动为其要素的，这种文体特征在一次大战后已远远不能契合西方社会心理以及文化观念，无法承载当时作家的感受、体验与思考。特别是弗洛伊德、柏格森、尼采等人非理性思潮的泛滥以及荒诞感、孤独感、分裂感、危机感、焦虑感、压抑感的产生，使传统小说文体不能胜任表现现代人心灵的任务，于是发生了以内心真实为追求目标、以潜意识流动为结构的意识流小说的文体革新。

## 第二节　文学风格

关于风格问题，我国古代文论如曹丕、陆机都有所论述。曹丕《典论·论文》所说的“盖奏议宜雅，书论宜理，铭诔尚实，诗赋欲丽”，事实上不仅区分了不同文学类型（奏议，书论，铭诔，诗赋），提出了不同文体范式，亦即风格（宜雅，宜理，尚实，欲丽），而且与他的“文气”论互为印证，预示了文学风格理论的萌发。陆机《文赋》的“诗缘情而绮靡，赋体物而浏亮，碑披文以相质，诔缠绵而凄怆，铭博约而温润，箴顿挫而清壮，颂优游以彬蔚，论精微而朗畅，奏平彻以闲雅，说炜晔而谲诳”，更是在曹丕《典论·论文》基础上文体风格理论的进一步发展。刘勰《文心雕龙·体性》开始系统、深入、全面、集中地论述文学风格问题。

### 一　文学风格概念

**关键词：**

风　格

指文学作品中表现出来的一种带有综合性的总体特征。就一部作品来说，可以有自己的风格，就一个作家来说，可以有个人的风格，就一个流派、一个时代、一个民族的文学来说，又可以有流派风格（或称风格流派）、时代风格和民族风格。其中最重要的是作家的个人风格。风格是识别和把握不同作家作品之间的区别的标志，也是识别和把握不同流派、不同时代、不同民族文学之间的区别的标志。

——《中国大百科全书·中国文学》“风格”条，中国大百科全书出版社，1986 年。

英文style（风格）一词源出拉丁语stilus（雕刻刀），正如中国的“笔”是从“刀”演变而来的那样。我国古代论述文学风格的概念历来并不统一，常见的有“风格”、“风骨”、“风力”、“风味”、“体”、“品”等多种。它们虽有今天所说“风格”的某些含义，但又有各自不同的其他意思。总的来看，古人对于风格的理解多处于感受和体悟的状态，在理论的逻辑性方面存在着含义混杂的缺陷。

（1）风格　“风”、“格”作为两个单音词，具有多义性。就其作为文学理论范畴而言，“风”偏重情志的力量，是内容的美学要求，“格”是外化的形式或情志的形式体现。

从词源学角度看，“风格”一词最早出现于晋宋时代，原是用来品评人的风度、品格的。晋葛洪《抱朴子·疾谬》曰：“以倾倚屈伸者为妖妍标秀，以风格端严者为田舍朴騃。”“风格”在此形容人的形貌。《世说新语》中“风格”一词更为常见，如评陆机“清厉而有风格”（《赏誉》），评李元礼“风格秀整，高自标持”（《德行》）等。风格之论与汉魏以来品评人物的风气以及两晋以来盛行的门阀制度关系密切。魏晋以后，品人谈艺，“风格”一语的审美意义日渐滋生。

古人论文往往同论人连在一起，“文如其人”的思想对风格理论影响很大。曹丕的“文气”说首开其例，把人的气质和文的气势相发明。这样，“风格”一词由品人转而用以品评诗文。

用“风格”来品评诗文，始见于《颜氏家训·文章》：“古人之文，宏才逸气，体度、风格去今实远。”《文心雕龙·议对》云：“陆机断义，亦有锋颖，而腴辞弗剪，颇累文骨，亦各有美，风格存焉。”意思是：陆机判定文意，也颇具锋芒，而多余的辞藻没有删除，颇损文章的风骨，但也各有所长，风格俱现。《宋史·魏野传》称魏野“为诗精苦，有唐人风格，多警策句”。以为魏野做诗精心苦吟，有唐人风格，许多格言警句。到了明清，“风格”一词在诗文论著中使用更频。如袁枚诗有“不矜风格守唐风”之句。这些与我们今天所说的文学风格一词含义逐渐接近，但仍有较大差别。总而言之，“风格”在古代一直不是作为严格规范的文学理论术语来使用的。

（2）风骨　“风”、“骨”、“风骨”，原都来自魏晋南朝对人物的评议品鉴，在文学理论方面刘勰对“风骨”作了最为完备、系统的论述。刘勰《文心雕龙》专设《风骨》篇并厘析其义：“《诗》总六义，风冠其首，斯乃化感之本源，志气之符契也。是以怊怅述情，必始乎风；沈吟铺辞，莫先于骨。”从其语境中可以看出，“风”主要是指文章中表现出来的充实、清明、感人的情志力量，所以说是感化人的根本，“骨”则主要是指文章在语言表现上呈现出来的刚健有力。“风骨”作为一个整体范畴，指坚挺刚健、简练鲜明的美学风格。他首先指出了“风骨”中的“风”的主导地位，对“风”、“骨”的特征作了分析和规定，同时对风骨和藻采的关系也作了辩证的说明。从此，

“风骨”一词在中国古代文学批评中流布甚广。唐人陈子昂高标“汉魏风骨”；殷璠《河岳英灵集》评崔颢“风骨凛然”；宋人严羽《沧浪诗话》谓顾况诗“稍有盛唐风骨处”；明清以风骨论诗文者更是难计其数。大体说来，风骨范畴自刘勰之后确立，其内涵多与风格相关，发展至唐时愈加鼎盛，经宋、元、明、清广泛使用、传衍、变易、充实而成为中国古代文论成熟而重要的概念。

（3）风力　含义与“风骨”一词相近。《文心雕龙·风骨》篇论“相如赋仙，气号凌云，蔚为辞宗，乃其风力遒也”。“风力”主要指诗文作品的情思表达得鲜明爽朗，具有力度，给人以富于生气之感。“风力”这一范畴对后世文学批评产生重要影响，主要归功于钟嵘《诗品》，在《诗品》中，钟嵘多次使用“风力”一语。《诗品序》曰：“干之以风力，润之以丹采。”认为诗歌的情感表现须骏爽有力，在此基础上再以美丽的词藻加以润饰，方为理想之作。钟嵘在《诗品》中所说的“建安风力”，在理论内涵上与“建安风骨”相同，主要就作家时代风格而论。所谓的“左思风力”，也主要是就具体作家风格而论。

（4）格调　中国古代文论特别强调对作家作品的鉴赏品评，认为作家作品的风格是读者反复吟咏玩味从而体会到的一种“格调”。“格”与“调”并举而成文，语见唐殷璠《河岳英灵集序》：“贞观末标格渐远，景云中颇通远调。”又在集中评储光羲诗云：“格高调逸，趣远情深。”在唐以前，“格”与“调”原是两个各自独立又相互关联的概念。以“格调”并称组成新的诗学概念之后，又有所发展，别具新意。宋以后多用格调论诗。格调成为体现诗歌审美要素——风格的近义语。谢榛《四溟诗话》中以甄别美酒作比，揭示格调中所含诗歌风格之美。李东阳、沈德潜等对格调的大力提倡则另有新解，与风格之义渐远。

（5）品　古人论诗文风格还常常用“品”。以品论诗，源自钟嵘《诗品》，它以上、中、下三品来评定《诗经》以后的诗人。“品”的含义主要有以下五个方面：一是评优劣，分高低；二是赏评概括，掎摭利病；三是追溯渊源，分别流品；四是体验品味，标举名作；五是品录、品选各家作品。“品”这一范畴到唐宋以后随着各种艺术形式的横向扩展，其理论意义也进一步丰富和深化。特别是署名司空图的《诗品》（《二十四诗品》）出现，另立以诗品诗的新体，而专门论述诗歌的艺术风格（二十四品并非完全属于风格方面）。此后，“诗品”几乎成为诗歌风格论的专称。《沧浪诗话》把九种风格称之为“品”。袁枚撰有《续诗品》，但是在风格论上与司空图《诗品》大相径庭。后世批评家、理论家在运用“品”对于风格的辨析渐趋细密完备，大有取代“体”的态势。当然，“品”无论如何在内涵上从来没有和我们今天所谓的“风格”完全对等过。

（6）体　“体”这一范畴在中国古代文论中既与文体学密切相关，又与风格学水乳交融。“体”所蕴含的丰富内涵上文已有详述。

西方的“风格”（style）一词本义是指“雕刻刀”，后来喻指用文字装饰思想的一种特殊方式。亚里士多德认为，高明的修辞能够达至风格。在《修辞学》中，他强调语言的准确性是优良风格的基础，追求风格之美要注意修辞，如用词恰当，讲究节奏等。亚里士多德从修辞学和外部形式的角度来理解风格，提出风格是“思想的外衣”的观念，对后世文学批评、文学理论产生深远影响。古罗马的朗吉努斯从人的思想、心灵结构以及语言等方面来理解风格。18世纪法国学者布封提出“风格即人”的观点，对西方的风格学产生重要影响。

亚里士多德的风格学说在19世纪遭到后人的质疑，人们认为语言和思想是无法分割的。法国作家福楼拜就对风格是“思想的外衣”这一权威观念所产生的变相说法“形式是外衣”予以驳斥。别林斯基认为风格是才能本身，思想本身，风格是思想的浮雕性、可感性，在风格里表现着整个的人，风格和个性、性格一样，永远是独创的，其风格理论更加接近布封的观点。20世纪，随着西方文学理论的语言学转向，许多研究者从语言形式方面来理解风格问题。文学作品在不同层面上包括体裁、修辞、结构、形式等要素，在根本上是由一定的话语秩序所形成的文本体式，它折射出作家、批评家独特的精神结构、体验方式、思维方式以及其他社会历史、文化精神。因此，文学风格这一范畴的内涵非常丰富和复杂。在文学活动中，作家独特的创作个性对作家的创作风格的形成起到至关重要的作用，而这主要通过作家所创作出来的作品来辨认，因此作品的风格是文学风格的核心和基础。此外，一定时代、民族、地域、流派等，也往往会在不同的作家作品那里打上某种共同或相似的烙印，因而文学风格也包括文学的时代风格、民族风格、地域风格、流派风格等内容。

## 二　文学风格的划分

中国古代的文学风格分类，数量之多、范围之广、辨析之细都是无与伦比的，但总的看来，不外乎概分法、繁分法和散分法三大类。

（1）以阴柔、阳刚学说为代表的概分法　受《周易》影响，中国古代文论把风格一分为二，以阴柔、阳刚之美组成风格之美的两极共构，由来已久。《文心雕龙》多篇论及刚、柔问题：“风趣刚柔，宁或改其气”（《体性》）；“文之任势，势有刚柔”（《定势》）；“刚柔以立体”（《熔裁》）。后人将宋词分为豪放、婉约，也是受此风格理论影响。

（2）以署名司空图的《诗品》为代表的繁分法　繁分法的首创之功当推刘勰的“四对八体论”，也即《文心雕龙·体性》篇的“一曰典雅，二曰远奥，三曰精约，四曰显附，五曰繁缛，六曰壮丽，七曰新奇，八曰轻靡”。刘勰不仅对每种风格作了简要的理论说明，而且指出与其相对应的反面风格，也体现了思维上两极共构的特点。此后，繁分法愈加繁杂。唐皎然的《诗式》提出了高、逸、闲、静、深、远等十九种；署名司空图的《诗品》归纳出的风格种类有二十四种之多：雄浑、冲淡、纤秾、沉著、高古、典雅、洗炼、劲健、绮丽、自然、含蓄、豪放、精神、缜密、疏野、清奇、委曲、实境、悲慨、形容、超诣、飘逸、旷达、流动。《诗品》的首创之功在于它以诗体、喻体论风格，体现了中国古代风格学重体悟的诗性特征。今天看来，繁分法须与概分法相结合，太简太繁，对于分类的理论价值都有影响。从情志、气势、形象、境界、语言、表现等大的方面作具体细致的风格品味，也许可以做到二者兼顾。

（3）散见于诗话、词话等的散分法　这是中国古代风格学最为常见的一种，也是富于中国特色的一种。它大多采取随笔乃至即兴的方式，不拘泥于约定俗成的风格类型，不热衷于连篇累牍的系统论述，作者往往有感而发，各抒己见，少则一字定评（如“郊寒岛瘦”），多则数字成论（如论杜诗“沉郁顿挫”）。

在西方传统的修辞学理论中，文体风格曾被粗分为三大类型：高雅风格（high style）、平庸风格（middle style）和低劣风格（low style）。事实上，在西方文学中，文学风格类型的划分有时也相当繁缛，如“巴洛克”、“罗可可”、“哥特式”等风格，以及“矫饰风格”、“华美风格”、“淡雅风格”、“素朴风格”、“感伤风格”、“雕琢风格”等。[1]

总体而言，西方的风格学体现其侧重天人相分、天人对立冲突的文化精神，故崇高、悲壮、滑稽、丑怪、荒诞等风格类型更成为其批评实践与理论关注的重点。朗吉努斯《论崇高》从“伟大心灵的回声”来理解崇高的风格。柏克从“自我保全”的心理基础来理解崇高的风格。康德从数学、力学、几何学、美学等的角度来研究崇高。在康德看来，崇高正体现为人与自然（表现为巨大的数量、体积、力量等）对抗中主体精神力量的伟大、主客体对立中人的精神的超越。正如尼采所认为的那样，对可怕事物的偏爱是有力量的象征。浪漫主义运动以来对于丑怪和荒诞这些审美风格的热衷表现，更体现了西方的不同文化精神。丑怪与荒诞的风格，突出了审美中主体与客体、个人与社会、感性与理性的尖锐对立，引起的是否定性审美态度、否定性情感，其审美价值与表现形态大量体现在西方现当代文学作品中。作为给人以厌恶为主的复杂情感刺激的文学风格类型，丑怪与荒诞可以丰富人的审美经验，锻炼人对复杂意义的领悟能力，并进一步激发人们高尚的审美理想，唤起战胜丑、创造美的动力。丑怪与荒诞是一种客观存在。作为美的对立面，西方美学很早就关注丑的问题，罗森克兰

[1]　参见艾布拉姆斯：《欧美文学术语词典》，第354页。

兹专门著有《丑的美学》，对丑进行系统深入的理论研究。从本质上说，丑是一种不和谐，具有紊乱、嘈杂、破败、粗陋、畸形、邪恶、虚假等特性。而荒诞作为丑怪的极端形式，是理性协调的颠倒，表现为极度的不合理、不正常，给人以无可奈何、哭笑不得的痛苦感受。西方现代派文学的荒诞剧、黑色幽默小说等都充分体现了这一风格类型。

## 三　文学风格的成因

从没有自己的风格到独具一格，一个作家的风格的形成有一个长期探索、艰苦积累、逐步形成的过程，究其成因不外乎作家内在的主体因素和外在的社会客观因素两个方面。作家的个性气质、人格精神、艺术情趣、审美追求、文学才华、创作个性这些内在的主体因素是风格形成的内因，是直接条件；而地域、民族、时代等客观的社会因素，则是风格形成的外因，是背景条件。

### （一）文学风格形成的主体因素

曹丕《典论·论文》称“文以气为主。气之清浊有体，不可力强而至”，首次揭示了创作主体的个性气质对风格的决定作用。刘勰《文心雕龙》的《体性》篇专论风格问题。一些学者认为，“体性”的“体”是体貌，即风格或作品的客观风格；“性”是性情、性气，即个性或作家的主观风格。“体性”即风格与个性或客观风格与主观风格。[1]文学风格，从根本上说，是文学独创性的产物，是作家的气质、秉性、学识、修养各种因素的综合体现，因而风格的形成首先取决于作家的主观因素。由于作家先天条件以及所处的社会环境、阶级地位、生活经历、文化修养、文学上的师承关系等方面的差别，必然形成其特有的思想感情、气质风度、学识才华和审美趣味。刘勰在《体性》篇中将其归纳为“才”、“气”、“学”、“习”四个方面。在他看来：“才有庸俊，气有刚柔，学有浅深，习有雅郑。”“辞理庸俊，莫能翻其才；风趣刚柔，宁或改其气；事义浅深，未闻乖其学；体式雅郑，鲜有反其习。”“才”与“气”是先天禀赋，“学”与“习”是后天的修养和环境影响。“才”，指作家的才华，优秀的作家必须具备敏锐的感受力、丰富的想象力、卓越的创造力和深刻的观察思考力，这一切都是才华的标志，它是风格形成的基本条件，缺少才华的作家根本不可能脱颖而出，独具一格。“气”，指气质、秉性，作家的气质秉赋对于形成其创作个性、文学风格密切相关。“学”，指学识、修养，作家风格的形成同他学问功底的深浅，师承传统的情形密不可分。“习”，指作家所处的生活环境、社会地位、人生经历、艺术熏陶等，它们对风格的

[1]　刘勰著、龙必锟译著《文心雕龙全译》，贵州人民出版社，1992年，第338页。

形成也有重要的影响。对于上述四个方面，刘勰举出两汉魏晋众多作家对此加以充分说明。而这也是后人所说“文如其人”的核心所在。

在阐释文学风格的成因方面，西方理论也与中国古代文论有异曲同工的地方。布封的“风格即人”，与中国“文如其人”的传统说法所见略同，突出和强调了主体因素在形成风格过程中的重要性，在《论风格》中，布封指出：风格是当我们从作家身上剥去那些不属于他本人的东西，所有那些为他和别人所共有的东西之后所获得的剩余的内核。[1] 黑格尔、马克思、别林斯基等人都对布封的风格理论有所吸收和发展。

**（二）文学风格形成的客观因素**

（1）文学风格与时代文化　刘勰《文心雕龙·时序》篇首指出：“时运交移，质文代变。”刘勰还用“志深而笔长”、“梗概而多气”的“建安风骨”对“文变染乎世情，兴废系乎时序”的时代风格的演变加以说明。在文学风格形成的客观原因中，时代精神起着至关重要的影响。文学风格的时代特征，不是时代烙印的被动承受，它既是时代精神的产物，又是时代精神的发酵剂与催化剂。“建安七子”面对军阀混战、世积乱离、风衰俗怨的时代，既敢于正视现实，又富于拯世济物的宏愿，因此，尽管这些作家独具一格，曹操苍凉悲壮，曹丕通脱清丽，曹植豪迈忧愤，孔融豪气干云，王粲深沉秀丽，刘桢傲骨凌霜，但他们都继承和发扬了汉乐府“缘事而发”、“为时而作”的文学精神，具有“志深而笔长”、“梗概而多气”的共同时代风格特点，“建安风骨”也因此获得后世盛赞。

在西方，随着近代资本主义的发展，尖锐的阶级矛盾代替了古典式的社会冲突，近代反封建、反教会的启蒙运动、思想解放、个性张扬代替了古代的君权、神权专制，因而近现代西方文学也就逐渐冲破了古典的和谐观念，打破了传统文学的清规戒律，创造出令人眼花缭乱的多元风格。

从人类审美活动与审美观念的时代发展角度看，不同的审美风格类型体现了不同的时代文化风格，古代崇尚静穆风格的和谐美，近代崇尚壮烈风格的崇高美，现代、后现代则充斥着滑稽、丑怪、荒诞的审美风格类型。当然，这些都是就其主流而言，每个时代的文学当然都存在一些细微的差别。

（2）文学风格与民族文化　除了时代因素对文学风格构成重要影响，民族文化也会在文学风格上打下鲜明的印记。作家的文学风格必然渗透着民族文化传统的基因，表现出民族文化风格。随着19世纪西方民族主义解放运动的兴起，民族意识觉醒，民族因素与民族文化受到充分重视。法国艺术理论家丹纳在其《〈英国文学史〉

---

[1] 参见伍蠡甫、胡经之主编《西方文艺理论名著选编》（上卷），北京大学出版社，1985年，第223页。

序言》中提出著名的“三要素”（种族，时代，环境）说，在强调环境与时代因素对文艺影响的同时，更是将种族因素放在首位。在丹纳看来，所谓的种族，是指天生的和遗传的那些倾向，人带着它们来到这个世界上，而且它们通常更和身体的气质与结构所含的明显差别相结合。这些倾向因民族的不同而不同，并使不同的民族文学艺术呈现出不同的民族风格。

（3）文学风格与地域文化　地域文化对文学风格的影响也不容忽视，作家总是生活在一定的地域中，不能不受到地域文化的潜移默化，作家的文学风格必然融入地域文化因素，形成地域文化风格。我国清末学者刘师培也曾撰写《南北文学不同论》，认为中国文学因南北地域条件的不同而呈现出不同的文学精神、文学风格：“大抵北方之地，土厚水深，民生其间，多尚实际。南方之地，水势汪洋，民生其际，多尚虚无。民尚实际，故所作之文，不外记事、析理二端。民尚虚无，故所作之文，或为言志、抒情之体。”在西方，关于文学与地域文化的讨论更多，甚至有地理环境决定论，比如，19世纪的法国作家、批评家斯达尔夫人在《论文学》中将当时的欧洲文学按地域分为南方文学和北方文学两种文学类型，并结合地域自然条件等对这两种文学类型的不同风格及其成因作了深入的理论说明。再比如丹纳的《艺术哲学》把种族、时代、环境列为决定文学艺术风格的三大主因，而其所说的“环境”主要即地理环境。

（4）文学风格与阶级、流派等　在阶级社会中，作家总是隶属于一定的阶级、阶层，表现出一定的身份地位，这些因素都会反映在他的文学风格之中，甚至深刻影响其文学风格的形成。例如中国最早的一部诗歌总集《诗经》，由风、小雅、大雅、颂组成，其阶级印记在这些不同类型的作品中显而易见：国风体现了民间清新自然、感情奔放、生动活泼的风格特征，而雅、颂则体现了上层社会繁文缛节、循规蹈矩、板滞空泛的风格特征。此外，作家还会加入或被归入某些文学团体或流派，同一文学团体或流派的作家，既有个人的独特风格，又有群体或流派的共同风格。如初唐时期因唐太宗和大臣们对齐梁文风的爱好，形成了宫体诗派。至盛唐，开始出现以写山水田园为主的王孟诗派和以写边塞题材的高岑诗派。各派独树一帜，风格迥异，但每派成员之间却有共同的流派风格。

文学风格成因丰富而复杂，作家主体因素和社会客观因素所起的作用是不一样的，一般看来，前者往往主宰着作家文学风格的个性方面，而后者则往往制约文学风格的共性方面。

## 第三节 述评

### 一 中国文体学、风格学

辨体是中国古代文学批评与文学创作的传统与首要的原则。《文心雕龙·附会》篇曰："夫才童学文，宜正体制，必以情志为神明，事义为骨髓，辞采为肌肤，宫商为声气。"由此可见，论诗文以辨体为要，古代文体学将"体制"与"情志"、"事义"、"辞采"、"宫商"等结合起来，要求最终达到整体把握文体、解会文学的境界。辨体的主要功能和目的在于通过对某一体裁、文类或文体一定的内质与规定性的把握，划分各种体裁、文类或文体之间的内外界限，厘析各种体裁、文类或文体内部的源流正变的界限，并分别赋予高下优劣的价值判断，故辨体在古代文体学中成为贯通其他相关问题的核心基点。

辨体之难，在于"体"在中国古代文论异常丰富的文献资料中的多义性、歧义性、含混性。文体学史料涉及面相当广泛，除了像《文章流别志论》、《文心雕龙》等专门文体学论著之外，在浩如烟海的总集与别集、史书、目录学著作以至诗话、词话、曲话、各种笔记等之中也存在大量的文体史料。总结现有研究成果，可将所辨之"体"简要归纳为以下六种主要含义：

（1）体裁或文体类别，大致相当于法文的genre。《典论·论文》"唯通才能备其体"的"体"即此之义。这是最通常的含义，如《文选》、《文苑英华》、《古文辞类纂》、《经史百家文钞》等总集、选集和《汉书·艺文志·诗赋略》等史志目录所体现的归类整理的科目分类。此外，如《文心雕龙》所论的诗、赋、颂、赞、盟、誓等等，《沧浪诗话·诗体》部分所列四言、五言、七言、古体、近体、绝句以及乐府歌行、杂体诗等等，都可归入此类。当然，不同的体裁又有不同的本色与规范，正如胡应麟《诗薮》所言："文章自有体裁，凡为某体，务须寻其本色，庶几当行。"许多文体理论，正是建立在具体的体裁之上的。

（2）语言规范及其风貌。文章各有体，不可相犯，故一些理论家认为：古文不宜蹈袭前人成语，当以奇异自强；骈文宜用前人成语，复不宜生涩求异；散文不宜用诗家语；诗句不宜用散文言；律赋不宜犯散文言；散文不犯律赋语。各体语言皆判然各异，如混杂用之，非惟失体，且梗塞难通。言之成章为文，文之成声则为诗。诗与文同谓之言，亦各有体而不相乱。这里所谓的"有体"与"失体"之"体"，应该是指不同体裁所应有的具体可辨的语言特征与系统。

（3）体格、章法结构与表现形式。如薛雪《一瓢诗话》云："格有品格之格，体格之格。体格，一定之章程；品格，自然之高迈”；胡应麟《诗薮》云：“作诗大要不过两端，体格声调，兴象风神而已。体格声调有则可寻，兴象风神无方可执。”这里的“体格”层次低于“品格”或者“兴象风神”，但是又高出于具体语言特征、语言规定性之上，大略指的是能够承载不同文体的功能、主题与风格等要求的章法结构与表现形式。

（4）体要，作品在总体上给读者的感受。古人在综合考虑具体文体的题材质料、语言特征、体制结构等的基础上，往往力求得到对于文体的整体性把握。这种把握可以分成两个方面，一方面指“体性”、“体貌”，一方面指“体要”、“大体”，也即文体的内在之质的规定性。《文心雕龙》自《明诗》到《书记》在每篇结尾处往往综合概括所论文体，如《明诗》：“若夫四言正体，则雅润为本”，《铨赋》：“丽词雅义，符采相胜……此立赋之大体也”，《颂赞》：“原夫颂惟典懿，辞必清铄……其大体所底，如斯而已”等等，均属此类。符合的谓之“得体”，不太符合的则谓之“别调”或者“变体”、“失体”等。

（5）体性、体貌。《文心雕龙》专设《体性》篇，从才、气、学、习四个方面讨论作家创作个性与诗文创作体貌的关系。此处的体性、体貌，近于我们今天所说的“风格”（详见本章第二节）。

（6）文章或文学之本体。《颜氏家训·文章》：“文章之体，标举兴会，发引性灵，使人矜伐。”“文章之体”，指的是文章的本质。明代范应宾《文章缘起注旧序》：“由两汉而还，文之体未尝变，而文渐以靡，诗则三百篇变而《骚》，骚变而赋，赋变而乐府，而歌行而律而绝，日新月盛，互为用而各不相袭，此何以故，则安在斤斤沿体为？”“未尝变”的“文之体”指的是文章的本体、本质，是永恒不变的。而变动不居的则是具体的文章体裁，如诗变而为骚，骚变而为赋，赋变而为乐府等。

通过相关文学理论的总结，我们看到中国古代文体学丰富、复杂与宽泛之处还表现在不但“体”有多义，而且有时同一个“体”中也会包含两个以上的含义，如《文心雕龙》“故文能宗经，则体有六义”的“体”，就既指“体制结构”又指“体貌特征”。许学夷《诗源辨体》“古、律、绝句，诗之体也，诸体所诣，诗之趣也，别其体，斯得其趣矣”。这一句里的后一个“体”就既包括“体裁”，又指“体要”。严羽《沧浪诗话》“诗体”一节的“体”，也实际包含了以上大部分的“体”的含义；此外，如果把禁体（白战体）、赋得体、离合体、集句体、回文体、反复体、歇后体等归入严羽所说的“杂体”，则这些“体”除了体裁或文体类别的含义之外，又可兼指特定的表现手法或修辞方式。

中国古代文体批评在赋予了文体之“体”多种含义系统的同时，还结合其他多种范畴或概念在多重关系中对“体”加以整体性辨析。如《文心雕龙·宗经》论述

“体”与“经”的关系：“故论、说、辞、序，则《易》统其首；诏、策、章、奏，则《书》发其源；赋、颂、歌、赞，则《诗》立其本；铭、诔、箴、祝，则《礼》总其端；纪、传、盟、檄，则《春秋》为根。”此外，如“体”与“性”、“体”与“气”、“体”与“格”、“体”与“势”等等，也同样显示出古代文体学的“体”决不仅是孤立的范畴或概念，而是与古代其他相关的范畴或概念紧密联系在一起。

值得特别注意的是，中国古代文体理论在辨体之时，不是单就文体而辨文体，往往将文体之辨和政治人才之辨、人品之辨、作家才性之辨等结合起来，在同构、平行的框架之中进行讨论。文之有体，犹如人之有体。就寻常人之体，而能为天下不寻常之人，是乃所谓俊人也，神人也；就寻常文之体，而能为天下不寻常之文，是乃所谓奇文也，至文也。人体是显性形态，文体则为其隐性形态。人体是文体的象征，文体是一个和谐统一的有生命的整体。曹丕《典论·论文》说：“夫文本同而末异，盖奏议宜雅，书论宜理，铭诔尚实，诗赋欲丽。此四科不同，故能之者偏也。唯通才能备其体。”刘孝绰《昭明太子集序》说：“窃以属文之体，鲜能周备。……孟坚之颂，尚有似赞之讥；士衡之碑，犹闻类赋之贬。深乎文者，兼而善之。”他们都把作家和文体紧密结合，理想是“通才”与“兼善”，但实际上却是“能之者偏”、“鲜能周备”。这种辨体方式决定了古代文体学直观感悟的方法论和思维特点——它注重对文体气足神完的体悟，而不是支离破碎的解析；它把对文体的综合体验和观照艺术地传达出来，并非没有整体上的理性基础，只是在表述过程中深藏不露而已。当然，这种辨体方式也包含着某些局限，比如古代文体学注重审美体验和感悟，形象感受批评多于理论的逻辑阐释，一些范畴、概念、论断等一般缺乏严格的界定，带来难以言说的多义性和模糊性。用现代的眼光来看，古代许多重要的文体形态是“非文学”的文体形态，但是在中国古代实用文体形态与文学文体形态是浑然一体的，因此我们就需要突破现代文学观念的局限，从古代特有的文学观念、文学理论出发，对古代文体的丰富实践进行符合实际的理解、研究。另一方面，有不少古代的文学理论是在特定的古代文体的基础上提出的，和该文体自身的具体实践与源流正变紧密相连，对于其他的文体可能并不适用，更不能看成是普遍的古代文学理论。

中国古代风格学与文体学有着天然的关系。辨体不仅主要是文体之辨，风格类型之别也同样可以说是辨体。当代学者将古代风格学细分为六种含义：(1)某一类文体的风格，如胡应麟《诗薮》外编说：“诗与文体迥然不类：文尚典实，诗尚清空；诗主风神，文先道理”。(2)具体作家的风格，如《典论·论文》的“应玚和而不壮，刘祯壮而不密”；《宋书·谢灵运传论》指出：“相如巧为形似之言，班固长于情理之说”。(3)具体作品的体貌特征，如《文心雕龙·杂文》：“蔡邕《释诲》，体奥而文炳。”(4)某一历史时期文章的总体风貌特色，如《沧浪诗话·诗体》所谓建安体、黄初体、正始体、太康体、元嘉体、永明体、盛唐体、元和体、元祐体等；李东阳《怀麓堂诗话》："汉、魏、六朝、唐、宋、元诗，各自为体"。（5）体貌类型或风格类型，如《文心雕龙·体性》："若总其归涂，则数穷八体：一曰典雅，二曰远奥……八曰轻靡"，把一切不同的文章体貌，尽归入此八体中，创造性地把体貌类型化了。（6）流派风格特征，如建安体、西昆体、四灵体等等[1]。各类文体风格的辨析是古代文体学的重要内容，主要的内容有：（1）体性论，研究作家的个性与创作风貌的关系。（2）人品文体论：儒、道、释三家均注重人的修为与境界，受其影响历代批评家、理论家特别重视作家的人品对于风格的影响。（3）时代文体论：这体现出中国古代朴素的唯物的反映论，"文变染乎世情"，特定时代的社会风尚决定了其整体的文风。同时，中国古代往往以某种文体作为特定时代的代表，每时代有主导性的文体，如汉赋、六朝骈文、唐诗、宋词、元曲等，即王国维所谓"一代有一代之文学"。（4）地域文体学，古人认为自然与人文地理影响了创作与文风，这是所谓的"江山之助"。包括对于各地文学风格差异的研究。

## 二　西方文类、风格理论

亚里士多德开创的西方文体理论雄霸欧洲一千多年。20世纪西方新兴的文类学研究，越来越远离关注文体表面形式特点的传统做法，而倾向以哲学思考代替简单的历史描述或客观描述，以内在模式或结构代替旧有的分类标准和原则，因而似乎具有研究文类而超越文类的趋势。关于这种情况，保罗·赫尔纳迪在《超越文类：文学分类研究中的新倾向》中指出，现代文类批评的佼佼者较多哲学性，而非历史性或规定性：因为它们试图描述可能借以创作的几种基本的文学类型，而非已经创作出来的或者（按照批评家的眼光）应该创作的多种作品类型。结果，当代最佳的作品分类法，使我们的眼光集中在文学的秩序上，而非集中在文学种类的边界上。现代语言学的发展给现代西方文体学带来"语言学转向"，也引发了"文体学到底属于文学还是语言学"的激烈争论。主流的看法认为文体学属于文学，语言学应当作为适当的文学批评方法加以运用。但是何谓"适当"？由此问题又被转化为文学作品的语言形式与主题意义、美学效果之间的关系问题，而对此大体上又有三种解决方案。第一种强调语言文本形式的所谓"客观性"，主张对文本进行细读，以作品的文字结构作为阐释和批评的唯一根据。第二种偏重于主题意义、美学效果的"主观性"，提出"感受文体学"的美国理论家费什是其中最著名的代表。第三种方案则在主、客观之间进行折中，如

[1]　参见吴承学：《中国古典文学风格学》，花城出版社，1993年。

“文学文体学之父”斯皮泽提出所谓“语言循环”，即先找出作品中偏离常规的语言特征，然后借助批评家以往的阐释经验对此偏离做出作者心理根源上的解释，之后再回到作品细节中通过考察相关因素予以证实和修正 。三种解决方案都有部分的合理之处，但同时也在它们解决问题的地方产生了更多的问题。因为作者、阐释者及其与之相关的作品的主题意义和美学效果，绝不是文本自身所能穷尽的，从而也为“话语文体学”、“社会历史和社会文化文体学”及其形形色色的变体（如“政治文体学”、“女性主义文体学”、“语境文体学”等）留下了探索的缺口。在他们眼里，文学是社会话语、政治现象、意识形态的作用物，阐释者和作者也都是历史语境的一部分，任何阐释和分析都应该在一个由社会意识形态和语言建构出来的现实或理论框架中进行。

正因为在现代的文类学研究领域中有着形形色色的文艺思潮的渗入，才为它向纵深方向的发展提供了极为有利的条件。不过，在借用其他学科的角度和方法而进行深化的同时，如何使作品的文学性免遭破坏，如何消除顾此失彼的现象，仍然是现代文类学需要解决的重要问题。关于研究的目的，克劳迪奥·纪延的看法似乎比赫尔纳迪更全面些。在《论文类的应用》中他明确宣称，现代文类学既要顾及业已存在的文学类型，又要以特定的文类学概念去激励作家写出新型作品。就方法论而言，迄今为止，西方现代文类学已经建立了综合考察法、深层透视法、中西比较法等多种方法。描述各种文类特点，通常是在民族文学的范畴内进行的。如果把整个民族文学放在世界文学的背景上加以观照，它就会像一个独特的文类那样，可以概括出总体特征，而且这种概括反过来必然又会涉及每一文类。

受亚里士多德的影响，西方文学风格理论与修辞学理论向来密切相关。在西方，所谓文学风格，就是“思想的外衣”，就是形式因素，大都指语言的表达方式，是作家在文学作品中如何组织话语系统和结构文本的方式与策略。批评家、理论家可以通过对某位作家的某部作品的措辞、修辞的目的和手段、比喻的类型和数量、句子结构和句法、节奏、语音组合和其他的文学形式特征上的格式来分析这位作家或这部作品的文学风格。

受古罗马文论家朗吉努斯的影响，西方的文学风格理论还深深打上主体论的烙印。在《论崇高》中，朗吉努斯指出，“崇高可以说就是灵魂伟大的反映”。[1]这种主体性的风格理论影响深远，在法国作家布封这里又达到一个高点。在法兰西学院为他举行的入院典礼上的演说中，布封明确提出“风格即人”的命题。[2]因为布封的这一

[1] 伍蠡甫、胡经之主编：《西方文艺理论名著选编》（上卷），北京大学出版社1985年版，第119页。

[2] 同上书，第223页。

风格理论与我国历史上由来已久的“文如其人”观念相契合，故而在我国也产生广泛影响。

在始于20世纪50年代的语言学转向之后，西方的文学风格理论深受语言学理论和文体学理论的影响。风格范畴开始转变为用来进行一种文本分析的方法。这种方法主张对文学作品的文体风格采用“客观的”或“科学的”分析，以取代传统的文学批评里“主观的”和“印象主义的”分析。批评家、理论家习惯于将文学作品归结为“说了什么”和“怎样来说”两个方面，也即传统的“内容”与“形式”二分法。“内容”通常是用“信息”、“意旨”、“主题”、“意义”这类词组表示，而作为“形式”的文体风格因素则被定义为表现这种改变“审美特性”（aesthetic quality）或读者的情感反应的信息的各种变异体。这是现代语言学的概念在文学批评中的应用，是用来辨认文体风格上的特征或形式上的特质的，它们为某一作品、某位作者、某种文学传统或某一年代所特有。这些文体风格上的特征可具体细化为：（1）语音上的（即语音、韵律或韵式）；（2）句法上的（即句子结构的类型）；（3）词汇上的（即抽象词与具体词，名词、动词、形容词的相对出现频度）；（4）修辞上的（即“比喻语”、“意象”等的独特用法）。

以科学上的精密为其目标的西方当代文体风格研究，采用计量的方法来计算文体风格特征的相对出现频度，并时常借助电子计算机来制定那些用以识别某一独特文体风格特征出现率的表格。其他文体风格研究则利用语言学的概念，如“聚合”和“组合”之间的关系；或利用区分语言的表层结构和深层结构的“转换式语法”；或利用辨别某一述说的语义内涵和“非表现力”的“言语行为理论”。

西方文体风格研究有时终止于某一独特的文体风格大致的数量上的确定或“指纹式测定”。不过，文体风格分析者通常也把独特的文体风格特征与作家精神上的特质联系起来，或与作家感知世界和组织其经验的独特方法联系起来；他们也将独特的文体风格特征与某一时代人们对现实的观念和态度联系起来，或与特殊的审美和情感的功能和效果联系在一起。在西方文体风格研究方面的一个广泛趋势，是勒内·韦勒克所谓的“现代文体风格学之帝政”，即一种将文学批评所有的相关因素都包括在文体风格分析之内的企图。

## 参考书目


1. 周振甫:《文心雕龙注释》, 人民文学出版社, 1981年。
2. 童庆炳:《文体与文体创作》, 云南人民出版社, 1993年。
3. 陶东风:《文学史哲学》, 河南人民出版社, 1994年。
4. 许自强:《新二十四诗品—古典诗歌风格鉴赏》, 文化艺术出版社, 1990年。
5. 伍蠡甫主编:《西方文论选》, 上海译文出版社, 1979年。
6. 伍蠡甫主编:《现代西方文论选》, 上海译文出版社, 1983年。
7. 亚里士多德、贺拉斯:《诗学》、《诗艺》, 罗念生、杨周翰译, 人民文学出版社, 1962年。
8. 诺思洛普·弗莱:《批评的剖析》, 百花文艺出版社, 1998年。


## 思考与联系

一、解释下列概念

1. 文学体裁
2. 文学风格
3. 文体期待
4. 三一律

二、回答下列问题

1. 曹丕《典论·论文》、陆机《文赋》、刘勰《文心雕龙》文体学说的主要内容分别是什么? 试对三者略做比较。
2. 如何看待中国古代文学批评史上有关杜甫“以诗为文”、韩愈“以文为诗”的论争?
3. 司空图《诗品》作为有关风格的著作, 有什么特色? 这些特色有什么优点和缺点?
4. 亚里士多德《诗学》的文学体裁“三分法”的主要内容是什么? 其优点和缺点分别是什么?
5. 如何理解西方新古典主义遵循的“三一律”? 这一理论范畴是如何提出的, 又是怎样发展的?
6. 中西文体、风格理论是否可以相互取长补短, 如何进行理论沟通?

# 第六章
# 文学的传统与创新

在文学发展过程中，传统与创新常常以对峙的姿态出现，它们在相互矛盾对立中融合统一，共同推动着文学的发展。文学传统建构了文学的连贯性和整体性，艺术创新则推动着文学的发展。文学传统与创新之间存在着什么样的关系？传统促进创新，还是抑制创新？创新是要抛弃传统，还是要承继传统？创新的途径和限制是什么？古今中外的理论家在不同的批评语境中运用不同的批评视角对这一问题作出了种种不同的解释。

## 第一节　文学的通与变

文学的法式及其通变因革关系是中国古代文学理论和创作实践所关注的重要问题。在文学创作中有没有作文的基本法式，如何对待古人作文的法式，是遵循它，更新它，还是变通它？如何将文学个性表现与文艺的普遍法则相结合？在文学实践中变通古法有哪些具体的技巧？古人对这些问题作了饶有兴趣的探讨。

### 一　变则其久，通则不乏

“通变”是中国古代文论关于文学的继承和革新的重要命题。

**关键词：**

"通变"说

"通变"一词最早出自《周易·系辞》。《系辞下》曰："易穷则变，变则通，通则久。"其中，"通"是贯通，"变"是变化，强调通晓自然万物阴阳运动之变化，才能往来不穷。《文心雕龙·通变》第一次在诗学意义上使用"通变"，用以说明文学发展中的继承和创新，文人写作既要继承过去的传统，又要勇于创新变化，才能保持文学连贯性和发展性。清代叶燮在《原诗·内篇》中描述了"诗之源流本末正变盛衰"的历史过程，并辨证地阐述了文学的因、革、沿、创之间的关系。现代文论史上的继承与革新理论与"通变论"有着一脉相承的关系，其中毛泽东提出的"古为今用，洋为中用"和"推陈出新"的命题影响最大。

文学发展该如何通变，哪些该通，哪些该变，如何在通中求变，变中求通，通和变如何有效结合以保持文学的持久？刘勰结合前代文学发展历史和刘宋时期文学发展的新情况对上述问题都作了深入研讨。《文心雕龙·通变》曰：

> 夫设文之体有常，变文之数无方，何以明其然耶？凡诗赋书记，名理相因，此有常之体也；文辞气力，通变则久，此无方之数也。名理有常，体必资于故实，通变无方，数必酌于新声；故能骋无穷之路，饮不竭之源。

作文是"常"与"变"的统一。一方面，"设文之体有常"，"体"是体式，"常"是常规，各类文体写作都要遵循自己固有的"规律"（即常规），刘勰称之为"大体"，并对每类文体的"纲领之要"作了阐发；另一方面，"变文之数无方"，虽然文体的名目和写作之理相对稳定，要遵守传统规范，但文辞气力的变化则无一定的程式，可以因时因人变化，使之有所创新和发展。因此，"通变"之法既要取法前式，也要参照当代新作，更要从自己的生活经验出发，将"通"与"变"结合，才能够"骋无穷之路，饮不竭之源"，文学才会有恒久而旺盛的生命力。针对刘宋文坛浅绮讹新的文风，刘勰提出"还宗经诰"的文学主张，即倡导学习圣人经典文质兼备、雅俗咸宜的特点以拯时救弊。以此为前提，刘勰也果敢地提出"文律运周，日新其业"、"趋时必果，乘机无怯"的趋时求变主张。可见，刘勰主张"通"与"变"的辩证统一，所谓"通则其久，变则不乏"。只有通晓通变的规则，文学的发展才能既稳定又常新。

刘勰还从两个方面论述文学创作中通变之规则：其一，"博览精阅"，"宏大体"，"总纲纪"。要广泛浏览、精心研读前代的作品，从中吸收养料，并掌握作文的基本规则和纲要。其二，"凭情以会通，负气以适变"。在掌握了基本规则之后，根据个体情志表现的需要运用文辞，以求在会通中适变，写出风格各异的文章。

总之，刘勰“通变论”既不同于新变论，也不同于复古论，而是讲究通中求变，以通制变。

## 二　夺胎换骨，点铁成金

如果说刘勰的“通变论”在理论层面上提出了文学继承与革新的基本原则，北宋著名诗人黄庭坚则在实践层面提出了文学因革的基本途径，即“夺胎换骨”、“点铁成金”的基本写作方法，其要旨在于强调诗人要将学力和才力结合起来，在学习古人诗文精华的基础上创造升华出新的诗歌意境。

“点铁成金”的说法是黄庭坚在写给其外甥洪刍的《答洪驹父书》中提出来的。“老杜作诗，退之作文，无一字无来处，盖后人读书少，故谓韩、杜自作此语耳。古之能文章者，真能陶冶万物，虽取古人之陈言入于翰墨，如灵丹一粒，点铁成金也。”黄庭坚认为杜甫写诗，韩愈作文，都有着深厚的学识底蕴，他们的文章字字有来历。后人读书少，却误以为杜甫、韩愈自己创造了这些精妙的语辞。所以真正会写文章的人，能够海纳百川，陶冶万物，即使是将古人的陈旧言辞置于文章，也能有如灵丹妙药，点化出新鲜精妙的诗意。

“夺胎换骨”说始见于宋人惠洪《冷斋夜话》中引用的黄庭坚语：“诗意无穷，而人才有限，以有限之才，追无穷之意，虽渊明、少陵，不得工也。然不易其意而造其语，谓之换骨法；窥入其意而形容之，谓之夺胎法。”所谓“换骨法”是指不改变原作的诗意，而创造新鲜工整的语辞去提炼更为精彩的诗境。惠洪举例说，如李白有诗“鸟飞不尽暮天碧”一句，又有“青天尽处没孤鸿”句，黄庭坚认为这些诗句语意虽佳，但气骨显弱，自作《登达观台》曰：“瘦藤拄到风烟上，乞与游人眼界开。不知眼界阔多少，白鸟去尽青天回。”黄庭坚取李白之诗意和诗境，诸如“鸟飞”、“暮天”、“青天”之类，又将李白诗中静态的“青天”、“暮天”换为动态的“青天回”，描绘了百鸟飞尽之后青天返回的盛况，境界更为开阔，气势更为宏大，增强了诗歌之气骨，表现了其瘦硬的风格。“夺胎法”是体悟原诗的意义而重新加以形容，从而好像意从己出。惠洪又举例说，白居易诗云：“临风杪秋树，对酒长年身。醉貌如霜叶，虽红不是春。”苏轼南中诗云：“儿童误喜朱颜在，一笑那知是醉红。”苏轼取白居易醉红如同秋天的霜叶，而并非春天的花朵之意，以此加以演化，转换成醉红并非青春的脸庞，凡此之类，皆夺胎法。

但是，“夺胎换骨”、“点铁成金”说自诞生之日起，就颇遭论者诟病。争论的关键是：点铁成金是否仅止于化用古人诗句据为己有？夺胎换骨法是否仅止于照搬古人诗意而稍作变通？一般认为“点铁成金”是师前人之辞，“夺胎换骨”是师前人之意。

但无论师辞与师意，都不是单纯的摹仿和抄袭，从“铁”到“金”和“夺胎换骨”的过程都需要有一番“陶冶”的工夫，其目的在于“以俗为雅，以故为新”。黄庭坚极为强调学习古人的重要性，他常说闲居时应当多读《左传》、《国语》、《楚辞》、《庄子》、《韩非》等书，细细体会古人用意精细曲折之处。但也非常重视独创性的意义，反对东施效颦、亦步亦趋的做法。在他的许多诗篇中都表现出力图超越前人的诗学观念。如《以右军书数种赠丘十四》曰：“随人作计终人后，自成一家始逼真。”《题谢敞王博喻》曰：“文章最忌随人后。”

然而，如何标新立异，别出心裁，也是颇费脑筋的事。中国古诗发展到唐代，立意、遣词、隶事、音律方面都达到了极高的水平。面对唐代前辈，宋代诗人不免产生了焦虑感，他们不甘依靠前人门户，而力图另辟新径，北宋时期的几位大诗人，如欧阳修、梅尧臣、王安石、苏轼、黄庭坚等都是这方面的杰出代表。苏轼天才纵恣，他在迁想妙得、随物赋形中奠定了诗文革新的新局面。而黄庭坚则为自己选择了一条艰难的道路，他从学习古人开始，又试图从古人的创作框架中突破出来，求新求变，自立门户。其中重要的方法则是融化前人陈言旧意，再铸伟词新境，达到“化腐朽为神奇”的目的。

“夺胎换骨”、“点铁成金”作为一种技法，力求在辞意上翻新立奇，出人意表，黄庭坚运用这种方法确实也写出了许多好的作品。但这种在古人内部变革的方法却不免带有保守性和封闭性，诗人极有可能仅从表面上追求用僻典，炼生词，押险韵，制拗句，以至于专事模拟和堕落到“化神奇为腐臭”的境地。这也正是这样一种创作方法本身存在的弊端。

## 三　文必秦汉，诗必盛唐

与黄庭坚为代表的江西派诗派以复古为创新的文学观念不完全相同，明代以李梦阳、何景明为代表的“前七子”提出了“文必秦汉，诗必盛唐”的复古主义文学主张。“文必秦汉，诗必盛唐”的意思是说作文要效法先秦、两汉之文，写诗要以盛唐为师。此语出自《明史·李梦阳传》：“弘治时，宰相李东阳主文柄，天下翕然宗之，李梦阳独讥其萎靡，倡言文必秦汉，诗必盛唐，非是道者弗道。”李梦阳提倡此论，其矛头指向以“台阁体”和八股文为代表的形式主义文风，主张通过学习古代最优秀的作家作品来达到振兴明代文坛的目的。

李梦阳复古主义的核心是要学习古人法式，他对于古法的看法主要体现在以下三个方面。首先，作文必须讲究法式。李梦阳曰：“古之工，如倕、如班，堂非不殊，户非不同也，至其为方也，圆也，弗能舍规矩。何也？规矩者，法也。”（《驳何氏论文书》）作文如同造房，古代的能工巧匠虽然建造的房屋各不相同，但都遵循共同的方圆规矩。作文也有固有的法则，后人应该严格地遵循它。其次，规矩、法式是自然天成和客观存在的。李梦阳说："文必有法式，然后中谐音度，如方圆之于规矩，古人用之，非自作之，实天生之也。今人法式古人，非法式古人也，实物之自则也。"（《答周子书》）第三，所谓古法的具体内容是从语言文字、篇章结构上去模拟古人的气象格调和表现手法，如"开阖照应，倒插顿挫"等结构特点或"前疏者后必密，半阔者半必细，一实者必一虚，叠景者意必二"等具体技法。

李梦阳这种亦步亦趋的学古论调遭到了同为复古主义者的何景明的批评。虽然何景明也认为诗文有不可改变的基本法则，但二人在对古法的理解和如何学古的问题上存在分歧。何景明认为"法同而语不必同"，所谓"领会神情"，"不仿形迹"，守法而不拘泥于法，他批评李梦阳拘泥古法，不可能在艺术上发挥任何独创的精神。何景明运用了佛语中的"舍筏"之喻来说明，学诗不师成法就一无所得，一旦有所得就必须舍弃成法。何景明在学古的方法上较李梦阳更为灵活一些，他主张从古人成法入手，又不为成法所限，最后达到"自创一堂室，一户牖，成一家之言"的目的。

"前七子"之后，以李攀龙、王世贞为代表的"后七子"再次掀起了复古主义的高潮。王世贞对李、何等七子的复古运动评誉甚高，但是也充分地批评了复古文学观念所致的模拟蹈袭之弊。他宣称剽窃模拟是诗之大病，这些剽窃者就像"施铅粉而强盼笑"的"倚门之妓"，完全背离了自然和真实。诗人应该"脱模拟，辟蹊径"，在独创中"超然于法之外"。为此，王世贞提出了以"离合"运法的原则："法合者必穷力而自运，法离者必凝神而并归。合而离，离而合，有悟存焉。"在追寻古法之时，要尽力做到能够运用自如，似合而实离；在凝神运心之时，应该时时考虑到古法的存在，离中求合，合中求离，既不伤于离，又不伤于合，才能真正地做到运法自如。为此必须将"学古"与"师心"结合起来，一方面，从学习古人入手，对古人的诗文要有"熟读涵泳，渐渍汪洋"的工夫；另一方面，要"一师心匠"，使"气从意畅"，达到"兴与境偕，神合气完"的自然妙合境界。（《艺苑卮言》）王世贞的学古师心之论虽然仍固守着"文必秦汉，诗必盛唐"的复古理论，但最终将学古之说归结到抒写真情的师心之论，开启了公安派性灵论的先河。

明代的诗文复古运动前后延续了近百年之久，这在整个中国古代文学史上几乎绝无仅有。复古主义者虽然倡导学习古人，但目的却是力图借助于传统文学之血脉来振兴文坛，确实也给沉闷的明代文坛注入了生机活力。但是，打着"复古"的旗帜进行诗文变革则总不免难以达到真正变革的目的，严格遵循古法、亦步亦趋地模拟古人往往会抑制诗人的创造才能。

## 四 独抒性灵，不拘格套

“独抒性灵，不拘格套”是明代公安派直接针对前后七子的复古主义文学观念所提出的诗文革新主张。它最早出自袁宏道的《叙小修诗》，意思是说诗文写作必须抒写个性、表现真情，不要拘束于陈规俗套。

**关键词：**

性灵说

“性灵”一词用于文学批评可上溯到南北朝时期，庾信《赵国公集序》曰：“含吐性灵，抑扬词气。”颜之推《颜氏家训·文章》曰：“文章之体，标举兴会，发引性灵。”所言“性灵”，大抵是文学应该抒发一种与个人审美情趣相关联的性情。明代中后期，“性灵说”开始较普遍地运用于文学批评，如徐渭“真我”“本色”说，李贽“童心说”，汤显祖“灵性说”都与“性灵说”有着一脉贯通的关系，并强调了文学应该抒发偏离儒家礼教的真性情。至袁宏道“独抒性灵，不拘格套”，形成了较完整意义的“性灵说”。袁宏道的“性灵论”建立在反对复古主义思潮的基础上，倡导文学创作应该打破陈规旧套，强调性灵表现的真、趣、奇，从而使得个人鲜活生动的个性情感得到自由的抒发。

《叙小修诗》是袁宏道为弟弟袁中道诗集所作的序言，成为公安派的重要文论。文章写小修诗文“大都独抒性灵，不拘格套，非从自己胸臆流出，不肯下笔。有时情与境会，顷刻千言，如水东注，令人夺魄”。袁宏道认为这样的作品虽有瑕疵，但多“本色独造语”，颇叫人喜爱；而那些精心雕饰之作，虽然表面看来完美无瑕，却不能“脱尽近代文人”之习气，有“粉饰蹈袭”之恨。由此，袁宏道提出了“独抒性灵，不拘格套”的观点，鲜明地表明了对诗文写作的看法。

“独抒性灵，不拘格套”之论具有强烈鲜明的现实针对意义，宏道的笔锋从议论小修又自然转向对当时文坛的批评，他说：“盖诗文至近代而卑极矣，文则必欲准于秦汉，诗则必欲准于盛唐，剿袭摸拟，影响步趋，见人有一语不相肖者，则共指以为野狐外道。”面对明代文坛深受复古流毒侵害的现状，袁宏道大声疾呼新变和独创，他说：“秦、汉而学‘六经’，岂复有秦、汉之文？盛唐而学汉、魏，岂复有盛唐之诗？”每个时代的诗文要有自己独特的创造，才能独立于世，如果仅仅因循相袭，则不可能有秦、汉之文，盛唐之诗，这就是时代变迁而法不相袭的道理。

如何纠正模拟蹈袭的复古文风，袁宏道提出“性灵”说。性灵说的首要标准是情真，即诗文是真性情、真情感的自然流露。袁宏道曰：“大抵物真则贵，真则我面不能同君面，而况古人之面貌乎？”（《与丘长孺》）诗文亦然。因此，古未必高，今未必卑，不必因循相袭，惟恐不肖。如小修“愁极则吟，故尝以贫病无聊之苦，发之于诗，每每若哭若骂，不胜其哀生失路之感”，其诗为独抒己情、信口而发的真诗。一些民间的诗歌创作虽然是无闻无识之人所作，但却既不效颦于汉、魏，也不学步于盛唐，任性而发，抒吐真情，也为“真人”之“真诗”。

其次，诗文求趣。袁宏道《叙陈正甫会心集》曰：“夫趣得之自然者深，得之学问者浅。当其为童子也，不知有趣，然无往而非趣也。”袁宏道提倡一种诗文写作自然之趣，非积学能得。童子之趣天真无瑕，是最上乘之趣，即孟子所说的“赤子之心”，老子所谓“能婴儿”，李贽所论的“绝假纯真，最初一念之本心”。山野之人，市井百姓，率真任性，无拘无束，最能获得自然之趣。官僚道学者，官位越高，学识道理越高深，则离自然之趣越远。人当求趣，诗文亦然，有“趣”的诗文是率性而动、任性而发的产物，诗人不假雕饰，不事做作，不拘格套，自然天成，乃为真诗。

再次，诗文求奇。袁宏道《答李元善》曰：“文章新奇，无定格式，只要发人所不能发，字法句法调法，一一从自己胸中流出，此真新奇也。”文章之奇，不是故作之奇特，而是真性情、真情感的自然流露，这样的诗作相应也具有了诗人个性的特点。以自然之法为法，才是真正新奇之高格。故善于作诗的人，绝不步趋前人，而要师法变化无穷之自然。只有不师成法，以无法为法，才能穷新极变，成为文坛之英杰。

袁宏道“独抒性灵，不拘格套”说对明代复古主义者模拟剽窃之文风的打击几乎是致命的。复古主义者不知“时”不论“变”，只管因循古法而成为诗家之奴仆。袁宏道要力图纠正这种不良风气，则不免发出许多惊世骇俗之语，虽然有矫枉过正之嫌，但却也能振聋发聩，促进文学通变认识的深化。但这种文艺观念只讲作文的率真、任性和自然，而完全不顾及文法和传统，可能使诗文走向粗浅俚俗，而这正是公安派文学所造成的流弊。

综观中国古代文论关于文学通变问题的理论主张和创作实践，我们不难发现：古代文人在强调通与变的辩证统一的同时，更多地强调要学习古人，沿袭古法，在继承古代优秀文学传统的基础上进行文学变革与创新。因此，追求正统和追随古法的复古主义始终是古代文学理论的主流，这与强调宗经、征圣的儒家思想有着密不可分的关系。虽然在文论史上也不乏“独抒性灵，不拘格套”一类的呼声，但这种对性灵的追求最终被文论道统所压抑而难以形成强势。

## 第二节　古今之争

传统与现代对特定民族文学而言都是一种矛盾统一体，在文艺发展的特定转折和深化时期，人们总要提出同样的问题，即如何对待文艺的传统与现代，在今人与古人的较量中文艺该如何发展？这就形成了具有定位性或定时性的“古今之争”，近代欧洲的几次著名的“古今之争”就是这样的典型范例。

## 一　文艺复兴时期的“古今之争”

文艺复兴时期是新旧艺术相互影响、交流、冲突、碰撞的阶段，一方面，古代希腊艺术被重新发现，古代经典被视为珍宝；而另一方面，适应于新时代表现的新的艺术形式在不断产生。在这样的语境中，人们应当如何继承古代文化遗产？如何看待新的艺术创造？文艺是应该摹仿古典，还是要不断进行创新？对此，保守派和革新派的观点针锋相对，并由此引发了一场旷日持久的“古今之争”。

这场争论首先表现在创作观念的差异上，即文艺创作应该走复古的道路，还是应该走革新的道路？自文艺复兴以来，西方学者重新发现和阐释了亚里士多德的《诗学》和贺拉斯的《诗艺》，并奉为诗学权威。如意大利文学批评家明图尔诺摹仿《诗学》和《诗艺》写成了理论著作《诗的艺术》，进一步阐发了亚里士多德和贺拉斯关于文艺的规律性和理性原则，强调文艺标准的普遍性和永恒性。明图尔诺认为，文艺具有永恒不变的普遍真理，这种真理已经存在于荷马、维吉尔等最优秀的古代作家的创作中，并被总结在亚里士多德和贺拉斯的诗艺之中。他说：“如果这两位古人，使用荷马史诗为例证，曾教导我们一种真正的诗艺，我就看不出怎样能够创立另一种诗艺。”[1]因此，学习古人，就能掌握规律和获得真理。“试问有哪一门艺术，有哪一种学问，有哪一种训练（不论是建筑，音乐，绘画，雕刻，军事，或是医学），从事工作的人可以不努力步古人的后尘呢？可不是追随得最紧的人最受称赞吗？”[2]他讽刺那些想寻找一种新型艺术的人就“好像要在非洲沙漠中寻找绿树青草”[3]。面对这种不顾时代发展而墨守成规的诗学观念，革新派代表钦提奥一针见血地指出：“想强使传奇诗的作者墨守亚里士多德和贺拉斯所定下的诗艺的清规戒律，而绝不考虑这两个古人既不懂得我们的语言，又不懂得我们的创作方法”[4]，这是非常荒唐可笑的，文艺随着时代发展在发生变化，没有一成不变的创作方法和诗学理论，“有见识有技巧的作家不应让前人所定的界线束缚自己的自由，以至不敢稍越雷池一步。这种作茧自缠

[1]　明图尔诺：《诗艺》，第387页。

[2]　同上书，第388页。

[3]　同上书，第386页。

[4]　钦提奥：《论传奇诗的创作》，见章安祺编订《缪灵珠美学译文集》，中国人民大学出版社，1987年，第一卷，第430页。

不仅是辜负了天赋的资禀，而且也使得诗不能越出一个作家所定的范围，不敢离开前人所走过的老路。”[1] 因此，文艺不能走复古的道路，诗人要发挥自己的天赋，勇于突破前人定下的清规戒律，创造出属于自己时代的艺术。

其次，在对待新的艺术形式上也存在争议。文艺复兴时期在文体问题上有两次争论：一是围绕着“传奇诗”展开的；一是围绕着悲喜混杂剧展开的。关于传奇诗的争论起因于意大利作家阿里奥斯托以新型传奇体所写的一部叙事诗《罗兰的疯狂》。明图尔诺以亚里士多德和贺拉斯制定的有关叙事诗的写作规则为衡量标准完全否定了《罗兰的疯狂》，他指责《罗兰的疯狂》没有遵循亚里士多德所提出的单一情节模式和情节整一性规律，诗中有多个情节，诗人抛下读者的期待而去讲述在同一时间内别的地方别人所遭遇的别的事情，并且没有使这些复线情节合情合理地协调起来，统摄于同一个主题之下。他说：“按理来说，每一首诗都应只写单一个情节，这情节必须是完整的和长短适度的，因为寻遍一切艺术和一切学问，你也找不到一本作品能有多于一个这样的主题：这个主题应该统摄书中所写的一切，也是那作品中一切所同归的唯一目的。”[2] 明图尔诺批评某些学者明明“承认传奇诗并不符合荷马和维吉尔所遵守的、亚里士多德和贺拉斯所认为合适的形式和法则，但是他们却不遗余力地去维护这个错误”[3]。对于保守派的这些论调，钦提奥撰写《论传奇诗的创作》一文，积极为新体诗进行辩护。他针锋相对地指出，复式情节比单一情节更适合于传奇体叙事性作品，因为“情节之变化万端便显得丰富多彩，而丰富多彩是快感的香饵，并且使作者有广阔的天地，可以加入插话，或者旁生枝节”[4]，传奇诗人凭借写许多人物的许多事迹而获得的丰富多彩的美，可以使读者有一种丰富的体验，“从而免得读者不断地读着同一主题而感到餍足。”[5] 况且，传奇诗人这样做，还需要绝妙的技巧，例如当他们打断一个故事时，必须将读者引到一个关键点上，并在他们心中留下热切的欲望，再回过头来听这个故事，这样，才能保证读者能读完整的诗篇。更重要的是，我们不能因为亚里士多德的诗学不同意这种写法就要阻止诗人从事这样的写作。“优秀的作家一边踏着古人的走过的老路，一边也可能稍为离开已经铺好的正道，既已抛下久已践踏的常轨，就独辟蹊径走到诗神之山。”[6] 钦提奥对传奇体诗这种新形式的肯定，有力地回应了保守派的僵化守旧的艺术观念。

---

[1] 钦提奥：《论传奇诗的创作》，第429页。

[2] 明图尔诺：《诗艺》，第388页。

[3] 同上书，第378页。

[4] 钦提奥：《论传奇诗的创作》，第424页。

[5] 同上书，第428页。

[6] 同上书，第429页。

关于悲喜混杂剧的争议则集中于悲剧和喜剧的界线能不能打破的问题。自古希腊以来，悲剧以上层人物作为歌颂对象，喜剧以下层人物作为嘲讽对象，两者之间界线分明。文艺复兴时期意大利作家瓜里尼的剧作《牧羊人斐多》突破了亚里士多德关于悲剧和喜剧的界定，创造了悲喜混杂剧的新的艺术形式，这遭到了保守派的强烈反对。瓜里尼写了《悲喜混杂剧体诗的纲领》为自己辩护。他认为，虽然悲剧和喜剧各自遵循自己的创作规则是无可非议的，但这并不意味着这两者就不能混同而产生第三种诗。如马和驴不同种，但它们配合产生了第三种动物：骡；从艺术现象来说，绘画是各种颜色的混合，音乐是全音和半音的混合。因此，悲剧与喜剧的混合也应是完全合理的。从艺术效果来看，“悲剧的和喜剧的两种快感糅合在一起，不至于使观众落入过分的悲剧的忧伤和过分的喜剧的放肆。”[1]因此，悲喜剧比单纯的悲剧或喜剧在表现力和艺术效果方面显得更为优越，它兼包悲剧和喜剧的优点而抛弃了它们的缺点，能满足各种年龄和各种趣味观众的审美需要。瓜里尼的戏剧观念反映了新型市民阶级的平等观念，丰富了戏剧的种类，也打破了关于艺术类型的森严界线，为后世正剧理论的建立打下了基础。

文艺复兴时期这场“古今之争”既使古希腊罗马的文艺美学遗产得以重现光明，又使人们对于新的艺术现象有了更深入的认识，更为重要的是，它促进了艺术观念的更新和发展。

## 二　古典主义时期的“古今之争”

文艺复兴之后，17世纪的法国又兴起了古典主义文艺思潮，以布瓦洛、拉辛为代表的古典主义者在理论和实践中进一步强化和发展了亚里士多德和贺拉斯的理论体系，于是便出现了新古典主义。

布瓦洛《诗的艺术》是古典主义的理论代表。《诗的艺术》提出理性原则，强调艺术形式的规范化，极力推崇古希腊罗马的作品，要求作家以古典作品作为创作典范。布瓦洛称扬荷马的作品是“众妙之门，并且取之不尽”[2]，维吉尔的作品“情意绵绵，都是神到之笔”，诗人应该对他们的作品“爱不释手，日夜加以揣摩”[3]。今人学习古人的最佳途径是要认真研读亚里士多德的《诗学》和贺拉斯的《诗艺》，吸收其美学观点用以指导创作。而学习古典之所以重要，是因为古典作家的作品合乎自然

[1] 瓜里尼：《悲喜混杂剧体诗的纲领》，见伍蠡甫：《西方文论选》，上卷，第198页。

[2] 布瓦洛：《诗的艺术》，任典译，人民文学出版社，1959年，第51页。

[3] 同上书，第18页。

和理性，并历经了时间的考验，为后人所普遍认同，正如“在现时，人们已不再追问荷马，柏拉图，西塞罗和维吉尔是否伟大；这是一个没有争论的定论，因为这是两千多年以来人们一致承认的”[1]。布瓦洛这种崇尚古典权威的古典主义理论带有浓厚的官方色彩，当时即遭到法国寓言作家贝洛勒和圣·艾弗蒙的反对，再次引起了文坛上的“古今之争”。

艾弗蒙是今体派的重要理论代表，他的批评著作有《论古代和现代的悲剧》、《论对古代作家的摹仿》等，其中提出了与古典主义完全对立的看法。艾弗蒙运用历史发展观点批驳了古典主义因循守旧的复古论调，认为神祇、自然、政治、人情风俗等一切社会现象都在发生变化，艺术也会相应地发生变化，“我们应该把脚移到一个新的制度上，才能适应现时代的趋向和精神。”[2]因此，古希腊的风俗习惯以及人为的那些规则有它们的时代和寿命，古典主义批评家想永远用一些老规矩来衡量新作品，苛求今诗适应古诗的模子是可笑而无效的。世间“带有这种永恒理性的性质的规则毕竟不多”，“有权利在一切时代都牵着人们鼻子走的东西毕竟很少”，因此，“荷马的诗永远会是杰作，但不能永远是模范”。[3]假设荷马活在现代，他也会写出属于他的世纪的好诗。

古典主义时期的“古今之争”虽然没有从根本上动摇古典主义的霸主地位，却在文艺观念的演进中成为上承意大利文艺复兴、下开法国启蒙主义的重要中介环节。

## 三　浪漫主义文论对天才和独创的张扬

浪漫主义是18世纪90年代到19世纪三、四十年代在欧洲出现的有着广泛影响的文学思潮。浪漫主义者张扬天才、独创与个性，它与古典主义者崇尚权威、推崇古人和注重摹仿的做法完全相对立。在对待古与今，传统与现代，摹仿与创新等问题上，浪漫主义者以激进理论宣告了古典主义的终结。

爱德华·杨格是英国感伤主义的代表和前浪漫主义诗人，他的理论著作《试论独创性的写作》提倡独创精神，反对迷信和摹仿古典作品，并对创造和天才提出了自己的看法。杨格在文章中比较了独创和摹仿两种不同的写作方式，并由此阐发了有关“独创”的概念。首先，独创具有创新性和开拓性。独创性作家“开拓了文学的疆土，为它的领域添上了一个新省区”，独创性作品是春天最美丽的花朵；而摹仿者“只给

[1]　布瓦洛：《朗吉努斯〈论崇高〉读后感》，见伍蠡甫《西方文论选》，上卷，第304页。

[2]　艾弗蒙：《论对古代作家的模仿》，见伍蠡甫《西方文论选》，上卷，第272页。

[3]　同上书，第272—273页。

我们已有的可能卓越得多的作品的一种副本，他们徒然增加了一些不足道的书籍，使书籍可贵的知识和天才却未见增长”，摹仿之作成长迅速而花色黯淡。其次，自然性和生长性。杨格将独创性作品比作一棵植物，“它从天才的命根子自然生长地出来”；摹仿之作则类似于一个工艺制品，“靠手艺和功夫这两种匠人，从先已存在的本身以外的材料铸成的”。因此，独创性作家自己是自己的祖宗，他可能繁殖出一大批子孙后代而使自己永垂不朽；摹仿者则永远只能充当子孙后代辈，老死而无继者。再次，新鲜性和陌生性。独创性作品是个“百分之百的陌生人”，如耀眼的“新星”，作者用想象的有力翅膀把我们带走，使“我们没有自己的家，自己的思想，一直到魔术师放下笔来为止”。而阅读摹仿之作，总多少带有“听第二遍故事的懒散心情”，无法令人振奋和激动。

杨格进还专门批评了摹仿精神的不良影响。其一，摹仿之作超不过蓝本，而使文艺趋于倒退和落后。其二，摹仿的精神反抗了自然的意图。我们生下来是独创者，到老死时却成了摹仿者。其三，摹仿使我们极不调和地既贫乏又骄傲，我们想得少而写得多，我们拥有厚厚的书籍但内心并不安宁。

杨格论及的与“独创”相关的概念是“天才”，天才的创造是独创，他“横越一切大道进入新颖无人之境”[1]。天才超越于法则的樊篱，法则如同拐杖，对跛者是有用的帮手，而对天才来讲，却是一种障碍。天才超越学问的权威，他从自然的手掌中生长出来，正如美德越低的人越需要财富，天才越低的人越需要学问。杨格指出，现代独创性作品和天才越来越少，这不是因为今人的才智不如古人，而是由于崇古情绪在作祟。古典范例“迷住了我们的心神，因而不让我们好好观察自己；它们使我们判断偏颇，只崇拜它们的才能，因而看不起自己的；它们用赫赫的大名吓唬我们，因而腼腼腆腆中我们就埋没了自己的力量”[2]。因此，对于古人的作品，一方面，要理解和尊重，从古人的思想中吸取营养，但不能让他们的思想消灭自己的思想，“我们读书时，让他们的优美点燃我们的想象；我们写作时，让我们的理智把他们关在思想的门外”。[3]另一方面，要认识和尊重自己，了解和发挥自己的潜能，不要让伟大的范例或权威吓坏了理智，贬抑了力量，因为舶来品和借来的财富只能使我们日益贫困。

杨格的“独创论”美学思想有力地批判了古典主义袭古守旧观念，也开启了浪漫主义文学观念的先河。

真正在意识形态领域和文学创作实践中打败古典主义的是产生于19世纪的法国

[1] 杨格：《试论独创性作品》，第101页。

[2] 同上书，第85页。

[3] 同上书，第86页。

浪漫主义文艺思潮，以雨果和司汤达为代表的浪漫主义者与顽固不化的古典主义者展开了针锋相对的交战，终于敲响了统治法国文坛长达二百年之久的古典主义的丧钟。司汤达的《拉辛与莎士比亚》和雨果的《〈克伦威尔〉序言》集中反映了他们的浪漫主义文学思想，成为文学史上反对古典主义的重要文献。

司汤达和雨果的批判理论主要集中在以下几点：

第一，批评古典主义缺乏历史发展的观念和视古代经典为永恒不变的艺术形式。雨果论述了人类历史上诗歌发展的三个历史阶段：原始时期的抒情短歌，古代的史诗和近代的戏剧，每一个发展阶段都与一定的社会的宗教精神相关联。这说明了文学是随着历史时代的发展而发展的，任何一种文学都是特定时代的产物，经典之作只属于它所产生的时代，而不能成为永远的范本。

第二，批评古典主义一味泥古，脱离现实和大众的创作倾向。司汤达认为浪漫主义是为人民提供文学作品的艺术，表现人民的习惯和信仰的现实状况，能够给人民以最大的愉快。古典主义则局限于宫廷，又面向古代，因此，“古典主义提供的文学是给他们的祖先以最大的愉快的”[1]。索福克勒斯和欧里庇得斯都曾经是卓越的浪漫主义者，他们的悲剧表现了古希腊人的道德习惯、宗教信仰及对人的尊严的看法，但“主张今天仍然摹仿索福克勒斯和欧里庇得斯，并且认为这种摹仿不会使19世纪的法国人打哈欠，这就是古典主义”[2]。

第三，批判古典主义的种种清规戒律，倡导创作自由。司汤达批评古典主义的三一律是“天才的桎梏”，三一律对于“产生深刻的情绪和真正的戏剧效果，是完全不必要的”[3]。雨果则提出了“艺术自由”的口号，坚决“反对体系、法典和规则的专制”[4]，他说要创造新的艺术，必须推倒“三一律”和其他一切僵死的教条。这场斗争终于宣告了古典主义的终结。

## 第三节　传统、惯例与创新

浪漫主义者对个性和天才的张扬使得他们极为重视对作家创造性想象能力和灵

[1] 司汤达：《拉辛与莎士比亚》，第26页。

[2] 同上书，第26页。

[3] 同上书，第7页。

[4] 雨果：《〈克伦威尔〉序言》，见《雨果论文学》，柳鸣九译，上海译文出版社，1980年，第75页。

感思维方式的研究，这种关注作家主体心理特征的批评方式一直延续到后来的象征主义、意象派和表现主义的文学批评中，乃至弗洛伊德的精神分析批评中也仍然延续和发展着这种批评方式。但是，从20世纪二、三十年代起，随着形式主义文学批评的崛起，西方文论的批评重点发生了变化，即从以作家研究为主逐步转向以作品研究为主。如俄国形式主义只关心文学本文的语言、技巧和结构，英、美新批评将文学本文与作者、读者的联系截然割断，结构主义则干脆将文学本文视为文学研究的唯一对象。研究重心的转换不只使批评家关心单个文学本文的语言和结构，他们也注重研究文学本文的整体形态特征和内在完整结构，并试图建立关于文学体系的基本模式。有关文学传统、惯例与创新的问题被重新提到了文学批评研究的首位。

## 一　艾略特：诗歌的非个人化理论

艾略特是西方现代派文学大师，20世纪著名诗人、剧作家和批评家，他在1917年撰写的论文《传统与个人才能》是一篇影响极大的经典论文，文中论述了传统对于文学发展的重要意义，提出了诗歌的非个人化理论，对新批评的形成产生了很大影响。

艾略特关于诗歌的非个人化主张主要包括三方面的含义。首先，从诗人与传统的关系来看，任何诗人都不能脱离诗的传统而单独具有他的完全意义。诗人隶属于诗的传统，他的作品在整个诗歌有机链条之中存在，即使其中最个人的部分也包含着前辈诗人的痕迹。艾略特所理解的传统概念蕴含深刻的历史意识，传统不仅包括过去的过去性，还包括过去的现存性，诗人要用现代人的眼光去观照传统，理解和阐释传统的现代意义，将传统的永久性和现时性结合起来。诗人写作时，不仅有着他自己时代的背景，而且还要感受到从荷马以来整个欧洲的文学及自己国家的整个文学的同时存在，它们共同组成了共时的局面。艾略特认为传统不是恒定不变的过去秩序，这种秩序处于不断生成、发展以及调整之中，如果把文学传统设定为现存的所有艺术经典所构成的秩序的话，那么，一旦出现（真正的）新的艺术作品就意味着产生了一个新事件，以往所有的艺术作品都要遭遇这个新事件，而传统的理想秩序也要因为新作品的加盟而发生变化。这种变化并非翻天覆地的全新改观，而是幅度大小不等的内部调整，诸如新作品的出现使其他艺术作品与文学整体的关系、比例和价值也要相应地被重新调整。由于文学传统是理想的艺术秩序和优化的有机整体，因此，诗人要做的不是极度个性化地背叛传统或试图消灭传统，而是要主动适应传统，并在有效的范围内促进传统理想秩序的更新和发展。

第二，诗人创作过程具有非个性化的特点。艾略特认为诗人的创作不是表现个性，诗人只是艺术表现的特殊工具，种种的印象和经验借助于诗人的心灵用意想不到的方式相互组合则形成了诗。因此，区分诗人成熟与否的标准不在于诗人表现了个性，而在于诗人能否将特殊的、颇多变化的情感自由组合并使之得到完美的表现。艾略特用化学上的催化剂的比喻来说明诗人在创作中的作用。他说氢气和二氧化硫化合生成硫酸必须有白金丝作为催化剂，否则，化合反应就无法发生。但在这个化合反应中，新化合物中不含一点白金，白金也依旧保持中性，丝毫没有任何变化。诗人的心灵就类似于这条白金丝，它在创作中仅仅起着催化剂的作用，诗人的感觉或经验作为参与化合作用的元素，在心灵的催化作用下形成诗。这样一来，诗的产生实际上是一个冶炼、化合的非个性化过程，诗人不再是统率文本意义和技巧的主体，而被中性化地充当着中介或催化剂的作用。

第三，诗歌表现的情感具有非个人化的特点。艾略特反对浪漫主义诗人华兹华斯把诗歌说成是诗人“在宁静中回忆起来的情感的自然流露”，他认为诗人表现的情感并非是他个人的情感，也不是诗人在生活中某种特殊事件所激发的情感。诗人个人的情感可能是单纯的、粗疏的，甚至是枯燥乏味的，而诗中表现的情感则极为丰富复杂。这种复杂性不同于在生活中一些离奇的人所实际具有的复杂情感，因为诗人的职责并不是去猎取新奇的情感，而是将普通的和寻常的情感通过艺术综合方式化炼成诗，多种情感在心灵的催化过程中，通过化合作用而生成了艺术的具有普遍意义的复杂情感。其中，诗人从未经历过的情感和他所熟悉的情感同时供他使用。因此“诗不是放纵感情，而是逃避感情，不是表现个性，而是逃避个性”[1]，这就是说，艺术表现的情感是非个人的，诗人若不把整个自己交付于工作，就不能达到非个人的地步，也只有真正有个性和感情的诗人才会理解这种境界。

艾略特关于诗歌的非个人化理论将诗人与诗分离开来，也将文学批评的视线从诗人转移到诗上，诗歌最终成为包含情感生命的独立自足的有机整体，并由此而获得了客观的意义。

## 二　韦勒克：透视主义的批评方法

20世纪美国著名文学批评家韦勒克在他与沃伦合著的《文学理论》一书深入批判了西方古典主义和浪漫主义文学批评观念，就传统、惯例和创新等一系列问题发表了许多独到的见解，并提出一种“透视主义”（perspectivisim）的文学史批评方法。

[1]　艾略特：《传统与个人才能》，第8页。

**关键词：**

透视主义

韦勒克在他与沃伦合著的《文学理论》一书提出的文学史批评方法。“透视主义”的意思是：把诗和其他类型的文学，看作是一个整体，这个整体在不同时代都在发展和变化着，可以互相比较，并且充满着各种比较的可能性。透视主义反对相对主义论者将单一的文学作品视为一个独特的事件，也不赞同绝对主义论者将文学整体视为一成不变的封闭体系。它强调文学研究应该把文学作品放在文学发展整体系统的适当位置来考察，既要研究作品的个别性特征，也要寻求不同作品之间的普遍性特征，以此确定单个作品在整个艺术作品整体中的独特价值。文学批评始于对单独文学作品的独特性的研究，但最终要通过比较的方式回到整体性和贯通性上，这样才能真正地把握到属于文学本身的最一般理论，使文学研究回到科学的轨道上来。

浪漫主义者坚持文学和文学研究的“个性说”，强调每一部作品都是个别的，文学研究如果脱离了对艺术个性的阐释，就无法说明创作过程中的任何实质性问题。韦勒克认为浪漫主义是一种主观性十足的批评方式，他们强调对每部艺术作品的“个性”研究，虽然对于那些轻率和概念化的研究方法具有反拨作用，但却忘却了这样的基本事实：任何艺术作品都不可能是“独一无二”的，否则就既无法交流，也会令人无法理解。事实上，每一部文学作品都兼具一般性和特殊性双重性质，特殊性是这一作品与其他作品相区别的特点，而普遍性则构成了不同作品之间的连贯性。文学作品虽然可以是单一的、个别的和独特的，但它们也毫无疑问地具有整一性。西方文学就是无数作品所构成的统一整体，谁也不能否认古希腊文学与古罗马文学之间的连续性，中世纪文学与现代文学之间的连续性以及整个西方文学在《圣经》的影响之下所构成的紧密整体。所有这一切构筑了整个西方文学的传统，但这个文学传统不是如同古典主义者所认定的那样是一个封闭僵化的整体，它是处于不断变化、调整和发展之中的开放系统，“这个整系随着新作品的加入不断改变着它的各种关系，作为一个变化的整体它在不断地增长着。”[1]

浪漫主义者认为文艺是纯粹自我的表现，是个人感情和经验的再现。韦勒克认为一首诗不是个人经验，也不是一切经验的总和，这些只能是造成各种艺术经验的一个潜在因素。艺术家所表现的生活与人们实际的生活经验有所不同：实际生活经验在作家心目中究竟是什么样子，取决于它们在文学中的可取程度，由于受到艺术传统和

[1] 韦勒克：《文学理论》，刘象愚等译，三联书店，1984年，第294页。

先验观念的左右，它们都发生了局部的变形。从个人经验到艺术完成之间有着一段距离，其中包含着作家想象、虚构和创造的过程，更为重要的是，文学传统和惯例决定了作家创造的方式。“无论是一出戏剧，一部小说，或者是一首诗，其决定因素不是别的，而是文学的传统和惯例。”[1] 文学创作不是纯粹主观和个体的随心所欲的行为，它存在着客观制约性因素，这种文学传统和由此所形成的文学惯例往往决定了作家创作的大致形态。浪漫主义者企图把文学作品某个单独的特性孤立出来的时候，他们也就将文学作品拆成镶嵌工艺品的碎片了。

韦勒克认为真正的文学研究应该把文学作品放在文学发展整体系统的适当位置来考察，将文学作品的个别性特征抽取出来，寻求不同文学作品之间的相似性和共同性特征，以此将单个作品融合成为真正的艺术作品的整体。因此，在文学史批评中，有关“文类”的概念就显得尤其重要，它通过对大量文学作品的普遍性特征进行归纳总结而建立了关于文学的基本秩序。优秀的作家在一定程度上遵守已有的类型，而在一定程度上又扩张它，推动着文学类型的有序更新和发展。

研究文学类型学，并不表明文学的独创性在文学研究中毫无地位。文学史研究的首要任务是确立每一部作品在文学传统中的确切地位，这需要批评家在衡量和比较中探讨一个艺术家是如何利用另一个艺术家的成就来完成对于传统的改造，这实际上是显示出文学的标准、惯例及其被采用、传播、变化、综合和消失的过程。

在文学史研究中，韦勒克提出了既反对相对主义，又反对绝对主义的“透视主义”的文学观念。历史相对论者将单一的文学作品视为一个独特的事件，而将文学史降为一系列散乱的、不连续的残篇断简，否定了文学作品作为整体所具有的可能的贯通性。绝对论者则荒谬地将文学整体视为一个均匀划一和一成不变的“封闭体系”，单个文学作品所具有的活力和创造性完全被扼杀在僵化的整体系统之中，文学的传统也在被定位于历史权威之中作茧自缚，难以前进了。韦勒克认为当时英美批评界所流行的相对主义文学观念造成了价值观的混乱，特别是让批评家放弃了批评的职责，将文学研究排斥于严肃的研究范围之外。文学作品和文学批评都有连贯性，“文学的各种价值产生于历代批评的累积过程之中，它们又反过来帮助我们理解这一过程。”[2] 一部文学作品的全部意义，不能仅仅以其作者和作者同时代人的看法来界定，它是历代无数读者对此作品的批评的累积的结果。

总之，透视主义将文学视为一个开放、动态的整体系统，要求在历史长河和发展演化中界定文学体系的不断成长变化的历程，不仅强调对文学作品本体特征的研究，

---

[1] 韦勒克：《文学理论》，第72页。

[2] 同上书，第36页。

而且还要求关注文学作品整体系统的共同结构特点及其类型，表现出从新批评逐渐向结构主义批评转化的痕迹。至弗莱《批评的解剖》则真正系统建立起了有关文学类型及其内在关联性的理论批评模式。

## 三　弗莱：文学是“移位的神话”

加拿大当代著名文学批评家弗莱在他的专著《批评的剖析》中提出文学是“移位的神话”的著名论点。他认为文学创作的基本原型是神话，神话表达了原始人类的欲望和幻想，并形成了文学的基本结构模式和原型意象，后世各种文学类型无不是神话原型的延续和演变。

弗莱在《批评的剖析》中讨论了文学的独创性与程式化的关系，从而论证了从整体上研究文学程式的必要性和重要意义。弗莱认为，从形式上来说，诗有两方面的意义：首先，单一的诗在没有其他类似的参照系的情况下，是独一无二的，有着自己特殊的意象群结构；其次，当人们超越历史范围从整体上探讨诗是什么的时候，它的普遍共性和程式化就显现出来了。“任何对文学的严肃研究很快表明有独创性的和摹仿的诗人之间的真正区别只是前者是比较深刻的摹仿。”[1]弗莱在此借鉴了艾略特关于一位优秀的诗人更可能窃取而不是摹仿的观点，这意味着任何诗都摹仿其他的诗，只是成功的诗人较一般的诗人摹仿得更为隐蔽和不露痕迹一些，所谓独创性只是某些追求独立的诗人的幻觉。新诗，就像新生婴儿一样，诞生于已经存在的词语序列之中，是它所依赖的诗歌结构的典型。“诗歌只能产生于其他诗篇；小说产生于其他小说。文学形成自身，不是从外部形成的：文学的形式不能存在于文学之外，就像奏鸣曲、赋格曲、回旋曲的形式不能存在于音乐之外一样。”[2]诗人并不是一个创造诗的人，而仅仅是一个孕育诗的人。当诗经过诗人头脑时，他就不得不给诗以生命。诗本身也在焦急地等待着隔断诗人的脐带和食管而获得新的生命，而诗人的职责则是在尽可能避免受伤的状态中为诗接生。弗莱认为“诗的真正父亲或使之成形的精灵是诗本身的形式，这个形式是诗歌的普遍精神的宣言”[3]。诗人不可能独创一首诗，诗人自觉或不自觉地遵循着某些程式，表现着特定的原型，个别的诗永远只有纳入整个诗歌体中才能获得普遍意义，而这是诗之所以能够普遍交流和获得社会效应的根本原因。因此，对于批评家，最重要的是研究诗的程式和原型，把一首诗和别的诗联系

[1]　弗莱：《批评的剖析》，陈慧等译，百花文艺出版社，1998年，第97—98页。

[2]　同上书，第97页。

[3]　同上书，第98—99页。

起来，从而整合和统一人们的文学经验。

弗莱在考察了整个欧洲文学史的基础上，将包括神话模式在内的所有虚构型文学作品分成五种基本模式：其一，主人公在性质上优越于他人和他人所处的环境，这就是神，关于他的故事就是神话。其二，主人公在程度上优越于他人和他人所处的环境，他有着超凡的勇气和忍耐力，这是传奇人物，这里，神话移位到了传说、民间故事和民间童话等文学类型。其三，主人公在一定程度上优越于他人，他有着权威、激情和更强的表达力量，但无法超越他所处的自然和社会环境，这是领袖，他们是高摹仿模式的对象，关于他们的故事就是史诗和悲剧。其四，主人公既不比他人优越，也不比他人所处的环境优越，他们是和我们类似的普通人，这是低摹仿模式的对象，关于他们的故事是喜剧和现实主义小说。其五，主人公在能力和智力上都比普通人低劣，从而使人们对其受奴役、遭挫折和荒唐可笑的境况有一种轻蔑感，这属于文学“反讽”模式。这五种模式是按照西方文学发展的历史顺序演化的，文学的源头是神话，随着神话思维的消亡，神话移位为文学而继续存在，关于神话的基本原型都在后世的文学中得到了反复呈现。

弗莱的批评构筑了庞大的关于文学原型及其象征的结构体系，通过这样的方式达到了对文学的具有连贯性的整体特征的把握。为了能够真正地找到文学的原型组织结构，弗莱提出了“向后站”的批评方法：批评家应该从文学的整体系统中去研究作家作品，以便发现一部作品与其他作品的关联性，从而找到这部作品的原型因素。这就如同观赏一幅画，如果站得太近，我们只能看到笔触和调色的细节；如果离开画面一段距离，就能更清楚地看到画面的整个构图。文学欣赏也是这样，如果离开诸如托尔斯泰的《复活》或者左拉的《萌芽》之类的现实主义小说“向后站”，我们则可以忽略细枝末节，看到这些标题所暗示的神话时代的图案。

弗莱的神话批评理论构筑了一整套关于文学发展及其基本类型的完整艺术结构模式，让人们对文学类型发展的整体形态有了清晰的认识。这种从整体上研究文学的方式使文学看起来更加趋于系统化和科学化，其中对文学类型的划分和对类型之间关系的类比虽然显得有些机械，但却预示着结构主义的诞生。

## 四　布鲁姆：影响的焦虑

美国著名的“耶鲁批评学派”的批评家布鲁姆在1973年出版的《影响的焦虑》中提出了“影响的焦虑”的理论。布鲁姆以一种独特的心理学视角阐发了关于文艺传统与创新的观念。他认为新批评过于关注文本形式的批评方式将使文学批评走向形式主义的死路；原型批评将一切文学都简单地归结为文学原型，这种做法是空洞说教和反人文主义行为。《影响的焦虑》旨在通过对诗的影响的具体阐述而提出一种新的诗歌理论。

**关键词：**

> 影响的焦虑
>
> 美国批评家布鲁姆在《影响的焦虑》中提出的理论，从一种独特的心理学视角阐发了关于文艺传统与创新的观念。作者不完全同意“一个诗人促使另一个诗人成长”的理论，认为前辈作家对于后人的影响可能具有消极意义，即前人的巨大的诗歌成就可能使后人产生巨大的心理焦虑，而成为其创新途中的障碍，后人不得不通过“误读”的方式偏移前人影响的辐射。在此基础上，布鲁姆提出了他的独特新颖的诗歌史观：诗歌的历史是后人对前人误读的历史，这种新诗学将改变传统的诗学史观念，并提供一种切实可行的诗评方法和诗评类型。

布鲁姆阐发了他对“诗的影响”的理解。在诗的历史中，诗人对诗人的影响是不可避免的。这种影响在传统意义中被认为是一种健康的力量，后辈诗人继承前辈诗人的题材、形式和风格，并加以创新和发展写出新作品，这构成了诗的传统的连贯性。布鲁姆对这种理论作了大幅度的修正。他认为诗人之间影响的“子承父业”关系是启蒙运动之前的产物，那时的人们对诗的影响还没有产生焦虑感，对于诗人来说，艺术就是勤奋的工作。如本·琼生所说：“能够将另一位诗人的实质或财富转化为我所用的东西。选择一位超越其他人的大师，向他学习，一直到自己达到能与这样一位大师乱真的程度。”[1]

然而，随着启蒙运动之后人们对“天才”、“个性”和独创性的推崇，影响的焦虑应运而生，前辈诗人对后辈诗人的影响不再是一种美德，而成为一种负担和压抑。布鲁姆举了众多的例子来证明后世诗人已经产生了这种影响的焦虑感。譬如，约翰逊说：“由于上一位统治者的政绩，王子的治国之责被加重了。”他又说：“一个著名作家的后来者面临着同样的困难。”[2]王尔德的抒情诗深受柯勒律治的影响，他深深感到有一种负债之感，在其《W.H.先生的画像》中以他惯用的睿智笔锋写出了苦涩的感叹：“影响乃是不折不扣的个性转让，是抛弃自我之最珍贵物的一种形式。”他甚至认为一切影响都是不道德的，“因为，对一个人施加影响等于把你的灵魂给了他。（一旦受到影响）他的思想就不再按照原有的天生思路而思维，他的胸中燃烧着的不再是

[1] 见布鲁姆：《影响的焦虑》，徐文博译，三联书店，1989年，第27页。

[2] 同上书，第29页。

他自己原有的天生激情，他的美德也不再真正属于他自己。”[1]史蒂文斯受佩特的影响较大，他对此愤愤不平地说：“当然，我并不否认我也来自‘过去’；但是，这个‘过去’是属于我自己的过去，上面并没有打上诸如柯勒律治和华兹华斯等人的标志。我不知道有什么人对于我具有特别的重要意义。我的‘现实—想象复合体’完全属于我自己，虽然我在别人身上也看到过它。”这些足以表明了诗的影响所产生的消极意义，这就如同施舍与被施舍，前辈诗人的影响越深远，他就施舍得越慷慨，后辈诗人就可能越贫穷。

在这样一种情形中，将前人理想化或取前人之所有为己所用都会引起由于受人恩惠而产生的负债的焦虑，真正的强者诗人以坚忍不拔的毅力向威名显赫的前代巨擘进行至死不休的挑战，并通过有意“误读”前驱的诗作来摆脱前驱的影响，为自己争得独立的地位。这样，诗人之间的“父子孝道”终于让位于“家庭罗曼史”的错综复杂的感情。布鲁姆在此创造性地将弗洛伊德的精神分析学运用于他的诗学框架，在他看来，一部诗的历史就是弗洛伊德意义上的“家庭罗曼史”。迟来的诗人（布鲁姆通常称之为“新人”）是家庭中的俄狄浦斯，他的前驱者就是他的父亲，父亲诗人以其巨大的诗歌成就对新人产生了影响和压抑，新人身上虽然有着父亲的血脉，但却不甘荫居其后，他采取了一种斗争策略，即“把他们对前驱的盲目性转化成应用在他们自己作品中的修正比”[2]，从而使自己从父亲的阴影中独立出来而成为一位真正的强者诗人。

布鲁姆认为“诗的历史就是诗人中的强者为了廓清自己的想象空间而相互‘误读’对方的诗的历史”[3]。真正诗的影响是强者诗人与强者诗人之间的争斗和较量，并通过误读的方式进行，西方文艺复兴以来的诗歌的主要传统就是后人对前人的歪曲和误解的历史。

## 第四节　作者之死与互文性理论

新批评和结构主义批评家重视文学传统和惯例模式的研究，将文学的独创性限定在传统和惯例所允许的范围之内。但在后结构主义批评中，作者的权威被彻底推

[1] 布鲁姆：《影响的焦虑》，第4页。

[2] 同上书，第9页。

[3] 同上书，第3页。

翻，文学的规则被完全消解，作者与作品之间的内在紧密的关联性不复存在了，封闭独立的作品也被开放的文本和文本间性所取代，无所不在的文本互文性终于颠覆了关于作家独创性的幻想。

## 一 罗兰·巴特：作者之死

罗兰·巴特是法国当代著名的文学理论家，也是自1960年代以来西方最负盛名和最有影响的文学批评家之一。巴特的文学观点表现出从结构主义向后结构主义过渡和演化的过程：前期，他借助于索绪尔的语言学理论在文学符号学领域展开了深入研究，为结构主义符号学的研究奠定了基础；后期，他将研究视角转向了读者，逐渐突破了结构主义符号学的封闭文本结构理论。所有这些都为他提出惊世骇俗的“作者之死”观念提供了理论前提。

巴特《作者的死亡》一文明确地标志着他从结构主义转向了后结构主义。巴特首先批判了传统的作者观念。在传统意识中，作者创造了作品，作品是作者的派生物。在两者的关系中，作者始终决定着作品的意义和存在方式，他独霸了作品的阐释权。批评家们也笃信作者与作品之间的这种对应关系，他们把所有的注意力都集中在对作者的研究上。他们试图说明波德莱尔的作品是波德莱尔这个人失败的记录，凡·高的作品是他的疯狂的记录，柴可夫斯基的作品是其堕落的记录。巴特激烈地攻击了这种“作者至上”的文学观和批评观，他认为所谓作者是近现代社会的产物，当人们脱离了中世纪，发现了个人的魅力，发现了“人性的人”，在文学方面赋予作者以最大的关注，这是合乎逻辑的。但是，在当代社会，作者已经开始步入了他的死亡，文学叙述不再是为了直接对现实发生作用，而是为了一些无对象的目的，诸如象征活动本身。这样，作者与作品就发生了分离，作者的声音就渐渐隐没了，写作也才真正开始。“写作，就是使我们的主体在其中销声匿迹的中性体、混合体和斜肌，就是使任何身份——从写作的躯体的身份开始——都会在其中消失的黑白透视片。”[1]

巴特从众多方面论证他的“作者之死”的观点。首先，现代语言学为动摇作者的王国提供了珍贵的分析工具。从语言学上讲，作者从来就不过是一个写作的人，语言陈述的过程可以在不需要主体个人来充实的情况下出色地自行运转。这就是说，本文中发言的不是作者，而是言语活动本身，作者仅仅是写作过程中的空的主语，而不是有一个有实质深度的个人。这样，作者在写作中的重要位置被言语活动本身的消耗而

[1] 罗兰·巴特：《作者的死亡》（一译《作者之死》），见《罗兰·巴特随笔选》，百花文艺出版社，1996年，第300页。

消解了。

其次，在现代文本写作中，作者主体性的丧失也导致了作者的死亡。在传统观念中，作者与其作品之间存在着类似父与子的先后关系。作者思考、酝酿和筹划着作品，作品是作者按照必然性规律精心加工的结果。而在现代写作中，抄写者与其文本是同时出现的，他仅仅是其文本作其谓语的一个主语。因此，任何文本都是此时和现在的写作，抄写者由于摆脱了任何声音和只被一种纯粹的誊写动作所引导而开创了一种无起因的领域。在这种领域中，只有言语在活动，或言语活动本身就是目的。超现实主义的"自动"写作就是这样一种情况，他们的写作原则是让手尽可能快地写作连大脑都不知道的事，在这里，大脑的功能被悬置，任何构想、意图和理性的成分都被抛弃，作者成为快速书写的工具。与此同时，作者的神圣形象也被彻底毁灭了。

最后，读者的诞生也以预示着作者的死亡。巴特认为既然文本没有源头，它也就不再具有作者所设定的单一的、确定的意义。文本存在于一个多维空间之中，在这个空间里，各种写作相互交织、结合、争执和对抗，文本即是由各种引证组成的编织物，它们来自文化的成千上万个源点，共同构成文本整体的存在状况。这样，单一文本就成为开放的、具有多重含义的互文本，这种文本的多重意义最终汇聚在读者的阅读之中，读者构成了写作的所有引证部分得以驻足的空间。因此，对文本的整体性的阐发不存在于它的起因（作者）之中，而存在于它的目的性（读者）中。但巴特谈到的读者不是人文主义意义上的有深度的个人，而是无历史、无生平、无心理的个人，他仅仅是在同一范围之内把构成作品的所有痕迹汇聚在一起的某个人。古典主义批评从不过问读者，在他们看来，文学活动中没有别人，只有写作的那个人。巴特指出，我们今天再不能受这种颠倒的事实所欺骗了，"为使写作有其未来，就必须把写作的神话翻倒过来：读者的诞生应以作者的死亡为代价来换取"。[1]

作者的死亡标志着文学创作已经完全被"写作"所取代，作者也成为没有激情、性格、情感和印象的不朽的抄袭者。作者"打算'表达'的内在'东西'本身只不过是包罗万象的一种字典，其所有的字都只能借助于其他字来解释，而且如此下去永无止境"[2]。在这样的写作活动中，文学"独创性"显然是不可能存在的，它被永无止境的"互文性"所取代。巴特此举的目的在于要开放本文，让本文从作者所占有的单一意义中解放出来，这种解放被视为反对神学和真正革命的活动，最终便是拒绝上帝和它的替代语，即理智、科学和规则。

[1] 罗兰·巴特：《作者的死亡》，见《罗兰·巴特随笔选》，百花文艺出版社1996年版，第307页。

[2] 同上书，第305页。

## 二　后结构主义：互文性

互文性是20世纪影响很大的涉及文学传统与创新的理论，它涉及文学的来源和影响等一系列文学理论的重大问题，得到了结构主义和后结构主义批评家的普遍关注。

**关键词：**

互文性

“互文性”（intertextuality）概念最早由法国符号学家、女权主义批评者朱丽娅·克里斯蒂娃提出，她说：“任何作品的文本都是像许多行文的镶嵌品那样构成的，任何文本都是其他文本的吸收和转化。” 这就是说，没有单独的本文，任何本文都是“本文间性”的，一个本文指涉另一个本文，本文与本文永远处于交叉、重复、吸收和转化之中，它们共同构成了绵延不断的本文群体。互文性理论涉及文学的来源和影响等一系列文学理论的重大问题，因此，得到了结构主义和后结构主义批评家的普遍关注，他们从不同的角度共同深入阐发了这一思想。互文性不仅包括在写作实践中的话语变调、种类混杂、引语、典故、原型、摹仿、扭曲、反讽等有意识的行为，也包容了各种几乎已经无法追溯其起源的无名程式，如各种不加引号的、在无意识状态或自动化状态中被引用的话语等。互文性理论使文本与文本之间超越了单向度的影响与被影响的关系，成为全方位的多元互动的存在。

美国的结构主义代表人物乔纳森·卡勒在《符号的追寻》一书中对互文性理论作了全面的阐释，提出了互文性的“双重焦点”，即狭义的互文性和广义的互文性的区分。一方面，互文性可以唤起我们注意先前本文的重要性。文本的自主性和独立性实际上是一个误导的概念，任何文本都不是前所未有的始源性存在。文学文本之所以有意义，仅仅是因为文本中某些东西先前已经被其他文本写到了，新的文本是已经写成的文本的回声和呼应，它们之间有着千丝万缕的关联性。另一方面，互文性与其说是一部作品与特定前文本的关系，不如说是一部作品在一种文化话语之中的参与，即一个本文与各种语言或一种文化表意实践之间的关系。这样的本文研究并非像传统的看法那样，仅仅是对来源和影响的研究，它包括了许多无名话语的实践，无法追踪来源的代码，这些代码使得文本的表意实践成为可能。[1] 换言之，一个文本并非仅仅和与它相似的前文本有着亲缘关系，它与任何赋予该文本意义的语言、知识代码和文

[1]　乔纳森·卡勒：《符号的追寻》，康奈尔大学出版社，1981年。转引至程锡麟《互文性理论概述》，《外国文学》1996年，第1期，第76—77页。

化表意实践之间都相互指涉，文学文本与文学文本，文学文本与非文学文本都有着互文性的关系。

罗兰·巴特从意义生产过程和阅读实践的角度提出了互文性的观点。从文本意义生产过程出发，巴特宣告了作者的死亡。在这个进程中，言语活动放逐了作者的主体性而出色地自行运转，这也使得最终产生的文本不能不具有互文性的意义。于是，写作的完整存在状况便昭然若揭了，“一个文本是由多种写作构成的，这些写作源自多种文化并相互对话、相互滑稽摹仿和相互争执”。[1] 单独的文本混合着多种写作，多种写作中又有着无数文化的源点，文本处于错综复杂的交叉网络中相互对话和争执，这构成了文本的现实存在状况。从阅读实践的视角，巴特将文本分为两大类：可读性文本和可写性文本。可读性文本是封闭和完整的古典文本，读者与文本之间处于绝对分离的状态，他对文本只能采取“要么接受”、“要么拒绝”的态度。可写性文本则是充满互文性的文本，它没有固定的结构和单一确定的意义，是多重性和开放性的能指的星河。读者不是消费者而是生产者，他可以从任何一个端口进入文本，并对文本进行重写、分散和瓦解，每一次阅读都是一次寻求差异性的嬉戏。可写性文本是极乐的文本，它搅乱了读者的历史、文化、心理的各种假定，破坏了读者的审美趣味、价值观和记忆的一贯性，使读者在没有任何限制和分割中获得语言循环的快乐。这样，文本互文性特点也通过读者的阅读得到了充分的表现。

互文性理论在以保罗·德·曼、希利斯·米勒为代表的美国耶鲁学派解构主义的批评理论中更趋于成熟，并被广泛运用到文学批评实践之中。德·曼的阅读修辞理论认为文学的基本特征是修辞性。修辞手段可以使作者言此而意他，形成转义，如用一个符号的意义代替另一个符号的意义（隐喻），或使意义从一个符号转移到另一个符号（转喻）。语言符号的这些特点使文学处于自我解构状态之中，也使得文学文本因语言所具有的修辞性而呈现出互文性特征，即一个文本总是指涉另一文本，它的语言总是关于其他文本的语言。不仅文学文本依靠语言的转义发生作用，文学批评文本，乃至历史文本、政治文本、哲学文本等都是如此，它们都是修辞性的虚构文本，并成为相互指涉的文本形式。[2] 德·曼从语言修辞角度彻底取消了文学文本与非文学文本的界线，将一切文本都归入到了文本间性。米勒则将德里达的“异延”理论与德曼的“修辞论”结合起来，形成了自己的解构主义修辞批评的方法，并将这种方法扩展到对文本间的关系的研究中。在《作为寄主的批评家》一文中，米勒提出了文学文本之间所具有的“寄生”和“寄主”的怪异关系，任何一首诗都具有依附于更早诗歌

[1] 罗兰·巴特：《作者的死亡》，第307页。

[2] 德·曼：《阅读寓言》，参见朱立元《二十世纪西方文论选》下册，高等教育出版社，2002年，第227—242页。

的寄生性质，同时又将这些寄生物通过特定的方式转化成为寄主性的存在。米勒以雪莱的《生命的凯旋》为例对此关系作了详细说明。在这首诗里隐居着一条寄生性存在的长长的锁链，即文本中存在着对先前文本的摹仿和借喻，这些寄生物以被肯定、被否定、被升华、被扭曲、被展平、被戏仿等奇异虚幻的方式存在，这表明“先前的文本既是新文本的基础，也是这首新诗必定予以消灭的某种东西。新诗消灭它的方式是使它合并进来，把它化作幽灵似的非实在体，以便完成变作自身基础的那种既可能又不可能的任务”[1]。这就是说，新诗需要那些老的文本，又必须消灭它们，它既寄生于它们，同时又是“邪恶的”寄主，通过吸食将它们破坏。这种寄生物兼寄主的关系存在于一切文本中而使文本具有了自我瓦解的性质，文本仅仅存在于文本间性之间并由此构成历史延续链条中的一环。

## 第五节　述评

通过上述关于文学的传统与创新问题的理论回顾，我们不难发现，种种理论观点既有着相同点，也有着相异处，人们很难从中总结归纳出一整套具有概括性和普遍性的理论话语。但是，无论哪种理论形态都不能绕开一些最为基本的理论问题。

### 一　是否存在永恒不变的创作规律和艺术形式

关于这个问题的不同答案是复古派和创新派相互区分的一个基本理论假设。复古主义者确认文学有着一成不变的艺术形式和创作规律，这种形式和规则被完美地保存在古代经典作品之中，它们也被总结和归纳在某一个权威理论家的诗学之中成为普遍真理。创新论者则反对将文学设定为恒定不变的形式，他们认为文学随着时代和历史的发展而发展，每个时代都应该有着自己独具特色的文学和诗学，今人不应跟随古人亦步亦趋。

欧洲文艺复兴到近代所发生的几次大规模的“古今之争”就属于这种观念形态差异而导致的争议。在西欧的传统观念中，古希腊、罗马时期的诗学被视为衡量一切时代和一切地域的文艺的普遍标准。17世纪的古典主义者也依据亚里士多德《诗学》和贺拉斯《诗艺》定下了戏剧创作的基本规则，并将这些规则视为不能超越的普遍真

---

[1]　米勒：《作为寄主的批评家》，见王逢振《最新西方文论选》，漓江出版社，1991年，第163页。

理。但是，激进的创新论者不相信有任何不变的规则，甚至整个地否定规则的存在。在他们看来，这些清规戒律是专制和暴力的结果，是束缚诗人个性的桎梏，需要彻底破除。西欧浪漫主义文学思潮就是这样一种艺术观念的产物，他们张扬天才、个性和独创精神，追求文艺创作的自由性和超越性。

这样一种情形在中国古代文论中同样存在，明代“七子”派认为秦汉之文和盛唐之诗是诗文的最高典范，诗文创作的基本法则都包含在这些经典的诗文之中，后世文人写作应该遵循这些古法。公安派的反复古运动恰恰是从批评前后七子及其追随者的模拟蹈袭文风开始的，他们提出一代有一代的法则，只有“各极其变，各穷其趣”，才能有真正的文学创造。

可见，中外的复古主义者和反复古主义者都表现出某些共同的倾向。复古主义者强调文学传统的连贯性，要求作家学习古代优秀作品，领悟古人的创作法式，其目的不见得都是要让今人回到古代，而是借古人法式来表现现实内容，从而达到服务于现实的目的。反复古主义者则通过强调表现主观心灵来抵抗复古主义者恪守成规的做法，张扬文学的个性和独创性。不同的是，西方18世纪的浪漫主义诗人所张扬的天才、个性和想象产生于打碎封建专制的语境中，而中国古代公安派主张文学表现不受礼教束缚的自然情感，则具有反理学的意味。

在激烈的论争之后，我们仍然要问的问题是：文学是否具有永恒不变的创作规律和艺术形式？答案显然是否定的。纵观中外文学理论发展史，我们很难找到一种完全确定、一劳永逸的关于文学的定义（参见本书导论和第一章），随着社会历史的发展和文学创作实践的更新，人们关于文学的观念也在不断地变化和发展。但是，这也并不意味着文学活动就没有继承性，纯粹的独创性仅仅是诗人的幻想，一味地打破规则和抛弃传统也是一种并不明智的妄自尊大的行为。因此，我们不得不继续追问到第二个重要的问题。

## 二　文学的发展是否具有连贯性和承继性

虽然文学没有一成不变的永恒规律，文学的创造及其规律随着时代、民族和地域等的差别而各不相同，但这并不意味着文学的发展不具有任何连贯性和历史继承性。任何文学作品都不是凭空的创造或纯粹的独创，前人的创作实践提供了许多宝贵的经验和有益的启示，这成为后人写作的基础，文学的这种历史继承性构筑了文学的连贯性和整体性。

中国古代的文人大多能既总结、归纳和承继古人的法则，又加以创新和改造，延续着文学的连贯性和整体性。刘勰的通变论就试图从理论层面上阐发文学的传统与创新的辨证关系。但刘勰的通变论仍然是不变古法，只变文辞，于通中求变，没有脱离复古主义的窠臼。黄庭坚则从更为具体的作诗技法中讨论了如何学古和创新的问题。学习古人的具体路径是要熟读古人诗作，参悟作诗之法则，然后通过“夺胎换骨”、“点铁成金”的方法融化前人陈言旧意，再自铸伟词新境。但是，古代文人强调在沿袭古法的基础上进行创新，致使这种创新本身就具有了极大的限制性。

整体而言，西方文论家在对待这一问题上较中国批评家采取了更为偏激的态度。僵化的复古主义者极度迷信古人的权威，极端地推崇古法，这使他们在古人的盛名之下丧失了独立意识和创新能力，他们的“创新”意识仅仅局限在旧瓶装新酒的有限范围内。激进的创新论者倡导纯粹的独创，甚至有意打破规则或根本不承认任何法则的存在。温和的创新论者则能较为客观地承认古人所取得的辉煌成就，但认为那些典范之作只属于那个特定的时代，今人应该另辟新径，创造属于自己时代的文艺。如杨格认为古人仅仅是今人的先导和灵感的激发者，文学的大树最终要从诗人自身的土壤中生长出来。这种对待古人的态度表现为既不割断与古人的血脉联系，又要在最大的程度上脱离和超越古人，与中国古代文人试图在古人的范式中翻新求异的做法相比较，更容易达到创新求异的目的。

当代西方后结构主义者在这一问题的看法上有着与传统观念迥异的独特视角。在他们看来，文学的连贯性和整体性并不是通过作家的纵向的通变因革或继承革新的方式获得，而是通过无处不在的本文的互文性完成的。他们消解了作家的主体性价值，将文学视为言语符号相互关联、混杂和碰撞的自由嬉戏活动，文本不具有确定性意义，只具有意义的开放性和互涉性。文本之间没有明确清晰的承继关系和森严界线，一切本文在平面上铺开相互关联，就像纵横交错的网络无始无终。他们甚至认为文学本文与非文学本文也没有界线，它们同样处于永远的互文性之中。这样一来，有关继承与革新的问题就成为了毫无意义的伪命题，写作者根本无须为此而绞尽脑汁，因为原本不是作家在创作，而是语言本身在言说。这样的视角将文学文本置于整个语言文化的完整语境中来观照，确实让人耳目一新。从人类整体文化视角来看，文学文本之间确实存在不可否认的相互阐发的关联性，甚至文学文本与历史、政治文本等之间也有着密切的纠葛，单一的文学属于相互关联的文学整体，甚至包容在更大的文化整体之中。但后结构主义者谈论的文学的连贯性和整体性是通过瓦解作者的存在和彻底开放文本的意义实现的，这样，文学整体性的边界就完全消融在整个文化的界域中而不复存在了。

综述上文，没有终结的问题仍然是文学的整体性是什么？文学的整体性显然不是封闭的、超然的独立整体，而是永恒运动的动态整体系统。但是，这种整体性是呈现出一种内在的逻辑关联的上升关系，还是如后结构主义所描述的那样是无头无尾的纵横交错的网络系统？关于这些问题的思考，让我们不得不追问有关文学的来源和影响的问题。

## 三　关于文学的来源与影响

文学的发展是一个历时性过程，在这个过程中，文学的传统是什么？文学传统对后世文学产生了什么样的影响？文学的影响是如何实现的？这种影响是历时性的还是共时性的，是单向度的还是多维度的？对于这些问题的不同回答将呈现给人们不同的关于文学整体形态的描述。

西方古典主义者极度推崇古希腊罗马的文学传统，并将这种传统视为不可超越的封闭、独立的整体。浪漫主义者则表现出极度反传统的叛逆性倾向，他们将传统视为文艺创新和个性表现的桎梏而试图推翻一切传统的规范，表现出逃离传统和割断传统的特点。新批评的艾略特和韦勒克等人对于上述绝对主义和相对主义的传统观念进行了批评，他们认为传统是一个充满着变化和发展的开放整体，正确态度是既要保持和尊重传统，又要通过创造促进传统的发展，从而参与到文学传统的建构之中去。韦勒克将文学传统的历史性向现代性开放，在强调文学传统整体系统的稳定性特征的同时，也适当地估量了文学传统更新和发展的可能性，从而向人们展现了具有连贯性和发展性的文学的整体形态。

结构主义文学批评则通过追寻文学传统的普遍结构模式试图达到对文学整体形态的阐释。弗莱认为文学是被置换和变形的神话，文学的相互影响作用是通过文学的原型结构连成的整体来完成的。一切文学创造的根基都已经包含在整体结构之中，作家只是遵循结构模式写作的人。这样，弗莱就极低地估价了作者在文学创作中的独立地位，将艾略特和韦勒克所说的作家通过创造促进传统的更新和发展的有限的独创性也给抹煞掉了。

布鲁姆关于文学影响的思考更新了在传统意义上有关“影响”的观念，他将诗人之间的影响意义与影响的焦虑联系在一起。他认为一位强悍的诗人对后来者将产生一种强大的威慑力量，使得后者体验到一种无法超越的痛苦。后来者中的弱者在威慑之下丧失了创新的胆量和能力；而那些强者则焦灼不安，力图与之抗争并超越，通过误读前人来超越前人。传统观念中诗人之间的影响与被影响的关系被影响与偏离影响的关系所取代，而创新的意义也在偏离影响中获得。在古典主义、新批评、结构主义等文学批评观念中，关于影响的含义主要是从文学的继承的角度而言，传统及其影响也具有了正面的积极意义；布鲁姆的影响观念则更关注影响之于文学创新和变革的作用，他认为影响压抑和阻碍着诗人的创新。但是，诗人要做的不是逃离影响和否定传统，而是通过有意的误读来偏离影响，修正前人的创作而实现创新。

其次，关于影响的方向问题。人们一直认为除了同辈诗人之间相互影响的共时性关系之外，影响总是历时性的，并且影响始终是前辈诗人对后辈诗人的影响。但布鲁姆却认为，迟来的强者诗人通过一种辉煌的最终极的修正行动可能导致最后胜利，即在迟来者诗人的作品中，前驱者的作品的某些章节看上去并没有预示后来诗人的降临；反过来，倒是这些章节本身应归功于迟来的诗人独立获得的成就，甚至还必然地会被迟来诗人更伟大的光芒所销弱。因此，在某种时刻，不是迟来者摹仿前驱者，而是迟来者被他们的前驱者所摹仿，前驱者受惠于迟来者的成就与光彩。这就如同基尔凯郭尔所宣称的“愿意工作的人将生下他自己的父亲”，尼采所言的“当一个人缺少好的父亲时，就必须创造出一个来”。[1]迟来的强者诗人逆向地影响和产生着他的前驱，这恰恰显示了修正和创新的力量。影响与被影响的历时性关系被共时性关系所取代，在诗人的相互影响中，真正处于主导地位的是不论先后的诗人中的强者，他们主宰了诗的影响的历史。后结构主义的互文性理论则更是将关于文学影响的共时性研究推向了极至。互文性理论完全消解了文本的一切历时性存在，不存在任何原初文本与后继文本、范本与摹本的关系，文本与文本之间也不存在任何前者影响后者或后者影响前者的情况，只存在着无处不在的互相影响的状况。

但是，布鲁姆未免过高估价了影响的焦虑所产生的负面效应，诗人在感受到影响的焦虑的同时不免也能激发出创新的欲望，这种焦虑反过来又能转化成为创新的动力而促进创作了。因而，诗的影响往往使诗人更具有独创精神，这不仅表现在传统观念中所阐发的前人创作中所包含的种种有益的成分对后辈的启发，也表现在影响的焦虑之中所激发的文学创新的欲望和动力。创新的途径也绝不仅仅是通过误读前人的作品和偏离前人的影响来实现，传统意义上所说的在吸收前人经验基础上的创造也同样也不失为重要途径。

## 四　关于文学的独创性

什么是创新？有没有纯粹意义上的独创？创新的前提和限度是什么？批评家关于“独创”和“创新”的不同观念将向人们展示不同的文学发展前景。

“独创”的概念是与“摹仿”相对照提出来的。“摹仿”在18世纪的欧洲文坛曾经长期居于统治地位，古典主义者就处处以摹仿代替独创。浪漫主义文学开始张扬天才、独创与个性，反对一切艺术桎梏，强调打破一切清规戒律，用独创性的艺术取代

[1]　见布鲁姆：《影响的焦虑》，徐文博译，三联书店，1989年，第57页。

摹仿性的艺术，这种观念有力地打击了古典主义者墨守成规的僵化思维方式，但却建立在忽视文学传统和中断传统的连贯性和整体性的基础之上，遭到了后世的批评。

艾略特的诗歌非个人化理论是直接针对浪漫主义独创论提出来的。他认为任何诗人都不能脱离诗的传统而单独具有他的完全意义，浪漫主义者张扬的纯粹个人创造只是一种不可能存在的幻觉。文学传统是理想的艺术秩序和优化的有机整体，诗人要做的不是极度个性化地背离或消灭传统，而要主动让自己的个性归附于更有价值的传统，以促进传统理想秩序的更新和发展。韦勒克也认为浪漫主义是一种主观性十足的批评方式。在创作中，起决定作用的因素不是作家的个性，而是文学的传统和惯例。没有任何一部作品与传统毫无关系，艺术家的独创性正表现在他如何有效地利用传统的资源和是否具有改造传统的能力上。

结构主义批评理论重视文学的宏观性和系统性的研究，对作家个人独创性及其意义估价甚低。弗莱从艺术普遍程式的存在批评了浪漫主义者过度张扬独创性的做法，诗人在创作中与其说是一个独创者，不如说是自觉或不自觉遵循程式进行写作的人，所谓独创性行为不过是更精致和隐蔽的摹仿性活动。

后结构主义则彻底否定了文学独创性和作者主体性的存在。罗兰・巴特认为作者的写作总是摹仿一部或多部同样是摹仿的作品，作者的激情、个性和独创都消失在无尽的摹仿和抄写的文本中，一切有关独创性的话语都消失在无所不在的“互文性”之中。

但是，有关作者的独创性问题依然没有完结。浪漫主义者所标榜的文学的纯粹独创性的神话已经被完全戳穿了，任何独创性都不是上帝式的无中生有。互文性理论正是从上述意义上拆解了作者的独创性的权威，取消了原始之作存在的可能性。这样，有关独创性的概念就从与“摹仿”对峙的关系中重新与“摹仿”握手言欢了，摹仿性之中包含独创性，独创性之中也不可避免地存在着摹仿性，而这正见出了文学所具有的“互文性”特征。

## 参考文献

1. 刘勰:《文心雕龙·通变》。
2. 袁宏道:《叙小修诗》,见《三袁文选》,巴蜀书社, 1987年。
3. 杨格:《试论独创性作品》,袁可嘉译,人民文学出版社, 1998年。
4. 艾略特:《传统与个人才能》,见《艾略特诗学文集》王恩忠编译,国际文化出版公司, 1989年。
5. 韦勒克:《文学理论》,刘象愚等译,三联书店, 1984年。
6. 弗莱:《批评的剖析》,陈慧等译,百花文艺出版社, 1998年。
7. 罗兰·巴特:《作者的死亡》,见《罗兰·巴特随笔选》百花文艺出版社, 1996年。
8. 布鲁姆:《影响的焦虑》,徐文博译,三联书店, 1989年。

## 思考与练习

一、解释下列概念:
1. 通变
2. 性灵说
3. 透视主义
4. 影响的焦虑
5. 互文性

二、思考并回答下列问题:
1. 如何理解传统与创新的关系?传统是创新的桎梏还是创新的基础?谈谈你的看法。
2. 谈谈你对文学独创性的看法。
3. 文学的影响是如何实现的,影响中的焦虑是如何产生和被克服的?
4. 如何理解文学发展的整体性和连贯性,互文性理论对此提出了什么样的新的观点?
5. 谈谈文学批评史上复古主义者与反复古主义者在文学观念和价值取向上的差异性。

# 第七章
# 文学与文化、道德及意识形态

## 第一节　文学与文化

### 一　作为一种文化现象的文学与文化研究的兴起

文学活动首先是一种社会文化现象。从文学的发生发展看，文学原先是隶属于一般文化的，文学活动本身没有独立性，而是与政治、宗教祭祀、道德教化等融为一体。以中国古代最早的诗歌总集《诗经》为例，相传《诗经》是周代朝廷“采风”制度的产物。这些诗歌内容既有描写民风民情的，也有描写祀神祭祖的。但创作这些诗歌的诗人们的写作动机则多与政治、道德有关。如“维是褊心，是以为刺”（《魏风·葛屦》），“夫也不良，歌以讯之”（《魏风·墓门》）等。在《左传》等书中，记录了大量赋诗见意，宴乐酬酢的例子。或援古证今，断章取义；或雅歌抒怀，授之以政。[1]

文学如此，文学理论亦然。古代文学理论常常把对文学的认识纳入自然和人文之中加以整体的文化观照。比如对文学发生的探讨便遵循着天—道—人—心—言（文）—诗的整体性思维路径。中国古人始终不强调主客观的对立，而追求心物相应、物我浑融的境界。

本书第一章中已经介绍过，我国古代虽然也有一些论著（如诗话）相对集中地讨论了诗学问题，但往往偏于技艺作法，而且不够系统全面。我国近代以前的文学观念主要是一种涵盖文史哲的杂“文学”观念。即便是在陆机的《文赋》、刘勰的《文

[1]　从词源上看，在中国的先秦两汉时期，“文学”一词便泛指文章博学或文献经典。参见本书第一章。

心雕龙》和刘熙载的《艺概》等文论名著中，有关文学的论述也湮没于杂“文学”理论中。直到近现代王国维、朱光潜等人受西方理论家康德、克罗齐等的影响，才开始张扬文学的独立价值，倡导美文学观念。

同样，西方古代也不存在独立的艺术或文学。在古希腊，“艺术”概念不仅指绘画和雕刻等我们现今所说的艺术，还包括狩猎、编织等手工技艺，类似于我国先秦所说的“艺”。直到1746年，法国美学家巴托才提出“美的艺术”（fine arts）概念，文学方与绘画、雕塑、舞蹈、音乐一起从一般技艺中摆脱出来，获得了自己的存在形态。接着，康德将科学的对象划分为知识、意志、情感三大领域，他所提出的以无功利为核心的美学原则，是对文学艺术自律性精神的初步概括。德国社会学家马克斯·韦伯认为，古代艺术、科学、道德是混整不分的，文学艺术通常依附于各种政治、宗教和伦理道德的目标，文化的进步就表现在各个领域意识到自身的特性和价值而不断地分化，在近代文化活动日益区分为认知—工具理性（科学技术）、道德—实践理性（法律道德）和审美—表现理性（审美艺术）三大领域。这种自主性思想是现代文学观念的核心。

但是，晚近西方越来越多的人们怀疑文学纯粹自律的可能性，又开始倾向于对文学作社会文化的思考。他们追溯“文学”这一概念的历史，发现“文学”的疆界一直处于建构、调整和变动之中，也就是说，“文学”本身也是一件文化产品。按照威廉斯的研究，西方“文学”一词的最开始的用法表示“读写能力”，直到18世纪，文学才开始越出“读写能力”的意义，而表示富有审美特性的想象性的作品，并开始出现三种倾向，第一，趣味开始取代认知成为文学品质的标准；第二，文学的意义和价值日益局限于想象性作品；第三，在这一时期提出了一种民族文学的观念。[1]乔纳森·卡勒在《文学理论》中，也把“文学”看作随一定时代文化观念的改变而不断地建构的一个过程。在他看来，文学的范畴并不十分明确，文学作为审美的、想象的作品的观念只不过是最近200年左右的事。而且这个观念并未能涵盖文学的其他属性，更难以概括当今的文学存在形态。他们的结论都是，文学是一定文化的产物（参见本书第一章）。

正因为如此，当今时代相当多的学者在重新思考文学与文化的关系，对文学进行“文化研究”（参加本书“导论”中的关键词“文化研究”）。当然，当代对文学的文化研究不是对古代杂文学观念的简单回归，甚至也不能简单地看作是对近代纯文学观念的一个反拨。当代的变化主要是因为文化活动发生了很大的形态变异，文学活动渐渐失去了作为文化活动中心范式的地位，文化传播由纸质媒介向电子媒介转

---

[1] Raymond Williams, *Marxisim and Literature*, Oxford: Oxford University Press, 1977, p.48.

变，广播、影视、音像、多媒体网络艺术的蓬勃发展，不仅创造了文化—媒体产业，而且深刻地改变了艺术的传播方式，实现了由纸媒质文化向电子媒质文化的变革。在这种情况下，近代以来以文学文本为中心的文学研究模式已经不能适应媒介文化日新月异的发展，因为这种单一的文学研究模式在评论当前的文学与文化现象时越来越力不从心，所以现今的文学理论著作与人类学、艺术史、影视、性别、语言、哲学、政治、心理分析、社会和思想史呈现出越来越突出的相互渗透的特征。这样做可以更好地为分析文化、精神的作用以及公众经验与个人经验的关系提供借鉴，从而为文学文本和文化问题提供更新的、更有说服力的解释。晚近的文化研究越来越逾出传统意义上的文学边界，而关注各种文化形式中的符号策略与权力关系，用乔纳森·卡勒的话说，文化研究“包括，并涵盖了文学研究，它把文学作为一种独特的文化实践去考察”[1]。

从文学文本方面说，文本内在地包含了文化因素，可以对之进行文化分析。英国伯明翰文化研究中心的首任主任霍加特认为，“文学作品中有三个主要因素：审美因素、心理因素和文化因素。简而言之，审美因素是指那些为审美需要、以及形式结构等等因素所决定的特征。心理因素是指那些显然是为特定作品的创作个人所决定的特征。文化因素则主要是由某个时期特定社会中产生某部作品的背景所决定的特征。当然，前两个因素在某种程度上是取决于文化条件的，而且彼此间密切相关。”由于文学总是植根于一定的文化土壤，表达了该文化的经验与价值判断，并反过来作用于该文化，因此它“是一种文化中的意义载体，它有助于再现这个文化想要信仰的那些事物，并假定这种经验带有所需要的那类价值。它戏剧化地表现了人们是如何感受到延续着的那些价值的脉搏，尤其是如何感受到源于这一延续的是什么压力和张力。……由于艺术在自身中创造了秩序，它便有助于揭示一种文化中现存的价值秩序，这种揭示要么是通过反映，要么是通过拒绝现存价值秩序或提出新的秩序”[2]。除了传统上所说的文化的认同性与审美性之外，当代学者（如英国伯明翰学派）对文化的日常性和实践性给予了较多的关注，试图通过文化分析提供一个群体寻求政治解放的概念或表达一个群体的艺术感觉和生活感觉。比如伯明翰文化研究中心的另一位重要人物斯图亚特·霍尔就认为，文化是“生活实践”或“使一个社会、群体或阶级经历、叙述、解释和赋予其生存条件以意义的实践意识形态”[3]，这便赋予了文

[1] 乔纳森·卡勒：《文学理论》，第46页。

[2] 霍加特：《当代文化研究：文学与社会研究的一种新途径》，周宪译，载周宪等编《当代西方艺术文化学》，北京大学出版社，1988年，第34页、第36页。

[3] Terry Eagleton, *The Idea of Culture*, Oxford: Blackwell Publishers, 2000, p.34.

学的文化研究以很强的现实性品格。

## 二　文化研究与大众文学

大众文学的兴起是20世纪最为突出的文化现象之一。

**关键词：**

大众文学

大众文学（Popular Literature）包括多种含义。广义的大众文学是为大众的文学，也可以是博得大众喜爱的文学，或出自民间的文学。所以，大众文学可以指谣曲、诗歌、写实的和形象生动的故事，浪漫故事或忏悔录，诙谐小说或沿街兜售的诗文小册，西部小说、恐怖小说，科学小说或幻想故事，寓言或讽刺小品，劝善画册、连环漫画和画页，甚至图片、明信片，也可用于指小册子和某种新闻文学，还包括戏剧文学的整个领域，从独角戏、小型喜剧到未经删节的戏剧。由于大众艺术得到现代宣传工具的有力帮助，传播迅速，影响深远，给高雅艺术造成很大的威胁。

当代的大众文学不同于古代的民间文学，它是商业消费主义时代的产物，与现代的传播媒介相结合，具有较为稳固的创作程式，给受众以某种直接的感官经验的冲击，谋求商业利润的最大化。

——参见《简明不列颠百科全书》第2卷，
中国大百科全书出版社1985年版，第414—415页。

20世纪以来，随着城市化进程的加快，市民阶层迅速扩大，文学创作也发生了剧烈的分化，即区分为主要以城市市民为消费群体的大众文学与大众文化和以知识分子为对象的高雅文学与高雅文化。尤其是20世纪中期以后，全球资本主义进入“后工业社会”，广播、电视、网络成为主要的文化传播方式，文化日益向商品化方向发展，大众文学发展势头迅猛，大有淹没高雅文学之势。大众文学适应传媒时代的发展需要，在很大程度上改变了文学与文化的格局。大众文学的兴起及其对高雅文学的冲击也引起了文学理论家的注意，由此形成了两种基本的研究模式：法兰克福学派的精英主义模式、伯明翰学派的大众的或民主的模式。

以阿多诺为代表的法兰克福学派将现代资本主义制度下的文学艺术分为大众文化和现代主义两个互不相同的部分，他用“文化工业”一词指代资本主义制度下的大众文化与文学。文化工业遵循商业消费主义意识形态，是按照交换原则批量生产的商品，具有标准化、齐一化的特征。由于文化消费者的需求被同质化的文化产业预先规定了，个体的审美追求处于受操纵的状态，“从根本上看，虽然消费者认为文化工业可以满足他的一切需要，但是从另外方面来看，消费者认为他被满足的这些需求，都是社会预先规定的，他永远只是被规定的需求的消费者，只是文化工业的对象。”[1]资本主义的发展成功地使经济与文化整合在一起，又利用新的媒体形式吸噬传统通俗文化形式，同化任何反抗的话语，从而强化了资本主义的社会控制形式，培养了无反思能力的个人。这样，阿多诺便把艺术的批判、颠覆和解放的功能限制在高雅文化特别是现代主义艺术中，认为卡夫卡、贝克特等人的现代主义艺术通过对现实的疏离和否定，给人以希望和拯救。法兰克福学派的另一重要人物洛文塔尔进一步发挥了阿多诺的观点，认为恰恰是无反思能力的个体催发了大众文化：“在现代文明的机械化生产过程中，个体的衰落导致了大众文化的产生，这种文化取代了民间艺术和高雅艺术。流行文化的产品毫无任何真正的艺术特性。然而，在其众多的媒介方式中，这种文化已被证明有其自身的艺术特性：标准化、俗套、保守、虚伪，是一种操纵消费者的商品。”[2] 大众文化的商业性及其给受众提供的虚幻满足，使其无疑具有维护资本主义秩序的意识形态功能。法兰克福学派关于大众文化的可复制性、商业性、娱乐性和保守性的批判给后人提供了不尽的思想启迪。但法兰克福学派的文化工业理论也存在自己的弊端，它把大众文化的构成和功能看成铁板一块，夸大了商业消费主义无所不在的渗透力，忽视了现代文化的多元特征和读者的抵抗潜能。这种二元对立的文化概念体现了近代美学观念所暗含的等级性价值秩序，从而导致了分析的局限性。

1960年代之后，围绕着英国伯明翰大学当代文化研究中心而形成的伯明翰学派，打破了文化研究的精英主义立场。从本土文化研究传统看，他们将矛头直指马修·阿诺德和以利维斯为代表的剑桥学派。阿诺德、利维斯等人坚持希腊以来古典艺术的典范标准，认为这些文本体现了人类文明发展最为美好的经验。在《文化与无政府状态》中，阿诺德把文化看作包括文学、艺术在内的人类一切最优秀的思想积淀，是变革时代凝聚人心的力量。他说，“文化是指研习完美的文化，它引导我们构想的真正的人类完美，应是人性所有方面都得到发展的和谐的完美，是社会各个部分都得到发展的普遍的完美。”[3] 它能培育人们优美的人性，养成优雅的气质，也可使工人阶级的过度言行受到节制。在此书中阿诺德流露出对随工业化以来下层阶级的“低级文化”借着民主和教育而逐渐推广流行的忧虑。利维斯秉承阿诺德的文化观，张扬

[1] 霍克海默、阿多诺：《启蒙辩证法》，洪佩郁、蔺月峰译，重庆出版社，1990年，第133页。

[2] Leo Lowenthal, *Literature and Mass Culture*, New Jersey: The State University, New Brunswick, 1984, p.14.

[3] 阿诺德：《文化与无政府状态》，韩敏中译，三联书店，2002年，第210页。

英国文学的"伟大传统"，认为该传统的特点在于"意义重大的创造性"，可以"唤醒一种正确得当的差别意识"，代表该传统的作家"不仅为同行和读者改变了艺术的潜能，而且就其所促发的人性意识——对于生活潜能的意识而言，也具有重要的意义。"[1] 利维斯认为现代社会的危机并非像马克思所诊断的那样，存在于经济方面，而主要存在于精神和文化方面，因此为了挽救现代社会，必须恢复古老的有机社会的价值观念，这需要借助伟大的文学艺术作品的力量。利维斯批评大众文化缺乏道德的严肃性和审美价值，排斥随着现代技术发展而兴盛的通俗文化形式。

鉴于阿诺德、利维斯等人的理想的文化观的文化保守主义性质，其所维系的仍然是一种固有的社会等级秩序和结构，伯明翰学派最主要的贡献便是消除高雅、大众文化的二元对立，对所谓通俗文学与文化的价值进行了重估。威廉斯开启了一种完全不同的文化研究传统，也就是从对高雅文化、文学经典的研究转到对"作为整体的生活方式"之重要方面的表意实践的研究，包括了电影、电视和广告及社会学、政治和文化认同等问题，为文化研究提供了新的理论空间。他首先对"大众"概念进行了探讨，指出"大众"实际上是文化精英对边缘社会群体的蔑称，类似于传统意义上的所谓"暴民"，"事实上并不存在'大众'，只存在着将人民看成'大众'的观点。"[2] 大众原来的含义是民有、民享、为民所喜闻乐见，但在特权阶级眼中却成为粗俗、低级和庸俗等的代名词。因此，威廉斯不提大众文化或文学的概念，而用"共同文化"取而代之。共同文化是一种参与性的和共同的对意义和价值的创造过程，是所有成员在集体性的社会实践中持续制造和重新定义的过程。霍加特则肯定了大众文化（廉价杂志、街头小报、通俗小说、体育、俱乐部等）在工人阶级中所起的有益作用，力图揭示工人文化和工人生活之间的联系。[3] 霍尔在《编码，解码》一文中，试图证明大众尽管控制不了大众文化的生产（编码），却能在一定程度上选择大众文化的消费—接收（解码）方式。即大众文化的生产者虽然有意在作品中贯彻自己的意图，但编码和解码并不完全对称。读者除了服从作者的意图外，还可以进行选择性感知，将文本符号置入与其他符号的创造性关系中，甚至可以作出完全对抗性的阅读。[4]伯明翰学派对大众文化的肯定是在既存的权力网络中来分析其实践和机制，企图展示大众文化怎样在提供一种支配的工具和力量的同时，也为抵制和斗争提供资源。但伯明翰学派又有过高估计大众文学积极意义和读者阅读潜能的调和主义倾向。

---

[1] 利维斯：《伟大的传统》，袁伟译，三联书店，2002年，第3—4页。

[2] 雷蒙德·威廉斯：《文化与社会》，吴松江等译，北京大学出版社，1991年，第289页。

[3] 见 Richard Hoggart, *The Uses of Literacy,* London: Penguin, 1958.

[4] 参见霍尔：《编码，解码》，王广州译，载罗钢、刘象愚主编《文化研究读本》，中国社会科学出版社，2000年，第354—358页。

关于大众文学的争论，牵涉到文学在文化现状中的处境、文学的价值评判观念、文学与读者的关系等与文学与文化发展前景的根本问题。康德对艺术的自由性、非功利性、天才与创造力等的本质规定，使艺术的审美被引向静观与超验性，艺术与普通百姓的日常经验相分离。应当说，上述思想既与启蒙运动所追求的理想以及浪漫主义思潮的兴起有关，也与当时艺术的创作与传播主要局限于知识分子、宫廷、贵族和教士，带有某种精英化倾向或贵族色彩有关。但时至今日，学院化的讲坛仍然传授的是上述文学观念，崇尚文学经典，对大众文学的意义与功能重视不够，这与大众文学发展的现状不相适应。从文化社会学方面说，大众文学的兴盛与民众物质文化水平的普遍提高，审美与艺术越来越步入大众的日常生活这一趋势有关。从形态上看，大众文学或写宫闱秘事、历史逸闻、名人传记，或写武侠传奇、色情谋杀、恐怖黑幕，有人将这些模式的流行追溯到人们的无意识心理——性和暴力的冲动。而它的故事编织模式：灰姑娘与白马王子模式、落难才子与风尘女子聚散模式、多角恋爱与有情人终成眷属模式，则巧妙地缓解了日常生活的压力，满足了普通人的白日梦想。可以说，大众文学拓展了大众的生活空间与心理空间。但大众文学所包含的把文学的娱乐价值当作消遣、按照市场经济的运行机制来从事文学创作的趋向忽视了文学对读者美感心理的熏陶与改造，放弃了文学的社会文化批判功能以及对读者进行精神重铸的目标。如何建构与变化了的时代及文化发展现状相适应的新的文学观念，是摆在所有文学家与文学研究者面前的迫切课题。

## 三　文化研究的跨学科化

与文化研究的兴起相应，当今的文学研究已经呈现向跨学科、多学科蔓延的趋势。从研究的对象上看，很多文学批评家把触角伸向了广告、电视肥皂剧、MTV、流行歌曲、麦当劳和酒吧，而从研究的方法看，文学的、语言学的、社会学的、文化学的、政治学的等等方法和视角也呈现出综合运用的势头。传统的文学研究方法已经不再够用，不少人尝试用心理分析、问卷调查、定量统计等进行研究。

从威廉斯开始，文化研究便质疑经济基础/上层建筑的二分法和狭隘的经济决定论，不再强调经济结构在理解文化上的首要性，而看重文化本身的作用，要求用一种更为复杂的方式来处理文化与经济的关系。并且不再把文化仅仅当作单一的统治阶级的意识形态，而看作是各种力量妥协、商谈与相互渗透的一个过程。同样，经济基础也不单纯是物质性生产或经济生产，而是人们在真实的社会和经济生活中的各种活动，从根本上包含着许多矛盾和多样性，而且总是处在一种动态的过程之中。这一点特别受到葛兰西文化霸权理论的影响。

**关键词：**

文化霸权

又译“文化领导权”，意大利马克思主义者葛兰西所提出并阐释的重要概念。“霸权”意指统治权力赢得被统治者赞同其统治的方式，也就是说，霸权的实现是一个协商和获得共识的过程。霸权包括意识形态，但涵盖了国家机器以及介于国家与经济中间的机构如新闻媒体、学校、教会、社会团体等范围。根据葛兰西的观点，赢得霸权就是在社会生活中确立道德、政治和智力的领导权，其办法是将自己的思想体系作为整个社会的构造，从而将自己的利益等同于社会的利益，一个社会集团能够也必须在赢得政权之前，先赢得文化领导权，在它取得政权、成为统治者之后，也还要牢牢地掌握文化领导权才能维持政权。也就是说，国家的统治表现在由军队、政府、法律机关构成的政治社会，同时也表现在非强制的市民社会，后者行使着文化霸权的功能。经济与社会意识的关系是复杂的，虽然特定的社会意识与经济结构有关，但文化或上层建筑并不单纯是对经济基础的反映与复制，它们自身也具有实践性和物质性的潜能。

由于受到文化霸权理论的启发，西方的文化研究关注各种晚期资本主义的特征，如文化及意识形态所扮演的角色，各种形式的权力关系，如根深蒂固的男权主义意识形态，新的历史条件下所出现的经济及政治殖民主义的新形式，民主世界的种族歧视等。布尔迪厄在《论电视》中揭露了商业电视所包含的消费主义意识形态。表面上看，存在着不同电视台的竞争和电视节目的多样化，但对收视率的追求使电视走向对轰动性的、耸人听闻的“新闻”的偏好，以迎合观众的窥视欲。哈代小说《卡斯特桥市长》的开头写的是喝得酩酊大醉的迈克尔·亨查德以五个基尼的低廉价格，把妻子连同襁褓中的女儿一起卖给了一个陌生的水手。女权主义批评家质疑这种写法本身旨在挑起男性读者被压抑的欲望，该作品所呈现的是男性的经验。1975年，劳拉·莫维发表了论文《叙事电影的视觉快感》，指出西方电影中妇女的从属者位置。表面上看，她们占据着屏幕的中心，但是她们既是电影中男性角色的色欲目标，又是观众席上男性观众的色欲目标。男性观众不仅在男性角色的成功追逐行为中体验到快感，且很快与角色认同，确认了一个更强大的自我，从而强化了男权主义的意识形态。而澳大利亚批评家帕米拉·罗伯森《对麦当娜谈什么？何时谈麦当娜？》则探讨了流行一时的歌星麦当娜，认为麦当娜现象涉及声誉、金钱、性、女权主义、大众文化等问题。她的成功说明，在女权主义思潮风起云涌之际，女性企图借助粗俗文艺挣脱客体地位而成为主体。

上述发展趋向表明，当代文化研究的重心是传媒时代文学与文化的形态变异，大众文化与所谓高雅文化的关系以及文化传播中的权力运作机制和意识形态功能格外受到关注，其实质是通过文化批评进行政治参与，因此文化研究是一种对既定的统治秩序和文化形态富有颠覆性的力量。

## 第二节　文学与道德

文学与道德有着密切的关系，文学创作常常涉及有关道德方面的内容，所以文学的道德意义向来为人们所看重。

### 一　中国文论传统中的文学和道德关系论
——从儒家诗教理论到启蒙主义的“新民”说

中国古代文论非常强调文学的道德教化作用。孔子就非常重视诗歌和音乐在塑造心灵和维护社会稳定方面的作用，他把文艺当作修身成仁的重要手段：“兴于《诗》，立于礼，成于乐。”（《论语·泰伯》）孔子并且认为道德标准是判别艺术作品价值高下的重要尺度，“子谓《韶》尽美矣，又尽善也。谓《武》尽美矣，未尽善也。”（《论语·八佾》）所以孔子特别看重诗歌的社会功能。《论语·阳货》说，“诗，可以兴，可以观，可以群，可以怨，迩之事父，远之事君；多识于鸟兽草木之名。”其中“兴”孔安国解为“引譬连类”，朱熹解为“感发志意”，即诗能诉诸人的情感，使人在心理上受到感染，从而影响人的意志；“观”郑玄释为“观风俗之盛衰”，朱熹释为“考见得失”，指诗可以帮助读者认识一定时代的社会状况和政治得失；“群”孔安国解为“群居相切磋”，朱熹解为“和而不流”，指诗能够有助于人们彼此间交流思想感情，与他人和谐相处；“怨”孔安国释之为“怨刺上政”，朱熹注为“怨而不怒”，指诗歌可以对不良政治进行揭露。孔子概括《诗经》的道德内涵云：“《诗》三百，一言以蔽之，曰：‘思无邪’。”对此朱熹解释说：“凡诗之言，善者可以感发人之善心，恶者可以惩创人之逸志；其用归于使人得其性情之正而已。”[1]

孔子的学说奠定了儒家的“诗教”传统。《礼记·经解》云：“温柔敦厚，诗教也。……其为人也，温柔敦厚而不愚，则深于诗教者也。”要求诗歌以“温柔敦厚”作为道德伦理规范，使人遵从礼教，从而有利于政治统治。唐代孔颖达在《礼记正义》中解释说，“温柔敦厚诗教者也：温，谓颜色温润；柔，谓性情和柔。诗依违讽谏，不

[1]　朱熹：《论语集注》，见朱熹《四书章句集注》，中华书局，1983年，第53页。

指切事情。故曰温柔敦厚诗教者也。”这表明：儒家的诗教虽然也要求文学发挥对于君主政治的讽谏作用，但应保持“中和”态度，对不合理的事物不正面直言，不违反礼教，而以含蓄之词寄寓讽谏的意义，即进行美刺、讽谕。《毛诗序》谓“风，风也，教也，风以动之，教以化之”，“故正得失，动天地，感鬼神，莫近于诗。先王以是经夫妇，成孝敬，厚人伦，美教化，移风俗。……上以风化下，下以风刺上，主文而譎谏，言之者无罪，闻之者足以戒，故曰风。”[1]唐代韩愈便把文学看作道德的表现手段：“愈之志在古道，又甚好其言辞。”[2]所谓古道，就是孔孟一脉的儒家道统。韩愈的学生李汉在此基础上主张“文者，贯道之器也”[3]。宋儒更是把文学的道德属性强调到无以复加的地步。周敦颐提出“文所以载道也，……文辞，艺也；道德，实也。”[4]这里的“道”便是关乎道德心性的义理之学。明代方孝孺也说，“文所以明道，文不足以明道，犹不文也。”[5]清代李渔称戏曲是“药人寿世之方，救苦弥灾之具”，“以之劝善、惩恶则可，以之欺善、作恶则不可”[6]。所以我国封建社会的文学，历来重视道德感化。元代高明的戏剧《琵琶记》开场便说“不关风化体，纵好也徒然”，提醒观众对剧情“只看子孝共贤妻”。

近代之后，文学道德论取得了新的形态，即文学与变革社会、革新道德相联系。梁启超在《论小说与群治之关系》里写道，“欲新一国之民，不可不先新一国之小说。故欲新道德，必新小说；欲新政治，必新小说；欲新风俗，必新小说；欲新学艺，必新小说；乃至欲新人心，必新小说，欲新人格，必新小说。何以故？小说有不可思议之力支配人道故。”[7]五四以后，以梁实秋等为代表的资产阶级文学倡导者和以毛泽东、周扬等为代表的无产阶级文学倡导者都强调文学的社会道德功能。梁实秋认为人性中有两种重要的成分，一是情感，一是理性，理性的价值高于情感的价值，表现普遍的人性（即“理性”）是一切伟大作品的基础。他所谓“普遍的人性”包括恋爱的力量，义务的观念，理想的追求，命运的压迫，对虚伪的厌恶，对生活的赞美等。因此，

---

[1] 《十三经·毛诗·毛诗序》，见《十三经》，上海书店出版社，1997年，第155页。

[2] 韩愈：《答陈生书》，见北京大学哲学系美学教研室编《中国美学史资料选编》上，中华书局，1980年，第291页。

[3] 李汉：《唐吏部侍郎昌黎先生讳韩愈文集序》，见中国古代文艺理论专题资料丛刊《本源 教化编》，徐中玉主编，中国社会科学出版社，1997年，第549页。

[4] 周敦颐：《通书·文辞》，见郭绍虞主编《中国历代文论选》第2册，上海古籍出版社，1979年，第74页。

[5] 方孝孺：《送牟元亮赵士贤归省序》，见中国古代文艺理论专题资料丛刊《本源 教化编》，徐中玉主编，第567页。

[6] 李渔：《闲情偶寄》，见《中国古典戏曲论著集成》（七），中国戏剧出版社，1959年，第11—12页。

[7] 梁启超：《论小说与群治之关系》，见郭绍虞主编《中国历代文论选》第4册，上海古籍出版社，1980年，第207页。

他反对纯艺术的观念，坚持文学是道德的，“凡是健全的文学家没有不把人生与艺术联在一起的，只有堕落派的颓废文人才创出那‘为艺术的艺术’的谬说！所以近来‘普罗文学家’之攻击以艺术为娱乐的主张，我以为凡是主张文学的‘尊严与健康’的人都应该在这一点上表示赞成，虽然是站在不同的立场上。”[1]在毛泽东的观念中，文学是作为社会动员的一种力量，他明确提出了文艺为人民服务、首先是为工农兵服务的问题。从“革命的功利主义”出发，要求革命的文学作品“能使人民群众惊醒起来，感奋起来，推动人民群众走向团结和斗争，实行改造自己的环境。”[2]这和梁启超在《论小说与群治之关系》中阐述的以文学改造国民、改造社会和国家，通过文学的力量创造新的理想的人、社会和国家的思想是相通的。

另一方面，我国自魏晋以后，文学的审美性质受到了鲜明的关注。陆机《文赋》中提出“诗缘情而绮靡”，周颙、沈约发明了诗歌的声律。与此同时，文学的娱性冶情功能也起引起了人们的兴趣。陶渊明《五柳先生传》中说“常著文章自娱，颇示己志，忘怀得失，以此自终”，不是为了“荣利”、“得失”。后代文人也常常认为赋诗著文只是娱乐消遣。如宋代的曾巩说，“虽病不饮酒，而间为小诗，以娱情写物，亦拙者之适也。”[3]李贽《读书乐》写道，“读书伊何？会我者多。一兴心会，自笑自歌。歌咏不已，继以呼呵……歌哭相从，其乐无穷。……怡性养神，正在此间。”赏读文学作品是为了渲泄情感，获得精神上的满足。但严格说来，我国古代缺乏纯审美或纯娱乐的文学观念，所谓文学的审美怡情也往往是在修身养性的道德框架之内实现的。直到五四时期，不论是文学研究会还是创造社，都受到西方浪漫主义与现代主义思潮的影响，强调文学和个性的关系，推崇艺术的自律性和创造性。我国现代的大学建制也对纯文学观念的产生起了重要作用，现代文学和现代文学观念正是通过胡适、鲁迅等新派教授和留学生占据了北京大学的讲坛而建立的。也就是说，我国纯文学的观念是在与科学、道德、艺术分治的知识图景中建立起来的。但是这种分化又不断受到新的知识规范和新的社会建构的事实的支配，因为观念自身的存在也需要某种社会条件。比如鲁迅早期的文学观就与国民精神的重塑有关，同时也是一种文化理论和改造社会的方案。而自1928年的“革命文学”论争之后，“党的文学”又迅速成为左翼文艺界的共识。纯文学观念在中国现代并没有得到很好的发展。

---

[1] 梁实秋：《文学的严重性》，见梁实秋《偏见集》，正中书局，1934年，第63页。

[2] 毛泽东：《在延安文艺座谈会上的讲话》，见《毛泽东论文艺》，人民文学出版社，1983年，第59页。

[3] 曾巩：《齐洲杂诗序》，见《曾巩集》上，卷13，陈杏珍、晁继周点校，中华书局，1984年，第215页。

## 二　西方传统中的文学和道德关系论

西方近代以前和中国古代一样重视从道德的角度看待文学。柏拉图就要求文学要有道德教育意义，“我们必须寻找到一些艺人巨匠，用其大才美德，开辟一条道路，使我们的年轻人由此而进，耳朵所听到的艺术作品，随处都是；使他们如坐春风，如沾化雨，潜移默化，不知不觉中受到熏陶，从童年时，就和优美、理智融合为一。”[1]他之所以要把诗人逐出他的理想国，是因为他认为专事摹仿的“诗人的创作是真实性很低的；因为像画家一样，他的创作是和心灵的低贱部分打交道的。因此我们完全有理由拒绝让诗人进入治理良好的城邦。因为他的作品在于激励、培育和加强心灵的低贱部分，毁坏理性部分。”[2]在《政治学》中，亚里士多德谈到艺术的三种功能：教育、娱乐、操修心灵[3]。在《诗学》里他更是提出了悲剧的净化作用，认为悲剧能够“借引起怜悯和恐惧使这种情感得到陶冶”[4]。按照一般说法，这里的陶冶是一种道德的调节方式，亚里士多德从“中庸”、适度的道德原则出发，认定悲剧可以激发怜悯和恐惧并使之转化成合乎中庸的美德。其后，古罗马的贺拉斯取法亚里士多德，在《诗艺》中指出：“诗人的愿望应该是给人益处和乐趣，他写得东西应该给人以快感，同时对生活有帮助。……寓教于乐，既劝喻读者，又使他喜爱，才能符合众望。”[5]锡德尼则认为诗人是历史家和道德家之间的仲裁者，因为诗歌可以正确地评价善恶，“引导我们，吸引我们，去到达一种我们这种带有惰性的、为其泥质的居宅染污了的灵魂所能够达到的尽可能高的完美”[6]。雪莱也说：“诗是最快乐最良善的心灵中最快乐最良善的瞬间之记录。”“诗增强人类德性的机能，正如锻炼能增强我们的肢体。”[7]利维斯指出，伟大作家总是在其塑造的具体形象中倾注了责任感，“这种责任感，在本质上，就包含了富于想象力的同情、道德甄别力和对相关人性的价值判断。”[8]与上述从道德的角度看待文学的说法不同，黑格尔认为，文学的教益、娱乐、快感、消遣功能是一体的，片面抬高文学的道德价值失之于偏颇，“如果艺术的目的被狭窄化为教益，上文所说的快感、娱乐、消遣就被看成本身无关重要的东西了，就

---

[1] 柏拉图：《理想国》，郭斌和、张竹明译，商务印书馆，1986年，第107页。

[2] 同上书，第404页。

[3] 参见亚里士多德：《政治学》，吴寿彭译，商务印书馆，1996年，第418页。

[4] 亚里士多德：《诗学》，罗念生译，见亚里士多德、贺拉斯：《诗学 诗艺》。人民文学出版社，1984年，第19页。

[5] 贺拉斯：《诗艺》，杨周翰译，见亚里士多德、贺拉斯：《诗学 诗艺》，第155页。

[6] 锡德尼：《为诗一辩》，钱学熙译，见伍蠡甫主编《西方文论选》上卷，上海译文出版社，1979年，第233页。

[7] 雪莱：《为诗辩护》，缪灵珠译，见刘宝端编《十九世纪英国诗人论诗》，人民文学出版社，1984年，第154页、129页。

[8] 利维斯：《伟大的传统》，袁伟译，三联书店，2002年，第49页。

要附庸于教益，在那教益里才能找到它们存在的理由了。这就等于说，艺术没有自己的定性，也没有自己的目的，只是作为手段而服务于另一种东西，而它的概念就要到另一种东西里去找。”[1] 马克思主义对文学的教育与道德价值也十分重视。恩格斯曾经高度评价德国民间故事能够培养人的“道德感，使他意识到自己的力量、自己的权利和自己的自由，激发他的勇气并唤起他对祖国的热爱”[2]。但马克思、恩格斯都反对一味地利用文学进行道德说教。

近代以来，随着康德提出的以无功利为中心的审美原则成为艺术评判的基本法则，西方一度纯艺术论较为流行，在文学创作和理论倡导上出现了某种非道德化、非价值化的倾向。歌德以为，“向艺术家要求道德目的，等于是毁坏他的手艺。”[3]王尔德也说，“文学所需要的，不是增强道德和道德控制，实际上诗歌无所谓道德不道德——诗歌只有写得好和不好的，仅此而已。艺术表现任何道德因素，或是隐隐提到善恶标准，常常是某种程度的想象力不完美的特征，标志着艺术创作中和谐之错乱。一切好的艺术作品都追求纯粹的艺术效果。”[4]克莱夫·贝尔也从“艺术是有意味的形式”出发，认为艺术的目的就在于艺术自身，反对艺术与道德发生关联，“任何要为艺术寻求其他道德上的理由，任何要在艺术中寻找其他目的（而不达到好的心理状态）的手段之举动，都是一个傻瓜，或者说，是一个头脑发昏的天才人物的错误举动。”[5]近代反对文学与道德发生关系的代表人物是克罗齐，他从“艺术即直觉”出发，将艺术和道德看成两个截然不同的领域，“艺术活动不是一种道德活动……艺术并不是起于意志；善良的意志能造成一个诚实的人，却不见得能造就一个艺术家。既然艺术并不是意志活动的结果，所以艺术便避开了一切道德的区分，倒不是因为艺术有什么豁免权，而是因为道德的区分根本就不能用于艺术。一个审美的意象显现出一个在道德上可褒可贬的行为，但是这个意象本身在道德上是无所谓褒贬的。”[6]

20世纪的形式主义文论也普遍将研究的视角转向文学自身，反对文学与道德及社会生活发生关联。俄国形式主义者迪尼亚诺夫说，“直接研究作者的心理，在他

---

[1] 黑格尔：《美学》第1卷，朱光潜译，商务印书馆，1979年，第66页。

[2] 恩格斯：《德国民间故事书》，见程代熙编《马克思恩格斯论艺术》第4卷，中国社会科学出版社，1985年，第339页。

[3] 歌德：《诗与真》，林同济译，见伍蠡甫主编《西方文论选》上卷，上海译文出版社，1979年，第447页。

[4] 王尔德：《英国的文艺复兴》，尹飞舟译，见赵澧、徐京安主编《唯美主义》，中国人民大学出版社，1997年，第97页。

[5] 贝尔：《艺术》，周金环等译，中国文联出版公司，1984年，第77页。

[6] 克罗齐：《美学纲要》，韩邦凯等译，见克罗齐《美学原理 美学纲要》，人民文学出版社，1987年，第213页。

的生活、社会阶级和他的作品之间建立因果关系，这是一种极不可靠的作法。”[1]艾伦·退特在《诗人对谁负责》中提问道：“诗人对谁负责？对什么负责？”他的回答是，不能把对道德的、政治的、社会健康方面要负的责任推到诗人头上，“责任是不存在的。”[2] 针对上述观点，也有人认为，在文学创作中完全回避道德判断和价值判断、保持所谓价值中立态度是不可能的。因为文学创作一种价值认知和评判活动，即作家的创作直接地是在一定的价值观念、人生需要和审美理想的主宰下进行的，在审美体验中对客体对象重新作出定位，形成审美的价值判断与评价，因此免不了要进行包括道德判断在内的价值判断。

## 三　文学的道德诉求与道德承诺

文学活动作为一种精神存在方式，体现了人类对自己的生存状态深刻的道德关注，因此它的道德性是无可回避的。英国作家劳伦斯指出，一个作家要以自己的道德意识揭示人与周围世界的关系，“一部长篇小说如果揭示了真正的鲜明生动的关系，它就是一部有道德的作品”，他称这种关系的揭示为“第四向度”（物理学上三维空间之外的时间向度）的创造，“人与周围世界之间这种比平时完满的关系，对人类来说，就是真正的生活。它具有第四向度的永恒性和完满性。”[3]因而文学包含了追求完满的生活境界、创造永恒的许诺。陶渊明在《桃花源记》中所刻画的和谐自然的人际关系，所憧憬的“黄发垂髫，并怡然自乐”的伦理状态，便是令人神往的美好的生活境界。雨果《九三年》的惊心动魄的力量来自于作品的道德震撼力。作品写到了资产阶级革命家郭文、西穆尔登和贵族叛乱首领朗德纳克所代表的不同的道德要求之间的悲剧性冲突。在郭文率领共和国军队即将攻克朗德纳克叛军盘踞的最后堡垒的关键时刻，目睹朗德纳克跳入火海搭救小孩，郭文放走了朗德纳克，结果郭文以叛国罪被处以绞刑，而审判他的法官西穆尔登（也是他精神上的导师）则自杀身亡。作者以此表明人类的道德困境，其最终的答案是：“在绝对正确的革命之上，还有一个绝对正确的人道主义”，故让他笔下的人物去为一种人道主义的道德理想而殉难。

从作家方面看，文学创作的触发也常常包含着道德动机的因素，具有某种道德

---

[1] 迪尼亚诺夫：《论文学的演变》，见托多诺夫编《俄苏形式主义文论选》，蔡鸿滨译，中国社会科学出版社，1989年，第113页。

[2] 艾伦·退特：《诗人对谁负责》，牛抗生译，见赵毅衡编《“新批评”文集》，中国社会科学出版社，1988年，第456页。

[3] 劳伦斯：《道德和长篇小说》，赵少伟译，见戴维·洛奇编《二十世纪文学评论》上册，上海译文出版社，1987年，第239页、235页。

诉求或道德承诺。美国人本主义心理学家马斯洛认为，健康的人对人生中美好事物的发现会产生高峰体验，“这些美好的瞬间体验来自爱情，和异性的结合，来自审美感受（特别是对音乐），来自创造冲动和创造激情（伟大的灵感），来自意义重大的顿悟和发现”[1]。在马斯洛看来，高峰体验形成于人们臻于完善、实现希望、达到满足的时刻。它与马斯洛另一重要思想“再圣化”是一致的。“再圣化”要求我们注意不断地在生活中形成一个高峰，要学会真的感动，注意从生活的诗意一面去看生活，寻求其神圣的、永恒的、象征的意义。[2]上述说法与文学创作是相通的。文学体验所包含的对人类命运的关爱，对善与美的祈求，无疑蕴含着道德的诉求。

文学的道德关注还体现在对不合理的社会现象的针砭与批判上。无论是司马迁的“发愤著书”、韩愈的“不平则鸣”、欧阳修的诗“穷而后工”，还是西方谚语所说的“愤怒出诗人”，都说明了这一点。很多作家所描写的人物都被寄寓了作者的人生理想和道德情怀。《三国演义》主要写三国时期的政治军事纷争，但作者对人物形象的塑造仍然渗透了道德判断。比如描写曹操重点突出了他的“宁我负天下人，毋天下人负我”的利己主义；而对于诸葛亮除了表现他非凡的智慧之外，还将他鞠躬尽瘁、死而后已的忠君精神表现得淋漓尽致；而关羽则被刻画成仁义的化身。列夫·托尔斯泰也是一个道德责任感很强的作家。他的《战争与和平》中对拿破仑的描写便有一种很明显的道德和人格上的厌恶，而库图佐夫的质朴、真诚、爱国，彼埃尔的诚挚、憨厚，娜塔莎的天真、纯朴、热情，则体现了作家的道德理想和人生追求。阿多诺说，“确切说来，艺术是否定粗野作法的，那是主观的罪恶核心，与其相对立的一面是精心制作的理想。正是通过这一点，而不是道德信条的宣谕或者取得某种道德效果的意图，艺术才成为德行的一部分，并将自个与一种更富人性的社会理想联系起来。”[3]

我国有注重社会化公共道德的传统。比如儒家文化便强调忠、孝、节、义和君君、臣臣、父父、子子、夫夫、妻妻的道德秩序与礼节，这些在我国古代文学中多有反映。新中国成立以来直到今天的文学经历了从重视意识形态化的政治道德，到反思道德、淡化道德，到再强调道德的过程。总起来说，从建国初直到20世纪80年代的文学，都较为重视意识形态化的政治道德人格的塑造。从《创业史》中农业合作化的带头人梁生宝、《红岩》中的英雄江姐、许云峰，到《乔厂长上任记》中的改革者乔光朴，都是集体思想和社会公共话语与道德的体现者，在他们身上，寄寓了意识形态化

[1] 马斯洛：《谈谈高峰体验》，见林方主编、马斯洛等著《人的潜能和价值》，华夏出版社，1987年，第368页。

[2] 参见马斯洛：《人性能达的境界》，林方译，云南人民出版社，1987年，第57页。

[3] 阿多诺：《美学理论》，王柯平译，四川人民出版社，1998年，第396—397页。

的政治性道德理想。

改革开放以后，对于解放后30年间革命文学中的过分政治化意识形态化的集体主义道德进行了反思，出现了一批批判旧的意识形态化政治道德、展望新的更加个人主义的道德的作品。如张弦《未亡人》写到一个曾经为革命做出贡献的高级干部去世之后，其寡妻与经常给她家送信的邮递员相爱，受到世俗偏见的压力和政治上的阻挠的故事。小说对以“革命”的名义贩卖封建道德的现象进行了犀利的剖析，表明随着社会的转型、市场经济的逐步建立，集体主义的道德受到了反思，而个人本位的道德观念在一定程度上得到肯定。

文学的道德内容当然也包含了道德自省和反思。

道德上的忏悔与反省反映了作家的一种自觉，是主体追求人格上的自我完善的表现。《论语·学而》中便有“吾日三省吾身”的说法。在我国古代文学中，杜甫的《自京赴奉先县咏怀五百字》写道：“穷年忧黎元，叹息肠内热。”以天下为己任，接着写自己从长安回家省亲，“入门闻号啕，幼子饥已卒。吾宁舍一哀，里巷亦呜咽。所愧为人父，无食竟夭折”，他作为父亲不能不深深自责。但杜甫的可贵之处不仅在于自省，还在于他能推己及人，显示出博大的胸怀和深广的忧愤：“朱门酒肉臭，路有冻死骨”，“忧端齐终南，澒洞不可掇。”托尔斯泰的《复活》描写聂赫留朵夫对被他始乱终弃的玛丝洛娃的忏悔这一自救行为，所获得的灵魂的再生。布莱希特的戏剧《伽利略传》，描写伽利略因为支持哥白尼的地动说，1633年遭到罗马教廷审判，并被判八年软禁。戏剧把伽利略置于两难情境之中：要么坚持科学观点像布鲁诺那样为科学殉难，要么放弃科学观点，向教廷屈膝妥协，伽利略选择了妥协的道路。通过剧烈的内心冲突，作者对伽利略的灵魂进行了追究和拷问。从作品中可以看出严酷的文化专制制度对科学家尊严和良知的扼杀，但作家并不饶恕科学家折节的责任。布莱希特写作此剧时正值德国法西斯上台，本人被迫流亡之际，从剧中我们不难感受到作者对纳粹上台的反思和自己不屈的道德勇气。

鲁迅曾经多次称赞陀思妥耶夫斯基是人的灵魂的伟大拷问者，他“所处理的乃是全灵魂。他又从精神底苦刑，送他们到那反省，矫正，忏悔，苏生的路上去；甚至于又是自杀的路。……凡是人的灵魂的伟大的审问者，同时也一定是伟大的犯人。审问者在堂上举劾着他的恶，犯人在阶下陈述他自己的善；审问者在灵魂中揭发污秽，犯人在所揭发的污秽中阐明那埋藏的光耀。这样，就显示出灵魂的深”[1]。鲁迅认为陀思妥耶夫斯基的拷问包含着对自我的反省，是作者和人物一同受难，“他把小说中男

[1] 鲁迅：《〈穷人〉小引》，见《鲁迅全集》第7卷，人民文学出版社，1981年，第104页。

男女女，放在万难忍受的境遇里，来试炼他们，不但剥去了表面的洁白，拷问出藏在底下的罪恶，而且还要拷问出藏在那罪恶之下的真正的洁白来。…而这陀思妥耶夫斯基，则仿佛就在和罪人一同苦恼，和拷问官一同高兴着似的。这决不是平常人做得到的事情，总而言之，就因为伟大的缘故。”[1]巴金的《随想录》便充满了自我解剖和反省。明明他是几十年极“左”路线的受害者，但他不放过自己，而勇于承担责任。他说，“在总结几十年经验的时候，我冷静地想：不能把一切都推在‘四人帮’身上，我自己承认过‘四人帮’权威，低头屈膝，甘心他们的宰割，难道我就没有责任！”[2]他说自己当年不得已写过三篇批判胡风的文章，虽然都是违心之论，“但我向着井口投掷石块就没有自己的一份责任？”“想到那些‘斗争’，那些‘运动’，我对于自己的表演（即使是不得已而为之吧）也感到恶心，感到羞耻。今天翻看三十年前写得那些话，我是不能原谅自己，也不想要求后人原谅我。”[3]这种道德上严厉的自审使《随想录》焕发出耀眼的道德光芒。

## 四　文学的道德判断的特点及其局限

文学中的道德判断不同于伦理学中的道德判断。文学中的道德判断一般是通过情感判断的形式表现出来的。当作家面对被侮辱被损害的小人物或某一优良的道德行为时，他就会发出同情、赞美的情感反应和判断；而面对不合理的社会现实或某一恶劣的道德行为时，他便会流露出厌恶、疏远的情感态度和判断。如果说伦理学中的道德判断试图排除主观因素的介入，力求客观、公正；那么，文学中的道德判断就是从主体出发，由情感而生的判断，个人的价值观念和主观好恶免不了渗透其中。正因为这样，文学中的道德倾向就显得更加血肉丰满，而不是像伦理学那么枯燥。比如曹雪芹在《红楼梦》中对笔下的女性人物的命运就投入了较多的热情与厚爱，而对男性人物则多有否定性的评判。这一点甚至在男女人物的取名“贾政”（假正经）、“元春”、“迎春”、“探春”、“惜春”（原应叹息）中也能看出来。

然而，我们对文学与道德的关系要有一个恰当的认识。一方面，社会生活是复杂的、多方面的，在很多情况下并不能简单地进行是非、善恶、好坏的道德臧否。恩格斯说过，“恶”有时是历史发展的动力，他责备费尔巴哈“没有想到要研究道德上的

[1] 鲁迅：《陀思妥耶夫斯基的事》，见《鲁迅全集》第6卷，人民文学出版社，1981年，第411页。引文根据习惯的译名和表达略有改动。

[2] 巴金：《〈探索集〉后记》，见《巴金六十年散文选》，上海文艺出版社，1986年，第749页。

[3] 巴金：《怀念胡风》，见《巴金六十年散文选》，上海文艺出版社，1986年，第441—442页。

恶所起的历史作用。”[1]周梅森的中篇小说《国殇》形象地再现了道德选择的两难困境。它描写抗日战争中国民党新22军残部在陵城被日军包围后所发生的故事。军长杨梦征原本是一个借着军阀混战起家的地方势力代表，只是到与日军交战时才焕发出民族气节而为民众所称赞。当他的军队被围困于家乡陵城，在抵抗无效的情况下，为了保护部下和家乡父老，他决计率部投降，然后自杀。但其部下白云森终于在最后关头借着已死的军长之名阻止了此事的发生，以家乡被毁、伤亡惨重的代价率部突出了重围。当白云森准备将事变的真相告诉全军士兵时，杨梦征的侄子、副军长杨皖育为维护其叔父的名誉而杀死了白云森。作品集中展示了人物心理冲突的深广性。从杨梦征的角度说，虽然为了民族大义应当抵抗到底，但此刻内无粮草，外无救兵，只要能保全家乡和将士们的性命，他甘愿牺牲个人的名节；而白云森则认为，这支队伍原本是军阀武装，军长从来都是投机主义者，现在居然要以投降的方式结束其历史，无论从民族大义、他本人和军队的前途说都是不允许的。所以他不仅带领部队冲出重围，而且要揭露杨氏投降的真相。他觉得此举已经超出了个人恩怨，完全是从民族、国家大义出发；而杨皖育则以为白氏个人有野心，以整垮杨氏的威信来捞取个人的地位，既然人已经死了，为了全军的荣誉和活人的利益，又何必要发难，给叔辈抹黑呢？于是他便借手枪营长周浩的手除掉了白云森。[2]对这三个人物，我们实在很难做出简单的道德判断。

这实际上也反映了道德本身具有相对性，道德是具有历史性的。如在抽象的价值系统中，“杀人”是恶的行为，但在反侵略战争中，它可能是高度的爱国主义的表现；在爱情的价值系统中，哈代小说《德伯家的苔丝》描写主人公苔丝杀死了侮辱她的“德伯”家的纨绔子弟亚雷而与克莱相爱，恰恰表现了人性的善。《三国演义》描写刘备的结拜兄弟关羽被孙权的部下杀死后，陷入悲痛与愤怒中的刘备不顾诸葛亮的劝阻执意要打荆州讨伐孙权，结果造成惨重的失败。从国家利益和军事利益来看，刘备的冲动行为是不可取的；但从伦理道德的眼光看，则是重兄弟情谊的善行义举。

正因为道德评判的这种历史性，所以，优秀的作品常常超越简单化的道德判断层次，把人物纳入多维价值系统进行立体的观照，揭示人物性格的复杂性，特别是避免对于人性的简单化的理解。鲁迅认为，《红楼梦》之所以把我国古代文学推向巅

[1] 恩格斯：《路德维希·费尔巴哈和德国古典哲学的终结》，见《马克思恩格斯选集》第四卷，人民出版社，1972年，第233页。

[2] 以上分析参见何西来、杜书瀛主编：《新时期文学与道德》，山东教育出版社，1999年，第220—221页。

峰，最重要的是在于它打破了先前的文学“叙好人完全是好，坏人完全是坏”[1]的简单化人物处理方式，表现了人物美恶并举的性格丰富性。比如林黛玉的性格多愁善感，愁苦时以泪洗面，敏感时尖酸刻薄。这与她失去双亲寄人篱下，以及作为一个最爱宝玉、最理解宝玉的女子，却又最没有把握实现这种爱的现实处境有关。贾母表面上看起来慈眉善目，她拆散宝玉和黛玉，撮合宝玉与宝钗，主观上也是为了宝玉好，但偏偏是这样的人物充当了封建制度的卫道者。文学史上让人难忘的人物形象常常是超越了道德判断的，如安娜·卡列尼娜、哈姆雷特、奥赛罗、于连·索黑尔、繁漪、阿Q等人就不能以简单的好坏、善恶来评价。关于安娜的形象曾经有过种种不同的看法。俄国托尔斯泰研究者格罗梅卡对此进行了辨析：“有些人抬高作者的思想，把安娜捧到与她完全不相称的理想的俄罗斯妇女的英雄宝座之上；另一些人则走到完全相反的极端，把安娜的性格降低到一个普通荡妇的水平；还有些人则坚持毫无见地的中庸之道，认为她不过是一个性情乖戾、蛮横无理的太太，并无独特之处，而且情绪难以捉摸。事实上安娜既不属于第一类，也不属于第二类，更不属于第三类。安娜无非是一个充满激情的妇女，她仅仅为爱情而生，不惜为它牺牲家庭、社会地位甚至于生命本身。她始终如一、坚贞不移，她坚持自己的基本意图，决不动摇；她的主要力量也就表现于此。但她性格的激情同时也是她的弱点，她生命脆弱的根源。她是自己激情的牺牲品，因为她不自觉地破坏了人类共同生活和道德的无可争议的准则。”[2]安娜身上的生命力量就在于这种激情之中。她背着丈夫卡列宁热恋着沃伦斯基，又依恋着孩子。她讨厌卡列宁的虚伪，决定与他决裂，但有时也觉得卡列宁是无辜的，又对他产生了同情与负罪之感。作者全面地向我们展示了安娜作为一个完整的女人所具有的女儿性、母性和妻性等诸多方面及其冲突，正是心灵中的巨大矛盾使安娜最终走上自杀的道路。所以，托尔斯泰说，“所有的人，正像我一样，都是黑白相间的花斑马——好坏相间，好好坏坏，亦好亦坏。好的方面决不可能像我希望别人看待我的那样，坏的方面也决不可能在我生气或者被人欺负时看待别人的那样。”[3] 可以说，文学既必然包含道德诉求，但优秀的文学又需要超越简单化的道德判断层面。

[1] 鲁迅：《中国小说的历史变迁》，见《鲁迅全集》第9卷，人民文学出版社，1981年，第398页。

[2] 格罗梅卡：《列·尼·托尔斯泰》，冯增义译，见倪蕊琴编选《俄国作家批评家论列夫·托尔斯泰》，中国社会科学出版社，1982年，第122页。

[3] 摘自托尔斯泰1890年日记，见《托尔斯泰论创作》，戴启篁译，漓江出版社，1982年，第82页。

## 第三节　文学与意识形态

### 一　作为社会文化批判概念的意识形态

“意识形态”概念首创于法国哲学家托拉西（1754—1836）的《意识形态的要素》（四卷本，1801—1815）一书，其法语词“idéologie”可以直译为“观念学”。在托拉西那里，意识形态是哲学上的基础科学，它致力于研究认识的起源、界限和性质。

马克思是继托拉西之后重点研究意识形态问题的思想家。在马克思那里，意识形态含义有两重性，其主导含义是指维护现行统治的虚假的思想体系，或者说是使得社会控制关系合法化的某种固有的、非透明的逻辑程序。这时它具有虚假性、阶级性，反映了一定的阶级利益。意识形态概念与异化、商品拜物教和货币拜物教等相关概念一起，构成了马克思对资本主义进行社会政治文化批判的核心范畴。这个贬义的意识形态含义见于马克思的《德意志意识形态》。在此书中，马克思首创德语词“Ideologie”（意识形态）概念，把意识形态看作阶级社会中统治阶级的社会意识形式。马克思认为，统治阶级的意识形态之所以是占主导地位的思想观念体系，是因为占据了物质生产资料的统治阶级，常常同时也支配着精神资料的生产。意识形态作为统治阶级的意识形式，总是掩盖或扭曲现实关系，在整个社会生活里完成一种特殊的欺骗或神秘化功能，为既有的社会秩序服务。统治者为了使自己的统治具有合法性并万古长存，总要制造各种各样的幻想，把自己打扮成全体民众的代表，“每一个企图代替旧统治地位的新阶级，就是为了达到自己的目的而不得不把自己的利益说成是社会全体成员的共同利益，抽象地讲，就是赋予自己的思想以普遍性的形式，把它们描绘成唯一合理的、有普遍意义的思想。”[1]

但是，马克思有时又将意识形态视为一定生产方式下产生的社会意识系统，这时它的含义便是中性的。在《〈政治经济学批判〉序言》中，马克思把社会结构分为四个层次：生产力、生产关系、上层建筑和意识形态，“法律的、政治的、宗教的、艺术的或哲学的”形式都被称为“意识形态的形式”[2]，它们受到特定生产方式的制约。马克思认为，意识形态与社会经济结构的关系并不是简单的对应关系。意识形态既与社会生产方式有关，又有着自己相对的独立性。按照马克思、恩格斯的说法，文学艺术是一种特殊的意识形态，是“更高地悬浮于空中的思想领域”[3]，与物质生产

---

[1] 马克思、恩格斯：《德意志意识形态》，见《马克思恩格斯全集》第3卷，人民出版社，1960年，第54页。

[2] 马克思：《〈政治经济学批判〉序言》，见《马克思恩格斯选集》第2卷，人民出版社，1972年，第85页。

[3] 恩格斯：《致康·施米特》，见《马克思恩格斯选集》第4卷，人民出版社，1972年，第484页。

常常存在不平衡关系。

**关键词：**

意识形态

“意识形态”概念为法国哲学家托拉西所首创，原意为“观念学”，后由马克思以及许多其他西方思想家加以发展。在马克思那里，意识形态含义有两重性，其主导含义是指维护现行统治的虚假的思想体系，是阶级社会中统治阶级的社会意识形式，这个意义上的意识形态具有欺骗性，反映了一定的物质状况和阶级利益，它与异化、商品拜物教和货币拜物教等相关概念一起，构成了马克思对资本主义进行社会政治文化批判的核心范畴。但在马克思的《〈政治经济学批判〉序言》中，意识形态被表述为一定生产方式下产生的社会意识系统，它的含义是中性的。马克思认为，意识形态与社会经济结构的关系并不是简单的对应关系。意识形态既与社会生产方式有关，又有着自己相对的独立性。按照马克思、恩格斯的说法，文学艺术是一种特殊的意识形态，是“更高地悬浮于空中的思想领域”，与物质生产常常存在不平衡关系。

当代学者莱蒙德·格斯区分了三种意识形态概念：一是“描述意义上的意识形态”（ideology in the description），把意识形态作为社会总体结构的一部分而不作价值判断（相当于马克思的中性的意识形态概念）；二是“否定性的意识形态”（ideology in the negative sense），虽承认意识形态的存在，但认为它只能歪曲地反映社会存在，掩盖社会存在的真实面目（相当于马克思的贬义的意识形态）；三是“肯定意义的意识形态”（ideology in the positive sense），既肯定意识形态的存在，又认为它能客观反映社会存在的本质。[1]

西方马克思主义者葛兰西使意识形态概念从抽象思想体系向日常体验和话语实践层面转化。葛兰西认为：意识形态是“含蓄地表现于艺术、法律、经济活动和个人与集体生活的一切表现之中”的世界观，意识形态包括哲学、宗教、常识和民间传说等，它能“‘组织’人民群众，并创造出这样的领域——人们在其中进行活动并获得对其所处地位的意识，从而进行斗争”[2]。葛兰西强调意识形态的实践功能，认为正是意识形态创造了主体并使他们行动。法国的结构主义的马克思主义者阿尔都塞进一步发展了马克思的意识形态理论，认为意识形态是“个体与其真实存在条件的想象性关系的一种表征”，并且认为“意识形态拥有一种物质性的存在。……一种意识形

[1] 参见俞吾金：《意识形态论》，上海人民出版社，1992年，第127页。

[2] 葛兰西：《狱中札记》，曹雷雨等译，中国社会科学出版社，2000年，第239页、第292页。

态永远存在于一种机器及其实践中。这种存在是物质的"[1]。后者就是阿尔都塞著名的"意识形态国家机器"理论，像学校、教会等等就是属于意识形态国家机器。意识形态通过对社会现实的想象性关系而作用于主体，参与主体的建构过程，因此，意识形态对人的控制是无形的，甚至无意识的。意识形态把人唤询为"主体"。因而，人的所谓自由自主的"主体性"是非常可疑的。受葛兰西和阿尔都塞的影响，英国伯明翰学派从威廉斯开始，便摈弃了过去那种将文化当作统治阶级的意识形态骗局的简单化说法，把意识形态看作"意义和观念的一般生产过程"[2]，意识形态成了社会多元决定中的思想观念的生产形式。

虽然意识形态概念发生了从作为"思想体系"到作为被体验的、惯常的社会实践的含义转变，但从整体上看，它仍然具有相当浓厚的马克思主义社会批判色彩。法兰克福学派继承马克思的批判传统，将意识形态看作统治阶级的社会意识形式。他们所说的意识形态除了包括马克思所说的社会政治、道德、法律、艺术等领域之外，甚至还涵盖了科学技术。马尔库塞的《单向度的人》副标题就是《发达工业社会意识形态研究》。

## 二　作为文学批评范式的意识形态批评

早期的文学意识形态批评受马克思主义的影响很大，常常关注文学的社会政治内容，或者说，关注文学与社会意识之间的关系。从马克思主义的理论看，意识形态对文学的影响主要是社会政治、思想观念对作家创作的渗透和某种文学体制对文学发展的规约。作家生活于一定的时代，各种哲学、美学、道德、政治、宗教的观念必然同作家产生这样那样的联系，作家在这种情况下形成的各种观念会直接间接地在作品中表露出来。因此，社会政治、道德对文学的渗透与制约可以说是意识形态影响文学的表现。如普列汉诺夫说的，没有一部完全不涉及意识形态的艺术作品。从这样的眼光看，不仅法捷耶夫歌颂苏联十月社会主义革命与反法西斯战争的《毁灭》和《青年近卫军》是意识形态性的，连索尔仁尼琴反对苏联斯大林体制对无辜人的镇压的《古拉格群岛》也是意识形态性的。列宁之所以称托尔斯泰为1905年"俄国革命的一面镜子"[3]，是因为他从托氏的作品中看到了宗法制俄国社会的特点与宗法农民的思想体系，从而指出了俄国革命者研究托尔斯泰的必要性。在中国漫长的封建社会中，

---

[1] 阿尔都塞：《意识形态与意识形态国家机器》，见齐泽克编《图绘意识形态》，方杰译，南京大学出版社，2002年，第161页、第164页。

[2] Raymond Williams, *Marxisim and Literature*, Oxford: Oxford University Press, 1977, p.55.

[3] 列宁：《列甫·托尔斯泰是俄国革命的镜子》，见《列宁选集》第2卷，人民出版社，1960年，第369页。

统治阶级的意识形态对文学创作的影响同样是十分巨大的。如杜甫的作品便有浓厚的忠君思想，清代文康的小说《儿女英雄传》所渲染的名教纲常、荣华富贵、一夫多妻等思想，无不表露了封建的意识形态观念。

文学的意识形态批评还致力于勘察和辨析文学的意识形态意义与其真正实现之间的复杂关系。优秀的文学作品所建构的常常是一个充满张力的复杂文本空间，在其中，受到社会主流的政治、道德渗透与制约而产生作者的意识形态立场，有可能与作品的整体的意义表达效果之间出现差异或不一致现象。也就是说，在这样的作品中，既有体现社会主流意识形态的思想意义，也有与这种思想观念不一致甚至矛盾的思想意义。乔纳森·卡勒说，“语言既是意识形态的具体宣言——是说话者据此而思考的范畴，又是对它质疑或推翻它的基地。”[1]早在恩格斯于1888年写《致玛·哈克奈斯》的信中，就提出了这样的观点：“现实主义甚至可以违背作者的见解而表露出来。”这里，“作者的见解”指的就是作者所接受的占统治地位的意识形态，它常常处于作者的显意识层次，而一个现实主义的作家由于尊重社会生活本身的复杂性或人性本身的复杂性，他在具体描写一个人物或事件的时候可能会在潜意识的层面流露出与他的意识形态化“见解”不一致的思想倾向。恩格斯曾经以巴尔扎克为例指出，从意识形态立场看，巴尔扎克是保皇党，这使得他的“同情心”在贵族一边，但在具体的写作过程中却流露出对他政治上的死对头——圣玛丽修道院共和党的英雄们——的赞美[2]。按照卢卡契的说法，巴尔扎克作为一个艺术家的伟大，正是因为他对社会历史的深入观察与他的保皇主义意识形态出现了断裂。这说明作品的客观意义有可能和作者的政治观点（意识形态）不一致，从而将作者的意识形态立场撕下了裂口。

究竟应当如何看待文学与意识形态的关系问题？按照特里·伊格尔顿的说法，作家作为社会的人，必然进入到现实的意识形态符号秩序中去，文学生产通过语言与意识形态发生关系，即文学是通过特定语言与意识形态连结在一起的，但文学本身又通过语言而源源不断地产生新的意识形态，因而文学自身又是意识形态的产物，“意识形态不是一套教义，而是指人们在阶级社会中完成自己角色的方式，即把他们束缚在他们的社会职能上并因此阻碍他们真正理解整个社会的那些价值、观念和形象。……一切艺术都产生于某种关于世界的意识形态观念。”[3] 也就是说，文学活动本身具有意识形态性质。马克思在《1844年经济学哲学手稿》、《〈政治经济学批判〉

[1] 乔纳森·卡勒：《文学理论》，第63页。

[2] 恩格斯：《致玛·哈克奈斯》（1888年4月初），见《马克思恩格斯选集》第4卷，第463页。

[3] 伊格尔顿：《马克思主义与文学批评》，文宝译，人民文学出版社，1980年，第20页。

导言》中曾经提出过“艺术生产”概念，在《德意志意识形态》等著作中又有“意识的生产”或“精神的生产”的说法，伊格尔顿等当代学者将马克思上述两方面的思想相结合，进一步提出了文学艺术作为“意识形态的生产”概念，即文学不仅受意识形态的影响与制约，它自身也是一种意识形态的生产，可以反过来作用于意识形态。这是因为，意识形态对作家来说可能既是某种角色限制，但他在运用这种意识形态的同时也是在构想和操演新的意识形态，文学就是这样一种意识形态的生产形式。既受意识形态制约，本身又作为一种意识形态而作用于现存的意识形态，这就是文学与意识形态的关系的两面。

## 三　作为文化研究范式的意识形态批评

意识形态批评在晚近的文化研究中越来越多地逾出阶级政治和党派政治的框架，渗透到社会心理、性别、种族等文化身份认同的领域。精神分析学家弗洛伊德对文化无意识根源的追溯让人们注意到意识形态对人的心灵的深刻塑造。在弗洛伊德看来，人的本能与社会环境之间既相互冲突，又相互妥协，文化的力量与传统对个体的构造是无形的。弗氏将个体的人格结构分为“本我”（处于无意识层面）、“超我”（处于意识层面）和“自我”（处于意识和无意识之间）三部分，其中“超我”就是意识形态（即社会中占据统治地位的思想体系和道德观念）的化身（参见本书第二章）。这些意识形态有时会渗透到无意识层面的“本我”中去，占领无意识领域进而控制主体，使主体把想象性的状况当作事实状况，并以此来行动。

因此，文化研究中的意识形态批评重在揭露各种文化形式中所隐含的意识形态策略，即社会意识的控制形式。美国文化批评家理查德·欧曼的《英语在美国》一书以美国大学常用的14种写作教材为例，指出这些教材仅仅致力于传授写作技巧与规范，而忽视学生的独立思考能力，不仅把学生作为无阶级、无性别的学习者，甚至选用的范文还包括越战时期五角大楼的文件，旨在把学生培养成国家的驯服工具。[1]在阿多诺看来，资本主义文化工业所生产的艺术品，以色情、享乐等梦幻化的形式美化了资本主义现实，它对幸福的许诺具有引诱人们追逐金钱的作用，从而隐秘地宣扬了资产阶级消费主义意识形态，充当了统治者的工具。欧曼的近作《制造销售文化》以可口可乐及其广告为例，揭露了资本主义意识形态的“煽情”作用。如有一则广告，描写一老妇找到可口可乐公司，含着眼泪抱怨为什么她40年都喝不到年轻时喝过的

[1] Richard Ohmann, *English in America, A Radical View of the Profession,* New York: Oxford University Press, 1976.

可口可乐，其实只是可口可乐的外包装发生了变化。该广告表明可口可乐已经成为人们生活中不可缺少的一部分。欧曼以此说明，资本主义的消费文化在不知不觉之中煽起了人们的消费欲望。这类广告的策略是刺激消费者自己产生对自己消费现状的不满，然后将这种不满转换成“匮乏”感，从而让消费者自己产生消费欲望[1]。再比如描写泰坦尼克号沉船事件的数部英美影片，从最早的《劫后余生》，到50年代的《冰海沉船》和近年风靡一时的《泰坦尼克号》，它们所渲染的危难中的人性表现，掩盖了泰坦尼克船上的等级划分、民族差异以及部分英国船员充当逃兵的事实，对船长史密斯、总设计师安德鲁绅士风格的礼赞，与沉船后一些英国报刊上关于逃生人群中“中国人、日本人最起劲”的不切实际的报道形成对比，颂扬其文化与种族优越感的意识形态性暴露无遗。“这种可以任意确定某种没经证实的内容的科学的偏向，充当了统治的工具。这种意识形态，被用来强调和有计划地宣传现存事物。”[2]类似的例子不胜枚举。

意识形态批评是研究文学、文化与社会历史关系的一个重要方面。因为在一定意义上，意识形态的运作目标是隐藏并神秘化资本主义制度下阶级结构和社会关系的真正实质，所以意识形态批评担负了一种去神秘化的解蔽功能，作为一套激进的批判资本主义的话语体系和理论范式发挥了重要作用。

## 第四节　述评

### 一　外部研究与内部研究的汇通

我们看到，文学最初在中西方都被视为一种泛指的文化现象，是社会政治、文化、宗教活动的一部分。但是文学本身的发生、发展就是一个缓慢地建构自身“特性”的过程，也可以说是一个追求自律的过程。如本书“导论”所言，文学的独立性是在近代学科分化之后提出来的。按照知识社会学的看法，启蒙时代的人们普遍把知识看作社会存在的条件，从而致力于纯粹知识的建构和各门知识分类的研究，只是到19世纪中后期和20世纪，人们才自觉地意识到知识自身的存在也需要某种社会条件。虽

[1] Richard Ohmann, *Making and Selling Culture*, Hanover & London: Wesleyan University Press, 1996, p.9, pp.224—234.

[2] 霍克海默、阿多诺：《启蒙辩证法》，洪佩郁、蔺月峰译，重庆出版社，1990年，第138页。

然近代以来关于文学自律与他律、独立与依存的争论一直绵延不断，不过总的来说，晚近西方更注重从社会文化的角度看待文学。我国杂文学观念较之西方更为广泛，现代意义上的纯文学和文学自律的观念主要形成于“五四”前后，我国现代的大学建制和学科分化对现代文学理论和纯文学观念的产生起了重要作用。由于我国现代民族斗争和社会斗争的复杂剧烈，文学理论建设常常受制于政治意识形态因素，纯文学观念在中国现代并没有得到很好的发展。而改革开放之后，西方晚近文论开始走出现实主义和新批评的自律论，受其影响，我国新时期文学理论在没有来得及对文学“自身”特性进行充分探讨的情况下，又很快融入文化研究的大潮之中。

文化研究把文学置入更大的社会文化境遇之中进行考察，为文学与各种社会元素的交叉接合提供了广阔的空间，这首先是基于“文化”这个概念的包容性。有人认为，文化“事实上是一种想象社会的方式。它也可以是一种根据其他人的模式想象自己社会条件的方式”[1]。这样文学中的文化研究揭示了文学与社会的多重关系。

但是从自律论文艺学的角度看，文化研究对于文学主要是一种“外部”研究，它在拓展文学研究的视野和方法的同时，又有消解“文学自身”的危险。因为“文化”是一个极易引起歧义的概念，它会导致文学研究漫无边界的泛学科化。如果不对文化的边界进行勘察，似乎什么问题都能够纳入“文化”之中做大而化之的分析。我们认为文学的审美研究和文化研究这两种方法各自有自己的优劣。

## 二　感性和理性的协调

古代的中国和西方都重视文学的道德内涵，重视文学塑造心灵和维护社会稳定方面的作用，将文学的道德意义作为判别艺术作品价值高下的重要尺度。不过，中国古代由于受儒家社会伦理文化的影响，较之西方更注重文学在伦理教化和维护社会等级秩序方面的作用。

在青睐文学道德功能的同时，中西方也都意识到文学的审美怡情和娱乐功能。但严格说来，中国传统上所说的文学的审美怡情功能主要是在道德教化和修身的道德框架之内实现的。西方古代占主导地位的是贺拉斯提出的“寓教于乐”的观点。只是到近代以后，才出现某些非道德的纯审美的倾向。

应当如何看待文学与道德的关系？按照席勒的观点，感性冲动的本能与形式冲动的道德法则可以在审美的游戏冲动中得到弥合，“感性冲动由自己的主体中排除了一切主动性和自由，形式冲动由它自身排除了一切依从性和一切受动。……两种冲动

[1] Terry Eagleton, *The Idea of Culture*, Oxford: Blackwell Publishers, 2000, p.25.

都是强制精神。前者通过自然规律，后者通过理性的法则。在游戏冲动中两种冲动的作用结合在一起，它同时在道德上和自然上强制精神，因为它排除了一切偶然性，从而也就排除了一切强制，使人在物质方面和道德方面都达到了自由。”[1] 审美将道德规范内化为想象力的自由游戏。马尔库塞对此解释说，“审美功能通过某一种基本冲动即消遣冲动而发生作用，它将消除强制。使人获得身心自由。它将使感觉与情感同理性的观念和谐一致，消除理性规律的道德强制性，并使理性的观念与感性的兴趣相调和。”[2]英国美学家科林伍德的见解与此相似：“‘教益’就是把情感释放在实际生活中，‘乐趣’就是把情感释放在娱乐的虚拟情境中。”[3]文学通过启迪和诱导人们的行为方式而发挥教化功能，而这一点又是通过虚拟的想象情境中的娱乐和游戏产生的，这也就是贺拉斯用“寓教于乐”所表达的二者之间的辩证关系。

## 三　有意识形态性，但不是纯粹的意识形态

文学与意识形态的关系牵涉到文学与社会意识控制形式之间的关系。尽管意识形态概念的产生与近代启蒙运动有关，但应当说，自人类步入阶级社会，社会意识形态的生产与控制便一直都在进行。在古代社会，社会政治、道德对文学的渗透与制约可以说是意识形态影响文学的表现。中国进入近现代之后民族和社会政治斗争紧张剧烈，民族国家意识形态和政党意识形态对文学发展影响深远。在改革开放之前的很长一段时间，文学甚至被作为政治宣传和政治斗争的工具。西方虽然自20世纪50年代起不断出现“意识形态终结”的说法，但意识形态还是以或隐或显的方式不仅出现在国际交往、民族关系、媒体传播之中，也在文学创作中多有体现。意识形态问题在晚近中西方文学批评中越来越多地逾出阶级利益的框架，渗透到集团、性别、种族、国家以及身份认同等领域，是文学与社会文化关系的一个重要方面。

另一方面，文学、文化与意识形态的关系是十分复杂的。从传统意义上说，意识形态主要是维护既存现实的思想体系或表象系统，因此是一个偏于社会政治的认识论和社会学范畴，而艺术却主要与审美化的情感和直觉有关，也就是说，意识形态范畴不能完全涵盖艺术概念。此外，作为精神个体交往活动的形式，文学活动固然以一定的物质条件为前提，受到统治阶级思想的影响，但文学在一定程度上又是超乎一般物质交往之上的，是作家自由的创造，因此包含着人们对精神境界的追求，又常

---

[1]　席勒：《美育书简》，徐恒醇译，中国文联出版公司，1984年，第85页。

[2]　马尔库塞：《爱欲与文明》，黄勇等译，上海译文出版社，1987年，第133页。

[3]　科林伍德：《艺术原理》，王至元、陈华中译，中国社会科学出版社，1985年，第84页。

常超越了当下的意识形态。依照卢卡契的说法，“只要某种思想仅仅是某个个人的思维产物或思维表现，那么无论它是多么有价值或反价值的，它都不能被视为意识形态。某种综合的思想即便在社会上得到比较广泛的传播，它甚至也不能直接变为意识形态。某种思想或思想整体若要变成意识形态，它必须执行某种非常确切的社会功能。”[1]。所以，准确地说，文学与意识形态有关或具有意识形态性，但并不是纯粹的意识形态。马克思曾经谈到过“跳出意识形态”的可能性[2]，文学无疑可以成为超越意识形态的方式之一。文学与文化研究中的意识形态批评属于偏重于社会政治历史的社会学批评，它有助于揭示对象社会层面的内容，但它有时也限制了对文学与文化的其他特性的关注。

## 参考文献


1. 马克思、恩格斯：《德意志意识形态》，见《马克思恩格斯全集》第3卷，人民出版社，1960年。
2. 霍克海默、阿多诺：《启蒙辩证法》，洪佩郁、蔺月峰译，重庆出版社，1990年。
3. 弗里德里克·詹姆逊：《后现代主义与文化理论》，唐小兵译，陕西师范大学出版社，1986年。
4. 乔纳森·卡勒：《文学理论》，李平译，辽宁教育出版社，1998年。
5. 罗钢、刘象愚主编：《文化研究读本》，中国社会科学出版社，2000年。
6. 齐泽克编：《图绘意识形态》，方杰译，南京大学出版社，2002年。
7. 周宪等编：《当代西方艺术文化学》，北京大学出版社，1988年。
8. 布尔迪厄：《艺术的法则——文学场的生成和结构》，刘晖译，中央编译出版社，2001年。


## 思考与练习

一、解释下列概念：

1. 文化
2. 大众文学
3. 意识形态
4. 文化霸权
5. 兴观群怨
6. 温柔敦厚

---

[1] 卢卡契：《关于社会存在的本体论》下卷，白锡堃等译，重庆出版社，1993年，第487页。

[2] 马克思、恩格斯：《德意志意识形态》，见《马克思恩格斯全集》第3卷，第98页。

二、思考并回答下列问题：

1. 怎样看待文学与文化的关系？
2. 西方关于大众文化有哪些重要的争论？你怎样看待大众文化的兴起？
3. 怎样看待文学与道德的关系？
3. 目前学术界关于文化研究有不同的看法，赞成者认为文化研究与新一轮的学科与知识整合的需要，也与文学在当下文化发展中的处境有关；反对者认为文化研究突破了文学研究的边界，忽视了文学的审美属性，从而消解文学研究自身。你怎样看待这场争论，你又怎么看待文化研究？
5. 意识形态有哪些含义？谈谈文学与文化研究中的意识形态批评及其意义。
6. 以下是一所大学中文系四个年级的学生（每届学生均为90人）阅读或观看曹雪芹所著《红楼梦》及其改编的不同形态——电影文本、电视文本的情况调查，试由此做一次讨论，谈谈读者文学消费心理及文本取向的变迁，以及你对此的评价。

论题：从不同《红楼梦》的接受情况看读者文学消费形态的变迁

| 某高校中文系学生接受《红楼梦》的情况 | 年级（单位人数：90） | 小说《红楼梦》 | 电影《红楼梦》 | 电视剧《红楼梦》 |
|---|---|---|---|---|
| | 83级 | 88（97.8%） | 49（54.4%） | 30（33.3%） |
| | 85级 | 69（76.7%） | 55（60.1%） | 40（44.4%） |
| | 88级 | 45（50.0%） | 40（44.4%） | 58（64.4%） |
| | 91级 | 32（35.6%） | 36（40.0%） | 72（80.0%） |

# 第八章
# 文学与身份认同

本章探讨的是文学与身份认同的关系问题，分析文学在身份认同建构中的作用。身份认同是20世纪中期以后随着文化研究的兴起及其在文学理论领域的渗透而得到广泛运用的概念，因此，这方面的理论在中国和西方的古代都很少，但是也有一些文论虽然没有使用“身份认同”这个词，却包含有这方面的思想。

由于篇幅关系，本章对这一问题的思考主要集中在性别身份以及民族身份两方面。总体上说，这两种身份在目前的文学理论中是得到关注最多的。

## 第一节　文学与性别身份

文学中的性别身份问题是文艺理论中的基本命题，既涉及文学创作、文学阅读和文学批评中的性别身份、性别立场，也涉及文学史、文学传统中的性别歧视。特别是随着现代女权主义运动的蓬勃发展，女权/女性主义文学批评方兴未艾，展现出广阔的前景。但是，女性主义只是文学中的性别认同问题的系统化的现代理论表达，其实早在中国和西方的古代文学和文论中，文学中的性别问题早已存在并得到一定程度的阐述。

由于文学与性别的关系是现代女性主义兴起之后才在文论中得到理论化的，因此，古代文学理论中关于文学与性别关系的理论并不多，但是在文学作品的描写中却隐藏着与性别认同相关的观念，因此本节的介绍较多利用了文学作品的材料。

## 一　闺音原唱与新才女观

在文学史和文学理论史上，文学中的性别身份问题经过了一个从创作的不自觉到创作的自觉、再到理论的自觉的发展过程。

中国文学早在《诗经》、楚辞时期，就已有性别意识，其中不少篇什咏赞了女性美。东汉更出现了男性诗人以女子口吻进行写作的现象，体现出一种不自觉的“性别越界”。从文论角度来说，注意到这一现象是在六朝。徐陵在《玉台新咏》的“序”中，通过一位虚构的美女，阐述了选诗的标准。《玉台新咏》选录的对象，就是讴歌这类美女，或出自这类才女美人之手的“缘情之作”，亦即徐陵所说的“艳歌”。在作者看来，宫体诗就是歌咏爱情与描写女性身体美的诗作。尽管在今天的女权主义看来，宫体诗显示出男性对女性的权力欲、窥视欲，但从美学的角度看，宫体诗以女性人体作为艺术的观照对象，是文学与文论中性别意识和性别身份觉醒的开始。

其后，晚唐五代兴起的花间词承继了宫体诗的审美趣味和写作方式，即“男子而作闺音”。正如欧阳炯在《花间集叙》中所说的：“镂玉雕琼，拟化工而迥巧；裁花剪叶，夺香艳以争鲜。……则有绮筵公子，绣幌佳人，递叶叶之花笺，文抽丽锦；举纤纤之玉指，拍按香檀。不无清越之词，用助娇娆之态。”这种文学有三个特点：一是用“女声”歌唱，即以纤婉的风格来抒情，以便取得缠绵婉转的抒情效果；二是在题材上以表现女性生活与情感为主，或者表现男子柔弱伤感的女性化情感；三是语言偏于纤细优美。这种男子通过变位感觉所作的“闺音词”，尽管有“芬芳悱恻”之姿，尽“曲折幽眇”之致，但毕竟出于男性对女性情感经验的揣想。

女性写作方面，唐代出现了一批以鱼玄机、薛涛等为代表的女性诗人群，她们在诗中大胆抒发了女性对爱情的渴望以及不能化身为男的憾恨。词兴起后，女作者就更多了。据不完全统计，《全宋词》中除依托宋元话本小说中的女作家外，尚有女词人约90人，词300余首；《全宋诗》中有女诗人200多，著名的有李清照、朱淑真、吴淑姬等。她们蜚声文坛，受到很高的赞誉。其抒发“闺中情感”时，脱去了男子“代言”的色彩和“变腔”风貌，一切发于本真的生命体验，无须模拟与揣测。女性词突出表现了女性对于爱情的盼望，以及由此而生的种种忧伤怨叹，形成了一个抒发性别苦闷的文学传统。她们的创作赢得了当时许多男性文学家的赞誉。如王灼《碧鸡漫志》评李清照“自少年便有诗名，才力华赡，逼近前辈，在士大夫中已不多得。若本朝妇人，当推词采第一”。

明清时期是文学中性别意识强化的时代，不论是小说、戏曲，还是诗文词，乃至笔记、杂文中，都体现出鲜明的性别观念。其中有三大特点值得注意：一是女作家大量出现，如熊琏、李佩金、沈善宝、吴藻等，尤其是出现了女作家群体化现象，著名的有明末吴江叶氏家族、张绍英姐妹、桐城方氏家族及名媛诗社、随园女弟子群等；二是女诗人、女词人的作品集数量众多，有两千三百多位曾出版过专集的女诗人。她们结诗社、编诗集，并通过文学创作与批评彰显自己的才华与性别意识，发出有力的女性声音，其地位已非六朝时候那些作为男性窥视对象的女性可比。三是才子佳人小说大量出版，并形成鲜明的“才女观”。以前“女子无才便是德”的偏见紧紧束缚着女人，明清时代认为诗才不仅不会妨害女子之德，而且在某种程度上还能助德。

明清以前虽然有女性文学，但基本上没有女性文学批评。到了明清时期，有关的选集、总集以及序跋标志着女性文学批评传统已经形成。明中叶以后，由于出版业的兴盛和读者对于妇才的赞赏，妇女诗词选集一时成为热门读物。许多选集以“女中才子”、“名媛”、“才女”、“女弟子”等作为书名。同时，女作家也热衷于编选女性诗词集，为文学史上的女作家定位。不仅如此，她们还经常出版自选集，自觉凸现其个体形象。这种新现象说明女诗人们不仅希望得到当代读者的赞赏，也渴望自己的作品能够流传不朽。而选本正是中国文学批评的一种重要方式。

对许多男性作者来说，女性诗歌已成了理想诗境的象征，研读女性作品成了摆脱诗坛陈腐风气的一种途径。他们发现古代才女最大的悲剧就是作品的遗失和女性诗史的空白，于是毅然担当起女性文集的编辑任务，并把收集女诗人作品的努力比成孔子编纂《诗经》，因为他们相信《诗经》很大一部分乃妇女之作[1]，并以此证明孔子删诗，不废女流，为女性创作找到了合法的依据。有些文人甚至认为女性诗集，如1618年出版的《女骚》，可以“与典谟训诰并垂不朽”[2]。著名才女叶小鸾的父亲叶绍袁还在《午梦堂全集·自序》中提出了女人“三不朽”说，他认为男人的“三不朽”是德、功、言，女人的三不朽则是德、色、才。女子之德有众多烈女为证；绝色和大才却还不够，所以希望借结集申明妇才的可贵。既然女性能在诗歌的最权威选集中占有一席之地，那么继续经典化当然是合情合理的。这样一来，女性写作就与“宗经”的文学观合二为一了。

明清文人在提拔女诗人方面所做的努力确实让人敬佩。清初邹漪编选的《红蕉集》共收66位才女的作品，大多是编者多年来“薄游吴越，加意网罗”的成果，编者甚至决心把收集女性作品作为毕生的事业。他认为把女作家抬高到“经典”的地位是理所当然的，因为“女性”本身具有一种男性文人日渐缺乏的“清”的素质。事实上，作为一种美的属性，推崇“清”已成为明清文人用来提拔女性文学的主要策略了。而在此之前，“清”原是用来指男性美质的。“清”与“浊”对立，除了具有感性之美，还

[1] 孙静宜：《明清女诗人选集及其采辑策略》，马耀民译，《中外文学》1994年7月号，第27—61页。

[2] 胡文楷：《历代妇女著作考》，上海古籍出版社，1985年，第885页。

与正面的道德有密切联系。魏晋名士阶层盛行以“清”来品评人物。“清”首先意味着脱俗，是形与神结合所产生的美感，它强调一个人身上与生俱来的高贵与典雅的气质。其次，“清”还意味着天性、本质的自然流露，以及质朴的现象的呈现。一般说来，清丽恬淡的文体总是比错彩镂金的美文更受批评家的肯定。总之，对早期的男性诗人来说，“清”代表着文人雅士高尚、美好的品格。

明清文人把“清”推广到才女身上，更把“清”等同于女性诗歌的品质。女性被说成是最富有诗人气质的性别，明末钟惺《名媛诗归·序》中指出：“若夫古今名媛，则发乎情，根乎性，未尝拟作，亦不知派，无南皮西昆，而自流其悲雅者也。……夫诗之道，亦多端矣，而吾必取于清。……清则慧；卢眉娘十四能千尺绢绣灵宝经……男子之巧，洵不及妇人矣！……盖病近日之学诗者，不肯质近自然，而取妍反拙；故青莲乃一发于素足之女，为其天然绝去雕饰。”[1]他把女诗人的地位抬高到男诗人之上，在当时是一大创举。同时，他还对“清”作了一番新解释。“清”一开始就具有“美善相兼”的性质，而钟惺又在此基础上特别强调了“真”的价值，并把它和女性创作特征联系起来：由于妇女生活更能接近事物本身的“真”——主体的内在真实与客体的外在真实，女性作诗总是“发乎情，根乎性”，去拥抱人的本初状态与大自然之生气。同时，由于她们缺乏实际的考虑与诗歌的派别观念，她们的作品反而保持了诗的感性；由于社会经验的局限性，反而促使她们有更丰富的想象力，这使她们更加接近“清”的气质，更能发挥真、善、美的艺术境界。至此，女性诗词已成男性诗歌的楷模了。

明清文人的“清”的美学观及其标榜的女性文学观对当时才女的自我肯定影响很大。女人开始意识到，女性本身即有诗的气质，从此得到自信。她们开始从“内言不出”的传统走出来，参加各种富有艺术情调的活动。明末清初，活跃于文坛的女性，如黄媛介、柳如是、吴山等，都与当时的文人名士有十分频繁的文字之缘。在“清”的美学观的影响下，她们强调写作上的真情流露。这样一来，古来男性所谓的“诗言志，歌永言”很自然地变成了男女互相咏歌、各言其志了。所以明末女诗人陆卿子说：“诗固非大丈夫职业，实我辈分内也。”[2]这为妇女显示诗才疏通了“合法”渠道。

同时，才女也在写作实践中创造了她们自己特有的“才女文化”。她们不但致力于诗词的出版，并为自己和其他女作家的专集撰写序跋。她们在序跋中所展示的大

[1] 钟惺：《名媛诗归》，明万历刊本；上海有正书局影印。钟惺是否真是此诗集的编者，曾引起一些清代学者的争论。孙静宜认为此书约出版于1626年后。

[2] 胡文楷：《历代妇女著作考》，上海古籍出版社，1985年，第176页。

量引文及诠释无异为一种提升女性书写的“自我铭刻”。她们一方面表现出对男性文人的认同，也同时为自己塑造了一副才德相兼的权威形象。在这方面，19世纪的著名女词人兼剧作家吴藻有特殊的成就。吴藻喜欢扮成男人，她的自画像也是男人。她不是对自己的自然性别不满，而是对自己的社会性别（参见下文关键词“性属”）不满。在其《饮酒读骚图》中，吴藻把自己比为屈原，通过女扮男装，唱出了饱受压抑的心曲，在当时曾激起许多男作家的热烈反应。如当时名流许乃穀在杂剧演出后写道：“须眉未免儿女肠，巾帼翻多丈夫气。”[1]齐彦槐也说：“词客深愁托美人，美人翻恨女儿身；安知蕙质兰心者，不是当时楚放臣。”[2]这些男性文人的评语都强调：最有效的寄托笔法乃是一种性别的跨越。屈原以美人自喻，吴藻却以屈原自喻，两性都企图在“性别面具”下寻求自我的声音。这种创作美学显示了女性希望像男性一样，在写作及阅读上，不但有主动虚构的自由，也有跨越性别的幻想。[3]

在女性诗人作品的自觉编撰方面，明末清初女诗人王端淑的《名媛诗纬》的编纂与出版值得注意。这个工程浩大的选集共收一千位女诗人的作品，代表了一种新的批评法则与价值观，自觉保护女性作品的传承并把它们原原本本地呈现给读者。正如她的丈夫丁圣肇在序文中所说：“《名媛诗纬》何为而选也？余内子玉映［端淑］不忍一代之闺秀佳咏湮没烟草，起而为之。”[4]更重要的是《名媛诗纬》意味着以新的、女性的角度去思考经典的概念。王端淑于《自序》中云：“客问于予曰：诗三百经也，子何取于纬也？……则应之曰：日月江河经天纬地，则天地之诗也。静者为经，动者为纬；南北为经，东西为纬。则星野之诗也，不纬则不经。”她相信《诗纬》与《诗经》占有同等地位，并特别强调，若没有女诗人，文学会陷入瘫痪的处境；若没有“纬”的多元性，则“经”的立场将转入沉滞而退化的状况。王端淑的经纬论对此后的明清诗论产生颇大的影响。

其实中国文人自古以来就特别看重才女。在普遍崇拜诗才的士大夫阶层中，像谢道韫和李清照等拥有才华的女诗人总是得到父兄及其他男性文人的赞扬。尤其自六朝以后，写诗被视为是一种增加女性魅力的事。一个女子要能才色兼备才能成为“佳人”。所以许多明清时代的文人不但把个别佳人的形象理想化，而且发展了一种惟情和崇尚女性（或女性化趣味）的普遍价值取向。

---

[1] 《饮酒读骚图》，1825年吴载功刊本《题辞》，第1—2页。

[2] 《饮酒读骚图·题辞》，第3页。

[3] 关于“性别面具”的概念，请参见孙康宜《隐情与面具——吴梅村诗试说》，严志雄译，收入乐黛云、陈江主编《北美中国古典文学研究名家十年文选》，江苏人民出版社，1996年，第213—233页。

[4] 王端淑：《名媛诗纬》，1667年印。国家图书馆藏有此书。

## 二　男女平等意识与女性文学

到了近代，“才女”观受到了启蒙思想家的批判，这是因为启蒙运动关注妇女解放，而“才女”观被他们认为体现了封建主义的腐朽思想。梁启超在《变法通议·论女学》一文中批判了传统的女学，指出：“古之号称才女者，则批风抹月，拈花弄草，能为伤春惜别之语，成诗词集数卷，斯为指矣！若此等事，本不能目之为学。其为男子，苟无他学，而专欲以此鸣者，则亦指为浮浪之子，靡论妇人也。”

为了把广大被压迫妇女从精神和肉体的牢狱解放出来，文学家们喊出“兴女学，争女权”的口号，要求妇女有受教育的权利，使她们重新获得自由和解放，反对“三纲五常”、“三从四德”的封建伦理规范，而投入民主革命的洪流。

理论批评界还以一种全新的眼光去重新阐释古代小说，因而《镜花缘》、《红楼梦》等含有丰富女性生活内容的作品得到了重新解释。梁启超主办的《新小说》杂志常邀请文学界的名流进行座谈，并以“小说丛话”的形式发表。在第17号（1905年）发表的“小说丛话”中，有两则重评了《镜花缘》：“述当时才女，字字飞跃纸上，使后世女子，可以闻鸡起舞，提倡女权，不遗余力。”（署名定一）“中国女子，卑弱至极，志士痛之。近顷著书以提倡女权为言者充栋，顾前数十年，谁敢先此发难？而《镜花缘》独能决突藩篱，为女子以吐郁勃，滔滔狂澜，屹立孤柱，我不知作者当具何种魄力。”（署名浴血生）他们还在《红楼梦》中发现了“恨男女不平”的主题。这种解释，作为一种学术观点，尚有可议之处，但论者的目的不在于对原著作符合本意的诠释，而在于借古人之言，为自己的论点服务。

女革命家、女诗人秋瑾是当时中国妇女勇敢冲破封建家庭束缚，投身民族革命事业的先驱和典范。她以深切的感受、真挚的情感和掷地有声的文字，表达了广大受压迫妇女的心声。其《勉女权歌》写道：“男女平权天赋就，岂甘居牛后！……曙光新放文明候，独立占头筹。愿奴隶根除，智识学问历练就。责任上肩头，国民女杰期无负。”从这里可以看到，具有社会责任感和历史使命感的秋瑾，不仅要争取自己的个性自由，而且要争取全体受压迫妇女、受压迫民众的普遍解放。1907年，她在上海创办了《中国女报》，并在第一期中淋漓尽致地揭露了妇女所受的压迫和所处的奴隶般的悲惨境遇，指出：“观四千年来，沉沉黑狱女界之现象：曰三从四德也，培养奴隶之教育也；曰缠足也，摧残奴隶之酷刑也；曰女子无才便是德也，防范奴隶之苛律也。”

真正的女性主义文学起源于五四时期。女性平等意识的觉醒可说是五四新文化运动的一大贡献。《新青年》一创刊就把妇女问题作为向旧礼教发动进攻的重要突破口之一。陈独秀的《妇人观》、陶履恭的《女子问题》、胡适的《贞操问题》、鲁迅的《我之节烈观》等先后发表。所谓“夫为妻纲”、“从一而终”、“三从四德”等等，这些原来被视为“天经地义”的道德，已变成最不道德、最残暴的封建教条。

易卜生《玩偶之家》中娜拉离家出走时的关门声，惊醒了睡梦中的中国女性，使她们幡然觉醒，也使女性“做稳了奴隶”的时代一去不复返。冯沅君、庐隐等以爱情和婚姻为题材的作品，充满着对旧家庭、旧传统的愤激的反抗，成为中国女性反对几千年封建传统压制和争取个性解放的先声。在五四新文化运动的时代潮流鼓舞下，觉醒的中国妇女充满着对自由、个性、解放的强烈憧憬和渴望。女性从家庭中走向了广阔的社会人生，独立自主的现代女性意识开始觉醒，也出现了新文学史上的第一代个性意识觉醒的女性作家，产生出一大批体现出鲜明女性意识的文学作品，将女权主义运动和女性主义文化推向高潮。她们以自己的创作成果显示了文化中女性意识的觉醒。

女性平等意识最初的表现形式是对女性非人的政治经济地位的反抗以及对被剥夺、被压抑的爱情婚姻自主权的追求。女作家们表现出前所未有的现代女性的主体意识，她们对于爱情的追求，对于封建礼教的大胆反叛，不仅丰富了文学创作，而且显示了中国女性解放的可喜进程。但“五四”争取妇女解放，结果是以失败而告终的。

在此之后，由于社会的急剧动荡，民族矛盾的激化，民族意识、阶级意识成为人们的精神热点时，刚刚获得的人的意识淡化了，个体意识消融于群体意识之中，女性意识也随之失落了，最终消融了自身。当时的女性面临两条路：动摇彷徨或溶入革命的洪流。表现前者的作品有茅盾的《蚀》，后者有一大批描写女性奔向延安、投身革命的作品。虽然在20世纪30年代曾有以丁玲作品为代表的女性中心意识的出现，但只是昙花一现。因此，民族解放使得妇女解放的主题发生了转向，女性性别意识被大大遮蔽。因此，这一时期文艺界在探讨女性解放时，总是习惯性地把女性解放与民族独立捆绑在一起，在强调男女平等的同时也忽视了女性独特的性别意识。

这种情况在建国后表现得更加突出。国家意志极力强调男女平等，一方面在很大程度上实现了女性的政治权利，但同时也在“平等”的口号下无形中剥夺或消灭了女性意识独立存在的权利，人们沉醉于社会政治层面的妇女解放，导致女性意识的长期失落。当时无视且竭力抹杀女性性别特点的“铁姑娘”、“女英雄”，以及后来的“女强人”等形象在文艺中大量涌现。女性和男性穿一样的服装，从事一样的劳动，男女之间天然存在的生理和心理差异被漠视。这虽有助于女性投身社会，改善政治、经济地位，但却是以女性放弃乃至取消自我为代价的。

## 三　父权制与性别塑造

虽然中国历史上有许多表现女性意识的作品，但是作为一种现代政治运动的妇女解放和作为专门的文学批评方法的女性主义批评则是从西方开始的。

19世纪西方掀起的大规模妇女解放运动，是妇女解放运动的第一个高潮，斗争矛头指向政治、经济领域，以争取妇女的选举权、就业权及婚姻自主权为主。到了20世纪60年代女权主义运动兴起，则将斗争的矛头指向了文化领域，攻击的是父系霸权文化（又称男权文化）及其等级秩序。因此，颠覆、消解、对抗、解构是20世纪以来女权主义者惯用的手法，她们力求建构出真正意义上的男女两性平等、和谐、自由的文化范式。

**关键词：**

女权主义　女性主义

妇女解放的主题集中在政治、经济和社会层面，强调在政治、经济和社会角色上男女绝对平等，如同工同酬之类；而女权主义和女性主义则集中在文化层面，探讨文化领域存在的性别歧视等问题。女权主义强调激烈反抗性别歧视、虐待和偏见，甚至走向强调两性对抗的路子，追求两性绝对平等。而女性主义则反过来强调两性的不同和差异，承认女人不同于男人，有着自己的特征和角色，不能盲目地追求男女绝对平等。因此，从争取妇女解放到女权主义再到女性主义，妇女运动走了一个由反对男女不一样到强调男女都一样再到男女就是不一样的否定之否定的路线。

女权主义批评具有鲜明的社会政治倾向和批判锋芒。她们首先将矛头对准了父权制社会文化结构，大力批判父权制文化对女性的歧视、排斥和贬低，特别是由男性/女性组成的二元对立的等级制文化结构，如太阳/月亮、文化/自然、父亲/母亲、理智/情感、概念/感觉等。她们认为现存的社会结构是建立在父权制基础上的，妇女要想获得真正解放，就必须颠覆父权制社会文化结构，揭露所有话语中潜藏的性别歧视。

英国作家伍尔芙和法国作家波伏娃是西方女权主义批评的理论先驱。1919年，伍尔芙发表了女权主义批评的奠基之作《一间自己的屋子》。在书中，她一方面指责男性将女性视为次等公民，并牢牢掌握着政治、经济、社会和文学大权，另一方面，强调女作家应有“一间自己的屋子”，应争取独立的经济和社会地位。1949年，波伏娃出版了《第二性》，被誉为西方女权主义的“圣经”。她认为西方社会是由男性控制的家族式社会，女性是社会中的第二性，处于附属地位。同时，她还系统清算了男作家作品中所虚构的“女人神话”，批评他们对女性形象的歪曲和误解。

女权主义的文学批评大致可以分为三个阶段：第一阶段是抨击文学作品中男性的性别歧视，第二阶段是研究妇女自己的文学作品，第三阶段是对于整个女性文化的发现和重新评价。

在抨击文学作品中的性别歧视方面，女权主义者通过重读文学作品，集中揭示了文艺作品中，主要是男作家作品或经典作品中存在的对女性歪曲、贬抑和丑化以及标榜、炫耀男性优越的现象，如文学中作为天使或恶魔、圣母或夏娃的两极化妇女形象模式，女人大量被脸谱化、模式化和刻板化，成了男性作者想象的投影，被视作祸水、灾星；经典和流行文化中存在着对妇女的文字凌辱、厌女症，语言中凡与女性有关的词语都代表着消极、负面、恶劣，在文学史上对妇女作家的排斥等等。这可称为“形象批评”或“抗拒阅读”，即注重研究文学作品中的女性形象的塑造，研究女性人物的处境和心理，揭示其中存在的对女性的偏见。同时，她们还大力抨击按照男性标准塑造的女性形象，批判文学中女性形象的概念化，如“家中的安琪儿”、“完美的淑女”、“屋内的天使”等。女权主义批评认为对妇女存在着社会和文化的双重虐待歧视，存在着肉体和精神上的双重蹂躏摧残，通过她们不懈的努力，使文化，特别是文学作品中存在的而又经常被忽略的偏见和误区引起了人们的高度重视。

如朱迪斯·弗莱尔在《夏娃的面貌——19世纪美国小说中的妇女》中指出，经常用来阐释美国文化的概念完全是男性化的，这种观察角度根本不考虑妇女的存在。同样，以往的男性文学批评家对文学中的妇女形象不是忽略不提，就是充满了误解、歪曲或偏见，而这些偏见又常常影响甚至支配着文学对妇女的描写。弗莱尔归纳了19世纪美国小说中的妇女形象类型：引诱人的妖妇、美国公主、强有力的母性和新女性。帕特丽夏·斯塔布在《妇女与小说：女权主义与小说》中分析了英国18世纪文学中女性作为天使出现的根源及其在19世纪小说中的延续，并指出女性天使反映了生存于工业社会道德沦丧、尔虞我诈处境中的男性希望远离公众领域的家庭成为道德净化的所在，充当男性抚平创伤、修身养性的避风港，因而，对家庭中的女性提出了道德化的要求。被男性文化视为神圣偶像的天使，扮演了男性要她们扮演的角色，而妖女则恰恰相反，是堕落和毁灭的根源。这些都是对女性的歪曲。

女权主义者通过重读莎士比亚的剧作，发现其中存在着对女性的歪曲和误解。莎士比亚勾勒了两极化的女性形象：一类是天使型，集美丽、高贵、温柔、可爱于一身，且生活得无忧无虑、愉快幸福；另一类则属于魔鬼型，集阴险、狡猾、狠毒、淫荡于一身，且经常被仇恨、报复、激情蒙住双眼，多次做出愚蠢之举，因此莎士比亚把女性本质两极化了。在其他人的作品中，也发现诸如贞女、荡妇、慈母、贤妻、严妻、悍妇、古怪的老处女、阴险毒辣的坏女人、男人的猎物、水性杨花的堕落女人、清高孤傲的女才子、浅薄无知狭隘自私的贱女人等等模式化的女性形象。这些被神化或丑化的女性都与现实中的女性的真实形象大为不合，都是以不同方式对女性形象的歪曲、歧视和贬抑，反映了根深蒂固的男性中心主义。

从20世纪60年代末到80年代初，女权主义者的努力改变了文化氛围，使读者对文学中的种种反女性、厌女症倾向产生了怀疑和批判。到了80年代，甚至创造出许多新的与女性有关的文字、词语，掀起了一场语言革命、“文字改革”。

女权主义批评家的第二阶段的努力，是致力发掘女性文学传统，从男性垄断的文学史中清理出一条女性文学线索，梳理出属于女性自己的文学传统，因此她们不仅要让女作家挤进以前为男性所垄断的文学史，还要进而撰写专门的女性文学史。妇女文学不仅具有历史的连续性和题材的一致性，而且在艺术上也有独到之处，但它们却一直受到居支配地位的男性价值观的漠视。因此女权主义批评就着重发掘妇女文学著作，描绘妇女想象力的版图，使妇女文学作为特殊的艺术经验世界展现在世人的面前。她们的努力使各个国家不同历史时代的妇女文学作品都得以重见天日，拯救了大批被淹没的女作家，妇女写作的连续性第一次得到明确的承认。这些著作不仅描述了19、20世纪妇女文学的发展，而且还从理论上阐述了女作家创作的焦虑、艺术经验、心理波动以及对男性神话的重写。经过女权主义的检验、修正、补充和发展，到20世纪80年代初形成妇女文学史的系统描述，展现了二百多年妇女写作的演变以及妇女文学中反复出现的形象、题材、主题和情节结构。

伊莱恩·肖沃尔特在《她们自己的文学》一书中，梳理了从勃朗特姐妹以来的英国妇女小说家，发掘了过去长期被湮没的女性文学资料，有力展示了女性文学传统的连续性。她指出，在男女写作之间有着深刻的区别，男性作家不仅有意或无意忽视这种区别，而且漠视整个女性写作传统。肖沃尔特把英国的妇女写作传统分为三大阶段：第一个阶段是女人气阶段，指1840—1880年伊丽莎白·盖斯凯尔和乔治·艾略特等人的创作。这一时期妇女作家的写作模仿男性，将居支配地位的男性审美标准内在化，保持一种贵妇或淑女姿态，主要描写熟悉的家庭生活和身边的生活琐事，羞于承认写作，甚至使用男性假名，不愿公开自己的作者身份，极力避免粗俗和色情之类的描写；第二个阶段是女权主义阶段，指1880至1920年伊丽莎白·罗宾斯和奥丽夫·史克林娜等作家的写作。她们极力反抗主流文化，争取女性的独立及女性应有的权利。一些激进的女权主义者更是大力鼓吹希腊神话中亚马孙族女战士精神，强调妇女参政和姐妹情谊，要求女性的自主权。第三时期是女性主义阶段，指1920年以后的妇女写作。这一阶段继承了前两个阶段的主要特点，提出了女性自我意识、妇女写作和妇女经验感受等问题。重要的女作家有丽贝卡·韦斯特、凯瑟琳·曼斯菲尔德、多萝茜·理查森和具有划时代意义的伍尔芙。

这就使女性主义批评进入第三阶段，强调从一种特殊的女性心理出发，审视过去被忽视而现在必须恢复的妇女文化。她们还在神话中寻找“女性中心”、“母系文明”和女性传统的根源，在父系文化的男性文本中考察其失落的轨迹，在女性文本中重构其脉络流向，探讨母性的力量和传统，母与女的关系得到重视。亚马孙族女战士形象被看作独立的女性创造力的象征。女同性恋受到承认，并认为女同性恋表现了对异性爱观念的反叛。在父权文化体系中，异性爱是唯一自然、合法的情爱方式，男性是女性唯一的感情指涉对象。因此，妇女选择妇女做情人、恋人、伙伴的现象总是处于压抑、躲藏的境地。正如女诗人艾德里安娜·里奇所说的："我所说的女同性恋连续统一体是指一个贯穿每个妇女的生活、贯穿整个历史的女性生活范畴，而不是简单地指一名妇女与另一名妇女有性的体验或自觉地希望跟她有性往来这样一个事实。如果我们扩展其含义，包括更多形式的妇女之间和妇女内部的原有的强烈感情，如分享丰富的内心生活，结合起来反抗男性暴君，提供和接受物质支持和政治援助……那么我们就领悟了女性历史和女性心理的深邃涵义。"[1]因此，女权主义者反对异性爱，高扬女性之间的同性爱或者"姊妹情谊"，寻求女人与女人之间的沟通、友谊和理解，思考女性之间做女儿、妻子、母亲的角色体验。正如美国的女权主义者切莉·雷吉斯特所说的："美国的女权主义运动力图创造一种姊妹情谊的意识，一种妇女间的新的集体感，旨在克服团体的自我憎恨，克服许多妇女对同性的其他人所怀有的敌意，这种敌意是由分离、为获得男性注意的竞争、倾向于自卑心理所引起的。"[2]

## 四　女性写作与女性话语

女性写作是女性试图通过书写赢得女性在历史和文化中言说的权利，也是女性探索自我的过程。女性写作的出现不仅打破了女性以前的沉默状态，使女性经验从黑暗中浮现出来，而且这种写作本身就是对男性创作特权的颠覆和消解，就是一场争夺话语权和文化/文学领导权的活动。正如西苏所说的："妇女必须参加写作，必须写自己，必须写妇女。……妇女必须把自己写进文本——就像通过自己的奋斗嵌入世界和历史一样。"[3]

女性文学是女作家自己书写自己，抹去父权制下由男性描绘出的女性特征，表现出鲜明的女性意识的作品。而女性意识强调的是从独特的自觉的女性视角出发，书写女性经验、女性认识和女性体验的语言文化范本，具有非暴力、同情心、平等意识及和谐观念等女性文化标志。在此最重要的不是女性的性别归属，而是文化立场，即要追问她是在用男人的声音说话还是在倾诉妇女的沉默？她是作为一名妇女在说话还是在代替沉默的妇女说话？女作家的性别身份并不能保证其写作就一定是女性主

[1] 玛丽·伊格尔顿编：《女权主义文学理论》，胡亚敏等译，湖南文艺出版社，1989年，第39页。

[2] 同上书，第302页。

[3] 《美杜莎的笑声》，张京媛主编《当代女性主义文学批评》，北京大学出版社，1995年，第188页。

义写作，因为女性毕竟生活在男性中心的社会中，是在男权文化的熏陶下成长起来的，她们的身体、心理和情感难免被刻上一道深深的男性文化痕迹。

创作曾经长期被看作男性的特权。桑德拉·吉尔伯特和苏珊·格巴在《阁楼里的疯女人》中指出："在西方文化的父权制观念中，本文的作者，是父亲、祖先、生殖者及美学之父，他的笔是一种像他一样具有生殖力的工具。……不但具有创造生命的能力，而且还具有繁殖后代的功能。"[1]埃莱娜·西苏称妇女写作具有真正的革命性力量，她认为在父权制社会里，女性处于被压制的地位，女性一切正常的生理和心理能力以及应有的权利都被无情地压抑或剥夺了，不得不保持沉默，只有写作才能打破沉默，改变被压抑和奴役的境遇。通过写作，妇女得以恢复她的能力、资格、自信以及久违的欢乐。

**关键词：**

身体写作

女权主义批评家认为，"身体"对于女性来说具有异乎寻常的意义，是抵抗男权意识形态的重要场所，是女性赖以确立自己价值、确证自己存在的生命尺度。原初的身体和本真的经验既是女性写作的起点，也是女性写作的终点。女性写作唤醒了女性躯体内沉睡着的生命活力，展现出女性视野中的女性身体的审美意义，甚至使其带上了自恋的味道。此时，女性的身体在文学中不仅获得了独立的审美价值，即不是作为男性欲望的对象而呈现的，而是作为女性自我欣赏和女性自我触摸的对象，即由"被书写者"变为"自我书写者"；同时种种女性独有的体验、感觉和想象以及突破封锁之后的女性身体活力也得到了恢复。

埃莱娜·西苏曾经提出一种不同于男性的女性写作方式，即身体写作："通过写她自己，妇女将返回到自己的身体，这身体曾经被从她身上收缴去，而且更糟的是这身体曾经被变成供陈列的神秘怪异的病态或死亡的陌生形象，这身体成了她的讨厌的同伴，成了她被压制的原因和场所……写作，这一行为将不但'实现'妇女解除对其性特征和女性存在的抑制关系，从而使她得以接近其原本力量；这行为还将归还她的能力与资格、她的欢乐、她的喉舌，以及她那一直被封锁着的巨大身体领域。"[2]西苏认为：男人追求世俗功名，而"妇女则只有身体，她们是身体，因而更多地写作"[3]。女性通过描写躯体，在肉体快感与精神美感之间建立起密切联系。她还在继

[1] 玛丽·伊格尔顿编：《女权主义文学理论》，胡亚敏等译，湖南文艺出版社，1989年，第117页。

[2] 张京媛主编：《当代女性主义文学批评》，第193—194页。

[3] 同上书，第202页。

承英国著名女作家伍尔芙的"双性同体"思想基础上，进一步倡导"双性同体"写作方式。因为历史、文化和传统都是男性的，深深地打上了男性的痕迹，文学史上的男性话语、男性叙事不仅源远流长，而且根深蒂固。他们制定了一套明确的女性身体修辞学，使女性身体、相貌的描写涂上浓郁的男性化色彩。女性的身体、心理、情感及感觉从幼年起，就被男权文化遮蔽、改写，变得面目全非。所以女作家在进行女性写作时，不能依赖历史和文化经验，只有拒绝历史、拒绝文化传统，才能找到自己的纯粹的女性立场，而她在自己的"一间屋子里"所拥有的只有自己的身体，所以她以人的眼光重新审视自己的身体，从而获得一种新的经验，以自恋的目光谛视、抚摸和展示自己的身体，使其焕发出勃勃生机。于是在女性写作中，有关女性身体的令人炫目的感性经验成为一再重复的主题。

因此，女性写作旨在扫去尘封在女性躯体、情感和欲望上的千年灰尘，激活被男性意识长期遮蔽的女性的真实自我，使女性身体从压抑、屈辱和男性欲望下面奋力挣扎出来。

在辨析了女性身体与女性写作的渊源关系后，西苏大声疾呼：女作家要"写你自己。必须让人们听到你的身体。只有到那时，潜意识的巨大源泉才会喷涌"[1]。女性一方面通过写作来放纵自己的躯体与生命，挣脱男性修辞学强加在女性身体上的枷锁，另一方面又以自己的血肉之躯充当写作的逻辑，让女性按照自己的愿望塑造女性形象。从这个意义上说，女性写作还是女性自我认识和自我发现的过程。

在叙事谋略上，她们采取了解构和颠覆的方式。她们解构了经典文本中对女性美的刻画，消解了经典女性形象。经典文本中被描绘成"美"的化身、"善"的象征的女性形象，到了女性主义作家笔下，就成了"丑恶"的化身；她们还通过大胆披露女性的隐秘的性经验，颠覆了人们心目中温柔贤淑的女性既定形象，褪去女性头上优雅、纯洁的灵光。

她们打捞被泯灭几千年之久的女性之间的姊妹情谊，追溯梳理母系血脉渊源，并重新书写母性谱系，索引钩沉母女关系的记忆碎片，从而使写作成为女性救赎的一种途径。姐妹情人、母性女儿、母性姐妹关系都相继进入了女性写作的审美视野。作品中所塑造的女性形象群，常常既是母女，又是姐妹，还是扯不断、理不清的情人。

另外，她们还有意颠覆男性视野中的"女性文本"，即充满优雅、敏感、纤弱、淡淡的哀怨忧伤、天真无邪等色彩的文本；反击男性话语及叙事逻辑，摈弃男性经验、意象、修辞和句法，试图粉碎几千年来根深蒂固的男性话语机制，建构出有别于男性的话语方式和修辞方式。这样就使写作不仅是对文化霸权、性别政治秩序的颠覆解

[1] 张京媛主编：《当代女性主义文学批评》，第194页。

构，还是一场摧毁菲勒斯中心主义[1]的语言革命和美学革命。

## 五　双性共体的美学理想

在女性主义批评史中，“平等”、“差异”、“双性共体”这三个概念既体现了不同国家、地区及个体女性主义思想及研究的不同倾向，也体现了女性主义者关于女性、性别问题及两性关系、人类未来形象等问题认识的历程。

欧美女性主义批评，早期以平等为出发点，20世纪70年代以来则走向差异论，从争取妇女“亚文化”被父权体系接纳到解构父权体系，弘扬女性价值；从强调平等权利走向强调性别差异。肖沃尔特、约瑟芬·多诺万、罗瑟琳·科屋德等，都是从平等论走向差异论的。法国的女性主义批评者则受心理学和解构主义特别是受雅克·拉康及德里达学说的影响，从一开始就注重差异和他者之类的问题，如露斯·依利格瑞、海伦·西苏、克里斯蒂娃等。

20世纪后期，“双性共体”的思想被发掘、诠释，成为女性主义者超越平等论、差异论局限的一个策略。她们期望以此消除人类处境的对立两极——阴与阳、男与女、肉体与灵魂、社会与家庭、感性与理性——的对立与分离，从而结束男女两性的对立不平衡关系，代之以相互补充的伙伴关系和可变换的、非恒定化的文化性别。这一观念本着人道主义平等、博爱、自由的思想，结合了平等、差异两种倾向，构想出两性形象的新模式、人格内涵的新特质、两性关系的新趋向——女人加男人。其前提是：在人身上本来就存在着两种性别特质，或者人本来是无男女之分的，只是父权制文化为巩固其地位，将男女两性塑造为它所需要的形象：压抑男性身上的女性因素，否定女性身上的男性因素。伍尔芙认为，“在我们之中每个人都有两个力量支配一切，一个男性的力量，一个女性的力量。在男人的脑子里男性胜过女性，在女性的脑子里女性胜过男性。最正常、最适宜的境况就是在这两个力量结合在一起和谐地生活、精神合作的时候……只有在这种融洽的时候，脑子才能变得非常肥沃而能充分运用所有的官能，也许一个纯男性的脑子和一个纯女性的脑子都一样不能创作”，“任何无愧于艺术家称号的艺术家都是或多或少的双性人”[2]。

当然，这一概念的提出也有着现实基础，那就是现实生活中妇女已占据过去仅属于男人的领地，科技进步和经济发展逐渐消解两性间以生物差异为基础的性别分

[1]　菲勒斯中心主义（Phallogocentrism）即男性中心的文化观念。菲勒斯（Phallus）源自希腊语，指男性阴茎的图腾，也是父权的隐喻和象征。

[2]　伍尔芙：《自己的一间屋》，三联书店，1992年，第120—121页。

工，出现了居于男性与女性之间的“第三性”。帕特里夏·A. 迈克布鲁姆的著作《第三性》表现的正是这一类新人。她们“穿着做工精良的西服，神气十足地健步走在男人中间，她们踏着相同的节奏，怀抱相同的目的。正是这些妇女实现了从女性的权利世界向男性权利世界的飞跃，她们不仅全日工作，而且她们的工作是在需求和竞争的生涯中完成的。她们负责经营和投资百万元巨款，甘冒与男性相同的风险，掌握类似的权力，而且承担经济后果的直接责任。为了恰如其分地显示职业妇女的作用，她们还在男性占支配地位的氛围中采用了男性的服装和许多举止”。[1] 卡罗琳·G. 海布伦在《迈向双性的认识》中则指出：双性人格是“两性间水乳交融的精神，它指的是一个宽广的个人经验的范畴，允许女人具有侵略性，也允许男人温柔，使得人类可以不顾风俗礼仪来选择他们的性别”[2]。

因此，“双性共体”就是人的全面发展，人类被压抑面、被分离面的整合，或者消灭性别和性别不平等，或者取消性别角色模式的恒定性，同时，还是人类未压抑、分割前的性别混沌状态，象征理想的两性关系。

**关键词：**

性　属

性属（gender，又译为“社会性别”）是与性别（sex）相对的概念。一般认为，性别是人一生下来就被决定的生物学意义上的性征，而性属则是逐渐习得的社会文化意义上的性别特征。性属研究旨在对性别的社会文化构成进行全面考察。

性属研究认为，尽管男女性别（female/male）是自然生理属性，但是男女性属则是社会文化的建构。男女性别虽然是自然法则所规定的，然而男人和女人要表述其女性气质和男性气质（femininity and masculinity）却存在着社会文化上的差异。因而在文学文本中那些附加在男女身上所固有的特性，如女性情感的脆弱、强烈冲动或温柔细腻的情感表达，男性的暴力、进攻性倾向以及心胸狭窄式的恶性宣泄等程序化的表述，实际上都是社会文化所形成的观念在文本中的具体表现。这实际上都是性属问题，但同时这一问题也表明性属并非是固定的范畴，因为社会文化既然可以塑造它，当然也就可以改变它。

“双性共体”也是她们用来反对阴阳两极化及性别本质永恒不变神话的一个有效概念，也就是“粉碎与性别等级相联系的统治与被统治的制度，并恢复原始的男女

[1] 帕特里夏·A. 迈克布鲁姆：《第三性》，湖南人民出版社，1988年，第2页。

[2] 海布伦：《迈向双性的认识》，转引自台湾《中外文学》第15卷第4期，第120页。

换装或无性无别的混沌状态”[1]。伍尔芙的小说《奥兰多》正表明这一点。主人公奥兰多经历了从文艺复兴到20世纪400多年的历史，从一个仪表非凡的少年变成一个花容月貌的少妇，最后完成了从16世纪就开始的长诗，生了一个儿子。主人公性别的变化一方面体现了性别的非恒定性，另一方面也体现了伍尔芙人格多元的思想：人身上所具有的多元气质和品格，阴性的、阳性的，历史的、现实的，世俗的、诗意的等等融会于一体，可以互相转化，并非由单一的品质恒定地构成。人不是绝对的一面体，而是全面的、完整的、一身融会了所有差异因而失去了一切界限的人。由此可知“双性共体”被女性主义者赋予了新的含义：解除压抑，释放被否定、被压制的部分人性，实现人的全面、自由的发展；对立因素和平共处，互补互利；消弭等级、不平等的关系。

## 第二节　文学与民族身份

本节考察中外关于文学与民族文化的关系、文学的民族性、文学在民族身份建构中的作用等方面的一系列问题。

### 一　民族文学交流与影响

中国文学、文论中民族意识、民族观念的最初体现，源于对南北文化不同风貌的认知。因为在南北文化的对立、融合中隐含着汉民族文学与其他少数民族文学之间交流和影响的成分。北方标榜儒学，儒家的理想在于社稷钟鼎的礼乐之治，充满着先秦理性精神，注重人与社会的协调，滋生伦理道德规范和内省模式；南方以道家及巫鬼文化著称，道家志在山林，充满着理想和浪漫气息，注重人与自然的和谐，崇尚自然，耽于幻想，孕育审美人生论和宗教观念。儒道互补，一同构成中华文化的两大源头。

南北文化在美学上存在着几乎相反的风貌：南方是“杏花春雨江南”的优美，妩媚婉约，充满阴柔之气；北方是“铁马秋风塞北”的壮美，豪放刚劲，洋溢着阳刚之气。如果说《诗经》代表的是北方文学，那么以屈原的《离骚》为代表的“楚辞”则是南方文学的化身。后来则有南北朝时期南北文化的分庭抗礼和隋唐时期南北文化的融合。

[1]　张京媛主编：《当代女性主义文学批评》，北京大学出版社，1992年，第19—20页。

而随着佛教的传入，中外民族文学之间的交流和影响就更为明显了。当然，任何一种民族文化和民族文艺的发展都离不开对其他民族文化、民族文艺精华的吸收和汲取。中国文艺的发展和繁荣就得益于中国各民族之间的文化、文艺交流及中国与亚洲诸国文化、文艺的交流和影响。

比如音乐就是这方面的典型例子。隋唐时期是中国古代音乐大融合、大发展与大高涨时期。被称为“胡乐”的西域音乐，通过经商、通婚、宗教、战争等多种渠道，源源不断地进入中原内地，受到内地百姓的普遍欢迎，并与传统的民间音乐相互交融汇合，形成了全新的音乐类型：燕乐。燕乐比中原固有的清乐、雅乐具有更大的艺术吸引力，它节奏鲜明，旋律欢快，曲调丰富，优美动听，演奏手段多彩多姿，善于表情达意，显示出历久不衰的创造力与生命力。

这种艺术形式，吸引了许多民间乐工、歌妓，直至文人，他们配合上述乐曲，按谱填词，渐成风俗，就形成了“词”这一新诗体。

另一方面，被称为梵呗的印度佛教音乐也随着佛教的传播而在内地流传开来。佛教音乐在汉地流传中，因汉、梵语音不同，曲调难以通用和接受。为了便于弘扬佛法，为广大信徒所接受，音乐遂“改梵为秦”，用汉语音调来配唱汉译经文。各地佛教音乐在创作中，又因方言、地方音乐和风俗习惯的不同而风格各异。

印度佛教对中国文学的影响更是全方位、多层次的。从形式方面来说，六朝志怪小说、唐代传奇和变文等文体都是受佛经的启发产生的，特别是格律诗和章回体小说的出现。中国格律诗的开端是南北朝时期的“永明体”。从内容层面来说，“佛理禅意”大量渗透到中国文学作品之中，有许多作品宣扬或体现了佛教教义和佛法无边的宗教观念。

佛教对古代文论也产生了深远的影响，如唐宋时期曾经出现一大批“以禅喻诗”的诗评著作，如吴可的《学诗诗》宣称：“学诗浑似学参禅，竹榻蒲团不计年。直待自家都了得，等闲拈出便超然。”[1]最有代表性的当推严羽的《沧浪诗话》。作者运用禅理、参禅来喻说诗歌创作，并通过与禅宗参禅相比加深了对诗歌创作规律的认识，他认为：“大抵禅道惟在妙悟，诗道亦在妙悟。”[2]由此，他提出了著名的诗歌创作“妙悟”说和诗有“别材别趣”说。

明清以后，在西方列强殖民扩张的狂潮中，中国客观上已不再是中国的“中国”，甚至也不再是亚洲的“中国”，而开始成为世界的“中国”。中国文学要求得新发展，必须向整个世界开放；而且也只有在这样的开放中，中国文学才能既在其他国

---

[1] 《中国历代文论选》(2)，上海古籍出版社，1986年，第545页。

[2] 同上书，第424页。

别文学的参照中显示自己独特的价值，又在与其他国别文学的交流中打破民族的片面性和局限性。

## 二 “国民性”和“国民文学”

中国近现代文学运动，一开始就是和中国人民的民族解放运动密切联系在一起的，而且从根本上说，它正是鸦片战争之后中华民族沦为殖民地半殖民地以及中国人民为了改变这种被侵略被压迫的地位而进行的艰苦斗争在文学上的反映。

鸦片战争以后，中国开始陷入半殖民地半封建社会的苦难深渊，铁的事实和血的教训，使人们痛切认识到旧中国已远远落后于世界的发展，唯一的补救办法就是向西方学习。于是派遣留学生出国，翻译西方的学术著作，引进西方的科学技术，开展“洋务运动”，倡导“师夷制夷”一时成为热潮。

在此背景下，文化艺术领域的维新和变革也如火如荼地展开了，“文界革命”、“小说界革命”、“诗界革命”风起云涌。一方面大力翻译、介绍西方的文艺，一方面全面否定旧的诗文词章之学，把它看成是与新学完全对立、有碍于知识分子学以致用，甚至是毒害青年和知识分子的精神鸦片。

许多理论家对文学寄予厚望，殷切期待文学为变革民心、振兴民气、开发民智出力，期望文学成为民族复兴和社会变革的先导。最有代表性的当推维新派的小说观，他们把小说看作救国救民的利器、改良群治的启蒙工具，认为小说可以肩负起塑造民族文化认同的使命。梁启超等人还编造了一个西方国家借小说以立国的现代“神话”。梁启超在发表于1902年的《论小说与群治之关系》中大声疾呼：“欲新一国之民，不可不先新一国之小说。故欲新道德，必新小说；欲新宗教，必新小说；欲新政治，必新小说；欲新风俗，必新小说；欲新学艺，必新小说；乃至欲新人心、欲新人格，必新小说。何以故？小说有不可思议之力支配人道故。”[1]只要有了“新民”，“新国家”自然就会出现，这是梁启超倡导“小说界革命”的宗旨和基本思路。因此，这里他把小说的作用提高到改造社会、塑造新“国民性”的高度，足以令人振聋发聩。文章一出，立刻引起强烈反响。

而新文学运动的发起人胡适、陈独秀等则直接打出了“国民文学”的旗号。胡适的《文学改良刍议》是1917年1月1日在《新青年》上发表的。在接下来的一期《新青年》上，陈独秀便发表了著名的《文学革命论》。文中提出了文学革命的主要内容，其中第一条就是“推倒雕琢的、阿谀的贵族文学，建设平易的、抒情的国民文学”，明

[1] 原载《新小说》1902年第1期，陈平原、夏晓虹编：《20世纪中国小说理论资料》第1卷，第33页。

确提出了建设“国民文学”的目标。后来，茅盾在《文学论》卷十一“文学和人的关系及中国古来对于文学者身份的误认”中，进一步指出：“这样的人的文学——真的文学，才是世界语言文字未能划一以前底一国文字的文学。这样的文学家所负荷的使命，就他本国而言，便是发展本国的国民文学、民族的文学；就世界而言，便是要联合促进世界的文学。在我们中国现在呢，文学家的大责任便是创造并确立中国的国民文学。”

尽管发出了建设“国民文学”的号召，但当时的文学活动只限于一部分知识分子，还没有可能普及到工农群众中去。因此，郑伯奇于1923年底和1924年初在《创造周报》第33至35期上连载《国民文学论》，批评五四新文学运动和“平民文学”的提倡者：“国民意识未经唤醒，国民感情未经燃着的新文学家，对于一般国民的生活依然不起研究的兴味。结果只生出了几篇浅薄的人道主义的作品，新文学运动的第一期就闭幕了。”

**关键词：**

国民文学

国民文学是现代民族国家建立和发展进程中，或明或暗地参与到意识形态构建、自觉担负起重建国民精神的任务、影响到民族共同体成员对于国家之想象的“现代性”文学。

晚清以来，经过“五四”新文化运动的洗礼，“新文学”逐渐占据文坛中心，成为国民文学的主导。但同时，通俗文学、民间文学并没有消失，而是经过改良和演变，一直充当着现代中国国民的基本读物。它们从文化的角度塑造着中国的民族国家形象，构建民族精神和民族意识，展示出中华文化的多样性、综合性、融汇性，以及中国不同地域各具特色、神采各异的文化风貌，形成一个宏伟的“文化中国”。

## 三　民族性与现代性

五四以来，随着西方列强的长驱直入和民族危机的加深，民族变革的呼声逐步增强，文艺界关于民族化和现代化问题也争得不亦乐乎。

1930年6月，为了抵制革命文学运动，国民党御用文人举起了“民族主义文学”的旗帜。他们在《民族主义文艺运动宣言》中说：“我们很明了艺术作品在原始状态里不是从个人的意识里产生，而是从民族的立场所形成的生活意识里产生的。在艺术作品内所显示的不仅是那艺术家的才能、技术、风格和形式；同时，在艺术作品内显示的也正是那艺术家所属的民族的产物。”《宣言》还大力鼓吹“文艺的最高使命，是发挥它所属的民族精神和意识。换一句话说，文艺的最高意义，就是民族主义”。

如果从反对帝国主义侵略，争取民族解放与民族独立的意义上提倡“民族主义文艺”，强调新文艺应该发扬中华民族的民族精神与民族意识，那毫无疑问是符合五四以来中国新文学的革命传统的，也反映了半封建半殖民地中国社会的需要；然而“民族主义文学”的主要矛头却对准了蓬勃发展的革命文学。为了这一目的，他们不仅攻击文学的阶级性，而且也不要文学的个性，一切都要统一于文学的“民族性”，统一于“恢复中国固有的道德”，这和五四以来的新文学传统背道而驰。因而“民族主义文学”一出现就遭到了革命文学家的严厉批判。茅盾《“民族主义”的现形》一文系统驳斥了“民族主义”文艺思潮，指出：“企图麻醉民众的‘民族主义文艺’，结果一定是法西斯化。”鲁迅在《“民族主义文学”的任务和运命》中更一针见血地指出：这帮人“原是上海滩久已沉沉浮浮的流尸……又因为各个本身的腐烂，就发出较浓厚的恶臭来了”。

然而在批判“民族主义文学”运动的同时，革命作家们却相对忽视了反对帝国主义侵略、争取民族解放与民族独立在新文学运动与创作中的重要意义，甚至丢弃了“民族主义”的旗帜。直到1932年的“一·二八”之后，他们才逐步认识了这一点，逐步重视了对于由日本帝国主义的侵略而加剧了的民族矛盾，特别是中日民族矛盾的反映与表现。

茅盾在《我们必须创造的文艺作品》中说：以文学作品“唤起民众间更深一层的反帝国主义的民族革命运动”，是“我们民族对于我们作家的迫切的要求”，也是“时代加于我们作家肩上的伟大的任务”。1934年10月，周扬在《关于“国防文学”》一文中，呼吁“在战争危机和民族危机直迫在眼前”的时候，“国防文学的作品在中国是怎样地需要呀”。“它将揭露帝国主义的侵略战争的狰狞面目，描写各样各式的民族革命战争的英勇事实，并且指示出只有扩大发展民族革命战争才能把中国从帝国主义瓜分下救出，使它成为真正独立的国家”。而“国防文学”运动的主要任务是号召一切爱国的作家团结起来，努力创造与抗日救亡有关的、表现民族革命战争的文学作品，加入全国的抗日民族统一战线。

1936年4月，鲁迅与冯雪峰、胡风等协商，提出了“民族革命战争的大众文学”的口号，并通过胡风的文章《人民大众向文学要求什么？》公布于众。胡风说：“‘九·一八’以后，民族危机更加迫急了。华北问题发生以后，整个中华民族就已经走到了生死存亡的关头。因为这人民大众底生活起了一个大的纷扰，产生了新的苦闷新的焦躁、新的愤怒新的抗战，凡这一切形成了一个新的历史阶段。这个历史阶段当然向文学提出反映它的特质的要求，供给了新的美学的基础。因而能够描写这个文学本身的性质的应该是一个新的口号——民族革命战争的大众文学！”

1937年7月，全面抗战正式开始。作家们纷纷用自己的创作服务于抗日救亡的伟大战争，在民族解放的神圣斗争中建设新文学。1938年3月，“中华全国文艺界抗敌协会”正式在武汉成立。《发起旨趣》中说：“我们应该把分散的各战友的力量，团结起来。像前线将士用他们的枪一样，用我们的笔来发动民众，捍卫祖国，粉碎寇敌，争取胜利。民族的命运，也将是文艺的命运，使我们的文艺战士能发挥最大的力量，把中华民族文艺的伟大光芒，照彻于全世界，照彻于全人类。”《新华日报》为此发表的社论中指出：“文艺家是民族的心灵、民族的眼睛和民族的呼声。”“一切比较成功的作品，更没有一篇不是民族的心灵的呐喊，他毫不留情地揭发了民族的现实，非常敏感地指出了日紧一日的民族的危机，鼓励无数千万的知识青年投奔于民族斗争的疆场。纵使因此而遭受压迫，也毫不畏怯。”

抗日战争爆发和抗战文艺运动兴起之后，文艺大众化和利用民族旧形式的问题又在实践与理论上提了出来。作家们为了宣传抗战，让自己的作品深入广大人民群众之中，就必须尽量大众化。与此同时，许多民族文艺的旧形式，如鼓词、民歌，各种地方戏曲，也充分发挥了宣传抗日的战斗作用。当时大家都称之为“旧瓶装新酒”。但是大众化并不等于通俗化，在服务于抗日民族解放斗争的同时，还必须努力创造文艺的新形式，适合于抗战新内容的新形式。如果仅仅停留于通俗化与旧形式，不仅抗战文艺本身得不到发展，为抗日民族解放斗争服务的力量也会日渐减弱。因此，如何在大众化中发展新文艺，如何在利用民族旧形式中创造新形式，就成了作家、理论家们讨论的重要问题，而对于后者的探讨就更显得复杂而重要。因为它不仅关系到文艺的内容与形式，艺术性与大众性问题，而且关系到如何对待民族文艺遗产和外来文艺影响、如何认识产生文艺旧形式的中国社会的特殊性问题。早在1934年鲁迅就曾在《论“旧形式的采用”》一文中指出，民族文艺旧形式的采用“是很有意义的”，但必须根据新内容的需要对民族旧形式加以革新，并从而创造出新的形式。

由20世纪30年代引起的这场文艺大众化运动，一直延续到40年代，并进一步深化为关于民族形式问题的讨论。如何利用文艺的民族旧形式、创造文艺的民族新形式，首先是适应抗日民族解放的需要、树立民族自信心与自豪感、发展民族新文艺的问题，而决不仅仅是一个文艺形式问题。艾思奇认为利用民族文艺的旧形式实质上是一个“中国民族旧文艺传统的继承和发扬的问题”（《旧形式运用的基本原则》）。发扬民族旧文艺的传统是为了建设民族新文艺，服务民族解放战争，但这并不意味着否定五四以来的中国新文艺及其新传统，更不意味着文艺上的复古主义，相反，文艺的民族新形式的建设必须以发展五四以来的文艺新形式为主，以利用和改造民族旧形式为辅。因为五四以来的文艺新形式虽有缺点，却是适应于新的思想内容而产生的；旧形式虽然尚有广大的读者，但却是长期封建社会的产物。总之，利用文艺的民族旧形式决不是复古，而是为了创新。

另一方面，他们也看到了新文学在民族化方面的不足，强调文学的民族风格、民族形式应该成为新文学建设的目标，“我们需要更多的民族的新文艺，也即是要以我们民族的特色（生活内容方面和表现形式方面包括在一起）而能在世界上站一地位的新文艺。没有鲜明的民族特色的东西，在世界上是站不住脚的。”[1]

文学的民族形式离不开表现民族的内容，即民族的生活与精神风貌。巴人在《中国气派与中国作风》中指出：“‘气派’也就是民族的特性；‘作风’也就是民族的情调。特性是属于作品内容的，这里有思想、风俗、生活、感情；情调是属于作品的形式的，这里有趣味、风尚、嗜好，以及语言的技巧。但无民族的情调，不能表现民族的特性；没有民族的特性，也无以表现民族的情调。中国的作风与中国气派，在文艺作品上，是应该看作一个东西——一种特征，而不是两件东西。”[2]

其次，当时的不少理论家冲破了狭隘民族主义束缚，从世界文学的发展中看民族文艺旧形式的利用与民族文艺新形式的创造，认为文化艺术上的闭关自守的时代已经过去了。

艾思奇认为，“没有鲜明的民族特色的东西，在世界上是站不住脚的”（《旧形式运用的基本原则》）。胡风则认为中国的五四新文学既是“世界进步文艺传统的一个新拓的支流”，又是反映了本民族的生活现实的”（《论民族形式问题》）。两人对于文艺的民族性与世界性的理解不同，但对于新文艺必须既是民族的又是世界的这点认识是一致的。冯雪峰更从世界文化发展的总过程中去认识文艺的民族形式问题。他认为在近代世界发展中，各个民族的文化艺术都是在相互交错影响中发展的，并且“在形成着国际的文化”。在这个过程中，“民族性”本身已经“在被扬弃着”。中国从旧的民族文化走向新的民族文化的过程，也同时是从民族文化走到世界文化的过程。因此关于民族新形式的创造，旧的民族文艺固然是重要的基础，但同时“还必须吸取别的先进民族的文化要素”（《民族性与民族形式》）。显然他和胡风的意见是相近的，不赞成在过分强调民族性和民族形式的时候忘记了世界性，忘记了近代世界文化艺术发展一体化的过程与规律。

冯雪峰在《论通俗》中，提出民族形式是“外来形式的‘中国化’和中国旧有形式的‘蜕化’而创造出的新形式”。他在新形式的创造问题上，既承认并主张采用旧形式，又坚持在“革新的精神中去继承”，从而既无民族虚无主义，又有现代开放的眼光，与复古主义保持着距离。

---

[1] 艾思奇：《旧形式运用的基本原则》，《文艺战线》第1卷第3号，1939年4月。

[2] 巴人：《中国气派与中国作风》，《文艺阵地》第3卷第10期，1939年9月。

鲁迅在民族性与世界性的关系上，更是发表了一段名言："现在的文学也一样，有地方色彩的，倒容易成为世界的，即为别国所注意。"[1]

在关于文艺的"民族形式问题"的讨论中，曾经出现了以向林冰、黄绳为代表的"新国粹主义"。他们从狭隘的民族主义与小农意识出发，否定五四以来新文艺的巨大成就，而对于封建旧社会中产生的"民间形式"却表现出某种崇拜，主张新文艺的民族形式的建立应该以民间形式为"中心源泉"（向林冰：《民间形式的远见与民族形式的创造》、《旧形式的新评价》、《论"民族形式"的中心源泉》和黄绳《当前文艺运动的一个考察》）。

1940至1943年，陈铨、林同济等"战国策派"提倡"国家至上、民族至上"，打出了"民族主义文学"的旗帜。他们鼓吹"强力政治"与"英雄崇拜"，宣扬德国的"民族性格"与尼采的"反民治主义"，并要求"一切政论及其他文艺哲学作品，不离此旨"。陈铨在《民族文学运动》中认为，抗战时期，"中国思想界不以个人为中心，不以阶级为中心，而以民族为中心"。在这一阶段，"中华民族第一次养成了极强的民族意识。中国的文学，从现在起，一定有一个伟大的将来"，因为"只有强烈的民族意识，才能产生真正的民族文学"。

但"战国策派"不是立足于民族解放来宣传爱国主义，而是抽象地提倡"发扬中华民族固有的精神"，具有以民族主义反对民主主义、鼓吹英雄崇拜的倾向，更把尼采的超人哲学与希特勒的法西斯主义作为"民族精神"的楷模。因此它们的出现当即遭到进步文艺界的揭露与批判。如戈茅发表《什么是"民族文学运动"？》一文，对陈铨进行了有力批驳："中国文学应当有反映中国民族生活的特殊的风格和情调，这是毋庸分说的"，但"我们决不能被拘囿于狭义的民族主义圈子里，趋之极端，不免要陷于法西斯主义的泥沼"[2]。

## 四　文学与地域、种族的关系

在西方文论中，较早探讨民族问题的是但丁。他在《飨宴》和《论俗语》中，系统提出了民族语言和民族文学理论问题。此后，伏尔泰指出："如果我们要透彻地理解艺术，首先必须了解艺术在不同国家里发展的方式。"[3] 他认为，各个民族，不论多么邻近，他们彼此之间的风俗、语言和风格始终是有差别的，即使是同一民族，过

---

[1] 鲁迅：《致姚克》，《鲁迅全集》第12卷，人民文学出版社，1973年，第272页。

[2] 《新华日报》1942年6月30日。

[3] 伍蠡甫主编：《西方文论选》（上），上海译文出版社，1979年，第323页。

了三、四百年，也会变得和原来大不相同。就是说，由于各民族的民族性、风尚、习俗和生活方式的发展变化必然影响到这个民族的文学艺术的发展变化，而不同民族之间的差异性又必然造成各民族艺术观念的独特性，因此，也就不可能有永恒不变的“绝对标准”。他指出，学习借鉴古代艺术与研究总结各民族自己的艺术经验不是对立的，他尤其强调各民族艺术的独立性、差异性。

伏尔泰在考察各民族艺术的不同特点时还指出：“意大利语的柔和和甜蜜在不知不觉中渗入到意大利作家的资质中去。在我看来，词藻的华丽、隐喻的运用、风格的庄严，通常标志着西班牙作家的特点。对于英国人来说，他们更加讲究作品的力量、活力和雄浑，他们爱讽喻和明喻甚于一切。法国人则具有明澈、严密和幽雅的风格。他们既没有英国人的力量，也没有意大利人的柔和，前者在他们看来显得凶猛粗暴，后者在他们看来又未免缺乏须眉气概。”[1]在他看来，正是由于各民族文学有自己的独特风格，因此在创作上就必须从本国民族的社会生活和民族特点出发，而决不能亦步亦趋地去模仿古代作品。

法国的斯达尔夫人在《论文学》、《论德国》等书中，将欧洲文学分为南北两大文化区域，认为希腊、拉丁、意大利、西班牙诸国文学和路易十四时代的法兰西文学属于南方文学；英国、德国、丹麦和瑞典的文学则列入北方文学。对于欧洲为什么会形成两种不同的文学，斯达尔夫人接受了法国启蒙思想家孟德斯鸠关于地理环境决定社会政治制度的思想，将两种文学形成的根本原因归之于不同的自然环境，认为由于南北环境、气候、土壤等方面的差异才造成了南北不同文学风貌。“南方空气清新，多丛密的树林和清澈的溪流”，它们使人有“较广的生活乐趣，较少的思想强度”，在两性上还没有什么拘束，并且“比较地安于奴役，而取偿于气候之美和艺术爱好”。因此，南方人性格开朗活泼，感情细腻柔和，生活富于情趣。而北方“土地贫瘠，气候阴沉多云，人们较易滋长生命的忧郁感和哲学的沉思，对欢乐的关怀不及对痛苦的关怀”，但“想象却因而更加丰富”，造就出他们独立坚忍的意志和豪爽慷慨的性格，不能忍受奴役，女性得到尊重，特别是盛行于北方的基督教（新教）更有助于人性的培育。[2]自然条件的不同又造成文学的不同：南方文学注重人的日常生活，喜欢铺陈刻画大自然的美，崇尚古典，情调欢快，充满民族和时代精神，荷马史诗是这种文学的“鼻祖”；而北方文学则更多地将目光投向民族的自豪感和个人意识，特点是感情强烈，富于哲理，崇尚想象。这样就使南方文学追求世俗，北方文学张扬崇高。北方文学风格崇高伟大，有着深刻的沉思和忧郁的气质，而南方文学则以构思的纤巧、形象

---

[1] 伍蠡甫主编：《西方文论选》（上），第323页。

[2] 伍蠡甫：《欧洲文论简史》，人民文学出版社，1985年，第231—232页。

的优美和情调的欢愉见长。

丹纳在《艺术哲学》及《英国文学史》中，提出艺术的发展与种族、环境和时代有密切关系。他所说的“种族”，指的是“天生的和遗传的那种倾向，人带着它们来到这个世界上，而且它们通常更和身体的气质与结构所含的明显差别相结合。这些倾向因民族的不同而不同”。从这里可知，他所说的种族是包含通俗的遗传倾向与民族特性两部分的。正是这种种族的特征，直接影响着文艺的特征。如希腊人的“精明、巧妙和机智”转移到文学上，形成“阿提卡”趣味：“讲究细微的差别，轻松的风趣，不着痕迹的讥讽，朴素的风格，流畅的议论，典雅的证据。”[1]希腊人活泼、轻快、心情开朗的性格，则使荷马与柏拉图的诗篇具有了恬静、喜悦的风格。他所说的“环境”，包括物质环境和社会环境，含有自然地理因素。在他看来，“住在寒冷潮湿地带的”民族，“深入崎岖卑湿的森林或濒临惊涛骇浪的海岸，为忧郁或过激的感觉所缠绕”，所以他们的性格“倾向于狂醉和贪食，喜欢战斗流血的生活”；生活在可爱的风景区的民族，“站在光明愉快的海岸上，向往于航海或商业，并没有强大的胃欲”，他们“一开始就倾向于社会的事物，固定的国家组织，以及属于感情和气质方面的发展雄辩术、鉴赏力、科学发明”等。他还认为“某种艺术是和某种时代精神与风俗情况同时出现，同时消灭的”。

## 五　民族性与世界性

德国18世纪后期“狂飙突进”运动精神领袖赫尔德认为，各民族文学都有自己的独创性，各民族文学之间的关系是平等的，各民族文学的独创性来自各民族自身的社会历史环境，是各民族的特征、情感在文学中的反映。他指出：“民族的感情将会造就诗人。”[2]他反对用某一民族的文化水准去衡量其他民族的文学，不能以古希腊艺术为标准去衡量莎士比亚，也决不能要求今天的英国产生古希腊那样的艺术。他认为，抹煞各民族历史、心理、性格的差异，也就抹煞了各民族文学的特点和独创性。赫尔德的这些见解，是对主张模仿古希腊罗马艺术的古典主义的否定，是伴随着资产阶级革命而引发的欧洲民族意识觉醒的先声，为建设德国民族文学提供了理论依据。另一方面，赫尔德还萌发了“世界文学”概念，他在《鼓励人道的书简》中指出：“我们应该排除狭隘的民族局限性框框，……使我们的文学史成为包罗万象的全世界文学

[1] 丹纳：《艺术哲学》，人民文学出版社，1981年，第254页。

[2] 伍蠡甫：《欧洲文论简史》，人民文学出版社，1985年，第176页。

史。”[1] 赫尔德之所以能够产生出这样前卫的观念，与他翻译介绍东方诗歌有很大的关系。他通过翻译东方诗歌，逐渐了解到东方文学的魅力，从而产生这样的认识。

歌德殷切希望德国能够统一。他认为，只有统一，才有利于发展德国民族文化；反过来说，大力发展民族文化，又是实现德意志民族统一的重要途径。他说：“德国假如不是通过一种光辉的民族文化平均地流灌到全国各地，它如何能伟大呢？但是这种民族文化不是从各邦政府所在地出发，而且由各邦政府支持和培育的吗？”[2]他还以历史发展的观点，论述了民族文学的建立问题：“一个古典性的民族作家是在什么时候和什么地方生长起来的呢？是在这种情况下：他在他的民族历史中碰上了伟大事件及其后果的幸运的有意义的统一；他在他的同胞的思想中抓住了伟大处，在他们的情感中抓住了深刻处，在他们的行动中抓住了坚强和融贯一致处；他自己被民族精神完全渗透了。”[3] 歌德清楚地阐明：民族文学的建立不能离开一定历史民族的生活土壤，而民族的统一则是形成民族文学的重要前提；同时民族文学的形成，又不能脱离开民族的文化传统。一个伟大的民族作家只有在汲取前辈和同辈的有益的东西的基础上，才能对民族文化的发展做出新贡献。

赫尔德的“世界文学”观念也对歌德产生了很大的启发，歌德认为：“我们德国人如果不跳开周围环境的小圈子朝外面看一看，我们就会陷入上面所说的那种学究气的昏头昏脑。所以我喜欢环视四周的外国民族情况，我也劝每个人都这么办。民族文学在现代算不得很大的一回事，世界文学的时代已快来临了。现在每个人都应该出力促使它早日来临。”[4] 世界文学是由各民族文学之间互相交流、互相借鉴而形成的，各民族都对其有贡献，也都从中有所吸取，不是将某一“优选”民族的文学强加于世界各国，而把各被统治民族的文学弹压下去，就像帝国主义为了美化殖民和侵略而打出“世界主义”的旗号。因此，从这个意义上说，世界文学与民族文学不是对立的，也不是在民族文学之外别树一帜。他一方面强调各民族文学都有自己的特殊性，同时又大力提倡各民族文学之间互相认识，互相了解。他对世界文学的看法是辨证的：他一方面欢迎世界文学的早日到来，另一方面又强调各民族文学必须保持自己的特点，不能被别的民族文学所淹没。

对于各民族文学的相互依赖性和世界文学概念，马克思、恩格斯从经济基础决定上层建筑的历史唯物主义的高度做出了极其深刻的论述。在《共产党宣言》中，马

---

[1] 原文见《赫尔德全集》，斯普林出版社，1893年德文版，第17卷第163—164页，转引自王列生：《世界文学背景下的民族文学道路》，安徽教育出版社，2000年，第1—2页。

[2] 爱克曼辑录：《歌德谈话录》，朱光潜译，人民文学出版社，1978年，第176页。

[3] 朱光潜：《西方美学史》（下），人民文学出版社，1979年，第433页。

[4] 《歌德谈话录》，第113页。

克思、恩格斯断言："资产阶级，由于开拓了世界市场，使一切国家的生产和消费都成为世界性的了。不管反动派怎样惋惜，资产阶级还是挖掉了工业脚下的民族基础。古老的民族工业被消灭了，并且每天都还在被消灭。……过去那种地方的和民族的自给自足和闭关自守状态，被各民族的各方面的互相往来和各方面的互相依赖所替代了。物质的生产是如此，精神的生产也是如此。各民族的精神产品成了公共的财产。民族的片面性和局限性日益成为不可能，于是由许多种民族的和地方的文学形成了一种世界的文学。"[1]这就是说，资本主义生产和消费的世界化，既造成了物质生产的世界化，也造成了精神生产的世界化。

19世纪，俄国别林斯基对民族性与世界性做出了这样的思考："对于一个诗人来说，如果他希望自己的天才到处被一切人所承认，而不仅为他的本国人所承认，民族性应该是首要的、但不是唯一的条件：除了是民族的之外，他还得同时是世界的。就是说，他的作品的民族性必须是人类思想之无形的精神世界的形式、骨干、肉体、面貌和个性。换句话说：一个民族的诗人不仅必须对本国具有伟大的历史意义，他的出现还必须具有世界性的历史意义。这样的诗人只能在注定对人类命运内起世界性的历史作用的民族里面，也就是能以其民族生活影响全人类发展过程的国家里面，才出现得了。"[2]

## 六 后殖民主义

20世纪末，西方学术界掀起了后殖民主义文化批评浪潮，并迅速得到了第三世界国家学者的呼应，成为一种全球性的文化思潮。后殖民主义认为西方的思想和文化以及文学的价值与传统，都贯穿着一种强烈的民族优越感，因而西方的思想文化总是被认为居于世界文化的主导地位。与之相对照的是，非西方的第三世界或东方的传统则被排挤到边缘地带，或不时扮演一种相对于西方的"他者"角色。

后殖民主义批评家指出，西方中心主义建构了一个全球规模的文化等级结构。在西方殖民主义制造的霸权话语下，东方文化不仅处于边缘地位，而且只能被动接受西方文化。东方文化传统面临威胁，母语在流失，文化在贬值，意识形态受到不断渗透和改型。西方作为第一世界掌握着文化的输出和主导权，将自身的意识形态看作一种占优势地位的世界性价值，通过文化传媒把自身的价值观强制地灌输给作为第三

[1] 马克思、恩格斯：《共产党宣言》，《马克思恩格斯选集》第1卷，人民出版社，1958年，第254—255页。

[2] 原文见《别林斯基论文学》，新文艺出版社，1958年，第93页；转自《〈文学理论基础〉参考资料》，上海文艺出版社，1985年，第404—405页。

世界的东方。他们从以下几个方面批判了西方中心主义：

**关键词：**

殖民主义　新殖民主义　后殖民主义

从后殖民主义的字面来说，它是从殖民主义、新殖民主义发展演变而来的。它直接的理论语境是殖民地与帝国主义的关系。1978年，美国哥伦比亚大学教授赛义德发表著名的《东方学》一书，在西方世界刮起了一股后殖民主义文化思潮的旋风。在西方文论界，20世纪90年代以来，后殖民主义批评被认为是进入中心地位的强劲潮流，它与女性主义批评等构成了西方世纪之交文化批评的主干。

如果说，殖民主义或旧殖民主义的标志，是殖民地国家在政治、经济、社会、文化各方面全面受帝国主义宗主国的控制，那么新殖民主义的主要特点，就是第三世界前殖民地国家在政治、经济上仍无法摆脱西方大国的掌握。关于这种不平等关系，非洲裔社会学家阿明提出的“依附”理论（dependency theory）较有概括性，其主旨是指在战后发达资本主义国家建立的世界秩序，仍然把第三世界视为半殖民地、准殖民地式的生产资料、劳动力资源，分别纳入自己的势力范围。

后殖民主义理论与列宁的殖民主义理论、阿明等的新殖民主义理论的不同之处，就是突出和强调文化问题。后殖民主义着重批判西方殖民主义在文化上的表现，分析和描述新形势下帝国主义文化侵略、宗主国与殖民地的关系、第三世界的精英知识分子的文化角色和政治参与、关于种族/文化/历史的“他者”的表述等，它的视野超越文学本文中的“文学性”，进入国际政治和金融、跨国公司、超级大国与其他国家的关系，着重研究这些关系如何经过文化和文学的转换而再现出来，因此它侧重于分析后殖民话语中所体现出的现存政治文化环境。

首先，西方中心主义是从某个单一的特权视点来审视世界的。它把世界从空间上划分为欧美（作为世界的中心和唯一的意义源泉）和剩下的其他地区（全部笼罩在黑暗愚昧的阴影之中）。它运用一套复杂的语言/修辞策略设置了一系列二元对立：文明/野蛮，国家/部落，科学/迷信，先进/落后，等等。世界现代史就是围绕着这条文野分界线同时展开的全球分裂与全球一体化的进程。

其次，西方中心主义还从时间上设定了一种目的论的历史叙事：从古希腊城邦、罗马帝国经文艺复兴、宗教改革到欧美资本主义，这个叙事始于西方也终于西方。西方成为命定的天之骄子，整个非西方世界被划入没有历史的惰性存在。这个历史叙事不仅抹掉了西方文化自身的杂交性，而且最大限度地淡化了殖民主义与西方霸权之间内在的必然联系，西方进步的动力仿佛完全出自其内在的源泉：科学理性、新教伦理、工业革命、个人主义、议会民主、市场经济等等。

最后，西方中心主义还抱有西方文化普遍化情结，它时而利用其种族优越性把自身作为规范强加于内部及外部的他者，时而又掩盖其种族性使自身成为一种隐形规范。

在后殖民批评中，赛义德的东方主义批判影响最大。东方主义是西方人对于东方的霸权话语，在它看来，东方充满原始的神秘色彩，“自古以来就是一个充满浪漫传奇色彩和异国情调的、萦绕着人们的记忆和视野的、有着奇特经历的地方。”[1]但这是西方虚构的“东方”，它使东方与西方具有了本体论上的差异，并使西方得以用新奇和带有偏见的眼光去看东方，从而“创造”了一种与自己完全不同的民族本质。于是这种被扭曲肢解的“想象的东方”，成为验证西方自身的“他者”，并将一种“虚构的东方”形象反过来强加于东方，使东方纳入西方中心的权力结构，从而完成文化语言上被殖民的过程。

赛义德将批判的锋芒直指西方的文化霸权主义和强权政治，揭示出西方对东方实施文化霸权的历史事实，不仅东方的政治、经济须向以美国为中心的西方发达国家看齐，文化上也须通过西方话语的重新阐释，才能显示出东方文化所固有的辉煌。他认为，“东方主义”包含着这样的意思：一是指建立在东西方差异基础之上的一种思维方式。东、西方不仅在地理上分别居于地球的东西半球，处于对立境地，在其他方面也长期处于对立状态，原因在于双方政治上、经济上、语言文化上都存在着难以弥合的巨大差异。二是指处于强势地位的西方长期以来对处于弱势地位的东方的主宰、重构和话语权力的压迫方式，西方与东方的关系往往表现为单向的影响与被影响、制约与受制约、施与与接受的关系。因此，基于这种不平等关系，“东方主义”就成了西方人出于对广大东方或第三世界的无知、偏见和猎奇而虚构出来的某种“东方神话”。

赛义德指出：东方主义是一种话语的建构。这个“东方”并不是地理意义上的东方，而有着深刻的政治和文化内涵。这就是说，东方主义本质上是西方试图制约东方而制造的一种政治教义，具有“他者”特征，即“东方主义的所有一切都与东方无甚相关：东方主义之所以具有意义完全是取决于西方而不是东方本身，这种观念直接受惠于西方的各种表现技巧，是它们使其清晰可见，并且居于关于它的话语‘那

---

[1] 拉尔夫·科恩编：《文学理论的未来》，程锡麟等译，中国社会科学出版社，1993年，第213、241页。

里’”[1]。西方人是戴着变色镜或者哈哈镜看东方的。西方学术著作和文艺作品所勾勒出的东方处处不如西方的形象，是对真实的东方的严重扭曲。或者说，东方不是指真正的东方，是西方中心主义者心目中的东方，是适应西方对东方掠夺和推行殖民主义的需要而制造出来的东方，反映的是西方对东方的异己性、排斥性和非我性，它作为西方人对东方的一种根深蒂固的认识体系，始终充当着欧美殖民主义的意识形态支柱。

在赛义德看来，西方为自己的经济、政治、文化利益而编造了一整套重构东方的战术，并规定了西方对东方的理解，通过文学、历史、学术著作描写的东方形象为其帝国主义的政治、军事统治服务。作为东方主义者的西方知识分子，通过自己的研究并没有增进人类的总体经验，并没有消除民族主义和宗主国中心主义的偏见，却通过对东方的文化研究参与了种族歧视、文化霸权和精神垄断。但赛义德不赞同东方人误读或美化“西方主义”来对抗“东方主义”，也不赞同民族主义式地对抗西方文化霸权，而倡导一种交流对话和多元共生文化话语权力观，力求超越东西方对抗的基本立场，解构这种权力话语神话，从而使东方和西方具有对话、互渗、共生的新型关系。

英美大多数后殖民主义批评家的关注点是非洲文学，赛义德的理论使其注意到了“东方”，而使他们关注印度次大陆的则是美籍印度裔女学者斯皮瓦克。斯皮瓦克以其独到的理论框架、富有批判性的批评实践，对文化帝国主义对第三世界妇女的漠视加以质疑，从而以富于创造性和敢于打破常规的方式对殖民主义加以解构，并重新创造和建构了东方女性话语，为第三世界妇女的“无言”状态“发言”，为其“无名”状态而重新“命名”，成为“第三世界妇女”代言人。

斯皮瓦克对西方的女权主义批评家们不自觉地复制出帝国主义式的主观臆断不满，主张分析有关重新构建第三世界的文化历史叙述，因为历史上和文学中的“第三世界妇女”已经打下了父权化、殖民化过程的标记，变成为经西方女权主义者重组以后的自恋型、虚构型的“他者”。如果说，第三世界在第一世界的“被看”中发生了历史变形的话，那么，第三世界妇女则在这“变形”中沉入了历史地表之下。相对于第三世界男性而言，妇女更是遭受着殖民文化的压抑。妇女丧失了主体地位而沦为工具性客体，丧失了自己的声音和言说的权力。第三世界妇女正因为失语，而反证了自身的缺席和处于世界与意识形态的“边缘”。于是，在男性权力话语中，第三世界妇女成为不在场的、无名的、不确定的空洞能指。解决的办法并不是按第一世界的标准给

[1] 爱德华·赛伊德：《东方主义》，纽约：同代丛书，1979年版，转自王宁《东方主义、后殖民主义和文化霸权主义》，《北京大学学报》1995年第2期。

予第三世界妇女以政治和性别地位，因为，将所谓世界女权主义价值观的殖民话语嵌入第三世界妇女概念中，意味着西方女权主义者所确定的行为准则，也可以被用来压迫东方妇女阶层。真正可行的途径是，在第一世界文学作品日益变成文字游戏和本能欲望书写的今天，第三世界妇女健康清新的文学经验中那种人的意识、主体性、发言权斗争和对新生活的向往，与西方社会的纵欲享乐的虚无人生观形成鲜明的对照，并为第三世界文学自身的非殖民化过程提供了内在的力量。

这就是说，第三世界妇女遭受着第三世界的男权文化和第一世界的女权主义的双重压迫。西方女权主义学者应该向第三世界女性学习，为她们发言；必须尊重女性话语域内出现的多元化趋向，抛弃那种作为第一世界妇女的优越感，清除主流文化所带有的种族偏见；不仅要追问“我是谁”这一个体存在本体论问题，更要问“其他的女性是谁”这一社会存在本体论问题。只有这样，才能消解东西方女性之间的理解“距离”，达到第三世界妇女重新“命名”的新历史阶段。

霍米·巴巴在《后殖民与后现代》一文中指出，在后殖民和后现代语境中，真正的学者必须永远质疑的是：自己的文化身份、阶级民族立场甚至性别是什么？自己究竟是用什么样的思维方式、话语方式、言说方式来展示自己声音的？因为差异性是很难消除的，任何想通过语言达到完全彻底的思想“对译”的想法都是幼稚的，在通过各种话语的交流中，恰好是看似无意义的、抹平差异的说法，隐藏了一种话语暴力、意义误读和更大的文化危机与文化矛盾。只有承认这种危机和矛盾，才能真正促使双方达到真诚的理解和对话的可能，否则，对话仅仅是掩盖了差异的文化霸权的一种文化策略而已。

霍米·巴巴强调，在第三世界对第一世界进行改写的时候，要注意它所具有的边界，即必须反对性别歧视，反对帝国主义和新种族主义等，因为一切忽视文化差异的结果，一切抹平少数话语的立场的做法，其最终结果都可能是复制老牌的帝国主义的政治和文化，使得全球性的文化丧失差异而变成一种平面的模块，那将是人类文化的末日。

莫汉蒂则对女权主义与后殖民主义之间的关系进行了深入的探讨，从另一个维度推进了后殖民主义的理论研究。在《第三世界妇女和女权主义政治》中，莫汉蒂认为妇女在这个所谓的文明世界，事实上成了男性施暴的牺牲品，处于男权社会的附庸地位，妇女已经丧失了自己言说的能力。更严重的是，第三世界妇女的生存经验和文化性存在被忽略了。因此，对妇女的一种漠视、忽略和侵犯，强化了西方的“文化帝国主义”特性，使得殖民化倾向在女性问题上表现得尤为突出。第三世界妇女在物质和精神方面，已经被无限殖民化了。

阶级、种族、宗教、第三世界妇女等问题，其实已经造成了全球妇女之间的利益斗争和所受压迫共同感的虚假感觉。莫汉蒂认为，所谓的“女性共同体”是不存在的，女性背后的种族主义、殖民主义和帝国主义确实是真实存在的。如何从西方女权主义关于第三世界妇女的论述中发现其妇女话语的政治效果，并对第三世界的妇女所遭致的殖民文化现象加以考察，进而发现宗教家庭、法律制度、性别分工、教育和政治对抗等尖锐问题，是当代女权主义勘测当代女性处境备忘录的一个重要工作。

无论如何，无视妇女的文化、政治、经济、性别等身份书写或重新书写的合法性，都是把第三世界妇女放在社会阶级和种族框架内加以殖民化。只有通过反抗，第三世界的妇女才可能挣脱所有对她们的权力“凝视”和“歧视”。

莫汉蒂的思想不仅促进了第一世界的女权主义运动，而且也推动了第三世界女权主义的觉醒。这一切都不断显示在文学创作和文学批评中，同时，也作为理论的结晶沉淀于女权主义和后殖民主义文艺理论中，使得女权主义式的后殖民主义文艺理论不再单纯是从事作家作品和人物语言的分析，而是重视文本中所体现的阶级、民族、国家、文化身份和性别差异的分析，撕破现代文化抹平的所谓“普遍的无差异性”，而把这种差异性的惊心场面揭示出来，甚至通过文学文本和艺术创作，揭示出妇女是世界上受苦人的女权主义的结论，通过现存经济、文化、意识形态的等级，揭露整个社会中的不合理性，为殖民地和第三世界妇女行使自己的正当权力创造一个合法性的生存空间，提供一种有效的合法性途径。同时，也为文学创作和文学理论中的妇女形象、妇女的价值存在，提供了理论话语和实践的参照点。

## 七　第三世界文学与民族寓言

杰姆逊《处于跨国资本主义时代中的第三世界文学》一文一方面看到后现代后殖民时期全球文化的趋同性，另一方面也看到当今世界图景中不同文化系统的冲突和对抗性。第三世界由于经济相对落后，文化也处于非中心地位，因此，对于先进的科技和文化必然有所借鉴乃至某种依赖。他指出，后现代时期，经济依赖是以文化依赖的形式出现的。第三世界对先进国家的文化依赖暴露出当今世界体系中潜存的某种意识形态冲突，如果放任下去，就会被动地招致后殖民主义文化垄断，从而失去本土文化的特色。

杰姆逊还注意到这样一个事实：第一世界掌握着文化输出的主导权，可以把自身意识形态作为一种占优势地位的世界性价值，通过文化传媒强制性地灌输给第三世界。而处于边缘地位的第三世界的文化传统面临威胁，母语在流失，文化在贬值，意识形态受到不断渗透和改型。因此，如何在后殖民文化语境中找到正确文化策略，是第三世界文化出路的关键所在。

他认为第三世界国家有必要以一种新的国家主义来对抗这种文化侵略，但绝不是指那仇视外国先进文化的国家保守主义，而是一种将自己国家的状况国际化的开阔胸襟和气度。正确的途径在于，根据自己国家的情况和问题，去思考某种文化产品为何要引进国内，同时，对自己国家的情况和问题保持高度的敏感和洞见。这样，就有可能在跟上国际文化大趋势的同时，使本土文化模式引起外国的兴趣和关注，使本土文化展现新貌并走向世界。

他还认为，全球化实际上是多国资本主义阶段的文化现象，是西方文化在全世界的扩张，不同于以前的国家资本主义和垄断资本主义。与国家资本主义阶段相对应的是文艺上的现实主义，与垄断资本主义阶段相对应的是现代主义，而在多国化的资本主义阶段，相应的文化潮流是后现代主义。[1]他认为，资本主义在历史上出现过三次扩张，第一次是国家资本主义对国内市场的扩张，第二次是垄断资本主义时期"旧的帝国主义体系"的扩张，而多国资本主义（即晚期资本主义）阶段是第三次扩张。第三次扩张不但形成了资本主义生产的全球化体系，诸如国际金融体系和跨国资本流动，而且造就了一个新的全球文化空间，即人们的经验超越了传统的本地社区生活的界限，具有了全球的视野。

不仅如此，他还从全球化的新文化空间中，读出了发达资本主义国家文化和第三世界国家文化之间的冲突。他发现第三世界的知识分子总是"执著地希望回到自己的民族环境之中。他们反复地提到自己国家的名称，注意到'我们'这一集合名词：我们应该做些什么、我们应该怎样做、我们不应该做些什么，我们如何能够比这个民族或那个民族做得更好、我们具备自己独有的特性。总之，他们把问题提到了'人民'的高度上"[2]。他充分注意到在资本主义的第三次巨大扩张中，存在着第一世界和第三世界的文化冲突乃至对抗的事实。

## 第三节　述评

文学中的身份问题是一个经久而弥新的话题，同时也是一个十分复杂的问题。总体上说，身份问题在文艺理论中，存在着一个由隐到显，从不自觉到自觉的诉求过

[1]　杰姆逊：《后现代主义与文化理论》，陕西师范大学出版社，1986年，第5—6页。

[2]　杰姆逊：《处于跨国资本主义时代中的第三世界文学》，张京媛主编：《新历史主义与文学批评》，北京大学出版社，1993年，第230页。

程，存在着由浅入深，逐步扩展和深化的过程。

在性别身份、民族身份问题方面，文学中不仅存在性别压迫、性别冲突和性别歧视问题，还存在民族压迫、民族冲突和民族歧视问题。在文学活动中，两性之间、民族与民族之间、阶级阶层之间都是既有竞争又有合作，既有冲突又有和谐，既有对抗又有交流、融合的关系。

## 一　女性主义的破与立

具体到性别身份问题来说，女性主义文论呈现出两大发展方向：一是破，这是女权主义文艺批评的主攻方向，使文艺批评有演变成社会批评、文化批评的趋势；二是立，这是女性主义文论的研究重心，旨在建构出新型的话语体系。

就“破”这方面而言，从社会现实的角度来说，女权主义批评以文学为手段，促使女性从性别压迫中觉醒，认清自身的处境，并帮助女性走向独立自主。从文化的角度来说，女权主义批评对父权制文化及其价值观念提出强烈的质疑和否定，对传统的二元对立思维方式提出挑战；同时，大力挞伐、清除语言文化方面存在的各种性别歧视和偏见，批判男性中心话语。从文学本身来说，一是抨击传统文学史对女性作家的遮蔽、有意遗漏，二是抨击男性作家在女性形象塑造方面存在的有意无意的偏见或歧视，三是抨击传统文学批评标准对女作家的苛刻和刁难。

就“立”这方面而言，女性主义文论一是致力于重写文学史，发掘那些被传统文学史遗忘的女作家及其作品，探讨女作家之间的文学渊源，寻找女性自己的文学传统，进而写就一部被传统遗忘的女性文学“史”；二是阐发妇女文学中存在的独特的母题、结构、意象及象征，总结女性文学的特质；三是阐述女性写作的特点，寻找女性特有的反映对象和反映方式；四是基于女性阅读经验，提出新的文学批评标准和批评尺度。

## 二　文学、民族文学、民族文化

而对于文学中的民族身份问题来说，则涉及两个层面的问题：一个是文学与民族文化的关系问题，一个是民族文学之间的关系问题，并由此导致出文学的民族性与世界性、民族文学与世界文学的关系问题。

前一问题是就民族文学内部而言的，它一方面涉及文学表现和反映民族精神、民族意识问题，涉及作家和读者的民族身份、民族立场问题。另一方面也涉及民族文化传统对作家创作存在的或显或隐的深层影响。从某种意义上说，文学还是反抗民族压迫、种族歧视的有力武器，是民族解放运动中的一支生力军。

后一问题是就民族文学外部而言的，总起来说，民族文学之间是相互影响，相互交流和相互借鉴的关系，同时，民族文学之间的相互交流、影响也是文学发展的推动力之一。

就民族文学与世界文学之间的关系而言，理论界主要有两种观点：一种是融合论，认为世界文学是在消除各民族文学之间的差异及其超越各民族文学特点的基础上，建立起的具有共同性、统一性的文学；一种是集合论，认为世界文学是各民族文学充分保持和反映各自民族特点的文学，也就是说，世界文学是各民族文学的集合，世界文学不是要消弭掉各民族文学的差异，反而要尊重和保持各民族文学的特点，即越是民族的，越是世界的。

## 参考文献

1. 张京媛主编：《当代女性主义文学批评》，北京大学出版社，1992年。
2. [英]玛丽·伊格尔顿编：《女权主义文学理论》，湖南文艺出版社，1989年。
3. 叶舒宪主编：《性别诗学》，社会科学文献出版社，1999年。
4. 陈顺馨：《中国当代文学的叙事与性别》，北京大学出版社，1995年。
5. 陈晓兰：《女性主义批评与文学诠释》，敦煌文艺出版社，1999年。
6. 王齐洲：《呼唤民族性》，中国社会科学出版社，2000年。
7. 张京媛主编：《后殖民理论与文化批评》，北京大学出版社，1999年。
8. [英]巴特·穆尔-吉尔伯特等编撰，杨乃乔等译《后殖民批评》，北京大学出版社，2001年。
9. 范伯群、朱栋霖主编：《1898—1949中外文学比较史》，江苏教育出版社，1993年。
10. 孙康宜：《耶鲁·性别与文化》，上海文艺出版社，2000年。
11. 苏者聪：《宋代女性文学》，武汉大学出版社，1997年。

## 思考与练习

一、解释下列概念

1. 女权主义
2. 女性主义
3. 性属
4. 后殖民主义
5. 民族文学
6. 双性共体
7. 性意识
8. 身体写作
9. 性文学
10. 种族、时代和环境决定论

二、思考并回答下列问题

1. 明清时期是怎样评价女作家作品的？
2. 女权主义批评的主要特点是什么？
3. 民族性与世界性之间是什么样的关系？
4. 各民族文学之间是什么样的关系？
5. 女权主义批评是怎样与后殖民主义批评结合在一起的？

# 附录一
# 文学与市场

## 一　市场经济的社会转型

市场经济在欧美社会虽然已建立了几百年了，但是从市场经济的角度来考察文学问题，却是一个崭新的课题。因为，以往的文学研究从未如今日这般注重其中的市场因素，市场因素也深深地渗透在当代文学活动当中。市场经济是现代化的必然形式，现代化与市场经济的发展必然导致社会结构的变化。

市场机制存在的前提是市场，市场就是“一个同类交易的集合。无论何时，当潜在的商品或服务的销售者与潜在的购买者相接触，并能获得交换条件时，市场便被创造了出来。交换可以是以货币为媒介，也可以是以物易物。交换协议通过供求规律的作用而达成”[1]。市场是由商品的销售者和购买者及其交易活动所构成的。销售者的作用是形成市场供给，购买者的作用是形成审查需求。供给与需求是市场中相互作用的两个基本方面，双方相互作用的结果形成了市场价格，即供给与需求的均衡点；同时，价格亦反过来制约着需求量与供应量。影响需求的因素有商品价格与需求条件两个方面，需求条件主要包括其他商品的价格、消费者的收入和偏好等等。

在需求条件不变的情况下，某种商品的需求量与其价格成负相关关系，即该商品的需求量随其价格的上升而减少，随其价格的下降而增加。这种负相关关系被称为“需求定理”。影响供给的因素有商品的价格与供给的条件两个方面，供给条件主要包括其他商品价格、生产要素价格、生产技术等。在供应条件不变的情况下，某种商

[1]　本那克等编：《企鹅经济学词典》，外文出版社，1996年，第273—274页。

品的供给量与其价格成正相关关系，即该商品的供给量随其价格的上升而增加，随其价格的下降而减少。这种正相关关系被称为“供给定理”。将需求定理与供给定理结合一起，就能说明需求量、供给量和价格之间的总体上的相互关系，亦即所谓的“价格机制”。“当生产者意识到其产品按目前的价格卖不出去时，他们将主动利用两个调节机制。也就是说，他们将减少产量和降低价格。这样做是出于利润动机。”[1] 市场机制的基本作用是调节人们的经济活动，这种调节是一种内在的自动调节。

长期以来，市场经济都被等同于资本主义经济。资本主义的三个特征基本是：“第一，它是一个财产私人所有制的体系；第二，经济活动在市场中被价格信号所引导；第三，它期望并依赖于这样的动机，即追求利润行为的动机。”[2] 然而，在市场经济实践了数百年后人们发现，市场经济并不等于资本主义经济。市场并不是资本主义经济的本质特征，因而不能把市场同资本主义混同起来。市场是同商品经济相关的，但商品经济在很早就存在了。历史证明，资本主义与市场经济是有区别的，“资本主义不折不扣地是最高层的经济活动或向最高上升的经济活动副产品。这种手段高强的资本主义凌驾在物质生活和市场经济这两大基层之上。”[3] 另一方面，社会主义国家在实行几十年计划经济之后，也终于认识到，社会主义不等于计划经济。计划也罢，市场也罢，都只是一种资源配置方式，并不能决定一种经济是否具有何种社会性质。

市场经济的建立造成的社会变化是全方位的，即不仅必然导致现实生活层面的根本变化，而且也不可避免地要导致文化活动（包括文学活动）的根本性变化。这种变化的最基本之点是社会的经济、政治、文化三大活动领域从统合为一到相对分离的转变。在非市场经济条件下，社会秩序的获得便主要依赖于政治活动的强力整合作用。政治活动便不可避免地在社会生活中占据了中心地位，并使得经济与文化活动服从于自身，从而使得三大活动领域以政治为中心统合为一个整体，即诸领域“合一”；而在市场经济条件下，由于分工与交换高度发达，人们之间由此而建立起一种相互依赖的经济纽带关系，市场这只看不见的手的作用使经济活动本身就直接构成了一种保证社会秩序的整合力量。由此导出的结果是，各个领域间将不再存在一种直接的从属关系，而是相互拉开了距离，相对地分离了。此可称为“领域分离”。[4]

---

[1] 伊萨克森等：《理解市场经济》，张胜纪、肖岩译，商务印书馆，1996年，第38页。

[2] Will Hutton and Anthony Giddens（eds）, *On the Edge-Living with Global Capitalism*, London: Jonathan Cape, 2000, p.12.

[3] 布罗代尔：《资本主义论丛》，顾良、张慧君译，中央编译出版社，1997年，第117—118页。

[4] 王南湜、刘悦笛：《复调文化时代的来临：市场社会下中国文化的走向》，河北人民出版社，2002年，第130—145页。

从“领域合一”到“领域分离”，这是从非市场经济转变为市场经济时社会结构所发生的最为根本性的转型，它深刻地影响着文化运作方式、文化结构及文化内容的转变，文学活动也随之而变。

## 二 “先发”市场社会与文学的兴起

市场经济是现代化的必然形式，现代化以市场经济来调配生产力的方式重塑了人类社会。

**关键词：**

现代化

现代化这一进程发起于西欧，开始于16世纪和17世纪的科学革命，经历了17世纪英国和18世纪法国政治革命，以及18世纪后期和19世纪初期的工业革命。或者说，西方现代化之发轫经历了以现代科学技术为目标的“科学革命”、以民主政治为旨归的“市民革命”、以产业工业化为核心的“工业革命”的三大步骤，且这三方面亦构成了现代化的基本内涵，而今现代性早已成为一种世界化的历史进程。

在西欧各国这种原发型国家，现代化是社会内部自发地生长过程；而在中国这类后发型的国家中，现代化是由西方舶来的，它们并非是自觉地而是被动走上现代化道路的。这就是所谓“先发的”、“内源式”、“扩张型”现代化与“后发的”、“外源式”、“防卫型”现代化的不同。如此说来，市场经济的发生，也可以分为欧美社会“先发的”市场经济与诸如中国社会“后发的”市场经济这两种类型。

在欧洲社会，“先发的”市场经济已造成了人们之间的“物的纽带关系”，将人们牢牢地连在一起，它能够“大方地”容许人们在文化活动中自由地创造。在非市场经济社会中，文化活动便不能不从属于政治活动，从而其创造活动便不能不被限定在一个不会妨害社会秩序生产的狭小范围之内。表现在人们身上，便是诗人、艺术家、哲学家等等不能不依附于政治势力。他们或者依附于教会、王室或某个贵族，如西欧中世纪那样；或者必得附属于某个政治组织系统，构成其组织部分，将其诗人、艺术家等等的身份从属于政治官员的身份。这种依附不可避免地造成对于作家、艺术家创作的约束。

欧洲市场经济将诗人、小说家、画家等从这种依附中独立出来。在欧洲市场经济早期社会中，“我们看到独立的艺术家的成长。艺术家摆脱了教会和王室的赞助庇护，就开始按自己的意愿创作，而不再为赞助者工作。市场将会使他获得自由。在文化发展过程中，这种对独立的追求，以及要求摆脱庇护人和一切束缚的意志，都反映到现代主义和它极端的有关无约束自我的观念之中。”[1] 诗人、小说家、画家的文化创造活动的自由空间的增大，导致了文学艺术的巨大繁荣。自由探索的可能，使得各种形式、各种风格、各种倾向的文学流派、艺术流派源源不绝的涌现。这样，通过市场，艺术家和大众建立起了关系，这使得他们能够由此而获得从事文化创造所必需的赞助：“群体的每一位有教养的成员，通过购买文人所写的书，都在无形中赞助了作者。以往的世纪里，艺人在夹缝中谋生靠的是机智滑稽，然而这种可讽刺的方式现在再也看不到了，因为事实并非如此。”[2] 按照新历史主义的理解，市场对文学的影响更早就已经出现而且影响深远，甚至伊丽莎白时代的戏剧也被直接当作“市场资本主义”，“社会的一切产品”都被看作“在舞台上流通”。如此可见，在市场经济条件下，文学的境遇较之以往已有很大的不同了，或者说从整体上获得了更大的发展空间，这同社会结构摆脱政治一体化的羁绊是密切相关的。

更为关键的是，“市场机制”被纳入到艺术活动的体系之内，从而形成了所谓的艺术“生产关系”。一方面，从生产的角度来说，按照德国美学家本雅明在1934年发表的《作为生产者的作家》[3]里的归纳，文学创作过程与物质生产过程是一样的，艺术家成为了“生产者”，艺术品当然就是“商品”，而艺术创作技巧就成为“艺术生命力”。本雅明直接将市场经济的术语“拿来”对艺术活动进行描述，所体现的正是市场经济对文学研究的深刻影响。这种艺术生命力是由“艺术生产者”与“艺术消费者”之间的关系构成的，它就好像是生产关系所具有的市场竞争品质那样，代表了一定的艺术发展的程度。根据马克思的经典经济学的观念，生产力与生产关系的矛盾关系，共同推动了相应的社会发展。所以，在市场经济社会，“艺术生产力”与“艺术生产关系”之间形成了一种矛盾关系，当二者发生了摩擦之时常常会导致艺术领域的革命，从而决定了不同历史阶段的艺术活动的特点和性质。

另一方面，从消费的角度来看，“艺术消费者对艺术家的关系经历了从永久的雇佣者、奴隶主、封建领主到赞助人、顾客、买主、鉴赏家、艺术之友、拍卖参与人和收藏家的变化。在艺术生产和消费的范畴，从奴隶制、封建主义、教会统治到资产阶级和金融资本家的发展过程中，最明显的变化就是：艺术家可以按自己的意愿来处理艺术；自由的艺术市场；不再被迫执行别人旨意的生产者和有什么都可以选择什么的

---

[1] 贝尔：《资本主义文化矛盾》，赵一凡、蒲隆、任晓晋译，三联书店，1989年，第62页。

[2] 哥尔斯密语，转引自贝尔：《资本主义文化矛盾》，赵一凡、蒲隆、任晓晋译，三联书店，1989年，第62页脚注。

[3] Walter Benjamin, Versuch über Brecht, Frankfurt a. M. 1966.

艺术收藏家。”[1] 当然，文学消费中更重要的转变，在于从传统社会中文化为精英阶层所独享，转变为现代社会中文化为更多的人们所分享，因为在高度发达的市场经济社会，大众文化与精英文化之间的沟壑正在被逐渐地填平。或者说，一种“消费文化”在市场经济社会里被建立了起来，这种“消费文化”首先是“就经济的文化之维而言，符号化过程与物质产品的使用所体现的不仅是实用价值，而且还扮演着‘交往者’的角色；其次是在文化产品的经济方面，文化产品与商业的供给、需求、资本积累、竞争及垄断等市场原则，运作于生活方式的领域内”[2]。

在“艺术生产者”与“艺术消费者”之间，作为中介的就是艺术品，在市场经济社会中艺术品的地位就相当于“商品”。单就艺术品自身而言，它起码要同时包含“文化资本”与“经济资本”。艺术作品为了参与市场流通而盈利，那么就它就要先预设其“经济资本”，这就使它具有了商品的“交换价值”。同时，这类艺术作品也要预设“文化资本”，即文化产品所承载的可传递的精神文化财富，这也是其文化的“使用价值”所在。在为大众而生产的艺术作品当中，“文化资本”必须凭借“经济资本”的实现而实现，并以后者的实现为现实目的。这样，“文化资本”与“经济资本”的含量、质量便处在矛盾统一中，一旦这种状态失衡，结果将必然是：或者单纯追求商业利润而贬抑了产品的文化品格，或者由于过高抬文化价值而致使文化产品滞销。

总之，在市场经济社会来临的时候，“作家——作品——读者”的原本的关系，就会被转化为“艺术生产者——艺术商品——艺术消费者”这样的三维结构。

## 三　“后发”市场社会与文学的嬗变

在原发现代化中，或者在“先发”市场转型中，与之相应的文学转型模式基本上是“同步型”的，也就是说，市场经济的建立与文学的发展几乎是同步进行和完成的。比较典型的是，近代的西欧在向市场经济和民主政治转型的同时，经历的是文艺复兴、宗教改革、启蒙运动等一系列的文化革新运动，文学发展也在其中发挥了应有的作用。在这几百年的历史进程中，文学的转型在总体上是与经济、政治转型同步配合而发展的，且它们所组合成的社会转型也是自发而舒缓地展开的。

比较而言，在后发型现代化过程里，或者“后发”市场转向中，则表现出迥然不同的形态。由于先发国家现代化的压力，这些国家的现代化是以一种被迫的方式进行

---

[1] 阿诺德·豪泽尔：《艺术社会学》，居延安译编，学林出版社，1987年，第143页。

[2] Mike Featherstone, *Consumer culture and postmodernism*, London: Sage Publications, 1991, p.84.

的，因而，它们的文化转型就可能采取“超前型”和“滞后型”两种模式，这与它们对现代化的不同回应密切相关。所谓“滞后型”就指那些以经济为先导来实现社会转型的国家或地区，相应的，文化领域（包括文学）的转型便呈现为相对的滞后状态。然而，“超前型”模式里的民族国家，往往由于传统文化的积淀非常深厚，存在着现代与传统之间的持续紧张关系。也就是说，传统文化所塑造的民族自我认同与自由民主等现代性文化诉求构成了矛盾的两极，成为这些国家的社会内部基本矛盾。这样，在经济转型来临之前，首先要解决的是打破传统思想观念阻滞的问题，因而文化（包括文学）的转型始终在经济转型的前面进行。从百年中国的社会转型和文化转型（包括文学转变）的关系来看，中国文化转型的战略模式大体上就属于这种“超前型”。

还是以中国本土的文学与市场的关系为例来进行解读。应该说，除去明清时代的商品经济不论，现代意义上的市场经济对于中国文学的影响，主要体现在两个历史时段当中：20世纪二、三十年代和九十年代至今。从空间上看，前一段市场经济的影响是局部性的，或者说由于转向的短促而匆匆结束，但仍在海派、京派的区域文学中获得了巨大的成就。比如通俗文学正是如此。在20世纪初叶的中国，通俗文学实现了“从古至今”的现代性转换（参见关键词：中国近现代通俗文学），显然，这种文学形态并不是在完全市场条件下形成的，具有半封建半殖民地的社会复杂性，但是，却在继承了传统文化基石上、在市场方面获得了巨大的发展，并造就出中国市场文学的独特形态。

**关键词：**

中国近现代通俗文学

中国近现代通俗文学是指以清末民初大都市工商经济发展为基础得以滋长繁荣的，在内容上以传统心理机制为核心的，在形式上继承中国古代小说传统为模式的文人创作或经文人加工再创造的作品；在功能上侧重于趣味性、娱乐性、知识性和可读性，但也顾及‘寓教于乐’的惩恶劝善效应；基于符合民族欣赏习惯的优势，形成了以广大市民层为主的读者群，是一种被他们视为精神消费品的，也必然会反映他们的社会价值观的商品性文学。

——范伯群：《〈中国进现代通俗作家评传丛书〉总序》，南京出版社1994年版，第1—2页。

但更具有长期历史意义的，还是20世纪九十年代至今的市场经济对文学的影响，这种影响不仅跨越了世纪之交，而且更是指向未来的。当然，市场经济社会都是从非市场经济社会孕育而来的，但是这种转型，却包括前资本主义社会（欧美的封建经济）和社会主义社会（主要指计划经济）两种形态。当代中国市场经济时代的文学就是从计划经济文学里面脱胎出来的。那么，究竟什么是计划经济呢？

**关键词：**

计划经济

计划经济是一种以政府指令代替市场机制来组织经济生活的方式。要使指令成为可能，国家就必须直接拥有占优势的生产资料，这只有在工业技术所带来的生产集中化、且必须进行协调的情况下才有意义。要使指令经济成为主要的经济成分，便须工业生产成为主导性产业，而从自然经济存在的技术条件即农业生产占据优势是不可能直接转变为工业生产占据优势的状况的。

在20世纪五十年代后，中国的社会状况又发生了根本改变，在苏联模式的计划经济基础之上，建构起的是走向“以阶级斗争为纲”的政治体系和趋于绝对一元化的文化和艺术模式，它们相互配套、相互交织而使文化呈现出高度的同质性。这种计划经济条件下的一体化社会结构，也是与政治一统天下的社会结构彼此契合的。其实，政治一体化是与经济计划化、文化和艺术一元化相互配套、彼此支持而存在的，这种政治统治一切的文化和艺术机制在“文化大革命”期间可谓登峰造极。在这场空前的浩劫过后，八十年代起文化和艺术格局便过渡到第二个时期，即意识形态与精英文化相对分离的“文化和艺术二元分立”时期。

随着社会结构转型的初步展开，经济、政治与文化领域开始渐渐拉开了距离，以人文知识分子为主体的精英文化乘改革开放和思想解放的风气，率先从以往那种政治一体化状态中独立出来，“伤痕文学”、“反思文学”等文学形态也相应而生。这种精英文化的独立，尽管在其初期仍要从政治领域“自上而下”地分享文化资本，但毕竟这两大领域的彼此分立已成为不争的事实。从社会转型的总体走势上看，这种“文化和艺术二元分立”还只是社会转型的一种过渡性的间隙形态，它必将迎来社会转型全面展开后的崭新文化时期。

在社会主义市场经济全面建立的九十年代，紧接着到来的就是我们称之为“文化和艺术三分天下”的第三个时期。这主要是因为在这一历史阶段中，大众文化和艺术“自下而上”地异军突起并成为了现代社会的重要一维。如此一来，与政治、文化和经济诸“领域分离”的社会结构转型相应，意识形态文化和艺术、精英文化和艺术、大众文化和艺术都在其间找到了各自的位置，最终在九十年代后三种文化和艺术形态构成了“三足鼎立”的格局。就各自的特性而言，意识形态的文化和艺术仍以政治导向性为目标，与之相对应，以娱乐消费形式出现的现代大众文化和艺术具有自发性与扩张性，而以文化累积形式出现的精英文化和艺术则具有前导性。它们分别操持着政治话语、文化话语和市场话语来实现着不同的社会功能。不仅如此，这三种文化和艺术形态还在现代社会中形成分立与交错的关系，并逐渐趋成一种动态的平衡。

从文化和艺术资本的角度看，在计划经济社会的政治统合作用下，文化和艺术资本这一弱势资本必然被政治的强势资本所统辖而呈现出一体化的特征，从而在一方面受到限制的同时，另一方面也受到庇护。到了市场经济全面展开之时，经济资本的升值直接导致文化和艺术资本的再分配，但这种变化却是自下而上逐渐侵蚀的。政治资本同文化和艺术资本日渐分层与分立，同时，持有经济资本优势的大众文化和艺术兴起也呈现出与前二者争夺文化资本的态势。其中，文化和艺术资本是可以与市场相互兑换的，文化和艺术资本也可以为政治权力所利用，这就使文化资本表现出为精英文化和艺术、大众文化和艺术、意识形态文化和艺术所瓜分的局面。文学随着文化而动，计划经济时代的“依据生产而消费”已一去不回，大众文化所要求的文学是“消费决定生产”。

## 四 “大众文化”时代里文学的变异

文化自古就有“雅”与“俗”之分，文学也据此被区分为“雅文学”与“俗文学”，这是毋庸置疑的。前一方面往往成为了直接固定在语言文字里的“大传统”（great tradition），后一方面则往往形成了主要依赖口头传承、流动不居的“小传统”（little tradition）。

**关键词：**

雅文化与俗文化

雅文化作为一种精致化的、自觉化、主体性的文化体系，在内容和风格上具有创新性，其文化产品具有深刻复杂的特点，这就要求雅文化的接受者应具有较高的文化底蕴和品位；而俗文化作为一种通俗化、自在化、群体性的文化体系，其产品固守程式化的传统因素，主要供广大群众消遣与娱乐，在接受方面浅近易懂。

在历史上，雅文化与俗文化基本上是平行发展的，但它们之间的“对流”也大量存在，如民间文化雅化为上层文化，或文人主动参与市井文化的创造，等等。例如，通俗的民间文学传统一直在中国源远流长，《诗经》本来也主要是民间的创作，只是后来才上升为雅文学的典范。这里存在一个规律：曾经的俗文学随着历史的展开而汇入雅文学。比如，从汉代到南北朝的乐府民歌，从元杂剧到南戏，从俗讲到明清小说，在当时的历史语境中都还是“下里巴人”的俗文化和俗文学，如今看来都进入高雅艺术行列了。

在非市场经济社会，俗文化和俗文学主要是以民间文化和民间文学的形式存在和发展的。这种民间文化和民间文学在农业经济条件下，是由广大民众自发创作、流传的文化和艺术形式，它是满足普通农业劳动者们的精神文化需求的文化娱乐方式，属于民众自己的文化。同时，它是一种自然生产的文化和艺术，是下层民众完全自发不带任何功利目的而创造的文化和艺术产品，其内容反映的是农业社会中下层民众的生活、情感和理想。民间文化和民间艺术的产品总体上也是一种集体创造的产物，它由广大民众创造并为他们所接受，其被创作与接受的过程是同一的。民间文化和艺术的特点是质地清新、自然、质朴，但同时也难免带有粗俗甚至庸俗的特征。如中国宋代以后出现的市井文化也是中国传统民间文化的重要变体，并在明清之际获得了一定程度的繁荣，明清小说就是重要的代表，但它却始终是作为民间文化的附属而存在的。这种市井文化和艺术是一种满足市民阶层需要、反映市民生活和市民情趣的通俗文化，它产生于传统农业社会中商品经济相对集中的城市内，以广大市民阶层为对象，已经明显具有了商品化的特点。

与俗文化形态相对立，雅文化主要是以贵族文化的形式出现的，它是有社会地位的贵族阶级所分享的文化形式，它与民间文化之间具有严格界限和高低之分。一方面，高雅的贵族文化和艺术是为上层贵族所独享的，平民没有权利也没有能力同享，高雅文化和艺术如“阳春白雪”高踞于上，是广大下层民众无法涉及和理解的。另一方面，民间所喜闻乐见的通俗文化和艺术，成为了不能登大雅之堂的“低级”文化，这种“下里巴人”的文化是上层人物所不屑涉及的。总之，正如贵族与平民有贵贱之分、雅与俗亦有高低之别，文化和艺术领域在整体上出现了崇雅贬俗的倾向。这样，雅文化与俗文化、雅文学与俗文学的对立主要不是源于品位的高低，而是源于阶级对立和等级差别。

在商品经济和大众传媒高度发展的市场经济时期，在欧美社会就是20世纪中叶，对中国社会而言则是20世纪末期，作为“大众文化”主体的“大众”才真正地出现，大众文化、大众艺术占据了主导地位。此时“大众”的内涵亦发生了根本变异，从原有的政治“等级性”转移到了商业社会的“平均性”，也就是说大众已成为日趋为同一性与标准化的所谓“常人”。那么，大众文化究竟有什么样的特殊规定呢？

**关键词：**

大众文化与大众艺术

大众文化和大众艺术都是大众传媒得以充分发展后的产物。所谓大众文化和艺术就是市场经济社会中，由文化工业生产、大众传媒传播、文化市场销售的，以都市大众为主要消费对象、体现大众生活方式、话语形式和价值追求的文化和艺术产品。大众文化和艺术产品的生产、传播、消费及其产生的社会影响和引起的社会变革，就是大众文化和大众艺术现象。

大众文化和艺术就是在现代工业社会内部，以现代科技基础上的大众传媒（以印刷媒介和电子媒介为主）和复制技术为手段，以都市大众的消费并从中获取商业利益为目的，以文化产品的商品化、标准化、（按市场规律）批量生产为特征的一种文化和艺术形态。在当今中国社会，大众文化仍是主要与精英文化相对而言的，这同现今西方社会大众文化的普泛化并不相同。同时应指出，真正能与大众文化相对的亦非"个体文化"，与个体文化相对的应是所谓"共享文化"。然而，正如法兰克福学派的洛文塔尔所言，"在现代文明的机械化生产过程中，个体的衰微导致了大众文化的出现，这种文化取代了民间艺术和高雅艺术"[1]。

大众文化与大众艺术的基本特征如下：

1. "生产工业化"。同以往的文化和艺术作品创作相比，大众文化和艺术的制作与生产已具有显著的工业化特征。大众文化和艺术的生产部门有效地将大众文化和艺术作品创作纳入现代工业化的生产过程。[2] 在市场经济环境下，绝大多数的大众文化和艺术产品来自工业化的生产线，产生于文化和艺术工业系统规范标准的制作过程，是文化工业中文化和艺术生产者的操作行为，其生产是规模化、机械化、标准化和模式化的。这样，"流水线上的节奏成为整个社会生活的节奏。它在大街上和大众中得到应和"[3]。

2. "传播广泛化"。在市场经济时代，大众文化和艺术产品迎合数量上占绝对优势、空间上无所不在的大众口味，以报刊、广播、电视、互联网等现代大众传媒为载体，时刻向世界的每一个角落传播。大众文化和艺术传播的广泛性不仅在于其传播在空间、时间上的无所不至，而且更在于其传播深入影响到大众的日常生活本身。这样，大众文化和艺术无疑成为人类历史上传播最为广泛的文化和艺术形式。

---

[1] Leo Lowenthal, *Literature, Popular Culture, and Society*, New Jersey: Englewood Cliffs, 1961, p.10.

[2] 刘悦笛等主编：《文化巨无霸：当代美国文化产业研究》，广东人民出版社，2005年，第16—23页。

[3] 本雅明：《发达资本主义时代的抒情诗人》，张旭东、魏文生译，三联书店，1989年，第19页。

3. “高度商品化”。大众文化和艺术产品主要是商品，是一种特殊的文化消费品。生产者注重的是生产需求与销售利润，消费者注重的是消费满足与购买价格。在非市场经济社会，文化和艺术产品仅在所有权转让时会体现其商品价值，无偿转让的情况时常发生。而市场经济社会中，大众文化和艺术从生产到交换再到消费，主要是一种商业行为、市场行为。大众文化和艺术产品已高度商品化、市场化了。

4. “受众大众化”。任何文化和艺术产品都有相应的接受者，大众文化和艺术的受众是极为特殊的现代市场经济的群体大众，其数量众多、分布广泛、联系松散。而非市场经济社会，文化和艺术接受者是分等级的，有严格的地位与身份的区别与限制。大众文化和艺术的受众则打破一切等级、身份的界限，以无身份的区别、消费权利平等的大众为共同对象。

5. “品位通俗化”。文化和艺术作为一种文化消费品，其品位的追求不再是重要的，重要的是满足大众的文化消费需求。面对修养各异但基本消费愿望相似的大众，大众文化和艺术产生者为市场利润的获得，必须把产品的品位定在一个平均的水平上，即通俗的水平上。而具有通俗品味的文化和艺术作品是大众乐于接受的，市场将供需双方的要求很好地反馈和强化，于是通俗的品位就成了大众文化和艺术的主要特性。

必须看到，大众艺术与以往的通俗艺术是具有一定的传承性的，“现代大众艺术是根植于十八世纪的通俗艺术的思想之中的，即根植于这样的思想之中，艺术作品是一种无个性的商品、艺术欣赏的目的是消遣和满足情感需要，而不是阐明事理和吸收养分。现代大众艺术的受众不只是昨天的通俗艺术受众的拓展，它是由更为混杂的社会成分组成的，他们对艺术的接受受到更为复杂的动机的支配，尽管作品的内容更为浅薄、更加贫瘠。受众不需要任何知识就能理解的艺术到这时才真正出现。”[1] 但另一方面，通俗艺术与大众艺术却具有根本不同的品格，借助文化工业的“生产工业化”、借助大众传媒的“传播广泛化”、借助市场机制的“高度商品化”是最重要的三个方面，从而彻底将二者区分了开来。其中，大众艺术的“商品性”是最为突出的，这正是高度发展的市场经济在艺术上的折射。可以说，大众文化和艺术“已被证明有其自身的特征：标准化、俗套、保守、虚伪，是一种取媚于消费者的商品”。[2]

总的来看，精英文化与大众文化、精英文学与大众文学之分基本隶属于雅俗的划分之下，或者说这二者属于雅文化与俗文化、雅文学与俗文学的更为具体的分类。更明确地说，精英文化和文学就是当今市场经济条件下最主要的雅文化和雅文学形

---

[1] 阿诺德·豪泽尔：《艺术社会学》，居延安译编，学林出版社，1987年，第203页。

[2] Leo Lowenthal, *Literature, Popular Culture, and Societ*, New Jersey: Englewood Cliffs, 1961, p.10.

态，大众文化和文学是当今市场经济条件下最主要的俗文化和俗文学形态。

## 五 述评：市场时代的文学

步入市场时代的文学，必然发生了相应的内在变化。最重要的变化，莫过于市场机制嵌入了文学活动的内部结构当中。文学创作者成了“生产者”，文学作品成了“商品”，文学接受者成了“消费者”。

在“生产者——商品——消费者”的市场结构里面，作为中介的买卖过程就出现了：“艺术作品的买卖也起着一种相互矛盾的中介作用。一方面，它扩大了社会各界与艺术的联系，使人对艺术发生了更深的兴趣；另一方面，它又拉开了艺术生产者与消费者之间的距离，引起了艺术创造的客观化。它把艺术品变成了商品，成了随时随地可买可卖的、非人格化的货物。”[1] 根据经典经济学的理论，市场经济社会里的文学作品，都变成了具有“交换价值”的物品，这种交换价值意指的是“经济价值”或“商业交换价值”。

在这里，就有“使用价值”与“交换价值”在文学作品中的辩证统一的问题。在非市场经济与市场经济社会的早期，文学作品的价值主要在于其“使用价值”，这种“使用价值”的使用并不是指对商品的使用，而是往往是指文学作品给人带来的审美之类的愉悦。然而，到了后来，文学作品的价值更在于其“交换价值”，这种“作品的交换价值不再取决于它的美学质量或作者的艺术地位，而且决定于特定艺术家、艺术风格或种类在艺术市场上的经济价值”[2]。

总而言之，不仅“先发”市场社会的文学早已处于市场里面，而且“后发”市场社会里面的文字也已身处市场当中，文学理论的研究不能摆脱市场的内在影响。

[1] 阿诺德·豪泽尔：《艺术社会学》，居延安译编，学林出版社，1987年，第176页。

[2] 同上。

## 参考文献

1. 阿诺德·豪泽尔：《艺术社会学》，居延安译编，学林出版社1987年版
2. Leo Lowenthal, *Literature, Popular Culture, and Society*, New Jersey: Englewood Cliffs, 1961.
3. Mike Featherstone, *Consumer culture and postmodernism*, London: Sage Publications, 1991.

## 思考与练习

一、解释下列概念

1. 市场经济
2. 计划经济
3. 雅文化与俗文化
4. 大众文化与大众艺术

二、思考并回答下列问题

1. 如何理解市场机制对文学的内在影响？
2. 如何理解"先发"市场社会里文学的变化？
3. 如何理解"后发"市场社会里文学的变化？
4. 如何理解"大众文化"和"大众艺术"？

# 附录二
# 文学与媒介

卡西尔指出，“在某种意义上说，人是在不断地与自身打交道而不是在应付事物本身。他是如此地使自己被包围在语言的形式、艺术的想象、神话的符号以及宗教的仪式之中，以致除非凭借这些人为媒介物的中介，他就不可能看见或认识任何东西。”[1] 这段话精辟地指出了人类文化中“媒介”的意义。

深入一种文化的有效途径是了解这种文化的交流工具——媒介。媒介的特定形式使其“偏爱”某些特殊的内容，从而能最终影响、塑造包括文学在内的文化本身。比如，原始的烟雾信号作为传递战争信息的简单通讯媒介尚可，但人们根本不可能借用烟雾这种简单媒介表现高深的哲学或丰富复杂的文学，因为它的形式已经排除了这样的内容。每一种文化、每一个时代都有它所钟爱的媒介、喜欢的感知方式以及生活方式，从而为每个人、每件事有形无形地规定一些首选或备受青睐的模式。作为人类文化悠久的实践形式——文学，其传统的与主导的媒介是语言文字。文学作为人类古老的语言艺术和重要的文化现象，与媒介向来有着密不可分的关系。从口说耳听到手写目读，从结绳记事到白纸黑字，从书报杂志到屏幕键盘，从传统文学到网络文学，随着文学媒介的演变发展，文学自身也在发生着沧海桑田的变化。概而言之，文学与媒介的历史存在形态，经历了三个重要时期：一、口传文化时期；二、印刷文化时期；三、电子文化时期。

---

[1] 恩斯特·卡西尔：《人论》，甘阳译，上海译文出版社，2004年，第35—36页。

## 一　口传文化时期的文学与媒介

“言”与“行”无疑是人类活动的两个重要范畴。人类何时拥有语言，一些神话传说、宗教文化给出了令现代人难以置信的“解释”与“说明”，语言学家、文化人类学家也提出了种种发生学理论。从基督教神学文化的观点来看，人类拥有的不同语言似乎是人类在构建直逼神界的巴别塔时的神赐之物。对人类这个共同体来说，似乎再也没有比言语的多样性更能构成理解与沟通的重大障碍，陷入言语多样性的困境之中。神话与宗教拒绝把这种言语多样性看成是必然的事实，宁可把它归之于人的错误和罪过，也不把它归之于人的本性和万物的本性。法国思想家卢梭认为，“言语乃是最初的社会习俗”[1]，有了人的社会，有了人与人之间交流的需要，言语才会产生。人和其他动物一样，天生能够发出一些原始的声音，言语产生了，并且发展成为人类自身进化的重要基石。我们的言语即媒介，我们的媒介即隐喻，我们的隐喻创造了我们的文化内容。语言媒介和其他生产资料一样，塑造着我们的生活形态和社会发展进程。事实上，它正是精神劳动的重要生产资料之一。

语言产生之后是如何发展的呢？卢梭指出，“东方语言在我们看来是最古老的语言，它的奇特天赋，截然有别于那种说教式的语言，后者被误以为是前者的发展。古老的语言不是系统性的或理性的，而是生动的、象征性的。我们以为第一个开口说话的人的言语（假使曾经存在过），是一种几何学家的语言，可是在实际上，那是一种诗人的语言。”“在简约化和系统化之前，最古老的语言像诗歌一样，饱含激情。”[2]语言常常被看成是等同于理性的，甚或等同于理性的源泉。事实上并非如此，因为与概念语言并列的同时还有情感语言，与逻辑的或科学的语言并列的还有诗意想象的语言。“最初人们说的只是诗；只是在相当长的时间之后，人们才学会推理。”[3]“随着需要的增加、人事的复杂、知识的传播，语言的特性亦在变化：它更精确，更少激情；更观念化，而不是情感化；它诉诸人的理智，而不再诉诸人心。于是，重音逐渐消失，音节愈来愈多；语言愈加精确清晰，但也更迟滞、更低沉、更冷漠。”[4]

以口说耳听为主要传播方式和交流媒介的口传文化时期，人类的文学活动也开始萌生，并打上深厚的时代烙印。口传时期的文学无不带有原始初民狂野奔放的激情与想象。“我常常感到疑惑：荷马是否能用文字写作，而且，在荷马时代，文字是否已

[1]　让-雅克·卢梭《论语言的起源——兼论旋律与音乐的摹仿》，洪涛译，上海人民出版社，2003年，第1页。

[2]　同上书，第14—15页。

[3]　同上书，第18页。

[4]　同上书，第25页。

经被发明。”尽管荷马史诗《伊利亚特》提到了书信交往一事以及在蜡板上书写的细节，卢梭在论述语言起源时，还是对荷马史诗所描写的那个遥远时代是否已有文字书写媒介进行大胆质疑，“既然这两首诗比特洛伊战争的时代来得晚，在那一个时代活动的希腊人就不可能知道文字，而吟诵他们的诗人却并不如此认为。在漫长的岁月中，这些诗仅仅铭刻在人们的记忆里，只是很晚，它们才被书写下来，而这是相当困难的。只有当希腊人开始拥有大量的书本与写下来的诗歌的时候，他们才通过比较，逐渐领悟到荷马诗篇的全部魅力。诗人们在写，惟有荷马在唱，只有在欧洲人被蛮人征服之后（这些蛮人莽撞地对超出他们理解的东西作判断），我们才再一次快乐地聆听了这种神圣的歌唱。”[1]史实确实如此，作为口耳代代相传的文学，直至公元前6世纪下半叶，庇西特拉图斯才将《荷马史诗》编录为文字。“倘若《伊利亚特》是形诸文字的，那它就不会如此频繁地被吟诵，也不会如此强烈的需要，更不会有如此众多的诗人去吟诵它。”卢梭进一步力证，“荷马使用的方言的丰富性，我们难以想象。文字吸收并综合了这些不同的方言，一切均不知不觉地倾向于向一种大体的模式看齐。一个民族的阅读与研究愈发展，其方言就愈萎缩，最后，方言仅以民间土语的形式在民众中残存，既不能被阅读，也不能被书写。”[2]马克思在《德意志意识形态》一文中更为一针见血地指出：“如果印刷机存在，这世上是否还可能有《伊利亚特》？”“有了印刷机，那些吟唱、传说和思考难道还能继续吗？这些史诗存在的必备条件难道不会消失吗？”

不仅古希腊时期的荷马史诗带有口传文化时期的鲜明烙印，人类其他各民族的古老史诗都具有这一特征。在文字与印刷没有产生和盛行之前，口耳在人类交流活动中所承担的传播媒介角色、功能、意义要远远大于眼睛。

由于承载媒介的不同，口传文化时期的文学表现出鲜明的口语特色、民间本色以及匿名的、一代代不断加工、集体创作等特征。在一个纯粹口语的文化里，智力常常同创造警句的能力相关，即创造具有广泛适用性的精辟俗语的能力。据说，所罗门知道3000条谚语。在一个印刷文字的社会里，有这样才能的人充其量被人看作是怪人或歪才。但在一个纯粹口语的社会里，人们非常看重记忆力，由于没有书面文字，人的大脑就必须发挥流动图书馆的作用。忘记一些事该怎样说或怎样做，对于社会是一件危险的事，也是愚蠢的表现。在印刷文字的文化里，记住一首诗、一张菜单、一条法规或其他大多数东西只是为了有趣，而绝不会被看作是高智商的标志。《诗经》里大量

---

[1] 让-雅克·卢梭《论语言的起源——兼论旋律与音乐的摹仿》，洪涛译，上海人民出版社，2003年，第38—39页。

[2] 同上书，第38页。

作者无从考证、充满丰富口语、套语特征的作品，特别是十五国风，表明它源于古老的口传文化。

如今，虽然在民间文化与文学乃至大学教育里仍然大量存在着口传文化传统的余绪（口头即兴创作、口授、口试、讲座等）。但在主流文化中，书面语言是硬性事实，而口头语言只能是软性传言。口传文化之后的读写文化带来了一次感知结构与感知比率的重大革命：眼睛代替耳朵而成为语言加工的器官。文学也因此进入读写文化时期。

## 二　印刷文化时期的文学与媒介

文字的发明，造纸术、印刷术的发展，文学媒介的更新，对文学产生的影响是巨大而深远的。印刷时代的文学家不仅要能感之，还要能写之，通过谋篇布局，反复推敲，炼字、炼句、炼意，将内部语言外形式化为语言符号——书面语言，文学作品也因此变得比口传时期的文学更为言简意赅，典雅精致。

谢无量在《中国大文学史·绪论》中说："字之所始，中西同有二说：以为由于神之所启，非人能为者，宗教家之说也。以为人取象物形而制字者，历史家之说也。吾国谓河出图，洛出书，圣人则之，以立八卦作文字，与前一说相近。谓仓颉见鸟兽蹄迹，依类象形以为文字，与后一说相近。"刘师培运用其渊博的训诂学知识，更为具体地从汉字的"字"本身说起，梳理了中国古代语言文字和语言文学"言—字—文—章—语—修词"的内在逻辑关系："欲溯文章之缘起，先穷造字之源流。上古之时，有语言而无文字；未造字形，先有字音，以言语流传难期久远，乃结绳为号，以辅言语之穷。及黄帝代兴，乃易结绳为书契，而文字之用以兴。故'字'训为饰（《广雅》、《玉篇》并言：'字，饰也。'《广韵》注引《春秋纬说题词》亦云：'字，饰也。'）足证上古之初，言与字分，以字为文……是则上古之前，文训为字（故许书称'说文'）；中古以降，'文'训为章；故出言之有章者亦曰文。……降及东周，直言者谓之言，论难者谓之语（见《说文》）。修词者谓之文。而《易》曰：'修词立其诚。'《说文》：'修，饰也。'词之饰者，乃得为文；不饰词者，即不得为之文"[1]。

文字的产生，和其他媒介的产生一样，体现了媒介的基本功能：信息的储存与传播。在华夏远古的口传文化中，读写文化的诞生是惊天动地的事件，显得相当神秘：仓颉造字，天雨粟，鬼夜哭。世界像一头巨兽，从此没能逃出这张由文字织成的天罗地网。文字既是我们感知、体验、思维的外化、延伸与分离，也是我们深度介入世界，

[1] 费振刚主编《先秦两汉文学研究》，北京出版社，2001年，第33—34页。

拓展文化边界的利器。卡西尔认为应当把人定义为符号的动物来取代把人定义为理性的动物。人类在其进化过程中发展出独特的符号化思维和符号化行为。从单纯实践态度到符号化态度的转化，是人类文化进程惊天动地的大事。没有符号系统，人的生活就一定会像柏拉图著名比喻中那洞穴中的囚徒，人的生活就会被限定在他的生物需要和实际利益的范围内。文学也因此发生了由蛹化蝶般的美丽嬗变。口传文化时期的文学固然纯朴自然，但由于承载媒介的局限，在文学表现手法、文学接受方式等方面还极为原始单一，随着文字时代的到来，文学活动更加绚丽多姿，真正进入踵事增华的黄金时代。

从口头言语到书面文字，人类经历了漫长的历史岁月，人类的文化媒介发生了重大转型。卢梭说："对眼睛说话比对耳朵说话更有效"[1]，"视觉符号有助于更精确的摹仿，声音则能更有效地激发听者的意欲"[2]。从某种意义上说，口传文化时期的言语也是一种符号，一种听觉符号。但声音是瞬间的，于是人发明了文字以及其他符号使之持久并可见。有人认为：对语言加以比较并探明其古老程度的另一种方式，就是考察它的文字。语言的"年龄"与其文字的完善程度成反比。文字愈简陋，语言愈古老。[3]文字强化了言语和顺序的视觉形象，但远不足以充分传达视觉物体信息。"文字以精确性取代了表现力。言语传达情意，文字传达观念。在文字中，每一个词必须合乎最普通的用法，但是，一个言说者可以通过音质的变化，随心所欲地赋予言辞以丰富的含义。因为受清晰性的限制愈少，表达则愈有说服力；一种书写的语言无法像那种仅仅用来言说的语言那样，始终保持活力。写下来的是语词，不是声音；而在一种抑扬顿挫的语言中，是声音、重音及其丰富的变化，构成了语言之灵气中的核心部分，正是由于这些东西，在别的情形下亦可使用的通行的表述，成为此处唯一恰当的一句。为了对（口语的这种特质）进行补偿，各种方式大大扩充了书面语言，（并）使其泛滥，当它们从书本再度进入口语时，口语则被削弱了。当说就像写一样时，说就是读。""文字恰恰阉割了语言"[4]。"眼见为实"，"百闻不如一见"，视觉除了为理智活动的高层结构提供比喻外，常被当作各种知觉的范式，并因此作为其他感觉的尺度。人类直立起来之后，因为远离地面，鼻子的嗅觉功能开始退化，而眼睛的视觉功能却开始变得重要起来，视野也开阔了许多。有人认为人类的视觉欲望、视觉热情、视觉快感与直立之后人类的性器官暴露无遗有密切关系。随着衣衫的发明，我们的视线被遮蔽了，我们失去了原始而野性的肉眼。随着抽象的文字的产生与印刷术

---

[1] 让-雅克·卢梭《论语言的起源——兼论旋律与音乐的摹仿》，洪涛译，上海人民出版社，2003年，第5页。

[2] 同上书，第6页。

[3] 同上书，第26页。

[4] 同上书，第32页。

的发明，“视的精神”被“读的精神”所代替，“视文化”被“概念文化”渗透，我们的视觉在得到始料不及的理性训练的同时也遭受了前所未有的感性压抑。“印刷术树立了个体的现代意识，却毁灭了中世纪的集体感和统一感；印刷术创造了散文，却把诗歌变成了一种奇异的表达形式；印刷术使现代科学成为可能，却把宗教变成了迷信；印刷术帮助了国家民族的成长，却把爱国主义变成了一种近乎致命的狭隘情感。”[1]

长期以来，印刷时代的读写文化倾向于一种分离和专门化的行为，我们很少对它作出正面回应。然而，文化阶层和文明社会对待任何事情都易于抱有一种深受读写文化训练之后的疏离超脱态度，甚至在自己构建的象牙塔中蜕变为唯美的禁欲主义者。曾几何时，社会仿佛成为人类古老文化媒介语言文字的回声，成为语言规范的复写。知识阶层喜欢从语言论立场出发审视权力话语、争夺话语权力、符号化事物并区分不同的语言社群或话语社团（the societies of discourse）。语词既是知识分子点铁成金的法宝，也是知识分子顶礼膜拜的对象，一种可以摆布知识分子的强大物质力量。受维特根斯坦、索绪尔、福柯、拉康、巴尔特、德里达等西方思想家影响，中国当代精英知识分子大都有一种语言嗜好症（logophilia）。然而，后现代的大众文化中诞生的新新人类则开始怀有一种语言文字恐惧症（logophobia）。他们已经不太热衷于需要读者深度介入的冷媒介——语言文字[2]，而更愿意通过影像和音响以及当下众多时尚的热媒介，迅速领会事物。如果说精英文化已经完成了一次语言论转向的话，那么后现代的大众文化正在向着视觉化方向迈进。印刷出版作为人类文化重要的桥梁，使相距甚远的人们得以进行精神交流，灵魂全部集约在语言文字之中，成为一种结晶。在微电子技术、电子文化、多媒体文化出现之前的印刷文化社会中，相对而言，社会以及社会时尚的变化是缓慢的，人们只能从经典文本等有限的形象中构建现实的模式，他们对世界的解释来自教师、家庭和亲友，他们的知识大部分来自直接经验和书本上的语言形象，没有广播、电影、电视、电脑和网络来提供关于世界的各种不同的形象和模式，因此他们的知识范围是狭窄的。

如果说19世纪还是“编辑的坐椅时代”的话，值得我们注意的是，在泥石流般的纸浆生产、印刷品的雪崩效应与出版业的马尔萨斯梦魇表象之下，当下文字印刷时代已步入没落，而电子时代则蒸蒸日上。这种转换从根本上不可逆转地改变了人类文化范式，因为这样两种截然不同的媒介不可能传达同样的思想。随着印刷术影响的减退，政治、宗教、教育和任何其他构成公共事务的领域都要改变其内容，并且用最适用于电子的表达方式去重新定义。我们的文化正处于从以文字为中心向以形象为中

[1] 尼尔·波兹曼著《娱乐至死》，章艳译，广西师范大学出版社，2004年，第35页。

[2] 参见马歇尔·麦克卢汉著《理解媒介》，商务印书馆，2001年。

心转换的过程中，铅字只能凭借电脑、报纸和被设计得酷似电视屏幕的杂志还能存在下去。随着印刷术退至文化的边缘以及电视占据了文化的中心，公众话语的严肃性、明确性和价值都出现了危险的退步。但是，铅字在公众话语的各种舞台上产生的影响是持久而强大的，这不仅是因为印刷品的数量，更重要的是因为它的**垄断地位**。这一点应该得到足够的重视，特别是对于那些不愿意承认过去和现在的媒介环境存在重大差别的人来说。“有时我们会听到有人说，如今的印刷品远远多于过去，这无疑是对的。但是从17世纪到19世纪末，印刷品几乎是人们生活中唯一的消遣。那时没有电影可看，没有广播可听，没有图片可参观，也没有唱片可放。那时更没有电视。公众事务是通过印刷品来组织和表达的，并且这种形式日益成为所有话语的模式、象征和衡量标准。”[1]

印刷、读写文化时期的文学结出了累累硕果，文学进入了鼎盛时代。大量以手稿、孤本、善本、线装书等形式留存后世的文学经典，均在这一时期涌现。卢梭指出，“我们的语言长于书写，短于言说，阅读我们的作品比聆听我们说话更令人愉快。相反，东方语言一旦写下来，就丧失了温暖与生命力。词语只传达了意义的一半，而其精魄全在它的语调之中。根据书本来判断东方人的天分，就像照着一个人的尸体给他画像。”[2] 诚然，汉代之后，中国口头语言与书面文字的分道扬镳的确使中西文化与文学呈现不同的历史走向。汉赋对书面语言极尽铺陈之能事。魏晋以降，中国文学开始进入“自觉”时代。六朝骈文竞一字之奇，争一句之韵，结藻清英，流韵绮靡，更是强化了中国古代文学的书面语言特征，从而使古典文学与口头语言分道扬镳。唐宋古文运动、明代前后七子、清代桐城派等的推波助澜，使这一倾向变本加厉，传统文学几成“古人影子”。只是因为宋话本、元杂剧、明清小说等的兴起，中国文学的民间口语之源才得以重见天日，使日趋僵死的书面文学注入新鲜血液，焕发出鲜活的生命光彩。五四新文化运动中的新文学理论家们，呼吁新时代的文学家从文言文的桎梏中解放出来，倡导用贴近口语的白话文来创作，一些激进者们甚至提出废除汉字的主张。我们决不能对传统文化与文学的重要媒介—汉字进行简单幼稚的全盘否定。尽管汉字有其不足之处，但也具有诸多独特优越性：每个汉字都是独立的单元，在同样的面积下它能比线形字母文字贮藏较多的信息，便于信息组成组块，又可节省篇幅；方块字具有纵横两个参照轴，便于字的笔画方位的感知辨认和书写；汉字笔画的排列组合具有独特的个性、格式或完型，因此具有较高的冗余度，便于知觉、学习和记忆。完美

[1] 尼尔·波兹曼：《娱乐至死》，章艳译，广西师范大学出版社，2004年，第54页。

[2] 让-雅克·卢梭：《论语言的起源——兼论旋律与音乐的摹仿》，洪涛译，上海人民出版社，2003年，第81—82页。

图形的一个标志是对称，绝大多数的汉字是全部或部分对称的。前者如工、共、口、申、量、黄等，后者如排、岸、杜、短等。有些字是对称的重复或再重复，如林、竹、卉、品、晶等，对称本身是一种美，使人看起来感到舒服，又使信息量减少一半或更多，使冗余度相应增加，要学要记的新内容就相应地减少了。另一类字是在对称的笔画上加一点不对称的笔画，如千、于、犬、禾等。在重复信息上略加一点新异的信息，容易引人注意而留下深刻的印象。更为重要的是，汉字作为象形字，充满诗性智慧，贴近艺术精神，富有审美价值，每一个汉字都像一本词典那样内容丰富，都像一个故事那样曲折生动，都像一首诗那样优美感人。运用这样优秀的媒介所创造出来的灿烂辉煌的中国古代文学也就不足为奇了。如今，古老的汉字克服技术难关，借助现代媒介，顺利进入电子文化时代，确是世界范围内的文化奇观。中国当代的网络文学也因此能够与传统文学争奇斗艳。

## 三　电子文化时期的文学与媒介

进入高科技的电子文化时期之后，现实空间与赛博（cyber，虚拟的）空间的兼容，延长了人们的中枢神经，产生了大量共享的信息资源，从根本上改变了我们的现实，使世界带有超现实的色彩。托夫勒在《第三次浪潮》一书中指出：一枚信息炸弹正在我们中间爆炸，这是一枚形象的榴霰弹，像倾盆大雨向我们袭来，急剧地改变着我们每个人内心世界据以感觉和行动的方式以及我们的心理。比特（bit，数字化处理信息的基本单位）为我们编织了一个巨大的影像的网络。信息传播渠道的传播速度和范围比传统的高出数十万倍甚至更多。个人从这些媒介信息渠道中所构成的现实的形象和模式也各不相同，千变万化。于是，更多的思想、观念和各种解释涌现到人们的意识当中，悄然而生又飘然而逝。那些被人们认作现实和对现实解释的整体产生的形象，开始破裂和消解，产生出令人惊讶的变化。媒介信息变成了具体化、个人化的东西，人们控制媒介信息也受信息媒介控制。我们在拥有有用信息的同时也被动地、无奈地被大量的信息垃圾所包围。人们的思维方式发生了变化，人们的世界观和感知与认识世界的能力也在发生变化。从根本上讲，这种变化是从以语言为中心的形象转向以视觉为中心的形象。视觉的传播是直接的，因此它必定在比语言更具体、更生动、更全息的体验层次上与人们的心灵相结合。人类又是可视的了。“形象大于思维”，如果说历史上曾有过偶像崇拜的时代，如今我们是否或作为视像囚徒或带着图象厌恶症进入读图时代、视像社会？尼采曾惊世骇俗地呐喊“上帝死了”，后现代的人们却发人深省地呼号“上帝在电视中”（God is in TV）。这不是话语与画面的文化互动，而是画面对话语的颠覆。

人类经历了口传文化、读写文化等重要的时期，如今又迎来了席卷全球的电子文化。电子杂志、网络文学如雨后春笋层出不穷。世界各地中国学生学者联谊会主办的电子杂志有美国的《华夏文摘》、《威斯康星大学通讯》、《布法罗人》、《未名》，加拿大的《联谊通讯》、《红河谷》、《窗口》、《枫华园》，德国的《真言》，英国的《利兹通讯》，瑞典的《北极光》、《隆德华人》，丹麦的《美人鱼》，荷兰的《郁金香》，日本的《东北风》等。这些刊物都在不同程度上成为网络文学的温床。第一篇中文网络小说《奋斗与平等》（少君著）就是1991年4月在《华夏文摘》上发表的。网络文学作为比特与缪斯碰撞的产物，给传统文学带来了一场深刻的变革。科技与人文的交互渗透，形成了新的文学生长点。

**关键词：**

网络文学

依附于网络这个新生媒介的文学形态。网络文学表现出与依附于平面纸质媒介的传统文学诸多不同的特点，由于采用了新的文学书写方式，网络的特征介入了文学生产——从遣词造句到发行传播的全过程。与传统文学通常具有的典雅、工整不同，网络文学是速食化的，不讲究文句的修饰，不太考虑表达方法。网络文学的语言一般是通俗化的、幽默简单和粗糙的。由于网络这个媒介的自由性，网络写作的匿名（或化名）性，网络文学常常具有狂欢化倾向。

在语言层面放纵自己，追求宣泄的快感，往往成为某些网络书写者的主要目的。在网络文学文本句子组成的意群中，各样虚拟性的“事物”扑向读者，与生活本身不一样的感受随之产生。这使得网络文学具有散漫、随意和意识流动的色彩。

以往传统的文学作品不仅是为了抒发个人的一己情怀，作家还常常有为国家和民族言说的欲望，所以，一般是借助描写广阔的社会生活和历史，在“宏大叙述”中曲折地传达自己的感受。而现在的网络文学直接就是为了个人，主要功能是泄导人们心理淤积，使人们获得心理平衡。网络文学的出现并没有取代传统文学，传统文学依然发挥它的功能，而网络文学则起着它自己的作用。网络文学为人的心理抒发提供了另一种渠道，在客观上表征了个人享有更多的自由。尼葛洛庞帝在《数字化生存》中预言，数字化生存必将分散权力，分散的后果必然是个人享有更多的自由。正如文字化实现人们最公允、最客观的感觉的延伸与分离一样，数字化也开始成为人们最亲密也最感到自由便捷的生存方式。《电脑网络空间独立宣言》宣称：“我们正在创造一个所有人都可以自由进入的新世界，不会由于种族、经济实力、军事力量或者出生地的不同而产生任何特权或偏见”。“在这个独立的电脑网络空间中，任何人在任何地点都可以自由地表达其观点，无论这种观点多么的奇异，都不必受到压制而被迫保持沉默或一致。”[1] 但我们也应看到，网络文学的缺点是在形象的细致刻画和情节、意境营造方面往往一蹴而就，失于粗率。

网络文字改写了传统文学样态，但并非彻底颠覆传统文学。从网络作为传播媒介来看，网络所载重要内容之一，是此前用传统方式书写并已经历久而成为经典的文学。这标明人们看到了网络具有的巨大的传播力量，从而将这些经典文学输入网络，使之在网络这个巨大而迅速的载体上被更多的读者阅读。既然在同一种媒体中，网络原创文学就势必会在传统经典文学那里吸取资源。在网上进行文学书写的网民，必须具备初步的文学修养，其所写的文字才能够让其他网络文学阅读者体验到文学趣味。任何一位网络文学写作者都是在已经有了一定的文学阅读经历之后参与到网络原创文学中来的。从网络文学的创作、发表、接受的全过程来看，虽然没有传统刊物的审稿关卡和发表的限制，但是，从目前已经出现的一些现象看，传统文学的评奖征文大赛等运作方式也被网络文学所吸收。网络文学的基本表现：通俗化、速食化，不过分讲究文句的修辞，不太考虑表达方法。而其中最主要的是：语句构成简单、情节曲折动人和贴近网络生活本身。但是其实传统文学的渗透还是存在的。[2]

## 四　媒介变革与文学演变

和其他事物一样，媒介也在不停地发展变化，并在一定程度上表现出麦克卢汉所谓的“后视镜”特征：一种新媒介是在旧媒介基础上的延伸和扩展，如汽车是速度更快的马，电灯是功率更大的蜡烛。任何一种新媒介的产生，都会在人类事务中引进一种新的尺度，重新进行人事组合，重新构造社会生活形态并最终影响文学。

语言文字无愧为一种传统而不可或缺的媒介，它使我们成为人，保持人的特点，事实上还定义了人的含义。但这并不是说，除了语言之外没有任何其他媒介，人们还能够同样方便地讲述同样的事情。麦克卢汉认为，言语是一种低清晰度的冷媒介，因为它提供的信息相对于电子音像视听媒介少得可怜，大量的信息还得由听话人自己去填补。我们对语言的了解使我们知道，语言结构的差异会导致所谓“世界观”的不同。人们怎样看待时间和空间，怎样理解事物和过程，都会受到语言中的语法特征的重要影响。

每一种媒介都会对文化进行再创造——从绘画到象形符号，从字母到电视。和

---

[1] 转引自刘俐俐、李玉平《网络文学对文学批评理论的挑战》，《光明观察》2005年2月16日。

[2] 同上。

印刷机一样，电视也不过是一种“修辞”的工具、一种媒介而已。但一种重要的新媒介会很大程度地改变话语结构和人类交流的结构。和语言一样，每一种媒介都为思考、表达思想和抒发情感的方式提供了新的定位，从而创造出独特的话语符号。这就是麦克卢汉所说的“媒介即信息”之意。不管我们是通过言语还是印刷文字或是影视摄影机来感受这个世界，我们所借助的媒介必将为我们对这个世界进行分类、排序、构建、放大、缩小、着色，并且证真或证伪存在的理由。媒介的独特之处在于，虽然它制约着我们看待和了解事物的方式，但它的这种介入却往往不为人所注意。任何一种新的发明和技术都是新的媒介，都将影响人的生活方式与感知方式从而影响历史进程。当然，事物都是相对的。借助于文字技术，眼睛似乎成为理解世界的最重要的器官。但麦克卢汉认为，“耳朵世界的拥抱性和包容性远远胜过眼睛世界的拥抱性和包容性。耳朵是极为机敏的。眼睛却是冷峻的和超然的。耳朵把人推向普遍惊恐的心态。相反，由于眼睛借助于文字和机械时间而实现了延伸，所以它留下了一些沟壑和安全岛，使人免受无孔不入的声音压力和回响。”[1]书面媒介影响视觉，使人的感知成线状结构；视听媒介影响触觉，使人的感知成三维结构。12世纪眼镜的发明暗示了人类可以不必把天赋或缺陷视为最终的命运。机械媒介是人体个别器官在空间范围内的延伸并因之改变人的时间观念，电子媒介则是人的中枢神经系统的延伸，重塑人的时空观念与生活方式。

特别值得一提的是，网络超文本的出现，对传统文学文本乃至观念是一次重大的刷新与变革。

**关键词：**

节点　链接　超文本

超文本（Hypertext）是一种全局性的信息结构和文本模式，它将不同的文本通过关键词建立链接，使文本得以交互式搜索。节点（Nodes）、链接（Link）、网络（Network）是定义超文本结构的三个基本要素。节点是存贮信息的基本单元，又称信息块，每个节点都是一个独立的文本（此处的文本，包括文字、声音、图像、动画等，即所谓的超媒体），它表达一个特定的主题。链接表示不同文本（节点）间信息的联系。它可以由一个文本指向其他文本，或从其他文本指向该文本。超文本文学是一种以网络为（写作和阅读的）载体，以超文本技术为支撑的新型文学品类。超文本文学作品在文本内部设置有超文本链接点，提供不同的情节走向供读者在阅读时选择，不同的阅读选择会产生不同的结局，因此也称为多向文本文学。

[1] 麦克卢汉：《理解媒介》，何道宽译，商务印书馆，2000年，第200页。

传统文学文本（包括某些网络文学）呈现出一种线性结构，并以字、词、句、段、篇章、标题的形式固定下来，而且每一页都编了页码，其情节通常完整连贯。超文本文学超越了个别文本的局限，将众多文本通过关键词的链接互联为一个树状的网络系统。在这个系统中不同的路径纵横交错,读者可自由选择路径进入文本。超文本文学将传统文学静态的封闭的线性结构转化为富有弹性的开放的网状非线性结构。非线性的书写系统代替传统的线性叙事，情节的原因和结果不再是严密的对应关系，文本内部结构松散，语意断裂，但又呈现相互关联和贯通的特征。对于超文本网络文学的批评必须由传统文学批评的逻辑学范式向现象学范式转变,充分凸现超文本网络文学的多元性、不确定性和未完成性。在超文本文学中，读者成为集阅读（批评）与写作于一身的作—读者（Author-reader）。罗森伯格甚至将读者（reader）与作者（writer）两词斩头去尾后，合在一起生造了一个单词“wreader”表示这种特殊的角色。[1] 首先，读者（包括批评者）可以直接参与超文本文学的创作活动，有限度地决定文本的结构和发展方向。作者只是为超文本文学的路径选择提供了多种可能性，具体选择何种路径，这完全取决于读者。因此，超文本所强调的是迥异于传统的文本观，即不存在本体意义上的原作，一切文本都依读者的活动而转移。同一超文本文学，在不同的读者那里会呈现出不同的结构和面貌。而且，读者还随时可以通过增添新文本（包括情节、人物以及自己的感想、对于文本评论、相关的参考资料等等）来创造新的路径，使之成为整个文本的一部分。再有，超文本文学真正实现了读者与作者的互动交流。传统文学读者和作者在时间和空间上相互分离，无法实现互动交流，超文本文学却可以通过网络实现一对一、一对多或者多对多等多种形式的作者与读者、读者与读者之间的共时交流。另外，作者还可以通过文本的点击率、读者在该文本所停留的时间等统计资料和读者对于其作品的评论，更全面地了解读者的反馈信息，更有效地实现与读者的互动交流。超文本网络文学真正实现了不同艺术门类、传播媒体之间的跨媒体互文性。超文本文学打破了传统文学的体裁分类以及文学与非文学的界限，它将文学与图像、音乐、动画等进行链接，从而形成了诸种艺术门类的众声喧哗,产生了既是文学又不是文学的艺术形式。

超文本文学的互文性不仅表现为文字文本与文字文本的互文，还表现为图文互文、视听互文。所谓“图”不仅包括二维的图像、图表，而且包括三维的视频和动画。超文本文学以视为主，但完全可以加入各种听觉成分。各种媒体的交叉互文使超文本文学营造出一个由三维图像构成的、具有高度沉浸感的虚拟现实（virtualreality）。超

[1] http://www.vcu.edu/engweb/ReReadingTheorychapter.htm

文本文学的超媒体特性要求对其批评不能再局限于纯粹的文学批评，必须打通不同艺术门类间的壁垒，将文学批评与绘画、音乐、广播、影视、动画甚至广告、时尚等艺术批评和大众文化研究有机地联系起来。此外，超文本网络文学还对一些雄霸文学理论和文学批评几千年的重要命题和概念造成了巨大的冲击。超文本文学不再以再现真实的现实世界、表现作者的思想感情为旨归。它更注重文本本身——纵横交错的网络系统、不断延伸的非线性结构，竭力凸显能指，淡化甚至消解所指。超文本文学不再专注于文学之外的目的，它不是传达预先设计好的作者意图的媒介，它本身即是意图：内容和媒介、目的和手段合二为一了。[1]

## 参考文献


1. 让-雅克·卢梭：《论语言的起源——兼论旋律与音乐的摹仿》，洪涛译，上海人民出版社，2003年。
2. 尼尔·波兹曼著：《娱乐至死》，章艳译，广西师范大学出版社，2004年。
3. 麦克卢汉：《理解媒介》，何道宽译，商务印书馆，2000年。


## 思考与练习

一、解释下列概念

1. 网络文学
2. 超文本

二、思考并回答下列问题

1. 口传文化时期的文学有什么特点？这和它的媒介有什么关系？
2. 文字、造纸术、印刷术的发明是怎样深刻改变之前的文学的？
3. 你是“文学青年”、“碟青”（影碟青年爱好者）还是网民？你主要通过什么方式接触文学？
4. 你是网络文学的读者或作者吗？你对网络文学有什么看法？

[1] 参见刘俐俐、李玉平《网络文学对文学批评理论的挑战》，《光明观察》2005年2月16日。

# 附录三
# 文学与全球化

## 一 “全球化”的新语境

当前的文学理论，已面临着“全球化”（globalization）的崭新语境，需要在这个语境里面重新定位其话语方式。什么是“全球化”？“全球化就是一种核心驱动力，它藏在社会、政治和经济的变化背后，这种变化重塑了现代社会和世界秩序”。[1]

**关键词：**

全球化

“全球化”是一个具有多层面、多维度的发展性的概念。“全球化作为一种世界化的历史进程，本身就意指一种全方位的社会变迁历程，也就是源于经济领域而逐步扩散到政治、文化领域的发展过程。这意味着，全球化是由“经济全球化”（economic globalization）、“政治全球化”（political globalization）与“文化全球化”（cultural globalization）三个相互关联的方面构成的，“文学全球化”就属于文化全球化的子系统。

按照詹明信的宏观归纳，存在四种全球化的观点：“第一种确立的观点是，并不存在全球化这种东西（仍然只存在民族国家和民族状……）。第二种观点同样确定，全球化并不是新的东西；始终存在着一种全球化……回溯到新石器时代贸易路线也在其范围内是全球的……（第三种观点）确定的是全球化与世界市场之间的关系，这是资本主义最终的地平线……然而第四种观点……涉及资本主义的新的阶段、

[1] David Held, Anthony McGrew, David Goldblatt and Jonathan Perraton, *Global Transformation-politics, economics and culture*, Cambridge, England: Polity Press, 1999, pp.7—9.

第三阶段或多国的阶段，全球化是一种内在的特征……这与叫做后现代性的事物相联。”[1] 如果去掉前两种否定论和扩大论的观点，那么，第三种观点主要就是指市场经济的全球化而言的，第四种观点则将全球化拉入了文化领域，文学也在其中接受全球化的挑战。在当前欧美社会的文化里，文学上的全球化更多是与后现代性相关的，而在世界其他社会文化中则展现出另一番多元共生的景致。

从发生学意义上，全球化最初是就经济领域而言的。经济全球化是指世界各国和各地区的经济实体相互关联、相互促动和相互融通，从而逐渐趋成世界化经济整体的过程。具体来说，经济全球化就是经济活动在全球范围内的相通与互动，是世界市场和国际分工的全面形成以及资本、商品和人员等自由流动的跨国化。经济全球化体现出的正是世界经济制度的这种结构性转型。

如果说，经济全球化和政治全球化共同构成了全球化的外在层面的话，那么，文化全球化无疑是全球化的内在层面。文化全球化虽是与经济全球化相互关联与彼此交织的，但却又与经济、政治全球化界分明显，不可否认，经济全球化的确对文化全球化产生了重要的内在影响。

**关键词：**

文化全球化

文化全球化是指世界各种文化形式在“互融”与“相异”的两维张力的作用下，在全球范围内的流动与互动，从而日趋于同步的、共通的发展。随着信息技术和世界经济的发展，各民族文化在相互沟通、互补和交流的同时，正在冲破地域限制和民族模式而走向世界文化整体。这样，一面是各个民族文化超越自身向世界文化趋近，从而不断获得文化的认同；一面是世界文化越来越仰仗各民族文化资源的支持，从而实现着民族文化与世界文化、个性文化与共享文化之间的相互作用与转化。

## 二　地域文学的“世界化”

从理论上看，全球化“既促进文化同质性，又促进文化异质性，而且既受到文化同质性制约，又受到文化异质性制约”[2]。这意味着，全球化必然包括“世界化”与“民族化”这两个相对而出的交互过程。由此推论，文学的全球化也具有两个“交互

[1] Fredric Jameson, “Notes on Globalization as a Philosophical Issue,” in Fredric Jameson and Masao Miyoshi (eds.), *The Cultures of Globalization*, Durham and London: Duke University Press, 1998, p. 54

[2] 罗兰·罗伯森：《全球化：社会理论与全球文化》，梁光严译，上海人民出版社，2000年，第249页。

性”的方面：一方面是就“地域的”走向“世界的”之文化路向而言的，另一方面则是对“世界的”走向“民族的”之文化路向而言的。这里先谈前一方面。

毋庸置疑，文学总是一定地域文化的产物。世界上任何两个不同地域，都不可能产生出“相同”的文学来，只能是或者由于文化的“同质性”而趋于文学上的“近似”，或者由于“异曲同工”的创造而趋于文学上的“相通”。尽管在历史上许多文学作品随着流传过程都被“再创作”（如莎士比亚大部分流传至今的作品已非莎翁原作，而是不断在历史中被修改），不同地域的文化对同一作者也总是会产生交叉影响（如拜伦的《恰尔德·哈罗尔德游记》1809年在西班牙、葡萄牙、希腊等国的游记印象），但一个文学作品总是要有一个“文化原点”，这就是蕴育出该文学作品的最初的地域文化。以作为欧洲文学里程碑的“荷马史诗”为例，《伊利亚特》和《奥德赛》公认并不是“荷马”的个人创作，而是集体创作和不断加工的民间文学作品，但却尽显出以公元前11到8世纪之间的古希腊迈锡尼文化时期为主的历史生活。从公元前12世纪初开始，迈锡尼文化逐渐开始繁荣，其中的特洛伊战争的史实，民间歌谣、传说和神话，都构成了这两部史诗的主要来源。显然，荷马史诗决不属于在先的克里特文化，更非在后的希腊化时期文化的折射，而就是迈锡尼文化的独特结晶。由是观之，文学总是特定的历史时空的产物。

然而，文学总是还要流传。这种流传并局限于同质文化的内部，而且会超逾原来的文化时空，而被其他的异质文化所接受。无论是荷马史诗还是《圣经》文学，都经历了这种文学流传的历史进程，从而成为中世纪文化的主导，乃至成为整个欧洲文化的基本构成因子。以《圣经》文学为例，它可能是最早被欧洲所广泛接受的文学形式之一，而这种流传也必须要仰赖于一种的物质和社会条件的支撑。随着印刷术的出现，拉丁文的普及，英德法等各种语言版本的翻译，由唱诗班演唱《圣经》音乐模式的确立，《圣经》文学获得了从原创地得以蔓延到欧洲各地的物质条件。但更重要的是，基督教的传播为《圣经》文学的流传创造出了社会条件，否则这种文学形式也不会如此这般被广泛播撒。如果借用文学理论家勒内·韦勒克的话语，他曾经讽刺过比较文学的某种倾向为“文学的外贸”（the “foreign trade” of literatures），那么，我们也可以将在全球化时代来临之前的这种文学流传模式称之为“文学外贸”。

**关键词：**

文学外贸

所谓“文学外贸”就是指在“全球化”语境被确立之前，世界上的文学从某一地域文化里孳生进而蔓延到其他文化的一种“流传模式”。这就好像是被打上“某地制造”的货物，通过贸易途径被出口一样，被从原创文化“移植”到另一种或几种文化当中。

更推展开来看，“文学外贸”也不仅仅是“单向输出”的，而且也是“双向互动”的。如果说，荷马史诗与《圣经》文学的流传，都是向不同文化“单向输出”的话，或者说遵循的是“以一对多”的模式的话，那么，随着欧洲文化内部文化交流的日益频繁，在欧洲文化共同体的内部，各种来自不同地域、不同文化的文学开始得以相互交流。比如，让文学用意大利语说话的但丁，他创作的煌煌巨著《神曲》的原本已佚，但各种抄本文字却非常之多，现在一般采用意大利但丁学会的校勘本为准，可见在当时的《神曲》在各种文化之间的流传就已经出现了历史性的差异。再向前追索，许多古希腊的悲喜剧的剧本，都经过拉丁文（这一在欧洲具有普遍性的文字）被翻译成各种欧洲文字。再如，西班牙塞万提斯的《堂吉诃德》总是在世界各地脍炙人口，自从1605年首版以来到20世纪40年代，就已经在全球被翻译出版了一千余次，第一个中文节译本《魔侠传》也于1922年出版。

这种欧洲文学之间的相互外贸和不断流通的情况，在德国诗人海涅的赞语里面就可见一般：“塞万提斯、莎士比亚、歌德成为三头统治，在叙事、戏剧、抒情这三类创作里分别达到了登峰造极的地步”！这是就欧洲文学内部“双向互动”而言的，西班牙、英格兰和德国的作家分别占据了不同文类的顶峰位置，其他文化内的作者只能望其项背而尽力效法之。相形之下，东方文学的之间的交流则远没有这样频繁和深入。

应该说，当代意义上的“全球化”出现在20世纪末。在这样的历史时期，“世界历史”的纪元终结了，一个新的纪元开始了。[1] 随着历史条件的成熟，不同文化之间的交流、沟通、演化的过程越来越快，这种全球化的过程“体现了在社会关系和交换的空间构成中的一种转换……产生着一种跨洲际（transcontinental）和地区间（interregional）的流动和行动网络”[2]。正是社会文化的这种全球化脚步的逐渐加速，使得文学的全球化进程被大大地推进了。

从全球化时代以后，文学不再仅仅是以“外贸”的形式出口了，而是不同的地域文学被纳入到“同一个”全球化的历史进程当中。或者说，原本那种出口方式被“最大化”了，几乎达到了“全球性”的程度。那么，在这种全球化的最新语境里，地域文学又经历了何种命运呢？

通过复制和经过信息的广泛播散，读者可以更快捷地知晓当前的作品，这些作品已经被电视、电影、卫星所改变了，这对于艺术真正成为国际性的带来了可能，相

---

[1] Eric Hobsbrawn, *Age of Extremes–the Short Twentieth Century*, London: Abacus, 1999, p.5.

[2] David Held, Anthony McGrew, David Goldblatt and Jonathan Perraton, *Global Transformation–politics, economics and culture*, Cambridge, England: Polity Press, 1999, p.6.

应的，地域性的观念则被弱化了。世界各国的艺术家都拥有了这样的创作和传播条件，这反过来也影响了艺术家的思考方式和造型手段。特别是大众传播媒介的普泛和浸渍，不仅仅使得艺术家们的作品更加广为人知，而且，还渗透在艺术家创作活动的内部，因为大众的审美取向被传媒所塑造，相应地决定了艺术家们要调整方略从中借鉴有效的方法。

比如，当今世界上最知名的儿童文学作品，恐怕非英国女作家J·K. 罗琳的《哈里·波特》系列莫属了，这部文学作品最能代表全球化时代文学的突变。首先是在该书出版前后的全球商业运作，《哈里·波特》后几部从作者撰写时的前期宣言到预告直至上架，都进行了全球性的商业运作，从而在发行量上攀升到高峰，其第六部《哈利·波特与混血王子》以702万册的年销售量位居2005年美国十大畅销书籍排行榜的榜首。其二，是以文学文本为蓝本，进行电影、游戏、玩具等多方位的开发，特别是借助好莱坞电影的魅力得以全球推广。自从《哈里·波特与魔法师的宝石》被翻拍成电影后，一直在全球热映。其三，作者还会根据读者的需要来撰写续集，2005年已经出版到第六部，作者即将以第七部来结束整个丛书系列。时至今日，《哈里·波特》前五部被译成世界60多种文字，总计销量约2.75亿册。这一数字即使在历史上最畅销书的排行榜上也能名列第三（《圣经》位列榜首），可见其全球化程度之高。当然，借助全球化的伟力的不仅是当代文学，传统文学也随着全球化的力量而传播到世界的各个角落。

文学的全球化有赖于两个条件的支持，一个是经济全球化的驱使，另一个是传媒技术条件的完善。经济全球化的实质性意义是“市场经济”的全球化。在这种由市场规则运作的体系里面，文学被纳入巨大的全球市场（global market）里面，必须服从于全球市场的原则。而今，商业的确已经完全成为全球的了，文学的出版也是如此，对某些文学形式（诸如畅销书）的运作也成了一种“全球经济学”。

传媒技术也在全球化的时代跨入了新世纪，特别是IT亦即信息技术继续着它领军式的发展，在计算机和通讯设备的全球网络里，这个世界，简直要成为被电子化地链接在一起的飞速发展的世界。在这新的网路结构中，文学的流传也逐步得以更新。文学在被网络上还原为0与1这两个原初数字，其中，网络所传输和增殖的一切都可以是“数字化的生存”。文学正是在这种交往形式内得以存在和传播，而今文学阅读就可以直接进入文学网站直接进行，不仅当代文学作品，而且传统文学作品也被上传入“网”，人们甚至可以抛弃传统那种人对书的阅读方式，而采取了另一种“人—机”互动的方式来阅读文学。

总而言之，在全球化的时代，许多地域文学都经过了一种“世界化”的程序，而被纳入全球化的语境里重新定位。从文化内容的角度讲，这一过程包孕着的，其实就是“本土经验的全球化”（globalization of local knowledge）。

**关键词：**

> 本土经验的全球化
>
> “本土经验的全球化”首先要将本土的文化经验纳入全球性的视野，而不只是囿于一种与“世”隔绝的本土经验。如此一来，民族性的东西才有与全球化接轨的可能。在此之后，还要从事将这种民族化内涵加以“世界化”的工作。由于言说方式、运思方式和建构方式的内在差异，要将民族文化的内容普世化，就必须经由“世界化”的中介，以期使得本土的内涵能够为世界各种文化普遍解读（近些年来被关注的“跨语际写作”便涉及这个问题）。最后，要走向本土经验全球化，还要实现语言上的转换（持不同语言的文化之间的“文学翻译”也隶属其中），对语言屏障的打破可以为世界化的实施提供坦途，让各民族的文化都熔铸在全球整体当中。

## 三 全球文学的“本土化”

地域文学的“世界化”，只表明了“文学全球化”的一面，亦即从地域到全球的一面。“文学全球化”的另一面，则是全球文学的“本土化”。

从全球化构成上看，如果说，全球化犹如一个巨大的世界网络，那么，这个网络便是由人类、民族国家、民族社会、个人这些众多的网络环环相扣、错综复杂地交织而成的。这里，在“人类”层面实现的全球化只是在相对意义上提出的，而在民族国家、民族社会领域实现的全球化，则为以往的全球化理论所集中关注，经济全球化、政治全球化就主要出现在这两个层面上。而对个人层面而言，经济、政治全球化的问题便退居次席，文化全球化问题则被凸显了出来，文学对人的影响首先也是从个体开始的。

全球化的实现要最终落实在个体的层面之上，因为个体是全球化的最为微观的层面。在全球性文化蔓延的情形下，接触到它的个人都深感一种时空“压缩化”的文化现象的存在。在这个意义上，个人逐步走向了全球化：“在高度现代性的条件下，自我认同和全球化中的转型，是地方性和全球性的辩证法的两极。或者说，个人生活中亲密行为方面的变迁，与真正宽广领域的社会联结的建立直接相关。”[1] 但这仅道出

[1] 安东尼·吉登斯：《现代性与自我认同》，赵旭东、方文译，三联书店，1998年，第35页。

了问题的一面，其实，全球化时代的个人的独立性也大大增强了。无论怎样，正如文化全球化要归于个体一样，“文学全球化”的直接接受者就是每个阅读文学的个体存在。

从接受的角度看，全球文学的“本土化”便涉及一种“文化接受美学”的问题。文学在做全球旅行之后，其接受便会遭遇不同的文化境遇和民族状态，在此，“文化差异”和“文化类同”的问题就被凸现了出来。“一般说来，处于地域文化中的人们对待全球文化内容的方式可以分为四种：（1）反抗，（2）共处，（3）接受（消极的认同），(4)真正的掌握。”[1] 不同地域文化内的个人，对异质文化蕴育的文学之接受，也大致可以包括这几种情况。在全球化的时代，应该说，“反抗”的情况越来越少了，但是由于意识形态的作用，“反抗”仍是存在的，比如当代伊斯兰原教旨主义文化对欧美文学的拒斥正是如此。“共处”的情况也是大量存在的，只要是本土文学呈现一定强势的地方，都会同外来的文学形成这种“共处”。这在当代中国文学中非常突出，因为从古典文学到当代文学的本土资源已经牢牢地植根在本土文化里。但从古典文化到现代主义的外国文学，在中国也同样拥有大量的读者。从“接受”到“真正的掌握”，或者说，从“消极的认同”到“积极的认同”，对于中国“现代汉语文学”至今的建构都是至关重要的。当然，20世纪80年代对西方现代主义文学的吸收基本上还在全球化的语境之外，90年代后对后现代主义文学的吸收，则完全是全球化作用于当代中国文化的结果。

反过来说，这种吸纳不仅是“由西而中”的，也是“由中而西”的。比如，中国的古典文学被西方的逐渐吸收，只要看一看德国文学对中国纯文学这样的历史接受程序——“歌德由他的翻译改作第一次引起德国人对中国抒情诗的注意，雷克特用同样的精神继续他的工作；司乔士的翻译居然达到了现代一般人还没有达到的高度；在近代更有许多的作家，把这种工作的范围，努力扩大。它们最喜欢翻译的，是诗经李太白白居易陶渊明还有其他唐朝的诗。他们喜欢的诗，的确是中国第一流的好诗”[2] ——就可窥豹一斑。当然，在全球化的时代，当代中国作者（如余华、贾平凹）的作品也被大量地翻译成外文，但是还根本谈不上被异质文化所吸收。这里面就存在着一种“中心—边缘”的辩证法，因为欧美文化具有“文化中心主义”的心态，所以一般难以去吸收边缘文化。反之，在全球化的时代，边缘文化则始终处于关注中心。

---

[1] 乌·贝克、尤尔根·哈贝马斯：《全球化与政治》，中央编译出版社，2000年，第61页。

[2] 陈铨：《中国纯文学对德国文学的影响》，台湾学生书局，1971年，第214—215页。

在全球化的时代，由于当代大众文化已经成熟，大众对文学的期待、接受和反应，都形成了崭新的模式。在某种程度上，这还是由于技术对艺术传播的原因，现代科学技术对文学艺术的展示（presentation）、再生产（reproduction）和流通（distribution）”都产生了重大影响[1]。其中，在全球化时代大众的接受模式的转换，就有如下突出的方面：

其一，在全球化时代，“观众对艺术采取一种新的方式”，“这便是一种双重现象：或者我们借助不断提高的旅游能力而移动自己，或者，将艺术带到我们面前”。[2]对文学作品的获得，也越来越容易，获得的途径和方式亦越来越多。高级的文学读者，也越来越具有了全球化的眼光和视野，并从这种新的眼光出发来理解本土的与外来的作品。

其二，全球化时代的来临，同时也意味着“审美趣味的普遍化”。换言之，“能够改变文化特征的艺术在世界范围内的扩散，这也意味着趣味的普遍化”。[3] 随着全球化的普遍播撒，人们对文学的接受也越来越趋于“同步化”，不同地区的人几乎可以同时接受到同一种文学，并为趋于同质的文学所共同塑造，从而使得人与人之间的审美的距离被拉进了。当然，这种趣味的普遍化并不必然意味着艺术品味的整体上升，相反我们看到这样的现象：由于大众文学的全球扩展，世界范围内的文学读者的品味被降到了通俗的层面。

其三，全球化时代，相伴带来的还有一种“图像转向”（the pictorial turn）或“视觉文化转向”（the turn of visual culture）。当代影视、摄影、广告的图像泛滥所形成的文化事实，提供给大众的视觉形象是无限复制的影像产物，并影响到大众对文学的审美方式：“观”图也成为“读图”，“看”文的时候也带入了图像的影响。

上面我们从接受的角度解析了“文学全球化”的另一面：全球文化的“本土化”。从文化内容的角度来看，则显现“全球价值的地域化”（indigenization of global value）。[4]

---

[1] Mikel Dufrenne, *Main Trends in Aeshetics and the Science of Art*, New York: Holmes & Meier Publishers, 1979, p.6.

[2] Ibid., p.7.

[3] Ibid., p.9.

[4] 刘悦笛：《论文化全球化》，《学术论坛》2002年第1期。

**关键词：**

全球价值的地域化

全球价值是世界各民族、各地区人们所共同趋成和熔铸的，它是对人类这种共通规律的寻求（最优秀的文学总是能为世界大多数人所接受）。当然，即使是同一价值在不同民族的语言表述中也会有不同的表征。这样，全球价值的地域化的重要方面，就是通过本土语言的转化使全球价值可以为本民族所消化。只有如此，才能打破民族和国家间的隔阂，从而将全球价值之内涵内化为民族自身价值的一部分。就文学而言，这并不是说全世界的文学都趋同了，越是民族的反而就越能成为世界的，这是在"同"中求"异"。

## 四　多维的"全球性文学"

追本溯源，早在1827年的1月31日，德国文豪歌德在谈话录中就曾畅想——"民族文学在现代算不了很大的一回事，世界文学的时代已快来临了"！[1] 这恐怕是从整个世界的眼光来看待文学的第一声呼唤。

有趣的是，歌德是在谈到中国传奇作品的时候，引出"世界文学"的话题的。歌德一方面认定"诗是人类的共同财产。诗随时随地由成百上千的人创作出来"[2]，对世界文学心向往之，"现在每个人都应该出力促使它早日来临"；另一方面在"环视四周的外国民族情况"之后，又试图找到一种共同的范式，他认定："我们不应该认为中国人或塞尔维亚人、卡尔德隆或尼伯龙根就可以作为模范。如果需要模范，我们就要经常回到古希腊人那里去找，他们的作品所描绘的总是美好的人。对其他一切文学我们都应只用历史眼光去看。碰到好的作品，只要它还有可取之处，就把它吸收过来。"[3]

显然，歌德从一种"美好的人"这种普遍人性论出发，率先提出"世界文学"的观念。这具有一定的历史必然性，歌德所处的时代的确开始"放眼看世界"。然而，歌德的"世界文学"却不是真正意义上的世界的文学，而是一种以"希腊文学"为范本的欧洲文学的世界化版本。在内心深处，歌德并没有将世界各地的文学都提升到平等的地位来看待，而只是"用历史的眼光去"观照之，既然"希腊文学"及其变体已经成为范本，那么，世界其他一切文学都只能成为范本的补充而已。歌德意义上的"世界文学"，实质上是一种以欧洲文学以"体"、其他世界文学为"用"的观念。

[1]　歌德：《歌德谈话录》，爱克曼辑录，朱光潜译，人民文学出版社，1978年版，第113页。

[2]　同上书，第113页。

[3]　同上书，第113—114页。

20年后，马克思、恩格斯从“世界市场”的角度，或者说这种从经济基础的变化出发，重提了“世界的文学”的话题。马克思、恩格斯在《共产党宣言》里指出：“各民族的精神产品成了公共的财产。民族的片面性和局限性日益成为不可能，于是由许多种民族的和地方的文学形成了一种世界的文学。”[1] 千万不要忘记了马克思这种论述的前提，这就根本区分于歌德的观念。马克思如下的论述而今已被当作“全球化”理论的先声：“美洲的发现、绕过非洲的航行，给新兴的资产阶级开辟了新的活动场所。东印度和中国的市场、美洲的殖民化、对殖民地的贸易、交换手段和一般的商品的增加，使商业、航海业和工业空前高涨……资产阶级，由于开拓了世界市场，使一切国家的生产和消费都成为世界性的了……过去那种地方的和民族的自给自足和闭关自守状态，被各民族的各方面的互相往来和各方面的互相依赖所代替了、物质的生产是如此，精神的生产也是如此。”[2]

当然，这里所描述的“世界市场”仍然是“前全球化”的殖民时代的世界经济状况。按照西方“左”派的观念，这仍是资本主义早期的积累极端的情况，与全球化时代所谓资本主义的“第三阶段”或“多国的阶段”那种状态显然处于不同的历史阶段。但是，从马克思、恩格斯所描述的世界经济状况里，还能隐约看到全球化时代“世界市场”的雏形。因为德国哲学家哈贝马斯在1997年做过一份报告，也认为全球化是“世界经济制度的结构性转变”，它主要依据于国际贸易、金融市场、跨国公司、高技术产业等层面的不同指标来运行，其中第一项指标就包括“国际贸易，尤其是工业产品贸易在不同区域市场上的地理扩展和相互影响的加强，促使各国国民经济日益依赖于世界经济”。[3] 从早期资本主义时代开始，市场的生产与消费都开始了全球化的进程，全球化时代则将其真实地实现了出来。在这种世界经济变化的基础上，“各民族的各方面的互相往来和各方面的互相依赖”都大大增强了，物质的生产及其消费是这样，作为“精神的生产”典范的文学，也是如此。

其实，马克思、恩格斯并没有详细论述未来的“世界的文学”的状况究竟如何，只是说各民族和各地域的局限和片面都被突破了，从而趋成一种作为“公共的财产”的世界性的文学。这是从前瞻到的经济全球化前景里所做出的推论，类似的是，而今的“文学全球化”也是经济全球化的后果之一。

在纯美学和文学研究领域，现代的人们逐渐也意识到所谓“世界艺术”（international art）或“总体文学”（littérature générale）将在不远的将来展现出来。

---

[1] 马克思、恩格斯：《共产党宣言》，人民出版社1966年版，第30页。

[2] 同上书，第25—30页。

[3] 乌·贝克、哈贝马斯等：《全球化与政治》，中央编译出版社2000年版，第74—75页。

在20世纪70年代末，法国美学家米凯尔·杜夫海纳就曾追问，随着艺术在全世界的大规模传播，“当艺术扩散到全世界的时候，它会成为世界性的吗？”[1] 答案当然是肯定的，因为，“世界艺术就是一种已经使得自身国际化的艺术”。[2] 文学理论家韦勒克也指出了以往的比较文学研究（专指超越某一民族文学界限的文学研究）所面临的危机：“题材与方法的人为的划分”、“关于来源与影响的机械的概念”和“文化民族主义的最近因素”，[3] 从而形成了比较狭窄的眼光和割裂的领域。实际上，恰恰对面临危机的比较文学进行调整的策略就是——“‘比较’文学与‘总体’文学之间人为界限应当废除”。[4] 在韦勒克看来，这种来自法语的“总体文学”其实就是一种世界性的文学，只要我们以一种整体性的眼光“面对‘文学性’问题，即文学艺术的本质这个美学中心问题”[5]，那么，必然就会得出这样类似的结论。

**关键词：**

全球性文学

“全球性文学”里的“全球性”（globality），与“全球化”与并不相同，全球化的“化”说的是一种历史进程，全球性的“性”说的则是特质。这里的“全球性的文学”就是指这样一种多维视野里面的世界文学形态所构成的集合，正因为文化具有在一定“共通”基础上的本然差异性，所以，在全球化的背景下，就必须尊重每一种文学所具有的“文化权利”。这样，由每一种文化出发，都能可能得出自身所见的世界的文学，这不仅是可能的，而且也是必然的。所以说，一种“单数”的世界文学其实是不存在的，存在的只是“复数的”全球性的文学，因为后者是由各种各样的前者所组成的“共同体”。

然而，无论是从歌德到马克思的“世界文学”的畅想，还是文学领域的“总体文学”的向往，都具有一种典型的“普世主义”的心态在其中起主导作用。这意味着，这些关于世界的或者总体的文学的理念，都是将文学的世界化总归为“一”，总归为一种相对固定的世界文学形态。其实，这种被“想象”出来的文学形态，并不是一种乌托邦的理想，也是可以得以现实化的。但是，这种现实的世界文学形态并不是相对固定的，而是流动不居的，并不是唯一的，而是多元共生的。换句话说，这种形态既破

[1] Mikel Dufrenne, *Main Trends in Aeshetics and the Science of Art*, New York: Holmes& Meier Publishers, 1979, p.8.

[2] Ibid., p.8.

[3] 张隆溪选编：《比较文学译文集》，北京大学出版社，1982年，第28页。

[4] 同上书，第28页。

[5] 同上书，第30页。

除了从歌德就已开始的“欧洲中心主义”的世界文学观念，也不是以欧洲之外的任何一种文学形态来构成世界文学的主体，而是从不同的文化出发，都能看到一种世界文学的全景。

这种“视界交融”的文学全景，我们称之为“全球性文学”。在新世纪开始的时候，一种拼贴“全球性文学”地图的工作已经开始了，这一工作从不同的地域和文化分别得以展开。

## 五 述评：作为全球化的文学

在全球化的历史背景下，无论东方文学还是西方文学，都应该在价值观上倡导更为健康的全球化理念。这样的全球化应该包括两个双向的过程，亦即“特殊主义的普遍化和普遍主义的特殊化”[1]。一种健康的全球化应该在这种互动之间展开。

一方面，这种全球化不应是为某一文化帝国为“单向牵引”的全球化，从而也不同于文化的“同质化”。就目前的情况而言，全球化不等于美国化，进而，全球化也并不等于文化一体化。[2] 由此而来，健康的“文化全球化”其实是与文化绝对一体化相对峙的，它既反对欧洲中心主义造成的对世界文化的统摄，又不同意仅从某一或某几种文化出发来弥合具有个性差异的全球性文化整体。这样，它就冲破了后殖民主义者所洞见的“神奇的东方”式的类似的幻像，在总体上弘扬了不同文化之间的类似性和互通性。

另一方面，这种全球化也没有走向绝对的相对主义，没有使得整个世界的文学走向零散化和碎裂化，从而无法进行对话和交往，同时，也强调在对话当中确保“民族身份”的问题。健康的全球化，理应肯定世界各异质文化的本己价值，而在全球性文化的涵摄下鼓励各个文化子系统的良性发展，从而以非确定的文化“异”态充实了不同文化的间隙。更为重要的是，这种文化全球化倡导多元文化间“对话”的健康态势和语境。因为它力图从根本上消解文化强权带来的不等价基础，而在承认不同文化的外部、内部差异之上提倡相互尊重、相互理解，并彼此进行积极的文化融会和整合，达到多元和谐共处。

全球化进程的加速，也提高了民族国家、民族社会的自我意识，巩固了各民族对自身的认同感，“民族身份”的问题随之凸显出来。这是由于，全球化不仅造成本族与他族、他族与他族之间的频繁交往，而且本族自身、他族自身的内部沟通也继续深化

---

[1] 罗兰·罗伯森：《全球化：社会理论与全球文化》，梁光严译，上海人民出版社，2000年，第144页。

[2] 刘悦笛等主编：《文化巨无霸：当代美国文化产业研究》，广东人民出版社，2005年，第15页。

了，这些都使民族国家、民族社会愈加认识到自我与他者的不同。实质上，这是一种在全球化之“同”的基础上再认识到的“异”，它不同于全球化之前的那种自为的差异，而是一种在全球化氛围内自觉的求“同”存“异”。这种更高层次的“民族身份”已成为全球化进程中的伴生现象，它是各个民族国家、民族社会在新的历史语境内重新认识自我的产物。

如此说来，作为“全球化”的文学，也要遵循这些文化全球化的原则来加以建构，一面要融入全球化巨潮，一面还要标举自己的民族身份。正如“美学在目前全球化条件下问题的一个方面，是美学在民族或地域环境中的角色和地位的问题”[1]一样，文学的问题也是如此。“全球化”与“民族性”之间的关系，将始终成为当下与未来文学建设的张力结构。

## 参考书目


1. 歌德：《歌德谈话录》，爱克曼辑录，朱光潜译，人民文学出版社1978年版
2. Fredric Jameson, “Notes on Globalization as a Philosophical Issue,” in Fredric Jameson and Masao Miyoshi（eds.）, *The Cultures of Globalization*, Durham and London: Duke University Press.
3. Aleš Erjavec, “Aesthetics and/as Globalization”, in *International Yearbook of Aesthetics*, Volume 8, 2004.


## 思考与练习

一、解释下列概念

1. 全球化
2. 文化全球化
3. 文学外贸
4. 全球性文学

二、思考并回答下列问题

1. 如何理解文学面临的“全球化”的新语境？
2. 如何理解地域文学的“世界化”？
3. 如何理解全球文学的“本土化”？
4. 如何建设多维的“全球性文学”？

[1] Aleš Erjavec, “Aesthetics and / as Globalization”, in *International Yearbook of Aesthetics*, Volume 8, 2004, p.12.

# 后　记

在与本书的作者相处的过程中，我深深地为他们的合作精神与认真严谨的学风所感动，本书的所有章节都经过了反复的修改，最少的修改三次，最多的超过了五次。每次的修改都非常认真。对我来说，这是一次难忘的、愉快的合作。在我最后修订完全书、写完导论并终于松一口气的时候，我要真诚地对每位作者说一句：谢谢你们！

同时我还要特别指出：本书的作者绝大多数在北京高校工作，他们主要是在"非典"最猖獗的时候紧张地从事本书的写作，而我当时却正在美国。每当他们把初稿通过网络发给我的时候，我都会一边阅读一边感到深深的不安与感激。还有我的同事与朋友王南，在我不在国内的这段时间里，他负责了绝大多数的日常工作，使本书的写作得以正常、顺利进行。

最后我也要特别感谢北京大学出版社的高秀芹女士，她在获得本书立项后的第一时间打电话表示出版此书，并对于本书的最初提纲予以了热情的支持与积极的认可。这使得我们可以安心地从事写作而不必为出版的事情操心。

本书的分工情况如下：

导　论：陶东风

第一章：王　南

第二章：陈定佳

第三章：包晓光　刘悦笛

第四章：魏家川

第五章：贾奋然

第六章：汪正龙

第七章：刘登阁

附　录：陶东风

本书的提纲由陶东风提出初步想法，讨论以后由陶东风确立全书的章节与写作体例。全书的统稿、定稿工作由陶东风与王南共同完成。

陶东风

2003年10月

于首都师范大学

# 修订版后记

《文学理论基本问题》自2004年初出版以后，2005年重印了一次。乘第三次印刷的机会，我们编写组进行了较大规模的修订。

此次修订，一是内容上增加了第五章“文学的类型”（原第五章成为第六章，依此类推），以及新的附录“文学与媒介”、“文学与市场”、“文学与全球化”，删去了原来的附录。二是在形式上更加向教材靠拢。

内容上的增加主要是考虑到两点。初版教材中没有“文学的类型”，但是在修订讨论会上，大家一致认为，文学的类型是文学理论的基本问题之一，中西方的文学理论均有大量相关论述，应该加以介绍，使学生对于中外文论史学上的类型和类型观有一个基本了解；其次，如果说介绍文学类型是属于普及性的工作，那么，新增的附录部分则是出于“提高”的考虑（或者说是向“前沿”领域挺进）。文学与媒介、文学与市场以及文学与全球化都是当前文学理论界集中关注的前沿问题。市场问题的凸显自然是由于改革开放以来中国文学市场化趋势的出现和加剧。众所周知，计划体制时代的文学基本上不反映市场需求，也没有真正的商品属性，作家、批评家和出版社都不考虑市场。同理，文学理论教材也不讲文学市场或文学与市场的关系。但是在市场已经在相当程度上决定文学的生产和消费、文学的潮流与趋势的情况下，再不讲这个问题恐怕是说不过去的。文学与媒介的关系虽然是一个老问题（自有文学的时候起就必然有媒介），但是却是一个没有受到重视的老问题。这个老问题在今天之所以成为大家瞩目的大问题乃至新问题，当然是因为大众传播、电子媒介（特别是电视和互联网）对于文学活动的巨大影响。电视时代、读图时代、互联网时代的文学如何生存?这已经成为中国当代文学理论界集中关注的另外一个核心问题。相比之下，文学与全球化则是一个地地道道的新话题，也不可能不是新话题。但是这个话题的理论意义非同小可。

形式上的改造主要是考虑到初版教材虽然在学术界获得了相当的好评，却不是很适合学生用，特别是本科大学生用。对此我要负主要责任。在构思本教材的时候，我虽然也考虑到了学生接受的问题，但是主要精力却花费在如何在内容上革新原有的教材理念、教材结构（比如本书导言所说的反本质主义、历史化、事件化等，以基本“问题”为框架取代原来教材的“四大块”等），对于教材语言的规范化、表述的通俗化、引文的数量、基本概念的界定等，没有给予充分重视。结果是，本书出版后在学术界得到了较多的肯定，认为体现了新的教材理念；但是在教学上却留下了遗憾，主要是教师不方便讲解，学生不方便自学。没有对基本概念的界定，引文过多，语言比较学术化，不够通俗，等等。这次我们针对这些问题花费了很大工夫，大大缩减了引文并加强了对引文的讲解，语言力求通俗、流畅、规范，特别是增加了“关键词”，并专门用特别标识加以突出，使学生便于掌握。

我们希望这次修订后的《文学理论基本问题》是一部既有学术含量、体现新的教材理念，又适合教学和学生自学的好教材。这个目标是否达到了?最终答案还有待实践的检验。

陶东风

2006年3月13日

# 第四版后记

《文学理论基本问题》自2004年初版至今已经连续修订三版，印刷三次。总体而言，学术界和文艺学教学领域的同行对本教材的反应是好的。他们对我们的教材改革理念和实践给予了充分肯定和极大鼓励。对此，我们深为感谢。

特别值得指出的是，教材是为了教学目的而编写的，因此教学界的反应对我们而言尤其值得重视。本教材在教学实践的检验中，虽然获得了总体肯定，但也有不少同行和学生提出了一些应该进一步修改和完善的地方。正是这些宝贵意见促使我们进行第四次修订。

本次修订除了参考业内同行的意见和建议以外，还特地邀请北京师范大学文艺学研究中心程正民教授和首都师范大学文学院吴思敬教授对教材进行了审读。他们在深入细致的阅读之后提出了详细、可贵的修改意见，对我们的修订具有重要的指导意义。在此我代表教材编写组的全体同仁对两位先生的辛勤劳动表示衷心感谢。

本次修订，主要集中在以下几个方面：

1、为了适应大学本科学生的知识结构和兴趣特点，进一步强化了教材的通俗化和规范化，删减了较为次要或过于晦涩的引文，适当增加了对引文的说明和解释。

2、修改了若干不够确切的标题和表述，第二章补写了“文学思维的类型”等内容。

3、重新通校了全书，对注释进行了完善，修订了个别错别字。

4、将字数从第三版的48万余字压缩至现在的40万字。

陶东风

2011年8月25日